Alexander Solschenizyn

Zwischen zwei Mühlsteinen

ALEXANDER SOLSCHENIZYN

ZWISCHEN ZWEI MÜHLSTEINEN

MEIN LEBEN IM EXIL

Aus dem Russischen von
Fedor B. Poljakov

Herbig

Für meine Frau,
die Schwester meiner Arbeit
und treue Begleiterin
auf dem Wege meines 20-jährigen Exils

Besuchen Sie uns im Internet unter:
www.herbig-verlag.de

Umschlaggestaltung: Wolfgang Heinzel
Umschlagfoto: dpa/picture-alliance, Frankfurt/M.
Herstellung und Satz: VerlagsService Dr. Helmut Neuberger
& Karl Schaumann GmbH, Heimstetten
Gesetzt aus der 11,5/14 Punkt Adobe-Garamond
Druck und Binden: GGP Media GmbH, Pößneck
Printed in Germany
ISBN 3-7766-2450-7

Inhalt

Du mein gutes Land, mein gütiges,
Mein mir so unbekanntes!
Denn nicht ich war es, der zu dir kam,
Nicht ein Ross war es, das mich hingebracht –
Es war Kummer nur, der mich zu dir wirbelte.

Russisches Volkslied

Auf schwankendem Boden

In wenigen Stunden wie vom Wirbelwind aus dem Moskauer Lefortowo-Gefängnis, überhaupt aus der Großen Sowjetischen Zone zum Landhäuschen Heinrich Bölls unweit von Köln geschleudert, von einer gedrängten Hundertschaft von Berichterstattern umringt, die von mir Donnerkeile von Erklärungen erwarteten, sagte ich zu ihnen, ganz unerwartet für mich selbst: »Ich habe genug in der Sowjetunion gesprochen – jetzt werde ich eine Weile schweigen.«

Ist das nicht sonderbar? Das ganze Leben quält man sich, weil es nicht erlaubt ist, etwas zu sagen, jetzt ist man endlich draußen, jetzt könnte man losbrechen, ein paar Salven gegen unsere Tyrannen abgeben, nicht wahr?

Ja, schon sonderbar. Aber von den ersten Stunden an – wohl durch die unfassbare hiesige Leichtigkeit, wer weiß – riegelte sich in mir etwas ab.

Kaum war ich bei Böll angekommen, bat ich darum, eine Telefonverbindung nach Moskau zu bestellen. Ich war mir sicher, dass es keine geben würde. Aber doch! Und meine Frau Natalja – Alja – antwortet mir selbst! Sie ist daheim! Und ich kann ihr mitteilen, ich, mit eigener Stimme, dass ich am Leben bin, angekommen, hier, bei Böll.

»Und wie geht es euch?« Die Kinder werden die nicht umbringen; aber was wird in unserer Wohnung los sein?

Alja antwortete mit klarer Stimme, gab mir durch Hinweise auf kleine Alltäglichkeiten zu verstehen, dass alle zu Hause waren und sich die KGB-Leute schon verzogen hatten; auch wenn man das nicht direkt sagen konnte, so verstand ich, dass die Wohnung nicht verwüstet war – und, bitte schön, gleich wird die Tür repariert. Was – hatte es also keine Durchsuchung gegeben? Das verblüffte mich, denn zumindest dessen war ich mir sicher gewesen. Sollten viele meiner geheim gehaltenen Materialien etwa gar nicht von den Tischen verschwunden sein?

Noch vor meiner Ankunft riefen Betha (Elisabeth Markstein) aus Wien und der Rechtsanwalt Dr. Fritz Heeb aus Zürich bei Böll an, dass sie kommen würden. Man rief noch Nikita Struve in Paris an, und auch er war bereit, hierher zu fliegen. Mein gesamtes »Stützungsdreieck« auf einmal da – das ist ein Leben! Aber ich fühlte, dass mich diese Dichte überwältigen würde, und bat Struve, einen Tag später direkt nach Zürich zu kommen.

Die Anspannung jenes langen Tages, des 13. Februar 1974, ließ nach, ich schleppte mich in mein Zimmer und fiel wie ein Stein ins Bett. Doch in der Nacht wachte ich plötzlich auf. Bölls Haus, das direkt an der Straße lag, befand sich im Belagerungszustand: Scheinwerfer, heranfahrende und wendende Fahrzeuge, das Dröhnen einer Menge von Reportern. Das Wetter war recht mild, das Fenster stand einen Spalt offen und deutsche, französische, englische Wörter waren zu vernehmen. Sie warteten also auf ihre morgendliche Beute – Neuigkeiten, irgendeine Erklärung von mir. Aber was denn für eine? Ich hatte doch schon in Moskau alles gesagt.

Denn ich hatte mir in der Sowjetunion eine fast vollständige Redefreiheit erkämpft. Und einige Tage zuvor hatte ich die sowjetische Regierung und die Staatssicherheit ganz offen als Satanssaat bezeichnet, die in der Stunde vor dem Morgengebet herumwirbelt; von der grenzenlosen Rechtlosigkeit hatte ich gesprochen, vom Genozid an Völkern des Landes – was wollte man also noch mehr? Diese offenkundigen Dinge waren doch allgemein bekannt. Oder etwa nicht? Und die komplizierteren – die sind sowieso nicht für die Presse bestimmt. Ich hätte mir überhaupt gewünscht, gar keine Erklärungen abgeben zu müssen. In den letzten Tagen in der Sowjetunion gab ich sie nur aus Not ab, um mich zu verteidigen, aber hier war die Lage anders, insbesondere wenn jeder gefahrlos reden kann, was er will.

Ich hatte eine schlaflose Nacht, im Bewusstsein einer geglückten Befreiung, zu der sich aber Zweifel gesellten: Was soll man jetzt und wie machen? Doch selbst diese Fragen waren in ihren nächtlichen Umrissen noch kaum greifbar.

In dieser Nacht kam Betha an, unsere Begegnung war herzlich. Eigentlich wollte ich die Reportermenge überhaupt nicht sehen, denn ich sah keinen Sinn darin, mich stumm und starr wie eine Vogelscheuche zu präsentieren. Sie überzeugte mich jedoch, dass ich mit Heinrich Böll hinausgehen sollte, eine Runde drehen, dann würden die Reporter uns fotografieren und wegfahren. Nach dem Frühstück gingen wir also hinaus, es hagelte Fragen, und zwar dermaßen, dass man sie nicht beantworten konnte, selbst wenn man das wollte, und dabei alles so ein bemerkenswerter Unsinn, etwa: Wie ich mich in diesem Augenblick fühle? Wie habe ich in dieser Nacht geschlafen? Ich weiß nicht mehr genau, was, aber ein paar Sätze habe ich mir abgerungen. Dann gingen Heinrich und ich vielleicht 100 Meter hin und zurück. Die Fotoreporter bewegten sich rückwärts, uns voran, bei unebener Erde, im schlimmen Gedränge, ein älterer Mann fiel schmerzhaft zu Boden, er tat mir Leid, und auch die anderen konnte man nicht gerade beneiden.

Die nächste Entscheidung Bethas war, dass das weiße Hemd, mit dem mich der KGB ausstaffiert hatte, nicht für lange reichen würde. Mit dem Geld in D-Mark, das mir vom KGB im Flugzeug zugesteckt worden war, ging sie in den kleinen Dorfladen und kaufte mir zwei x-beliebige Hemden. Erst am nächsten Tag kam mir in den Sinn, dass dieses grau-weiß längs gestreifte Hemd, das ich für die Fahrt anzog, der Kluft sowjetischer Lagerinsassen ziemlich ähnlich war.

Bald darauf erschien im Hause Bölls mein bedächtiger und überaus solider Wohltäter Dr. Heeb, ein fester Mann mit großen Gesichtszügen, sehr imposant. Solange Betha mit uns war, brauchte ich mein Deutsch nicht, zumal wir keine ernsthaften Probleme zu lösen hatten. Die Reportermenge verlangte immer wieder danach, dass ich herauskommen, mich ablichten lassen und ihre Fragen beantworten sollte.

Aus allen Ecken Europas, über den Ozean waren sie angereist – was für eine *Erklärung* wollten sie eigentlich von mir hören? Mir war das unverständlich. Wollten sie irgendeine unnötige Kleinigkeit für einen Aufmacher – dass ich entsetzlich müde sei? Oder im Gegenteil ganz munter? Dass ich mich überaus freute, in der »freien Welt« zu sein? Oder dass mir die deutschen Autobahnen ausgesprochen gefielen? Das wär's gewesen, und für jedermann hätte sich die lange Anreise dann schon gelohnt. Aber ich kam soeben aus einem Nahkampf. Und selbst wenn ich ihr Anliegen damals verstanden hätte, hätte es für ein solches Entertainment dennoch nicht gereicht.

Sie aber waren von meinem Schweigen sehr, sehr enttäuscht.

Und so ergab sich, dass die westlichen Massenmedien und ich von meinem ersten Schritt an keine Freundschaft schlossen. Wir verstanden einander nicht.

Dann traf aus Bonn ein Vertreter des deutschen Außenministeriums, Herr Dingens, ein, der mich gestern bei der Landung empfangen hatte. Wir nahmen an dem Tisch im hellen Wohnzimmer Platz und Bölls Frau

Annemarie zündete nach einem feierlichen europäischen Brauch noch einige rote Kerzen an. Herr Dingens brachte mir einen kurzfristigen deutschen Pass, ohne den ich mich hier weder aufhalten noch, was fast wichtiger war, reisen konnte. Ferner bot er mir im Namen der Regierung an, Deutschland als mein ständiges Aufenthaltsland zu wählen.

Für einen Moment zögerte ich. So hatte ich es nicht geplant. Aber Deutschland war für mich ein Land, das ich liebte. Vielleicht hat sich das so ergeben, weil ich in der Kindheit Deutsch mit Freude lernte. Ich kannte viele Verse auswendig, verbrachte die Sommerferien bald mit der Lektüre der deutschen Folklore, bald des Nibelungenliedes, Schillers, auch in Goethe blätterte ich. Und während des Krieges? In keinem Augenblick setzte ich Hitler mit dem traditionsreichen Deutschland gleich, und was die Deutschen selbst betraf, so kam es mir in den hitzigen Kampfwochen nur darauf an, deren Feuerstellungen immer genauer und schneller zu bestimmen, eine Leidenschaft war das, keineswegs der Hass, und beim Anblick deutscher Gefangener empfand ich auch nur Mitleid. Sollte ich jetzt in Deutschland bleiben? Vielleicht wäre das sogar richtig gewesen. Doch zum damaligen Zeitpunkt hatte ich nur eines im Kopf – nach Zürich zu fahren, wovon ich noch zwei Tage zuvor nicht einmal zu träumen gewagt hätte, denn mein damals noch nicht abgeschlossener *Oktober sechzehn* konnte kaum mit Einzelheiten über Lenins Leben in Zürich aufwarten. So etwas kann man sich ja nicht ausdenken; und nun sollte das für mich schon morgen Wirklichkeit werden?

Dankend lehnte ich das Angebot ab, nicht endgültig, nur für jenen Augenblick.

Wir saßen eine Weile mit Bölls zusammen, noch waren die Gedanken diffus, da hörten wir von draußen die Nachricht, dass Dmitrij Panin mit seiner zweiten Frau (mit der zusammen er emigriert war, ich kannte sie nicht) gekommen sei und mich sehen wollte. Ich staunte – er lebte doch in Paris! Einfach so flugs hergekommen, ohne ein Wort zuvor? Konnte er sich denn vorstellen, in welchem Zustand mein Geist war und wie es bei mir zeitlich aussah?

Aber das war eben Dmitrij Panin, mein Freund aus dem Straflager! Ein Gralsucher, ihn muss man gekannt haben.

Vor etwa fünf Jahren hatte ich das Manuskript seiner philosophischen Arbeit gelesen, darüber, wie man die Menschheit begreifen und sie erretten sollte. Damals bohrte ich bei ihm nach: Womit soll man anfangen? Was soll man gerade *jetzt* machen? Ihm aber lag immer an der Vollkommenheit der weltanschaulichen Konzeption, die Praxis sei eine Nebensächlichkeit, das könne ja jeder aus der zweiten Reihe übernehmen. (Das war seine verschwommene Wahrnehmung der Realität und der Möglichkeiten, sich in ihr zu bewegen. So hatte er mich 1961 scharf dafür verurteilt, dass ich meinen *Iwan Denissowitsch* der Zeitschrift *Nowyj mir* [Neue Welt] zur Veröffentlichung gab und dadurch meine Untergrundexistenz teilweise öffnete.) Wie unser Volk vom Kommunismus errettet werden sollte? Ganz einfach. Man müsse nur den Westen dazu bewegen, den Sowjets *ein gemeinsames Ultimatum* zu stellen: Entweder ihr sagt euch vom Kommunismus los, oder wir werden euch vernichten. Dann wird die sowjetische Führung selbstverständlich kapitulieren. (Ich habe ihn dafür seinerzeit ausgelacht.) Das einzig Fehlerhafte an seiner Konstruktion wäre, sagte er, dass die westlichen Länder zerstritten und uneinig seien, nicht auf einer Linie, wie de Gaulle, der kopflos die NATO verlassen hatte. Um sie wieder zu einen, müsse man mit Hilfe des Papstes agieren (ein Kreuzzug!). Vor zwei Jahren bequemte sich Dmitrij schließlich, eine praktische Aufgabe zu übernehmen: Er selbst wollte den Papst davon überzeugen. Zu diesem Zweck reiste er mit seiner neuen Frau, mit Hilfe ihres israelischen Visums, aus. Dmitrij wurde tatsächlich vom Papst empfangen. Aber leider blieb dem Papst eine solch direkte und einfache Anleitung zum Handeln verschlossen. Dann begann Dmitrij selbst, den Boden vorzubereiten, er gab das Buch *Die Aufzeichnungen Sologdins* (sein Name in meinem Roman *Der erste Kreis der Hölle*) heraus und reiste durch Westeuropa mit dessen Präsentation und einem Foto von uns beiden. Seine Auftritte waren anfeuernd-kämpferisch, allen wurde vorgeschlagen, sich stante pede gegen den Kommunismus zu vereinen, doch von den wenig einsichtigen Europäern kam nur ein schwächlicher Widerhall.

Darüber hatte ich noch in der Sowjetunion aus den eingeschmuggelten Briefen und Zeitungsausschnitten erfahren, den Rest erzählte er mir jetzt. Wir blieben im ersten Zimmer, seine Frau Issa ging zu den anderen am Tisch mit den roten Kerzen. Dmitrij kam mit folgendem Vorschlag: Vor dieser Ansammlung von Presseleuten sollten wir unseren unzerbrechlichen und kompromisslosen Pakt gegen den Kommunismus demonstrieren. Die Aufgabenverteilung, die er später auch schriftlich festlegte, sah vor, dass ich eine flinke Fregatte mit bunten Segeln darstellte und er meinen Frachtraum voll von Ideen, eine Waffenkammer, die uns unschlagbar machen würde! Gott, wie weit war all das entfernt nicht nur von meiner Stimmung in den ersten Stunden nach der Ankunft und der Kraftanstrengung, mich in der neuen Lage zurechtzufinden, sondern auch von einem elementaren menschlichen Realitätsverständnis. Wer sollte etwas auf diese Weise erreichen? Wozu sollten wir uns so lächerlich machen? Nein, leider begriff Dmitrij das nicht. All meine Argumente nutzten nichts, er war schmerzlich von meiner Absage getroffen und nahm gekränkt Abschied, wenn nicht gar erzürnt.

Da kam bereits eine neue Nachricht – Janis Sapiets aus der russischen Abteilung der BBC war angekommen, ein liebenswürdiger Mensch, wie sich herausstellte, mit einer mir so vertrauten Stimme; allen Hörern war er als Iwan Iwanowitsch bekannt. Ich ließ mich überreden, für die Zuhörer in der Sowjetunion ein Interview zu geben – sicherlich hatte er Recht, das war notwendig. Ich sagte irgendetwas, was genau, weiß ich nicht mehr.

Meinen Pass hatte ich bereits, ich hätte also wegfahren können, um Heinrich Böll nicht weiter zu ermüden. (So hätte man gedacht! Aber man hatte auf der ganzen Welt erfahren, ich sei bei ihm, und noch fast einen Monat lang sollten sich Telegramme, Briefe und Bücher auf seine Adresse ergießen und sein Sekretär hatte Mühe, all das zu registrieren und nach Zürich nachzusenden.) Alle dachten, wir sollten fliegen. Also werde ich nichts von Deutschland sehen, nicht einmal aus dem Augenwinkel? Vielleicht gäbe es einen Zug? Ja, man fand einen passenden, und zwar morgens ab Köln, noch bei Tageslicht würden wir in Zürich ankommen, ausgezeichnet.

Am frühen Morgen verabschiedeten wir uns von den gastfreundlichen Bölls und fuhren mit dem Auto los (ein Dutzend Autos, die immer noch in den engen Straßen der Siedlung standen, bildeten hinter uns eine Schlange). In Kürze erreichten wir den Kölner Bahnhof, ohne viel aus dem Fenster gesehen zu haben, kamen schnell, gar mit dem Aufzug, auf den Bahnsteig, zwei Minuten vor der Ankunft unseres Zuges.

Aber diese zwei Minuten! Direkt vor meinen Augen in seiner ganzen Pracht stand ein Wunder, der Kölner Dom! Nicht seine filigrane Ornamentik ließ mich den Atem anhalten, sondern die Tiefe seiner Idee, dieses fliegende Emporragen der Türme zum Himmel. Ich schaute ihn fast schon mit offenem Mund an (und die unvermeidlichen Reporter am Bahnsteig fotografierten – »wie er guckt«). Dann aber kam der Zug an und verschluckte uns.

Im Laufe des Tages klarte es auf und man konnte aus dem Fenster viel sehen. Unsere Route führte am Rhein entlang, über Koblenz und Mainz. Doch der Rhein schien schmutzig und industrialisiert, nicht mehr poetisch, selbst am Felsen der Loreley. Sicher konnte man sich sein pittoreskes Aussehen früher, bevor er so verdorben wurde, vorstellen. Aber das Schönste, diese seit Jahrhunderten gepflegten Sträßchen und Häuser, kann man aus dem vorbeirollenden Zug kaum sehen.

Einst war es in Moskau so: Sobald Alja oder ich uns mit Betha trafen, brach ein feuriger Austausch konspirativer Ideen los, und jetzt konnte man alles Mögliche besprechen, doch die Gedanken waren durcheinander. So ist das eben: Wenn eine Erschütterung vorbei ist, spürt man ihre Wirkung noch stärker.

Inzwischen hatte man erfahren, mit welchem Zug ich unterwegs war, und an den Haltestellen versammelten sich an meinem Waggon Gruppen von Schaulustigen. Man bat mich um Widmungen in den deutschen Ausgaben des *Archipel Gulag*, ich signierte sie, wurde fotografiert, und all das in diesem gestreiften Häftlingshemd; viele dieser Bilder wurden in Deutschland veröffentlicht.

Obwohl erst Mitte Februar, war es am Tage recht warm. Am späten Nachmittag erreichten wir Basel mit seinen beiden Bahnhöfen; die Grenzer erwarteten mich, begrüßten mich und baten um ein Autogramm. Danach rollten wir durch die so heimelige, enge Schweiz, durch die Täler mit Bergblick.

Der Bahnhof in Zürich, und zwar nicht nur unser Bahnsteig, sondern auch der Rest einschließlich der Halle und des Vorplatzes, war von einer dichten Menschenmenge gefüllt. Die Polizei war nicht in der Lage, dieses Gedränge zu kontrollieren, ohne Übertreibung ein sehr bedrohliches Bild. Wir waren wie in einem Schraubstock eingeklemmt, zwei riesige Schweizer, die Herren vom Scherz Verlag (Erscheinungsort des *Archipel Gulag* auf Deutsch) kämpften um Zentimeter für unser Durchkommen. Es schien, als ob wir nicht mehr unversehrt herauskommen könnten. Schrittweise, langsam, erreichten wir endlich den Wagen, ich wurde in ihn wie ein Korken in die Flasche hineingeschoben, saß lange und wartete, umgeben von so vielen wohlwollenden Schweizern, die fast enthusiastisch wirkten, was nicht gerade ihrem Naturell entspricht, während man meine Begleiter herführte. Dann nahmen alle Platz und wir fuhren langsam, begleitet von Begrüßungen auf den Straßen. Von seiner ersten Brücke an, seinen Häusern und Straßenbahnen sah Zürich bezaubernd aus.

Wir fuhren in Dr. Heebs Wohnung. Er wohnte irgendwo außerhalb, in einem modernen Haus. Unverzüglich nach unserer Ankunft wurde das Haus von Reportern belagert. Man verlangte wieder, ich solle herauskommen und ein Statement abgeben. Das vermochte ich in keiner Weise. Dann einfach so: herauskommen und sich ein bisschen zeigen. Dieses *einfach so* ging aber schon über meine Kräfte, das konnte ich nicht ertragen, da machte ich nicht mit. (Und die Presse war mehr und mehr vergrault.)

Dann sagte man mir, der Stadtpräsident Zürichs, Dr. Sigmund Widmer, sei zur Begrüßung gekommen. Er trat ins Wohnzimmer, groß, mit intellektuellem Gesicht, weichen, aber angespannten Gesichtszügen, ich stand auf und er sagte einen Begrüßungssatz – ein wenig fehlerhaft, aber auf Russisch! Darauf antwortete ich mit ein paar deutschen Worten, die langsam im Gedächtnis aufwachten und sich aneinander schlossen, und er strahlte. Wir setzten uns und redeten über Bethas Vermittlung weiter. Die Anspannung wich, seine Güte und Milde wurden sichtbar. Er bot uns Hilfe an, auch bei der Anmietung einer Wohnung. Und in der Tat – ein paar Tage konnte man vielleicht bei Dr. Heeb bleiben, und was dann? Entscheidungen waren zu treffen.

Aber dazu konnte ich mich nicht entschließen. Weiterhin überrollten mich Forderungen, Einladungen, Ratschläge. Nach einer knappen Stunde rief Senator Helms an, der Übersetzer lud mich in seinem Namen ein, sofort von Zürich in die Vereinigten Staaten zu fliegen, dort würde ich ungeduldig erwartet. Danach rief – wiederum aus den USA – Thomas Whitney an, der den *Archipel Gulag* ins Englische übertragen hatte und den ich bis dahin nur dem Namen nach kannte. Dann noch ein Anruf, eine tiefe Frauenstimme, die Russisch mit einem kleinen Akzent sprach: Valentina Holub, deren Mutter ein Tscheche bei seinem Rückzug aus Wladiwostok 1920 mitgenommen hatte. Mit ihrem tschechischen Mann war Valentina nach der sowjetischen Okkupation aus Prag nach Zürich geflohen. »Wir, die emigrierten Tschechen, sind hier beinahe 6000, wir bewundern Sie, sind bereit alles für Sie zu tun, Sie können mit uns rechnen!« Sie bot uns jede Art Hilfe im Alltag an und das Ganze noch auf Russisch. Ich war tief dankbar, ganz zu schweigen davon, dass wir den Tschechen gegenüber wegen des August 1968 durch und durch schuldig sind. Diese würden mir echte Verbündete sein. Ich vereinbarte ein Treffen mit ihr.

Dann kam ein bemerkenswertes Telegramm aus München: »Alle Kapazitäten des Radio Liberty stehen Ihnen zur Verfügung. Direktor F. Reynolds.« Sieh einer an! Man könnte also in die gesamte Sowjetunion senden, was man will. Und vielleicht sollte man das auch tun! Aber kann man nicht wenigstens einen Augenblick innehalten und nachdenken?

Am nächsten Abend, glaube ich, passierte das, wovon ich hier gleich erzählen will. Aus dem Treppenhaus, dort, wo die Polizisten vor dem Haus standen (sonst hätten alle die Wohnung gestürmt), hieß es, der Schriftsteller Anatolij Kusnezow begehre Einlass. Jener Kusnezow, der den Roman *Babij Jar* geschrieben hatte und mich 1969 in Erstaunen versetzte, nicht nur durch seine Flucht in den Westen (er hatte vorgegeben, Lenins Leben in London studieren zu wollen – vielleicht so, wie ich das jetzt in Zürich machen wollte?), sondern auch dadurch, dass er sich jetzt angeblich schämte, den Namen »Kusnezow« zu tragen. Denn seinerzeit prozessierte er auf Verlangen der Sowjetmacht gegen seinen westlichen Verleger, der ihn ohne Erlaubnis gedruckt hatte; nun wollte er seine künftigen Romane (die es in den letzten fünf Jahren jedoch nicht gab) mit »Anatol« unterzeichnen. Man ließ ihn zu mir durch. Aber die Zeit zum Reden war zu knapp, alles kurz, fast im Gehen. Von kleiner Gestalt, schien Kusnezow beweglich, sehr aufrichtig, mit einer Note der Verzweiflung in der Stimme. Verzweifelt darüber, wie sich in seinem Leben alles unglücklich gefügt hatte, aber auch in Angst um mich, dass ich nicht seine Fehler machen möge. Das sei wie der Wechsel vom starken Druck in den schwachen, gefährlich, könne einen zerreißen, man solle zunächst keine Erklärungen abgeben, sich erst einmal umschauen. Da hatte er vollkommen Recht! Und dafür war er, der arme Kerl, aus London gekommen, für diese zehn Minuten, um mich zu warnen, was mir auch bewusst war! Ich verstand ganz klar, dass man sich in Acht nehmen musste, die Presse meiden, und ich wusste nicht, wo ich meinen Kopf verstecken sollte, um ihrer gnadenlosen Belagerung zu entkommen.

So ging ich nicht nach draußen, zu den Reportern. Es wurde dunkel, vielleicht sollte man schlafen gehen? Frau Heeb gab mir Schlaftabletten, aber ich blieb trotzdem wach. Ein Schluck Luft täte gut. In voller Dunkelheit ging ich auf den Balkon, um in der Stille Luft zu schnappen. Die Rückseite des Hauses, im vierten Stock – plötzlich geht ein starker Scheinwerfer an, auf mich gerichtet – gefangen! fotografiert! und noch einmal und noch einmal! Keine Möglichkeit zu atmen. Ich ging zurück. Nahm noch irgendwelche Pillen.

In den Tumult am Zürcher Hauptbahnhof geriet auch Nikita Struve, die dritte Komponente meines »Stützungsdreiecks«. Dennoch: Zürich schien einiges für uns zu bieten – hier lebte der Rechtsanwalt, Betha konnte schnell aus Wien kommen, ebenso Nikita aus Paris. Von hier aus war es leichter, unsere wegen der einstigen Konspiration kompliziert verlaufenen Angelegenheiten zu entwirren, uns auf die künftigen Auseinandersetzungen mit dem KGB vorzubereiten.

Hinter dem Eisernen Vorhang war Nikita Struve mir ein Freund in der Ferne und jetzt wurde er immer mehr und mehr ein Mensch: nicht groß, mit Brille, in seinem Äußeren zurückhaltend, in der Kleidung auch, nur zweckmäßig sollte sie sein, das war nach meinem Geschmack. Dann noch ein schneller, durchdringender Blick, der nicht den Gesprächspartner beeindrucken sollte, sondern nur für sich selbst gedacht war, um sich etwas einzuprägen. Mit Nikita Struve war alles so einfach und verständlich, als ob er von mir nicht durch ein ganzes Leben im Ausland getrennt gewesen wäre. Geistig lebte er in Russland, in dessen literarischen, philosophischen und theologischen Äußerungen in der Diaspora. 1963 hatte er durch sein Buch *Die Christen in der Sowjetunion* den Westen rechtzeitig über die Maßnahmen Chruschtschows gegen die orthodoxe Kirche informiert. Zugleich kennt er sich in der westeuropäischen Kultur profund aus; er absolvierte die Sorbonne, beschäftigte sich anfangs mit den alten Sprachen und dem Arabischen, mit Philosophie, dann wählte er die russische Sprache und Literatur. Er ist äußert feinfühlig; ich fragte mich, ob dies nicht ein Hindernis in seiner Tätigkeit als Verleger sei, dabei muss man gelegentlich Härte zeigen. Er schien darauf bedacht zu sein, nicht allzu beharrlich zu wirken, und formulierte alles in Form von Hypothesen (ich musste mir angewöhnen, bei dieser Art seine flüchtigen Bemerkungen nicht außer Acht zu lassen). Noch mehr fürchtete er, pathetisch zu wirken, und bei dem kleinsten Anzeichen dafür lachte er sich selbst aus.

Ausgerechnet ihm war nun zugefallen, nach der Beschlagnahmung des Manuskripts des *Archipel Gulag* durch den KGB, mit größtem Stillschweigen die Explosion vorzubereiten, den Hauptschlag in meinem Kampf gegen den KGB – das Erscheinen des ersten Bandes dieses Werkes. Die Veröffentlichung kam noch früher zustande, als ich gehofft hatte – noch vor dem russischen Weihnachten und sogar vor dem Neujahr 1974. Trotz der Ferienzeit entbrannte damals bei YMCA-Press in Paris ein wahrer Hurrikan von Anrufen und Bestellungen.

Wir beide hatten eine ganze Menge zu tun. Das Vordringlichste war, den zweiten Band des *Archipel Gulag* herauszugeben, selbst wenn es uns jetzt nicht mehr so brennend erschien wie früher in Moskau, deshalb wollte ich nicht so sehr antreiben. Dann war es an der Zeit, mit der Übersetzung des Buches *Die Eiche und das Kalb* ins Französische zu beginnen (die Filme mit dem Text waren bereits herausgeschmuggelt worden). Und dann noch dieses, und dann … Eigentlich war mir danach, alle denkbar möglichen Publikationen zu beschleunigen.

Die nächsten paar Tage vergingen wie im Karussell, ich habe keine genaue Erinnerung an sie. Mit Widmer und seiner herzlichen Frau Elisabeth fuhren wir alle ins Gebirge, besichtigten ihr Haus dort, das er mir zum Arbeiten zur Verfügung stellen wollte. Den Reportern entkamen wir nur dadurch, dass der Stadtpräsident kraft seines Amtes hinter unserem Wagen eine dreiminütige Sperre verhängen ließ. Dieses kleine Haus in Sternenberg gefiel mir gut und ich freute mich darauf, dort leben und schreiben zu können.

Aus irgendeinem Grund brauchte ich ein Vergrößerungsglas, wohl um die herausgeschmuggelten Textaufnahmen auf dem Film zu entziffern. Mit Betha gingen wir in einen kleinen Laden, ich suchte mir ein passendes Exemplar aus – und da weigerte sich der Verkäufer dezidiert, das Geld von mir anzunehmen. Wir diskutierten eine Weile darüber, schließlich musste ich es als Geschenk annehmen, und dann gewöhnte ich mich sehr an dieses Vergrößerungsglas. Der imposanten Anwaltskanzlei von Dr. Heeb in der Zürcher Bahnhofstraße statteten wir einen Besuch ab; hier arbeiteten seine Frau und sein kluger sympathischer Sohn Herbert, noch ein Fräulein, und es gab eine Menge diverser Akten, das konnte ich kaum wahrnehmen, ich brauchte eine Brille, die direkt nebenan bestellt wurde.

Mit der ganzen Gesellschaft sollten wir nun zu Mittag essen gehen, und da verblüffte ich sie alle, ausgenommen Betha, weil ich nicht in ein Restaurant gehen wollte. Mich quält diese geordnete Atmosphäre, der Kult des langsamen Verzehrens und Degustierens, die reinste Zeitverschwendung. Während meines ganzen Lebens in der Sowjetunion, es waren 55 Jahre, geriet ich nur vielleicht zwei Mal in ein Restaurant, als es sich nicht vermeiden ließ. Zudem stand ich am Rande des gesellschaftlichen Lebens und war ständig in Geldnot. Jetzt, bei diesem allgemeinen Interesse, schien es mir unerträglich, mich in einem Restaurant zu zeigen. Dr. Heeb war offensichtlich schockiert, als ich ihn bat, uns in irgendeine Kantine zu fahren, wobei es schnell gehen sollte. Er nahm Rücksprache mit Betha und kam dann nicht ohne Mühe auf eine Essmöglichkeit in einer Fabrik, außerhalb des Zentrums. Die Arbeiter und Angestellten des Betriebes saßen eng beieinander, erkannten und begrüßten mich; irgendwie fiel mir an diesem Ort kein Reporter auf. Diese hatten uns durch die Straßen begleitet und schamlos ihre langen Stöcke mit Mikrofonen auf meinen Mund gerichtet – um aufzunehmen, worüber ich mit meiner Begleitung sprach! Nichts Privates, nein, überhaupt gar nichts konnte man sagen, ohne dass dies sofort gesendet würde. Das war schier unerträglich. Ich explodierte: »Sie sind schlimmer als der KGB!« Meine Beziehungen zur Presse wurden immer schlechter.

Das Wichtigste war aber, Lenins Wohnhaus in der Spiegelgasse zu sehen. Was für eine gütige Fügung! Fast von alleine kam ich zur Hauptader des *Oktober sechzehn*, zur Fortsetzung der Lenin-Kapitel darin. Gleich beim ersten Spaziergang mit Betha ging ich dorthin, leider schien das wie eine unbedachte Demonstration und die Zeitungen verdrehten es: Er sei gekommen, dem Lenin-Haus zu huldigen. Dennoch freute ich mich, hier viel Material über ihn sammeln zu können.

Gerade während jenes Spaziergangs holte mich auf der Straße Frank Crépeau von Associated Press ein, der liebe edelmütige Crépeau, der mir seinerzeit in meinem Gefecht mit dem KGB so geholfen hatte, auf den Beinen zu stehen. Ihn konnte ich nicht zurückweisen und gab ihm ein kurzes Interview (*Anhang 1*). (Obwohl es knapp war – irgendetwas brannte in mir, vor allem das Schicksal meines Archivs, ich wusste nicht, dass Alja damit so viel Glück haben sollte –, kam ich auf die naive Idee, der Sowjetmacht zu drohen: Wenn man mir das Archiv nicht übergibt, werde ich mich mit der Gegenwart auseinander setzen.) Aber den anderen Korrespondenten, die hinter uns herzogen, entging nicht, wie Crépeau zu mir kam und ich mich erfreut zeigte. Als sein Interview nach ein paar Stunden erschien, meldete einer von denen, aus Neid oder um sich zu rechtfertigen, nicht zum Zuge gekommen zu sein, dass Crépeau mir aus Moskau einen geheimen Brief von meiner Frau gebracht hätte. Das war keineswegs der Fall. Am nächsten Tag lasen wir das in allen Zeitungen. Für Crépeau war das jedoch eine schlimme Denunziation, ihm drohte dafür die Verweigerung des sowjetischen Einreisevisums, einem Korrespondenten in der Sowjetunion war ein solcher Briefdienst streng untersagt. Er war zutiefst deprimiert. Was sollte man also machen? Das bedeutete, ich musste mit einer Erklärung an die Presse gehen, zu der Meute vor Heebs Haus, und meine Empörung wegen der Desinformation zum Ausdruck bringen. Soll sich doch der Übeltäter oder seine Zeitung entschuldigen, dachte ich.

Das war ziemlich naiv von mir zu glauben, dass ein Korrespondent, eine Zeitung oder Nachrichtenagentur Reue zeigen würden! Zugreifen, erspähen, mutmaßen – das sind die Mittel in ihrem Konkurrenzgeschäft, auf diesen Säulen stehen sie, solange sie überhaupt stehen. Nach der Kette von offenen Begegnungen mit den westlichen Medien in meinen ersten Tagen hier fühlte ich Anwiderung und Ablehnung. In mir kam ein dunkles, verworrenes Gefühl auf, diesen billigen Tricks Widerstand leisten zu müssen: Ein Buch über den Tod von Millionen war erschienen, und diese hier grasten irgendwelche Nebensächlichkeiten ab. Natürlich war das von meiner Seite aus undankbar. Denn waren nicht gerade diese westlichen Medien, mögen sie sein wie sie sind, diejenigen, die mir eine Weltgeltung verschafft und mich vor der Verfolgung gerettet hatten? Nicht nur sie allein, bei allem Respekt: den Kampf musste immer noch ich führen. Aber die KGB-Leute wussten allzu gut, dass wenn sie mich einkerkern, würde alles umso mehr veröffentlicht und der Schuss würde nur nach hinten losgehen. Die Presse rettete mich auch aufgrund ihres Gesetzes der Sensationsgier. Und nach dem gleichen Gesetz verlangte man von mir jetzt laufend neue Erklärungen, ohne mein Schweigen begreifen zu wollen.

Nahm man vielleicht an, dass ich schwieg, solange meine Familie die Sowjetunion nicht verlassen hatte? Ich aber war mir völlig sicher, dass sie herausgelassen würde, die Macht würde es nicht wagen, sie zu behalten. Oder dachte man, ich wolle mit dem Schweigen die Herausgabe meiner Archivmaterialien beeinflussen? Mir war klar, dass kein einziger Fetzen Papier würde mitgenommen werden dürfen, alles würde von Alja und der Hilfe der Ausländer abhängen, die sie unterstützten. Nein, nicht das war der Grund dafür. In mir wurde der Schutzinstinkt eines Schriftstellers ausgelöst: Noch bevor rationale Überlegungen kamen, hatte er die Gefahr gewittert, zu einem Schwätzer auszuarten. Mich hatte eine so breite Welle in den Westen geschleudert, dass alles offen war – sich bis ins Kleinste zerreden, sich wiederholen, die Gabe des Schreibens aufgeben. Natürlich ist mir die politische Leidenschaft angeboren. Dennoch steht sie in meiner Wertskala *hinter* der Literatur, kommt danach, rangiert unterhalb. Wären in meiner unglücklichen Heimat nicht so viele gesellschaftlich aktive Menschen zugrunde gerichtet worden, sodass Physiker und Mathematiker Soziologie betreiben und Dichter politische Reden schwingen müssen, hätte ich immer im literarischen Rahmen bleiben wollen.

Die Kollision mit den in Rage geratenen westlichen Massenmedien auf meinem Weg zeigte sich im Abhören, Erspähen, Fotografieren eines jeden Schrittes. Wenn ich jenem Drachen im Osten nicht gehuldigt hatte – sollte ich ausgerechnet jetzt, im Westen, mich verstellen, diesen Leuten andienen? Dass sie mir zum Ruhm verhalfen? Den brauchte ich nicht! Keine einzige Woche hatte ich mich an den rasenden Ruhm zu Zeiten Chruschtschows geheftet – so war ich auch nicht hinter diesem her. Zu widerlich waren mir all diese Methoden. »Sie sind schlimmer als der KGB!« – diese Worte machten die Runde in der ganzen Welt. So unternahm ich einiges, um meine Beziehungen zu der Presse von den ersten Tagen an zu verderben. Wir sollten lange Jahre auf Kriegsfuß bleiben.

Die zweite Attacke, die ebenfalls sofort eintrat und keine Zeit zum Nachdenken und Zu-sich-Kommen ließ, wurde von der Post geführt. Noch hatte ich keine Unterkunft, wusste nicht, wo ich bleiben würde, wohnte einige Tage bei Dr. Heeb, schon brachte man mir kistenweise Telegramme, Briefe von überall her, schwere Bücher (zu Böll rollte unterdessen eine weitere Lawine). Sie waren in allen Sprachen der Welt geschrieben, es gab keine Chance, all das durchzusehen, in die Hände zu nehmen, geschweige denn zu lesen und zu beantworten. Und die stehenden Kisten verlangten als Erste eine Antwort auf die Frage: wohin damit? Wo würde ich jetzt leben? Immer zwingender musste bestimmt werden, wo ich mich niederlassen sollte.

***

Noch von früher her empfand ich eine große Sympathie für Norwegen: ein verschneites Land im Norden, lange Nächte, viel Ofenwärme, viel Holz im Alltagsleben, auch beim Geschirr. Bei Ibsen und Grieg hatte ich zudem eine Ähnlichkeit der norwegischen Lebensweise und des volkstümlichen Charakters mit den russischen wahrgenommen. Vor kurzem, auf der Höhe der Verleumdungskampagne gegen mich in der Sowjetunion, waren die Norweger für mich eingetreten, hatten mich eingeladen, irgendwo dort »stand für mich bereits ein Schreibtisch bereit«, wie man sagte. Alja und ich hatten damals gedacht, dass wir nach Norwegen gehen würden, sollten wir des Landes verwiesen werden. (Ich bot damals Stig Fredrikson an, mein Sekretär zu werden, eingedenk meines künftigen Lebens in Skandinavien.) Wir dachten sicher nicht an Oslo, träumten eher von einer einsamen Gegend, der Felsenspitze eines steilen Fjords, an der ein Haus stünde, von wo sich der Blick auf den endlosen Wellenlauf des stählernen Ozeans öffnete.

Ich wollte also unverzüglich nach Norwegen fahren und mich dort umsehen. Diese Reise gleich nach meiner Ausweisung blieb nicht unbemerkt; Alja jedoch, die in Moskau davon hörte, wunderte sich keineswegs. Auf den Eisenbahnstationen in Deutschland und Schweden erkannte man mich am Fenster, auf manchen schafften es sogar Delegationen, mich zu begrüßen. In Kopenhagen wurde ich ehrenvoll gleich am Bahnhof in die Polizeiwache geführt, um dort Bier zu trinken, und ein kleines Blasorchester empfing mich mit einem Marsch. Danach machten wir mit dem Vorsitzenden des dänischen Schriftstellerverbandes einen Stadtrundgang, sahen uns einige Sehenswürdigkeiten an und stiegen auf den berühmten Runden Turm hinauf. Am Königspalast sah ich die Ablösung der Wachen in Bärenfellmützen, wovon mir einst in Moskau, im Butyrka-Gefängnis, der Biologe Timofejew-Ressowskij erzählt hatte. Dann gingen wir ins Parlament, wo gerade keine Sitzungen stattfanden und der Saal deshalb leer war, und anschließend in den Schriftstellerverband, wo man mir eine Auszeichnung verlieh. Gesprochen wurde nur Dänisch, ohne Übersetzung, ich saß, nickte, erholte mich ein wenig, und nach der Zeremonie näherte sich ein Schriftsteller und übermittelte mir unter vier Augen in reinem Russisch seine Gefühle: »Wir hassen Sie! So etwas wie Sie muss man erwürgen!« – Die rote Internationale rief sich sogleich in Erinnerung.

Am Abend des gleichen Tages fuhr ich mit Per Hegge, einem alten Bekannten aus Moskau, der immer noch der *Aftenposten*-Korrespondent war, auf einem großen Dampfschiff, mit vielen Hunderten Leuten an Bord, mit Essen und Unterhaltung, nach Oslo. Mir fiel es schwer, mir einen Weg durch die Menschenmassen bahnen zu müssen, ich ging in meine Kajüte und lag die ganze Nacht regungslos da. Am Morgen, als wir schon in die Bucht eingelaufen waren, rief man mich nach oben zum Kapitän, mir die Lotsentechnik anzusehen und die Aussicht zu genießen. In einer warmen Jacke, die wir mit Betha in Zürich gekauft hatten, ging ich hinauf auf die Schiffsbrücke, der Wind war kalt, die Luft aber von der Sonne erwärmt, und sah unten bei der Anlegestelle einige Gruppen von Menschen mit den Aufschriften »God bless you«; ich kam nicht gleich darauf, dass dies mir galt. Das Anlegemanöver dauerte lange, die Leute verließen das Schiff, und diese wohlwollenden Menschen da unten warteten auf mich und begrüßten mich herzlich.

Als wir durch die endlose Hauptstraße gingen, fragte mich Hegge: »Wissen Sie, wer Sie soeben gegrüßt hat? Der Außenminister.« Also nicht in einer Limousine, nicht in einem schwarzen Wagen fuhr der Minister, sondern er ging zu Fuß … Da erinnerte ich mich an die Erzählung von Timofejew-Ressowskij aus dem Butyrka-Gefängnis, dass sogar der norwegische König zu Fuß und ohne Bewachung zu gehen pflegte.

Auch hier war ein Besuch im Parlament vorgesehen, ebenfalls an einem Tag ohne Debatten, aber ich wurde von dem ganzen Präsidium empfangen. Als ich den Grund meines Kommens erläuterte, sagte mir der Parlamentspräsident, auf die Gesetzbücher des Landes hindeutend, den vollen Schutz zu, solange es Norwegen gäbe.

Auf der Suche nach einem Fjord, die mich vornehmlich beschäftigte, fuhr ich mit Per Hegge und dem Maler Victor Sparre über den großen See Mjøsa mit seinem blauen Wasser, vorbei an dem steinernen Ufer, über dem sich schwarz bewaldete Hügel erhoben, weiter auf dem Fluss Lågen und durch das Gudbrandsdal, in die schroffen Berge mit ihren schwärzlichen kahlen Felsen, der dunkelvioletten Bläue des Flusses und den blau-grünen, in der Höhe eingefrorenen Wasserfällen. Im Hause des Malers Weidemann wurden wir mit norwegisch-russischer Gastfreundschaft empfangen, per »du«, das im Norwegischen genauso natürlich wie im Russischen ist, und als Zeichen der Bruderschaft überreichte mir der norwegische Bergler seinen Dolch. Alle Gebäude, Häuser und Kirchen, waren aus Holzstämmen gehauen, wie bei uns, einige von ihnen sogar mit Birkenrinde gedeckt, nur die Türen waren mit eisernen Ornamenten beschlagen. An den Zäunen hingen kleine Garben aus Hafer und Hirse, damit die Vögel im Winter nicht zugrunde gingen. Wir fuhren an den Holzkirchen, Gebäuden aus dem 9. Jahrhundert, noch mit heidnischen Verzierungen an den Dächern, vorbei (das Land wurde erst im 11. Jahrhundert christianisiert, durch König Olaf II. und seine Axt). Vor dem Eingang standen der Pranger mit dem Schandkragen für die Sünder (nicht nur in dem allseits scharf kritisierten Russland hatte es also solche Maßnahmen gegeben!) und eine Hütte, in der die Gemeindemitglieder ihre Waffen abzulegen hatten. Die Strenge, der Geist des Winters und die Aufrichtigkeit dieses Landes gingen mir direkt ans Herz. Ich konnte es spüren – wo sollte man heute, im verwöhnten Westen, noch so etwas finden? In dieser Umgebung würde ich leben können.

Im norwegischen Fernsehen, dem ersten, bei dem eine Absage undenkbar war, habe ich damals Folgendes gesagt (die Notizen dazu fand ich gerade jetzt): »Die Norweger haben einen Teil des rettenden seelischen Ideals bewahrt, das in der Welt heute immer weniger wird, das alleine jedoch der Menschheit Hoffnung für die Zukunft gibt.« Das mag insgesamt in Norwegen anders sein, aber während meines Besuches damals hatte ich eben dieses Gefühl.

In der Tat: was bedeutete sowohl für Norwegen als auch für unsere ganze vergreiste Zivilisation der Bau von Thor Heyerdahls »Kon-Tiki«! Die heutige Welt des Wohlstands entfernt sich immer mehr von dem natürlichen Dasein der Menschen, wird in intellektueller Hinsicht stärker, in Körper und Seele jedoch schwächer. Um die Frage zu lösen, woher die Bewohner der pazifischen Inseln gekommen sind, kann man sicher bequem in Papieren kramen und Theorien erörtern. Aber Heyerdahl zeigte Mut in einem uns abhanden gekommenen Ausmaß – er trat den Beweis mit einem primitiven Floß an, und er bewies es. Nun liegt die »Kon-Tiki« als ein Zeichen norwegischen Stolzes in einem eigenen Museum, wo auch ich war und sie mit Ehrfurcht betrachtete. Hier geparkt scheint sie zwar groß, was für ein mickriger Holzspan muss sie aber im Ozean gewesen sein …

War es also vorstellbar, dass mir die Norweger geistig am nächsten wären?

Gleich wurde ich mitgenommen, irgendein Anwesen bei Oslo zu besichtigen, das zum Verkauf stand, an die 170 Hektar, erinnere ich mich, über die ein Dutzend pittoresker Häuser im alten Stil verstreut lagen, mit alten Öfen – für wen war all das gebaut worden? Im Haus der Besitzerin, das mit unnötigem Krimskrams voll gestopft war, verköstigte man mich mit sprudelnden Getränken und bot mir das Anwesen an, bitte schön, kaufen Sie, wirklich eine Kleinigkeit, nur 10 Millionen Kronen. Ich war nicht im Geringsten versucht, vielleicht schade drum, denn so hätte ich acht Monate früher von Dr. Heeb in Erfahrung bringen können, dass es um meine finanziellen Möglichkeiten gar nicht so rosig bestellt war.

Ebenfalls in Oslo sahen wir den Film über meinen *Iwan Denissowitsch*, einen englisch-norwegischen Film, mit Tom Courtenay in der Hauptrolle. Der Film sollte möglichst nah an der Vorlage bleiben. Allerdings war das Einzige, was man wiederzugeben vermocht hatte, die Kälte, die Kälte und vielleicht andeutungsweise die Ausweglosigkeit. Bei dem Rest, sowohl in Bezug auf den Alltag als auch auf die Atmosphäre des Lagerlebens, fiel die hilflose Art, Unglaubwürdigkeit, Ferne auf. Von Journalisten nach der Vorführung über meinen Eindruck gefragt, lobte ich freilich den Film, weil ja das Filmteam gewissenhaft und ordentlich gearbeitet hatte. Zugleich wurde mir jedoch klar, dass man solche Stoffe nur mit unseren Schauspielern umsetzen könnte, die die sowjetische Erfahrung hatten. Diese nach den Jahrzehnten der Sowjetmacht kaum überbrückbare Kluft in Lebenserfahrung und Weltanschauung zeigte sich mir damals sehr deutlich. Noch hatte ich Fords Verfilmung meines *Im ersten Kreis der Hölle* nicht gesehen, die gleichgültig und mit Gewinnkalkül in die Welt geschleudert wurde. Werde ich überhaupt je eine adäquate Verfilmung meiner Werke erleben?

Die Reporter setzten ihre Jagd auf mich in Norwegen fort. Als wir in Weidemanns Haus in seiner Abwesenheit übernachteten, musste ein Polizeiposten vor dem Berg die Verfolger stoppen. Mit knapper Not schaffte es der liebe Stig Fredrikson, der plötzlich aus Moskau angereist war, zu mir durchzukommen, welch eine Freude! Er war etwas verlegen: Alja hatte ihm einen kleinen Zettel für mich mitgegeben, er hatte ihn in seinem Radio versteckt, aber die KGB-Leute waren raffiniert genug gewesen, dort nachzusehen und den Zettel zu konfiszieren. Er wusste leider nicht, was darauf stand. Man hätte ihn nun aus Moskau ausweisen können (was zum Glück nicht der Fall war).

Ich brannte zu wissen, was bei uns zu Hause los war. Ich erfuhr, dass noch keine Durchsuchung stattgefunden hatte, nichts war entwendet worden. Die Außenbeobachtung lief nach wie vor rund um die Uhr, doch durch die Vermittlung Stigs und anderer befreundeter Korrespondenten (das war ja eine andere Art Presse!) schaffte es Alja, einen wesentlichen Teil meines Archivs in verlässliche Hände zu verschicken. Freilich war eine drohende Durchsuchung noch nicht aus der Welt. Aber alle hielten sich gut, kamen furchtlos zu uns in die Wohnung, Alja war unbeirrbar, ein echter Feldherr. Als er zurückreiste, gab ich Stig meine Eindrücke und Informationen für sie mit, diesmal ohne etwas aufzuschreiben.

Mit Hegge erreichte ich den Fjord in Åndalsnes. Das Meer hatte an dieser Stelle eine leicht abfallende Uferlinie, die Berge standen etwas entfernt. Ein steiler Hang, an dem, wie ich mir vorgestellt hatte, das Haus für einen Verbannten gebaut werden könnte, war nicht zu sehen. Bis dahin hatte ich im Westen erst eine Woche gelebt, meine Wahrnehmung begann sich zu verändern, aber gefühlsmäßig fehlte mir noch etwas bis zum Verständnis, Durchblick. Und dieses Bild der flachen Küste ließ mich plötzlich begreifen, was in mir vorging. Als wir im Bauch des sowjetischen Drachens lebten, waren wir in vielerlei Hinsicht beengt, aber eines nahmen wir nicht wahr – die nach außen hin gerichtete Schärfe seiner Zähne. Wenn ich innerhalb der Sowjetunion die Küste Norwegens einen uneinnehmbaren Felsen gewähnt hatte, zeigte sie sich mir jetzt wie ein verwundbarer und begehrter atlantischer Küstenstreifen Skandinaviens. Nicht umsonst trieben sich dort sowjetische U-Boote herum. Im Falle eines Krieges würden die Sowjets diesen Streifen gleich in den ersten Stunden erobern, um von dort Großbritannien zu bedrohen. Deswegen hätte man kaum einen heißeren Ort für mich finden können als jene kalte nordische Gegend.

Im Übrigen teilte ich nie die allgemeine, in meinen Augen falsche Angst vor einem Atomkrieg. Wie im Zweiten Weltkrieg alle mit Zittern auf den Ausbruch des chemischen Krieges gewartet hatten, der nicht kam, so war ich seit mindestens 20 Jahren davon überzeugt, dass der Dritte Weltkrieg kein Atomkrieg sein würde. Bei dem noch nicht fertigen Schutzschild (die Sowjets hatten da größere Fortschritte erzielt) würde sich die Regierung der vermögenden, den Wohlstand genießenden Vereinigten Staaten, die den Vietnam-Krieg ihrer eigenen Gesellschaft bereits verloren hatten, niemals zu dem selbstmörderischen Schritt entschließen, den atomaren Erstschlag zu führen, selbst wenn die Sowjets Europa überfallen hätten. Die Sowjetunion ihrerseits konnte einen atomaren Erstschlag noch weniger brauchen:

Jahr für Jahr goss sie Rot auf die Weltkarte, kassierte jährlich etwa zwei Länder, ihre Armeen hätten auf allen Wegen strömen können, mit Panzern, da hätte man auch die norwegische Küste mit einem Wurf von Fallschirmspringern besetzt, wie auch Hitler es nicht versäumt hatte, diese einzunehmen. Daher hatte die Sowjetunion gerne die Verpflichtung unterschrieben, keinen atomaren Erstschlag zu führen, den *Erstschlag* würde sie nicht brauchen.

So wurde mir nach der Bekanntschaft mit dem ersten Fjord klar, dass ich in Norwegen nicht würde leben können. Der Drache ließe einen nicht zwei Mal aus seinem Rachen.

In jenen Tagen dachte ich auch darüber nach, in welcher Sprache unsere Kinder lernen würden, ob sie mit dem Norwegischen in der Welt zurechtkämen, ob ich in der skandinavischen Presse eine Geltung erlangen könnte.

Zurück in die Schweiz fuhr ich wieder mit dem Zug, über Südschweden, mit der Fähre (diesmal einer größeren, für Eisenbahnverbindungen), dann über Dänemark und Deutschland: Ich wollte aus dem Fenster mehr von Europa sehen. Symbolisch kreuzte ein sowjetisches Schiff den Weg der Fähre, und beim Anblick der nahen sowjetischen Flagge fühlte ich auf recht seltsame Weise mein Abgetrenntsein von der Sowjetunion. Von derselben Fähre aus versuchte ich mit einiger Anstrengung Hamlets Schloss Elsinore genauer zu erblicken. Auf der Reise ließ ich immer wieder verschiedene Ländernamen Revue passieren. Es gab zwar noch viele, die nicht unter dem Kommunismus lebten, aber die Auswahl, wo man sich niederlassen könnte, schien nicht besonders groß zu sein: Das eine Land ist zu südlich, das andere zu chaotisch, das dritte innerlich zu fremd. Noch ein Land gab es aber, das mir wohl passen würde – Kanada; man sagte, es sei Russland ähnlich. Die Wochen vergingen, meine Familie könnte bald nachkommen und ich sollte die Sache nicht länger verzögern.

Fürs Erste blieb Zürich, ein Geschenk für meine Lenin-Kapitel, und ich hatte keine Zeit, anderswohin zu fahren und zu wählen, ich wartete in der Schweiz. So fand ich mich in einer Großstadt, wie ich es eigentlich weder mochte noch plante. Obwohl ich meinen Hauptwohnsitz sofort und auf Dauer hätte wählen sollen, hatte ich in den ersten Monaten im Westen so viel zu bewältigen und abzuwarten, dass es diese Wahl nicht mehr gab.

Inzwischen hatte Sigmund Widmer keine Zeit verloren. Gleich nach meiner Rückkehr bot er mir an, in einem Stadtteil nahe der Universität eine Haushälfte zu mieten. Ich besichtigte die Lage: aneinander gedrängte Häuser in der Nachbarschaft, wie überall in Zürich, doch es gab einen kleinen Innenhof, etwa 200 m^2 breit, mit grünem Gras, die Lage war relativ ruhig, in der Kurve der Stapferstraße (schade, dass dieses »S« sich vorne anhängte, sonst hieße sie »Tapferstraße«, ganz nach meinem Geschmack). Die angebotene Haushälfte bestand aus einem für den Alltag wichtigen Keller mit einem niedrigen Raum, wo die Kinder im Winter spielen könnten, aus einem Wohnzimmer und Esszimmer mit Küche im Erdgeschoss, drei Schlafzimmern (ob wir für sieben Personen hier Platz finden würden?) im ersten Stock und noch einer Mansarde unter der Dachschräge, mit zwei Zimmerchen, wo man sogar schreiben könnte, und zu guter Letzt aus einem winzigen Dachboden, auf den eine kleine steile Treppe hinaufführte.

Kaum hatte ich mit Dank zugesagt, brachte die Stadtverwaltung am nächsten Tag einige Möbel als Leihgabe (es stand frei, sie später zurückzugeben oder zu kaufen). Kaum standen die Möbel auf ihren unsicheren Beinchen in verschiedenen Zimmern, kippte man in den besten Raum direkt auf den Teppichboden haufenweise die aus Dr. Heebs Kanzlei angekarrten Telegramme, Briefe, Pakete, Drucksachen, Bücher. Man wollte mir gratulieren, dass ich herausgekommen war, mich einladen, überzeugen, etwas sofort zu lesen, etwas unverzüglich zu tun oder eine Erklärung abzugeben. Bereits nach meinem *Iwan Denissowitsch* war mir bewusst, dass sich in einer solchen Welle unbändige Herzlichkeit mit gähnender Leere und bedachter Berechnung zu vermischen pflegte. Es gab auch feindselige Briefe, in ihrer Art erstaunlich, auch anonyme, wenngleich nicht zu begreifen war, wovor deren Verfasser Angst haben könnten. Es gab in jenem Moment wohl keine sinnlosere Tätigkeit, als mich mit dem Sortieren des anwachsenden Hügels zu befassen; er versprach, mit Freude meine ganzen Bemühungen für mehrere Monate im Voraus zu schlucken; antwortete man, so würde er aufs Doppelte anwachsen, behielte man Schweigen, würde man alle nur vergrämen. »Hast du Süßes, wirst du zerhackt, hast du Bitteres – dann wirst du ausgespien …« Mir gefiel die zweite Variante besser. Darüber hinaus gab es Briefe in allen Sprachen, Ungarisch wie Lettisch, die Hauptsprachen nicht mitgezählt; die Leute glaubten wohl, ich hätte mir gleich nach der Landung ein Übersetzungsbüro zugelegt?

Dann nahm sich die energiegeladene Frau Holub der Sache an. Sie brachte zwei tschechische Studenten zum Sortieren der Briefe; sie besorgte etwas Geschirr, einmal brachte sie mir Huhn mit Nudeln, ein anderes Mal Suppe mit Rindfleisch (genau solches Fleisch hatte ich zuletzt 1928 gegessen, am Ende der Neuen Wirtschaftspolitik, seitdem nicht wieder). Sie zeigte mir die Läden in der Nachbarschaft, wo Einkäufe ohne Zeitverlust erledigt werden konnten, und half mir ganz wesentlich. So begann ich zu haushalten.

Das Haus ließ sich absperren, aber es gab keine Gartentür. Ich dachte, das sei nicht schlimm, so schnell würde man nicht erfahren, wo ich wohnte. Nichts dergleichen: schon am ersten Tag entdeckte ein Reporter mein neues Obdach, machte heimlich Bilder von allen Seiten und gab die Fotos an die Zeitung, mit der Benachrichtigung: Bitte sehr, Solschenizyn wohnt jetzt in der Stapferstraße 45. Verflucht, jetzt konnte jeder, der nur wollte, bei mir eindringen, Zürcher wie Angereiste. Auch recht zwielichtige Personen tauchten auf, es war undurchsichtig, was sie mit ihrem Verhalten und ihren Reden bezweckten.

***

Während ich in Norwegen weilte, ergaben sich ein paar Dinge. Im amerikanischen Senat hatte Senator Helms den Vorschlag eingebracht, mir die Ehrenbürgerschaft der Vereinigten Staaten zu verleihen, wie einst nur La Fayette und Churchill (*Anhang 2*). Jetzt schickte er eigens durch einen Kurier die Einladung, in die USA zu reisen. Noch hatte ich in meinem Haus keine richtigen Möbel, die Stromleitungen an der Decke waren nach der Reparatur nicht angeschlossen, auf dem Boden lagen Haufen von unsortierten Briefen und Postsendungen herum, es gab kaum etwas im Haushalt – und ich haute in die Tasten der einzigen winzigen russischen Schreibmaschine, die in Zürich zu finden war, eine Antwort, die politisch nicht besonders umsichtig war und nur meine Überzeugung widerspiegelte: Ich dürfte mich nicht vom Westen vereinnahmen lassen. Einem Politiker konnte die in jenem Brief zum Ausdruck gebrachte ablehnende Argumentation nicht glaubwürdig erscheinen, eher als eine Art erfundene Ausrede: Trotz meiner sensationell gewinnbringenden Situation sollte ich mich nicht in öffentliche Begrüßungen stürzen wollen, sondern »mit Fleiß und Aufmerksamkeit mich konzentrieren«? Aber mir ging es damals eben so: Ließe ich mich vereinnahmen und hörte zu schreiben auf, würde die neugewonnene Freiheit jeglichen Sinn für mich verlieren.

Aus der Brieflawine wurde die Einladung George Meanys von den amerikanischen Gewerkschaften herausgefischt und mir überreicht (*Anhang 5*). Konsumentin von allem Neuen und Sensationellen, begehrte Amerika, mich sofort zu sehen, und die Reise dorthin wäre in jenen Wochen ohne Zweifel ein anhaltender Triumphzug gewesen, überdies noch mit der Ehrenstaatsbürgerschaft. Dafür hätte ich die Fahrt unverzüglich antreten müssen, dem unwiederbringlichen Augenblick nachjagen, da das gesellschaftliche Amerika von diesem Augenblick lebt, wie fast alle gesellschaftlichen Aktivitäten im Westen. Auch die Sowjets kochten in Erwartung, dass ich mich dorthin begäbe, und hatten schon eine Verteidigungslinie aufgebaut, mit einem Dutzend Schriftsteller und der gesamten Nachrichtenagentur APN. Dann forcierten sie noch ein Buch gegen mich, unter dem Titel *Im letzten Kreis*, an die 150 Seiten, und im Mai versandte die sowjetische Botschaft dieses Elaborat und verteilte es in ganz Washington.[1]

Doch ich bin meinem Naturell nach ein sesshafter Mensch, kein Vagabund. Sollte ich nun, nachdem ich an einen neuen Ort gekommen war und mich hier um einiges kümmern musste, gleich alles aufgeben und wieder auf die Reise gehen? Und was erwartete mich in Amerika? Weitere stürmische Zusammenkünfte, wo ich mich vor dem Fernsehen, den Zeitungen und den Versammlungen nicht länger würde ausschweigen können. Was dann? Zum Schwätzer werden, immer wieder das Gleiche hinausschleudern?

Ich hatte aber ganz andere Sorgen, die mich beschäftigten. Zunächst war da die Frage, ob mein Archiv, das ich fast 40 Jahre lang gesammelt hatte, gerettet werden könnte. Das waren Notizen mit Gedanken, Zitaten, vielerorts aufgezeichneten Erzählungen über die Episoden des Revolutionsgeschehens, alles auf einzelnen Zetteln, beschrieben mit Buchstaben so groß wie Mohnkörnchen, um sie besser verstecken zu können. Dann war dort das »Roman-Tagebuch«, mein Gesprächspartner bei der alltäglichen Arbeit, und das Manuskript des Romans selbst, des noch nicht abgeschlossenen *Oktober sechzehn*, der ja nicht durch eine Veröffentlichung gerettet war, wie etwa der *August vierzehn*, und einige einzelne Kapitel.

Die zweite, äußerst beunruhigende Sorge war die Frage, ob ich es überhaupt schaffte, im Westen schreiben zu können. Die Auffassung, dass bei vielen außerhalb ihrer Heimat die Fähigkeit zum Schreiben verloren geht, ist bekanntlich weit verbreitet. Würde mir das auch passieren? Einige westliche Stimmen sagten mir schon den baldigen geistigen Tod voraus.

Und dann noch: Würden wir unsere Rückendeckung in der Sowjetunion erhalten können, die dort verbliebenen Freunde und die »Unsichtbaren«, unsere Helfer? Gleich nach Amerika weiterzufahren, hieße, sie aufzugeben, ohne eine ständige Adresse, ohne Telefonverbindung, die geschmuggelten Briefe, abgesehen davon, dass jemand von dort eher nach Zürich würde kommen können mit Nachrichten, so wie etwa Stig (der tatsächlich auch bald kam).

In der Sowjetunion hielt ich mich bis zum Schluss, wie der Kampf es erforderte. Im Westen wurde ich nicht schwächer, nur war es mir nicht möglich, mich dem politischen Kalkül unterzuordnen. Wenn das wirklich eine freie Welt sein sollte, wollte ich diese Freiheit auch in Bezug auf mich haben, frei sein von allen Zudringlichkeiten der Presse, von allen Einladungen und allen gesellschaftlichen Verpflichtungen. Meine Absagen waren allesamt eine literarische Selbstverteidigung, die gleiche intuitive, nicht durchdachte, pragmatisch gesehen sicherlich falsche, jedoch dieselbe, die mich seinerzeit, nach dem Erscheinen von *Ein Tag im Leben des Iwan Denissowitsch* in der UdSSR, gehindert hatte, mich ins Präsidium des Schriftstellerverbandes zu begeben, um eine Wohnung in Moskau zu bekommen. Der Kern dieser Selbstverteidigung war – mich bloß nicht in einen Wirbel hineinziehen lassen, in der Stille die Arbeit fortsetzen, die Flamme des Schreibens nicht auslöschen. Ich selbst zu bleiben. Mein internationaler Ruhm, wie man ihn auch messen mochte, schien mir auf einmal nicht mehr so lebensnotwendig.

Und ich tippte die nächste Absage (*Anhang 6*).

Wie ein Mondsüchtiger, ganz durcheinander, ging ich in dem leeren Haus auf und ab und versuchte mir vorzustellen, was nun am allerdringlichsten zu erledigen wäre. Eine Pflicht war nicht aufschiebbar: Kurz vor meiner Ausweisung hatten Igor Schafarjewitsch und ich geplant, mit einer gemeinsamen Erklärung für General Pjotr Grigorenko einzutreten, schafften es zeitlich aber nicht mehr. Ihre Abfassung war meine Aufgabe, der Text mit unseren beiden Unterschriften sollte in Moskau publik gemacht werden. So schrieb ich in einem nicht eingerichteten Zimmer diese Stellungnahme, meine erste im Westen.[2] Durch eine »illegale« Möglichkeit, Post weiterzuleiten, schickte ich sie dann zu Schafarjewitsch nach Moskau, wo sie auch veröffentlicht wurde.

Immer wieder tauchten Alltagsprobleme auf; trotzdem konnte ich die eingegangene Post natürlich nicht gänzlich ignorieren und einfach über diese Berge hinwegsteigen.

Was mir alles geschrieben wurde! Ein alter Emigrant namens Kriworotow hatte mir einen »Offenen Brief« geschickt, einen langen Artikel, der später gedruckt wurde, mit der Anschuldigung, ich würde mit meinen lügenhaften Schreibereien das russische Volk nur belügen, da ich nicht gerade heraus sagte, dass sämtliche Übel Russlands durch die Juden gekommen seien, und davon hätte ich weder im *August vierzehn* noch im ersten Band des *Archipel Gulag* etwas offenbart. Solange es noch nicht zu spät sei, solle ich schleunigst auf den richtigen Weg kommen, andernfalls würde man mich erbarmungslos entlarven. (Später empörte man sich in der Emigrantenpresse, dass ich »es gewagt« hätte, diesen Kriworotow-Brief nicht zu beantworten.) In einigen anderen Briefen las man mir die Leviten, ich sei ein Liebling des Weltzionismus und hätte mich an ihn verkauft. Ein anderer alter Emigrant, Boris Solonewitsch, ließ in den entsprechenden Kreisen ein Pamphlet gegen mich kursieren, ich sei offenkundig ein KGB-Agent und wäre absichtlich ins Ausland geschickt worden, um hier die Emigration zu verderben.

Unterdessen schickte mir Dmitrij Panin aus Paris strengste Ermahnungen, es sei höchste Zeit, mich dem richtigen Kampf gegen den Kommunismus anzuschließen. Gerade jetzt sollte eine Gruppe unversöhnlicher Antikommunisten aus mehreren Ländern in Lausanne zusammenkommen, unter Beteiligung Panins, und ich müsse mich dorthin begeben und ihr Manifest mit unterzeichnen. (Mein Gott, das war ein Beispiel dafür, wie Menschen, deren Gedanken in langjähriger Einsamkeit reiften, abstürzen können.)

Fast gleichzeitig erschienen bei mir Vertreter zweier russischer Kirchen, der Auslandskirche und des Moskauer Patriarchats. Von der Auslandskirche kamen der Priester der Gemeinde in den benachbarten Kellerräumen, Vater Alexander Kargon (ein bemerkenswerter alter Mann, in seine Kirche gingen wir später), sowie der Erzbischof von Genf, Antonij (wie ich dann feststellen konnte, ein geradliniger, würdiger Kirchenmann), und ein recht zwielichtiger Abt des Jerusalemer Klosters, Grabbe der Jüngere, ebenfalls Antonij genannt; dieser gefiel mir wegen seiner abstoßenden Art und seiner übertriebenen Politisierung überhaupt nicht. (Ein paar Jahre später wurde er des Amtsmissbrauchs bezichtigt.) Das Gespräch blieb im Allgemeinen: Man erwarte konkrete Unterstützung von mir und den Anschluss an die Auslandskirche (wobei von der anderen keine Rede war).

Desgleichen kam zu mir ein Priester vom Moskauer Patriarchat, der Sohn des verstorbenen Schriftstellers Rodionow, auch er wohnte in der Nähe, der mich um mein Einverständnis bat, bei ihm zu Hause den Londoner Metropoliten Antonij von Surosh zu treffen, einen fulminanten Prediger, der durch die BBC in der Sowjetunion sehr bekannt war. Ich willigte ein. Diese vertrauliche Zusammenkunft fand einige Tage später statt. Der Metropolit war kränklich. Er war etwas älter als ich; dem weltlichen Beruf nach Arzt, wählte er den Weg als Mönch, zunächst geheim, mit der Zugehörigkeit zum Moskauer Patriarchat. Jetzt gehörte er dessen Hierarchie an, und das noch für lange Jahre, und fragte mich um Rat hinsichtlich der allgemeinen Verhaltensregeln. Er war zurückhaltend, ernst, mit einem aufmerksam-einschätzenden Blick. Was konnte ich ihm raten? Doch nur eine sehr harte Position: offen und laut zu bekunden, auf welche Weise in der Sowjetunion die Kirche unterdrückt werde. Er wandte bestürzt ein: Das würde doch einen Bruch mit dem Moskauer Patriarchat herbeiführen, dann könnte er von seinem Sitz aus nicht mehr wirken. Schließlich sei er der Exarch des Moskauer Patriarchats für Westeuropa. Aus meiner Sicht, noch vom direkten Kampf geprägt, schien damals keine andere Lösung möglich, wie man der russischen Orthodoxie einen besseren Dienst erweisen könnte.

Nein, in jenem Zustand, wo ich so aufgebracht, durcheinander war und so viele Dinge unentschieden blieben, konnte ich keinen klaren Verstand gewinnen. Ich tat irgendetwas, was nicht das Richtige war, und ließ wiederum die dringendsten Sachen liegen, aber welche das waren und warum, das konnte ich nicht genau bestimmen.

Nach einigen wenigen Besuchen der Kirche von Vater Alexander war ich richtig ergriffen. Nach außen hin war das ein durchschnittliches Wohnhaus. Man stieg in den Keller hinunter; die Fensterchen lagen nur auf einer Seite, nahe der Decke, oben dröhnte der Verkehr. Und hier, im Keller, der

100 Leuten Platz bot, versammelten sich etwa zehn Menschen, ein kleines Inselchen, ein Fetzen des auseinander gerissenen Russlands, und beteten; der ehrwürdige Priester, fast 80 Jahre alt, atmete schwer und sprach leidend, beinahe stöhnend im Gebet: »Mögest Du Dein Volk von den bitteren Qualen der gottlosen Macht erlösen!« Nur an wenige Kirchen in Russland konnte ich mich erinnern, wo man so inbrünstig beten konnte wie in diesem Keller, einer gewissermaßen Katakombenkirche, was umso stärker wirkte, als oberhalb, da draußen, eine fremde, hochmütige Stadt lärmte. Nein, in meinem ganzen Leben hatte ich so etwas nicht gehört, in der Sowjetunion wäre dies ja nicht möglich gewesen.

Mehrmals pro Woche rief ich Alja an; die Verbindung nach Moskau klappte jedes Mal, wir sprachen ohne Unterbrechungen. Aber worüber sollte man am Telefon miteinander reden? Die hier geschilderten Eindrücke ließen sich fast nicht mitteilen. Und Alja, die sich um die Rettung des Archivs, der wichtigsten Sache mühte, konnte mir darüber natürlich nicht eine Silbe sagen. Nur in einer sehr gequälten Stimme: »Lass mir noch ein bisschen Zeit mit dem Kommen. Ich habe jede Menge Sorgen im Alltag.« (Mir war klar: eine Menge *anderer* Sorgen, die ernsthafter waren als meine. Ich wusste jedoch nicht, dass ihr die von der Ausreisebehörde geforderte Prozedur für die ganze Familie – als ob diese von sich aus um die Emigration ansuchen würde –, mit all den Papieren, Bescheinigungen, Stempeln, zu schaffen machte. Wenigstens auf diese Art konnte man ein paar Sticheleien zufügen.) Dabei erkrankte unser Jüngster, Stepan, an Lungenentzündung, man musste ohnehin seine Genesung abwarten.

Ich richtete mich nach und nach in dem Haus ein. Mit Holubs fuhren wir in ein großes Möbelgeschäft, zur Ankunft der Familie kaufte ich ein paar Möbel, darunter norwegische, aus hellem Holz, um zumindest so Norwegen bei mir aufzunehmen.

Das Ehepaar Holub und auch andere Tschechen waren bei allen Fragen überaus hilfsbereit, erklärten mir vieles und lotsten mich durch die Stadt (nur der Mann war nicht sonderlich sympathisch, scheinbar ein böser Mensch): Brauchte ich einen russischsprachigen Zahnarzt – sie kannten einen, er kam zu mir, ein erstklassiger Hausarzt ebenfalls. Ein junger Tscheche schloss mir das Telefon mal in diesem, mal in jenem Zimmer an, zur vollsten Zufriedenheit. Als jemand mir ein kleines Haus am Vierwaldstätter See schenken wollte, brachten die Tschechen mich dorthin, doch die

Fahrt war umsonst. (Die Berglage war traumhaft, doch wurde nach einiger Zeit das Motiv klar: Der Schenkende hoffte, dass, wenn ich das Haus annehmen würde, die kantonale Verwaltung zu mir nach oben eine Straße legen würde, gerade an einem anderen Haus des Schenkenden entlang.) Und dann die Bitte: Dürften sich unsere tschechischen Leute mit Ihnen treffen, so viel, wie in unserer Wohnung Platz hätten? Ich sagte gerne zu. Holubs arrangierten diese Begegnung bei sich, es waren an die 40 tschechische Neuemigranten, viele achtbare Leute, eine herzliche Atmosphäre der vollen, gegenseitigen Verständigung (bis man den Westeuropäern so nahe kommt, muss man sieben Werst bis zum Himmel durch den Wald gehen, wie man in Russland sagt). Welch eine große Freude, wenn sich Gleichgesinnte einfach treffen und frei, ohne Verbote reden können. Und noch eine Bitte: Beehren Sie unsere tschechische Bildergalerie mit Ihrem Besuch! Ich fuhr hin, begegnete einer netten Malerin, sympathischen Besuchern. Und geben Sie uns doch bitte die Übersetzungsrechte für den *Archipel Gulag* ins Tschechische, wir werden das Buch zu unseren Landsleuten nach Prag schmuggeln! Ich erteilte sie. (Sie hatten die Übersetzung gemacht, aber eine schlechte, unbeholfene, verzögerten die ganze Geschichte zwei Jahre lang und durchkreuzten die Publikation eines anderen, niveauvollen tschechischen Emigrantenverlags.) Dann insistierten sie, ich solle einem gewissen Dichter Řezáč erlauben, meine *Ostpreußischen Nächte* zu übersetzen. Doch diesen Řezáč empfing ich nicht, wie beharrlich er auch war.

Auch die ehemaligen Lagerinsassen, die tausend Mal vorsichtiger sind, sich lieber hundert Mal umdrehen, aufgrund ihrer Erfahrungen zugeschnürt sind, auch sie sind an irgendeiner Stelle dennoch verwundbar. Durch meine Ausweisung noch aufgeregt, verwirrt, gequält, ohne klaren Durchblick in den neuen Verhältnissen, die mich überrollt hatten, war ich vor Fehlern nicht geschützt. Wären das alles Russen gewesen, hätte ich sie ausfragen können, aus welcher Emigration sie stammten, unter welchen Umständen sie das Land verlassen konnten. Aber bei den Tschechen, unseren Brüdern, die von uns verführt, von uns auch in den Boden gestampft worden waren – dieses ständige Schuldgefühl überlagerte schließlich meine Achtsamkeit. Zwei Monate später, ab dem Frühling, wohnte ich in Sternenberg im Gebirge, bei Widmer, meinen Aufenthaltsort wähnte ich unbekannt, mich selbst in Sicherheit der nächtlichen Einsamkeit, obwohl die Holubs den Weg dorthin bestens kannten. Später trafen des Öfteren Warnungen bei uns ein, direkt aus der Tschechoslowakei, dass die Holubs Agenten des Geheimdienstes seien, er sei früher ein Diplomat in gehobener Stellung gewesen, sie selbst habe fast 20 Jahre lang bei der Staatssicherheit gearbeitet. Uns fielen nun diverse Unstimmigkeiten auf und dass sie extrem neugierig und außergewöhnlich gut informiert waren. Zum Schluss warnte uns sogar die geduldige Schweizer Polizei davor, ihnen zu vertrauen. Doch all das sollte sich etwas später ereignen, und in der ersten Zeit, vor allem vor der Ankunft meiner Familie, waren die Holubs meine wichtigsten Helfer.

Obwohl mir also klar war, dass jedem auf einem neuen Gebiet dieselben Fehler unterlaufen, konnte ich mich nicht davon abhalten, die verlegerische Freiheit auszuprobieren, denn das noch nicht Ausgesprochene peinigte mich. Mit unnötiger Hektik schob ich ein Projekt nach dem anderen an, gab eine Schallplatte mit den *Ostpreußischen Nächten* heraus (natürlich durch Holub), nahm Verhandlungen über die Verfilmung von *Die Panzer kennen die Wahrheit* auf (wieder durch Holub). Man brachte den emigrierten tschechischen Regisseur Vojtěch Jasný zu mir, wir vergeudeten viel Zeit, alles umsonst. Dabei hatte ich bereits ein Szenario, dazu noch als einen der Hauptangriffe gegen die Sowjets gedacht, ich hatte diese Sache schon von Moskau aus vorangetrieben. Und jetzt war ich selbst im Westen, schaffte es aber nicht, sie in die Tat umzusetzen.

Das wichtigste unter diesen Anliegen war allerdings mein *Brief an die sowjetische Führung*.[3] Der Druck in Paris hatte sich bereits im Januar verzögert, die letzten Korrekturen blieben bei meiner Verhaftung auf dem Schreibtisch liegen (Alja gelang es jedoch, sie an Nikita Struve weiterzuleiten), nun sollte der *Brief* explodieren! Mir war nicht klar, dass man ihn im Westen falsch interpretieren, missverstehen würde und dass dies eine Entfremdung herbeiführen sollte. Innerlich allerdings war ich davon überzeugt, dass es richtig und notwendig war, diesen Schritt zu machen und der Führung des Landes nicht die Möglichkeit zu überlassen, so zu tun, als ob sie von dem darin geschilderten Weg keine Ahnung gehabt hätte.

Mein übergeordnetes Ziel beim Abfassen des *Briefes* bestand darin, von Russland eine blutige revolutionäre Entwicklung abzuwenden: »Massenhafte blutige Revolutionen bringen immer Unheil den Völkern, in deren Mitte sie sich ereignen«, schrieb ich. Eine Kompromisslösung mit der Oberschicht hieße in meinen Augen, das *System* zu beseitigen. Darüber schrieb ich ihnen: »Das Auswechseln der heutigen Führung (der gesamten Pyramide) gegen andere Personen würde nur zu einem neuen vernichtenden Kampf anstiften und einen sehr fragwürdigen Gewinn in Bezug auf die Qualität der Führungskräfte bringen.« Was sollte schließlich dafür sprechen, dass durch die plötzliche Ablösung *dieser* Schicht sich irgendwelche Engel oder wenigstens ehrliche, arbeitswillige Menschen zumindest um die kleinen Leute, um das Volk kümmern würden? Nachdem unser Volk ein halbes Jahrhundert lang verdorben und ausgedörrt wurde, könnten, da war ich mir sicher, nur Abschaum, Draufgänger und Kriminelle emporkommen.

Freilich hatte ich für einen solchen Dialog keine überzeugende Position, zumal die Argumentation meines Appells eine Schwachstelle enthielt: Denn in Wirklichkeit hatte die kommunistische Ideologie ja bestens unter Beweis gestellt, ein hervorragendes Mittel zur Welteroberung zu sein. So war mein Aufruf an die sowjetische Führung, sich von dieser Ideologie loszusagen, keine realistische Empfehlung, vielmehr ein Verzweiflungsschrei. Ich wollte sie nur daran erinnern, wie der Marxismus sich in seinen Vorhersagen *durchweg* fehlerhaft gezeigt hatte: Seine Wirtschaftstheorie ist primitiv, sie berücksichtigt weder die Rolle des intellektuellen Schaffens noch der Organisation im Produktionsprozess. Des Weiteren wird das Proletariat im Westen keineswegs bettelarm und wir können nur davon träumen, unser eigenes so satt zu bekommen und zu bekleiden; natürlich sind die Grundlage der europäischen Länder keineswegs die Kolonien gewesen, ohne diese wird der Fortschritt keineswegs gehemmt. Die Sozialisten kommen an die Macht auch ohne bewaffneten Aufstand, gerade die Industrieentwicklung führt keinen sozialen Umsturz herbei, das ist vielmehr das Los der unterentwickelten Länder; die sozialistischen Staaten sind ebenfalls nicht in Auflösung begriffen gewesen und die Kriege, die sie führen, stehen der kapitalistischen Kriegführung in nichts nach. Lediglich die Bedrohung durch China stellte ich etwas plastischer dar, als sie zum damaligen Zeitpunkt tatsächlich war, doch die Angst davor war in der Sowjetunion gewiss vorhanden, über die Zukunft wollte ich nicht spekulieren.

Ich konnte keine stärkeren Argumente in meinem *Brief* verwenden, weil diese Stärke in unserem Leben nicht vorhanden war. Ich versuchte nur, jeden Aspekt eines Arguments zu beleuchten, um das undurchdringliche

Bewusstsein unserer unglückseligen Führung zu erreichen. »Um jeden Preis sollte Ihre Partei von den unerreichbaren und unnötigen Zielen der Weltherrschaft Abstand nehmen«, schrieb ich; »mögen uns unsere Kräfte, Verstand und Herz reichen, unser eigenes Zuhause zu gestalten, wozu sollen wir uns dem ganzen Planeten widmen«; »die Bedürfnisse der *inneren* Entwicklung sind für uns als Volk unvergleichlich wichtiger als solche der *äußeren* Kraftansammlung«, von der man sich eben »lossagen soll« (konnten diese Leute das überhaupt wahrnehmen?). »Die gesamte Weltgeschichte hat gezeigt, dass die Völker, die Imperien geschaffen haben, in geistiger Hinsicht benachteiligt gewesen sind.« (Was bedeutet denn das Geistige für unsere Führung?) »Die Ziele eines großen Imperiums und die moralische Gesundheit des Volkes sind miteinander unvereinbar. Und wir sollten es nicht wagen, internationale Aufgaben zu erfinden und die Rechnung dafür zu zahlen, solange unser eigenes Volk sich in solch einem moralischen Niedergang befindet, solange wir uns als Söhne dieses Volkes betrachten.« (Ach, sind die überhaupt irgendwessen »Söhne«? Sie sind doch die »Väter« des Volkes ...)

Weiter in diesem Appell, um den dicken Schädel der Führung zu durchbohren, schrieb ich nun: Wir haben doch genug Sorgen, wie wir *unser* Volk retten, *unsere* Wunden heilen lassen. »Haben Sie denn wirklich so wenig Vertrauen in sich? Ihnen bleibt doch Ihre ganze unverrückbare Macht, eine separierte, in sich geschlossene Partei, die Armee, die Polizei, die Industrie, das Transport- und Kommunikationswesen, die Bodenschätze, das Außenhandelsmonopol, der erzwungene Rubel-Kurs erhalten – geben Sie doch dem Volk die Möglichkeit zum Atmen, Denken und Sich-Entwickeln! Wenn Sie gefühlsmäßig diesem Volk angehören, sollten Sie hierbei keinen Moment zögern!« Aber nein, *gefühlsmäßig*, vom Herzen her, gehörten sie anderswohin ... Und ich wollte sie leidenschaftlich gerne überzeugen, gar nicht die damaligen Führer, sondern schon diejenigen, die sie morgen ablösen sollten.

Mein Aufruf an den Nord-Osten war sozusagen ein seelisches Innehalten vor dem Unglück und der Spaltung, die unvermeidlich über uns kommen würden, wie ich spürte. So schrieb ich: Wir sind immer noch »reich an unerschlossenem Boden« und »*den höchsten Reichtum* der Völker stellt der Boden dar«, der Raum für die Bevölkerung, die Biosphäre, der Nährboden, die Bodenschätze; und bei uns ist das Dorf vom vollständigen

Niedergang erfasst worden. Mein Wunsch bestand damals keineswegs darin, die Sowjetunion auf die Grenzen der Russischen Föderation zu reduzieren und als Kompensierung die Territorien des russischen Nordens und Sibiriens weiter zu erschließen. Mir war aber klar, dass viele Unionsrepubliken, wenn nicht gar alle, von uns würden abfallen wollen; wir können sie doch nicht mit Gewalt zurückhalten! »Es kann keine Rede davon sein, irgendeine angrenzende Nation im Bestand unseres Landes mit Gewalt zu behalten.« Wir brauchten stattdessen ein Programm, um diesen Prozess möglichst schmerzfrei ablaufen zu lassen, viel schlimmer wäre es, wenn er zum Verlust des Nordkaukasus oder der südrussischen Gebiete am Schwarzmeer führen würde.

Noch von ganz vielen Dingen schrieb ich damals, denn einen solchen Appell verfasst man nur einmal im Leben: vom Untergang des Schulwesens, der Familie, vom Kräfte schindenden Arbeitseinsatz der Frauen, von der Sinnlosigkeit *für die Machthabenden selbst*, die Religion zu verfolgen: »mit Hilfe von Faulenzern die eigenen besten und gewissenhaften Arbeiter, die mit Betrug und Diebstahl nichts zu tun haben, zu verfolgen, um dann unter dem allgemeinen Betrug und Diebstahl zu leiden«. Ich erbat keine Erleichterungen für die Gläubigen, nur dass man in der Tat aufhörte, sie zu unterdrücken. Grundsätzlich rief ich auf: »Lassen Sie doch einen ehrlichen Wettstreit aller ideologischen und moralischen Strömungen zu, nicht um der Macht, sondern um der Wahrheit willen!« Dann stellte ich auch fest, dass »die alltäglich aufgezwungene ideologische Lüge« am unerträglichsten sei; und sollen doch die von den Machthabern ausgehaltenen großmäuligen lügenhaften Agitatoren, wenn sie wahrhaft davon überzeugt sind, für den Marxismus-Leninismus in ihrer Freizeit werben und dafür kein Gehalt vom Staat beziehen. Und davon noch, dass die damals vollzogene »Zentralisierung aller Arten des geistigen Lebens eine Abscheulichkeit und Mord am menschlichen Geist darstellte«. Ohne 60 bis 80 Städte, die »selbstständige kulturelle Zentren sein sollen, gibt es Russland als Land nicht, nur als ein der Stimme beraubtes Anhängsel« zu den beiden Hauptstädten.

Der *Brief* entstand aus der Logik meiner ganzen Existenz in der Sowjetunion; in all den Jahren habe ich kein einziges Mal bereut, ihn damals an die Regierung abgeschickt zu haben, selbst in den Tagen, als der *Archipel Gulag* beschlagnahmt wurde. Eine vorübergehende autoritäre Periode war nach meiner Auffassung für die Rettung des Landes vonnöten, die Katastrophe im Jahre 1917 stand wie ein Rauchzeichen vor meinen Augen, auch wie man damals in einem wahnsinnigen Versuch Russland mit einem Sprung zur Demokratie zu verhelfen wähnte und sofort das Chaos ausbrach. »Im letzten halben Jahrhundert konnte die Bereitschaft Russlands für die Demokratie, für ein parlamentarisches System mit mehreren Parteien, nur sinken.« Daraus ergab sich, dass die Lösung nur in einem stufenweisen, nicht überstürzten Abstieg vom eisigen Felsen der Tyrannei über die autoritäre Ordnung zur Demokratie bestehen könnte. »Unerträglich ist nicht autoritäres Regieren, sondern Willkür und Gesetzlosigkeit«, »die autoritäre Ordnung bedeutet nicht, dass die Gesetze überflüssig sind oder nur auf dem Papier stehen, ohne die Auffassungen und den Willen des Volkes widerzuspiegeln«. Wie kann man das alles eigentlich nicht verstehen? Was für einen halsbrecherischen Sprung von der Bergspitze ins Tal haben unsere Radikalen vorgeschlagen! Ihr Streben nach der »sofortigen« Demokratie ist ein Gefühlsausbruch von Schreibtischleuten aus den Hauptstädten gewesen, denen die Grundzüge des Volkslebens verborgen bleiben.

Einen anderen Zeitpunkt für diesen *Brief*, wie man sieht, hätte es nicht gegeben, hätte ich noch gezögert, wäre es vorbei gewesen, denn ich wurde des Landes verwiesen. Selbst wenn mir in jenem Augenblick vorgeschwebt hätte (was nicht der Fall war), wie man im Westen diesen *Brief* auffassen würde, hätte ich ihn trotzdem abgeschickt. Mein Verhalten war nicht davon, sondern von der Sorge um Russlands Schicksal geleitet. Man musste sich Gedanken machen, wie man den festgefahrenen Karren herausziehen könnte.

Der Herbst 1973 verging, der *Brief* versandete, wie zu erwarten war, im Zentralkomitee der Partei. Ich fragte mich, ob man ihn überhaupt lesen würde. Damals wurde der *Archipel Gulag* zum Explodieren vorbereitet. Da es ziemlich wahrscheinlich war, dass ich in dieser Explosion mein Leben lassen könnte, wollte ich es noch schaffen, dieses Programm zusammen mit dem abschließenden Memorandum *Lebt nicht mit der Lüge!* zu veröffentlichen. Mir war ausschließlich das Verhältnis zwischen unserem Volk und unseren Regierenden wichtig; der Westen war für mich ein entfernter Ort, wo meine Werke erscheinen konnten, für ihn hatte ich kein besonderes Gefühl in den Fingerspitzen. Ich spürte daher nicht, dass die Abwendung der westlichen Öffentlichkeit von mir bereits zwei Jahre zuvor begonnen hatte, seit dem Brief an den Patriarchen, infolge meiner zu intensiven Hinwendung zur Orthodoxie, seit dem *August vierzehn*, infolge meiner negativen Bewertung der russischen Revolutionäre und Liberalen, meiner positiven Äußerung über die Militärpflicht (in den USA fiel dies mit dem Vietnam-Krieg zusammen), geschweige denn, dass so manchen künstlerisch gestört haben dürfte, in welch stark involviertem Bezug ich zu dem dargestellten Material stand. Im Westen fällt die Einschätzung eines literarischen Werkes gegenwärtig umso vorteilhafter aus, je abstrakter, kühler der Autor sich zeigt, je weiter er sich von der Realität entfernt, sie zum Spiel und zu nebulösen Konstruktionen verfremdet. Nachdem ich also die gängigen Regeln des künstlerischen guten Tons verletzt hatte, tat ich nun dasselbe mit meinem *Brief an die sowjetische Führung* in Bezug auf den politischen Anstand. Unter dem Einfluss der Kritik A. A. Ugrimows[4] konnte ich zum ersten Mal den *Brief* aus dem sozusagen westlichen Blickwinkel betrachten und revidierte noch vor meiner Ausweisung einige Ausdrücke darin, die für den Westen wohl besonders verblüffend waren, denn das war ja kein Privatbrief, sondern ein ohne Reaktion gebliebenes Programm, welches Anspruch darauf hatte, verbessert zu werden. Aber meine Änderungen waren geringfügig, das Wichtigste blieb verständlicherweise unangetastet. Jetzt, im Westen lebend, ohne zu verstehen, in welche Richtung mich dieser Schritt bringen würde, trieb ich die Veröffentlichung des Textes auf Russisch, Englisch und Französisch voran. Am 3. März [1974] erschien er erstmals in der *Sunday Times*, und zwar ohne das Vorwort, das bei YMCA-Press verloren gegangen war, wovon ich wiederum keine Kenntnis erhielt. Aber das Fehlen dieser einleitenden Stellungnahme des Autors verstellte den Sinn und machte den *Brief* nicht in allen Teilen verständlich.

Für den Westen sah es nun folgendermaßen aus: Die Westler hätten mich vor der inhumanen sowjetischen Führung als einen demokratisch und sozialistisch gesinnten Helden (man schrieb mir die Position eines »moralischen Sozialismus« zu, dem eigenen frommen Wunsch entsprechend) verteidigt, und sogar mit Erfolg. Und dann stellte sich heraus, ich sei gar kein Sozialist, sondern propagiere eine autoritäre Ordnung und biete überdies, schon vor einem halben Jahr, jener drakonischen Führung die Diskussion an. Vielleicht sei ich gar kein Gleichgesinnter, sondern womöglich ein Feind? Wen hatte man eigentlich gerettet?

Kaum waren die schallenden Begeisterungsrufe verklungen, schon ergossen sich die Beschimpfungen der westlichen Presse über mich. Eine ziemlich rasche Wendung binnen dreier Wochen! Hätte man mich wenigstens aufmerksam gelesen … Aus den Äußerungen und Angriffen wurde jedoch deutlich, dass sich diese Zeitungsleute nicht einmal die Mühe machten, *den Text zusammenhängend zu lesen*. Hier schockierte mich das erste Mal das, was später als dauerhafte Begleiterscheinung zu sehen war – diese Unlauterkeit. Wohl am stärksten schlug die *New York Times* auf mich ein, die es abgelehnt hatte, meinen *Brief* zu veröffentlichen. Aber als man dort von Michael Scammell hörte, ich hätte irgendwelche *Korrekturen* vorgenommen, besorgte sich die Zeitung bei dem gutgläubigen Struve nur diese Liste der Berichtigungen und druckte lediglich diese, nicht den Text im Ganzen ab, um den Skandal anzuschüren. Jetzt beschimpfte mich die Zeitung als einen Reaktionär, Chauvinisten und Imperialisten. Hier verschlug es mir vor Erstaunen den Atem: Wieso denn ein Imperialist? Ich rufe doch die Sowjets auf, jedwede Aggression einzustellen, ihre Okkupationskräfte von überall abzuziehen – wem soll das gegen den Strich gehen? Wenn ich schreibe: »Die imperialen Ziele und die moralische Gesundheit des Volkes sind miteinander unvereinbar« – wie kann ich ein Imperialist sein?[5]

Am meisten traf die Leute die Vorstellung, ich sei kein leidenschaftlicher Verehrer des Westens, »kein Demokrat« also. Doch mir dünkt, ich sei ein konsequenterer Demokrat als die New Yorker intellektuelle Elite und unsere eigenen Dissidenten: Unter *Demokratie* verstehe ich die reale autonome Machtausübung des Volkes auf allen Ebenen, von oben bis nach unten, während für diese Leute die Demokratie das Regieren der gebildeten Klasse bedeutet.

Die Verwirrung und die feindseligen Gefühle dem *Brief* gegenüber, die in den USA aufgekommen waren, spiegelten sich auch im zweiten Brief des Senator Helms wider, in dem er seinen unterdrückten inneren Schmerz spüren ließ (*Anhang 7*). In meiner Antwort erörterte ich meine Position etwas ausführlicher (*Anhang 8*).

Zeitgleich mit diesen gehässigen Turbulenzen in Amerika meldete sich lautstark und überstürzt Andrej Sacharow zu Wort. Was ich auf gar keinen Fall erwartet hatte, war die feindliche Stellungnahme Sacharows. Denn erstens hatten wir unsere Differenzen noch nie öffentlich ausgetragen. Zweitens war er noch einige Tage davor zu meiner Familie nach Moskau gekommen, die kurz vor der Ausreise stand; einen langen Abend verbrachte man in der Küche mit den Freunden, man sang Lieder, Andrej Dmitrijewitsch sang mit. Mit keiner Silbe, keiner Andeutung gab er meiner Frau zu verstehen, dass er im Begriff stand, mir in wenigen Tagen polemisch zu antworten. Freilich wäre er dazu nicht verpflichtet gewesen, gewiss; doch ich hatte ihm seinerzeit meine Kritik seiner Ansichten (»Bei der Wiederkehr des Atems und des Bewusstseins«, 1969) im Stillen übergeben, zeigte sie niemandem und ließ sie viele Jahre nicht drucken. Und in dieser Kritik betonte ich mit Umsicht, nach einer aufmerksamen Lektüre, jedes überzeugende Argument Sacharows, jeden positiven Vorstoß. Was hätte ihn also gehindert, mir seine Entgegnung durch Alja zu schicken? Hätte er nichts Schriftliches mitgeben wollen, so hätte er auch etwas dazu sagen können, wenn auch nichts Wohlwollendes.

Nein, es war anders. Zwei Tage nach der Abreise meiner Familie donnerte er seine Antwort durch die ganze Welt, wie ein völlig fremder Mensch, und dann noch mit einer verwunderlichen Hektik, wie man nie Samisdat-Artikel verbreitet hatte. Normalerweise kamen sie durch verschiedene Hände in den Westen, doch hier diktierte er seinem Mitstreiter Walerij Chalidse aus Moskau nach New York ganze 20 Seiten am Telefon. Was für eine brennende Eile, fast eine Hysterie, Sacharow selbst gar nicht ähnlich. Vermutlich redete man auf ihn so stark ein, rasch und heftig zu entgegnen, nur mit äußerer Einwirkung kann ich mir das erklären. Und die KGB-Leute rieben sich schadenfroh die Hände und unterbrachen dieses lange Diktieren nicht, wie sie es sonst öfters schon bei Kleinigkeiten taten.

Sehr verletzend war allerdings, dass Sacharow in der Eile meinen *Brief* offensichtlich gar nicht richtig gelesen hatte. Oder hatte er den Text nur im Auslandsradio gehört und antwortete aus dem Gedächtnis? Jedenfalls schrieb er dem *Brief* Dinge zu, die darin nicht zu finden sind, etwa »die Bestrebung, unser Land … vom Handel zu isolieren, von all dem, was man als Austausch von Menschen und Ideen bezeichnet«, »die Verlangsamung der Forschung, der internationalen Wissenschaftsbeziehungen«, den Wunsch, »die freigewordenen Ressourcen des Staates« unter den begeisterten Verfechtern der national-religiösen Idee zu verteilen und »für sie die Möglichkeit für hohe persönliche Gewinne von der Wirtschaftstätigkeit zu schaffen«. Schließlich war noch von »Solschenizyns Traum, größtenteils mit manueller Arbeit auszukommen«, die Rede. Um Gottes willen, Andrej Dmitrijewitsch! *Nichts dergleichen* steht doch in meinem *Brief*, wo haben

Sie das bloß hergeholt? Unwissenschaftlich, unkorrekt – das sind doch nicht Ihre Eigenschaften! Das hatte ich nicht erwartet.

Erst beim Nachdenken wurde mir klar, dass ich es hätte erwarten können. Die gesellschaftliche Bewegung in der Sowjetunion konnte durch ihre nachhaltige Entwicklung nicht länger amorph bleiben. Einige Richtungen mussten sich zwangsläufig voneinander differenzieren. Man konnte vorhersagen, dass diese Richtungen ungefähr mit jenen übereinstimmen würden, die beim Niedergang des alten Russlands vorhanden waren, zumindest die wichtigsten – die sozialistische, die liberale und die nationale. Die sozialistische Richtung war jetzt durch die Brüder Medwedjew vertreten, die mit der Gruppe der alten Bolschewiken verschmolzen waren und noch mit einigen offiziellen, einflussreichen Leuten *da oben*. Das war die am besten strukturierte Richtung, der offenbar schon seit langem die Vermischung mit den Strömungen der demokratischen und der Menschenrechtsbewegung, eine ihr fremde gesellschaftliche Rolle, lästig geworden war. Deswegen war sie die erste, die sich abspaltete: Kaum beruhigte sich die tosende, breit angelegte Kampagne der Führung gegen Sacharow, fiel ihm im November 1973 Roy Medwedjew sozusagen in den Rücken. Damals waren viele darüber verwundert. Jetzt aber, kaum hatten die Regierenden mit mir abgerechnet, attackierte mich der profilierteste Vertreter der liberalen Richtung, Sacharow, und fiel mir in den Rücken.

Ihm war die weltweite Resonanz in diesem Augenblick sicher. Der Angriff verlief unter ungleichen Bedingungen, aber paradoxerweise konnte ich ja aus dem Ausland nicht gewichtig und scharf antworten, denn Sacharow war da drüben, im Würgegriff der Feinde. Gerade angesichts seiner Unfreiheit waren mir trotz meiner Freiheit die Hände gebunden.

Doch wieso diese besorgte Aufregung, die innere Spannung seiner Antwort? Im *Brief* stand doch gar keine dringende Aufforderung an unsere »Führer«. Ich versuchte ihnen nur ins Gewissen zu reden, für lange Zeit im Voraus; das sofortige Handeln, alles Auseinandertreiben und Peitschen war dagegen ein Zeichen der kommunistischen Führung. Ungeachtet aller Gefahren und anstehenden Sorgen setzte sich Sacharow schleunigst hin, um mir ausführlich zu antworten.[6]

Sacharows Artikel ist größtenteils in seiner charakteristischen, ruhigen theoretischen Art abgefasst, wenngleich nicht durchgängig. In weltanschaulicher Hinsicht folgt er weitgehend seinen *Gedanken über Fortschritt, friedliche Koexistenz und geistige Freiheit*, die sechs Jahre zurückreichten. So sagte er auch: Seine früheren öffentlichen Äußerungen »scheinen mir im Wesentlichen nach wie vor richtig zu sein«; er pflegt weiterhin dieselbe »rationalistische Herangehensweise an die Phänomene der Gesellschaft und Natur«, wobei ihm »die Unterscheidung an sich der Ideen in westliche und russische unverständlich bleibt«. Allerdings haben wir es hier nicht mit Physik oder Geometrie zu tun, es geht um ein Gebiet der Humanwissenschaften, wie will man sich, ohne diesen Unterschied zu begreifen, zu gesellschaftlichen Problemen äußern? Denn gerade auf diesem Gebiet sind die Ideen im Wesentlichen von ihrer Umgebung geprägt, von der Tradition und der Mentalität des Volkes, das sie hervorgebracht hat. In seinem Artikel begegnet man derselben Denkweise bezüglich des ganzen Planeten, die sich nicht auf die Betrachtung der Existenz einer einzigen Nation reduzieren lässt: »Es gibt kein kardinales Problem, das im nationalen Maßstab gelöst werden kann«, alles wird durch »die wissenschaftliche und demokratische globale Regulierung« geregelt (dann werden die globalen Probleme der Zivilisation aufgezählt, unter Ausklammerung des Geisteslebens, der Kultur und überhaupt der gesamten vieldimensionalen menschlichen Existenz).

Doch im Unterschied zu den *Gedanken über Fortschritt* verurteilt Sacharow diesmal entschieden den Marxismus. Dabei ein Seitenhieb: »Solschenizyn überbewertet die Rolle der Ideologie.« Nach Sacharow war die damalige Führung der Sowjetunion nicht von der Ideologie geleitet, sondern von der Bestrebung, »ihre Macht und die Grundzüge der Ordnung zu erhalten«. Was ist das für eine Ordnung, wenn nicht die eines Staates nach Marx und Lenin? Und was bietet das Instrumentarium dazu, wenn nicht die Ideologie? Wenn es nicht wegen dieser Ideologie war, warum waren die Machthaber so verängstigt, dass sie ihre eigene, von Premierminister Kossygin gestaltete, vernünftige Wirtschaftsreform von 1965 abwürgten? Es fällt auf, dass obwohl sich mein *Brief* explizit an die *Führung* wendet, mit dem Aufruf, diese solle sich von der Ideologie trennen, und ich sage mit keinem Wort, die sowjetische Gesellschaft oder die Volksmassen würden ihr anhängen, übersieht Sacharow das mit unbegreiflicher Achtlosigkeit. Drei Mal, mit Nachdruck, eine offene Tür einrennend, polemisiert er dagegen: »Spricht man über den gegenwärtigen Zustand der *Gesellschaft* [Hervorhebung – *A. S.*], so ist für ihn die ideologische Indifferenz kennzeichnend«; »man sollte die Rolle des ideologischen Faktors im heutigen Leben der sowjetischen *Gesellschaft* nicht überbewerten«; »meiner Meinung nach überschätzt Solschenizyn die Rolle des ideologischen Faktors in der gegenwärtigen sowjetischen *Gesellschaft*«. Das geht seltsamerweise am Gegenstand der Auseinandersetzung vorbei (weil zu hastig gelesen?), obwohl hier der *Kern* seiner Gegenargumentation liegt. Und eine alte Einschränkung tauchte wieder auf: »der Kasernensozialismus«, als ob jemand irgendwann einen anderen Sozialismus gesehen, als ob Marx zu einem »ungebundenen, freien« Sozialismus geführt hätte! Dann noch ein viel sagender Satz: »... die Rolle des Marxismus als einer angeblich ›westlichen‹ und antireligiösen Lehre«. Wirklich einer nur angeblich antireligiösen? Und vielleicht auch einer abgestorbenen? Ach, Andrej Dmitrijewitsch, wie zäh ist doch diese Ideologie und wie lange noch wird man sich an ihr festhalten, an ihrer kasernenartigen »Gleichheit«, ebensolchen »Gerechtigkeit«, nur um die Last der Freiheit von sich zu weisen.

Hier geht Sacharow auch auf das *russische* Thema ein, und das ist wahrlich nicht das erste Mal, dass dabei viele Klischees bedient werden: »In Russland währte jahrhundertelang ein sklavischer, andienender Geist, gepaart mit Verachtung gegenüber Ausländern, anderen Völkern und Andersgläubigen.« Aber wie hat bei einer derartigen Verachtung ein Staat mit 100 Nationen bestehen können? Man kommt nicht umhin, Andrej Dmitrijewitsch, die Werke der Historiker zu konsultieren – Sergej Solowjows, Sergej Platonows. Daraus erfährt man, dass in der gesamten Regierungszeit von Iwan dem Schrecklichen bis Alexej Michajlowitsch und Fjodor Alexejewitsch Russland vom Westen das Wissen und die Fachleute mit ihrem Können zu gewinnen suchte und die Ankömmlinge ehrenvoll aufnahm. Doch die Hanse, Livland, Polen sowie der Heilige Stuhl, der sich direkt einmischte, schnitten ihnen den Weg nach Russland ab; ihnen allen war Russlands Aufstieg nicht geheuer. Wozu hätte Peter der Große sonst das »Fenster nach Europa« aufstoßen sollen? Weil es *von außen* zugeschlagen war.

Sacharow ist auch der Auffassung, »der Aufruf zum Patriotismus sei etwas aus der Waffenkammer der offiziösen Propaganda«. Und überhaupt, fragt er weiter, »wo ist diese gesunde russische Entwicklungslinie«? Hätte es sie nicht gegeben, wie hätten wir denn 1000 Jahre überdauert? Sieht Sacharow denn gar nichts Gesundes in seiner Heimat? Weiter wundert er sich, dass ich die Leiden und Opfer des russischen und ukrainischen Volkes unter den Kommunisten hervorgehoben habe – solche übermäßigen Opfer könne er nicht erkennen.

So erlebte Russland ein Wunder – Sacharow, und ihm war nichts mehr zuwider als das Erwachen des eigenen russischen Bewusstseins! Sieht man genauer hin, so war das wiederum zu erwarten und aus einer früheren russischen Parallele vorherzusagen: Der russische Liberalismus hat schon immer in der national-moralischen Entwicklung Russlands für sich eine dunkle Gefahr gewittert, während die Liberalen mit dem sozialistischen Flügel, selbst mit den davon abgefallenen Kommunisten, urverwandt waren, durch die Väter der Aufklärung.

Erneut taucht bei Sacharow der naive Glaube auf, die Ausreisefreiheit würde zur Demokratisierung des Landes führen, und nur die Demokratie könne »einen Volkscharakter, der zur rationalen Existenz fähig ist«, entstehen lassen. Ja, gewiss, wenn man allerdings die Demokratie als die stabile, funktionierende Macht des Volkes auffasst und nicht als bunte Fahnen mit Wahlparolen, die dann als eine selbstzufriedene, abgeschottete Quasselbude mit gut bezahlten Leuten endet. Laut Sacharow sei der demokratische (d.h. selbstredend nach westlichem Muster) »der einzige wohlbringende Weg für jedes Land« (das nennt sich *Schema*). Ohne Zögern diktiert Sacharow unserem Land ein Programm »demokratischer Veränderungen unter dem wirtschaftlichen und politischen Druck von außen«. Von wem soll dieser Druck von außen denn kommen, etwa von den amerikanischen Financiers? Eine hoffnungsvolle Aussicht! In Hinblick auf mein zentrales Anliegen im *Brief*, den *langsamen, allmählichen* Übergang zur Demokratie über eine autoritäre Phase, erhebt Sacharow die Gegenstimme erneut an meinem Argument *vorbei*: »Ich kann nicht einsehen, warum in unserem Land die Errichtung der Demokratie im Prinzip unmöglich sein soll« – ich streite aber nicht gegen dieses »im Prinzip«, sondern sage lediglich, wie gefährlich ein ruckartiger Übergang dazu wäre.

Sicherlich war der Ton Sacharows nicht beleidigend. Aber gegen Ende des Artikels änderte sich das. Er war der Erste, der meine Vorschläge als »potenziell gefährlich« bezeichnete. Wenn es um andere Möglichkeiten ginge, so müssten laut Sacharow »die Parallelen mit Solschenizyns Vorschlägen … zur Vorsicht mahnen«. Wenn ich nicht direkt eine Gefahr sei, dann würden meine Anhänger unausweichlich zur Bedrohung, und wegen dieser *Gefahr* beeile er sich, seine Stellungnahme abzugeben. Seine milde Einstellung zu mir persönlich durchkreuzte er mit einem tönenden Satz, der gar nicht nach ihm klang: »Die Ideologen waren immer barmherziger als die nach ihnen kommenden politischen Pragmatiker.« Eine vorsorgliche Phrase, pragmatisch-politisch, wie aus den Seiten von Marx-Engels herausgeschlüpft.

Diese Warnungen Sacharows kamen dem Westen zu Beginn der damaligen kapitulationsartigen Entspannungspolitik sehr zu Passe und wurden schnell aufgegriffen. Eigentlich wurden sie nur von der Presse hervorgehoben und wiederholt, ohne über meinen *Brief* zu diskutieren. »Ein faszinierender Dialog zweier Russen!«, prophezeite sie, in Erwartung, dass diese Diskussion weiterhin fließen würde.

Mir war natürlich sehr danach, gleich zu antworten. Wie ihn bei mir, so machte mich auch bei ihm einiges stutzig. Aber eine bescheiden ausfallende, zurückhaltende, schonende Antwort entspräche nicht der Größe der angesprochenen Probleme. All diese Fragen waren grundsätzlicher Natur. Schon seit einem Jahr war ich mit mehreren Gleichgesinnten dabei, in der Sowjetunion einen Sammelband darüber für den Samisdat vorzubereiten, mit dem Titel *Stimmen aus dem Untergrund*. Nur meine Ausweisung verhinderte die gemeinsame Arbeit, jetzt wurde das Erscheinen Monat für Monat verschoben, wir mussten ihn auf schwierige Weise, mittels Kontakten durch den Eisernen Vorhang, zum Abschluss bringen. Sollte ich nun diesem Sammelband mit seinen ausgewogenen, genauen Formulierungen vorausgreifen, durch hastige Zeitungspolemik, die immer dazu verurteilt ist, oberflächlich zu bleiben? Widerstrebend musste ich von einer sofortigen öffentlichen Antwort an Sacharow Abstand nehmen (was sich als Irrtum erweisen sollte).

Als mich am 3. Mai die Zeitschrift *Time* interviewte und mir direkt diese Antwort entlocken wollte, lenkte ich ab und war zurückhaltend. Und hier lag der Fehler: Im westlichen Bewusstsein blieb haften, Sacharow habe den Sieg davongetragen, im Sinne »eins zu null«, wie man sagt. Ein halbes Jahr später, Ende 1974, schon nach dem Erscheinen des Sammelbandes, wurde meine rücksichtsvolle Antwort an Sacharow in der Zeitschrift *Kontinent*[7] kaum noch zur Kenntnis genommen: Eine russische Emigrantenzeitschrift kann es mit dem führenden amerikanischen Presseorgan nicht aufnehmen, ebenso wenig wie mit inzwischen zahlreichen westlichen Zeitungen. Und so wurde ich schon wenige Jahre später gefragt, wieso ich niemals auf Sacharows Kritik geantwortet hätte.

Selbst wenn ich meine Antwort in der *New York Times* veröffentlicht hätte, was hätte das gebracht? Damals keimte die Hoffnung der Entspannung: Man könne sich mit dem Kommunismus verständigen, Absprachen treffen, und das müsse man machen, das sei ja gar nicht mehr der Kommunismus von einst! Exakt nach Sacharows Vision. Aus seinem Artikel ging hervor, dass meine Rechnung an den Kommunismus der Grundlage entbehrte, nicht zeitgemäß wäre, dass ich kein objektiver Zeuge dessen sei, was in der Sowjetunion vor sich gehe. Die Kernaussage meines *Briefes* und meine Zweifel an dem absoluten und bedingungslosen Wohl des Fortschrittes stellte er als einen Hang zur Restaurierung der alten Verhältnisse dar. Seit jener Zeit hat sich im Westen verbreitet, mit wiederkehrenden Verweisen auf diesen Sacharow-Artikel, dass Solschenizyn antidemokratisch und rückwärts gewandt sei.

***

Aber ich bin zu weit vorausgeeilt. Die Veröffentlichung meines *Briefes an die sowjetische Führung* erfolgte am 3. März [1974], meine Familie war immer noch nicht da und Alja verschob am Telefon die Übersiedlung beharrlich (irgendwelche Hindernisse? klappte etwas mit dem Archiv nicht? – ich konnte nur rätseln). Hier hatte ich eine kaum eingerichtete, halb leere Wohnung auf drei Stockwerken, eine nicht reparierte Gartentür – und Zürich.

Die Stadt gefiel mir ausgesprochen gut, fest gefügt und zugleich elegant, besonders der unten gelegene Teil am Fluss und am See. Wie viel Anmut in den gotischen Bauten, wie viel kunstvolle Arbeit von Menschenhand in den – manchmal so verwinkelten und engen – Straßen. Es gab viele Straßenbahnen; durch Biegungen nahmen sie ihren Weg von unserem Universitätshügel mit seinen mächtigen Gebäuden zu den Stadtteilen am Flussufer. Aus der Geschichte wusste ich, wie viele russische Revoluzzer hier studiert, ihre Zeugnisse erworben hatten in den Pausen zwischen ihren zerstörerischen Ausflügen in die Heimat.

Ich musste mich dazu nicht zwingen: Ich war schon gänzlich auf das Lenin-Thema eingeschwenkt. Wo immer ich durch Zürich streifte, hing

Lenins Schatten über mir. Eine bewusste Suche begann ich in jenen Bibliotheken, in denen er am meisten gearbeitet hatte, am Zähringerplatz, insbesondere in der Zentralbibliothek (aufgrund der jahrhundertelangen Stabilität des Schweizer Lebens hatte sich dort kaum etwas verändert). In der letzteren arbeitete der tschechische Emigrant Miroslav Tuček, der sozialistische Ansichten hatte, mich jedoch unterstützte. Durch ihn bekam ich auch das damals eben erschienene Buch von Willi Gautschi, in dem alles über Lenins Aufenthalt in Zürich gesammelt war, ein Band mit 300 Seiten. Das Buch wurde mir vom Verfasser nach Hause geschickt und ich stürzte mich sofort darauf. Dann, völlig unerwartet, kam die Bekannschaft mit Fritz Platten jun. zustande, dem ernüchterten Sohn jenes enthusiastischen Platten, der die Rückkehr Lenins über Deutschland nach Russland organisiert, gedeckt und ihn protegiert hatte. Der Sohn rechtfertigte den Vater nicht, sondern wollte alle verborgenen Umstände jener Rückkehr klären helfen. Wir verkehrten freundschaftlich und ich war erstaunt, wie schnell mein Deutsch wiederkehrte. Ich suchte auch gezielt Lenins Plätze auf, etwa wo der in den Gasthäusern von heute nicht mehr existierende »Kegelklub« getagt hatte, und ging häufig durch die Spiegelgasse, wo seine Wohnung gewesen war, und über den Bellevueplatz zum See. Andere Zürcher Eindrücke überfielen mich nebenbei, zufällig, und dann mit Verspätung, oft Monate später, begriff ich, dass dies direkt in die Lenin-Kapitel Eingang finden musste, so wie ein äußerst einprägsames Bild des Karnevals oder Büchners Grab am Zürichberg oder eine reiche Reiterin bei ihrem Ausritt ebendort.

Der Zürichberg, ein bewaldeter abgerundeter Berg oberhalb der Stadt, selbstverständlich sauber gehalten, und das seit Jahrhunderten, war der Ort, auf den Lenin und Krupskaja, seine Frau, öfters gestiegen waren, um sich ins Gras zu legen. Die Auffahrt begann in der Nähe meines Hauses, etwa 200 Meter entfernt befand sich die Station der Drahtseilbahn und die kleine offene Kabine wurde steil nach oben gezogen in dem Moment, wenn die andere herunterkam. Ich nahm mir fest vor, meinen Sohn Jermolaj hierher zu bringen, er war schon fast vier Jahre alt, verständig genug, er würde Augen machen! Das Leben verläuft jedoch rätselhaft: Sie kamen und wir lebten dort zwei Jahre lang, und ich schaffte es trotzdem nicht, einen Augenblick dafür zu finden, jemand anderer fuhr mit den Kindern dahin, ich glaube, Frau Widmer. Mit ihr und ihrem Mann, dem Stadtpräsidenten, waren wir sehr befreundet; Sigmund Widmer unterschied sich mit seinen geistigen Eigenschaften und dem politischen Verstand wesentlich von einem heutigen Durchschnittsbürger im Westen, und Elisabeth war herzensgütig, nicht arrogant, sie führte unsere Kinder mal in den Zoo, mal an den See; ihre eigenen Kinder standen schon kurz vor der Hochzeit. In unserer Wohnung hörte man deutlich den Straßenlärm, besonders die Sirenen der Rettungsfahrzeuge, die zum nahe gelegenen Krankenhaus fuhren, und am Zürichberg, wenn man die letzten Häuser der reichen Leute hinter sich ließ, herrschte eine Waldesstille, an Werktagen war kaum jemand zu sehen, dort kam ich wieder zur Ruhe, dachte nach, konnte literarische und publizistische Pläne schmieden. Nie vergessen werde ich die Begegnung mit einem älteren Schweizer, der auch allein spazieren ging. Das war kurz nach meiner Ankunft. Er war überrascht, ging auf mich zu, fasste mich mit beiden Händen an den Ellbogen, sah mich liebevoll an, ihm kamen die Tränen, anfangs konnte er nichts sagen. Man muss die zurückhaltende, strenge Art der Schweizer kennen, um eine solch emotionale Geste richtig schätzen zu können.

Endlich zeichnete sich ab, dass meine Familie am 29. März kommen würde. Der Tag war sonnig und warm; Dr. Heeb begleitete mich. Wieder eine Ansammlung von Presseleuten am Flughafen. Die Ausstiegstreppe wurde herangefahren und ich konnte ins Flugzeug hineingehen. Es war dunkel, ich stieß mit Dmitrij, der das Handgepäck von allen trug, zusammen, dann übergab mir Alja Jermolaj und Ignat, sie rissen die Augen auf, Jermolaj erkannte mich immerhin, während sich Ignat, der anderthalb Jahre alt war, einfach dem Schicksal überließ. Ich trug sie wie zwei kleine Holzscheite unter den Armen und Alja den Korb mit dem sechs Monate alten Stepan. Das damals aufgenommene Foto wurde eines meiner allerliebsten Bilder. Katja, Aljas Mutter, ging mit kummervollem Blick zu ihren Enkeln. Sie brachten fast ein Dutzend Koffer mit, das war jedoch nicht das Wichtigste. Alja flüsterte, alles *Wesentliche* sei nicht dabei, es werde einen anderen Weg nehmen. Am Flughafen Scheremetjewo hielten die KGB-Leute ihr Gepäck lange zurück, fotografierten alle Papierfetzen und, wie sich später herausstellte, entmagnetisierten alle unsere Tonbänder.

Nun fuhren wir in die Stapferstraße, begleitet von den Reportern. Unsere Gartentür ließ sich inzwischen absperren, daher rannten sie durch den offenen Eingang unserer Nachbarn, der Familie Staehelin, die nicht zu

Hause war, in deren Garten, um näher an unserem niedrigen Zwischenzaun zu sein. Es waren an die 30 Leute; in einer tierischen Enge, sich gegenseitig verdrängend, zertrampelten sie im Nu ein großes, liebevoll gepflegtes Blumenbeet. Und das sollten Europäer sein? (Hätten Russen dergleichen angestellt, würde man sagen: »Nur Russen können so etwas tun!«) Ich schrie sie an, um sie zum Bewusstsein zu bringen. Vergebliche Mühe. Niemand trat auch nur einen Schritt zurück, das Beet wurde restlos vernichtet. Ich wunderte mich, wie extrem sie einem lästig fielen, sie wunderten sich, wie extrem ich eingebildet sei. Sie verlangten, die ganze Familie solle jetzt auf den Balkon herauskommen, zum Posieren. Das war aber wahrlich nicht zu machen, die strapazierten Kleinen wurden bereits ins Bett gebracht, außerdem waren schon am Flughafen genug Bilder geschossen worden. Mein Streit mit der westlichen Presse bekam neue Nahrung.

Allerdings kam in demselben Flugzeg aus Moskau der Korrespondent der *Associated Press* Roger Leddington; Alja erklärte mir, dass er einer der selbstlosen Retter meines Archivs war, vieles hatte er in seinen Taschen weggetragen. Ihm musste ich freilich ein kurzes Interview geben. Die Frage war die gleiche: Werde ich die Vereinigten Staaten besuchen?

Amerika wartete nach wie vor. Jetzt luden mich außerdem zwei Unterkommissionen des amerikanischen Repräsentantenhauses ein, als Zeuge vor ihnen aufzutreten. Stellvertretend schickte ich ihnen ein ausführliches Schreiben[8] mit der Darstellung dessen, was ich nicht für die internationale Entspannung hielt, namentlich: servILES Verschweigen von Tatsachen; blindes Vertrauen auf die mündlichen Versprechungen der Machthaber, die sie niemals erfüllten; einseitiges Nachgeben; nachträgliche Umdeutung von Verträgen; keine Abmachungen oder Friedensschlüsse ohne gegenseitige Garantien; keine Gleichgültigkeit gegenüber den Gräueltaten der anderen Seite. Unter wahrer Entspannungspolitik verstand ich hingegen »eine solche zweifelsfreie Entwaffnung aller Mittel der Gewalt und des Krieges …, die jede Etappe der Entspannung praktisch unumkehrbar machen würde«.

Senator Mondale, der künftige Vize-Präsident, wollte mich in Zürich besuchen, ich konnte aber all das nicht unterbringen und sagte ab. Dann schrieb der bekannte Senator Jackson; sein Brief war lange unterwegs, er schickte ihn nicht mit der Post, sondern auf komplizierte Weise mit einer

Gelegenheit (*Anhang 9*). Darin erneut eine Einladung, die ich wiederum dankend ablehnte (*Anhang 10*).

In der Zwischenzeit trafen Tausende Briefe von weniger prominenten Leuten ein, es blieb keine Kraft übrig, sie alle zu lesen, geschweige denn zu beantworten. Doch im Westen ist es üblich, dass jedes Amt und jede Person jeden Brief beantworten soll; kann man nicht persönlich antworten, soll man ein Büro antworten lassen oder die Sekretäre, aber auf jeden Fall antworten. Viele fingen schon in der Schweiz an, mir das Nichtbeantworten krumm zu nehmen. Die Widmers rieten mir nun, mich über die Schweizer Nachrichtenagentur zu Wort zu melden, und das tat ich auch (*Anhang 11*).

Man vermisste die Erklärung, die auch schon die Schweizer Journalisten von mir hören wollten, wie auch alle hier: Aus welchem Grund hatte ich gerade die Schweiz als meinen Wohnsitz gewählt? Einfach zu sagen, das hätte sich eben so ergeben, wäre unangebracht, zu behaupten, ich schriebe schon seit langem über Lenin in Zürich, wäre sicherlich voreilig gewesen. Ich beschränkte mich auf die traditionelle Sympathie der Russen für die Schweiz und die eindringliche Schilderung Alexander Herzens in seinen Erinnerungen *Erlebtes und Gedachtes* über die Kraft jener Demokratie, in der die Gemeinde stärker ist als der Präsident.

Die Ankunft der Kinder stellte uns gleich vor zahlreiche Fragen. Dmitrij musste in die Schule. Übrigens war eine Schule gleich neben uns, in der Stapferstraße, und die Schüler, die sahen, wie uns die Reporter verfolgten, machten eine Demonstration mit den Aufschriften »Lasst Solschenizyn in Ruhe!«. Ich ging, um ihn dort anzumelden (anschließend kam eine Flut von Papieren mit Empfehlungen). Es stellte sich heraus, dass Dmitrijs Niveau höher war als angenommen, auch sprachlich kam er schneller nach. Ihm fiel der Unterricht leicht und nach zwei Monaten wurde er in die nächste Klasse (die sechste) versetzt, aber aufgrund seines dynamischen Charakters begann er, die Schlupflöcher in der schulischen Ordnung auszunutzen, und ich wurde in die Schule zitiert.

Für die Kleineren war der Wechsel sehr spürbar, alles ungewohnt, sie brauchten Alja praktisch rund um die Uhr. Jermolaj jammerte: »Mama, bin ich ein Moskauer Junge oder ein *Zürichener*?« Die Mutter musste sich vorausschauend darum kümmern, dass die Kinder im Ozean fremder Sprachen ihre eigene nicht verloren. Sie las ihnen tagtäglich sehr viel vor, hatte extra einen ganzen Koffer mit Kinderbüchern mitgebracht. Wenn Alja sich jetzt gänzlich den Kindern widmete, würde dann noch Zeit für unsere gemeinsame Arbeit bleiben, für die Lösung dringlicher Fragen, für die Einrichtung des häuslichen Lebens? Und die Anforderungen waren zahllos – eine nicht vertraute Umgebung, keine Vorstellung von den Preisen, keine Sprachkenntnisse! Glücklicherweise kam die Hilfe in Gestalt einer betagten, in Zürich lebenden Emigrantin, Xenia Fris, die Alja lehrte, die Alltagshindernisse zu überwinden, und ihr gelang es – was für ein Wunder! –, mitten in der Schweiz eine einsame russische *Babuschka* ausfindig zu machen, aus dem einfachen Volk, mit einer besonders gefärbten russischen Sprache. Das Schicksal hatte sie aus der Mandschurei hierher getrieben, als in den Jahren 1945 und 1946 unsere dort seinerzeit ansässige Emigration aus Sibirien vor den anrückenden chinesischen Roten geflohen war. Und diese leidgeprüfte Frau, Jekaterina Pawlowna, »baba Katja« genannt, schloss unsere Kleinen in ihr Herz, als ob ihr ganzes einsames Leben nur darauf hinaus verlaufen wäre, diese Kinder aufzunehmen und zu behüten und ihnen alles Nötige beizubringen. Wie wäre all das nur weitergegangen, wäre die Kinderfrau eine Ausländerin gewesen, was ja durchaus denkbar war?

Sie wohnte zwar weit außerhalb und war bei uns nur bis zum Mittag, doch auch das war eine spürbare Erleichterung. Den Rest der Zeit waren die Kleinen mit ihrer Großmutter und Mutter. Bei den Lebensmitteln schaffte uns Dmitrij Abhilfe, er hatte die Umgebung schnell erforscht. Die Frauen teilten sich nicht nur die Last des Haushaltes: Wenn wir die Korrekturfahnen des zweiten Bandes des *Archipel Gulag* nicht gleich selbst prüften, würde er mit erheblichen Druckfehlern erscheinen, denn der YMCA-Press fehlten die Mittel, um einen Korrektor zu beschäftigen. Hier halfen alle, nicht nur Katja, auch schon Dmitrij: Er las laut das Original vor, mit allen Kommata, und Alja trug die Korrekturen ein. All diese Ereignisse fanden natürlich gleichzeitig statt, wie sollte man nur alles auf die Reihe bekommen.

Die Kleinen brauchten nicht nur Pflege, sondern auch ein wachsames Auge. Vor einiger Zeit hatten uns die KGB-Leute Drohbriefe geschickt, getarnt als Sendungen von Kriminellen, dass bald die Kinder dran sein würden. War das vielleicht nur ein Scherz? Aber die Bereitschaft zum Scherzen fehlte in den Tugenden des Gründers ihrer Organisation, Felix Dsershinskij. Als ich bei Rostropowitsch im privilegierten Gebiet von Barwicha bei Moskau lebte, machte ich stundenlang Langlauf im Wald und war mir sicher, dass mich niemand anrühren würde, denn man würde das überall, ohne zu zweifeln, denen anlasten. Aber im Ausland hatten mich schon die Polizeibehörden zweier Länder gewarnt, ich stünde bei den internationalen Terroristen auf der Liste. Die Gründe dafür waren offenkundig, die Sowjets bildeten diese Leute doch aus und belieferten sie. In der jetzigen Situation würde bei einer Kindesentführung der KGB seine Hände in Unschuld waschen – nicht unser Land, euer Problem. Solange eine solche Tragödie nicht eintritt, sprechen alle immer von unbegründeten Ängsten, Paranoia. Und wenn so etwas passiert, dann herrscht großes Lamentieren. Oder nimmt man im 20. Jahrhundert etwa keine Geiseln? In die Stadt gingen die Kinder immer entweder mit Frau Widmer oder mit der befreundeten Emigrantenfamilie Bankoul, die bei Zürich wohnte (wir hatten Glück, sie in der Gemeinde des Vaters Alexander Kargon kennen zu lernen). Vor diesen Spaziergängen hatten sie in unserem winzigen Hof gespielt, wo wir ihnen einen Spielplatz bauten, aber der Hof konnte von allen drei Seiten eingesehen werden und der Zaun war weniger als ein Meter hoch, es wäre ein Leichtes gewesen, über ihn zu springen.

Und das geschah auch, mehrmals. Ein fanatischer junger Mann setzte sich auf unsere Eingangstreppe und erklärte, er sei Jesus Christus und werde von nun an gemeinsam mit mir predigen. Er harrte fast einen ganzen Tag aus, ließ sich von niemandem überreden, bis wir die Polizei riefen. Auch mit den Polizisten wollte er nicht weggehen, schließlich trugen sie ihn sanft und umsichtig (Menschenrechte!) heraus und brachten ihn fort. Einmal belagerten uns einige finstere Typen, die wie Banditen aussahen, sie trugen auf ihren Armen einen kranken, unglückseligen Menschen, der aus einer der reichsten Familien Südamerikas stammte; er wünschte sich, mich zu sehen, um mit mir zusammen ein Buch zu schreiben! Ein anderes Mal hatten wir aus Versehen die Tür nicht abgesperrt und schon verschaffte sich ein dreistes sowjetisches Frauenzimmer Zutritt und beschimpfte uns. Dann wieder bestand eine andere Frau, mit russischer Muttersprache, darauf, dass jemand zur Gartentür kommen sollte, weil sie einen Brief nicht einfach in den Briefkasten werfen wollte. Wir nahmen die handgeschriebenen Zeilen entgegen – und von wem bitte waren sie? Von dem skandalträchtigen KGB-Journalisten Victor Louis. Er, ein einfacher Sowjetbürger, läge in einem Zürcher Krankenhaus und denke über den Sinn des Lebens nach. Er halte die Zwistigkeiten zwischen uns für überwunden. Aber zeigte er etwa Reue dafür, dass er meine blinde Tante betrogen hatte und meinen Kopf unter das sowjetische Beil legen wollte? Nein, keineswegs, er schrieb von seinen einstigen Lagererfahrungen und verlangte, ich solle meine Beschuldigung zurücknehmen, er hätte meine *Krebsstation* in den Westen verkauft. Und im Übrigen hätte er nichts dagegen, sich nach seiner Genesung mit mir zu treffen ... Viele kamen und standen hinter dem Zaun der Nachbarn und riefen mich beharrlich, zu ihnen zu treten; darunter waren natürlich aufrichtige Menschen, aber auch verdächtige Gestalten mit irgendwelchen zwielichtigen Geschichten.

Darüber hinaus kamen Leute zu Besuch, die ich selbst nach ihrer Anmeldung einlud. Einer davon war der Kosaken-Anführer W. Glaskow; mir wurde erst später klar, dass er separatistische Ansichten hatte, es solle »Kosakien« geben, ein von Russland unabhängiges Land. Dann noch jemand mit einem ähnlich klingenden Namen – der deutsche Literaturwissenschaftler Wolfgang Kasack, der in sowjetischer Kriegsgefangenschaft gewesen war und sich seitdem der russischen Sprache sowie später der Literatur verschrieben hatte. Dann die ruhelose Journalistin Patricia Blake, eine der führenden in Amerika, die zu unserem Schrecken drei Jahre zuvor das von ihr belauschte Geheimnis in die Welt ausposaunt hatte, dass es einen *Archipel Gulag* gäbe, der bereits ins Englische übersetzt werden würde! Jetzt trug sie sich mit dem Ansinnen, meine Biografie zu schreiben. Dann die amerikanischen Slawisten. Dann jene Gräfin Olsufjewa aus Rom, die man mir einst im Moskauer Schriftstellerverband überschwänglich angepriesen hatte, diesmal kam sie mit Gutachten von italienischen Professoren, um mir zu beweisen, dass ihre in nur drei Monaten angefertigte Übersetzung des *Archipel Gulag* vorzüglich sei (es sollte sich das Gegenteil herausstellen). Außerdem noch eitle Emigrantenpaare, nur um zu prahlen, bei mir gewesen zu sein. Aber gelegentlich kamen auch überaus sympathische alte Leute vorbei, oft mit wichtigen historischen Zeugnissen, und ich hätte ihnen eigentlich mehr Zeit widmen sollen, doch das war nicht möglich.

Mich besuchte ferner W. W. Orechow, der Herausgeber der langjährigen (ab den 1920er Jahren) weißgardistischen Zeitschrift *Tschassowoj* [Wachposten], so genannt nach der ständigen Wache, die bis zum Fall des bolschewistischen Regimes bestand. In seinen Briefen gab es zuvor gewisse Verweise auf unsere bisherige Korrespondenz, die es jedoch nie gegeben hatte. Ich fragte mich schon, ob er ganz richtig im Kopf wäre. Er kam, freilich ohne eine Spur von Irrsinn, schon über 70 Jahre alt, mit unerschütterlichem Geist, ein Teilnehmer des Bürgerkrieges und Hauptmann der Russischen Kaiserlichen Armee. Und dann zeigte er mir … zwei, drei meiner angeblichen Briefe an ihn! In meiner Handschrift, ohne Zweifel, eine hervorragende Fälschung, und auch in meiner Ausdrucksweise (aus anderen realen Briefen), diese Leute machten sich gar die Mühe, ein paarmal Gott zu erwähnen. Nur dass ich diese Briefe niemals geschrieben hatte. Da staunte ich nicht schlecht über die Arbeit der zuständigen KGB-Abteilung. Diesen Briefwechsel führten sie seit 1972. Zuerst hatte ich angeblich Orechow um Materialien zum Ersten Weltkrieg gebeten, die er mir direkt nach Moskau schickte, eingeschrieben und mit Rückantwort, die dann jedes Mal auch zurückgesandt wurde, mit »meiner« feinsäuberlichen Unterschrift. Soll man sich da wundern? Keineswegs, die KGB-Leute hatten noch ganz andere Kunststücke im Programm. Danach, wohl um »glaubwürdiger« zu wirken, hätte ich ihm vorgeschlagen, an eine andere Adresse zu schreiben, und zwar nach Prag, an irgendeinen Professor Nesvadba. Der Besagte hätte die Ankunft der Briefe Orechows jedes Mal bestätigt. Ende 1973 begann man mit der totalen »Konspiration« – und lud in »meinem« Namen Orechow zu einem Treffen in Prag ein, nicht mehr wegen historischer Materialien, sondern um ein gegenseitiges Verständnis und eine gemeinsame Taktik zu erzielen. Und Orechow hatte all das geglaubt, ohne eine Spur von Zweifel, nur aus irgendeinem anderen Grund war er nicht dorthin gereist, und da kam es zu meiner Ausweisung. So erlitt eine für mich geplante Hinrichtung ein Fiasko: Orechow hätte man dort verhaftet – und bitte sehr, schon wäre meine Verbindung mit der weißgardistischen Verschwörung bewiesen. Das war offenbar ein Ersatzszenario vom KGB für mich. Aber war das die einzige Variante?

Gerade war die Zeitschrift *Time* zum Interview bei mir und ich gab ihnen diese Geschichte, das Faksimile meiner angeblichen Handschrift, um die KGB-Fälschung zu entlarven (*Anhang 12*). Das war eine gute Lektion für mich; solche Gelegenheiten durfte man auf keinen Fall verpassen, sie sollten mir in Zukunft noch einen Schutzschild geben. Die Lektion war: Der Kampf gegen den KGB hört nie auf, solange sich diese Pest über die Erde verbreitet, nie würde man die Hände falten und ruhen können.

In Zürich hatte ich noch einen weiteren Ort aufzusuchen, das imposante Büro von Dr. Heeb. Ich kam dort ein, zwei Mal in der Woche vorbei. Frau Heeb, eine ältere zierliche Dame, und eine junge Sekretärin ordneten geschäftig diverse Papiere und der Rechtsanwalt selbst saß mit einem stets bedeutenden Gesichtsausdruck in seinem Arbeitszimmer hinter einem riesigen Schreibtisch, umgeben von dicken Folianten schweizerischer Gesetze. Er übergab mir Papiere in den wichtigsten europäischen, manchmal auch in entlegeneren Sprachen, ich schwitzte darüber, aber in der Regel erwiesen sie sich als nicht besonders bewegend – überflüssige Gratulationen, Einladungen, die ich nie würde annehmen können, Bitten um ein Treffen, sodass ich sogar froh, dass nichts Wesentliches herauskam, kein weiterer Zeitverlust war also damit verbunden war. Es gab natürlich jede Menge Bücher; mit einigen davon wusste ich jedoch nichts anzufangen, die wanderten bei uns auf den Dachboden. Und was war, wenn ich Geld brauchte? Dann stellte mir Dr. Heeb einen Scheck aus, denn er verwaltete sämtliche Angelegenheiten. So kam mir kein einziges Mal in den Sinn, mich hinzusetzen und mit ihm über das *Geschäftliche* zu reden.

Aber dann tauchte etwas Geschäftliches auf: Dr. Heeb teilte mir mit, ich solle jetzt mitkommen und als Zeuge aussagen. Warum? Folgendes stellte sich heraus: Der Londoner Verleger Flegon (ein guter Freund von besagtem Victor Louis), der bereits mein Werk *Der erste Kreis der Hölle* durch seine Piratenausgabe auf Russisch verdorben hatte, veröffentlichte auf dieselbe Weise *Archipel Gulag*. Der Verlag YMCA-Press prozessierte gegen ihn, aber weil ich nun im Westen war, sollte meine Anwesenheit erforderlich sein. Mein Gott, wie widerstrebte alles in mir diesem Auftritt, denn gerade wollte ich anfangen, weiter zu schreiben. Aber wenn es erforderlich sein sollte – in ein fremdes Kloster geht man nicht mit seinem Statut, wie man bei uns sagt. Wir fuhren also ins Britische Konsulat in Zürich. Es sollte noch reichlich Erfahrungen im Westen geben, um meinen Abscheu gegenüber Gerichten zu vertiefen. Ich fuhr wie im Nebel. Eine Amtsperson setzte sich zu mir für eine Konversation, jetzt natürlich auf Englisch, ich musste also mein Hirn umschalten, vom Deutschen ins Englische, das war qualvoll. Aber andererseits, wenn man Flegon nicht das Handwerk legte, würde ich meine Autorenrechte am *Archipel Gulag* verlieren. Irgendwie wurde mein Standpunkt zum Ausdruck gebracht, Flegon war von mir keine Publikationserlaubnis erteilt worden, ich protestierte, jetzt sollte ich einen Eid auf der Bibel ablegen. Das tat ich; diese Angelegenheit war es durchaus wert. Selbst der gottlose Flegon, so war ich mir sicher, leistete in London ebenfalls einen Eid.

Nach zwei Wochen erhielt ich ein Telegramm von Flegon selbst, dass er an dem und dem Tage bei mir erscheine, um mir die Klage auszuhändigen. Ich schenkte diesem Schreiben keine Aufmerksamkeit. Aber an jenem Tag erschien in der Stapferstraße ein lebhafter kleiner Mann mit schwarzem Hut und schwarzem Mantel mit langem Überwurf, wie ihn Anwälte im England des 19. Jahrhunderts getragen hatten; sein Aussehen erinnerte an eine große Fledermaus. Er klebte etwas an den steinernen Pfosten unserer Gartentür, ging auf die gegenüberliegende Straßenseite und blieb dort stehen. Dmitrij lief zum Pfosten, kam zurück und sagte mir, dort stünde in sehr großen Buchstaben in englischer Sprache meine Vorladung vor das oberste Gericht Großbritanniens, noch mit einem mächtigen Stempel beglaubigt. Unser erster Gedanke war natürlich – weg damit! Aber irgendein Instinkt sagte mir, wir sollten das Schreiben nicht anrühren, sondern es einfach da hängen lassen. Die Passanten sahen sich das Papier an, staunten, gingen weiter. So blieb es bis zum Anbruch der Dunkelheit. Wie sich herausstellte, stand all diese Stunden Flegon mit einer Fotokamera bereit, um aufzunehmen, wie wir die Ladung herunterreißen, was dokumentieren sollte, ich hätte diese angenommen und stünde nun dem britischen Gericht zur Verfügung. Später erfuhr ich, dass es nicht erlaubt ist, eine solche Vorladung per Post zu schicken, sie kann nur persönlich überreicht werden. Wie dem auch sei, die englischen Zeitungen druckten bereits: der *Verleger* des *Archipel Gulag* habe *seinen Autor* verklagt, sprich, der Autor hatte irgendetwas Unehrenhaftes begangen. Für den KGB wahrlich ein Geschenk. Mit einem so schnell zusammengemischten Dreck wollte man mich also beschmieren.

Nein, Alja und ich hatten entschieden viel zu wenig Zeit für ein einfaches Nachdenken. An einem wunderschönen Apriltag fuhren wir deshalb mit der Drahtseilbahn auf den Zürichberg, setzten uns im Wald auf eine Bank, schauten auf die unten ausgebreitete Stadt und begannen langsam aufzutauen. Wir wollten keinen Leitgedanken formulieren oder eine Entscheidung treffen, nur etwas zu uns kommen. Zudem war nach dem orthodoxen Kalender die Karwoche, wir besuchten die Gottesdienste in unserer kleinen Kellerkirche, und die Stimmung hellte bereits auf.

Eine Stunde verbrachten wir so, dann kam der Entschluss. Drei Jahre zuvor hatte ich bereits einen ähnlichen Gedanken gehabt, auf dem mein Testament begründet war, das von Heinrich Böll beglaubigt wurde: $^{4}/_{5}$ aller meiner Honorare sollten für gesellschaftliche Bedürfnisse verwendet werden, nur $^{1}/_{5}$ für die Familie bleiben. Im Januar, als die Hetzkampagne gegen mich ihren Höhepunkt erreichte, erklärte ich, dass sämtliche Honorare für den *Archipel Gulag* politischen Gefangenen zugute kommen sollten. Diese Einkünfte betrachtete ich nicht als meine eigenen; sie gehörten Russland und in erster Linie meinen Brüdern, den Inhaftierten, den »Politischen«. Nun war die Zeit dafür gekommen, kein Aufschub mehr. Die Hilfe war jetzt notwendig, nicht *irgendwann*, und zwar möglichst schnell. Die Frauen der Gefangenen brauchten das Geld *jetzt*, um Lebensmittel und Sachen für die Pakete zu sammeln, um zum Besuchstermin zu fahren; ihren Kinder und Eltern fehlten *jetzt* Mittel zum Leben. Außerdem war bei uns das Grundsätzliche bereits verabredet. Im vorigen Sommer hatte ich mich in Tarussa mit Alexander Ginzburg getroffen und besprochen, wie wir das Geld vom Nobelpreis in Teilen aus dem Ausland erhalten und die materielle Unterstützung politischer Gefangener und deren Familien organisieren könnten, um ihr Überleben zu erleichtern. Zudem verstärkten sich die Verfolgungen der Andersdenkenden in der Sowjetunion auch ohne Verhaftungen – bei einem fand eine Durchsuchung statt, den anderen verjagte man aus der Arbeit und er blieb ebenfalls ohne Einkommen. Alexander übernahm die gesamte Verteilung; diese Aufgabe entsprach seinem leidenschaftlichen Herzen sowie seinen bis ins Feinste geschliffenen konspirativen Fähigkeiten und hervorragenden Organisationstalent. Auch konkrete Details hatten wir bereits verabredet. Das einzige ungelöste Problem blieb, *wie* wir das Geld aus dem Westen herbringen sollten. Nur einigen unserer Helfer, den »Unsichtbaren«, hatten wir dieses Geheimnis anvertraut. Aber wenn wir schon hier, im Westen waren, dann würden wir doch Wege dafür finden, nicht wahr? Kundige Leute hatten uns erklärt, dass am besten eine Stiftung dazu geeignet wäre, der wir das gesamte Kapital übergeben sollten.

Nach zwei Stunden, inmitten der durchsichtigen Frühlingsluft, beschlossen Alja und ich die ganze Angelegenheit. Die Stiftung sollte den Namen »Russischer Gesellschaftlicher Fonds« erhalten, dem wir sämtliche Welthonorare für den *Archipel Gulag* überlassen würden, dann könnte es noch mehr werden als die geplanten $^4/_5$. Zuerst sollte den politischen Gefangenen und Verfolgten geholfen werden, aber auch die russische Kultur, ein freies russisches Verlagswesen waren zu berücksichtigen, später eventuell Vorhaben in Russland selbst, welche die Folgen des Kommunismus beseitigen können. Beschlossen! Wir sollten zu handeln beginnen, die Stiftung gründen, natürlich mit Dr. Heebs Unterstützung, in dieser Materie kannte er sich ja aus. Danach würde sich schon eine Lösung für die Überbringung der Mittel finden.

Mit Gottes Hilfe begann dieses Unterfangen. Wir lernten die Familie Bankoul kennen. Der Hausherr, Viktor Sergejewitsch, war ein überaus besonnener, tatkräftiger, herzlicher und verlässlicher Mensch. Ihn weihten wir als Ersten in unseren Plan ein, er beteiligte sich viel daran, gab gute Ratschläge, später wurde er Mitglied des Stiftungsrates. Die ganze Konspiration oblag Alja, sie hielt die Kette der »Unsichtbaren« zusammen, die uns wieder große Dienste erweisen sollten.

Und dann fiel uns in derselben Woche zu, eine andere lebenswichtige Entscheidung zu fällen, die fast im Vorbeigehen, jedoch mit plötzlicher Schärfe auftauchte. *Hier,* wo sich alle europäischen Routen kreuzten, würde man mich an meiner Arbeit hindern. Der Besucherstrom nahm nicht ab. Um zu schreiben, musste ich ohne meine Familie ins Gebirge wegfahren. Sollte man in der Schweiz eine abgelegene Gegend suchen und dorthin ziehen? Einige Zeit später fuhr Alja mit der Familie Bankoul ins Jura, um etwas Passendes zu suchen, aber vergebens. Sollte man in ein anderes Land übersiedeln, wenn ja, dann in welches?

Merkwürdig war das. Die deutsche Schweiz hatte mich wunderbar, mit Stolz aufgenommen. Die ganze mustergültige Ordnung dieses Landes entsprach meinem Naturell besonders gut. Das Land fand meine aufrichtige Zustimmung, alles war hervorragend. Die deutsche Sprache, die ich sonst im Leben selten, nur zur Lektüre, hatte gebrauchen können, kam jetzt glücklicherweise nach oben, sodass ich mich nicht nur über Alltagsthemen, sondern sogar über abstrakte Dinge unterhalten konnte, wenn ich dabei auch nach einer halben Stunde müde wurde. Die Sprache half mir jedoch sehr in jenen Schweizer Jahren. Was jahrzehntelang wie eine Bürde in uns ruht, wird unerwartet nützlich, als ob es eine weise Vorbestimmung für einen Lebensabschnitt gäbe, und die in der Kindheit unternommene Mühe war nicht vergebens.

In mein Herz kehrte hier jedoch keine Ruhe ein. Zürich ist zwar eine ausnehmend schöne Stadt. Ich ging aber mit einem wehmütigen Gefühl in ihr umher. Das hatte kaum etwas mit Zürich zu tun, vielmehr mit meiner Ablehnung des westlichen Überflusses und der Kurzsichtigkeit. Noch hing über mir der Schatten der Sowjetunion.

Als Alja angekommen war, übernahm sie in wenigen Wochen dieselbe Empfindung der nach außen gerichteten Zähne des Drachens, die mir in Norwegen so gegenwärtig erschienen war. Solche seltsamen Vorahnungen hatten wir in unserem sowjetischen Leben nie gehabt. In einem Moment der Erkenntnis sagte ich, in der Mansarde unserer Wohnung sitzend, und meine Frau war mit mir einverstanden, dass wir uns hier kaum niederlassen könnten; ob wir nicht, gleich den vielen Wellen unserer Emigranten, über den Ozean würden ziehen müssen? Dann aber versuchten wir uns nach wie vor an die vertikale Wohnung zu gewöhnen. Einer Frau fallen diese ewigen Umsiedlungen schwerer. Alja sträubte sich auch später noch dagegen, über den Ozean zu ziehen, zumal uns nichts zwang, Europa zu verlassen. Doch verlangte dies von uns der zukünftige Lebensabschnitt, der lange Jahre dauern sollte.

So war unsere gemeinsame Zeit in Zürich von dem Gedanken durchzogen, hier wegzufahren, zumindest ins Jura.

Wenn aber nicht in Europa leben, wo dann? Durch Ausklammerung von diesem und jenem blieben Nordamerika und Kanada übrig. Ja, die am meisten verbreitete internationale Sprache, Englisch, würde außerdem den Kindern gut bekommen.

Aber wir wurden noch von den Verteidigungsaufgaben unseres eigenen Hinterlandes zurückgehalten. Für die in der Vergangenheit mit mir verbundenen Leute, insbesondere für Ugrimow, der immer noch mein Archiv aufbewahrte, waren die ersten Monate, ja das ganze erste Jahr nach meiner Ausweisung besonders gefahrvoll. Es würde sich zeigen, ob man gegen sie einen Vernichtungsschlag führte oder sie nicht antastete. Eine reale Macht, sie zu beschützen, hatte ich nicht; aber auch in all den vergangenen Jahren hatte ich keine *reale* Macht und dennoch war der Kampf erfolgreich verlaufen. Solange die Sowjetführung vor mir zurückschreckte – was sie wirklich tat! –, musste ich laut und deutlich zeigen, dass ich jeden meiner Verbündeten verteidigen würde, es nicht zuließe, dass man sie im Stillen erwürgte. Mit Herzklopfen öffneten wir die aus Moskau herausgeschmuggelten Briefe. Einige Wochen blieb alles scheinbar ruhig, obwohl es unverschämte KGB-Anrufe bei Lidija Tschukowskaja gab. Dann erfuhren wir von den Verfolgungen Jefim Etkinds, ich gab dazu eine Erklärung ab, rief nochmals den Fall Gabriel Superfin ins Gedächtnis.[9] Um uns herum brauste ein Meer von Presseleuten, wir selbst hatten aber immer noch keine Strategien entwickelt, wenn es darum ging, etwas schnell und wirksam zu veröffentlichen. Außerdem war mir nicht klar, wie wenig Verbreitung im Westen Nachrichten aus Skandinavien finden. Einmal kam Per Hegge zu mir und ich gab ihm einen Artikel für *Aftenposten*. Die darin formulierten Gedanken fanden keinen Widerhall, doch hätte ich gerade sie im Westen auf allen Fernsehkanälen erläutern müssen, denn es ging darum, dass man sich hüten sollte, die *Entspannung* stufenweise in eine Neuauflage des Münchner Abkommens des Westens seinerzeit mit den Nazis ausarten zu lassen.

Es ging aber nicht allein um Skandinavien. Weil ich in den ersten Monaten der Umarmung einer großen, überdies noch amerikanischen Fernsehgesellschaft nicht entrinnen konnte, gab ich CBS ein Interview.[10] Sie kamen mit einer lärmenden, technisch gut ausgerüsteten Gruppe zu uns, an die zehn Leute, mit einer winzigen Unstimmigkeit: Es war kein guter Übersetzer dabei. Ich war auf dieses Treffen ungenügend vorbereitet, begriff nicht, wer dieser Interviewer namens Cronkite war, dass er ein ausgesprochener Linker war, dass in seinen Fragen – immer nur zu den westlichen Massenmedien, meiner Einstellung dazu (schon hatte sich das herumgesprochen), zur russischen Emigration – viele Sticheleien enthalten waren. Seine Fragen übersetzte mir eher ungefähr der Norweger Hegge, während meine Antworten notdürftig und fehlerhaft von David Floyd ins Englische übertragen wurden. Beide waren keine professionellen Übersetzer, geschweige denn Simultandolmetscher, sodass Cronkite mich nicht verstand.

Ohne einen zwingenden Anlass musste mir noch einfallen, die zeitgenössische, dritte Emigrationswelle zu besprechen, ob es nun gegenüber jenen, die im Land blieben, moralisch vertretbar sei, wegzufahren; und ob es ebenfalls vertretbar sei, nach Amerika weiterzufahren, statt sich in Israel niederzulassen, was man als Ausreisegrund vorgab. Das wäre wirklich nicht meine Sache gewesen. Nur fassten wir damals die Wegfahrenden als *unsere* auf, und die offene Wunde des Losgerissenseins von unserem Heimatland brannte schwer. Vielmehr teilten wir die Gedanken, die einst Nikolaj Gogol zum Ausdruck gebracht hatte: »Eine neue Art der Erlösung ist nun da. Nicht mehr aus seinem Land auf einem Schiff soll man flüchten, nicht sein verächtliches irdisches Hab und Gut retten, sondern jeder von uns soll seine Seele, ohne seinen Staat zu verlassen, in der Mitte dieses Staates retten.« (Aber auch ihm war beschieden, jahrelang in Italien zu leben ...)

In der Zwischenzeit hatte die erzwungene Emigration unsere engen Freunde Mstislaw Rostropowitsch und Galina Wischnewskaja getroffen, und das meinetwegen! Hätte doch sonst niemals ihr Leben als große Künstler den Schleichweg der Unterdrückungspolitik gekreuzt, dieser widerlichen Kröte mit trübem Blick, wenn sie nicht einen weitherzigen und furchtlosen Schritt getan hätten – mir, einem Aussätzigen, Obdach zu gewähren. Wie viele Erniedrigungen, Seitenhiebe, Spott hatten sie dafür geerntet, umklammert von den stinkenden Zugriffen des sowjetischen Ministeriums für Kultur mit allen seinen Speichelleckern. Man hatte ihnen Auftritte verboten, nicht nur im Ausland, auch in der Hauptstadt. Rostropowitsch wurde fast ausschließlich in die entfernte Provinz gescheucht, Wischnewskaja wurde aus dem von ihr so geliebten Bolschoi-Theater verdrängt. Angsterfüllt wandten sich ihre zahlreichen früheren Freunde von ihnen ab. Nach vielen Jahren voller überwältigender Erfolge war das verletzend, tat sehr weh. Drei Jahre lang hatten sie alle Erniedrigungen ertragen; für wie lange hätten sie wohl noch gereicht? Doch nach meiner Ausweisung war der Druck gegen sie noch weiter erhöht worden. Statt jetzt etwas Milde zu zeigen, begannen die völlig von Hass und Rache den Verstand verlierenden Befehlshaber über die Kultur nun, sie aus dem hohen Tempel der sowjetischen Kunst zu vertreiben. Und unsere Freunde hatten es nicht mehr ausgehalten und willigten ein, ins Exil zu gehen. Ihr so liebevoll gestaltetes Haus in Shukowka, unweit von Moskau, mit einem Konzertsaal, der niemals eingeweiht wurde, all die Alleen, in denen sie mir gestatteten, mein *Rotes Rad* auszutragen und Alja die Söhne Ignat und Stepan, all das wurde zurückgelassen. Ihre Töchter Olga und Jelena wurden aus ihrer Kindheit herausgerissen. Die ganze Familie wurde vom feindseligen Ostwind nach Europa geschleudert, sie wussten selbst noch nicht, wohin. Die Welt hier war ihnen freilich nicht ganz fremd, hier hatten sie so oft ihren Ruhm genossen, hier waren so viele Freunde, Bekannte, gleich sollte sich eine Flut von Angeboten über sie ergießen, eine Situation, unvergleichbar mit der eines Durchschnittsemigranten. Doch waren sie nach dem Verlust der Heimat, ohne das Recht auf Rückkehr, niedergeschmettert. In dieser betretenen Stimmung, ohne festen Boden unter den Füßen, besuchten sie uns in Zürich. Sie lächelten, doch es war bitter, Mstislaw versuchte zu scherzen, aber lustig wurde es nicht. Wir saßen bis zur Dämmerung an dem Tisch in unserem kleinen, mit Gras bewachsenen Hof, inmitten der Schweizer Villen mit ihren hohen Ziegeldächern – niemals hätten wir von einem solchen Ende auch nur geträumt, damals vor fünf Jahren, als sie mich in Shukowka aufgenommen hatten.

In diesem Sommer kam zwei Mal der Schriftsteller Wladimir Maximow zu uns. Seine Ausreisegenehmigung hatte er Anfang Februar bekommen, fast gleichzeitig mit meiner Ausweisung. Seit mehreren Monaten in Europa, war er ruhelos, wusste nicht genau, wie er seine Energie einsetzen sollte. Im Westen war er kaum bekannt, er selbst beherrschte keine Fremdsprache. Seine Emigrationszeit damit einzuleiten, sich hinzusetzen und in Ruhe seinen nächsten Roman zu schreiben, entsprach nicht seinem stürmischen, politisch engagierten Wesen. Das hätte auch keine Aussicht auf Erfolg gehabt: Er brauchte eine gesellschaftliche Stellung, von Geld für seine mit ihm gekommene Familie ganz zu schweigen. Seine Idee war, in Paris eine literarisch-politische Zeitschrift herauszugeben, im Taschenbuchformat, damit man sie leichter in die Sowjetunion einschleusen könnte. Doch schon seit einem Jahr thronte in Paris ein anderer neuer Emigrant, Andrej Sinjawskij, schriftstellerisch weniger bekannt als Maximow, dafür wegen seines Gerichtsprozesses der ganzen Welt ein Begriff. Um Sinjawskij scharte sich bereits sowohl an der Sorbonne als auch unter den Emigranten ein Kreis von Verehrern. Folglich gab es zwei Kandidaten für den Posten des Chefredakteurs, nur keine Mittel für die Gründung der Zeitschrift selbst. Doch Maximow, im Unterschied zu Sinjawskij ein aufrichtiger und glühender Gegner des Kommunismus, hatte schon jemanden im Visier, der Mittel für diese Zeitschrift gewähren könnte, und zwar den rechts orientierten, überaus wohlhabenden Verleger Axel Springer, dessen Abneigung gegen den Kommunismus ebenso aufrichtig war. Für die Verhandlungen mit Springer wegen einer durchaus bedeutenden Geldsumme benötigte Maximow eine sehr zugkräftige schriftliche Empfehlung und sah keine andere Möglichkeit, als diese von mir zu bekommen. Dies war das Anliegen seines Besuches.

Maximow hatte ich bis dahin nur ein einziges Mal getroffen: Wir saßen nebeneinander im Moskauer Theater *Der Zeitgenosse*. Es fiel auf, wie er gegen die sowjetische Obrigkeit und ihre Lakaien unter den Schriftstellern zürnte, das konnte ich ihm nachfühlen. Aus seiner Erzählung im Almanach *Die in Tarussa entstandenen Seiten* konnte man ersehen, dass er tief in das wirkliche Leben eingetaucht war, auch die Straflager kennen gelernt, eine verwahrloste Kindheit hinter sich hatte. In meinen angespannten letzten Jahren in der Sowjetunion schaffte ich es, zwei Teile seines Romans *Die sieben Tage der Schöpfung* zu lesen. Sie waren gut geschrieben, zeugten von einem schriftstellerischen Können ohne falsche Töne und Selbststilisierung.

Jetzt diese Angelegenheit mit der Zeitschrift: Darüber, dass sie unversöhnlich gegen den Kommunismus auftreten würde, gab es keinen Zweifel. Und weiter? Wie würde sie sich zwischen den Emigrationswellen positionieren? Es hatte sich bereits gezeigt, dass die zeitgenössische dritte Welle von den beiden früheren wegdriftete (und keinen besonderen Eifer gegen den Kommunismus an den Tag legte). Maximow selbst war gegenüber den »Weißgardisten«, der Ersten Emigration, eher kühl eingestellt und es fehlte ihm die Möglichkeit, die Schicksale der Zweiten, der Zwangsarbeiter und der sowjetischen Kriegsgefangenen, zu erspüren, nachzuvollziehen. Seine unstete Vergangenheit dürfte seine seelische Welt mit den geschichtlichen und geistigen Traditionen Russlands kaum verbunden haben. Deshalb war meine Hoffnung in Maximow eher gering: Eine *russische* Richtung würde er vielleicht nicht durchhalten können. Scherzend sagte ich zu ihm: »Ich rechne nicht damit und bestehe auch nicht darauf, dass Sie das ›Heilige Russland‹ verteidigen, aber verunglimpfen Sie es wenigstens nicht!« Dennoch schienen mir Maximows Gefühle für seine Heimat stark genug. Und in jenem ersten Jahr im Westen konnte ich nicht ahnen, wie bald sich die ersten Risse des Auseinanderdriftens zeigen sollten.

Allerdings war es nicht möglich, eine dezidiert antibolschewistische Aktion *nicht* zu unterstützen. Nur schlug ich ihm dabei folgende Idee vor, um die Grundlage und den Sinn der Zeitschrift zu untermauern: Die Zeitschrift sollte die Kräfte des gesamten Osteuropas vereinen; denn nichts war furchtbarer für die Kreml-Herren als eine freundschaftliche Verbindung aller Emigrationen aus den Ländern ihres Machtbereiches. Maximow übernahm diesen Vorschlag und setzte ihn um. Im gleichen Geist war meine Begrüßung an die neue Zeitschrift abgefasst, damit diese Richtung ihren Charakter prägte. Auch der Titel der Zeitschrift kam auf meine Anregung hin zustande – *Kontinent*; Sinjawskij wollte unterdessen Maximow anstiften, Kafka nachzuahmen und sie *Prozess* zu nennen. Die gewünschte Erklärung an Springer schrieb ich, um seine Unterstützung für Maximow zu sichern.

Maximow kam mit seiner sympathischen jungen Frau. Es war schon abends, nach russischer Sitte saßen wir lange beim Teetrinken im Erdgeschoss, als plötzlich im ersten Stock Stepan losweinte. Ich ließ Alja mit den Gästen sitzen und ging hinauf, um ihn zu beruhigen. Er war damals etwa neun Monate alt. Ich nahm ihn auf den Arm und er beruhigte sich sogleich. Nach einer Weile legte ich ihn zurück – da fing er erneut an zu schreien. Als ich ihn wieder nahm, wurde er sofort still. Mir gefiel es sehr, zu stehen und ihn an mich zu drücken, wie die Mütter es tun, als ob eine unsichtbare Kraft oder Freude von mir zu ihm, von ihm zu mir floss. Wozu sollte ich überhaupt nach unten gehen und dort beim Tee sitzen? Ich ging langsam mit meinem Sohn auf dem Arm hin und her, auf den Balkon hinaus und wieder zurück. Im Schlaf schnaufte er glücklich. Es begann zu nieseln. Im Zimmer nebenan schliefen friedlich die anderen Kinder. Und ich hielt diesen kleinen Schatz, meinen Jüngsten, im Arm und dachte an das Wunder, wie das Leben immer weitergeht. (Er wurde Stepan genannt statt meiner: Ich wurde am Stephani-Tag geboren, doch meine Mutter wollte mich Sanja nennen, wie mein damals soeben verstorbener Vater gerufen wurde; und jetzt schloss sich der Kreis.) Würde ich überhaupt erleben, wie er erwachsen wird? Und was würde er werden wollen? Und inwieweit, in welcher Hinsicht würde er mich fortsetzen, dieses kleine Bündel? An jenem Abend ist zwischen uns ein ganz besonderes Band entstanden.

***

Aber wann, wann würde ich endlich wieder arbeiten können? In der Heimat konnte ich schreiben trotz aller Donnerschläge, bis zum letzten Tag – und hier sollte ich seit nunmehr zwei Monaten das nicht mehr können? Man erwürgte mich mit der Korrespondenz, der Fragerei, den Forderungen, den Besuchen durch die Gartentür und den Zurufen über den Zaun.

Doch das Wichtigste: Mein Archiv fehlte immer noch, auch wenn Alja mir versprach, dass es auf dem sichersten Weg ankommen würde.

Die meistens aus dem Ausland eintreffenden Briefe wurden von Alix Fris, der Tochter Xenia Pawlownas, und Maria Bankoul sortiert, von der tschechischen Hilfe trennten wir uns. Schon das Volumen dieser Post war angsteinflößend, bald würde kein einziger Raum in der Wohnung mehr genug Platz bieten. Und was den Inhalt der Briefe betrifft – wer sollte sich in all das vertiefen können? Nur gelegentlich konnte ich etwas davon beantworten.

Schon zwei Mal waren die Vertreter der antibolschewistischen Union NTS (Nationaler Arbeitsbund der neuen Generation, später: Bund russischer Solidaristen) gekommen, sie musste ich natürlich empfangen. In mehreren Briefen beharrte Amnesty International darauf, mich zu treffen. Ihre Gründe waren nahe liegend: Wir beide kämpften gegen Gefängnisse und Lager; nur wurde mir noch in der Sowjetunion klar, aufgrund der westlichen Radiosendungen, dass AI die Suche nach den zu Boden gefallenen Münzen mit einer Laterne betrieb, in den westlichen, von der Information durchfluteten Ländern, nicht in den finsteren Winkeln des totalitären Lagers.

Außer den Briefen kamen weiterhin Postsendungen an, Bücher, Bücher, auspacken, auf den Dachboden tragen. Ausländische Titel legte ich zunächst zur Seite, dafür hatte ich noch keine Zeit, aber was für russische Bücher kamen da? Ich begann diese Sendungen zu sortieren, von manchen hatte ich noch nie gehört und in der Sowjetunion hätte ich sie nie auch nur zu sehen bekommen. Kaum begreiflich, aber eben so, von alleine, ohne Zutun meinerseits, sammelten sich bei mir durch das Vertrauen der alten Ersten Emigration die wichtigsten und notwendigsten Bücher, etwa 80 Prozent dessen, was ich für das Schreiben des *Roten Rades* benötigen sollte. Ihnen allen, die mir solche Schenkungen zuschickten, musste ich meinen Dank aussprechen; leider konnte ich nicht allen schreiben, und einige waren dann bereits verstorben.

Endlich fuhr am 16. April, am dritten Tag des orthodoxen Osterfestes, ein durchschnittliches deutsches Auto bei uns vor, aus dem ein junges deutsches Paar stieg und seinen Wunsch bekundete, mich zu sehen. Wir konnten vorher gar nicht ahnen, an welchem Tag und durch welchen Engel sich so etwas ereignen würde. Bei uns war gerade der Sohn von Dr. Heeb, der die neue Post brachte; der Angereiste nannte seinen Namen in dessen Anwesenheit nicht, zeigte mir nur seinen Ausweis. Das war das Archiv. Ab jenem Tag hätte ich also meine Arbeit aufnehmen können.

Doch es ging nicht wirklich gleich los, ohne Hindernisse. Ich bekam den Preis »Das goldene Klischee« von dem italienischen Journalistenverband (auch die Prager Jugend erhielt ihn für den August 1968); man erwartete, dass ich käme, um ihn entgegenzunehmen. Zu fahren war ich nicht in der Lage; aber vielleicht würden sie zu mir kommen – nun, in diesem Falle war eine neue Rede fällig. In der russischen Emigrantenpresse entfachte gerade die Polemik wegen meines *Briefes an die sowjetische Führung*, man bestand darauf, dass ich mich zur Kritik äußerte. Dann rief Widmer an und teilte mit, der Präsident der Schweiz, Furgler, bestelle mich zu sich, Widmer würde mich dorthin bringen.

Wir fuhren an einem fröhlichen sonnigen Tag; ich sprach mit Widmer unentwegt Deutsch und wusste selbst nicht, warum ich davon gar nicht müde wurde. Wir fuhren von einem Ort Lenins zum anderen und ich hatte eine Ahnung, dass ich ihn besiegen würde: Na warte, über dich werde ich schreiben! Wir fuhren am Aufstieg zum Sörenberg vorbei, wohin sich Inessa Armand im Herbst 1916 zurückgezogen hatte, ohne Lenin sehen zu wollen. Würde ich über sie schreiben? Dann sollte ich hinauffahren und mich umsehen. Ein amerikanischer Historiker hatte mir erzählt, dass sie in den Wochen, als sie für Lenin in Clarant gewesen sein sollte, laut Hotelregistrierung in diesem Tal war, wie auch Grigorij Sinowjew. Aber nein, über Inessa wollte ich nicht schreiben.

Wir kamen in Bern an und gelangten zu Furgler. Er empfing mich feierlich und erklärte mir nach einer kurzen Unterhaltung ebenso erhaben, dass mir die Niederlassungsbewilligung ohne die übliche Probezeit zuerkannt werde. Mir war das ziemlich peinlich, denn auch Widmer wusste nichts davon, dass Alja und ich beschlossen hatten, weiterzuziehen … Bald sollte die Zürcher Polizei die Pässe für unsere ganze Familie ausstellen. Mit Widmer hatten wir gerade Zeit genug, uns das charakteristische Stadtbild von Bern anzusehen, indem wir über Hunderte von Treppen auf den Turm der Kathedrale kletterten, um von oben auf ein Meer von Ziegeldächern, die zusammengepresste Enge der Altstadt und die gotischen Stalagmiten auf der Kathedrale selbst einen Blick zu werfen. (Die Kathedrale wurde im 15. Jahrhundert, vor der Reformation erbaut. Da die Schweizer Reformation gewillt war zu betonen, dass die Wahrheit allen gehöre, wurden die Gläubigen in den Altarraum gesetzt, mit dem Rücken zum Altar.)

Die italienischen Journalisten waren einverstanden, nach Zürich zu kommen, es wurde ein Saal in einem Hotel gemietet. Wir waren höchst überrascht – über 30 Leute, lebhaft, rege, begierig zu hören und zu sehen, ihre Augen und Reden waren wie unter Strom. Wir nahmen Platz; Alix Fris übersetzte, ihr Italienisch war fast muttersprachlich. Nach einigen Reden wurde mir ein Schächtelchen überreicht. Nun kam ich an die Reihe, sprach satzweise und wartete auf die Übersetzung.

Doch ich hatte, wie sich herausstellte, eine ziemlich ernste Rede vorbereitet.[11] Im Zustand des Fluges aus einer Welt in die andere, der noch nicht zu Ende war, ohne die Wahrnehmung realer Orientierungspunkte und Ebenen, aber bereits unter dem Druck des triumphierenden westlichen Materialismus, der dem Geist jegliche Perspektive nahm, hatte ich also eine Rede für die italienischen Journalisten zusammengestellt, die weit über ihr Ziel hinausschoss. Während mir schien, man sollte in den Urteilen nach oben streben, war an der Oberfläche noch nichts geklärt. Die armen Journalisten sanken zusehends in sich zusammen. Nach der Zeremonie kam ein junger Journalist, der recht unbedarft aussah, auf mich zu und fragte mich fast weinend: »Was davon kann ich meinen Lesern bloß anbieten? Könnten Sie nicht etwas sagen, das verständlicher ist?«

Es war verwunderlich: Meine ganze Rede fiel damals in eine Taubheit hinein, als ob sie nie gehört und gesprochen worden wäre. Vier Jahre später brachte ich dieselben Gedanken, dieselben Worte unter der gleichen Konstruktion zusammen und sprach sie in Harvard, und sie explodierten und strahlten durch die gesamten Vereinigten Staaten und überallhin. In der westlichen Welt macht es einen wesentlichen Unterschied, wo man etwas sagt oder veröffentlicht. Sogar aus den so exquisiten europäischen Ländern wie Frankreich oder Großbritannien dringen die Wellen sehr schlecht nach Amerika, aber was dort, im ungekünstelten Amerika gesagt wird, erreicht aus irgendeinem Grund die ganze Welt.

Doch gerade dorthin fuhr ich im ersten Jahr nicht, um die Ehrenstaatsbürgerschaft zu empfangen, sondern sparte mir die Zeit und Freiheit für die lang ersehnte Arbeit.

Die ersten Monate im Westen lebte ich durcheinander, verworren und nervös, und überall machte ich Fehler, taktische wie geschäftliche. Der einzige Trost war, aus Zürich wegzufahren und zu schreiben. Besser gesagt, zu versuchen zu schreiben.

Sternenberg war nicht der beste Ort, um die Abgeschiedenheit zu suchen. Widmers Landhaus stand an einem engen Bergkamm zwischen zwei Tälern, und von der einen Seite klebte sich eine Autostraße an das Haus, die freilich wenig befahren war, von der anderen ein Wanderweg durch die schöne Landschaft. Jedes Wochenende und an Feiertagen (nach der Sowjetunion schien mir, dass die Schweiz davon eine beträchtliche Anzahl hatte) gingen sie dort in Kniestrümpfen, paarweise, in Gruppen, von Greisen bis zu Schulklassen, und störten mich nicht nur durch ihr Gehen und Reden, sondern wie sie in die Fenster hineinsahen. Um nicht in den heißen Räumen bleiben zu müssen, stellte ich mir einen Tisch unter einen Kirschbaum, aber auch dieser Platz konnte von außen eingesehen werden. All das stand an einer Alpenwiese und mehrmals im Sommer wurde ich durch die laute Heuernte vertrieben. Doch mit ihrem klugen Rhythmus festigte die bäuerliche Arbeit meiner guten Nachbarn meinen Seelenfrieden, und ihr Hin und Her, das Ausfahren der deftig riechenden Jauche auf die Wiesen, das unablässige Läuten der Kuhglocken und sogar die Geräusche der Traktoren störten mich nicht mehr.

Besonders erhebend wirkte auf mich der Panoramablick von der Höhe, weit nach unten und ringsum, jeden Tag, jeden Morgen, darin war etwas Reinigendes, was die Gedanken klärte. Einfach stehen zu bleiben und sich umzusehen war schon Beschäftigung für Seele und Verstand. Es fiel hier leichter, über das vergangene Leben nachzudenken, die kommende Zeit zu planen. Wenn ich die Augen vom Blatt Papier hob, stand direkt vor mir ein Wald von unglaublicher Schönheit, mit einer schroff abfallenden Wiese, bewaldeten Keilen und Inselchen, verschlungenen Forstwegen und Scheunen. In dieser Landschaft war besonders das Spiel der Nebelstreifen oder der abgerissenen Regenbögen zu bewundern. Den zweiten, großen Wald erreichte man hinter dem Haus, von dort eröffnete sich eine typische weite Sicht auf wie Vogelnester zerstreute Einöden. Gleich über uns, ganz in der Nähe, war eine Anhöhe, die Reichtümer für das Auge barg. Ich kletterte nur drei Mal in jenem Jahr dorthin, einmal zusammen mit Vater Alexander Schmemann, und wir fanden dort einen Bunker der Schweizer Armee. Fünf Kilometer entfernt erhob sich die Spitze des Hörnli über einer Kette anderer, fast ebenso hoher Berge. Ein Abschnitt des Gehweges oberhalb des dritten Waldes in der Nachbarschaft war meine bevorzugte »Kapitänsbrücke«. An Tagen, an denen man nicht spazieren gehen konnte, ging ich wie seinerzeit im Gefängnis hin und her, hin und her, nahm die Landschaft in mich auf, bald von oben, bald von unten, wo der Berg ins Tal des Flüsschens Töss herunterstürzte und manchmal die kleinen Waggons eines Zuges zu sehen waren und wo allabendlich die steten Lichter der Siedlung leuchteten. Ein eigenes Spiel trieb in diesen drei Tälern der Mond, der seine Formen änderte und sich stündlich am Himmel verschob. Ein unvergleichliches Bild bot dann der Abend des 1. August, des Schweizer Unabhängigkeitstages, als am Hörnli ein riesiges Feuer entzündet wurde und hie und da kleinere Feuer leuchteten, als ob die Berge dadurch einander zuriefen, und in den Tälern bis nach Mitternacht Knalle und Schüsse zu hören waren. Mein Bett stand so, dass als das erste Bild des Morgens durch das geöffnete Fenster die Weite der Berge zu sehen war; ihre Tiefe und Höhe veränderte sich je nach der Klarheit, wie weit man sehen konnte, aber immer konnte ich als Erstes in den besten reinen Morgenstunden die schneebedeckten Alpen sehen.

Vater Alexander Schmemann verbrachte fast drei Tage hier bei mir. Das war unser erstes Treffen, nach jenen herausragenden Predigten im »Radio Liberty«, die ich in der Sowjetunion gelegentlich empfangen hatte. Nun konnten wir über alles Mögliche reden, über die geistigen Dinge, die Lage der orthodoxen Kirche, ihre Zersplitterung in verschiedene Strömungen, historische und literarische Themen; mir blieb seine scharfsinnige Bemerkung über den innerlichen Sprung im russischen kulturellen Leben der Jahrhundertwende in Erinnerung, als kein besonderer Unterschied zwischen dem Weg des Guten und des Bösen gemacht worden schien. Wir lagen am Waldrand im Gras und er träumte von einem russischen Rundfunksender. Denn nach seiner Erfahrung hatte sich »Radio Liberty« viel zu sehr verändert. Gewiss, das wäre ein viel wirksamerer Schritt gewesen als die Sache mit *Kontinent*! Nur wer würde für die Russen Dutzende von Millionen von Dollar hergeben?

Mit jedem Tag in Sternenberg wurde ich körperlich und seelisch gesünder. Immer wieder stellte ich mir die Frage: Wie konnten *sie* mich bloß aus der Sowjetunion herausschaffen? So bauten sie mir selbst die Arche Noah, um ihre Sintflut zu überdauern. Offenbar bekamen sie nach den Auseinandersetzungen mit mir im Herbst und Winter schwache Nerven, alles vor den Augen des Westens, den sie für ihre Entspannungspolitik brauchten, und zweifelten an ihrer Allmacht. Und nach all dem, in meinem 56. Lebensjahr, blickte ich in diese drei Täler: Über unsere Geschichte nach 1917 hatte ich bereits laut kundgetan und es schien durchaus gelungen zu sein, sogar mehr als man hätte träumen können. Aus den Betonplatten drang ein schwacher Halm hervor und der Zugriff der Betongewalt schaffte es nicht, ihn zu zerschmettern; die Ausdünstungen der persistentesten Lüge der Welt konnten ihn nicht ersticken. Mit Gottes Hilfe war mein Leben schon jetzt gelungen.

Nun hatte ich mir vielleicht das Recht verdient, mich der reinen Literatur und der russischen Geschichte zu widmen?

Auf meiner »Kapitänsbrücke« dachte ich intensiv über verschiedene Projekte nach, zunächst über unsere bereits beschlossene Umsiedlung nach Kanada, dann über die Gründung einer russischen Universität dort. Mit der russischen Emigration war ich bis dahin kaum bekannt, obwohl ich sie seit langem als die Hüterin unserer besten Traditionen, Hoffnungen, unseres Wissens verehrte. Viele Jahre hindurch stellte ich mir sie als eine große menschliche Kraft vor, die alles bewahren und sich eines Tages wie ein heilsamer Strom über unser Land ergießen würde. Mit jedem einzelnen Schritt gewann das Projekt der Universität deutlichere Züge; ein Entwurf von damals ist erhalten geblieben. Mehrere Fakultäten sollte sie haben, neben der humanistischen, mit unserer breiten Tradition, auch eine naturwissenschaftliche, um die Erschließung des Raumes zu gewährleisten, ohne ihn zu zerstören, und eine volkswirtschaftliche, unter Berücksichtigung westlicher Erfahrungen. Das Programm sollte dicht sein, ein Monat Ferien würde ausreichen, noch einen Monat sollte man zugunsten der russischen Diaspora wirken. Stipendien sollten einen bescheidenen Lebensstil ermöglichen. Dann könnte man auch eine Schule eröffnen, mit zehn Klassen und Programmen, die weder abstrakt wie in der Emigration noch verzerrt wie in der Sowjetunion wären. Mein Wunsch war es damals, die Zöglinge mit allen Mitteln zu festigen, sie aus dem westlichen Wohlstandstraum wachzurütteln und sich der Härte ihrer Heimat zuwenden zu lassen. Auch für dieses Ziel wollte ich die Gelder der von mir gegründeten Stiftung verwenden.

Ich konnte mir die gegenwärtige Schwäche der Emigration und ihre ethnische Verflüssigung noch nicht richtig vorstellen, dass es nach 60 Jahren jene Schichten einfach nicht mehr gab, aus denen man solche Schüler hätte rekrutieren können, dass sich niemand mehr die geforderte Strenge im Lernen freiwillig auferlegen wollte. Aus der Dritten Emigrationswelle zu wählen, wäre jedoch kaum realistisch, denn diese Leute waren aus der Sowjetunion geflohen, um nicht dorthin zurückzukehren. Auch finanziell wäre eine solche Universität kaum zustande zu bringen.

In Sternenberg begann ich konzentriert zu schreiben und stellte fest, dass mir diese Fähigkeit im Exil nicht abhanden gekommen war. Ich schrieb in jenem Sommer nicht allzu viel (die vierte Ergänzung zu *Die Eiche und das Kalb*, sie begann mit dem Teil *Die Unsichtbaren*), wurde oft abgelenkt, fuhr immer wieder nach Zürich zu meiner Familie.

Eigentlich dachte ich, dass ich *Die Eiche und das Kalb* nicht mehr würde schreiben brauchen: Wenn der Schriftsteller nicht mehr obdachlos war, nicht mehr von einem Unterschlupf zum anderen hetzen musste, wenn die Manuskripte offen in verschiedenen Zimmern lagen und nicht bei jedem Klopfen versteckt werden mussten, wenn der Anfang des Textes mit seinem Ende an einem Tisch verglichen werden konnte und man nach dem Abschluss nichts mehr in der Erde vergraben brauchte – dann waren, nach sowjetischen Begriffen, diese *Skizzen eines literarischen Lebens* wohl schon zu Ende? Nach den *Unsichtbaren* wollte ich den Schlusspunkt setzen. Aber man weiß nie, was kommen wird. Die westlichen Regeln eröffneten ihre eigenen *Skizzen*, die dann in eine unerwartete Richtung flossen.

Die Arbeit am *Roten Rad* konnte ich jedoch noch nicht aufgreifen, was zeigte, dass die Erschütterungen in mir tiefer waren, als es mir zunächst schien. Etwas konfus begann ich einmal, die Erinnerungen an frühere Tage meines Lebens zu schreiben, dann investierte ich übertrieben viel Zeit in die Publizistik und den Brief an das Konzil der Auslandskirche.[12] Gegen Herbst versuchte ich es mit Lenin, aber ich kam nicht besonders gut voran. Doch die Größe dieser Berge, ihre Erhabenheit ließen mich schnell zu meinem Arbeitsrhythmus zurückfinden und gaben mir die beruhigende Zuversicht, dass ich hier keineswegs schlechter schreiben würde als in Russland, solange meine russische Lebenserfahrung in mir konzentriert wirkte.

Am 27. Juli brachten uns der heldenhafte (für mich auch noch legendäre, ich hatte ihn noch nie getroffen) Norweger Nils Udgaard, ein groß gewachsener, gütiger, kluger Mann, und seine Frau Angelika den zweiten Teil meines Archivs. Der dritte und umfangreichste Teil sollte durch William Odom im Herbst kommen, über die USA. Mario Corti brachte mir meine Bibliothek über die Revolution. So war ich bis zum Oktober schon komplett gerüstet.

Udgaards kamen mit uns nach Sternenberg, und erst dort erfuhren Alja und ich zum ersten Mal, wie meine Materialien zum *Roten Rad* gerettet worden waren und welchen Weg sie aus der Sowjetunion genommen hatten; darüber schwieg ich noch in den *Unsichtbaren*, ihrer Bitte entsprechend.

Alja hatte am 14. Februar 1974 folgende Erklärung unterzeichnet: »Hiermit empfehle ich Herrn Nils Udgaard als meinen bevollmächtigten Repräsentanten für Kontakte mit dem Botschafter der Bundesrepublik Deutschland in der Sowjetunion.« Am nächsten Morgen hatte Udgaard dem Botschafter Ulrich Sahm auf Englisch einen Brief geschrieben, dass er mit Solschenizyns Frau ein Gespräch geführt hätte, in dem sie ihre Sorge um die Erhaltung des Archivs sowie darüber, ob man es hinausschaffen könnte, äußerte. Offenbar habe die westdeutsche Regierung der sowjetischen geholfen, Solschenizyn außer Landes zu schaffen. Dies bringe die moralische Verpflichtung mit sich, auch in dieser Sache behilflich zu sein. Der mögliche Umfang der Papiere wurde ebenfalls erwähnt – ungefähr zwei Koffer voll.

Das war ausgezeichnet gedacht und begründet. Offensichtlich solidarisierte sich der Botschafter selbst mit mir; über Rostropowitsch besprach er insgeheim den Plan unseres Treffens mit Günter Grass in Moskau im September 1973, dann ängstigte er sich wegen des Ausmaßes der Kampagne gegen mich und empfahl Grass, nicht zu reisen, wofür dieser ihn öffentlich tadelte (»Steht unser Botschafter im Dienst der sowjetischen oder der deutschen Regierung?«), worauf er aber nicht antworten konnte. Doch wie weit konnte er gehen? Zudem, sagte man, war er ein persönlicher Freund Willy Brandts. Für Udgaard stand es außer Zweifel, dass Sahm bei seinem Ministerium entweder angefragt oder es zumindest in Kenntnis gesetzt hatte.

Udgaards Frau Angelika fuhr gleich in die Botschaft und übergab dort den Brief dem Dienst habenden Beamten (sie selbst war Deutsche, für Udgaard war Deutschland wie eine zweite Heimat, und in der Botschaft dürfte man sie gekannt haben). Er erhielt für denselben Abend die Einladung zum Konzert des Botschaftschors im Hause eines Botschaftsrats, der dritten Person in der Botschaftshierarchie. Bezeichnend für die hohe Kunst des Diplomaten ist, dass der Botschaftsrat selbst in die Sache nicht eingeweiht wurde. Ihm war lediglich aufgetragen, diesen skandinavischen Journalisten einzuladen und ihm eine merkwürdige Notiz des Botschafters, ohne Empfänger und Unterschrift, zum Lesen zu geben (die nachher über ihn wieder dem Botschafter zurückzugeben war):

»1. Einverstanden.
2. Nur zwei Koffer.
3. Nur über den Chef und seinen Stellvertreter.«

Verstehen Sie das?, fragte der Botschaftsrat. Udgaard nickte.

So wurde das Archiv des *Roten Rades*, über die Revolution, deren Ereignisse ihren Lauf von jenem sinnlosen, gegenseitig verhängnisvollen Krieg mit Deutschland aus genommen hatten, ausgerechnet von Deutschland für mich gerettet!

Eine unvergessliche Erzählung war das, frei gesprochen, und wir kehrten nach Zürich zurück, wo wir schon hätten abgehört werden können.

Jetzt, wie es schien, hätte man sich endlich hinsetzen und schreiben können. Weit gefehlt: den ganzen Sommer hindurch gab es Störungen und Ablenkungen.

Plötzlich teilte man mir im Juni mit, dass die UNO-Verwaltung in Genf auf ihrem Gelände den Verkauf der französischen und der englischen Ausgabe des *Archipel Gulag* verboten hätte, weil das Buch angeblich »eines der UNO-Mitglieder beleidigt«. Hier konnte man sich sehr wirkungsvoll einschalten, in solchen Fällen verlangte meine Hand gleich nach dem Papier und der Entwurf der Erklärung war in zehn Minuten fertig: »An den Generalsekretär Waldheim. Halten Sie es für anstößig, eine Regierung zu beleidigen, und für hinnehmbar, das ganze Volk zu beleidigen? Ich hätte erwartet, dass die UNO dieses Buch nicht verbieten, sondern seine Besprechung auf die Tagesordnung der Vollversammlung setzen würde. Unter den Punkten, die bei diesen Versammlungen erörtert werden, ist nicht allzu oft die Vernichtung von 40–45 Millionen Menschen.« Aber nein. Es steht ja dem Autor des Buches nicht an, es zu verteidigen. Man muss seine Erfahrungen machen und schweigen. Es würde auch ohne mich irgendwie geregelt werden. Und so war es auch, die Zeitungen brachten die Meldung, dann wurde die Sache durch irgendeinen Kompromiss revidiert.

Im Sommer bekam ich aus Israel einen Hilferuf: Warum sei *Archipel Gulag* so teuer, man könne sich das Buch nicht leisten. Was war denn da schief gelaufen? Ich hatte doch allen Verlegern zur Bedingung gemacht, den Verkaufspreis niedrig zu halten, damit man es in der ganzen Welt lesen könne. Aber die Transportkosten, irgendein Aufpreis erhöhten den Preis wieder. Überstürzt schickte ich einen Brief an die israelischen Zeitungen (*Anhang 13*). Die Buchhändler dort gerieten in Aufruhr, ihrer Kalkulation nach schienen sie im Recht zu sein und wollten mich verklagen (mein »Antisemitismus«!), doch meine allgemeine Lage in diesem ersten Jahr ließ mich darüber hinwegsehen.

Ende des Sommers erfuhr ich von den Ereignissen um Svetlana Schramko aus Rjasan; die Nachrichten drangen dank ihrer Beharrlichkeit zu mir, ansonsten konnte man von dort kaum etwas mitteilen, alle waren wie taub. Sie hatte gegen die Emissionen aus den Schloten der Kunstfaserfabrik protestiert, die mit ihrer unsichtbaren, süßlich riechenden Schleppe einen ganzen Streifen in der Stadt vergiftete, und auch mich seinerzeit dort, in einem nahe gelegenen Park und durch das Fenster meiner Wohnung. Nur hatte ich mich damals nicht dagegen erhoben, und diese unbekannte und schutzlose Frau wagte es! Ich musste sie mit meiner Stimme unterstützen und schickte einen Brief an die *New York Times*.[13] Dort lag er fast einen Monat herum, und als er endlich gedruckt wurde, fragte ich mich, ob er Svetlana noch viel helfen konnte? Was würde man wohl mit ihr machen? Wir werden es wohl nie erfahren ...[14]

Kurz entschlossen, wie üblich, brachte Rostropowitsch den österreichischen Kardinal Franz König zu Besuch. Wozu? In einem beschaulichen Gespräch erklärte mir der Kardinal, ich müsste mich im Kampf gegen den Kommunismus über kurz oder lang mit der katholischen Kirche verbünden. Aber um Gottes willen, ich kann doch nicht an allen Fronten ...

Nach dem Interview mit CBS schrieb mir der missglückte Dolmetscher, der Korrespondent des *Daily Telegraph* David Floyd, und kam immer wieder vorbei – er hätte in seinem Leben keinen anderen Wunsch, als zu mir zu ziehen und mein Sekretär zu werden. Das lehnte ich ab. Dann wollte er mich überreden, den polnischen Emigranten Leopold Labedz zu treffen, der ein internationales Tribunal einberufen lassen wollte, um die sowjetischen Führer vor Gericht zu stellen.

Ich lebte erst ein halbes Jahr im Exil, doch mir war schon klar, dass bei aller moralischen Gerechtigkeit und Verlockung, die ein solches Tribunal darstellte, es doch wider die Kräfte, Winde, den Fluss der Geschichte nicht geschaffen werden könnte, und im Unterschied zu den Nazi-Verbrechern würde niemand jemals Gericht über die Kommunisten halten, sodass weder Zeugen noch Richter dafür zu finden wären. Obwohl ich das erkannt hatte, war ich dennoch schwach genug, diesem Treffen zuzustimmen. Es ist schwierig, sich an die vollkommene Freiheit im Leben zu gewöhnen, vor allem sich die goldene Regel jeglicher Freiheit anzueignen: Man sollte sie möglichst wenig ausnutzen.

Wir trafen uns also; Floyd bestand auf seiner Anwesenheit. Das Gespräch verlief ergebnislos. Nach Kräften versuchte ich Labedz davon zu überzeugen, dass die Zeit dafür noch nicht reif sei, der Plan unzeitgemäß, wir würden uns nur blamieren. Er dagegen war entflammt, wollte mich unter den Organisatoren und Schirmherren der Sache sehen. Ich lehnte ab.

So gingen wir auseinander. Nach ungefähr anderthalb Monaten erschien im westdeutschen *Der Spiegel* plötzlich diese Nachricht: Der aus seiner Heimat verbannte Solschenizyn wolle sich mit dem Schreiben von Büchern nicht zufrieden geben, sondern unmittelbar in der Politik mitmischen, und daher organisiere er nun ein internationales Tribunal *gegen seine Heimat*, die Sowjetunion. Solschenizyn plane einen öffentlichen Schauprozess, angefangen von Lenin bis vermutlich Breshnew. Die Auswahl der mutmaßlichen Mitglieder des Gremiums sei bereits im Gange. Zunächst habe der Nobelpreisträger die originelle Idee gehabt, die Richterplätze nur mit glühenden Gegnern des sowjetischen Regimes zu besetzen, dann aber habe er davon Abstand genommen, nicht zuletzt unter dem wohltuenden Einfluss seiner Frau »Natascha Dmitrijewna«.

Ich war wie von der Wespe gestochen – woher kam denn nur diese Niedertracht? Was für eine Presse! Wie sollte man unter solchen Monstern leben – ohne ein Wort der Wahrheit!

Wie früher der *Stern* mir ins Gesicht gespuckt hatte, so tat es jetzt *Der Spiegel*, Gleich und Gleich gesellt sich gern. Ich war traurig, fühlte mich beschämt. Die Idee an sich war undurchführbar, meines war das ohnehin nicht, meine Seele verlangte nur nach dem Schreiben. Aber ich verlor Zeit und Ruhe, jetzt musste ich mich rechtfertigen und davon reinigen. Ich bat Dr. Heeb, beim *Spiegel* zu protestieren und eine Richtigstellung zu fordern. Er schrieb etwas wenig Ausdrucksvolles. Einen Tag danach kam bei ihm mit Blitzgeschwindigkeit die Antwort von Rudolf Augstein: »Wir sind jederzeit in der Lage, vor Gericht zu beweisen, dass er Erwägungen angestellt

… hat, [die] nicht geheim bleiben können und … für die gesamte Weltöffentlichkeit von Interesse sind. … Keinesfalls können wir uns dazu verstehen … zu widerrufen, was wir für wahr und richtig halten. … Wir glauben allerdings, dass Ihrem Mandanten mit solch einer Auseinandersetzung, die auch wir nicht wünschen, nicht gedient wäre, noch weniger seiner Sache. Wir sehen keinen Grund für den Zorn Ihres Mandanten, zumal er bereits sehr schwer wiegende Fehler begangen hat, die leicht hätten vermieden werden können.« Ich verstand nicht, was er damit meinte, aber in punkto Grobheit stand der Ton seines Briefes dem sowjetischen kaum nach: »Wir werden es von Ihrem Mandanten nicht hinnehmen, uns zu diktieren, was die Wahrheit und was die Unwahrheit ist.«

Mir war der Grund für diesen angesammelten Hass unbegreiflich. Was hatte ich ihnen angetan, wo ihren Weg durchkreuzt? Und nun schien die Klage sicher; na gut, ich war bereit. Aber damit mein Leben im Westen zu beginnen, war widerlich.

Ich schrieb eine scharfe Antwort an Augstein, bereits am Rande des Zusammenstoßes (*Anhang 14*).

Da besann sich Augstein wieder; vielleicht hatte er seinen Informanten auf den Prüfstand gestellt und jener gab nach. In der nächsten Nummer des *Spiegel* veröffentlichte er meinen Brief in deutscher Übersetzung, wiedergegeben auch auf Russisch als Kopie, sodass alles in meinen Worten gesagt werden konnte. Um sein Gesicht zu wahren, fügte er hinzu, dass wenn ich ein Dementi anstreben wollte (wozu denn jetzt?), so würde er »entsprechende Schritte unternehmen«. Bei meiner Unfähigkeit, eine Klage zu führen und dafür überhaupt die Zeit zu finden, war ich der Meinung, den Konflikt gut gelöst zu haben. Man hätte mich damit ganz schön quälen können.

Aber dieses Ergebnis war eher wegen meiner Unerfahrenheit zustande gekommen: Angesichts der gewonnenen unvorstellbaren Freiheit konnte ich nicht gleich erkennen, dass man sich dabei auch den juristischen Auseinandersetzungen gänzlich verschreiben kann. Bald darauf, als ich erfuhr, dass in Italien die Publikation meiner Briefe aus der Kriegszeit an meine erste Frau (die sie behalten hatte) in Vorbereitung war, wandte ich mich unvorsichtig an das Gericht und zog einen Rechtsanwalt hinzu. Doch das italienische Gericht beschied in der ersten Instanz, es sei möglich, diese Briefe auch ohne meine Erlaubnis zu drucken. Die Rechtsanwälte lockten mich, den Prozess weiter zu führen, aber hier wachte ich wieder auf. In meiner Lage war es einfacher, eine Erklärung abzugeben, statt zu klagen (*Anhang 15*). Von dieser Publikation nahmen entweder alle Verleger Abstand oder aber der KGB selbst, denn in meinen Briefen gab es vieles, was zu meinen Gunsten sprach, während der KGB an einem einseitigen Effekt interessiert gewesen wäre.

Dieses Schwanken zwischen der Leidenschaft des stillen Schreibens und der Leidenschaft des politischen Angriffs entspricht meinem Naturell, sonst wäre es bei mir nie zu einem solchen Auseinanderklaffen gekommen. Dennoch glaube ich, dass ich damit im Westen fertig geworden bin, dem politischen Wirbel widerstanden habe. Das war jedoch eher ein Instinkt, damals habe ich nicht so deutlich wahrgenommen, wie nichtig unsere physischen Kräfte und die uns gegebene Zeit sind im Vergleich mit all dem Noch-nicht-Gemachten.

In jenem Sommer erfolgte in Bern die Gründung meiner Stiftung; die Sache lag in den Händen von Dr. Heeb und ich hatte bis dahin noch keine Gelegenheit gehabt, mich mit seinen Aktivitäten vertraut zu machen. Die Stiftung wurde zunächst problemlos und schnell begründet, mit dem Namen »Russischer Gesellschaftlicher Fonds«. Doch bald wurden wohl irgendwelche Beamtenseelen von Angst ergriffen: Könnte diese Bezeichnung nicht eine Brüskierung der Sowjetunion sein? Oder ein Hinweis darauf, dass sich russisches gesellschaftliches Leben irgendwie ohne die sowjetische Regierung entfalte? Nein, so ein Name passe nicht. Daraufhin schlugen wir die Bezeichnung »Stiftung zur Unterstützung politischer Gefangener« vor. Auf gar keinen Fall! Das Wort »politisch« sei für die neutrale Schweiz inakzeptabel. So begann der Kuhhandel. Endlich gelang es uns, sie von dem Namen »Russischer Gesellschaftlicher Hilfsfonds für Verfolgte und ihre Familien« zu überzeugen. Diese Bezeichnung ließ zwar die kulturellen und schöpferischen Aspekte der Stiftungsarbeit außen vor, aber diese blieben ja in den Statuten verankert. Solange wir im Ausland waren, sollte sie nun eben so heißen.

Bis zum Herbst kam ich mit meiner Arbeit in Sternenberg gut voran. Das war vielleicht eine Freude! Am meisten hatte ich gefürchtet, dass mir im Exil die Fähigkeit zum Schreiben verloren gehen könnte.

Aber weit war ich noch nicht gekommen. Im September 1974 rief mich voller Sorge Wladimir Maximow in Zürich an. Aljas Benachrichtigung darüber erreichte mich in Sternenberg an einem stillen Herbstabend, als die Arbeit gut im Fluss war. Maximow bat um meine Unterstützung für Sacharow. In Stockholm hätte Schores Medwedjew Sacharow fast als »Kriegsbrandstifter« bezeichnet und sich gegen die Verleihung des Friedensnobelpreises an ihn ausgesprochen. Selbst darauf zu antworten schien Maximow ungenügend, nur meine Stimme könne angeblich vernommen werden. Wie immer bei einem solch nervösen Informationsaustausch bleibt die Echtheit auf der Strecke, ein Text, ein Stenogramm fehlt (und wann soll so etwas beschafft werden?), aber man möge bitte protestieren! helfen! darauf antworten! – und für die Richtigkeit des Inhalts wird schon gebürgt werden. (Alles war aber von dem Stockholmer Mitglied der russischen Exilbewegung NTS aufgebauscht worden, vielleicht mit mancher Sinnveränderung.)

Es war verdammt schmerzlich, wieder die Arbeit fallen zu lassen. Aber andererseits – wer sollte Sacharow verteidigen? Nach den vormaligen Versuchen der Brüder Medwedjew, ihm ein Bein zu stellen, schien der Vorfall zunächst glaubwürdig. Allerdings zeigte sich in den Aktionen dieser Brüder viel von einem inszenierten Spiel. Der eine Bruder, Roy, blieb in der Sowjetunion als halb legaler Anführer einer »marxistischen Opposition«. Die Feinde des sowjetischen Regimes konnte er gewiefter angreifen als das Regime selbst es tat. Der andere Bruder, Schores, früher ein erklärter Oppositioneller, wurde von der Macht verfolgt (und von uns allen verteidigt) und konnte dann plötzlich »auf eine wissenschaftliche Dienstreise« ins Ausland fahren (ein ähnlicher Fall war der Dissident Walerij Chalidse). Nachträglich wurde ihm die sowjetische Staatsangehörigkeit aberkannt. Er blieb im Westen, in der Rolle einer »unabhängigen Person«, und half seinem Bruder, die Aufmerksamkeit auf sich zu lenken, darunter die des westlichen Buchmarktes. Zusammen mit Roy gab er eine Zeitschrift heraus und konnte im Westen frei solche Aktionen entfalten, die nicht gegen die sowjetische Regierung gerichtet waren. Ihrem natürlichen Trieb nach agierten die Brüder Medwedjew wie echte Kommunisten, in aufrichtiger Treue zur Ideologie und ihrem Vater, einem Kommunisten, der durch den Geheimdienst NKWD umgekommen war. Sie begründeten einen europäischen Vorposten der sozialistischen Fraktion innerhalb der sowjetischen Dissidentenbewegung, hatten hier ihr Sprachrohr und suchten Kontakte zu den passenden Schichten des westlichen Kommunismus.

Roy kannte ich kaum und sah ihn zwei Mal nur en passant. Trotz der erstaunlichen Ähnlichkeit mit seinem Zwillingsbruder war er freilich wenig sympathisch, Schores dagegen sehr; außerdem war er nicht derart durch die Ideologie fanatisiert, und wenn sie in ihm steckte, so verdeckt von Zügen des Liberalismus. Im Sommer 1964 hatte ich seine im Samisdat kursierenden Essays über die sowjetische Genetik (die Willkürherrschaft von Lyssenko) gelesen und war davon begeistert. Damals war ein bedrohlicher Zeitungsartikel gegen ihn veröffentlicht worden und ich schrieb ihm einen ermunternden Brief. Auch versuchte ich die Zeitschrift *Nowyj mir* zu überzeugen, seine Essays zu publizieren. Bei unserer Bekanntschaft machte er einen überaus angenehmen Eindruck. Sofort half er mir, die Verbindung zu Timofejew-Ressowskij, meinem ehemaligen Kameraden im Butyrka-Gefängnis, wieder herzustellen (Schores half ihm, einen ihm im Ausland zuerkannten Preis auf seinem Fachgebiet Genetik zu erhalten). Für die hoffnunglos erkrankte Tochter meiner Bekannten in Rjasan beschaffte er trickreich ein neues seltenes Arzneimittel aus dem Westen, was mein Gefühl ihm gegenüber festigte. Er wollte mir helfen, nach Obninsk umzuziehen, machte mich mit westlichen Korrespondenten bekannt, zuerst mit dem Norweger Hegge, dann mit den Amerikanern Smith und Kaiser (was übrigens für beide Seiten von Belang war). Ich vertraute ihm schon so weit, um ihm ein Werk von mir zum Fotografieren zu geben (allerdings in meiner Anwesenheit), aber doch nicht genug, um nach der Entdeckung meines Archivs im Jahre 1965 seinem dezidierten Wunsch gemäß ihm etwas zum Verstecken zu überlassen. Noch mehr sympathisierte ich mit ihm wegen seiner Inhaftierung in einer psychiatrischen Anstalt, damals trat ich öffentlich für ihn ein.[15] Er publizierte einen Artikel in der *New York Times* über den Verlauf meines Scheidungsverfahrens, das vom KGB verzögert worden war. Als er mir vor seiner Abreise ins Ausland sein neues Buch *Zehn Jahre im Leben des Alexander Solschenizyn – eine politische Biographie*, das er in Europa drucken lassen wollte, zeigte, hatte ich nicht den Mut, ihm die Erlaubnis zu verweigern, obwohl das Buch nicht besonders bemerkenswert zu sein schien (freilich ausgenommen ihm selbst). In diesem Buch beschrieb Schores einen gewissen Silberberg auf eine sehr grobe Weise und behauptete, dieser hätte den KGB auf die Spur meines Archivs geführt, um sich die Ausreise zu verdienen; mir lag diese Mutmaßung fern, obwohl ich zugeben muss, dass ich über Silberberg ein hartes Wort habe fallen lassen – dass ich ihn nicht kennen und meine Hand für ihn nicht ins Feuer legen würde. Nun musste Schores in Großbritannien eine Auseinandersetzung mit Silberberg durchstehen und seinen Text selbst überarbeiten. Unsere Fotoaufnahmen allerdings beeilte sich Schores zu veröffentlichen, wie auch meine Briefe an ihn, meine Einladung zu unserer Feier nach der Verleihung des Nobelpreises, noch mit der Anweisung, wie man unsere Moskauer Wohnung findet. Die westliche Sorglosigkeit war ihm sofort in den Kopf gestiegen.

Bald kamen von ihm regelrecht verwunderliche Stellungnahmen, noch dazu im westlichen russischsprachigen Radio. Ich selbst habe etwas dieser Art mit eigenen Ohren gehört. In Bezug auf die Szene, als ihm der sowjetische Pass abgenommen wurde, antwortete er dem Korrespondenten auf Russisch – ich hörte seine Stimme – auf die Frage über das in der Sowjetunion herrschende *Regime*: »Ein Regime haben wir nicht, sondern wir haben genau so eine Regierung wie in anderen Ländern, und sie regiert mittels der Verfassung.« Ich konnte nicht mehr ruhig sitzen und war fassungslos, so grauenvoll war das! Keine schöne Entwicklung! Um die gleiche Zeit, im Herbst 1973, ergab sich eine Gelegenheit, ihm durch jemanden nach London einen Brief zu schicken, und ich schrieb ihm voller Entrüstung. (Zugegeben, ich hätte etwas milder schreiben sollen, aber ich wusste damals nicht, dass man Schores' Sohn in der Sowjetunion in einem Lager für Kriminelle zurückbehalten hatte.)

Nachdem ich in den Westen gewirbelt worden war, wollte Schores gleich zu mir kommen, auch nach Zürich, doch ich lehnte ab und es entwickelte sich keine Beziehung mehr zwischen uns. Und nun sollte er, laut Maximows Information, einen Angriff gegen Sacharow führen.

Hals über Kopf warf ich mich in einen weiteren Zeitungsstreit hinein – und antwortete Schores auf seine Stellungnahme, die ich weder gelesen noch gehört hatte.[16] Ich schrieb ohne zu zögern, weil mir bewusst war, in welche Richtung sich Schores' Ansichten in all diesen Monaten entwickelt hatten.

Derselbe bereits erwähnte Floyd erklärte sich bereit, die Antwort in der *Times* zu veröffentlichen, ich schrieb in Sternenberg, Alja sandte das Geschriebene per Telefon nach London. Es verging ein Tag, ein zweiter, dritter, irgendwo war es stecken geblieben, es gab neuerliche Telefonate, bis meine Erklärung plötzlich in einer abgeschwächten, verunstalteten Fassung im *Daily Telegraph* erschien, was bedeutete, dass sie in der *Times* nicht mehr kommen würde. Und wieso nicht? Die *Times* mochte allzu direkte Äußerungen über Schores Medwedjew vermieden wissen, diese könnten gerichtlich beanstandet werden.

Man muss sagen, mit dieser Einschätzung lag die *Times* ganz richtig. So antwortete mir Schores sowohl durch die norwegische *Aftenposten* als auch direkt: Bei seinem Auftritt gab es weder eine Tonband- noch eine stenografische Aufzeichnung, wortwörtlich habe er sich so nicht geäußert, wie man es ihm zuschreibe. Doch selbst in dem, was man ihm zuschreibe, hätte es nicht jenen Satz über den angeblichen »Beitrag Sacharows zur Kriegsbrandstiftung« gegeben, wie ich aufgrund der Information Maximows behauptete. Gerichtlich wollte er in Sachen seiner Sacharow-Äußerungen dennoch nicht vorgehen. Im Übrigen bestritt er auch, je gesagt zu haben: »Bei uns in der Sowjetunion haben wir kein Regime, sondern genau so eine Regierung wie in anderen Ländern, und sie regiert mittels der Verfassung«, was ich wiederum selbst gehört hatte!

In dieser Hetze verging der ganze erste Sommer im Westen, ich versuchte mir einzelne Wochen für die Arbeit in den Bergen freizukämpfen und ahnte dabei nicht im Geringsten, dass in dieser Zeit Rechtsanwalt Dr. Heeb meine Angelegenheiten immer mehr durcheinander brachte, während ich nicht auf die Idee kam, mich dafür zu interessieren und ihm Fragen zu stellen.

Zugleich verdarben oder verunstalteten einige unzulängliche Übersetzer ins Englische, Italienische, Spanische, geschweige denn ins Griechische, Türkische und andere Sprachen, meine Bücher, doch mir fehlte die Zeit, mich mit *Übersetzungen* zu beschäftigen. Was aber war für einen Schriftsteller in meiner Lage wichtiger als das?

Eine Überraschung wurde für mich auch der Sturm der Empörung, den mein *Brief an die sowjetische Führung* innerhalb der sowjetischen Bildungsschicht hervorrief. Nur zum Teil begriff ich, dass sich damit die Tiefe der begonnenen Spaltung in der russischen Gesellschaft äußerte. Mein *Brief* wurde leidenschaftlich und schroff verurteilt; für mich war das ein Zeugnis dafür, dass ich einen wichtigeren Schritt getan hatte, als ich mir vorstellte, und das Wesentliche berührte. Im Samisdat soll sogar ein Sammelband kritischer Äußerungen vorbereitet worden sein, ich weiß nicht, ob er jemals gedruckt wurde.

Auch in der Emigrantenpresse wurde darüber intensiv gestritten, es gab Stimmen für und wider. Unerwartet für mich war die Äußerung des serbischen Publizisten Michajlo Michajlov. In meinen Augen gehörte er nicht zu unserem gesellschaftlichen Leben, sondern war eher sozusagen einer »unserer« Verbündeten, den man in Jugoslawien verfolgte. Doch der Begriff »unser« veränderte sich und zersplitterte sehr stark. Michajlow erstaunte mich durch seine spürbare Sympathie für den Marxismus (er verteidigte die Reinheit dieser Ideologie) und die russische sozialrevolutionäre Bewegung. Meinen *Brief* erklärte er für antirussisch und antichristlich. Bis dahin hatten die Bezichtigungen so gelautet: allzu russisch und allzu orthodox. Aus Serbien wurde all das auf die Weltbühne in einem fast schon grotesken Ton gebracht: »Also ein für alle Mal sollen [Solschenizyn und dessen Leser] sich Folgendes merken«; »Solschenizyn ist es nicht gegeben, seine eigene Erfahrung zu erfassen«; »nun ist man gezwungen, das zu wiederholen, was für die europäische juristische Denkweise längst ein Axiom geworden ist«, und dergleichen mehr. Aber noch befremdlicher waren die *Mittel*, die er in der Diskussion einsetzte. An mehreren Stellen diente der Dissident Wladimir Ossipow statt meiner als Zielscheibe, und dann, durch einen wahrlich leninistischen Kunstgriff, wurden all seine Gedanken auf mich abgewälzt, zusammen mit irgendwelchen »prochinesischen Gruppierungen, italienischen Neofaschisten, monarchistischen Emigranten«. Überdies »wiederholt Solschenizyn Lenins Sünde«, und mein *Brief* bestehe aus denselben Teilen wie das »Manifest der Kommunistischen Partei«. Und dann noch in Anlehnung an Sacharow: »Es werden sich Anhänger finden, die aussprechen werden, was Solschenizyn für sich behalten hat.« Was für Teufel können aus ruhmreichen mutigen Dissidenten heranwachsen!

Anfang Oktober erschien der erste Band des *Kontinent* und ich explodierte wegen des vorlauten und prätentiösen Artikels von Andrej Sinjawskij (Pseudonym Abram Terz) »Russland, du Hundsmutter«. Darin schien sich mir die Entstehung einer gehässigen Richtung gegen Russland anzukündigen, und ich sollte Recht behalten. Man musste unmittelbar darauf reagieren, nicht in Hinblick auf die Emigration, sondern auf die Leserschaft in Russland, solange die Verbindung nicht abgerissen war. Hier folgt mein damaliger Entwurf:

Eine Replik für den Samisdat. Wie aus einer Vorahnung ließ ich in meinem Grußwort für den *Kontinent* fallen: »Manchmal übertreffen die Wünsche das, was Wirklichkeit wird.« Der erste Band ist erschienen. Und nun lesen wir: »Russland, du Hundsmutter, auch dafür wirst du bezahlen ...« Die Rede ist von den Behinderungen der massenhaften Ausreise von Juden aus der Sowjetunion, und der Zusammenhang deutet nicht an, dass sich der Verfasser, Abram Terz, von dieser Intonation abbringen lässt. Sein fast zehnjähriges Schweigen in gesellschaftlichen Fragen wurde für seichtes Geplätscher aufgegeben. Selbst in der Welt der Kriminellen, die in ihrer Psychologie fast wie Tiere sein können, gibt es die Verehrung der Mutter. Terz kennt sie nicht. Sein ganzer nervöser, scharfer Artikel ist der Entlarvung von »denen«, nicht von »uns« gewidmet; eine unproduktive Richtung, die geschichtlich nichts Positives gebracht hat. Abram Terz besteht zu Recht darauf, dass das russische Volk seinen Teil der Schuld (er schreibt: die *ganze* Schuld) in dem erkennen muss, was in den vergangenen 60 Jahren stattgefunden hat. Aber in Bezug auf sich und seine Freunde spürt er die Anwendbarkeit desselben Gesetzes nicht. Für die Dritte Emigration, die, verglichen mit der Ersten und der Zweiten, das Land mit minimaler persönlicher Gefahr verlassen hat, die selbst als Komsomol-Aktivisten oder durch die Väter und Großväter dem sowjetischen Prozess ihren Tribut an Zerstörung und Hass gezollt haben, wäre es anständiger gewesen, sich zu überlegen, wie »wir« uns vor Russland verantworten und nicht wie Russland sich vor uns. Und man sollte keinen Müll in Russlands duldendes Gesicht schleudern. Ich schäme mich dafür, dass die Idee einer Zeitschrift für Osteuropa von den herbeigeströmten sowjetischen Emigranten für ihre Zornausbrüche, die sie früher vorsichtig zurückgehalten haben, so missbraucht wurde. Wir sollten für Russland wie für »uns« Reue empfinden, anderenfalls sind wir kein Russland mehr.

Ich kann mich nicht mehr erinnern, aus welchem Grund ich diese Notiz nicht in den Samisdat gegeben habe. Wahrscheinlich deshalb nicht, weil Ähnliches nach dem Erscheinen des Sammelbandes *Stimmen aus dem Untergrund* gesagt werden sollte.

Aber es war bezeichnend, wie sich der schriftstellerisch aktive Teil der Dritten Emigration von Anfang an zeigte; und wohin sollte er sich wenden, wenn nicht an den neubegründeten *Kontinent*? In den nächsten zwei bis drei Jahren sollte die Zeitschrift zum prestigeträchtigen Rahmen für die Zusammenkünfte, Geräuschkulisse, Gestikulationen dieser Leute werden (darunter auch für Sachen, die man unmöglich in die Zeitschriften der Ersten Emigration hätte einschleusen können). Doch die antibolschewistische Linie der Zeitschrift wurde von Maximow konsequent durchgehalten.

Im Verlaufe des Augusts überwand ich die gefährliche Entwöhnung vom *Roten Rad*, denn seit dem turbulenten Herbst 1973 hatte ich infolge des anwachsenden Drucks nicht mehr mit voller Kraft gearbeitet. In Sternenberg festigten sich allmählich die innere Einstellung und die Gedanken. Ich machte mich an den unvollendeten *Oktober*, die Zürcher Einzelheiten in Hinblick auf Lenin fügten sich jetzt sehr gut ein, seien es Details über die Zürcher Sozialisten oder die Wetterberichte für jeden Tag im Oktober 1916 oder im Februar 1917, man brauchte die Wetterbedingungen nicht einmal erfinden. Es ergab sich jedoch eine neue Schwierigkeit. In den vorangegangenen Jahren, als ich das *Rote Rad* nach den einzelnen »Knoten« geplant hatte, entschloss ich mich, den August 1915 auszuklammern, weil ich möglichst rasch zur Februar-Revolution 1917 durchkommen wollte. Aber dieser August barg in sich doch eine erhebliche Entwicklung, mit dem katastrophalen Rückzug der russischen Armee, der Schaffung eines angriffslustigen »Progressiven Blocks«, seiner wütenden Attacke gegen die Regierung, den Kompromissen bei der Besetzung der Ministerposten, der qualvollen Übernahme des Oberbefehls durch den Zaren, zudem noch mit der Parteikonferenz in Zimmerwald. Beim Schreiben des *Oktober sechzehn* war diese Auslassung deutlich zu spüren, sie erforderte viele retrospektive Blicke, und zwar in dem Maße, dass ich mir Gedanken zu machen begann, ob ich den *August fünfzehn* nicht eingliedern sollte. Dann überprüfte ich, wie viele andere geschichtliche und persönliche Erzählstränge zu überarbeiten wären, und sah, dass dies noch einen schlimmeren Bruch herbeiführen würde. Ich blieb bei meinem ursprünglichen Plan der Abfolge der »Knoten« und war jetzt bereit, im *Oktober* dezidiert die Lenin-Linie zu verfolgen. Die Zahl der möglichen Kapitel darüber wuchs lawinenartig an. (Leider gab es nicht mehr jenes kleine Restaurant »Stüssihof«, wo Lenins »Kegelklub« zu Sitzungen zusammentraf, und mit Alja suchte ich ein ähnliches Lokal, mit den gleichen Laternen an den Holzsäulen.)

Im Herbst, nach der Klausur in Sternenberg, schien mir, dass meine Frau und ich uns nun verdient hätten, vier Tage lang durch die Schweiz zu fahren. Ein kleines Land, aber für uns war es ein riesiges, da wir noch nirgends gewesen waren, ausgenommen meine damalige Fahrt zusammen mit Widmer zum Präsidenten Furgler.

Durch die Talebene, auf der Autobahn wieder nach Bern und dann nach Lausanne und Genf fuhren Alja und ich zu zweit, dann sollte uns Widmer über die Berge bringen. Die Überfahrt in den französischen Teil streichelte sanft über das Herz. Gleich war jene zimperliche Art, die wir in Zürich gar nicht mehr wahrnahmen, wie weggefallen. Die Umgebung von Bern und diejenige von Genf sind wie zwei verschiedene Länder, kaum zu glauben, dass sie sich in einem Staat befinden. Genf versteht es, das Herz des Verbannten zu besänftigen, vielleicht fällt es einem nicht mehr so schwer, hier seine Jahre zu überdauern. Zwar begaben wir uns auf eine Reise, aber unsere Köpfe waren voller zurückgelassener Sorgen und die Fahrt schien nicht wie eine angenehme Wirklichkeit, sondern wie ein Traum. In Lausanne wanderten wir durch den Park am See, als ob wir nach dem Abflug aus Moskau noch nicht zu uns gekommen wären, unsere Gedanken und Gewohnheiten schafften es nicht, die Bewegung unserer Körper einzuholen. Diese ganzen acht Monate kamen uns vor, als ob wir noch nirgendwo angefangen hätten zu leben, ohne Wurzeln, und dabei wollten wir gerade weiterziehen, über den Ozean.

In Montreux, am östlichen Ufer des Genfer Sees, gelangten wir, uns vortastend, zum Schloss des Gefangenen von Chillon. Das Gittertor war bereits geschlossen und man wollte uns nicht mehr einlassen, aber eine deutsche Reisegruppe erkannte mich und rief lachend, wir gehörten zu ihnen. Das Schloss mit seinen engen steinernen Höfen liegt auf einer kleinen Insel; zu sehen ist die Kette eines Gefangenen, vielleicht sogar jenes bewussten ... Aber das Herz eines sowjetischen Gefangenen hielt mich zurück: Wie einfach ist das doch, ein Gefängnis zu schaffen, das für die einen unüberwindbar, für die anderen ein leichter Spaziergang wird! In der Kindheit las ich unter meinen anderen Büchern daheim auch das Poem von Lord Byron in der Übersetzung von Wassilij Shukowskij. Damals hatte ich mir all das anders vorgestellt, viel düsterer, bedrohlicher, und die Wellen größer – und plötzlich trat ich in diesen Traum hinein, mit der komischen Episode, dass man mich nicht einlassen wollte. Dieses Wiederholen, Wiederauftauchen, Schließen der Lebenskreise kommt so unerwartet, und wie viele Begegnungen und Besuche sollten uns in Zukunft noch belohnen. (Wenn das in Russland wäre!)

In Montreux war auch ein Treffen mit Vladimir Nabokov geplant, aber wegen eines Missverständnisses (er soll auf uns an jenem Tag gewartet haben, schickte aber die verabredete Bestätigung nicht, von unterwegs vergewisserten wir uns durch einen Anruf in Zürich) blieb uns nichts anderes, als an seinem luxuriösen Hotel vorbeizugehen. (Wie seltsam muss es doch sein, dauerhaft in einem Hotel zu leben.)

Ich bedauerte, ihn nicht gesehen zu haben, obwohl zwischen uns kein Kontakt vorauszusehen gewesen wäre. Ich hielt ihn immer für einen genialen Schriftsteller, in der Reihe der russischen Literaten für einen herausragenden, mit niemandem vergleichbar. (Ich meine seine Vorläufer. Aber die erste Bekanntschaft mit seinen Büchern kündigte nicht an, was für ein Strom seiner Nachfolger entstehen sollte; in der zweiten Hälfte des 20. Jahrhunderts wurde diese Linie ausführlich herausgearbeitet.) Noch in der Sowjetunion trauerte ich, dass er nicht den Hauptweg der russischen Geschichte gegangen war. Ein brillanter, freier russischer Schriftsteller im Westen, der gleich nach der Revolution 1917 hierher gekommen war, wieso schrieb er nicht (wie auch ein anderer, Iwan Bunin!) über Russlands Niedergang? Was für einen Lebensinhalt hatte es in jenen Jahren sonst gegeben? Wie überaus wertvoll wäre ihr Werk dann für uns, die Nachkommen, gewesen, die es nicht mehr machen können. Aber die beiden Schriftsteller, Bunin wie Nabokov, zogen es vor, private und zwischenzeitliche Wege zu beschreiten. Nabokov hatte gar die russische Sprache verlassen. Für die Taktik des literarischen Erfolges war das die richtige Entscheidung, was hätte ihm die Emigration für 40 Jahre im Voraus schon versprechen können? Er hatte die Emigration nicht verraten – er hatte sich von Russland selbst entfernt.

Noch aus der Sowjetunion sandte ich im Jahre 1972 durch die »illegale« Post, mit jemandem, ein Schreiben an die Schwedische Akademie. Darin schlug ich in Wahrnehmung meiner Rechte als Preisträger Nabokov für den Literaturnobelpreis vor. Diesen Brief schickte ich auch als Kopie an Nabokov (*Anhang 16*). Mir war klar, dass er bereits im hohen Alter war und sich nicht mehr ändern würde, aber er war doch in der Mitte geschichtlicher Ereignisse aufgewachsen, dazu noch bei seinem herausragenden Vater, einem Beteiligten an diesen Ereignissen – wie konnte der Sohn denn ihnen gegenüber so gleichgültig sein?

Als ich in die Schweiz gekommen war, schrieb er mir sehr freundlich, und in diesem Brief stand auch Aufrichtiges: »Gut, dass Ihre Kinder in eine freie Schule gehen werden.« Aber weil mein Trennungsschmerz noch so frisch war, stieß es mir unangenehm auf und ich antwortete ihm, auch aufrichtig: »Was für eine Freude soll es sein, wenn die Mehrheit der dort Gebliebenen in eine unfreie Schule geht?«

Das wäre wahrscheinlich auch der Verlauf unseres Gesprächs gewesen, hätten wir uns damals in Montreux getroffen. Das Flussbett unseres Lebens wird mit den Jahren immer tiefer, immer weniger Möglichkeiten bleiben uns, uns zu verändern, in ein anderes Flussbett zu kommen. Er ist auf seinem Wege versteinert und ich versteinere auf meinem, aber einmal, irgendwann, hätte ich es auch versuchen wollen, in einem anderen Flussbett! Doch daran ist nicht zu denken.

Weiter fuhren wir durch das Rhône-Tal. In der Nähe von Raron lag ein weiteres kleines Haus von Widmers, wo sie uns erwarteten. An jenem kühlen Abend machte dieses sonnenbeschienene Tal, durchzogen von jahrhundertealten Zivilisationsschichten, einen mächtigen Eindruck auf uns. Die Antike und die europäische Kultur, seit Ewigkeiten bewohnt, solange sich die Erde dreht, und jedes Steinchen, jede Scherbe, jeder Baumstumpf sind Zeugen von Jahrhunderten: eine nicht auszuradierende Kultur, Ahnen, die nicht spurlos verschwunden sind, Boden, der nicht vernichtet werden kann! (Wie gerne würde ich, zum Beispiel, in all das eintauchen! Aber wann?) Auf dem Felsen steht wie eine Festung ein Kirchlein und neben ihm ein einsames Grab, umhüllt von der gelben Wärme der sinkenden Sonne. Wer liegt hier? Alja und ich waren tief bewegt und beschenkt: Rainer Maria Rilke! (Er ist aber in der Nähe von Montreux gestorben.)

Andächtig blieben wir hier stehen, im langen Licht der abendlichen Sonne. Hier also wurde es ihm beschieden ... Er wählte dieses Tal und diesen Fels – das kann man wohl begreifen! Die Wahl des Ortes, an dem man begraben werden will – wenn man diese Wahl hat –, vermag sehr vieles auszusagen ...

Mit Widmers gingen wir einen überaus liebenswürdigen alten Pfarrer besuchen, der sie einst getraut hatte. Wir übernachteten in ihrem strengen steinernen Haus mit seiner archaischen Bauweise, wo die Heizung kaum etwas nutzt; nach dem Mauerwerk zu urteilen, dürfte es fünf Jahrhunderte alt gewesen sein.

Von da an fuhr Widmer selbst, meine Fahrkunst hätte nicht mehr ausgereicht. Eine Route durch die Schweiz zu planen, ist nicht so leicht, da man nicht immer auf direktem Wege durchkommt. Wir mussten über den Simplon-Pass, als gerade Schnee zu fallen begann, man konnte wegen Glatteis nicht fahren, alle warteten, bis der ganze südliche Abhang mit Sand gestreut wurde, dann ging es weiter. Etwas unterhalb verwandelte sich der Schnee in einen starken Regenguss. Nur für wenige Stunden kamen wir nach Italien hinein, um den Weg in die südliche Schweiz zu verkürzen. (Für diese paar Stunden mussten wir ein Visum beantragen, was mehrere Tage dauerte, und die italienischen Grenzposten hielten uns hier ohne jegliche Erklärung eine gute halbe Stunde lang fest; wie sich dann herausstellte, war man gelaufen, um meine Bücher zu holen und ein Autogramm zu bekommen.) Über Domodossola kamen wir an den Lago Maggiore. Dort lud man uns in eine private altitalienische Villa ein. Ein düsterer, mit Wolken verhangener Tag; halbdunkle, reich eingerichtete Räume; die Hausherrin mit ihren Töchtern, ein aussterbendes adliges Geschlecht, ihnen allen schwebte wie bereits Verurteilten die Konfiszierung ihres Vermögens durch eine kommunistische Regierung vor, die man hier von einem Tag auf den anderen erwartete. Wegen dieses Schattens des Kommunismus erschien alles im ewigen Italien nur provisorisch zu sein. An jenem Tag sahen wir nichts mehr, was von guter Ausstrahlung gewesen wäre, alles nur in Lila und Schmutzfarben. Am nächsten Morgen kam die Sonne heraus und dann blitzten Locarno und Lugano auf, wir sahen kaum etwas davon, dann Morcote mit dem Friedhof oberhalb des blauen Sees, und dann zurück gen Norden, wieder aufwärts. Der San-Gottardo-Pass war geschlossen, das Auto wurde mit dem Zug transportiert, und am nördlichen Ausgang aus dem Tunnel fuhren wir noch nach oben, um einen Blick auf die schauderhafte Teufelsbrücke zu werfen, auf die Heldentaten des russischen Kriegsherrn Alexander Suworow, noch dazu bei kaltem und düsterem Wetter – ein unvergesslicher Eindruck! Auf dem Felsen steht auf Russisch, in großen alten Lettern eingemeißelt:

> Den tapferen Mitstreitern des Generalissimus Feldmarschalls
> Grafen Suworow von Rymnik, des Fürsten Italiens, die bei der
> Überquerung der Alpen im Jahre 1799 ihr Leben verloren haben.

Das waren wahrhaftig Helden! Man kann über Suworow nur staunen: In einem Bergland, in das ihn der launische österreichische Hofkriegsrat und die nachlässige Haltung des russischen Zaren Paul gedankenlos getrieben hatten, in einem solchen Land, im Schnee, weit von der Heimat entfernt, Krieg zu führen und ihn nicht zu verlieren! (Nur um die russischen Knochen tut es sehr, sehr Leid. Wozu musste er überhaupt hierher? Dieser ganze Krieg war überflüssig.)

Wir waren nur vier Tage weg, aber schon kamen Neuigkeiten im Radio: Der amerikanische Senat hatte mich einstimmig zum Ehrenbürger der Vereinigten Staaten gewählt! Später kam das offizielle Papier, das ich beantwortete.[17]

Ich selbst wusste nicht, wozu sie gut sein sollte, diese Wahl, doch es schien irgendwie wichtig zu sein. Auf jeden Fall könnte sie meiner Sache helfen und den Sowjets die Suppe versalzen. Das verstand aber auch Kissinger ganz gut. Das Prozedere erforderte jetzt die Bestätigung der Ehrenbürgerschaft durch das Repräsentantenhaus. Das Außenministerium verzögerte die Debatte dort. In der Zwischenzeit wurde der Senat neu gewählt und nun war die Anerkennung durch den veränderten Senat vonnöten. Sie erfolgte im Frühling 1975. Aber dann bremste Kissinger noch einmal, darüber ist ein ausführliches Papier des Außenministeriums bekannt: Dieser Akt würde die Beziehungen mit der Sowjetunion verderben.

Der Misserfolg mit meiner US-Ehrenbürgerschaft stellte genau so eine Gesetzmäßigkeit (und für mich genauso gesegnete) dar wie einst der Misserfolg mit dem Lenin-Preis in der Sowjetunion: Ich war bei beiden Systemen nicht hoffähig und daher tauchten rechtzeitig entgegenwirkende Kräfte auf.

Jetzt war ich gezwungen, im schweizerischen Fernsehen aufzutreten. Man kam auf die Idee, ich solle ein Stück aus dem *Archipel Gulag* auf Deutsch vorlesen. Dann gab es einige belanglose Fragen, und als es um das Filetstück des Ganzen gehen sollte, nämlich warum ich die Schweiz auserkoren hatte, war die Zeit für die Livesendung bereits um. (Das war für mich aber eine Erleichterung. Was sollte man auch sagen, wo wir nichts wirklich gewählt hatten, nirgendwo richtig lebten und die Abreise insgeheim schon beschlossen war.)

In jenen Monaten musste ich wichtige Angelegenheiten abschließen, die noch aus der Heimat herrührten: die bittere, unvollendete Untersuchung der verstorbenen I. N. Tomaschewskaja über die Autorenschaft von Scholochows *Der stille Don* veröffentlichen und zusammen mit meinen Koautoren Schafarjewitsch, Borissow, Barabanow, Agurskij, Swetow (Pseudonym »Korsakow«), Poliwanow (Pseudonym »A. B.«) gleichzeitig in Moskau und in Europa unseren Sammelband *Stimmen aus dem Untergrund* präsentieren.

Wäre nicht meine Ausweisung dazwischen gekommen, so wäre der Sammelband im März, spätestens im April bereits fertig und präsentiert gewesen. Meine Abreise verzögerte die Sache erheblich, die Verbindung verkomplizierte sich, sodass wegen letzter Abstimmungen sich alles in den Herbst hinzog. Den ganzen Oktober und die Hälfte des Novembers warteten wir auf ein Signal von unseren Freunden aus Moskau: An welchem Tag ihre Pressekonferenz stattfinden sollte, damit wir unsere an einem der folgenden Tage machen könnten. Andrej Tjurin, der uns angeblich wegen einer privaten Angelegenheit anrief, gab uns mit einem verabredeten Satz zu verstehen, dass ihr Auftritt dort am 14. November sein würde. Sofort begann ich, meine Pressekonferenz für den 16. November einzuberufen.

In jener Zeit gestattete uns der KGB eine direkte Telefonverbindung nach Moskau und am Abend des 14. Novembers rief ich Igor Schafarjewitsch an, um ohne Umschweife zu erfahren, wie die Konferenz verlaufen war. Von diesem Gespräch machte ich ausführliche Notizen, mit deren Hilfe ich jetzt die Details in meinem Gedächtnis auffrischen konnte. Die Besonderheiten jenes Auftrittes angesichts eines recht großen Ereignisses – der deklarativen Offenbarung einer unabhängigen Richtung des russischen Denkens, unter akuter Gefahr für die Beteiligten – waren allzu charakteristisch für den auf die »News« ausgerichteten Zeitungsstil mit seiner verschwommenen Wahrnehmung. Von unserer Seite traten vier Leute auf, die ihre Beiträge in dem Band mit ihren eigenen Namen unterzeichnet hatten. Von den versammelten Korrespondenten beherrschte keiner genügend Russisch, um die theoretischen Positionen zu verstehen. (Von den Zeitungsleuten sollte man kein Interesse dafür erwarten. Das war unser Fehler.) Stattdessen wurde ihnen nun zwei Stunden lang mühselig das Grundlegende auseinander gesetzt, und dies in dem Land, wo sie seit Jahren akkreditiert waren und schnell und eindringlich hätten reagieren müssen! Man legte ihnen die Hauptmerkmale des sowjetischen Lebens dar: das zerstörte Dorf, die geplünderte Natur, die Unterdrückung der Gläubigen, die riesigen Lager, das Fehlen der Selbsterkenntnis. Von all den Problemen war für die Journalisten nur die damalige jüdische Emigration von Belang, wobei nicht deshalb, weil gebildete Menschen in Scharen das Land verließen, sondern in Bezug darauf, welche Perspektiven diese Emigrationsbewegung hatte, sich frei zu entfalten, ohne die Einschränkungen seitens der Regierung. Denn die Emigration sei völlig begründet, wenn es in diesem Land einen solchen Niedergang der Kultur gäbe, und den Emigranten würde es an den neuen Orten besser gehen.

Ähnliche Fehler beging ich bei meiner Zürcher Pressekonferenz. Um für unsere Leute in Moskau eine mächtige Unterstützung zu erreichen, wollte ich sie möglichst breiter, lauter, internationaler gestalten. Darin sah ich auch ein bedeutendes Symbol: Von Zürich aus sollte ein Dokument, eine Zusammenfassung von Fakten bekannt gemacht werden, in der eine Gruppe von Russen erklärte, wie jene Untat, die 60 Jahre andauerte, nun enden sollte, für deren Verwirklichung Lenin gerade aus diesem selben Zürich damals gefahren war. Zuerst versuchte ich, in der Stadt einen Saal zu bekommen, der für Simultandolmetschen ausgerüstet war. Das gelang nicht. Dann beschlossen wir, es einfach bei uns zu Hause zu machen, mit der geöffneten Tür zwischen zwei Zimmern. An der Liste der Einzuladenden wurde lange gefeilt. Trotz des Wunsches, möglichst viele einzuladen, konnte man nicht mehr als 30 Leute unterbringen. Alja gab mir den Rat, eine möglichst kurze Rede zu halten, die Tatsache des Erscheinens eines solchen Buches, den Mut der Autoren hervorzuheben und auf die stärksten Passagen des Sammelbandes aufmerksam zu machen. Ich war aber nicht in der Lage, mich zu beherrschen und von einer ausführlichen Besprechung der Beiträge Abstand zu nehmen. Meine Rede dauerte eine Stunde, ebenso viel die Übersetzung, die Korrespondenten waren ziemlich aufgerieben, nur die Aufzeichnungen der westlichen russischsprachigen Sender retteten die Lage. Nach einer Pause ging es weiter mit den Fragen. Solche zu den wesentlichen Problemen des Sammelbandes fehlten natürlich, man ging über zum Politischen: Wie soll unser Sammelband aufgefasst werden, als ein »rechter« oder ein »linker«? Nur in dieser Dimension war etwas einzuordnen und zu erklären. Oder: Stelle das Erscheinen des Sammelbandes einen Beitrag zur internationalen Entspannung dar? (Und dies wollte Europa – von Russland wissen! Na dann gute Nacht!)

Jene komplizierte, verschlungene Entwicklung, die von den Völkern Russlands wie auch der anderen Länder, die unter den Kommunismus geraten sind, noch durchzumachen sein wird, lässt sich nicht in dem linearen Verlauf der gegenwärtigen westlichen Information unterbringen. Möglicherweise betonten wir in diesem Sammelband übertrieben die »Nation als Persönlichkeit« gegenüber dem allmenschlichen Charakter des Christentums – aber damals fühlten wir das einheitlich. Das kam vermutlich daher, dass wir in einem quälenden Zustand waren, in dem wir noch viel zu leiden hatten: Die russische Nation sei im Sterben begriffen und klage durch uns über ihren Schmerz. (Dabei überschätzte ich die Bedeutung der russischen Emigrantenpresse. Ich unterstellte ihr die Bedeutung einer Vereinigung der russischen Kräfte im Ausland. Das wäre eine durchaus anständige Aufgabe für diese Presse, aber gerade sie wurde von der russischen Presse nicht erfüllt; im Gegenteil, alle Gruppierungen verbitterten immer mehr in ihrer Abkapselung. Die zur Pressekonferenz gekommenen Emigranten, die Anführer der Bewegung NTS und die Herausgeberin der Zeitschrift *Die Stimme des Auslands*, Piroshkowa, erwarteten von uns das Versprechen einer baldigen Revolution in der Sowjetunion und wollten sich keineswegs mit dem Aufruf »Lebt nicht mit der Lüge!«, mit einer moralischen Revolution begnügen. Wladimir Maximow saß teilnahmslos dabei und brachte später im *Kontinent* nichts darüber, schloss sich uns also nicht eindeutig an.)

Wie auch immer, ob wegen unseres entschlossenen Auftritts[18], des ausreichenden internationalen Echos oder der Veröffentlichung des Sammelbandes in den Vereinigten Staaten und in Frankreich, es gab keine Repressalien seitens der Sowjetbehörden, direkt wurde niemand verfolgt, obwohl man die Sowjets kaum verdächtigen konnte, sie würden die Bewegung der russischen nationalen Selbsterkenntnis fördern.

Während der Tage, als wir am intensivsten mit der Herausgabe des Sammelbandes beschäftigt waren, bitte sehr, erhielt ich eine Einladung aus Oxford, dort die Doktorwürde in Empfang zu nehmen – bloß wann? Ende des kommenden Juli, eine Antwort werde sofort erwartet. Ja, das war eine große Ehre, die Tschukowskij und Achmatowa zuteil geworden war; aber wie könnte ich sagen, wo ich im nächsten Juli sein würde? Wohl schon über den Ozean. Nein, daraus würde nichts werden.

***

Und dann stand da seit Jahren noch eine Angelegenheit aus – die Entgegennahme des Nobelpreises. Das sollte nun im Dezember geschehen. Bei einem hervorragenden alten Zürcher Schneider ließ ich mir einen Frack anfertigen – und so etwas soll man bloß einmal im Leben tragen?!

Um mehr von Europa mit den Augen wahrzunehmen, fuhren Alja und ich mit dem Zug. Seine Reise aus fast denselben Orten nach Stockholm wegen des Nobelpreises beschreibt Iwan Bunin als eine wunderbare Sache. Ich konnte keine bessere Verbindung finden. Aus irgendeinem Grund wurde in Hamburg am Morgen unser Schlafwagen abgekoppelt, man musste entweder mit den Koffern in einen anderen Waggon umziehen oder in einen anderen Zug, und später wiederholte sich das Gleiche. So hatten wir bis Schweden fünf Mal umzusteigen. Durch Schweden fuhren wir an einem langen, dunklen Abend, das Land war nicht zu sehen. Unser Mitreisender im Abteil, der ehemalige westdeutsche Konsul in Chile, erzählte uns über die Schamlosigkeit und die Betrügereien der dortigen »Revoluzzer«. – »Darüber sollten Sie ein Buch schreiben.« – »Ich bitte Sie, wie könnte man? Man wird gleich zerrissen. Die Bundesrepublik Deutschland ist fast schon ein kommunistisches Land.«

Um dem Tumult durch die Presse zu entgehen, hatten wir verabredet, geheim und nicht am Hauptbahnhof anzukommen (die meisten würden sich ohnehin am Flughafen versammeln). Der Schriftsteller Hans Björkegren, zugleich mein Übersetzer ins Schwedische, wie auch der andere Übersetzer Lars Eric Blomqvist stiegen eine Stunde vor Stockholm bei uns zu. Eine Station davor verließen wir dann alle den Zug und wurden auf dem leeren Bahnsteig von dem kleinen, hageren Karl Ragnar Gierow begrüßt. So endete also unser langer Briefwechsel wegen des Nobelpreises, hier trafen wir uns schließlich, ohne einen einzigen westlichen Journalisten, aber auch ohne einen einzigen sowjetischen Geheimdienstler, es war ganz menschenleer. Von dort fuhren wir mit einem geräumigen Wagen nach Stockholm und erreichten das Grandhotel. Einige Fotografen warteten trotzdem auf der Treppe und knipsten, ganz unbeobachtet hatten wir also nicht ankommen können. Dem Hotel gegenüber, auf der anderen Seite der Bucht, steht der Königspalast, wir blickten direkt auf seine Fassaden. Je nachdem, welcher Preisträger eintrifft, werden am Hotel die Fahnen gehisst.

In unserem sowjetischen Leben waren Feiertage rar, in meinem eigenen erinnere ich mich überhaupt nicht an diesen Begriff, diesen Zustand, vielleicht nur an jenem Tage, als ich 50 Jahre alt geworden bin. Ansonsten keine Sonntage, keine Ferien, kein einziger Tag ohne Ziel. Und nun kamen mehrere Tage des Feierns, ohne etwas zu tun. (Freilich drängte sich wieder das Geschäftliche auf, mit Besuchen und den zu übermittelnden Schreiben. Man bestand auf einem nicht ausgemachten Treffen mit dem Baptisten-Prediger Billy Graham, der in Amerika große Popularität genoss, mir aber ganz unbekannt war. Es kam auch der Emigrant Pawel Wessjelow vorbei, der auf eigene Faust Untersuchungen über die Aktivitäten des KGB in Schweden führte und eine Hypothese über das Schicksal des in *Archipel Gulag* erwähnten Erik Arvid Andersen hatte.) Der nächste Tag war ohne Tagesordnung – doch kann man das als »Tag« bezeichnen? Selbst nach den Tagen in der Stadt an den Newa-Ufern erstaunte der winterliche Stockholmer Tag durch seine Kürze: Kaum ist die Dämmerung da, kommt schon bald der Mittag, und kurz nachdem es Nachmittag ist, wird es wieder dunkel, sicherlich um drei Uhr nachmittags. In dieser Dunkelheit am Tage brachten uns unsere freundlichen Übersetzer nach Skansen. Das ist der innerhalb der Stadtgrenze liegende nationale Naturschutzpark, wo man von überall her Bauten, einen Teil eines Dorfes, eine Wasser- und eine Windmühle (alles in funktionierendem Zustand) gebracht, eine Schmiede und einen Viehhof errichtet hat, mit Geflügel, Pferden, Kinderfahrten in alten Gefährten, selbstredend auch mit einem Zoo. Im Winter erscheint vieles unter dem Schnee gedämpft, aber umso attraktiver sind die alten Behausungen mit brennenden Feuerstellen, auf denen Fladen gebacken und traditionelle Speisen bei Kerzenlicht zubereitet werden, mit dem alten Handwerk – Weben, Häkeln, Sticken, Flechten, Schnitzen – dem Verkauf von volkstümlichem Spielzeug, von Glas, mit lauten Reihen von Marktbuden, von wo man dir in frostiger Dunkelheit einen frisch gegrillten Fisch herüberreicht. Alle freuen sich, die Kinder am meisten.

Das war wohl der stärkste Eindruck von allen Stockholmer Tagen, diese ungewöhnlichen Stunden der feierlichen Freude, an denen, mit Heiterkeit vermischt, das Gefühl aufkam, die Schweden ein wenig beneiden zu müssen: Auch wir hätten ja solche volkstümlichen Parks haben können, wenn dieser verfluchte Bolschewismus nicht wäre, unsere eigene Art wurde ausgerottet und wohl für immer … (Auch bei uns wollte der Geograf Pjotr Semjonow Tjan-Schanskij aus dem Landgut des Großfürsten Michail Nikolajewitsch in Strelna ein »russisches Skansen« machen, doch in der sowjetischen schlimmen Zeit war das kaum zeitgemäß, etwas stand darüber in der Zeitung *Iswestija*, dann ließ man es fallen. Der Weg, der sich ankündigte, war ja ein anderer.)

Bereits am nächsten Tag gelang es uns, etwa zwei Stunden lang durch die Altstadt auf den Inseln zu wandern, in den alten Straßen um den Königspalast, und durch Riddarholmen mit seinen kalten Kirchen. Alle Denkmäler Stockholms scheinen gleich auszusehen: alle aus Erz, begrünt, alle stehend und mit Waffen (diese Nation verstand seinerzeit etwas vom Krieg). Es kommt einem so vor, als ob Stockholm nicht nach äußerer Schönheit streben würde (die ausgedehnten Wasserwege verhindern die Schaffung eines architektonischen Gesamtbildes über den Gewässern, wie in St. Petersburg), dafür aber sehr authentisch ist. Auch macht die Form seiner eckigen Plätze den Eindruck, nicht angepasst zu sein.

Dann fand das Mittagessen statt, das die Schwedische Akademie traditionsgemäß für die Literaturpreisträger ausrichtet. In jenem Jahr gab es das für uns drei: zwei liebenswürdige alte Schweden, Ejvind Johnson und Harry Martinson, sowie für mich, mit der verordneten Verspätung von vier Jahren. Man versammelte sich im Restaurant »Der Goldene Anker«, einem sehr schlichten alten Haus mit Holzböden und einer heimeligen Einrichtung. Hier kommen jeden Donnerstag die Akademiemitglieder zum Mittagessen zusammen, tauschen ihre literarischen Eindrücke aus und bereiten künftige Entscheidungen vor. Kaum betraten wir den kleinen Saal, schon schüttelte mir irgendein Akademiemitglied die Hand, noch nicht alt, mit mächtigen kräftigen Schultern. Mit einiger Verzögerung sagte man mir, dies sei Arthur Lundqvist (der einzige Kommunist hier, der sich all die Jahre hindurch gegen die Verleihung des Preises an mich gestellt hatte).

Insgesamt waren vielleicht an die zehn Akademiemitglieder da, meist ältere Leute, wenngleich nicht nur, es waren recht sympathische Menschen darunter, dennoch gewann ich nicht den Eindruck, dies wäre der höchste literarische Areopag der Welt. Möglicherweise war es der ruhige Fluss der schwedischen Geschichte im 20. Jahrhundert sowie der befestigte Wohlstand des Landes, die verhinderten, das Zittern der Epoche rechtzeitig und zutreffend zu erkennen. Abgesehen von Lew Tolstoj, der den Preis selbst ablehnte (»Irgendein Kerosinhändler Nobel bietet mir einen literarischen Preis an«, was soll man damit?), hat man in Russland zumindest Tschechow, Blok, Achmatowa, Bulgakow, Nabokov übersehen. Und wie viele schon jetzt vergessene Namen sind in der Liste ihrer Laureaten! Aber sie verleihen den Preis erst im 20. Jahrhundert, seit fast überall auch die Literatur im Niedergang begriffen ist. Eine objektive höchste literarische Instanz wurde noch nie geschaffen, und soll es sie überhaupt geben? Es bleibt, dem Stifter dieses Preises für seinen glücklichen Gedanken dankbar zu sein, dafür, dass so etwas ins Leben gerufen wurde und immer noch andauert.

Wohl kaum einem anderen Preisträger während jener 70 Jahre erwies die Auszeichnung einen so dynamischen Dienst wie mir: Sie war die Federung meines Mechanismus für die Überwindung der Sowjetmacht.

Einen Traum habe ich: Wenn es ein geistig genesenes Russland geben wird (wann wird das wohl sein?) und wir noch materielle Resourcen haben werden, sollten wir eigene literarische Preise einführen, nationale wie internationale. In der Literatur sind wir wohl erfahren, und darüber hinaus kennen wir jetzt die wahren Maßstäbe des Lebens, sollten wir also die Würdigen nicht übergehen, die Aufgeblasenen nicht auszeichnen.

Vor der eigentlichen Zeremonie rief man uns noch zu einer Probe, wie wir am folgenden Abend vor dem König paarweise auf die Bühne gehen und wo wir Platz nehmen sollen. Am 10. Dezember gingen wir auch genau so, und der unerfahrene, junge, sympathische König mit seinem recht rundlichen Gesicht, das erste Jahr in dieser Rolle, saß auf der Bühne neben seiner Verwandten, der alten dänischen Prinzessin Margarete (die wirklich wie aus Andersens Märchen aussah). Das Problem mit den nationalen Fahnen über den Sesseln der Preisträger hatte man gelöst – sie wurden entfernt und man musste sich nicht den Kopf zerbrechen, was man über mir hissen sollte. Bei jeder Preisverleihung stand der König auf, überreichte dem Laureaten das Diplom, das Schächtelchen mit der Medaille und schüttelte ihm die Hand. Nach jeder Übergabe applaudierte man im Saal (bei mir geschah das heftig und lange), dann spielte das Orchester, für mich den Marsch aus *Ruslan und Ludmilla*, es war sehr schön.

Möge Gott den nächsten russischen Preisträger nicht so bald hierher schicken, damit es nicht ein untergeschobener sowjetischer Clown ist, aber auch nicht eine falsche Gestalt mit den Perversionen der neuen Emigranten, sondern einer, dessen Fuß die wahre Bewegung der russischen Literatur messen wird! Nach der amüsanten Prophezeiung des Literaturhistorikers Dmitrij Lichatschow wird sich die Literatur so entwickeln, dass es bedeutende Schriftsteller immer seltener geben wird, dafür wird jeder Nächste umso größer sein. Man möchte diesen Nächsten so gerne erleben!

In den kurzen hellen Stunden jenes abendlichen Tages war gutes Wetter, wolkenlos, mit einer kalten niedrigen Sonne und einem gelegentlichen reißend-frischen Wind. Meine Nobelpreisvorlesung war schon vor zwei Jahren gedruckt worden, darum kümmerte ich mich nicht, auch die Rede beim Empfang war damals vorgelesen worden, wenngleich gekürzt, heute jedoch würde ich nicht ohne eine neue Ansprache auskommen. Diese hatte ich bereits niedergeschrieben, aber wegen meines zerstreuten Zustandes, der vielen Eindrücke und Ablenkungen, konnte ich mir diese kurzen Sätze nicht so richtig merken. Sie abzulesen wäre eine Schande, aber von der Linie abkommen wollte ich auch nicht. Und so ging ich spazieren über die enge Halbinsel Skeppsholmen, mit dem Blick auf Kastelholmen, mit vereinzelten Häusern im Park, die teils alt, teils neu waren. Nach Art des Spazierganges im Gefängnis ging ich hin und her, hin und her, lernte etwas stumpf all das auswendig und sah mir ab und zu die rote Sonne im Süden an, die sozusagen die ganze Zeit im Untergehen begriffen war. Zwei Polizisten standen taktvoll in einiger Entfernung und beobachteten, wer sich mir nähern sollte. Fast hätte man gedacht, ein Spezialkonvoi begleitete und bewachte einen ausgewählten Häftling.

Im Rathaus gingen wir, wie vom Protokoll vorgeschrieben, zusammen mit den Damen, die als unsere Begleitung im Programm angekündigt waren, und nahmen in einem genau bestimmten Augenblick, dem König folgend, unsere Plätze ein, die mit Namensschildern gekennzeichnet waren. (Neben mir saß eine Dame aus der einst in St. Petersburg ansässigen Familie Nobels, die noch Russisch sprach. Alja saß mir gegenüber neben einem prominenten Botschafter.) Der Empfang fand in diesem Jahr in dem größten Saal des Rathauses statt und an die 20 Tische waren bereits komplett besetzt. Irgendwo in der Nähe saßen die von mir eingeladenen Stig Fredrikson und seine Frau Ingrid, die treuen Helfer in unserem Kampf, aber sie verloren sich in der Menge anderer Gäste. Mir lag sehr daran, sie persönlich zu begrüßen, doch meine Nachbarin erklärte mir, das wäre eine völlig inakzeptable Verletzung des Protokolls: Solange der König sitzen bleibt, dürfe sich keiner der Gäste erheben. Ich musste mich schwer beherrschen. Dann aber kam der Augenblick, als ich mich erheben, zur Tribüne begeben und meine Ansprache halten sollte. Alle Preisträger lasen vom Papier ab, mir gelang es, die Rede auswendig zu halten und nicht schlecht. (Die BBC und Radio Liberty sollten meine Stimme zu unseren Leuten übertragen.)[19]

Vor vier Jahren war ich also sehr naiv gewesen, als ich dachte, die hier bei diesem steifen Bankett versammelten Menschen aufzurufen, an den Hungerstreik unserer Gefangenen zu denken.

Aber was wäre das gewesen, wäre ich damals wegen nur eines einzigen zeremoniellen Tages aus Russland hierher gereist. Ich hätte Russland dann freiwillig verlassen, man hätte mir die Rückkehr untersagt und ich hätte in Stockholm von der Aberkennung meiner Staatsangehörigkeit erfahren müssen. Das wäre ein Schlag mit dem Beil gewesen und ich selbst schuld an allem. Damals, im Jahre 1970, hatte Alja das besser verstanden als ich. Und was wäre dann der Unterschied zwischen mir und der Dritten Emigration gewesen, die nach Amerika und Europa strömte, um ein leichteres Leben zu führen, weitab vom russischen Kummer?

Jetzt sang ein Studentenchor für mich, nicht ganz akzentfrei, das russische Lied »Die Straße entlang fegt der Schneesturm«. Gott sei Dank hatte ich mir diese Straße nicht selbst gewählt, sondern ging sie wie jeder Häftling, gezwungen vom Schicksal.

Am nächsten Abend, dem 11. Dezember, fand ein Abendessen im Königspalast statt, und zu Alja und mir gesellte sich ein russischsprachiger alter Mann aus der Familie Nobels. Der Palast war düster und leer, und seine Ausmaße schienen nicht zu dem kleinen Schweden zu passen. Irgendwo in einem Flügel wohnte der junge König, damals noch unverheiratet; von unserem Grandhotel auf der gegenüberliegenden Seite der Bucht sah man, dass viele Fenster dunkel blieben. Jetzt wurden wir im Saal in einer gebogenen Reihe aufgestellt, abwechselnd Damen und Herren, an die Spitze stellte sich der selbstbewusste Sozialist Palme, der wahre Herr der Lage, und der König begann seine Begrüßung bei ihm. Neben mir stand auch eine sozialistische Dame namens Myrdal, entweder die frühere oder jetzige Wirtschaftsministerin, wir sprachen Deutsch miteinander und die politische Dissonanz zwischen uns klang ungefähr so, als würde man mit einem Messer auf einem Teller kratzen. Der Speisesaal sah wie eine Galerie aus, mit einem langen Tisch, sehr effektvollen alten Wänden und Möbeln. Hinter dem Sessel der alten Königin stand ein Zeremonienmeister, doch das Abendessen war langweilig und sogar etwas karg und ich sagte zu Alja im Scherz, Palme habe das königliche Budget bis auf null reduziert. Nach dem Essen wurden im Vorsaal Kaffee und Getränke im Stehen gereicht. 40 Minuten lang, bis sich der König verabschiedete, mussten alle stehen bleiben. Alja konnte sich nicht zurückhalten und ließ ihn durch unseren Begleiter fragen, ob es schwer sei, in unserem Jahrhundert König zu sein. Er antwortete ihr ungekünstelt und ernst.

Für den nächsten Tag berief ich eine Pressekonferenz ein, doch davor fuhr ich zu der unglücklichen Mutter des Raoul Wallenberg, der seit 29 Jahren in sowjetischen Gefängnissen saß (wenn er dort nicht schon gestorben war). Ursprünglich hatte ich Wallenberg für Arvid Andersen (im Kapitel 2 des zweiten Teils von *Archipel Gulag*) gehalten, doch das stimmte nicht. Die Pressekonferenz war daher nützlich, da ich ausführlich über Wallenberg sprechen konnte und auch den Dissidenten Igor Ogurzow erwähnte, den man damals in eine psychiatrische Anstalt gesteckt hatte. Dieses Treffen wollte ich als eine Art Schuldbegleichung der Presse gegenüber, nach fast einem Jahr im Westen, sehen und verkalkulierte mich erneut. Über die Hälfte der Journalisten waren Schweden und russische Emigranten, mit ihren spezifischen Fragen. Für die übrige westliche Presse lag Stockholm zu weit ab vom Schuss und deshalb erschien kaum jemand von Bedeutung. Für mich als Schriftsteller ist eine Pressekonferenz, wie übrigens auch ein Interview, eine völlig unnütze und fremde Ausdrucksform. Der Schriftsteller besitzt eine Feder – und er soll sich selbst, schriftlich, zum Ausdruck bringen. Immer wieder machte ich Fehler im Umgang mit dieser Presse.

Auf dem Rückweg fuhren wir über Frankfurt am Main, um den Possew-Verlag und die führenden Mitglieder der antibolschewistischen Union NTS kennen zu lernen. Meine erste Berührung mit dieser Organisation ging auf Jewgenij Diwnitsch im Butyrka-Gefängnis 1946 zurück. Er machte einen überaus starken Eindruck durch seine feurige (und orthodoxe) Überzeugung, aber von seiner Organisation hatte ich damals nichts wahrgenommen, nicht einmal ihren Namen. Danach versuchte man, uns in der Sowjetunion mit diesen Buchstaben NTS die größte Angst einzujagen. Deswegen ist denkbar, dass die Sowjetmacht sie in der Tat etwas fürchtete: Immerhin war das die einzige Organisation in der Welt, deren erklärtes Programm die bewaffnete Niederwerfung des Sowjetregimes war. Aus dem westlichen Radio kannte ich den ergreifenden Fall, als sich der Agent der Staatssicherheit Chochlow weigerte, den Auftragsmord an dem NTS-Anführer Okolowitsch auszuführen (jetzt lernten wir diesen älteren Herrn, G. S. Okolowitsch, kennen, nun ohne die tragische Aura von damals). Sie besuchten uns in Zürich, einmal W. Poremskij, einmal R. Redlich, sie schickten uns ihr Programm und ich las es. Innerlich solidarisierte ich mich mit den Begründern ihrer Organisation, jener Jugend der russischen Emigration in Europa in den 1920er–1930er Jahren. Bei ihnen war das ein natürlicher Impuls, von neuem sowohl über die Vergangenheit als auch über die Zukunft nachzudenken, eigene Wege zur Befreiung Russlands zu suchen. Aber bei meiner Lektüre beschlich mich jetzt das Gefühl einer gewissen Unausgewogenheit; es reichte nicht bis zum erforderlichen Niveau und dem vollen Umfang. Das Programm bediente sich der Idee des Solidarismus (und nicht des Klassenkampfes) als der hauptsächlichen treibenden Kraft der Menschheitsentwicklung, und es fiel derart jenseits des Nationalen aus, ohne jegliche Erwähnung der russischen Geschichte und ihrer Besonderheiten, dass es genügt hätte, anstelle von »unser Land« überall das Wort »Türkei« einzusetzen – und dieser Text würde gleichermaßen auch auf die Türkei anwendbar (oder eben nicht anwendbar) sein. Jetzt hatten wir einen ganzen Tag Zeit dafür, uns die NTS-Leute näher anzusehen. Es wurde eine Sitzung zur Diskussion der theoretischen Positionen mit ihrer gesamten Führungsriege einberufen. Leider bestätigte sich unser Eindruck: Das war ein nicht besonders lebendiger Zweig der geschlagenen, zerstreuten, durcheinander geratenen russischen Emigration. Während der Revolution hatte sich der russische Himmel zugezogen, man sah die ewigen Sterne nicht mehr, die Verbindung zu ihrem unfehlbaren Lauf ging verloren und es blieben nur die hausgemachten Maßstäbe. So hätten die NTS-Leute damals keine anderen Formen und Mittel für ihren Kampf einführen können als eine ebenso zentralisierte, verschwörerische Partei zu gründen wie die der Bolschewiken es war, nur eben eine reine, mit einem anderen Vorzeichen. Zugegeben, wenn es jemandem in der Emigration gelang, einen lebendigen Kontakt mit der sowjetischen Bevölkerung aufrechtzuhalten, so war das die NTS. Ich vertiefte mich nicht besonders in ihre lange Geschichte, sie hatten Konflikte, Spaltungen, große Schwierigkeiten in der Nazi-Zeit, dennoch hielten sie stand. Sie lebten recht karg, gaben ihre ganzen Kräfte dem Kampf hin, wie die Intelligenzija vor der Revolution, doch der Wind des Jahrhunderts füllte nicht ihre Segel, sondern im Gegenteil, ließ sie zusammenbrechen. Aus einem attackierenden Schiff ließen sie sich durch die Kommunisten zu einer Vogelscheuche mit herabgefallenen schwarzen Segeln machen, vor der unsere

Landsleute nur Angst hatten und sich fern hielten. Sehr beeindruckend sprach die NTS-Führung über ihre subversive antibolschewistische Tätigkeit und ihr Agentennetz in der Sowjetunion. Das hätte man alles sofort glauben können, wenn wir selbst nicht aus diesem Land gekommen wären; wir spürten, dass es sich hier mehr darum handelte, sich selbst etwas einzureden, und dass es bis zu »subversiver Tätigkeit« ein ganz weiter Weg war. Ihre Denker beeindruckten nicht durch ihre Maßstäbe, sie waren lediglich die unvermeidlichen Theoretiker, ohne die keine Partei auskommt. Aber ihre Führung war auch nicht ohne lebendigen Verstand, nur hatten sie unter den Füßen keinen wahrhaftigen Boden, auf dem sie sich hätten festigen können, nicht die Verschmelzung mit jenem volkstümlichen Leben, wie es sich unter den Bolschewiken entfaltet hatte. Wie sollte man all dies künstlich herstellen? Bei all ihrem Idealismus und ihrer Dynamik – wie hätten sie sich dem gegenwärtigen, sprich sowjetischen Leben anschließen und dieses beeinflussen sollen? Sie alle waren sehr diszipliniert, zentralisiert, politisiert, doch konnten sie sich ein freies Atmen, die Einfachheit des Lebens nicht aneignen. Sie alle waren orthodox, hatten ihre Kirche gebaut, besuchten die Gottesdienste, hatten einen ausgezeichneten Chor, doch es war alles eher ein Russland in Gedanken, vielleicht das vergangene oder das künftige, aber nicht das heutige. Jene Jungen, welche die Bewegung einst ins Leben gerufen hatten, wurden alt, dann floss ein Teil der Zweiten Emigration zu ihnen, später wuchs hier eine eigene Jugend heran, die wie ein separater Zweig stand, der keine Verbindung zum Stamm hatte. Das ist der Fluch, wenn man weit weg von seinem Volk lebt … Dennoch ist dies vielfach aufopferungsvoller als bei den Tausenden aus der Emigrationsjugend, die sich ohne Widerstand ergeben haben und sich auf den Weg des westlichen Wohlstandes forttreiben ließen. Nein, vielleicht stellt bei einem anderen Volk die Emigration eine Kraft dar, nur nicht bei uns. Ist das naturgemäß ein russisches Merkmal? Das ließe sich wohl leider schwerlich bestreiten.

Mit einem sorgenvollen Gefühl betrachteten auch die NTS-Leute die Neuankömmlinge aus der Sowjetunion, suchten Einigung und Verständigung mit ihnen, doch das klappte nicht immer. Und so standen sie ungewollt vor der Frage: Worauf sollten sie jetzt hoffen?

***

Die Rückkehr nach Zürich brachte eine hübsche Überraschung. Während unserer Reise hatte Rechtsanwalt Dr. Heeb ein Schreiben von der Ausländerpolizei erhalten, das er mir jetzt aushändigte. Ihr Leiter, Herr Zehntner, schrieb, Alexander Solschenizyn habe laut Pressemitteilungen am 16. November eine Pressekonferenz in Zürich gegeben. Dabei habe er nicht nur Essays einiger sowjetischer Autoren vorgestellt, sondern auch kritische Überlegungen über den Kommunismus insgesamt und über die Art und Weise, wie dieser in der Sowjetunion realisiert werde, geäußert. Demnach waren seine Äußerungen zumindest teilweise politischen Inhalts. Entsprechend dem Beschluss der Schweizer Regierung aus dem Jahre 1948 in Bezug auf politische Reden von Ausländern können sich jedoch diejenigen Ausländer, die noch keine Schweizer Staatsbürger sind, zu politischen Themen bei öffentlichen wie bei privaten Versammlungen ausschließlich mit einer behördlichen Erlaubnis äußern. Doch hinsichtlich der erwähnten Versammlung sei eine solche Erlaubnis nicht erteilt worden. Die Polizei bitte den Rechtsanwalt, Alexander Solschenizyn den in der Anlage befindlichen Regierungsbeschluss zu erläutern. In Zukunft solle vor jeder derartigen Versammlung bei der Zürcher Polizei spätestens zehn Tage vor dem Termin eine Erlaubnis beantragt werden. (Dieses »zehn« lag auch seinem Namen zugrunde: »Zehntner«.)

Zehn Tage davor! Nicht schlecht! Da bist du endlich in ein freies Land gekommen! Ist auch in einem freien Land die Regierung für die privaten Äußerungen der Bevölkerung zuständig? Warum soll die Regierung die Verantwortung für das Schweigen der Bevölkerung übernehmen? Selbst der KGB gab mir keine solchen Anweisungen, ich solle keine politischen Äußerungen machen oder aber zehn Tage davor diese Behörde um Erlaubnis bitten! Soll ich das so verstehen, dass wenn ich mit meinen Freunden in meinem Haus ein Gespräch über politische Themen führen will (»eine private Versammlung«), ich die Polizei zehn Tage davor über diese Absicht in Kenntnis setzen muss?

Als ob jemand wieder einen Kampfmarsch geblasen hätte! Mein erster Gedanke – ihnen gleich öffentlich antworten, es so richtig knallen lassen. Diese Wohltäter! Eine Zuflucht haben sie mir gegeben! Damit ich hier noch sicherer schweigen soll, als dies in der Sowjetunion der Fall war?

Doch wir hatten hier schon Freunde gewonnen, unsere guten Widmers, und es wäre unpassend gewesen, diesen Schritt zu tun, ohne es mit ihnen vorher zu erörtern. Sie konnten ja nichts dafür, was alles in der Schweiz vor sich ging, selbst in Zürich, obwohl Widmer hier an der Spitze stand. Wir wollten ihnen keinen Kummer bereiten. Sie waren natürlich über mein Vorhaben erschrocken und versuchten es mir auszureden.

Dann wollte ich den Sowjets auch nicht den Triumph bereiten, ihnen zu zeigen, wie man mich hier in die Mangel genommen hatte. Denn die Abreise aus der Schweiz war eine beschlossene Sache und nach diesem Vorfall endgültig. Was jetzt vor sich ging, war also eine temporäre Angelegenheit, ein Übergangszustand, ein Umsteigen in Europa. Wir hatten uns hier gar nicht niedergelassen, keine Wurzeln geschlagen, nur ein wenig gefestigt. Der Brief von der Polizei gab den weiteren Anstoß: Hier war nicht der richtige Platz für mich.

Weiterfahren.

Allerdings schrieb ich trotzdem eine aussagekräftige Antwort an die Polizei: Während der besagten Pressekonferenz habe ich keineswegs zur gewaltsamen Niederwerfung des sowjetischen Regimes aufgerufen, vielmehr ausdrücklich davor gewarnt. Aber Lenin, der in den Jahren 1916 und 1917 in Zürich lebte, rief ganz offen zur Niederwerfung aller europäischen Regierungen einschließlich der schweizerischen auf, doch er erhielt seinerzeit keine solchen Verwarnungen. Ich behielt mir das Recht vor, diesen Brief einmal zu veröffentlichen.[20]

Gleichzeitig sondierte ich den Boden: Dürfe ich wirklich gar nichts in der Schweiz sagen? Als mein »spezieller Freund« Pjotr Demitschew von den ZK-Sekretären in Moskau entfernt wurde, gab ich in der *Neuen Zürcher Zeitung* eine Stellungnahme über eine neue Wende in der Sowjetunion ab. Das führte zu keiner polizeilichen Reaktion. Also schriftlich – durfte ich wohl. (Zwei Monate später trat ich vor den Studenten der Slawistik an der Zürcher Universität auf[21], sprach nur zu Fragen der Literatur und Sprache, sonst nichts, und das blieb ebenfalls ohne Folgen.) Aber in denselben Monaten entließ eine Schweizer Handelsfirma eine Angestellte, die Dolmetscherin war, aufgrund der Beschwerde eines sowjetischen Kunden: Als er Solschenizyn zu beschimpfen anfing, fragte sie ihn: »Haben Sie ihn denn gelesen?« Und deshalb wurde ihr gekündigt!

Die unabhängige, freie, die älteste Demokratie Europas! Nein, mir wurde jetzt der stöhnende Ruf verständlich, der fast die ganze Zweite Emigration über den Ozean geführt hatte: Wer einmal das sowjetische Paradies kennen gelernt hatte, der zog konsequent seine Schlussfolgerungen. In meiner Erinnerung waren verschiedene Schichten haften geblieben – jene Gefängnisströme aus den Jahren 1945 und 1946, bestehend aus den »in Europa Festgenommenen« (von den Geheimdienstlern einzeln herausgefangen, selbst im Zentrum von Brüssel), ich teilte mit ihnen Zellen und Züge, ich fühlte mich als Bruder der Zweiten Emigration. Vielleicht wird es keinen Angriff auf Europa geben, doch ich wollte nicht jeden Tag daran denken, dass hier meine frei ausgebreiteten Archive und Manuskripte vernichtet werden könnten. So würde ich nie das *Rote Rad* zu Ende schreiben.

Die Abreise aus Europa war eine endgültig beschlossene Sache, aber gerade da wurde ich besonders von Russland angezogen. Wie könnte man Russlands Befreiung beschleunigen? In mir wallte der Wunsch, nach der tauben Führung der Sowjetunion das andere Ende, die Jugend der Sowjetunion anzusprechen. Hier der Entwurf, den ich zu Neujahr vorbereitete:

Das kommende neue Jahr 1975 schließt drei Viertel des 20. Jahrhunderts ab. Bereits jetzt erscheint es so gefärbt, wie es das verdient hat: mit dem roten Blut der Gefallenen, dem schwarzen Gefängnis der Märtyrer und dem gelben Verrat der Mehrheit. Dennoch bleibt ein Viertel des Feldes für das Jahrhundert noch frei für andere, bessere Farben, und sie alle sind in unserer Brust und in unserem Willen. Wenn wir auf dieses vierte Viertel unser aller Bestes gießen würden, würde sich der Ton des ganzen Bildes wesentlich verändern und es würde einen *Sinn* erhalten, den es in den vergangenen 75 Jahren nicht hatte. Man könnte dieses 20. Jahrhundert, eines der schändlichsten für die ganze Welt wie für unser Land, noch retten! Gleich das erste Jahr dieses Jahrhunderts war (wie man jetzt sieht, symbolhaft) durch eine mächtige Studentenbewegung geprägt. Nach unseren heutigen Maßstäben waren die Repressalien gegen jene Studenten lächerlich, die Folgen ihrer Bewegung jedoch schauderhaft. Sie taten alles aus reinem Herzen, aber ohne jedwede gesellschaftliche Erfahrung; sie waren durchtränkt von der Theorie der Revolution und Gewalt. Heute befindet sich unsere Studentenschaft im Gegenteil in einer Lethargie, Kraftlosigkeit und der altklugen Weisheit: besser auf den Knien zu leben als im Stehen zu sterben. Eine verängstigtere und friedvollere Studentenschaft als in unserem Lande gibt es nirgendwo auf der Welt: Arabische, äthiopische und thailändische Studenten verwundern durch ihre Entwicklung und ihren Mut, verglichen mit den unseren. Aber durch eure individualistische Vernunft grabt ihr auch für das vierte Viertel des Jahrhunderts noch ein Massengrab der kollektiven Sklaverei. Wer heute 20 Jahre alt ist, wird am Ende des Jahrhunderts fast 50 Jahre alt sein und der beste Teil eures Lebens wird so in der gewählten Sklaverei vergehen. Wartet ihr auf ein Wunder, das euch befreit? Dieses wird von nirgendwo herabkommen. Entweder ihr selbst werdet dieses Wunder gewinnen oder es wird keines geben. Wer soll die Umstände in unserem Lande verändern, wenn nicht ihr? …

Ich schrieb das nicht zu Ende. Mir kamen Zweifel: Hatte ich überhaupt das Recht, sie so anzusprechen? Als ich selbst gerade frisch aus dem Kampf zurückkam, hatte ich das; aber vielleicht hatte ich es während dieses Jahres, das ich in Sicherheit verbrachte, verloren? Vielleicht durfte ich nicht so, von *hier*, zu ihnen *dort* sprechen?

Die Abreise aus Europa war unumkehrbar beschlossen, die Frist auf den kommenden Frühling gesetzt. Das Ziel – selbstverständlich Kanada. Ein riesiges, ruhiges, reiches, seiner Kraft sich noch nicht bewusstes, schlummerndes Kanada, so nördlich, Russland so ähnlich, daran auch durch Alaska angrenzend. Vielleicht etwas Heimisches?

Gott, es blieben nur wenige Monate, und wir hatten fast nichts von Europa gesehen! Selbst in Paris waren wir kein einziges Mal! Schnell gepackt, fuhren wir los, mit einem direkten Zug etwa sechs Stunden Fahrt, aber wie viel Zeit ging für die Visa verloren! Für uns Ausländer, nicht vollberechtigte Bürger, geht jeder Schritt über ein Visum.

In Paris zu Silvester sein, Neujahr begehen. Alja fuhr dorthin wie ein natürlicher Mensch: sich eine einmalige, unwiderstehliche Stadt ansehen, die Ufer, Boulevards, Museen, Notre Dame, lebende Legenden. Mir aber war es aufgrund meiner knappen Zeit unmöglich, all das zu verinnerlichen. Ich fuhr auch mit einem »revolutionären« Ziel dorthin: Meines war das Paris der russischen Emigration, wie diese bittere nachrevolutionäre Generation es gesehen hatte; nicht jene, die flohen, um sich zu retten, sondern die Weiße Emigration, die für ein besseres Schicksal Russlands gekämpft und sich im Kampf zurückgezogen hatte. Das ist auch ein Teil meines *Roten Rades*, all das hat dort Eingang gefunden: das Paris der Ersten Emigration, wie sie hier über ein halbes Jahrhundert lang überlebte, wie sie litt und starb. Das russische Paris wollte ich berühren.

Bei der Ankunft gab es etwas zum Lachen. Am 27. Dezember, als wir den Gare de L'Est verließen (dabei trauten wir uns nicht zu glauben, dass diese grauen Häuser und die enge Straße eben jenes Paris seien, über das wir seit der Kindheit gelesen hatten), warf Struve, der uns abholte, die heutige Pariser russischsprachige Zeitung zu uns auf den Rücksitz. Auf der ersten Seite war ein Foto von vier Schriftstellern der neuen »Pariser Gruppe«: Sinjawskij, Maximow, Nekrassow und Galitsch. In den Interviews wurde so allerlei besprochen: Nekrassow wunderte sich über die Fülle der Früchte im Westen als dessen wichtigstes Merkmal nach dem zermürbenden sklavischen Osten, während Galitsch meinen Geschmack mit dem von Breshnew gleichsetzte und voraussagte, ich würde *niemals* nach Paris, das mir verhasst sei, kommen.

Wir stiegen im Quartier Latin in der Rue Jacob ab (in der Nähe des Verlages Seuil), in einer Mansarde, in die man wie auf ein Schiff klettern musste, mit einem Seil anstelle des Geländers. Sie war beeindruckend, mit Blick auf die Dächer und steinernen Brunnen der Höfe. Ich rannte quer durch die Stadt, alles zu Fuß, seit der Jugend daran gewöhnt (hier vermischt sich unser zweiter Besuch von Paris in demselben Frühling und der dritte, ein Jahr später, in meinem Gedächtnis). Mir scheint, das Wichtigste habe ich gesehen und aufgenommen, nicht genug, um es mit den Lesern zu teilen, aber mir reichte es. Der beste Tag war derjenige, als ich mit Vater Alexander Schmemann, einem Kenner der Stadt und ihrer Geschichte, unterwegs war. Er führte mich bald durch das Paris der Ludoviken, bald durch die Große Revolution, die kleineren Revolutionen, den Krieg gegen die Preußen, den Ersten Weltkrieg, die 1930er Jahre, die deutsche Besatzung sowie durch jene »russischen Viertel«, die mein Interesse fesselten.

Während meiner ganzen sowjetischen Jugendjahre träumte ich besonders eindringlich davon, die russische Emigration zu sehen und sie als einen zweiten, nicht zustande gekommenen Weg Russlands wahrzunehmen. In Hinblick auf ihre geistige Präsenz bedeutete sie mir keineswegs weniger als die laute sowjetische Realität; sie nahm auch einen großen Raum in meinen Büchern ein. Mir war immer bewusst, dass die Emigration eine andere, nicht verwirklichte Variante meines eigenen Lebens darstellte, hätten zum Beispiel meine Eltern seinerzeit das Land verlassen. Und jetzt kam ich hierher, um die Emigration einzuholen. Aber die große Zahl ihrer Krieger, Denker und Erzähler hatte sich schon auf dem Friedhof Sainte-Geneviève-des-Bois niedergelegt; ich kam zu spät. Meine verspätete Bekanntschaft mit ihnen bestand also darin, an jenem feuchten, aber sonnigen Morgen durch die kleinen Friedhofsalleen zu gehen und die Aufschriften zu lesen, von den Regimentern, Familien, von privaten, berühmten und unbekannten Menschen. Ich kam zu spät.

Allerdings lebten noch einige im Altersheim in der Nähe des Friedhofs, sogar Oberst Koltyschew, der während des Bürgerkrieges General Denikin nahe gestanden hatte. In der Maritimen Versammlung (einem von ehemaligen Seeleuten geführten Haus) traf ich zwei Admiräle und drei Oberste aus jenem Krieg. An verschiedenen anderen Orten in Paris besuchte ich alte Leute, die sich an *jene* Zeiten erinnerten, darunter solche, die bedeutende Posten innegehabt hatten, ich fuhr zu den Monarchisten, die sorgsam ihre Zeugnisse hüteten, um in einer winzigen Wohnung einzigartige Filmaufnahmen von der Zarenfamilie anzusehen. In mein Hotel kamen auch einige Alte, ehemals junge Offiziere, um vor dem Tonbandgerät ihre Eindrücke von den Revolutionstagen, deformiert durch die Dämmerung eines halben Jahrhunderts, zu erzählen. Ich traf den Sohn des Premierministers Stolypin und den ehemaligen Sekretär Stalins, Boris Bashanow, der sich freiwillig von einer sagenhaften bolschewistischen Karriere verabschiedet hatte. (In der frühen Ausgabe des *Archipel Gulag* stand, er sei ermordet worden, dazu schrieb er mir lakonisch: »Die Gerüchte über meinen Tod sind übertrieben.«) Der Portier unseres Hotels antwortete uns plötzlich auf Russisch und entpuppte sich nicht als Jean, sondern als Iwan Fjodorowitsch, mit einem traurigen, schiefen Lächeln beim Klang seiner aussterbenden Sprache. Zu Silvester gingen wir mit Struve und Schmemann in das russische (das jetzt nur so exotisch heißt) Restaurant Dominique am Montparnasse. Dort saß ein wohlhabendes Publikum, dem Russland fremd war, und ein alter russischer Kellner, ein groß gewachsener Mann mit Haltung, wohl ein ehemaliger Offizier, setzte sich um Mitternacht eine Narrenmütze auf, zur Belustigung, und versuchte alle zum Lachen zu bringen. Er zerriss mir das Herz, dieser lustige Silvesterabend. (Aber man konnte sich auch gut vorstellen, wie diese Treffen 55 Jahre lang verlaufen waren, jedes Mal mit dem Wunsch, die Bolschewiken mögen fallen.)

Man dachte, ich sollte mich meinerseits der alten Emigration vorstellen, bei einer Zusammenkunft in einem Saal. Aber ich bekam eine starke Grippe, wir reisten damals ab, und das nächste Mal sollte es nicht mehr dazu kommen.

Aber auch der Puls der Gegenwart schlug weiter. Uns besuchten die »unsichtbaren« Helfer Stepan Tatischtschew, Anastasija Borissowna Durowa, die uns so wesentlich geholfen hatten, doch ich kannte nicht einmal ihren Namen. Jetzt berichteten sie ausführlich über die Einzelheiten ihrer Konspiration. Die vor kurzem emigrierte Familie Etkind kam ebenfalls, beide noch recht betäubt von den hiesigen Verhältnissen, insbesondere Jekaterina Fjodorowna. Wir erinnerten uns wie an einen verzauberten Schatz an jene Tage voller Gefahr, als der *Archipel Gulag* von uns und ihnen gehütet worden war. (Man hätte nicht ahnen können, dass unsere Wege bald auseinander gehen sollten.) An einem anderen Abend ging ich mit Alja und Stepan Tatischtschew durch die tanzenden Lichter des Marktes und auf den Boulevards spazieren und wir besprachen die Einzelheiten der künftigen geheimen Verbindungen nach Russland.

Schließlich besuchte ich gemeinsam mit Struve die russische Druckerei von Leonid Michajlowitsch Lifar. Dort waren meine Bücher *August vierzehn*, *Archipel Gulag* und alles andere gedruckt worden. Jene schrecklich geheime Druckerei, die ich mir, in Moskau sitzend, ausgemalt hatte! Ich hatte auch Nikita Struve gewarnt, er solle mit meinen Manuskripten nicht allein in Paris unterwegs sein. Aber mich hätte der Schlag getroffen, hätte ich gewusst (Gott sei Dank war das nicht der Fall!), dass diese Druckerei ein offener Speicher in einem offenen Hof war, wo jederzeit jeder hereinkommen und sich frei zwischen den ungeschützten Druckfahnen bewegen konnte, auch jenen des besagten *Archipel Gulag*. Die Verbindung zwischen Lifar und der YMCA-Press konnte kein Geheimnis für den KGB gewesen sein. Wie hatten sie bloß die Fertigstellung des *Archipel* verpassen können! Warum hatte ihr Blick, ihre Hand nicht bis hierher gereicht, sodass ich am Leben bleiben konnte? Lifar selbst hatte die 1930er Jahre in der Sowjetunion überlebt und daher den *Archipel* mit ganzem Herzen aufgenommen.[22]

YMCA-Press blickte auf eine recht ruhmreiche Geschichte in der russischen Diaspora zurück. In den Jahrzehnten, in denen der Triumph des Kommunismus in der Sowjetunion grenzenlos zu sein schien, jedes Licht erloschen und für immer besudelt, wurde das Licht der religiösen Renaissance vom Beginn des 20. Jahrhunderts an durch den Verlag gerettet, weitergereicht und sogar vergrößert durch die bescheidene Auflagenhöhe unserer besten Denker, die am Leben bleiben konnten. Das war die Quintessenz der russischen Philosophie, Theologie und Ästhetik. Der für das russische Ohr etwas seltsame Name YMCA ist ein Erbe der amerikanischen protestantischen Organisation »Young Men's Christian Association«, die ihn mit kleinen Zuwendungen unterstützt hatte. Der Verlag nahm seine Arbeit im Jahre 1924 auf; der erste Titel war Boris Sajzews Buch *Sergij von Radonesh*. Später wurden verlegt *Die Heiligen Altrusslands* von

Georgij Fedotow, Bücher von Sergij Bulgakow, Semjon Frank, Nikolaj Berdjajew, Nikolaj Losskij, Lew Schestow, Boris Wyscheslawzew, Lew Karsawin, Wasilij Senkowskij, Konstantin Motschulskij. Ab den 1960er Jahren begannen die YMCA-Bücher langsam in die Sowjetunion einzudringen und ihren Lesern wurden ungeahnte Welten eröffnet. Von Moskau aus bestand jedoch meine Verbindung nicht zu YMCA insgesamt, sondern persönlich zu Nikita Struve. Für mich waren sie identisch, es war klar, dass er den Verlag führte, mit ihm vereinbarten wir die Fristen sowie die konspirativen Maßnahmen. Als Betha die Nachricht nach Moskau gebracht hatte, in Paris sei irgendein Morosow aufgekreuzt, der behauptete, Rechte für meine Bücher zu besitzen, gerieten wir in Aufruhr: ein neuer Pirat? ein weiterer KGB-Agent? Ich war schon dabei, ein Dementi herauszuschicken. Aber als in den westlichen russischsprachigen Sendern vom Erscheinen des *Archipel Gulag* berichtet wurde, nannte man einen Iwan Morosow als den Direktor der winzigen YMCA-Press, die man bis dahin im Westen kaum gekannt hatte. Sieh einer an!

Als Struve nach Zürich kam, bestätigte er, der Verlagsdirektor sei tatsächlich Morosow. Sogar ein Brief Morosows traf ein, in dem er dringend auf einem Treffen beharrte, doch mit einigen seltsamen Sätzen, die verwunderlich wirkten. Struve erklärte mir nun, Morosow habe all die Monate, als der *Archipel* im Geheimen gesetzt und gedruckt wurde, nichts davon gewusst. Am Tage des Erscheinens des ersten Bandes war Struve krank, und als die Bücher aus der Druckerei geliefert wurden, gab Morosow der Presse ein Interview, berichtete von sich und dem Verlag.

Als uns dieser erste Band in Moskau erreichte, waren wir wegen der großen Zahl von Druckfehlern enttäuscht, wenngleich wir ganz richtig in diesem Zusammenhang an die Umstände der Konspiration dachten. (Nur Struve und seine Frau waren mit den Korrekturen befasst und taten das, was sie schafften.) In diesen wirklich bedrohlichen Moskauer Tagen fertigten wir eine Liste mit Korrekturen an und schickten sie durch die »illegale« Post nach Paris, und schon bei der nächsten Auflage wurden sie eingearbeitet. (Die Auflage des ersten Bandes von *Archipel Gulag* war für den Verlag unvorstellbar, 50 000, bis dahin hatte man dort selten mehr als 1000 Exemplare gedruckt und nur zwei bis drei Titel pro Jahr. In der Emigration kursierte ein Epigramm: »YMCA-Press antwortet: Wie drucken eigentlich nur Psalmen.«) In Zürich saß dann Alja, trotz unseres halb organisierten Lebens, mit unseren kleinen Kindern, ganze Nächte lang und las Korrektur. Die Realitäten der Emigration waren uns damals nicht vertraut. Gerade hatten wir uns im Kampf aus der Hölle gezogen (aus deren Tiefe alles im Westen leicht und einfach zu sein schien), gib nur das Manuskript, es wird sofort angenommen, bald gibt es ein fertiges Buch. Nein, zuerst musste man dem russischsprachigen Verlag helfen, wirtschaftlich auf die Beine zu kommen. So offenbarte sich uns die ewige materielle Armut der Ersten Emigration, ihre Verwaistheit.

Jetzt in Paris konnte ich mir den Verlag aus der Nähe ansehen und war verwundert, wie er sich hielt. Neben seiner Professur an der Sorbonne war Struve ehrenamtlicher Mitarbeiter und die Seele des Unternehmens, wollte aber darin keinen Posten bekleiden. Der bezahlte Direktor war Morosow, ihm stand ein Buchhalter zur Seite und es gab etliche Mitarbeiter in dem russischen Buchladen, der in Morosows Augen erstrangig war. Im Verlag selbst gab es in jenem Jahr keinen einzigen Lektor, keinen Korrektor (der Druckauftrag ging jedes Mal von neuem an eine Druckerei). Morosow entstammte einer russischen Bauernfamilie aus Estland, war der Sache sehr zugetan, zeigte aber kein Verlegertalent, die Verlagsrichtung war nicht immer erkennbar. Vor dem Hintergrund der religiös-philosophischen Bücher wirkten drittklassige schnell heruntergeschriebene Dissidentenberichte recht befremdend. (Im Chaos der herbeiströmenden neuen Emigration aus der Sowjetunion war es zuweilen auch für Struve ein Problem, den Durchblick zu bewahren, worum es sich handelte und welches Gewicht im sowjetischen Leben es hatte.) Ferner stellte sich heraus, dass Morosow auch mit dem oben erwähnten Flegon eine Vereinbarung getroffen hatte – »die Autoren aus der Sowjetunion untereinander aufzuteilen«. Sogar bei Michail Bulgakow entdeckte er »unanständige Stellen«; in meiner *Krebsstation* suchte er »seltsame Wörter« heraus, die es nicht geben durfte, und prüfte diese anhand des sowjetischen Wörterbuchs der russischen Sprache von Uschakow (das Wörterbuch von Dahl kannte er nicht). Ende der 1960er Jahre war er psychisch krank gewesen, hatte mehrmals Selbstmordversuche unternommen und ein halbes Jahr in der Klinik verbracht. Seitdem lebte er mit einem Arzneimittel, wirkte betäubt, machte einen seltsamen Eindruck. Bereits bei meinem ersten Besuch in Paris, als ich ihn kennen lernte, war ich über seinen Zustand erstaunt und fragte Struve, wozu er diese Scheindirektion brauche, die die Arbeit behindere.

Struve winkte ab: Mit Morosow verbanden ihn lange Jahre der Zusammenarbeit; er war als ein enthusiastischer Junge Ende der 1930er Jahre aus dem Baltikum gekommen und hatte viel zur Wiederherstellung der Russischen Studentischen Christlichen Bewegung in Frankreich beigetragen. Er widmete sich der Sache restlos, uneigennützig, aber wenig effizient. Und weil der Kreis der Mitstreiter in der Emigration so klein war, konnte man nichts gegen ihn unternehmen.

Demnächst sollte in der YMCA-Press aber *Die Eiche und das Kalb* erscheinen, das ich nach der Verbannung in den Westen zu Ende geschrieben hatte. Mit der Veröffentlichung von ganz frischen Erinnerungen waren viele Gefahren verbunden, in schöpferischer und persönlicher Hinsicht (im Westen noch in gerichtlicher, wie sich herausstellen sollte), darunter der Verlust der Proportionalität in der Sichtweise der Dinge sowie der Verlust von Freundschaften. Durch die »illegale« Post äußerte sich Lidija Tschukowskaja aus Moskau, das Buch sei ein Fehler gewesen, ich hätte diese Erinnerungen nicht gleich drucken lassen sollen, hätte alles erst abkühlen lassen müssen. Andere Freunde in Moskau machten den Witz, ich ließe »meinen künftigen Biografen nur verbrannte Erde«. Ich bin aber der Auffassung: Ich habe den richtigen Zeitpunkt gewählt, *Die Eiche und das Kalb* durfte auf gar keinen Fall abkühlen, das sind keine Memoiren, sondern ein Bericht vom Schlachtfeld. Der zweite Band meiner Skizzen des literarischen Lebens kann hingegen liegen bleiben.

Da ich vermutete, dass zum einen die Suche nach einem neuen Wohnort in Kanada viel von meiner Arbeitszeit in Anspruch nehmen würde, und zum anderen die Zürcher Eindrücke noch frisch waren, beeilte ich mich, meine Kapitel über Lenin jetzt abzuschließen. Mit jenen im *März siebzehn* waren es bereits mehr als die ursprünglich geplanten drei, da ich über reiches Material verfügte. Es ergab sich ein selbstständiges Bild. Was sollte damit werden, wenn es nun in den *Knoten* untergehen würde? Zumal das *Rote Rad* erst nach Jahren erscheinen würde.

In der Zürcher Wohnung zu arbeiten war für mich nach wie vor unmöglich, dort war es eng und laut. Ich fuhr nach Sternenberg, einmal für zwei, ein anderes Mal für drei Wochen. Wie in allen alten Schweizer Häusern wurde auch in diesem in einigen Zimmer nicht geheizt, trotzdem schlief man in den kühlen Nächten bei geöffneten Fenstern. Hier ist das so üblich, wenn man nicht zu alt ist. Zuerst schien mir das ein wenig seltsam, in ein frostiges Schlafzimmer hineinzukommen, aber dann gewöhnte ich mich so daran, dass es mir gefiel und zu meiner Gewohnheit wohl für das ganze Leben wurde, selbst bei dem Frost von 25 Grad minus in Vermont. Wenn man während der Nacht genug frische Luft geschluckt hat, braucht man tagsüber nicht spazieren zu gehen, man kann den ganzen Tag hindurch arbeiten. Diese einsame winterliche Arbeit erinnerte mich an meine Arbeit am *Archipel Gulag* in Estland. Wie ich mir dort nur in der Nacht die Zeit genommen hatte, hinauszugehen und die Welt zu spüren, so ging ich in Sternenberg am späten Abend, wenn der Mond aufgegangen war, mit einem Stock über die verschneiten Bergpfade und konnte von der Strenge dieser mal herabfallenden, mal emporragenden, vom Mond beschienenen Landschaft nicht genug bekommen. Mitsamt eben dieser Landschaft, bald vom Mond überflutet, bald mit den scharfen dunklen Schatten der Bäume und Berge, blieb mir mein Schuften bis zur letzten Kraft an Lenin im Gedächtnis und sein irgendwo hier zwischen den Bergen gefangener, meuternder schwarzer Geist. An die Wand meines Arbeitszimmers nagelte ich ein Porträt von Lenin, damit ich ihn mit den Augen unentwegt wahrnehmen konnte, eines seiner furchtbarsten Bilder, auf dem er wie ein Fleisch gewordener Satan und gleichzeitig wie ein verurteilter Verbrecher und von tödlicher Krankheit gezeichnet aussieht. (Ich wollte, dass dieses Porträt auf den Umschlag aller Ausgaben meines Werkes in der Welt gedruckt werden sollte. Auf der russischen Ausgabe erwies es mir jedoch einen schlechten Dienst: Die russischen Emigranten hassten ihn so sehr, dass sie das Buch, mit dem Teufelsbild darauf, sich nicht ins Haus bringen wollten.)

Meine Arbeit absorbierte mich ganz, ich spürte, den wesentlichen Strang der Handlung erfasst zu haben. In diesen fünf Wochen in Sternenberg war ich so gefangen, dass mir das Gefühl für das Jetzt entglitt, ich wollte es nicht kennen, auch nicht das, was dieser Moment von mir forderte. Ich hörte sogar auf, die Radionachrichten zu hören. Aus einem Berg von gesammelten Materialien wuchs und wuchs, Lenin fast gleich, der zuvor nicht geplante Parvus, mit seinem genial einfachen Plan, Russland durch das Zusammenwirken revolutionärer Methoden und nationaler Separatismen zu brechen. Am meisten mit Hilfe des ukrainischen: In den Lagern für russische Kriegsgefangene sollten Vergünstigungen für Ukrainer geschaffen und unter diesen der Hass auf das Russische geschürt werden. Dieser Plan erwies sich als erfolgreich. (Kein britisches Reich war früher imstande, so etwas herbeizuführen, denn man hatte Angst vor dem Aufflammen einer Revolution.) Doch für mich ergab sich eine Schwierigkeit: Wie sollte ich das *Treffen* zwischen Lenin und Parvus im Jahre 1916 stattfinden, sollte ich sie direkt miteinander reden lassen? Ein solches Treffen hat es gegeben, aber 1915 in Bern, doch ich habe die Schilderung des Jahres 1915 ausgeklammert. Im Jahr 1916 trafen sie sich in Zürich nicht persönlich, es gab zwischen ihnen nur einen Briefwechsel. Aus der Not heraus wich ich von meiner üblichen realistischen Schreibweise ab und wandte ein Verfahren aus der Phantastik an, sodass der Briefwechsel in einen Dialog übergehen konnte, ein Teufelszeug: Der Gesandte habe in seinem Reisekoffer nicht nur den Brief von Parvus gebracht, sondern den verkleinerten Parvus selbst. Das Phantastische erschöpft sich jedoch in der Darstellung seines Anschwellens, Herauskommens und Verschwindens nach dem Gespräch, der ganze Dialog zwischen Lenin und Parvus und das Zusammentreffen ihrer Gedanken und Vorhaben sind der Realität getreu gezeichnet, in völliger Übereinstimmung mit der historischen Wahrheit.

In nur fünf Wochen wurden alle Zürcher Lenin-Kapitel abgeschlossen und beinahe druckfertig, und davon gab es jetzt nicht ein Manuskript wie in Moskau, sondern ganze zehn. Ich hatte dabei das Gefühl, als ob ich eine stark befestigte Höhe eingenommen hätte.

Danach wollte ich mich von Platten, Miroslav Tuček von der Sozialstelle und von Willi Gautschi, dem Autor des ausführlichen Buches über Lenin in der Schweiz, verabschieden. Ich schlug dafür eines der Lokale vor, die in Zusammenhang mit Lenin standen. Wir gingen zum »Weißen Schwan«, setzten uns an einen freien Tisch und plötzlich sah ich direkt vor mir ein Bild Lenins an der Wand! So ließ ich ihn zum Zeugen unseres Festes werden, das ihn direkt betraf. Danke, liebes Zürich, schön haben wir hier arbeiten können.

Jener Frühling war eine schwierige Zeit auch in anderer Hinsicht, kamen doch die Auseinandersetzungen in den betrogenen Ländern Vietnam, Laos und Kambodscha zu einem Ende, die westliche Welt zeigte sich so schwach wie beinahe nie zuvor, selbst als sie ihre Positionen räumte. Da meine Arbeit wieder gut voranging und ich festen Boden unter den Füßen zu spüren begann, quälte es mich, meine damals immer noch hohe Geltung im Westen nicht eingesetzt zu haben, um ihn wachzurütteln und zu beschwören, sich selbst zu retten.

Wir planten, dass ich Europa nun endgültig verlassen, ein Haus mit Grundstück in Amerika finden und kaufen würde, um gleich dort zu bleiben und weiterzuarbeiten, solange alles noch im Fluss war. Und dir, liebe Alja, würde wieder zukommen, die Familie an den neuen Ort zu bringen. Schwer würde es sein, ohne Zweifel. Das Schwierigste jedoch bestand darin, dass unsere Übersiedlung in allen ihren Phasen einschließlich der Suche nach dem Grundstück, seinem Erwerb und des ganzen Umzugs vor dem KGB geheim zu halten war; sie sollten davon nicht frühzeitig erfahren. Im engen Zürich, wo der Abstand zum nächsten Haus nur 15 Meter betrug, trauten wir uns weder unter dem Dach noch in dem kleinen Hof, eingehend über unsere Angelegenheiten zu sprechen und die Namen von Leuten zu nennen. Jeder x-beliebige, verdächtig aussehende Fremde konnte sich an unseren Zaun stellen, die Kinder rufen und sie belästigen. Auch außerhalb der Grenzen der Sowjetunion war der KGB eine überaus weit verbreitete und aktive Macht, deren Zugriffsmöglichkeiten man in Europa unterschätzte. In der Schweiz wimmelte es nur so von denen; viele Telefonate aus Übersee konnten bereits abgehört werden, von unterwegs sollte daher nicht alles offen besprochen werden.

Bis zum beschlossenen Abschied von Europa blieb nur noch ein Monat, der April. So wenig hatten wir insgesamt gesehen, bei dieser ewigen Arbeit! Noch ein letztes Mal sollte ich hier auftreten und wir beschlossen, dies in Paris zu tun, wo Anfang des Monats die französische Übersetzung von *Die Eiche und das Kalb* erscheinen sollte.

Diesmal brachen Alja und ich mit dem Auto nach Frankreich auf, um mehr vom Land zu sehen. Der Sprache waren wir beide nicht mächtig, aber ein Teil der Strecke führte über die Schweiz und das Elsass, wo man sich deutsch verständigen konnte, später sollten wir Nikita Struve und seine Frau Maria treffen. In diesen wenigen Tagen ließ sich vieles unterbringen. An einem trüben Morgen machten wir einen Spaziergang durch Basel mit seinen in Jahrhunderten festgesetzten, alten eckigen Formen. Dann zogen wir durch kleine Straßen am Rhein entlang, besichtigten die Bunker der Maginot-Linie, übernachteten in Sande, in einem stillen Tal, in einem Bauernhaus direkt am Fluss.

Gleich in den ersten Stunden in Frankreich fühlten wir uns befreit von einer bestimmten ermüdenden Pflicht, die uns in der deutschen Schweiz im Griff hielt. Uns fiel auf, dass der Raum halb leer zu sein schien; in einem kleinen, ungepflegten und verschmutzten Wald lag ein Müllhaufen (in der Schweiz würde ein solcher Zustand kaum eine Stunde andauern). Derart einfache Dinge wirkten überraschend in Europa, ebenso die dünne Besiedelung, in der Sowjetunion hatten wir uns ganz Europa als einen einzigen zusammengeballten Menschenschwarm vorgestellt. Das schmucke, gezackte, leichte, verschiedenartige Straßburg, wo sich der französische und der deutsche Geist kreuzen (wohl kein anderer Ort dürfte sich besser für das Europäische Parlament eignen). Das bezaubernde, verspielte Nancy mit dem Schlossplatz der Herzöge von Lothringen, dem königlichen Park und einem Boulevard voller Buden (es war an einem Markttag). Zwei solche Provinzstädte genügten, um zu begreifen, dass ein richtiges Land nur jenes sein kann, das mit seiner Hauptstadt nicht restlos erschöpft ist, und selbst Frankreich ist längst nicht gleich mit Paris erschöpft, lange nicht. (Auch bei uns in Russland hat es so viele unabhängige Städte gegeben! Meine Hoffnung bleibt, dass es sie wieder geben wird.)

In Bezug auf Frankreich beging ich einen Irrtum, der ein Gegenteil dessen war, was ich mir über die Schweiz gedacht hatte. Wie mir alles in der Schweiz hätte passen sollen, jedoch nicht passte, so hatte ich mir in der Sowjetunion immer vorgestellt, Frankreich sei nichts für mich, nicht nach meinem Charakter, viel fremder als Skandinavien, Deutschland, Großbritannien. Aber hier fühlte ich mich natürlich, erleichtert, gut aufgehoben; hätte ich in Europa bleiben wollen, hätte sich wohl kein besseres Land für mich gefunden. Nicht an die drohenden Kathedralen von Reims, Chartres und Soissons dachte ich dabei, nicht an die Schlösser von Versailles und Fontainebleau, sondern an das langsame Leben winziger unbekannter Städtchen, die edlen, zarten Konturen der Felder, kleiner, mit Mistel bewachsener Wäldchen, an den grauen Stein langer Gartenmauern, überhaupt an die ganze natürliche französische erdig-graue Steinbauweise. Als wir unweit von Chantilly sur Oise bei dichtem Nebel übernachteten, hörten wir manchmal ganz nah das Geräusch der Lastkähne; in friedvoller Einsamkeit ruhte sich das Herz aus, als ob es in der Heimat wäre.

Vielleicht besonders anmutig schien uns der Osten Frankreichs mit seiner von weichen Hügeln geprägten Landschaft. (Auf dem Rückweg war dort ein gewaltiges, fast schon wie nicht von Menschenhand gemachtes Kreuz auf einem Hügel zu sehen. Wir bogen ab und fuhren hin. Und befanden uns am Grabe General de Gaulles! Die Polizisten erkannten mich, und später riefen mich Journalisten in Zürich an: Was hätte ich durch den Besuch dieses Grabes zum Ausdruck bringen wollen?) Wo der Unterschied zu Russland am ehesten zu spüren war, waren die Stätten historischer Ereignisse, wie bei Verdun, diesem gewaltigen Friedhof, da tat das Herz weh und ich dachte an die Kriegsschauplätze auf russischem Boden – wie viele Menschen, und kaum ein Zeichen der Dankbarkeit zu sehen. Wir waren auch auf dem Friedhof des russischen Expeditionskorps bei Mourmellon: Gräber, Gräber, so weit man sehen konnte. Dort trafen wir den ehemaligen Fähnrich dieses Korps, den Diakon der Friedhofskirche, Wjatscheslaw Afanassjewitsch Wassiljew; auch wurde die Vesper zelebriert. Was ist das für ein Wahn des Staates gewesen, was für ein gedankenloses Andienen, russische Kräfte hierher zu schicken, um sie zu vergeuden, die Kräfte, die uns bereits in Russland fehlten? Warum hat man unsere Leute hierher zum Sterben gebracht?

Im Wald von Compiègne blieben die Umstände der deutschen Kapitulation von 1918 erhalten, aber man sucht vergeblich nach einem noch so kleinen Hinweis, dass dieses Spektakel 1940 von den Deutschen wiederholt worden war.

Mir war die ganze Zeit bewusst, dass ich all das nicht nur kennen lernte, sondern auch davon Abschied nahm. Zu Silvester hatten wir uns mit einem Stehcocktail im Keller des Verlages Seuil begnügt, im Gedränge mit den Journalisten. Es gab oberflächliche Fragen und Antworten und mir blieb keine Minute Zeit, meine eigenen Übersetzer kennen zu lernen, aber diesmal traf ich mich mit ihnen ohne Hetze.

In dem Maße, wie ich bei zahlreichen Übersetzungen in diverse Fremdsprachen Pech hatte (vieles wird sich zu meinen Lebzeiten nicht mehr überprüfen lassen), so hatte ich Glück mit den Übersetzern ins Französische. Es waren sieben bis acht Leute, die sich gut kannten und Schüler desselben Professors Pierre Pascal waren, alle recht gut über die Details des sowjetischen Lebens informiert, aufmerksam gegenüber jeder noch so unklaren Einzelheit und, wie es schien, anspruchsvoll, was ihre eigene Sprache betraf. Die gemeinsame Schule hatte eine große Einheitlichkeit ihrer Übersetzungsarbeit zur Folge. Ich hätte sie nicht einmal annähernd einschätzen können, doch viele Experten, vor allem Nikita Struve, sprachen ihr lobende Anerkennung aus. Dadurch, dass die Flut so vieler Seiten, auf denen der Strudel der Ereignisse dieser Jahre geschildert wurde, nicht durch einen einzigen Kopf ging, erschienen meine Bücher auf Französisch, übertragen von mehreren Kräften, fast unmittelbar nach den Originalausgaben, ohne Auslassungen. So kamen gerade in Frankreich als einzigem Land meine Bücher rechtzeitig heraus und entfalteten ihre größte Wirkung. Gerade in Frankreich also, wo ich wegen der Sprache nicht hätte leben können.

Die Verlagsleitung von Seuil, der edle alte Mann Paul Flamand und der in der Blüte seiner Jugend stehende Claude Durand, übernahmen auch diesmal die Steuerung, wie ich mich der Öffentlichkeit gegenüber verhalten sollte. Ihrem Rat folgend gab ich zum Erscheinen von *Die Eiche und das Kalb* in Paris eine Pressekonferenz, die sie arrangierten. Ich nahm auch an einer komplizierten Fernsehsendung »Apostrophe« teil, in der etwa sechs prominente Journalisten die Debatte führten. Flamand warnte mich vorausahnend, mich nicht für die französischen innenpolitischen Belange missbrauchen zu lassen, was alle versuchen würden; vielmehr sollte ich keinen Augenblick die literarische Dimension und meine Rolle als Zeuge zwischen zwei Welten vergessen.

Die Pressekonferenz verlief wieder wenig gelungen, das Gespräch zersplitterte, kein Kernpunkt konnte gefunden werden. Schwierig war der Tag des Fernsehauftritts, mit verschiedenen Treffen davor, die ganze Zeit auf den Beinen, Spaziergänge durch Paris, Stunden vor dem Beginn der Sendung am Abend irgendwo totgeschlagen, kam ich mit Kopfschmerzen und ermattet in ein riesiges Studio, das wie eine Zirkusdekoration aussah, mit einem Durcheinander, Getöse und Dutzenden von Menschen. In diesem Hin und Her setzte man uns zu siebt an einen Tisch, den wie eine Saite angespannten Sozialisten Jean Daniel vom *Nouvel Observateur* gegenüber den zerstreut wirkenden, wenig kampfbereiten Rechten d'Ormesson, der Rest leierte etwas Eigenes herunter, je nachdem. Ich saß mit gesenktem Haupt, leicht verzweifelt ob ihres Schusswechsels, schon ermüdet von diesem komischen Aufeinandertreffen, und wehrte gezwungenermaßen die Attacken des Sozialisten ab, ohne Hoffnung, zu einem echten Gespräch vorzudringen. Aber erstaunlicherweise war mein Auftritt dennoch nach allgemeiner Meinung erfolgreich.[23] Gerade meine Ruhe und Ironie angesichts der Aussichtslosigkeit wurden als die würdigste Art empfunden, Russlands Belange zu vertreten. Der größte Druck führt nämlich nicht immer zu den besten Ergebnissen. Meine Annäherung an Frankreich fiel hervorragend aus, sodass man die bereits laufende Sendung um 20 Minuten verlängerte. Später gab es viele Zeitungsreaktionen und Briefe.

Dann hieß es schon wieder Abschied nehmen. Da ergab sich etwas Plötzliches, aber Unaufschiebbares: Wir fuhren zu einigen bedeutenden Physikern und Mathematikern, zu einem privaten Treffen, um sie in ihren Absichten, für die sowjetischen Andersdenkenden einzutreten, zu unterstützen. (Obwohl erniedrigend und lästig, war dieses bettelnde Verhalten unsererseits damals nicht zu vermeiden: »Verteidigt uns, ihr freien Menschen des Westens!« Ob es Folgen hatte, ist mir nicht bekannt.)

Im Leben hatte es nie genug Zeit gegeben, auch jetzt, vor der Abreise nach Übersee nicht. Aber wie sollten wir, wo wir schon so nah an Italien waren, nicht wenigstens einen Blick darauf werfen? Alja konnte nicht mitfahren, sie hatte mich soeben zwei Mal begleitet und die Großmutter allein mit den vier Enkeln zurechtkommen müssen. Unser neuer Freund Viktor Bankoul erklärte sich bereit, mit mir in vier Tagen durch einen Teil von Südfrankreich und Italien zu fahren. Sohn russischer Emigranten, geboren in Abessinien, absolvierte er als Waise das französische katholische Kolleg in Beirut und dann die amerikanische Universität ebendort. Mit seiner souveränen Beherrschung von fünf europäischen Hauptsprachen und seiner exakten, umsichtigen Art (er kontrollierte zwei Mal, ob auch alle Wagentüren richtig geschlossen waren) schenkte mir Viktor Sergejewitsch diese für mich so überaus raren Tage. Sich einfach nur erholen, ohne irgendwelche Ziele, ja ohne Aufgabe für die Augen und die Wahrnehmung, und wenn die Feder etwas aufzeichnete, dann nur mechanisch, aus dem immer währenden Antrieb heraus.

Das kleine Brescia, von dem ich nie gehört hatte, und dort eine Rotunde mit einer unterirdischen Basilika aus den frühen Jahrhunderten des Christentums. (Wie verwunderlich: Dem russischen Herzen liegt die romanische Architektur viel näher als die gotische mit ihrer drückenden Kälte; ja, das ist auch das Christentum, das verstehe ich, aber doch ein fremdes, jetzt dazu noch mit Lautsprechern an den Säulen.) Aus der Enge der Stadt (mit dem tödlichen graublauen Dunst in den Straßen und im Tunnel, der durch einen Hügel führte) eröffnete sich unerwartet Vespasians hoher, halb zerstörter Tempel und die Schwalben flogen an dem erhaltenen Gemäuer entlang, die Tauben saßen in den Vertiefungen der herausgefallenen Ziegelsteine; in einem alten römischen Mosaik war ein Hakenkreuz zu sehen, es war schon damals bekannt.

Dann Shakespeares Orte in Verona, für jeden ein Muss. In der Stadt ist auch das Denkmal mit jener barbarischen Bombe, die 1915 abgeworfen wurde. Seitdem hat man auch schon ganz andere Sachen zur Genüge gesehen. Von dem graublauen Dunst und dem Getöse des Verkehrs inmitten der alten Denkmäler erschlagen, konnte ich mir gut auch eine andere marmorne Aufschrift an dieser Stelle vorstellen, von mir handelnd: »Hier hat im Jahre 1975 ein sowjetischer Barbar einen freien italienischen Motorradfahrer erschossen.« (Deren Freiheit ist es nämlich, in Einbahnstraßen gegen die Fahrtrichtung zu fahren, das Verbotszeichen zu ignorieren oder bei Rot weiterzufahren. Italienische Ampeln bieten manchmal bei Rot auch bis zu drei grüne Pfeile: Ja, generell ist Rot, aber nach rechts, links oder geradeaus darf man fahren. Wir hatten etwas zu lachen. Kaum fährt ein Zug vorbei, schon ist die Schranke offen. Wir fahren los und sehen, wie ein anderer Zug direkt auf uns zurollt.) Merkwürdig war für mich zu sehen, wie sich erwachsene Männer versammeln und wie Weiber tratschen. Oder die Jungs, die sich wie Mädchen umarmen. (Da erinnerte ich mich, dass in Rostow am Don vor dem Zweiten Weltkrieg so etwas auch zu sehen war.) Die Mädchen gehen vor der Schule kurz in die Kirche hinein, für zehn Minuten, immerhin!

Das magische Venedig! Eine Faszination für unendlich viele. Doch sind die größeren Kanäle durch den Verkehr überlastet (und von Abgasen geplagt), an allen Ecken gibt es Souvenirläden. Heutzutage sind nicht mehr die Gondeln, so scheint mir, und nicht die abrupt endenden Ausgänge und Türen vor den Kanälen das Wahrzeichen, sondern das für Autos verbotene, unerreichbare Zentrum Venedigs. Ein kaum vorstellbares Glück für eine Stadt, durch die nichts Lautes und nach Abgasen Stinkendes fahren darf, sondern wo man sich nur zu Fuß bewegen kann, auf den sonnigen gepflasterten Plätzen, wo sogar Katzen herumgehen können. Aber leider gibt es kein Entrinnen vor den Lautsprechern. Es waren zwar keine Ferien, aber auf dem Markusplatz und in den Sälen des Dogenpalastes drängten sich die Menschenmengen. Gott, was sich hier in der Haupturlaubszeit abspielen mag! Und in was für eine schwere Last ist der Tourismus ausgeartet.

An der Küste der Adria hat diese Last zu Hotel-Wolkenkratzern und zu mechanisierten Kurorten geführt (»der Strand der Nationen«). Wohl nirgendwo sonst fühlen wir so wie an den touristischen Küsten, dass es uns auf der Erde allzu eng geworden ist, wie zahlreich wir sind, wie es uns schon an Meeressand zu mangeln beginnt, wenn wir aus den Städten ausgespien werden.

Ravenna sollte man sich am besten in den frühen Morgenstunden ansehen, wenn noch niemand da ist, nur da und dort fegt vielleicht ein Hauswart, die Tauben gurren, man kann sich das Leben vergangener Jahrhunderte vorstellen. Im Mausoleum der römischen Kaiserin Galla dringt das rosa-orangene Licht durch die dünnen steinernen Platten, der Tod wird als das Heraufsteigen zu Gott besungen. Wie lang leben wir schon, das Menschengeschlecht.

Die schönsten Denkmäler des Altertums sind in Italien von heutigen Kritzeleien und Schmierereien bedeckt, mit aufgemalten Hämmern und Sicheln oder Slogans und Drohungen wie »Polizisten sind Mörder!«, »Christdemokraten sind Faschisten, tötet sie!«, »Faschistischer Abschaum – weg aus Italien!«. Zwischen den Säulen hängt die Aufschrift »Es lebe die Gewalt des Proletariats! Es lebe der Sozialismus!« (ihr hättet etwas davon abkriegen sollen!). Dann eine Aufschrift in festen Worten, aber nicht sehr überzeugend: »Es ist strengstens untersagt, die Kathedrale mit Fahrrädern zu betreten«. Dantes gewölbtes Grab – und die Demonstration: »Portugal wird nicht zum europäischen Chile werden!«

Bereits von weitem sichtbar, ragt aus der trostlosen Niederung entlang des Meeres wie absichtlich aufgestellt ein steiler Berg mit vier zackigen Schlössern heraus. San Marino! Eine Dekoration, man kann kaum glauben, das Ganze hier sei nicht für Touristen errichtet worden. Kurze Zeit später kommen die völlig menschenleeren, waldlosen, unfruchtbaren, ausgetrockneten Apenninen und auf einem Hügel steht die bescheidene steinerne zugesperrte Kirche *Santuario Madonna del Soccorso*, Mariahilf, in deren Nähe keine Siedlung liegt, wie bei den Kirchen im Kaukasus: Wer ein Gebet braucht, wird heraufsteigen, wird kommen. Die Apenninen sind wasser- und bodenarm, aber in keinem Dorf war auch nur ein einziger Slogan zu sehen, das ist das Spielzeug der Städter.

So etwas sollten wir in Florenz zuhauf sehen: »das leninistische Komitee«, rote Fahnen aus den Fenstern, rote Hämmer und Sicheln an die Kirchentür geschmiert (was kommt als Nächstes?), die Slogans: »Unsere Demokratie ist die Gewalt des Proletariats!«, »Die faschistischen Zellen mit Feuer zerschlagen – auch das ist zu wenig!«. Noch bekamen wir im Restaurant »Zum alten Spieß« das Fleisch nach florentinischer Art, ein gebratenes Rippenstück mit weißen Bohnen, aber wegen all dieser Slogans und Demonstrationen hätte man sich auch vorstellen können, dass dies die letzten Tage vor einer Revolution oder einer Machtergreifung seien und dass es hier bald kein Fleisch in solchen Portionen mehr geben würde. Ich nahm Abschied von Europa nicht nur deswegen, weil ich selbst wegfuhr. Ich fürchte, dass wir alle von Europa Abschied nehmen, von jenem Europa, das uns in diesen letzten Jahrhunderten bekannt war, das wir lieb gewonnen hatten. Florenz ist derart dreckig und zugemüllt, dass es selbst am frühen Morgen einen unreinen und chaotischen Eindruck hinterlässt. (Das hat aber schon zu Anfang des 20. Jahrhunderts der Dichter Alexander Blok in Florenz gesehen: »Deine Autos röcheln, deine Häuser sind hässlich, du hast dich selbst hergegeben dem alleuropäischen gelben Staub.«) Inmitten dieser Müllhalde scheint die entfesselte Pracht der gewaltigen Statuen vor dem Palazzo Vecchio besudelt. Die einzige Rettung sind die kleinen abgeschlossenen Höfe, wo man nach asketischer Art der Mönche Kreise dreht, ohne in die verrückt gewordene Stadt hinauszugehen. In der florentinischen Enge sind die Kirchen von überwältigender Größe und stehen menschenleer da.

Noch ein wenig unten auf der Karte liegt Siena, von dort ist auch Rom nicht weit, aber wann soll ich sie sehen? Niemals. Es fehlt ein einziger freier Tag, wie er immer in meinem ganzen Leben, ohne Rast, gefehlt hat. Während der ganzen Fahrt reichte die Seele nicht aus, um diese Schönheit zu genießen, ich war nicht einmal imstande, aus dem Auto auszusteigen und durch einen Pinienwald zu gehen, unter dem Schirm seiner dunkelgrünen Kuppel. Wie viel hätte man hier an Eindrücken sammeln können! Brauche ich all das etwa nicht? Oder würde mir das nichts geben? Mein Gefühl sagt mir, dass ich auch auf diese Reise von vier Tagen kein Recht habe, sowohl wegen der Zeit als auch deswegen, weil meine Pflicht und meine Aufmerksamkeit nicht *diesen* Orten gilt, dort, da drüben, *bei uns* geht alles unter den Trümmern zugrunde und die gleichen Mühlsteine zerdrücken auch mich.

Wir steuerten Pisa an, um keine einzige Stufe im Turm auszulassen, die bald zu steil, bald zu stark abfallend sind, dann Rapallo, wo ich unsere

Krim zu erkennen begann. Über eine dämonische Brücke fuhren wir an Genua mit seiner dämonischen Dunstglocke vorbei, und immer mehr erinnerte mich die Küste an die Krim, nur sind hier die Berge niedriger und die Erholungsorte besser ausgestattet, obwohl hier schon wieder diese Schachteln von Wolkenkratzern stehen, und was die Meeresbläue angeht, so lässt sich darüber diskutieren. Die ganze Zeit habe ich das Gefühl, als ob ich das hier schon gesehen hätte. Auf einer hohen felsigen Küstenstraße, mit Pässen und Tunnels, setzten wir an die Côte d'Azur über.

Menton, Monte Carlo, Nizza – welcher Held der glücklichen Adelsliteratur ist nicht hier gewesen! Und wer von der unglückseligen russischen Emigration bettelte hier nicht … Viele unserer Alten schleppten bis zum Ende ihre nördlichen Wunden bei südlicher Sonne unter den Palmen, in bitterer Armut. Für sie wurde die Totenmesse hier, in der russischen Kirche auf der *Avenue Nicolas II* gelesen, der einzigen Straße auf der Welt, mit der jener unglückliche Zar heute geehrt ist.

Man kann sich für mich keinen anderen Abend ausdenken, der unsinniger wäre als ein Abend im Casino von Monte Carlo: Drei Stunden hindurch tigere ich durch die Säle und schreibe alles nur Erdenkliche auf: die Gesichter der Croupiers, der Spieler, ihre Handlungen, die Spielregeln. Nun wird klar, warum Schriftsteller gerne an solche Orte gehen: Hier scheint der Schutzmantel von der Psyche des Menschen wie heruntergerissen zu sein, die Menschen haben keine Kraft, ihre Gefühlsbewegungen zu verhehlen, mit jedem Strich des Bleistiftes im Notizblock drängen sich die Charaktere von Romanen auf. Vielleicht werde ich nie etwas davon gebrauchen können – und trotzdem mache ich Notizen. (Aber ein Schriftsteller sollte niemals sagen, was er nicht brauchen wird, er sollte alles für alle Fälle mitnehmen. Es schien mir ein monströser Gedanke zu sein, ich würde Monte Carlo für irgendetwas brauchen können. Kaum drei Jahre waren seitdem vergangen, als es mir zum Nutzen gereichte: denn Bogrow, der künftige Mörder des Premierministers Stolypin, war ausgerechnet hier herumgewandert, wollte sich an den Luxus im Leben gewöhnen!)

Da wurde ich auch schon erkannt, es war wohl mit der Bekundung zu rechnen – bitte schön, hier verbringt Solschenizyn also seine Tage! Große Freude für die Linken, die mich ohnehin dafür tadelten, dass ich mich in der Schweiz, im Land der Banken, niedergelassen hatte. Wenn ich von dort wegziehe, werden sie mich auch für die Abreise verunglimpfen.

Wir fuhren weiter, fast ohne Halt, selbst wenn man hätte verweilen wollen. Das mittelalterliche Städtchen Saint-Paul-de-Vence, dessen ursprünglicher Charakter bewahrt wurde (hier war es merkwürdig, im Schaufester den *Archipel Gulag* und sogar schon *Die Eiche und das Kalb* zu sehen), mit steilen Gassen, die mit Steinen aus dem Meer gepflastert sind. Grasse, wo Iwan Bunin seine Jahre verbrachte. Die steinigen, wenig fruchtbaren Hügel der Provence, die schon jetzt, im April, unter der Sonne vertrocknet waren, aber überall sah man taubenblaue Lavendelbündel, noch wurden diese Felder vom Lavendel lila-blau gefärbt und seine duftenden Extrakte wurden an Reisende in vereinzelten Kiosken an der Straße verkauft. Jeder Ort auf Erden hat seine Gabe bekommen. Die Hauptstadt des Lavendels ist Digne.

Das ist der Weg Napoleons, als er von Elba in das verlorene Paris eilte. Da steht an der Straße ein Teil der alten Steinmauer mit Einbrüchen. Vielleicht sollte man sie zu Ende zerstören, umwerfen? Nein, in eine Nische wurde eine alte Amphore gestellt und die Mauer lebt wie ein Denkmal weiter, eine französische Finesse! Oder: eine steinerne Bauernscheune mit Bögen, alte Balken und der Dachstuhl sind zu sehen, in dem mehr verfallenen Teil liegen beschädigte Gefäße, Geschirr, in einen kleinen steinernen Trog fließt ein Strahl aus der Quelle. Den besser erhaltenen Teil hat man mit modernem Glas abgedeckt, und in einem Raum sind zugleich der Ofen und das Restaurant; stille klassische Musik, zwei bescheidene Kellnerinnen, die Speisekarte ist von Hand in ein Schulheft geschrieben. Französische Gemütlichkeit!

In Zürich waren mir nur ein paar schnelllebige Tage geblieben. Alja, lass uns den Kindern wenigstens den Vierwaldstätter See zeigen! An einem sonnigen Tag im späten April nahmen wir Jermolaj und Ignat mit und fuhren mit dem Auto dorthin, dann mit einem kleinen Schiff an das Ufer, wo oben der heilige Eid für die Schweizerische Eidgenossenschaft geleistet worden war. Es war ein blauer Tag und ein blauer See mit vielen Biegungen zwischen den bewaldeten Gebirgsketten. Danach fuhren wir lange mit der Drahtseilbahn auf eine schwindelnde Höhe zum Rigihof hinauf; von dort waren in mehreren Richtungen verschneite Berggipfel sichtbar. (Meine nicht sehr verwöhnten Kinder sagten danach noch ein ganzes Jahr lang: »Als wir mit dem Vater eine Reise machten …«)

Doch das war noch nicht der Abschied von Europa. Bereits seit zwei Monaten lag bei mir die Einladung des Kantons Appenzell, am Festtag der Kantonswahlen dabei zu sein. Der Herausgeber der *Neuen Zürcher Zeitung* Fred Luchsinger redete mir zu, dass man das auf keinen Fall verpassen sollte, und brachte Alja und mich selbst dorthin. Mein Abflug nach Kanada war für den Montag gebucht, die Wahlen fanden am Sonntag statt, es ging sich also aus. Dieser kleine Kanton in den Bergen im Osten der Schweiz besteht aus zwei Halbkantonen, einem katholischen und einem protestantischen; wir wurden in den katholischen Teil eingeladen. Noch unterwegs, als wir die Leute überholten, die zu Fuß gingen (denn es gilt als unschicklich, zu den Wahlen zu fahren), fiel uns gleich auf, dass alle Männer blanke Waffen trugen – das ist das Symbol für das Stimmrecht, das Frauen und Minderjährige nicht haben. Man ging auch quer durch die Wiesen (das ist in Appenzell bis zum Wahltag erlaubt, danach soll das Gras gedeihen). Viele Burschen und Mädchen trugen Ohrringe in einem Ohr.

Der Gottesdienst war schon fast zu Ende, die Kirche war voll, beim Altar standen die reich verzierten Fahnen der Gemeinden. Auch von den fröhlichen vielfarbigen Chalets an der Hauptstraße hingen lange Fahnen mit erstaunlichen Bildern, Zeichen, Darstellungen von Tieren herunter. Im Saal des Rathauses legten die dorthin Gerufenen zuerst ihre Waffen ab und warfen ihre schwarzen Mäntel darauf. Dann trugen sechs Fahnenträger in alten Uniformen ihre Fahnen an der Spitze der Prozession, begleitet von ebenfalls uniformierten Jungen. Anschließend gingen die Amtspersonen und die Ehrengäste in einer lang gezogenen, langsam schreitenden Prozession in der Mitte der von den Bewohnern gesäumten Straße, andere hingen wie Trauben aus den Fenstern. Man empfing mich so enthusiastisch, als ob ich von dort stammte, aber weggewesen wäre und jetzt ruhmreich in die Heimat zurückkehren würde. An sich hätte ich gedacht, dass man in diesem entlegenen Kanton vielleicht nicht einmal meinen Namen gehört zu haben brauchte. (Aber sie begrüßten nicht nur einen Schriftsteller, sondern überdies einen Kämpfer gegen das Böse, davon war in der Rede des Landammanns zu hören.)

Auf dem Platz ragte ein provisorisches hölzernes Podium empor, auf dem sich alle Amtsträger in schwarzen Mänteln in einer Linie aufstellten und die ganze Zeit dort mit unbedecktem Kopf standen. Der Platz war dicht gefüllt von den stimmberechtigten Männern mit ihren Waffen, ebenfalls mit unbedecktem Kopf, jedoch in gewohnter Kleidung. Die Frauen standen in der Enge irgendwo außerhalb dieser Menge oder auf den Balkonen und an den Fenstern. Die Jugendlichen klammerten sich an den schrägen Dächern fest und ein Fotograf hatte sich sehr pittoresk auf den Firstbalken gesetzt. Das Oberhaupt der Regierung, Landammann (Ständerat) Raymond Broger, mit einem Flaum grauer Haare und entschlossenen, klugen Gesichtszügen, hielt eine Rede, die mich tief beeindruckte: Hätte Europa doch nur auf diesen Kanton Appenzell gehört! Hätten die Regierenden großer Länder doch bei sich so etwas einführen können!

Schon fast seit einem halben Jahrtausend, sagte er, hat unsere Gemeinde nicht wesentlich jene Formen verändert, in denen sie sich selbst regiert. Wir würden von der Überzeugung geleitet, dass es keine »Freiheit als solche« gäbe, sondern nur einzelne individuelle Freiheiten, von denen eine jede mit unseren Pflichten und Selbstbeschränkungen zusammenhängt. Die Gewalt unserer Zeit beweise fast tagtäglich, dass es keine garantierte Freiheit des Individuums wie des Staates geben könne ohne Disziplin und Ehrlichkeit, und gerade auf dieser Grundlage hätte unsere Gemeinde ihre unvorstellbar starke Lebensfähigkeit durch Jahrhunderte hindurch bewahren können. Sie habe sich niemals dem Wahn einer totalen Freiheit hingegeben und niemals der Unmenschlichkeit einen Eid geleistet, die den Staat allmächtig machen würde. Ein funktionierender Staat könne nicht vernünftig existieren ohne die Elemente der aristokratischen und sogar monarchistischen Ordnung. Freilich bleibe unter der Demokratie das Volk die entscheidende Instanz in allen wesentlichen Fragen, doch das Volk sei nicht imstande, tagtäglich da zu sein, um den Staat zu regieren. Die Regierenden sollten jedoch nicht den schwankenden, unsteten Meinungen des Volkes hinterhereilen, nur um wieder gewählt zu werden, keine lockenden Reden halten, sondern sich gegen den Strom stellen. Die tatsächliche Aufgabe der Regierung bestehe darin, so zu handeln, wie die vernünftige Volksmehrheit selbst handeln würde, wenn sie im Besitz aller Informationen wäre, was bei den immer komplizierteren Aufgaben des Staates unmöglich werde. Daher bleibe die Lösung, nicht nur die Besten zu wählen, sondern ihnen auch das gesamte nötige Vertrauen zu schenken. Eine charakterlose Demokratie, die jedem und allen alle Rechte schenken will, arte in eine »Demokratie der Servilität« aus. Die Festigkeit der Staatsformen hinge nicht von den wunderschönen Artikeln der Verfassung ab, sondern von der Qualität der sie tragenden Kräfte. Schwache Leute an die Spitze zu bringen, bedeute einen schlechten Dienst für die Demokratie; gerade diese verlange eine feste Hand, um das Steuer des Staates nach einem klaren Kurs zu lenken. Gesellschaftliche Krisen gingen nicht vom Volk, sondern von der Regierung aus.

Diese Worte fielen in einem April, der ein besonderer war, wegen der Gefahr für den Westen, die der Westen nicht einzuschätzen vermochte: Im April des Jahres 1975 verließen die Vereinigten Staaten fluchtartig Indochina. Nur zehn Tage vor dieser Rede hatte die leichtgläubige westliche Presse berichtet, dass »die Bevölkerung von Phnom Penh freudig die Roten Khmer begrüßt«.

Es war also erstaunlich, an diesem kleinen sonnigen Platz in einem entlegenen Teil, wenngleich in der Mitte Westeuropas, zu hören, wie instabil die allgemeine Sicherheit im letzten Jahr geworden war; dass man entsetzt sei mitanzusehen, auf welche Weise Amerika seine Verbündeten in Indochina im Stich lasse, und ebenso entsetzt angesichts des Schicksals des Volkes in Südvietnam, das scharenweise vor seinen kommunistischen »Befreiern« fliehe. Man frage sich daher, vor dem Hintergrund dieser Tragödie, ob Amerika seine Allianzverpflichtungen auch vor Europa erfüllen würde. Vor jenem Europa, das sich von alleine nicht gegen eine sowjetische Aggression wehren könnte und sich bedingungslos auf Amerika verlasse. Gerade während des Vietnamkrieges habe der Antiamerikanismus in Europa zugenommen; man solle davon ausgehen, dass Amerika in Zukunft keinen Staat verteidigen würde, der nicht willens wäre, sich selbst zu verteidigen. Europa solle in kurzer Zeit seine Bereitschaft zeigen, Opfer zu bringen und effizient zusammenhalten zu können.

Dann sprach er kritisch von der Schweiz, wie man ihre Verteidigungsausgaben in Höhe von 1,7 Prozent des Staatshaushaltes für übertrieben halte. Auch lasse die gegenwärtige Wirtschaftslage nicht zu, die Schweiz als ein märchenhaftes Land zu betrachten.

Nach dieser Rede und einer Begrüßung der Gäste nahm der Landammann von seiner Brust die große Kette, das Symbol seiner Macht, übergab sie und einen Stab seinem Nachbar auf dem Podium und ging schnellen Schrittes fort. Das war's, er hatte seine Amtszeit absolviert.

Doch ein anderer Amtsträger stellte sich auf seinen Platz und schlug sofort vor, Broger noch einmal zu wählen. Er bat um ein Handzeichen –

und die ganze Menschenmenge von Männern hob in einer einzigen Bewegung die Hand hoch. Man zählte nicht nach, es war auch so klar: wieder gewählt. (Hier musste ich schmunzeln: Demokratie, *wie bei uns*.)

Broger erschien wieder auf dem Podium, hob die Finger der einen Hand und wiederholte nach dem Vorleser laut den Eid. Dann legte er sich erneut die Kette an die Brust und begann, den Eid für die Versammelten zu lesen; die Menge wiederholte die Worte laut: Das Volk schwor sich selbst!

Dann rief der Landammann die Mitglieder seiner Regierung auf und fragte jedes Mal, ob jemand dagegen sei. Niemand war dagegen, aber er ließ auch nur wenige Sekunden für einen Widerspruch. Ich schmunzelte weiter: schon wieder wie bei uns. Aber gleich sollte ich meine Lektion erteilt bekommen. Die wichtigste erste Gesetzesänderung, die der neugewählte Landammann beschlossen haben wollte, betraf die Steuern, die erhöht werden sollten, der Kanton könne seine Aufgaben nicht erfüllen. Die Menschenmenge fing an zu brummen, die Anwesenden diskutierten untereinander. Ein Redner stieg auf das Podium und sprach fünf Minuten lang gegen das eingebrachte Gesetz. Dann wollte der Finanzminister zugunsten der Änderung sprechen, aber die Menge machte deutlich, dass sie ihn nicht hören wollte, man solle nun gleich abstimmen. Für dieses Gesetz gab es nur ganz wenige Stimmen, dagegen – einen wahren Wald von erhobenen Händen. Die Männer warfen ihre Hand entschlossen hoch, es machte den Eindruck, als ob die Menge mit einem Flügel wehte, eine bezwingende, überzeugende Kraft der Stimmenabgabe zeigte sich, die es bei Geheimwahlen nicht geben kann. (Obwohl in der Menge nicht zu sehen, trug jeder von ihnen an seinem Gürtel auch noch einen Dolch oder einen Degen.)

Der Landammann war sehr betrübt und argumentierte selbst ein zweites Mal, was offensichtlich sein Recht zu sein schien, und forderte eine erneute Stimmenabgabe. Er wurde ehrenvoll angehört, aber das Votum fiel genauso eindeutig aus: Die Steuern sollten nicht erhöht werden.

Die Stimme des Volkes. Die Frage war unumkehrbar beschieden, ohne Zeitungsreporter, Fernsehkommentatoren, ohne Anhörungen im Senat, in zehn Minuten und für ein Jahr im Voraus.

Dann wurde ein zweiter Vorschlag eingebracht – die Arbeitslosenunterstützung zu erhöhen. Dazu schrie man: »Sie sollen arbeiten!« Vom Podium kam die Antwort: »Sie können nichts finden!« Aus der Menge: »Dann sollen sie suchen!« Keine Debatten. Das Ergebnis der Stimmenabgabe war wieder eindeutig – abgelehnt. Die Mehrheit war derart klar, dass niemand die erhobenen Hände zählte, und das dürfte immer so sein, denn man würde ohnehin die Hand nicht so lange erhoben halten können, sodass man eben schätzen muss.

Es gab noch einen dritten Vorschlag: Leute, die im Kanton schon seit mehreren Jahren wohnten, insbesondere Italiener, aufzunehmen. Über die Kandidaten, insgesamt wohl an die zehn, wurde einzeln abgestimmt, und ich glaube, alle wurden abgelehnt: Wir wollen sie nicht.

Nein, das war gewiss nicht »wie bei uns«. Ohne Debatten wurde der beliebte Landammann wieder gewählt, ihm wurde anvertraut, seine Regierung nach eigener Überzeugung zu bilden, und dann lehnte man alle seine Vorschläge ab. Jetzt sollst du regieren, bitte schön. Von einer solchen Demokratie hatte ich bis dahin weder gelesen noch gehört und insbesondere nach Brogers Rede empfand ich ihr gegenüber Achtung. Diese Ordnung hätte man in Russland auch gebraucht. (Vielleicht war ihr unsere alte *Wetsche*, die Volksversammlung im Mittelalter, ähnlich gewesen.)

Die Schweizer Eidgenossenschaft wurde 1291 geschlossen, heutzutage ist das in der Tat die älteste Demokratie der Welt. Sie ist nicht aus den Ideen der Aufklärung entstanden, sondern unmittelbar aus den altüberlieferten Formen des gemeinschaftlichen Lebens. Aber die reichen Kantone, mit großer Bevölkerungszahl und Industrie, haben all das längst verloren und sich nach dem übrigen Europa scheren lassen (sie übernahmen dabei wirklich alles, bis zu den Miniröcken und der Pornografie). In Appenzell dagegen konnten die Traditionen bewahrt bleiben.

Wie ist doch unsere Erde verschiedenartig! Wie viele Möglichkeiten gibt es hier, die uns offen stehen, von denen wir noch nicht wissen, die wir nicht sehen! Im künftigen Russland werden wir über sehr vieles nachdenken müssen – wenn man uns nachdenken lassen sollte.

Am nächsten Morgen brach ich zum Abflug nach Kanada auf. Das Ticket war bereits gekauft, aber auf den Namen *Hirt* – doppelt hält besser (dieser Name war mir wegen des wunderschönen Porträts eines alten Schweizer Hirten im Arbeitszimmer des Stadtpräsidenten Widmer eingefallen). Ich wäre lieber mit dem Schiff gefahren. In wenigen Stunden über den Ozean gebracht zu werden, ist eine unnatürliche Sache, der Kopf schafft es nicht, sich umzustellen, man will mit dem eigenen Körper diesen immensen Raum spüren. Im Westen sind diese Schiffspassagen jedoch aus der Mode gekommen, niemand benutzt sie im Geschäftsleben (und auch die normale Post ist anderthalb Monate unterwegs, länger als zur Zeit der Segelschiffe). Man kreuzt den Ozean nur auf den Schiffen für Vergnügungsreisen, die für mich keine richtige Umgebung wären, sondern mich anwidern. Die Verbindung Europa–Kanada ist dem Westen überhaupt abhanden gekommen, er wurde von polnischen und sowjetischen Schiffen mit billigen Arbeitskräften und billigen Dienstleistungen verdrängt. So hätte ich also für mehrere Tage in den Bereich des Kommunismus zurückkehren müssen, hätte ich diesen Weg nach Kanada gewählt.

Ich flog in trauriger, aber zugleich aufgeregter Stimmung dorthin. Einerseits flog ich mit vielen persönlichen Dingen und einem Teil meiner Manuskripte, um nie zurückzukehren, sondern ein Haus in der Abgeschiedenheit der kanadischen Wildnis zu finden, mich gänzlich zurückzuziehen, der an den Nerven zerrenden Welt den Rücken zu kehren, nur um zu schreiben, aber dafür nicht irgendwohin auf die Datscha für ein paar Wochen zu fahren, sondern die ganze Zeit zu schreiben, daheim und ohne Unterbrechungen. Ich war bereits 56 Jahre alt, aber meine wichtigste Arbeit an dem *Roten Rad* hatte nicht einmal begonnen. Allzu dynamisch war mein Leben und bei allen Erfolgen nach außen hin musste ich Obacht geben, dass es nicht in Bezug auf mein kardinales Vorhaben im Leben zur Niederlage kommen sollte.

Andererseits rasten die vom Feuer gezeichneten Tage der Kapitulation in Vietnam vorbei, aber weder die Vereinigten Staaten noch Westeuropa schienen zu begreifen, wie gefährdet ihre Zukunft damals war. Darüber hatte mutig und offen der Landammann von Appenzell gesprochen, nach seinen Möglichkeiten, aber sein Kontinent würde ihn nirgends hören. Ich hatte in Europa ein chaotisches Jahr verbracht, ohne mich zu festigen, Wurzeln zu schlagen, im Vorbeirollen – und was war eigentlich mein Beitrag, ausgenommen die Herausgabe des *Archipel Gulag*? Freilich, dem Verständigen wäre auch dies ausreichend, doch gab es wirklich viele in Europa, die mutig genug waren, verständig zu sein? In Frankreich zum Beispiel, vor ein paar Tagen – konnte ich dort wirklich viel Wesentliches sagen? Meine wahre Pflicht war die Arbeit, und es war keineswegs eine Art Selbstschutz, als ich antwortete, ich sei kein Politiker. Ich wollte mich nicht in endlose politische Diskussionen, in ein Nacheinander von unnötigen politischen Fragereien hineinziehen lassen. Aber ich wollte selbst in der Lage sein, sowohl die Themen als auch die Zeit meiner Auftritte bestimmen zu können. Mein Temperament trieb mich ständig an, mich nicht in die Abgeschiedenheit zu begeben, sondern im Gegenteil in die Mitte einer Menschenversammlung hineinzugehen und mich mit lauter Stimme zu äußern.

In den nächsten Stunden löste ich diesen Widerspruch folgendermaßen: Während des siebendstündigen Fluges, als ich dachte, dass ich für immer über den Ozean gehen würde, entwarf ich den Artikel »Der Dritte Weltkrieg?« und schrieb ihn dann fertig nieder.[24]

Wie hätte man den Kopf in den Sand stecken können? Zuerst ging Osteuropa an den Kommunismus verloren, jetzt zog man sich aus dem Osten Asiens zurück, stellte nichts seinen Versuchen entgegen, einen Keil im Nahen Osten, in Afrika, in Lateinamerika hineinzutreiben – so einfach war das also, weil man den Großen Krieg fürchtete, dem Kommunismus den ganzen Planeten zu übergeben. Der Wohlstand macht es unheimlich schwierig, unnachgiebig und opferbereit zu sein.

Da mir die Unzuverlässigkeit der ewig streikenden kanadischen Post bereits bekannt war, gab ich den Brief mit meinem Artikel dem Schweizer Steward, damit er ihn noch am gleichen Tag in die Schweiz zurückbrachte.

Unter den Flügeln öffnete sich schon Amerika.

Die Räuber und die Leichtgläubigen

Wie hätten wir inmitten unseres damaligen Kampfes auch nur für einen Augenblick vergessen können, dass es den Westen gibt? Jeden einzelnen Tag in der Sowjetunion nahmen wir ihn wahr, und unser Kampf rief im Westen ein mächtiges Echo hervor und erhielt dadurch Unterstützung in der westlichen öffentlichen Meinung. Doch die realen Gesetze der freien Welt konnten wir nicht wahrnehmen. Zwar wussten wir, dass ihre ganze Lebensweise, wie sie sich aus dem westlichen Radio erschließen ließ, eine ganz andere war als bei uns. Aber dieses Verständnis der Dinge galt selbst in Bezug auf die ausländischen Journalisten in Moskau nur bedingt: Uns schien, sie wären verpflichtet, die gleiche kalte Luft einzuatmen wie wir, und wir vergaßen dabei, dass für sie Moskau ein begehrter und lohnender Dienstort war, den man auch leicht verlieren konnte. Jene Ausländer, die zu unseren geheimen Helfern wurden (die »Unsichtbaren«), kamen uns wie vom russischen eisigen Wind bereits gekennzeichnet vor, bedingungslos standfest und genauso treu wie wir. Bemerkenswert ist, dass sie sich auch so erwiesen und unseren Geist der uneigennützigen Opferbereitschaft übernahmen.

Aber einfach nur über ein *Wissen* zu verfügen, ist für einen Menschen noch nicht alles: Sobald man beginnt, dieses Wissen durch Erfahrungen oder Verhaltensweisen umzusetzen, macht man Fehler über Fehler.

Die Opferbereitschaft unserer »Unsichtbaren« brachte meine Bücher und Äußerungen der ganzen Welt zum Gehör und zur Aufmerksamkeit; sie erklangen seitdem laut, außerhalb der Reichweite des KGB am Dsershinskij-Platz und der Parteibonzen vom Alten Platz in Moskau. Doch im realen Leben konnte ihr Einsatz keine Legende bleiben, ohne die Korrosionsspuren von Gewinnsucht und Gier. Diese machten nicht Halt vor unserem Lebensraum, brachen mehrmals ein, wenngleich aus einer Welt, die nach anderen Gesetzen lebte. Sie hätten sich auch in unserer unterdrückten Welt an uns haften können, doch muss man sich wundern, dass dies nicht geschehen war. In unserer, wie man behauptet, hoffnungslos verdorbenen Gesellschaft, in unserem Volk haben sich damals Gier, Verrat, Besudelung nicht breit machen können.

Unser Kampf war auf Leben und Tod, wir litten unter dem steinernen Götzen der Sowjets, und während ich einhellige Unterstützung aus dem Westen erfuhr, streckten sich von ebendort gleichzeitig auch gierige Hände aus, um aus meinen Büchern und meinem Namen Kapital zu schlagen, völlig gleichgültig zu diesen Büchern und unserem ganzen Kampf.

Ohne diese Aspekte würde das Gesamtbild lückenhaft bleiben.

***

Schon immer hatte »Eva« (N. I. Stoljarowa) Recht, als sie mir erklärte, dass die größte Schwierigkeit nicht allein darin bestünde, ein Manuskript über die sowjetische Grenze zu bringen, was mir wiederum als das einzige Hindernis erschien, denn ich glaubte, in der freien Welt würde jeder es mit Wohlwollen drucken lassen, sodass das Buch schnell sein Ziel erreichte. Keineswegs! Ein Manuskript über die hohen Mauern zu werfen, war längst nicht mehr so schwierig, wie ehrliche Hände zu finden, die sich des Manuskriptes annehmen und damit nicht respektlos gegenüber dem Autor umgehen würden, ohne ihn – aus Sensationsgier oder Habsucht – in Eile zu entstellen.

Bis dahin hatte es nur eine einzige Gelegenheit gegeben: Im Oktober 1964 wurde Wadim Leonidowitsch Andrejew eine Sendung mitgegeben, die seitdem ruhig in Genf lag. Darin befanden sich eine verkürzte Version des Romans *Der erste Kreis der Hölle*, politisch etwas entschärft, sämtliche Theaterstücke und das im Lager entstandene Poem *Doroshenjka* [Das Weglein].

Im Frühjahr 1967, nach meiner Rückkehr aus Estland, fühlte ich mich durch den Abschluss des *Archipel Gulag* befreit und machte mich auf die Explosion nach meinem Brief an den sowjetischen Schriftstellerkongress gefasst (auch die ersten Seiten von *Die Eiche und das Kalb* entstanden damals). Nun fand ich mich vor die Notwendigkeit gestellt, über das Schicksal meiner beiden Romane *Der erste Kreis der Hölle* und *Krebsstation* zu entscheiden. Es war ja klar, dass sie in meiner Heimat nur in den Samisdat gelangen konnten, andernfalls war mit keiner Bewegung zu rechnen.

Krebsstation wurde in der Tat seit Juni 1966 im Samisdat vervielfältigt. Aber anscheinend waren die Wege, über welche die Manuskripte von alleine in den Westen hätten durchsickern können, noch nicht ausgebaut. Innerhalb eines Jahres schaffte *Ein Tag im Leben des Iwan Denissowitsch* es nicht, sich dorthin abzusetzen, ähnlich wird es der *Krebsstation* ergangen sein. Aber das sollte auf jeden Fall noch kommen. So beschloss ich, sie doch aus eigener Kraft treiben zu lassen, ohne mein Zutun, ohne Bevormundung und diverse Abmachungen. Der *Kreis* hingegen war viel gefährlicher und ich wollte mich selbst um seine Drucklegung kümmern, einschließlich der Wege, der *Hände* und des Momentes der Explosion, um darauf vorbereitet zu sein. Es gab verschiedene Möglichkeiten und ich versuchte herauszufinden, welche davon gelingen könnte. Unterdessen war der *Kreis* bereits in den Samisdat gelangt. Nun musste man ausgesprochen vorsichtig sein.

In all den Jahren zuvor hatte ich entweder innerhalb der Grenzen des Gulag oder der Sowjetunion agiert und kaum Fehler dahingehend gemacht, wie die Verhaltensweisen oder Charaktere der Menschen einzuschätzen waren. Hier aber stand mir bevor, eine andere, unbekannte Welt zu tangieren, und ich begann, fast nur noch Fehler zu begehen, eine lange Kette von Fehlern, die auch bis heute, nach elf Jahren, nicht ganz abgerissen ist.

Die beiden Wege, die ich für beide Romane gewählt hatte, stellten sich beide als die schlechteren heraus.

Eine Vorgehensweise wurde übrigens von mir selbst beschnitten, ohne dass es mir klar war. Im Frühjahr 1967 erhielt ich in Rjasan ein Telegramm von zwei slowakischen Journalisten, die mich um ein Interview baten. Freilich erschien die ungehinderte Zustellung des Telegramms zunächst verdächtig, doch es gab ja auch beim KGB Pleiten, vielleicht hatten sie es einfach verschlafen? Seit dem Treffen mit dem Japaner Komoto (im Herbst 1966) hatte ich keine Interviews mehr gegeben, der *Archipel Gulag* war zum Glück abgeschlossen und versteckt, während man mich durch Verschweigen erwürgte. Warum also nicht einmal wieder die Stimme erheben? Überdies waren es Journalisten aus einer »Volksdemokratie«, daher schien hier nichts Strafbares vorzuliegen. Ich willigte ein. Der eine von ihnen, der sich Rudolf Alčinský nannte, war hoch gewachsen, geheimnisvoll, er schwieg die ganze Zeit und lächelte freundlich. Im weiteren Verlauf spielte er keine Rolle und ich wusste nicht, was das sollte und ob er nicht einfach ein Spitzel war. Der Ältere von ihnen, Pavel Ličko, mit der Statur eines Bären, war Journalist der slowakischen *Pravda*, der schon damals recht mutigen Zeitung eines in der Welt noch nicht bekannten Mannes namens Dubček. Ein entschlussfreudiger Mann, während des Krieges Kommandeur einer Partisanenabteilung, schien mir Ličko ein Repräsentant der noch geknebelten, aber bereits erwachten slowakischen Intelligenzija zu sein. Nach Beendigung des Interviews (das er später spießig aufbereitete und mit melodramatischen Repliken unterlegte, was für mich eine gute Schule war und mich veranlasste, wichtige Gedankengänge selbst schriftlich festzuhalten und mich nicht auf Journalisten zu verlassen) fragte mich Ličko: »Könnten Sie uns bitte die *Krebsstation* für die Tschechoslowakei geben? Das wäre eine großartige Unterstützung unserer Intelligenzija, und wir würden es auf Slowakisch herausbringen!« – »Na dann auch auf Tschechisch!«, schlug ich meinerseits vor. So übergab ich ihm bedenkenlos den ersten Teil der *Krebsstation* und darüber hinaus das Theaterstück *Der Hirsch und das Lagermädchen* – war doch alles für ein sozialistisches Land bestimmt, nicht für das »richtige« Ausland, nicht für den Westen! Mir war gar nicht bewusst, dass ich meine eigenen Regeln verletzte, von mir aus niemandem die *Krebsstation* zu geben. Und völlig unbekannt war mir der Aspekt, dass woanders ein Typoskript mehr wert sein kann als eine Geldstange, denn bei uns im Samisdat floss alles ohne Gelder, zwischen Begeisterung und Strafgesetzbuch.

Für diesen Sehfehler wurde ich dann zur Kasse gebeten. Den Verlauf der Ereignisse lernte ich erst später, Ende 1974 in Zürich, bei den Verhandlungen mit dem britischen Verlag Bodley Head kennen. Im November jenes Jahres 1967 kehrte von einer Reise nach Bratislava Lord Nicolas Bethell nach London zurück, der sich von anderen Lords durch russische Sprachkenntnisse unterschied, und bot *von sich aus* diesem Verlag meinen Roman *Krebsstation* an. Als Übersetzer sollten er selbst und David Burg (der sowjetische Nicht-Rückkehrer Alexander Dolberg) fungieren. Man kam überein, dass die Übersetzung nicht, wie üblich, vom Verlag bezahlt werden, sondern die Hälfte des Autorenhonorars ausmachen sollte. Warum auch nicht, so war das für den Verlag noch attraktiver. Bethell legte keine Vollmacht von mir vor, versprach lediglich, dass Ličko eine solche beibringen würde, und das traditionsreiche Verlagshaus unterschrieb leichtgläubig den vorgeschlagenen Vertrag mit Ličko. (»Wie konnten Sie ohne Beweise an eine Vollmacht glauben?«, fragte ich 1974 in Zürich. Man antwortete mir: »Andernfalls hätten wir den Roman nicht bekommen.« Welche Gegenargumente hätten da genützt?

Es gibt keinen Zweifel daran, dass Ličko Bethell bei ihrem Treffen in Bratislava anbot, mein Buch in Großbritannien herauszugeben. Glaubte Bethell an die Vollmachten Ličkos? Zugegeben, man verfügte über beträchtliche äußere Beweise: das Typoskript des ersten Teiles (das vielleicht vom Autor selbst stammte, vielleicht aber auch nicht); die Tatsache, dass ich Ličko in Rjasan ein Interview gegeben hatte; schließlich zwei freundschaftliche Briefe an ihn, aus dem Anlass, dass ein relativ entschärftes Kapitel »Die Berechtigung, jemanden zu behandeln« aus dem Roman immerhin in der slowakischen Zeitung erschienen war, in der Übersetzung des Ehepaares Ličko. Ja, es gab einige Indizien, aber keine waren eindeutig genug, um Bethell glaubhaft zu machen, ich hätte Ličko autorisiert, *Krebsstation* in Großbritannien zu veröffentlichen. Offensichtlich wollte er aber daran glauben und folgerte nun, wenn ich schon ein Kapitel über Ličkos Vermittlung in der Slowakei veröffentlicht hatte, so hätte ich diesen insgeheim beauftragt, das ganze Buch anderswo in der Welt zu drucken.

In derselben Zeit, im Dezember 1967, begab sich Ličko erneut nach Moskau. Seine Absicht war, von mir nachträglich die Genehmigung für die britische Ausgabe zu erhalten, und er war überzeugt, dass er sie erhalten würde. Aber was hätte ich in Moskau zu suchen gehabt? Ich wohnte dort nicht und man wusste auch nicht, wo ich war; davon abgesehen, war ich mit meiner Arbeit beschäftigt. Ličko rannte zu dem Schriftsteller Boris Moshajew, den er kannte, weil auch Moshajew von dem Ehepaar Ličko ins Slowakische übersetzt wurde. Ganz aufgeregt erzählte er Moshajew und schrieb mir offen in einem Brief, dass er sich mit den Vertretern von Bodley Head getroffen und ihnen bereits versprochen habe, *Krebsstation* zu verkaufen. Und nun bitte er mich, dies endgültig abzusegnen, sozusagen als Zugabe zu der getroffenen Vereinbarung. (Merkwürdig war nur, dass er den zweiten Teil von *Krebsstation* nicht von mir haben wollte.)

Als mir Moshajew diesen Brief übergab, explodierte ich in meinem Versteck. Freilich unternahm ich keine Reise, um den Partisanen zu sehen, wie ich mir auch ansonsten jegliche Bewegung fort von der Arbeit verbat, doch schrieb ich ihm eine empörte Antwort und untersagte den Druck. Ličko untergrub mein Vorhaben, mich in Bezug auf *Krebsstation* nicht weiter involvieren zu lassen; plötzlich war mir eine ganze Kette von Verantwortlichkeiten entstanden.

Später erzählte mir Moshajew, wie Ličko sich gewundert hatte: »Aber was für Gelder gehen verloren, was für Gelder!« Damals kam mir der Gedanke, wie doch die Seele eines Kommunisten bereits so von Gold eingehüllt sein konnte. Solche Metamorphosen sind keineswegs selten. Vielleicht aber war das eine Provokation seitens des KGB? Was, wenn er nicht wegen des Interviews nach Rjasan durchgelassen worden war, sondern um das Manuskript zu holen, damit *ich selbst es dem Westen* geben sollte? Warum reiste er so oft nach Moskau? Wieso bestand man nicht darauf, ich solle auch den zweiten Teil des Romans hergeben? Lag ihnen etwa nicht an der Vollständigkeit? Oder hatten sie diesen Teil bereits? Aber vielleicht kam es eben vornehmlich darauf an, dass ich es war, der ihnen den Text gab.

So jedenfalls lautete das Ergebnis, mit dem Ličko damals Moskau verließ. Ich dachte, er hätte es eingesehen. Das Jahr 1968 war gekommen, der »Prager Frühling«, kein besserer Zeitpunkt, um mit der Drucklegung meines Buches in der Tschechoslowakei zu beginnen. Aber nein! Der Partisan führte nach wie vor seine hirnrissigen (oder vielmehr klugen?) Verhandlungen mit den Briten. Im März 1968 traf er wieder den Lord in einem Prager Restaurant und gab sich in Anwesenheit zweier Zeugen, eines Engländers und einer Engländerin, für meinen bevollmächtigten Vertreter aus und unterschrieb sozusagen einen »Vertrag« mit dem Verlag Bodley Head über den Verkauf des gesamten Textes von *Krebsstation* und zudem des Theaterstückes *Der Hirsch und das Lagermädchen*, bitte schön, greifen Sie zu! Entweder waren sie in Eile oder nicht mehr ganz nüchtern, jedenfalls vergaßen sie diesen so genannten Vetrag für alle Sprachen abzuschließen, er galt lediglich für das Englische. Nach seiner Abreise fiel dieser Umstand dem Lord ein, oder machte ihn der Verlag darauf aufmerksam, und er verlangte schriftlich von Ličko eine solche Erweiterung der Rechte, die Ličko großzügig erteilte, mit einer einfachen nachträglichen Notiz.

Dennoch schien es Bodley Head vertrauenswürdiger, meine eigene Unterschrift zu bekommen. Schon wieder musste Ličko nach Moskau jagen, zu Boris Moshajew, wo er versuchte, ihm den Vertrag unterzujubeln, den er über die Grenze geschmuggelt hatte, damit ich diesen unterzeichne.

Moshajew war klug genug, diesen Vertrag nicht anzufassen, machte sich jedoch zu mir auf den Weg – gerade zu Weihnachten. Und platzte in meine Abgeschiedenheit mit folgender Neuigkeit: Ličko habe den Vertrag in meinem Namen bereits unterschrieben![25]

Diese kleinkarierte Seele! So eine Schweinerei! Alles verdunkelte sich in mir. So wunderbar verlief alles bis dahin mit der *Krebsstation*, der Roman machte seine Kreise, ich beteiligte mich nicht an seiner Verbreitung, konnte nicht dafür verantwortlich gemacht werden. Plötzlich aber sollte sich herausstellen, dass ich ihn selbst in den Westen übergeben hätte? Und nicht nur übergeben, sondern gar verkauft? Was sollte nun mit diesem verrückt gewordenen Partisanen geschehen? Moshajew, kannst du es ihm irgendwie erklären, verbieten, soll er zum Teufel gehen mit dem Geld! Nicht einmal sehen wollte ich ihn.

Mein Plan hinsichtlich der *Krebsstation* war dabei, in die Brüche zu gehen.

Moshajew, mein bedingungsloser Freund, kehrte nach Moskau zurück, traf sich mit Ličko und zwang ihn, in der Toilette eines Restaurants unweit des Nowodewitschij-Klosters, den Vertrag sofort in Fetzen zu zerreißen: »Kriegt man dich an der Grenze, bist du dran.«

Es waren etwa drei Wochen vergangen, als man mir einen Ausschnitt aus *Le Monde* brachte: Zwischen den Verlagen Mondadori und Bodley Head finde eine öffentliche Auseinandersetzung über die Rechte an *Krebsstation* statt. Was Mondadori betraf, so war es mir gleichgültig, kein Anliegen von mir, denn sie hatten den Roman wohl aus dem Samisdat bekommen. Aber der andere Verlag – der würde mich durch Ličko hineinziehen! Wegen Ličkos niederträchtigem Handeln war ich nun gezwungen, eigens einen Brief an *Le Monde* sowie an *L'Unità* und die *Literaturnaja gaseta* [Literaturzeitung] mit der Erklärung zu schicken, dass *kein* westlicher Verlag von mir eine Vollmacht für die Veröffentlichung von *Krebsstation* erhalten hatte. Daher sei *keine* Publikation ohne meine Erlaubnis berechtigt und *niemand* besitze das Copyright darauf.

Diese Erklärung konnte ich mit Überzeugung und mit reinem Gewissen abgeben. Anfang April freute ich mich, dass in der literarischen Beilage der *Times* Auszüge aus *Krebsstation* erschienen, die von der BBC übertragen worden waren. Nun, dachte ich, jetzt segeln sie, gute Reise! Ich Trottel kam nicht auf den Gedanken, dass dies ein Vorabdruck von jenem

Exemplar war, das Ličko nach London verkauft hatte, der als Werbung für das kommende Buch benutzt wurde.

Meine Erklärung wurde in *Le Monde* und dann sogar in der Moskauer *Literaturnaja gaseta* veröffentlicht, darin war alles unmissverständlich festgestellt, was gab es da herumzudeuten? Es war ja bekannt, dass ich keine einzige Erklärung unter dem Druck der Sowjetmacht abgegeben hatte; wieso sollte man also dieser nicht glauben? Aber der achtbare britische Verlag setzte sich über die direkten Aussagen des Autors hinweg und beauftragte einen biegsamen Rechtsanwalt. Dieser schaffte es recht schnell, bereits Anfang Mai, dem Verlag die Sünde zu vergeben: Man könne die hinter dem »Eisernen Vorhang« abgegebene Erklärung des Autors getrost ignorieren und in den Druck gehen. Noch schlimmer wurde es, als Bodley Head *öffentlich erklärte*, im Widerspruch zu mir, diese Ausgabe sei *autorisiert* (d.h. mindestens vom Autor genehmigt). In anderen Worten: Solschenizyn lüge, er habe es uns selbst gegeben. Auf diese Weise schob man dem KGB regelrecht einen Grund zu, mich anzuklagen, und der sowjetischen Presse, eine Kampagne gegen mich zu eröffnen und dabei mit dem Konkurrenten Mondadori wegen des kommerziellen Gewinns zu streiten. In derselben Zeit ließen Mondadori in Italien und Dial in den USA ebenfalls *Krebsstation* drucken, aber von einem Exemplar, das durch Zufall in ihre Hände gelangt war, und sie erzählten keine schändlichen Märchen, sie hätten Vollmachten von mir, denn sie besaßen keine solchen Handlungsreisenden mit solch bühnenreifen Auftritten.

Das Bedauern, das Ličko Boris Moshajew vorgespielt hatte, währte derweil nur kurz. Nach seiner Rückreise in die Tschechoslowakei schrieb er an Bethell, Solschenizyn habe selbstredend kein schriftliches Dokument geben können, denn *dessen wäre man an der Grenze habhaft geworden* (wozu hatte er denn den Vertrag mitgebracht?), doch er »heiße alle Schritte« Ličkos »gut«, da dieser sich in den europäischen Verhältnissen besser auskenne, und falls Solschenizyn vor dem sowjetischen Schriftstellerverband öffentlich alles abstreiten sollte, möge der Westen dem keine Aufmerksamkeit schenken, sondern sowohl den zweiten Teil von *Krebsstation* als auch das besagte Theaterstück veröffentlichen – so seien eben die Anweisungen des Autors. Soll man dies durch Ličkos Habgier erklären? Aber von jenem Vertrag hatte er keinen Vorteil, wie man mir in Zürich erläuterte. Sollte ich denken, er sei mein bester Freund, der sich mehr um meine

Bücher kümmert als ich selbst? Wie sollte ich auf so etwas kommen? In der Stalinzeit war Ličko Leiter der Presseabteilung beim ZK der Tschechoslowakischen Kommunistischen Partei gewesen …

Aber dem Verlag und dem vermittelnden Lord genügte diese Erklärung. Zusammen mit Burg fertigte Bethell in mehreren Monaten mit wütender Energie die Übersetzung der beiden Teile von *Krebsstation* an. (Zu meinem Erstaunen sagten später alle, diese Übersetzung sei gar nicht schlecht.)

In jenem August 1968 reiste Ličko nach London und leistete dort einen Eid auf die Bibel (wenn ein Kommunist dies tat, war das für die Engländer wohl ein unumstößlicher Beweis), er habe alle Vollmachten für alle zu kaufenden Texte.

Hätten sie mich bloß wie einfache Buchpiraten gedruckt! Nein, sie wollten einen Sieg über ihre Konkurrenten auf Kosten der Sicherheit des Autors erringen.

Irgendwann später kam Bethell nach Moskau und bestand über denselben Moshajew darauf, mich zu treffen. Damals hörte ich seinen Namen zum ersten Mal, wusste nichts über ihn und lehnte natürlich ab. (Danach erklärte er in England, dass gerade diese Reise ihn davon überzeugt habe, im Interesse des Autors gehandelt zu haben.)

Von der ganzen Geschichte erfuhr ich erst Ende 1974 in Zürich und schrieb Bethell einen zornigen Brief. Er ließ sich nicht herab, mir zu antworten, und ich hatte nicht die Kraft, mich mit ihm auseinander zu setzen (zumal all meine Gedanken schon auf die Lenin-Kapitel konzentriert waren).

So war dort ein kleiner, aber sehr unternehmungslustiger Kreis von Verschwörern entstanden: Bethell arbeitete an der juristischen Verkleidung für *Krebsstation*, die von ihm und Burg übersetzt wurde, Burg und Feifer nahmen sich meiner Biografie an, das könnte ja eine gefragte Ware werden; mit ihnen freundete sich Silberberg an, der Informationen (sprich: Gerüchte) über mein Privatleben lieferte, daneben gab es Michael Scammell, der ebenfalls an meiner Biografie bastelte und in eigener Regie Auszüge aus meinem Lager-Poem drucken ließ, die er aus einem Samisdat-Artikel von Teusch übernahm. Diese Vereinigung von selbst ernannten Biografen wollte durch meinen Namen aufsteigen. Feifer erschien in Moskau bei Veronika Turkina und wollte sie gleich vereinnahmen: Er hätte schon alles für eine Biografie Solschenizyns gesammelt (nur wusste er eben nichts Konkretes) und würde jetzt nur noch ein paar Details benötigen. Dazu kam noch die Bedingung, sich mit mir zu treffen. Das Treffen lehnte ich ab und warnte ihn über Veronika, dass ich eine Veröffentlichung meiner Biografie zum *gegenwärtigen* Zeitpunkt als eine Unterstützung der KGB-Arbeit ansehen würde, doch er gab keine Ruhe, flickte irgendeine »Lebensbeschreibung« von mir zusammen, sodass ich gezwungen war, ihn öffentlich zurechtzuweisen.

… Einige Jahre später beschrieb Bethell in seinem Buch[26] die verräterische Zwangsauslieferung der geflohenen Sowjetbürger an die Sowjetunion nach dem Krieg. Eine ganze Menge Zeugnisse davon hatte er in britischen Geheimarchiven ausfindig gemacht und somit einen nützlichen Beitrag geleistet. Im Frühjahr 1976 schickte er den ungarischen Filmregisseur Robert Vas zu mir, um mich um Unterstützung gegen Lord Eden und dessen Umgebung zu bitten, welche die Ausstrahlung des Films über diese Zwangsauslieferungen zu verhindern suchten. Ich verfasste ein Schreiben zur Verteidigung des Films, das Bethell im House of Lords vorlas.[27]

***

In dem gleichen März 1967 tat ich selbst einen unumkehrbaren Schritt. Die Tochter Wadim Andrejews namens Olga Carlisle war nach Moskau gekommen, und die bereits erwähnte »Eva« überredete mich, dies sei die beste Gelegenheit, um den Roman *Der erste Kreis der Hölle* in sichere Bahnen zu lenken: Man brauche keinen Mikrofilm mehr, sondern Olga könne das Exemplar von ihrem Vater in Genf in Empfang nehmen, sie selbst sei eine energische Person, mit einem amerikanischen Schriftsteller verheiratet, habe Beziehungen in der Verlagswelt, alles komme so gut zusammen. Die Ausgabe verspräche sich ruhig und würdig zu gestalten, ohne die Hast der Konkurrenz.

Na schön, sollte es so sein. Wir trafen uns bei »Eva«. Olga Carlisle war eine zierliche Person, mit einem beweglichen, aufmerksamen Gesicht, in dunklen Tönen, wie bei einem Tierchen. Aber für Details blieb keine Zeit, es kam nicht oft vor, dass ich mich mit einem Ausländer traf, überdies gab es noch die eindringliche Empfehlung von »Eva«. Wir gingen hinaus, um unser Gespräch nicht in geschlossenen Räumen zu führen, und ich begleitete Olga Wadimowna in Richtung ihres Hotels. Unter den Lichtern der

Stadt, aber offenkundig nicht beschattet, gingen wir herum und trafen miteinander Absprachen. Sie war allzu amerikanisch geprägt, in allen ihren Manieren und im Stil, doch ihr Russisch war nicht besonders glanzvoll. Aber in der Tat zeigte sich, dass es keinen besseren Weg gab, wobei ich der Familie Andrejew und dem so edlen Wadim Leonidowitsch vertraute. Olga begriff noch nicht ganz, was für einen Erfolg, was für ein Ausmaß jene Publikation haben sollte, die ich ihr anbot, während ich selbst von dem Gedanken an die Zuverlässigkeit, die Geheimhaltung, an das plötzliche Erscheinen des Werkes so eingenommen war, dass ich mir überhaupt nicht die Frage stellte, wer eigentlich und auf welche Weise das Buch *übersetzen* würde, obgleich mir dieses Problem von meiner Jugend an wohl bewusst war. Olgas Russisch hätte nicht ausgereicht, ihr Mann sprach es überhaupt nicht. Sie aber überredete mich, dass sie Freunde habe, Thomas Whitney und Harrison Salisbury, die lange in Moskau gelebt hätten und des Russischen mächtig seien, zu viert würden sie es schaffen, zumal ihr Mann, Henry Carlisle, ein *Stilist* sei. Das hörte sich gut an. Sie erwähnte einen Verlag, Harper and Row, was mir gleichgültig war. Unser Kräfte zehrender Kampf in der Sowjetunion ließ uns überhaupt nicht nachdenken und verfolgen, welchen Weg die Bücher im Westen nehmen würden, wesentlich war nur, dass sie ihre explosive Wirkung gegen den Kommunismus nicht verfehlten.

Ein paar Tage später schien Olga sich weiter über mich erkundigt zu haben und kam darauf, über »Eva« zu fragen, ob ich ihr auch *Krebsstation* übergeben würde, sie würde den Mikrofilm mit dem Text mitnehmen. Ich lehnte ab, doch auf jeden Fall nicht, weil ich ihr misstraut hätte, sondern weil mein Entschluss feststand: Der Weg der *Krebsstation* sollte sich selbst bestimmen, wie die Wellen.

Nach einem halben Jahr, im September, kam Olga erneut in die Sowjetunion und »Eva« brachte uns in der Wohnung der »Prinzessin« (Natalija Wladimirowna Kind) zusammen. Um das Treffen abzuschirmen, wurde eine Gesellschaft eingeladen, Olga setzte sich in die Mitte des Raumes, schlug ihre Beine nach amerikanischer Gewohnheit übereinander, augenfällig, besonders frappierend waren aber ihre weißen Strümpfe mit geflochtenen Pfeilen, die niemand in der Sowjetunion je gesehen hatte. Und es entstand der Eindruck, als ob bei ihr während der Unterhaltung nicht die Hände, sondern die Beine wirkten, als ob sie sich nicht durch Gesichtsmimik, sondern durch diese weißen Strümpfe ausdrücken würde. Wir beide gingen auf den Balkon und redeten etwa 20 Minuten miteinander, eingedenk dessen, dass man uns weder von dem oberen noch von dem unteren Balkon hören konnte. Wir befanden uns im elften Stock und ein Meer von Lichtern in Moskaus Südwesten lag vor uns, die lichtüberflutete Welt der Hochhäuser, es war kaum zu unterscheiden, ob das die unsere oder die amerikanische war, die beiden Welten kamen zusammen.

Mich rissen die Flügel des Kampfes nach vorne und ich hatte bessere Ergebnisse für das vergangene Halbjahr von ihr erwartet, dachte, man stünde kurz vor der Drucklegung des Buches. Mit Erstaunen vernahm ich, dass »man so schnell nicht an die Sache herangehe«. Das sollte bei den Amerikanern nicht möglich sein? Wo denn sonst? Es stellte sich heraus, dass sie sich nicht getraut hatte, den Verlagsvertrag abzuschließen ohne die volle Garantie meinerseits, dass der *Kreis* nicht anderswo erscheinen würde. Wie hätte ich aber diese Garantie geben können, wenn der Roman bereits im Samisdat kursierte? Ich konnte lediglich fest versprechen, dass ich außer ihr niemandem mehr den Text geben und ihre Ausgabe immer für rechtmäßig anerkennen würde. Doch dafür hätte man nicht ein halbes Jahr verstreichen lassen müssen, das kränkte mich.

Im Grunde genommen berichtete sie mir von nichts Neuem im Vergleich zum März, nur sah ich, dass sie die Gewichtigkeit der beiden Bücher, *Kreis* und *Krebsstation*, jetzt vollends erkannt hatte. Umso eindringlicher redete ich auf sie ein, die Arbeit zu beschleunigen, rascher zu handeln! Ich konnte nicht begreifen, wieso sie in der verstrichenen Zeit mit der *Übersetzung* noch nicht einmal angefangen hatten. (Später erläuterte mir »Eva«, im Westen würde man nicht »einfach so« handeln, denn niemand würde die Arbeit ohne eine Vorauszahlung und einen gesicherten finanziellen Hintergrund aufnehmen. Wie befremdlich klang all das damals für unsere Ohren, da wir an das unentgeltliche und sogar halsbrecherische Hämmern der Schreibmaschinen im Dienste des Samisdat gewohnt waren. Dieses ewige »Wie viel?« passte gar nicht zu unserer Lebensweise, ging nicht in sie hinein.)

Wir konnten uns *dort* auf gar keinen Fall vorstellen, wie unvereinbar unsere opferbereite Aufrichtigkeit, ohne Wenn und Aber, mit der misstrauischen, zweiflerischen, spitzfindigen westlichen Juristerei war. Mit der Zeit, wenn man all das kennen lernte, konnte man sich die Atmosphäre in einem amerikanischen Verlag vielleicht ausmalen. Da bringt Olga Carlisle das Typoskript des Romans und erklärt, sie habe von mir mündliche Vollmachten erhalten, das Buch gerade bei ihnen, bei Harper and Row, zu veröffentlichen. Zugleich dürfte sie wohl mitgeteilt haben, auch der KGB habe den Text des Romans an sich gerissen; außerdem gäbe es Anzeichen, dass das Buch im Samisdat verbreitet würde. Die Reaktion des Verlages wäre verständlich: Möglicherweise war der Text auch noch durch andere Kanäle geflossen und einem anderen Verlag zugefallen, der mit einem schnelleren Tempo vorginge. Also würde man zunächst einen Rechtsanwalt brauchen, den Triebwagen des gesamten amerikanischen Lebens. Der Kreis der Eingeweihten erweitert sich nun neben den Übersetzern Thomas Whitney und Harrison Salisbury, wie wir übereingekommen waren, um zwei weitere Personen, den Verlagsjuristen und einen Rechtsanwalt namens Curto, denn auch die Carlisles müssen einen Juristen haben, nicht wahr? Mir sollte nie beschieden sein, ihm zu begegnen, doch Olga Carlisle beschreibt ihn in einer späteren Veröffentlichung so: ein Bild wie von der Wall Street, die Welt der Fonds und Investitionen; niemals habe er sich mit etwas beschäftigt, was mit der Welt der Literatur zu tun hatte; ein stämmiger, prosperierender, optimistischer, nach Erfolg strebender Mensch, mit Argwohn gegenüber den Kunden und Agenten, alles an ihm ganz neu, mit einer glänzenden Aktentasche und einem riesigen Auto.

Und in diese vertrauenswürdigen, ach so sensiblen, so mitfühlenden Hände legte Olga, die Enkelin eines russischen Schriftstellers, das Schicksal eines anderen, unterdrückten russischen Schriftstellers. Deswegen nahm es nicht wunder, dass Curto sowohl der literarische als auch der politische Aspekt der Angelegenheit völlig egal war, sondern er sah darin nur eine Tatsache: Ein bestimmter materieller Wert stagnierte hilflos, während man dabei anständig verdienen könnte. Von der sowjetischen Umgebung hatte er keine Ahnung, erklärte aber überzeugend, man solle die Rechtsgrundlage stärken, der Verlag könnte einen Prozess bekommen, die Carlisles würden als Zeugen vorgeladen und müssten sich verteidigen. Ohne einen offiziellen Vertrag sei die Lage verwundbar.

Auf diese Weise entstanden neue Schwierigkeiten. Man brauchte um jeden Preis eine schriftliche Vollmacht!

Jetzt, da ich diese Zeilen schreibe, zehn Jahre nach jenem Treffen, ist Olgas Buch veröffentlicht[28] mit Rechtfertigungen, Verzerrungen und vielem erfundenen Beiwerk (dazu siehen unten). Es hilft, um einiges aus ihrer Sicht zu verstehen.

Für sie war unser zweites Treffen lediglich die Bestätigung der Vollmachten, denn sie stand ja im Begriff, einen ernsthaften kommerziellen Schritt zu tun. Sie bringt meine Worte in Erinnerung, die auch stimmen: »Nicht sparen! Nicht an das Geld denken! Geben Sie es aus, nur damit die Sache vorankommt! Mir ist nur wichtig, dass die Bombe hochgeht!« Sie schreibt: »Er hörte sich meine Erklärungen nicht an.« Das räume ich auch ein: Mein Impuls war, das Buch zu veröffentlichen! Schon seit einem halben Jahrhundert wurde unsere Literatur in den Keller getrieben, niemand durfte frei einen Atemzug machen, nun lasst uns doch wenigstens aufrecht stehen! Was für Umstände soll es da geben, die im Weg stehen sollen? So werde ich nie erfahren, was sie sich anschickte, mir an jenem Abend noch zu erklären. Vielleicht, dass sie in die Sache einen überflüssigen, habsüchtigen Rechtsanwalt hineinziehen wollte? Oder dass ihr Mann mit der Verbreitung von *Der erste Kreis der Hölle* betraut und wie ein Literaturagent bezahlt werden sollte, als ob kein Verlag den Roman gewollt hätte und man ihn mit Gewalt jemandem andrehen müsste! Hätte sie mir etwas Derartiges gesagt, hätte ich mich nur gewundert und in der Tat nichts verstanden. Mir lag nur daran, den *Kreis* zu veröffentlichen, und nur dazu sollte jenes Treffen dienen.

Drei Monate später, im Dezember, erhielt ich einen Anruf von »Eva«: Olga sei abermals auf dem Weg zu uns (sie hatten miteinander telefoniert). Was sollte das schon wieder? Irgendwelche Treffen anstelle der Arbeit. Aber da wurde ihr das Einreisevisum verweigert. (Nach ihrer vorigen Reise in die Sowjetunion zusammen mit Arthur Miller und seiner Frau hatte Olga etwas Kritisches über die Sowjetmacht publiziert, nun schlug man ihr die Tür vor der Nase zu. Jetzt erfindet sie, das sei *meinetwegen* gewesen.) Dann offenbarte sie unser Geheimnis ihrem Freund seit der Kindheit, Stepan Tatischtschew in Paris. (Obwohl eine eigenmächtige Erweiterung der Eingeweihten, erwies sie sich als sehr nützlich, denn Stepan sollte uns noch vielerlei Unterstützung zuteil werden lassen.) Er kam an ihrer Stelle und erneut gab es ein Treffen und wieder nahm man ein Risiko auf sich, wieder bei der »Prinzessin«.

Stepans Russisch war gut, sein Gesicht ehrlich, Russland bewegte ihn tief. Wir zogen uns zurück – und schon wieder eine Überraschung: Die

Carlisles hatten ein alarmierendes Gerücht vernommen, wonach in diesem Herbst in Italien jemand angeblich in meinem Auftrag den Roman angeboten hätte. Aber wie oft sollte ich das noch wiederholen: Ich hatte nur ihr die Vollmacht erteilt, niemandem sonst! Wort und Vertrauen – alleine so konnten wir dort überleben. Freilich hatte der KGB den Roman und auch im Samisdat gab es ihn, und deswegen sollten wir uns doch mit der Veröffentlichung *beeilen*! Nein, die andere Seite zeigte sich unentschlossen. Sie hätte es vorgezogen, eine schriftliche Vollmacht zu haben. Kann man so stur sein? Wenn ein solches Papier an der Grenze entdeckt würde, fiele mein Kopf noch vor jeglicher Drucklegung von *Der erste Kreis der Hölle*! Wie sollte man sie noch überzeugen? Sie mögen doch glauben, ich werde mein gegebenes Wort nicht zurücknehmen; niemand würde mich bei der Veröffentlichung stoppen können! Nur in dem Falle, dass Konkurrenten auftauchen sollten, die den Roman schneller zum Druck vorbereiteten, würde ich euch offen Rückendeckung geben. Aber solange es keinen Konflikt gibt und auch keine Notwendigkeit, bitte seid doch einsichtig und schützt mich ein wenig!

Denkt man nach, so ähnelte die Situation jener mit Bodley Head: Beide begehrten von mir eine Unterschrift. Nur ergab sich *für mich* ein entscheidender Unterschied: Bei jenen wollte ich keine Bindung, der Roman sollte seinen eigenen Weg nehmen, hier aber erteilte ich vertrauensvoll die Vollmacht, bat um Entschiedenheit und Eile. Doch die Verlage machten das Gleiche: Auf den Willen des Autors, der sich im sowjetischen Schraubstock quälte, nahm man keine Rücksicht, stattdessen brauchte man die Garantie eines kommerziellen Erfolges, dass man dabei nicht überholt werde und dass man bei einer juristischen Auseinandersetzung ein Papier habe. Unser ziemlich einfältiges Hirn vermochte all das nicht zu fassen …

Olga hatte bei unserem letzten Treffen von der Existenz des *Archipel Gulag* erfahren und ließ nun durch ihren Abgesandten fragen, ob auch dieses Buch für ihre Gruppe sowie für den von ihr ausgewählten Verlag reserviert werden könne. (Gott, mein Kopf kann es nicht begreifen, warum denn der *Kreis*, für sich genommen, nicht ausreichen sollte, um einen westlichen Verlag zu befriedigen?) Na schön, so machte ich den *Archipel* zum Trittbrett für den *Kreis*: Ihr könnt eure Stellung gegenüber dem Verlag festigen und ihm mitteilen, dass noch ein weiteres großes Buch vorgelegt werde, doch auf gar keinen Fall sollte *sein Titel preisgegeben* und Angaben zu seinem Inhalt gemacht werden.

Im Februar 1968 kam es schließlich doch zur Unterzeichnung des Vertrages zwischen Olga Carlisle und dem Verlag Harper and Row. In jenem Jahr wusste ich nichts davon und dachte nicht daran, dass irgendwo ein schriftlicher Vertrag existierte, aber einige Zeit später, in Zürich, bekam ich ihn unter die Augen. Gütiger Gott! Das war kein Vertrag für ein explosives Buch eines Schriftstellers, der einen Todeskampf gegen ein mörderisches Regime auszufechten hatte, noch dazu vor der Weltöffentlichkeit, nein. Das war das Diktat eines mächtigen Verlages an einen schüchternen literarischen Anfänger, der bereits bei seinem ersten Schritt schuldig ist. Der Vertrag auferlegte dem Autor ganze Ketten von Verantwortung für alle möglichen Fälle des Verzugs, für gerichtliche Streitigkeiten mit anderen Verlagen hinsichtlich der Autorenrechte, für sämtliche Gefahren und Hindernisse. Alles, was bei der freien Verbreitung von *Der erste Kreis der Hölle* nur passieren könnte, sollte ich kompensieren, ich und nochmals ich. Im Osten war das Pfand für das Buch mein eigener Kopf, dafür war ich im Westen schon im Vorhinein schuldig, mit Geldbußen oder Freiheitsentzug. Der Verlag sicherte sich in Bezug auf die Geldfragen penibel ab: Drei Jahre lang sollten alle Honorarzahlungen eingefroren sein, danach konnten die Zahlungen jeden Augenblick gestoppt werden; der Autor sollte sich einseitig bereit erklären, sämtliche Kosten für alle Gerichtsverhandlungen zu tragen und so weiter, bis hin zur Bezahlung für jede einzelne Textveränderung. (»Wie konnten Sie bloß einen derart kolonialen Vertrag mit mir abschließen?«, fragte ich vor kurzem die Repräsentanten des Verlags. Sie antworteten, wozu soll man jetzt noch diese Details hervorkramen, es habe doch gar keinen Prozess gegeben. Eine atemberaubende, ungekünstelte Offenheit – weder sich den Roman entgehen zu lassen noch sich finanziell zu gefährden. Ähnlich wie bei Bodley Head.)

Nur ein Punkt blieb unerwähnt: In keiner Zeile wurde in dem Vertrag die *Qualität der Übersetzung* erwähnt, also die Verantwortung des Verlags für die Qualität des Buches. Olga unterschrieb ohne Zögern. Der Verlagsleiter Cass Canfield erklärte sich mit diesem Vertrag überhaupt nur deswegen einverstanden, weil Olga ihm sowohl *Titel* als auch *Inhalt* des weiteren angekündigten Buches preisgab sowie die *Weltrechte* für den *Archipel Gulag* in Aussicht stellte (was mit keiner Silbe zwischen uns erwähnt worden war)! Für den *Archipel*! Im Jahre 1968, als ich ihn unter dem Druck des sowjetischen Felsbrockens noch endgültig abzuschließen hatte, als die Zeit, damit meinen Kreuzweg zu beginnen, noch gar nicht bestimmt worden war!

Erst jetzt, nachdem sie ein Jahr gebraucht hatten, in den Sattel des Vertrages hochzuklettern, erachtete das Ehepaar Carlisle es für möglich, seine Zeit dem *Kreis* zu widmen. Genauer gesagt war ihnen auf dem Weg ein selbstloser und ehrlicher Mensch begegnet, Thomas Whitney. Im September 1967 bekam er von ihnen den Text zum Übersetzen. Whitney machte sich keine Sorgen über den Vertrag und sein Honorar (er war ein wohlhabender Mensch), nur lag es ihm wirklich am Herzen, zum Erfolg eines russischen Buches in Amerika beizutragen. Um die Beziehung der Familie Andrejew zu mir nicht offen zu legen, wurde nur sein Name als Übersetzer des Buches genannt (der eigentlich auch alleine daran gearbeitet hatte). Bis zum März 1968 hatte er alles gemacht, was er konnte, doch er war kein professioneller Übersetzer. Das Ehepaar Carlisle mit seinen dürftigen Russischkenntnissen stürzte sich darauf, die Übersetzung entsprechend dem stilistischen Verständnis Henry Carlisles zu schleifen, ohne sie mit dem russischen Original zu vergleichen. Während zwischen dem Frühjahr 1967 und dem Frühjahr 1968 nichts gemacht worden war, musste man nun bis zum Herbst 1968 alles schleunigst erledigt haben. Was sie da mit Schliff versahen, ging nicht mehr an Whitney, sondern direkt in den Satz. In den letzten Tagen bot man ihm an, die Korrekturen durchzusehen, und mit Entsetzen entdeckte er zahlreiche Fehler, schaffte jedoch nur wenige zu korrigieren.

Und was wurde das für eine Übersetzung! Bald nach dem Erscheinen erreichte uns ein Exemplar dieser Ausgabe. Als ob ich nichts anderes zu tun hätte (aber es gab auch keinen Ausweg!), setzte ich mich hin und begann einige ausgewählte Kapitel zu prüfen und zu vergleichen. Ich war sehr verwirrt, bat Fachleute, der Sache nachzugehen. Das sollte eine Übersetzung sein? Die Farben waren verloren gegangen, das Plastische war verunstaltet, des Öfteren fielen Adjektive oder ganze Syntagmen weg, die Akzentuierung des Sinnes war verändert, geschweige denn das Rhythmische, mitsamt veränderter Abfolge von Sätzen und Absätzen, wobei sie meine Absätze gegen die ihrigen ausgetauscht hatten! Viele Wörter, Redewendungen wurden ausgelassen, Schattierungen nicht berücksichtigt. Bei einigen schien es verständlich, da sie Komplikationen bereiteten, aber bei anderen konnte das nur aus Unachtsamkeit geschehen sein. Auch viel waghalsiger Unsinn war da zu finden, der Gipfel war die Übersetzung des Satzes über ein Mädchen: »Agnija setzte sich immer für das kleine Häschen ein, damit es nicht getroffen wird« dergestalt: »Agnija wurde sorgsam hinter das kleine Häuschen gesetzt, damit man nicht über sie stolperte«. Und dann gab es da noch verwunderliche Stellen, mit ganzen Sätzen, die in meinem Original fehlten.

Es war sehr quälend, all das zu entdecken. Na gut, mehrere Konkurrenten machten sich begierig über *Ein Tag im Leben des Iwan Denissowitsch* her, die *Krebsstation* segelte ohne meine Steuerung, aber bei diesem Buch war es mir doch ein Anliegen gewesen, es in *treue* Hände zu geben; was würde man also in Amerika lesen und verstehen?

Der englische Verlag Collins lehnte die amerikanische Übersetzung von vornherein anhand mehrerer Textproben ab. Aber die von ihm zusammengestellte Übersetzergruppe (die ein gemeinsames Pseudonym benutzte) arbeitete ebenfalls in halsbrecherischer Eile und konnte die Übersetzung nicht in Übereinstimmung und zufrieden stellend vollenden. Als wir uns in Moskau ihre Übersetzung anschauten, musste so manche Träne vergossen werden: Das war auch nicht viel besser.

(Jetzt wiederholt Carlisle beharrlich, all diese Missgriffe der Übersetzung ins Englische seien nicht in *ihren* Ausgaben enthalten, sondern in irgendeiner anderen Ausgabe, sozusagen einem Piratendruck, der vonseiten der Organe für Staatssicherheit veranstaltet worden sei. Doch all das ist eine Erfindung, um sich zu rechtfertigen; wir sind nicht blind und wussten genau, *wessen* Ausgabe wir analysierten; darüber hinaus hat es außer den Ausgaben von Harper und Collins keine weitere englischsprachige gegeben.)

Und noch hatte Carlisle, ohne mich gefragt zu haben, die Übergabe der *Weltrechte* für *Der erste Kreis der Hölle* an den Verlag Harper and Row unterschrieben, was seine Verbreitung in allen europäischen Sprachen einschloss. (Meine Absicht bei unseren Moskauer Gesprächen betraf ausschließlich die amerikanische Ausgabe.) Einige Monate später erfuhr ich von ihren Eltern, dem Ehepaar Andrejew, die zu uns kamen, wie über eine Tatsache: Die Veröffentlichung finde gleichzeitig in fünf Ländern statt. Gut so, dachte ich, soll der Einschlag kräftiger sein. Aber wenn Olga, die

»ihr ganzes Leben« meinen Angelegenheiten gewidmet hatte, die amerikanische Übersetzung in keiner guten Qualität herauszugeben vermochte, woher hätte sie die Zeit genommen, alle anderen Übersetzungen zu beaufsichtigen? Der »Harper«-Vertrag setzte außerdem nur eine einheitliche Frist, innerhalb derer die fremdsprachigen Ausgaben in aller Welt erscheinen mussten, der Vertrieb der Bücher wurde an den internationalen Literaturagenten Eric Linder übergeben, der sich um seine Prozente zu kümmern hatte, nicht um die Qualität der Übersetzungen. (Gerade damals, im April 1968, erinnerte ich in meinem Brief an *Le Monde* und *L'Unità*: »Außer dem Geld gibt es noch die Literatur«.)

Noch trauriger wurde die französische Übersetzung verunstaltet. Ein offenes Geständnis legte der Verleger Robert Laffont dazu ab (im Brief an Paul Flamand, meinem würdigen Repräsentanten, allerdings erst ab 1975): Sie bekamen die amerikanische Übersetzung von *Der erste Kreis der Hölle* vor dem russischen Text und übersetzten nach dieser Fassung, wobei die ganze Arbeit binnen vier Monaten abzuschließen war. Das sieht man dem Buch auch ohne Erklärungen an. Die Übersetzung ist furchtbar ausgefallen, allen Fehlern in der amerikanischen Ausgabe wurden eigene Fehler, Missgriffe und Nachlässigkeiten hinzugefügt; eine entsprechende Analyse liegt mir ebenfalls vor. (In den französischen Zeitungen vermerkte man, dass sogar eine Strophe aus der »Internationalen« nicht den französischen Wortlaut wiedergab, sondern einen Text in zweifacher oder dreifacher Spiegelung.)

In der deutschen Übersetzung, an der zwei Übersetzerinnen beteiligt waren, waren alle unsinnigen Stellen und Makel der amerikanischen Übersetzung ebenfalls wiederholt, das konnte ich selbst feststellen; also wurde die Übersetzung nicht vom Original angefertigt, sondern aus dem Englischen. (Es bleibt völlig unklar, wieso Carlisle, die die Weltrechte auf sich nahm, den ursprünglichen russischen Text den europäischen Verlagshäusern nicht rechtzeitig zur Verfügung stellte.)

So hat Olga Carlisle meinen *Kreis* dem Zertreten, Verunglimpfen und Verachten preisgegeben und meint dabei noch, sie hätte für das Bekanntwerden meines Namens eine großartige Hilfe geleistet. Dass man *Der erste Kreis der Hölle* durch die ganzen Verunstaltungen hindurch dennoch hat erkennen können (in Frankreich erhielt er sogar den Preis als das beste Buch des Jahres), verdankt er wohl einzig und allein seiner Komposition, die in keiner Übersetzung zerstört werden kann, und der straffen Handlungsspirale. Es ist trotzdem verwunderlich, wie die Ereignisse und handelnden Personen von der ägyptischen Finsternis dieser Übersetzungen durchdrungen sind.

Als man bei uns in der Sowjetunion unter dem Druck lebte – hätte man sich so etwas überhaupt vorstellen können? Wir riskieren unsere Köpfe gegen den allmächtigen KGB und unsere vertrauenswürdigen Freunde im Westen, wie alle freien Menschen, drücken uns zweifellos fest die Hand, sicherlich fühlen sie mit uns! Das zeitgleiche Erscheinen meines *Kreises*, unmittelbar nach den vereinzelten Ausgaben der *Krebsstation*, schien eine mächtige Kanonade zu sein! Aber für mich war es sehr schmerzhaft, dass man weder meinen Ausdruck noch stellenweise den Sinn, noch das Bild des Autors selbst erspüren konnte.

***

Im Frühjahr 1968 schlossen wir gerade die Arbeit am *Archipel Gulag* ab – ohne von all dem zu wissen. Und zu Pfingsten 1968 gelang es uns, ihn *in die gleichen Hände* zu geben, den Carlisles, und diese Tage, wie auch diese wahrgenommene Gelegenheit, erschienen uns wie ein heiliger Höhepunkt unseres Lebens: Nun ist, nach dem *Kreis*, auch der *Archipel* unterwegs! Gute Reise!

Ich bat die Carlisles, die Übersetzung des *Archipel* im Zeitraum von etwa zwei Jahren fertig zu stellen, in strenger Geheimhaltung, die Arbeit aus den Honoraren für *Der erste Kreis der Hölle* zu bezahlen und sich daher an keinen Verleger zu wenden, sich keinem zu offenbaren. (Bei der westlichen Geschäftspraxis mit den Vorschüssen und Fristen wäre eine vom Verlag unabhängige Übersetzung ohne meine Honorare undenkbar gewesen. Aber diese Gelder standen gänzlich den Carlisles zur Verfügung, davon bezahlten sie ihre »Kommission«, ihren Rechtsanwalt, ihre Schritte ebenso wie ihre Untätigkeit, doch wieso trafen keine Informationen über den Fortschritt der Übersetzung ein?)

Plötzlich erreichte uns im Frühjahr 1969 eine Seite aus der Zeitschrift *Time* (die eine Auflage von mehreren Millionen hat), und darauf sahen wir offen den Titel *Archipel Gulag* genannt und die schlimme Nachricht, das Manuskript sei ohne das Wissen des Autors in den Westen gelangt und westliche Verlage würden gierig nach ihm jagen! Was für ein Horror! Wo kamen diese Informationen bloß her? Denn wir wussten genau, dass *kein einziges* Exemplar von uns hätte verschwinden können – und unsere edlen Freunde, sie hätten uns doch nicht so verraten können?

Schon wieder war da das Gefühl, als läge man schutzlos unter dem Beil des Henkers. Entblößt. Besudelt.

»Eva« suchte nach einer Verbindung, wir fragten in Sorge: Wie konnte das geschehen? Wenn ihr das seid, sofort stoppen, nicht weitermachen! Die Sache sollte doch streng geheim bleiben!

Die Antwort strotzte nicht weniger von Empörung: doch nicht von uns, das ist alles von euch. Wir wussten aber wohl, dass all das nicht von uns herrührte. Dann vielleicht vom KGB, mit seiner Allmacht? Lange blieb die Unruhe im Herzen. (Dass Olga Carlisle den *Archipel* ihrem Verlag gegenüber direkt genannt hatte, sollten wir später im Westen erfahren. Warum hätte sie auch nicht vor ihren Freunden prahlen sollen? Vielleicht von ihnen, oder vom Verlag, dürfte Patricia Blake das erfahren haben, sie war es, die in *Time* schrieb und mit ihren journalistischen intimen Kenntnissen glänzte.)

Ein Monat nach dem anderen verging, aber nach »Evas« Informationen war mit der Übersetzung des *Archipel Gulag* noch nicht begonnen worden. Wie konnte man nur? Dieses Buch über die Leiden von Millionen, dieses Buch, das wir zum Abschluss gebracht hatten, fast ohne uns die Zeit für einen Atemzug mehr zu nehmen, für ein Essen, ohne auf den Birkenwald neben uns auch nur einen Blick zu werfen ... Die Arbeit an diesem Buch nicht aufnehmen, Zeit verstreichen lassen? »Eva« spottete: »Lasst doch die Leute ein wenig in Florida am Strand liegen!« Ach, wäre das bloß der Strand! Und nur dieses eine Jahr! Die Carlisles übergaben Whitney den ersten Band, dann den zweiten. Von der Sympathie zur Sache und seinem Fleiß bewegt, machte er sich ohne Bezahlung an die Arbeit, schloss die vorläufige Fassung im Juni 1970 ab und begann mit dem dritten Band. Nach seiner Schilderung arbeiteten die Carlisles eine Zeit lang an dem »Schleifen« des ersten Bandes, dann ließen sie es sein (was auch besser war als ihre Politur aufzutragen). Wie bereits im Falle von *Der erste Kreis der Hölle*, so hat sie beim *Archipel* wohl kaum die harte Arbeit am Text und nicht die künftige Verbreitung des Werkes durch das Bewusstsein der westlichen Leserschaft interessiert, sondern vielmehr die Sternstunde des anstehenden

Verkaufes der *Archipel*-Weltrechte an Harper. Aber die Erlaubnis für einen solchen Verkauf hatte ich nicht gegeben.

Irgendwann kam Olgas Bruder Alexander Andrejew nach Moskau, der 1968 selbst einen Mikrofilm mit dem Text des *Archipel Gulag* über die Grenze geschleust hatte.[29] Wir trafen uns mit ihm in der Küche von Nadeshda Mandelstam (so gesellte auch sie sich zu unseren »Unsichtbaren«). Er gab die eindringliche Bitte seiner Schwester an mich weiter, ihr eine *schriftliche* Vollmacht für das Copyright auf den *Archipel* zu geben, wobei für die Weltrechte! Wieder das Gleiche: Ich sollte ein Papier ausstellen – das man dann bei der Ausreise bei sich tragen würde –, ich *selbst* gebe den *Archipel* zur Veröffentlichung in den Westen. Nein, diese zwei Welten konnten sich einfach nicht verständigen! Ich lehnte natürlich ab. Die Carlisles verloren ihrerseits das Interesse an dem Vorwärtskommen des Buches: Wenn es keine Garantie für die Weltrechte gibt, wozu all diese Mühen?

Im Übrigen gründete die Hälfte meiner Kraft auf der Tatsache, dass der *Archipel* fortgeschafft worden war, dass er in den verlässlichen Händen der Freunde läge und gerade übersetzt würde (und wegen des großzügigen Zeitraumes sicherlich ausgezeichnet). Eine ordentliche Salve würde er abgeben! Auf unsere miesen Schurken einschlagen, sobald ein Signal von mir kommen würde!

Manchmal kam das alte Ehepaar Andrejew nach Moskau (in Urlaub, als Sowjetbürger) und wir trafen uns geheim mit ihnen, bald ich, bald Alja, zwei Mal, wie ich mich erinnere, in der Wohnung Nadeshda Mandelstams, wo die Decken »gefährlich« waren, und wir sprachen nicht, sondern schrieben, eine halbe Stunde lang, in der nur wenig Information ausgetauscht werden konnte. Mir blieb lange verborgen, was mit meinen Büchern geschah, das vermochte ich nicht zu begreifen. Die guten Alten waren selbst nicht ganz im Bilde: »es wird übersetzt«, »kommt etwas später«. Sie hatten eigene Fragen: In welchem Zeitraum sollten meine anderen Werke (auf dem Mikrofilm, den sie einst mitgenommen hatten) forciert werden? Was tun, wenn ich umgebracht werden sollte? Sollte man solange nicht irgendeine Wohltätigkeit im Westen betreiben, Kindergärten vielleicht? (Ich sagte Nein, alles, was von diesen Ausgaben übrig bleiben würde, sollte für die russischen Bedürfnisse eingesetzt werden.) Aber wegen diverser Rücksichtnahmen kam es nicht zu der direkten Frage: Wie geht es weiter? Wie kommen Ihre Tochter und Ihr Schwiegersohn mit der Übersetzung zurecht? Ich sagte den Alten in milder Form, dass ich mit der Übersetzung von *Der erste Kreis* bei weitem nicht zufrieden war, da zischte »Eva«, ich dürfe mir kein Urteil erlauben, und die Alten beteuerten, dass sie »auf Englisch tadellos klinge«. Aber sie berichteten darüber ihrer Tochter, und die Carlisles waren tödlich beleidigt. Wenn sie bis dahin noch in Aussicht gestellt hatten, am *Archipel* zu arbeiten, so hatten sie jetzt keine rechte Lust mehr (was eh besser war). Auf diese Weise sahen wir keine einzige Zeile ihrer Anstrengungen, obwohl Olga noch viele Jahre lang behauptete, dass »eine riesige Arbeit durchgeführt würde«.

In der Zwischenzeit mussten wir daran denken, den *Archipel* in andere Sprachen übersetzen zu lassen, es sollte doch nicht beim Englischen alleine bleiben. Aber der einzige Text im Ausland befand sich in den Händen von Carlisle. Man musste also eine Kopie von ihnen bekommen. Im Sommer 1970 fuhr Betha zu Wadim Andrejew nach Genf und trug ihm die sanft formulierte Bitte vor, ihr den Text für eine Übersetzung ins Deutsche auszuhändigen. Wadim Leonidowitsch war höchst unbehaglich zu Mute – die Sache würde bekannt werden und auseinander driften; er besaß die sowjetische Staatsangehörigkeit und hatte umso mehr einen Grund, sich zu fürchten. Er gestattete Betha lediglich, die Abzüge vom Mikrofilm zu lesen, ohne dass sie aus dem Raum gebracht werden durften. Betha zog sich zurück und beharrte auf nichts. Olga um die gleiche Sache bitten wollte sie nicht, weil sie Olga schon damals für unerträglich hielt. Sie ließ uns wissen, dass eine Absage erteilt worden war. Das war auch eine harte Absage seitens Olga. Alja und ich empfanden diese Tat als etwas Ungeheuerliches. Mir, dem Autor, wird eine Absage in Bezug auf meinen eigenen Text erteilt? Ich soll nicht in der Lage sein, selbst den Beginn der Übersetzungsarbeiten zu bestimmen? Also wähnen sie sich bereits im Besitz der Weltrechte für den *Archipel*, die ich ihnen gar nicht überlassen habe? (Ab diesem Zeitpunkt stellten die Carlisles die »Schleifung« der Whitney-Übersetzung ein – kein Sinn mehr. So sollte diese für lange Zeit in der vorläufigen Version bleiben.)

Was blieb uns nun anderes übrig, als die Angst einflößende Epopöe zu wiederholen: den *Archipel*-Text noch einmal zu mikrofilmieren und nach neuen Wegen zu suchen, wie man ihn in den Westen schleusen könnte. In diesen drei Jahren jedoch, die uns von der ersten Übergabe trennten, verschärfte sich meine Situation erheblich, die Wohnung stand Tag und

Nacht unter Beobachtung, wie auch jeder Schritt von mir, meiner Familie und meinen Freunden. Jetzt mussten mehrere Menschen ihre Freiheit und ihr Leben riskieren. Wieder mussten drei Bände aus einem entlegenen Aufbewahrungsort geholt (A.A. Ugrimow), die Fotos angefertigt (Walerij Kurdjumow), diese Filmrollen irgendwo in der Nähe versteckt, dann durch eine Kette bis zur französischen Botschaft weitergegeben werden, wenn dort Anastassija Durowa eine Beförderungsmöglichkeit finden sollte, und in Paris durften die Kuriere Nikita Struve nicht verpassen.

So stellte sich jene Versendung zu Pfingsten, um die es so viel Aufregung, Bestürzung und Hoffnung gegeben hatte, als nichtig heraus. All das Risiko von damals hatte nur in eine Sackgasse geführt. Wir hatten uns die falschen Leute ausgesucht. Wem man vertrauen kann, muss ohne Irrtümer entschieden werden, und das ist überhaupt das Schwierigste.

Die zweite *Archipel*-Versendung gestaltete sich viel quallvoller als die erste. Auf eine Bestätigung, ob sie erfolgreich verlaufen war, warteten wir ganze drei Monate, bis zum Mai 1971. Aber diesmal sandten wir keine Benachrichtigungen an Andrejews und Carlisles, sondern nahmen konzentriert und stillschweigend die Arbeit auf, die Übersetzungen ins Deutsche, dann ins Französische und Schwedische vorzubereiten. Wenigstens bekamen wir jetzt die Freiheit, uns die Übersetzer auszuwählen und mit der Sache fortzufahren.

Dazu bekam ich Ende 1969 einen eigenen Rechtsanwalt im Westen, Dr. Heeb. Bei dieser Nachricht reagierten die Carlisles wie gestochen: noch ein Vertrauensmann? Mit noch einem die Rechte teilen? Hinzu kam noch Betha, deren Genauigkeit und Aufrichtigkeit für Olga wie ein offenes Messer waren. Über »Eva« erreichte uns ihre Irritation und die Stellungnahme, sie hielten meinen Schritt für riskant, würden kein Vertrauen zu meinem Rechtsanwalt hegen und auf keinen Fall eine Zusammenarbeit mit ihm wünschen. Und nochmal und wieder wurde mir bestellt, sie wollten mit niemandem »die Verantwortung teilen«. Die alten Andrejews drückten bei ihrem nächsten Besuch schärfer als sonst ihr Missfallen aus, auch ihr Misstrauen Dr. Heeb gegenüber, und erzählten uns sogar ein Gerücht, Heeb sei möglicherweise … ein Kommunist! (Na, das gibt's doch nicht! Das wäre ein riesengroßer Reinfall gewesen!)

So entstanden in den Jahren 1970–1971 angespannte Verhältnisse zwischen unseren beiden Kräften im Westen. Das Funken und Krachen der

Entladungen erreichte uns ebenfalls aus beiden Richtungen. Dann gaben (wieso so plötzlich?) Anfang 1972 die Carlisles zu, sie würden einsehen, dass ich einen Rechtsanwalt brauchte, um die ganze Interessenbreite zu vertreten. Und es fielen sogar einige nette Worte über Heeb! (Nur Betha gegenüber gaben sie nicht nach.)

Wir freuten uns aber, ohne von etwas eine Ahnung zu haben: Na, schau mal an, alles schien unter guten Menschen gütig geklärt, ausgezeichnet.

***

Ein Rechtsanwalt im Westen! Wie neu das war! Wie herausfordend das klang gegenüber den Sowjets! Lange frohlockten wir und waren stolz auf diese Errungenschaft.

Die Konfrontation zwischen dem Osten und dem Westen, den beiden unterschiedlichen Lebensweisen, lässt sich hervorragend anhand der Szene vorführen, wie wir diesen Rechtsanwalt engagierten. (Warum einen Rechtsanwalt und nicht einen Literaturagenten? Einfach weil wir von der Existenz eines solchen Berufes noch nichts wussten.) Betha brachte in Aljas Wohnung ein herkömmliches Schweizer Verzeichnis auf Deutsch mit, in dem sämtliche Tätigkeitsfelder für den Rechtsbeistand aufgelistet waren, gut an die 50 Vertretungsarten, kaum vorstellbar, was da noch nicht erfasst gewesen sein könnte. Mir blieb nur, den Namen des Rechtsanwaltes, meine Unterschrift und das Datum einzusetzen. Kaum hatten wir mit Betha begonnen, uns in dieses Dickicht einzulesen (meine Bauernnatur warnte mich, man könne nicht einem alles bedingungslos überlassen, zu viel stehe dort gedruckt, aber auf der anderen Seite konnte man doch nicht ein neues Verzeichnis zusammenstellen; und wie sollte man im Voraus wissen, welche Vollmachten mein künftiger Verteidiger tatsächlich brauchen würde?) – plötzlich wurde an der Eingangstür gepocht. Alja ging aufmachen – da stand ein Klempner, aber nicht der aus der Wohnungsverwaltung, der uns gut bekannt war, sondern ein ganz anderer. Er sagte, er müsse die Wasserhähne im Bad überprüfen. Was war los, warum? Niemand war bestellt worden, nichts war kaputt. Aber die Eingangstür stand schon offen, man konnte ihn jetzt irgendwie schlecht abweisen. Alja ließ ihn herein (die Tür zu unserem Zimmer war zu, und wir hielten still), er ging ins Bad, drehte an etwas Nebensächlichem herum, tat weiter nichts und ging weg. Das war äußerst verdächtig. Uns war klar, dass uns hier der KGB besucht hatte, um eine Ausländerin in der Wohnung zu erspähen. Zwar hielten wir still, aber ihr Mantel hing doch im Vorraum … Unter dieser Vorahnung der Belagerung und der Gefahr für Betha, wenn sie die Wohnung verlassen würde, verlief die restliche Zeit. Schon lasen wir nicht mehr so genau in dem Verzeichnis, es war nun hinreichend klar, dass wir die Angelegenheit nicht bis zu Bethas nächster Reise in einem halben Jahr oder in einem Jahr aufschieben konnten und dass hier nichts zu korrigieren war, sondern unterschrieben werden musste. Wir dachten vielmehr an den Mann mit der Wasserleitung und nicht daran, welche Konsequenzen diese Generalvollmacht nach sich ziehen könnte. Noch eine größere Sorge war da: An jenem Tag durfte Betha dieses Papier nicht mehr bei sich führen. Das bedeutete, es musste in der Wohnung zurückbleiben und später in irgendetwas versteckt werden, beispielsweise in einer Bonbonniere, und so würde Betha es über die Grenze mitnehmen.

Was hatte es aber mit diesem Rechtsanwalt auf sich? Dr. Heeb, ein Schweizer, Betha kannte ihn persönlich, ein ehrlicher und anständiger Mensch. Was braucht man mehr? Ehrlich und anständig ist für uns das Wichtigste, und aus der neutralen Schweiz, das passte auch gut. Keine Zeit für Fragen, keine Zeit zum Nachdenken – Beeilung! Ich unterschrieb. Jetzt war's vollbracht – im Westen gab es einen uneingeschränkten Bevollmächtigten über meine sämtlichen Angelegenheiten. Was für ein Schachzug! Was für eine Stütze! Na, spielt doch jetzt mit mir, wenn ihr wollt!

Wir kamen überein, dass die Verbindung bezüglich aller wesentlichen Dinge nach wie vor über Betha »illegal« aufrechterhalten bleiben sollte, während sie von Österreich aus entweder durch Telefonate oder direkte Besuche das Weitere mit Dr. Heeb abklären würde.

Bald ergab sich der Fall eines solch rettenden Einschreitens. Im Dezember 1969 begann *Die Zeit* mit der Veröffentlichung meiner *Ostpreußischen Nächte*, die der Zeitung schon wieder der unermüdliche *Stern* untergeschoben hatte, mit der Bitte, angeblich *in meinem Namen*, sie schnell zu drucken! Die Zeitung selbst kam nicht dahinter, dass man das nicht drucken lassen durfte, der Augenblick dafür war falsch, für mich eine Bedrohung von noch einer Seite, aber man vertraute dem *Stern*. Aber kaum erhob Dr. Heeb die Stimme – schon wurde die Drucklegung gestoppt!

Dass jeder Schritt im Westen, selbst ein ganz einfacher, eine gerichtliche Auseinandersetzung nach sich zieht, hätte ich niemals erwartet. Diese Atmosphäre von anstrengenden Zivilklagen fehlte bei uns gänzlich. Mit meiner verlässlichen Rechtsvertretung im Westen ließ ich 1971 in Paris den *August vierzehn* drucken, zum ersten Mal in Ruhe: Die russische Ausgabe erschien bei YMCA-Press, um die Übersetzungen sollte sich Dr. Heeb kümmern. (Aber ich versäumte es, ihn rechtzeitig über die russische Ausgabe zu informieren, und der plötzliche Ansturm der Verlage aus der ganzen Welt war für ihn schwer zu bewältigen: Man verlangte sofort die Lizenzrechte, freilich mit den überhasteten Übersetzungen.) Man könnte denken, ein Rechtsanwalt schütze vor so manchem Übel. Aber gleichzeitig gab es drei Piratendrucke – einmal auf Russisch! dann auf Deutsch! dann auf Englisch! Und in allen drei Angelegenheiten wurde geklagt.

Unsere russische Ausgabe von *August vierzehn* erschien im Juni 1971 (bis dahin schafften wir es, den Roman vom Samisdat fern zu halten), die fremdsprachigen Ausgaben sollten nicht vor 1972 übersetzt und gedruckt werden. Plötzlich explodierte im Herbst 1971 in Deutschland im Verlag LangenMüller eine fertige deutsche Übersetzung! Das gibt's doch nicht! Wie hätten sie das schaffen sollen? Unmöglich, innerhalb von drei Monaten ein Buch von 500 Seiten vollwertig zu übersetzen und zu verlegen!

Hätte ich wie früher keinen Rechtsanwalt gehabt, so wäre mir nur geblieben, in den Zeitungen zu protestieren. Umgekehrt verpflichtete mich das Vorhandensein des Rechtsbeistandes, zu handeln und einen Prozess zu beginnen: Wenn ich nicht protestiert hätte, käme das dem Geständnis gleich, ich selbst hätte den Druck zugelassen. Dr. Heeb reichte die Klage im Oktober 1971 ein. (Ich war gerade rekonvaleszent nach einem Versuch des KGB, mich zu vergiften, und damals hatten Alja und ich überhaupt ganz andere Sorgen.)

Jetzt, nachdem einige Jahre vergangen sind und sämtliche Erklärungen vorliegen, lässt sich die Geschichte der deutschen Ausgabe des *August vierzehn* wie folgt darstellen. Der KGB fertigte für sich sofort eine Kopie an, als ich das Buch abgeschlossen hatte, und zwar im Herbst 1970 bei einem der »Urleser« des Romans, hoffentlich ohne dessen Wissen. Als sich nun herausstellte (Anfang Dezember), dass ich nicht nach Stockholm fahren würde, um den Nobelpreis entgegenzunehmen, wurde eine Provokation beschlossen: Das Buch sollte im Westen erscheinen, woraufhin eine Anklage gegen mich wegen der mutwilligen Veröffentlichung eines »antipatriotischen« Romans zu erheben wäre. Die Veröffentlichung von *August vierzehn* würde ja der Sowjetunion keinen Schaden zufügen, dafür wähnte man einen guten Grund in die Hände zu bekommen, um mir Angst einzujagen, mich zu hetzen, zu Dementis zu zwingen, eventuell aber auch vor Gericht zu stellen.

Das dürfte also das Vorhaben des KGB gewesen sein. Gerade die Tatsache, dass der *August* im Unterschied zu *Der erste Kreis der Hölle* und *Krebsstation* nicht im Samisdat kursierte, spielte ihnen in die Hand, mich zu beschuldigen, falls das Buch im Westen erschien. Aber es sollte freilich ein vertrauenswürdiger Verlag sein, das heißt: Man stand vor der Aufgabe, ihm *auf eine saubere Art* das Manuskript zuzuspielen. Der Verleger sollte davon überzeugt sein, das Manuskript nach dem Willen des Autors empfangen zu haben, allerdings sollten weder der Autor noch sein Rechtsanwalt davon Kunde haben. Was dem KGB gar nicht einzuleuchten schien, war, dass ich selbst das Buch drucken lassen würde, ganz offen, in meinem eigenen Namen. Sie beeilten sich, ich mich ebenfalls, zwei Minengänge bewegten sich unsichtbar aufeinander zu.

Zum Neujahr 1971 kam Madame Kálmán aus Deutschland nach Moskau, die Witwe des Komponisten. Sie traf sich mit Mstislaw Rostropowitsch und fragte nach mir, bat ihn sogar, sich zu verwenden, dass mein nächstes Buch über sie übergeben werden möge. Rostropowitsch pflegte mit größter Liebenswürdigkeit zu antworten, vielleicht war bei ihm irgendein undefinierter Halbsatz des Versprechens zu hören, jedenfalls brachte er sie zum Treffen mit mir im Dorf Shukowka bei Moskau selbstverständlich *nicht* mit, wie auch keine anderen Ausländer in all den Jahren, die ich dort verbrachte, was auch richtig war. Auch berichtete er mir nicht von diesem Vorfall. Dennoch erzählte Madame Kálmán nach ihrer Rückkehr nach Deutschland dem Verleger von LangenMüller, Dr. Fleissner, *von ihrer Begegnung mit mir* in Shukowka: Solschenizyn lebe in furchtbaren Verhältnissen, ernähre sich nur von Kartoffeln und Milch (nach den sowjetischen Maßstäben wäre das gar nicht so schlecht gewesen!), sei todkrank, sähe wie ein Hundertjähriger aus, warte jeden Tag auf seine Festnahme und die Verbannung nach Sibirien, sei völlig eingeschüchtert. Es sei sein dringendes Anliegen, den *August vierzehn* zu veröffentlichen, die Honorarfrage spiele keine Rolle, doch er habe Angst, selbst das Manuskript zu übergeben, man solle es vom Rechtsanwalt Heeb in Empfang nehmen, wobei der Verlag dies ausschließlich durch Madame Kalmán anstellen könne, niemandem sonst würde Dr. Heeb den Text geben. (Gerade diese phantasievolle Geschichte lässt annehmen, dass Madame Kalmán ihrerseits nicht das Opfer eines intriganten Spiels war.)

Die von ihr ausgebreitete Atmosphäre des Geheimnisvollen zwang den Verleger Dr. Fleissner, sich des liebenswürdigen Angebots der Vermittlerin zu bedienen. Sie fuhr am 18. Januar nach Zürich und legte dort angeblich Dr. Heeb den schräg abgerissenen Teil einer Eintrittskarte zu einem Moskauer Konzert von Rostropowitsch vor, der mit dem bei ihm befindlichen Teil ein Ganzes ergab – und dadurch erhielt sie angeblich den Text des *August vierzehn*, aber nur, angeblich, unter der Bedingung, alles bleibe streng geheim! (Selbstredend hat sich nichts dergleichen ereignet und sie ließ sich bei Dr. Heeb gar nicht blicken.) Vertrauensvoll, mit Freude übernahm der Verleger Dr. Fleissner das Manuskript. Er war aufrichtig davon überzeugt, es sei von mir gekommen.[30]

So setzte der KGB auf perfekte Art und Weise die Existenz von Dr. Heeb um: Ohne den Namen meines Anwaltes hätte sich der KGB viel abmühen müssen, um die Übergabe des Manuskriptes – dass es von mir gekommen sei – glaubwürdig wirken zu lassen.

Jetzt ist auch klar, dass man sich beim KGB nur ins Fäustchen lachen konnte, als Anfang April 1971 sowjetische Zeitschriften von mir das Angebot erhielten, *August vierzehn* zu drucken, und sich an den KGB wandten. Freilich befahl man, die Zeitschriften sollten mir nicht antworten, damit kein Papier mir ein Alibi verschaffen könnte, dass ich meinen Roman doch in der Sowjetunion zu veröffentlichen beabsichtigte. Ich hatte meinerseits auch etwas zum Lachen: Wenn ihr mir nicht antwortet, gibt es für mich folglich keinen Grund, die Pariser Ausgabe zu bremsen.

Mit dem plötzlichen Erscheinen des *August vierzehn* bei YMCA-Press im Juni 1971 wurde die Berechnung des KGB durchkreuzt (warum hatten sie nur so ein schwaches Agentennetz? Die Druckerei Leonid Lifars war nicht einmal bewacht) – und ich hatte es gewagt, mein eigenes Copyright anzugeben! Eigentlich hätte hier die diebische KGB-Trickkiste auffliegen müssen, aber der bereits hineingezogene LangenMüller-Verlag wollte die Sache nicht aufgeben (zumal einer der besten Übersetzer aus dem Russischen, Alexander Kaempfe, die Arbeit bereits aufgenommen hatte).

Die deutschsprachigen Rechte vergab Dr. Heeb an den Luchterhand-Verlag (auf Bethas Rat hin, die jemanden dort kannte).

So entbrannte zwischen den beiden Verlagshäusern ein Rechtsstreit, der lange andauerte, bis 1977, sechs Jahre lang bis zum endgültigen Richterspruch. Als ich nach Westeuropa kam, tendierte ich zur Schlichtung, da die von LangenMüller gedruckte Übersetzung sich als die bessere herausstellte gegenüber der von mehreren Übersetzern angefertigten bei Luchterhand. Soll man nun eine gute Ausgabe verhindern und die Auflage vernichten lassen? Das wäre doch eine Barbarei! Aber die Unserigen auf der westlichen Seite beharrten darauf, man solle bis zum Ende streiten und siegen (und auf diese Weise meine Bücher unter das Messer schicken!). Ich begriff damals dieses gerichtliche Problem nicht, eine ganz fremde Welt …

Es gab noch mehr Gerichtliches um den *August vierzehn*. Schon wieder erschien, wie eine Luftblase aus der Pfütze, jener Flegon. Er machte eine Fotokopie des bereits von YMCA-Press gedruckten Textes, trotz des eindeutigen Copyrights, gab Fotos dazu, die nichts mit dem Roman zu tun hatten, und brachte dies unverfroren heraus. YMCA-Press reichte nach westlichen Gepflogenheiten eine Klage gegen ihn ein. Die Sache zog sich wieder mehrere Jahre lang hin, aber Flegon kam straffrei heraus, denn er erklärte sich für nicht zahlungsfähig, sodass unsere Seite sämtliche Gerichtskosten aufzubringen hatte.

Der wendige Flegon, ein erstklassiger Meister darin, Klagen zu führen, seine ganze Seele war von Prozesssucht erfüllt, schlief auch nicht. Er begann krampfhaft, den *August* ins Englische zu übersetzen, und bot Auszüge daraus dem *Observer* und das Ganze dem Penguin-Verlag für eine Paperback-Ausgabe an. So kam es zum dritten Prozess in Zusammenhang mit dem *August*, diesmal wurde Flegon vom Verlag Bodley Head verklagt, dass diese Experimente aufhören sollten. Flegon rechtfertigte seine Handlungsweise mit der Lüge, der *August* würde bereits im Samisdat kursieren und aus diesem Grunde »niemandem« gehören. (Ganz offenkundig war es sein stetes Bemühen, das Copyright meiner Bücher zu unterlaufen.) Aber wie er sich auch drehte und wendete, er konnte niemanden benennen, der den *August* im Samisdat gelesen hätte, zumal sich der Roman nicht im Samisdat befunden hatte, bis die YMCA-Ausgabe erschien. Noch machte Flegon geltend, dass ich nach dem sowjetischen Gesetz kein Recht gehabt hätte, Dr. Heeb einen Auftrag zu erteilen, sodass meine Vollmacht ungültig sei. (Jederzeit hätte Flegon die Unterstützung von Victor Louis erhalten, mit dem er gut bekannt und im Rahmen ihrer Tätigkeiten verbunden war, doch war dieser eine allzu eindeutige Gestalt aus dem Dunstkreis des KGB und so verhüllten sie ihre Beziehung. Allerdings fiel ins Auge, dass gerade Louis 1967 die Erinnerungen der Stalin-Tochter Swetlana Allilujewa an Flegon »verkauft« hatte.) Der britische Richter Brightman verhängte jedoch das Verbot, die englische Ausgabe des *August* zu vertreiben (danach begann Flegon, sie außerhalb Großbritanniens zu verkaufen), und fällte überdies noch einen wichtigen folgenreichen Beschluss: Das Kursieren des Textes im Samisdat könne nicht als die Erstausgabe des Buches betrachtet werden, sodass das Copyright nicht der Sowjetunion gehöre. Damit war ein britischer Präzedenzfall geschaffen und sicherte für die Zukunft das Recht der Samisdat-Autoren auf ihre Bücher. (Im Übrigen führte das Gericht die Sache nicht zu Ende: Der gerichtlich unbesiegbare Flegon pflegte sich auch bei Niederlagen für zahlungsunfähig zu erklären, was ihm die Möglichkeit gab, einige Jahre später zu behaupten, da ihm das Gericht keine Strafe und keine Gerichtskosten auferlegt hatte, sei er aus diesem Grund auch nicht schuldig gewesen.)

Gleich in der Woche nach der Erteilung der Vollmacht begann ich frecherweise eine offene Korrespondenz mit Dr. Heeb, die parallel zu der »illegalen« lief, und zwar durch die sowjetische Post; das waren nur leere Worte, dafür aber respektabel, soll die Zensur bloß mitlesen. (Meine russischen Briefe schickte Dr. Heeb an Betha weiter, sie übersetzte sie ihm am Telefon, seine Antworten auf Deutsch konnte ich leicht verstehen.) Gelegentlich setzte ich diese Korrespondenz ein, um den KGB-Leuten begreiflich zu machen, in Bezug auf welche Punkte ich zu keinen Kompromissen bereit sein würde, oder auch um ihn zu warnen, welche Machenschaften gegen mich hier im Gange waren. Und der KGB, ob aus Kalkül oder aus eigenem Interesse, was auch immer, störte diesen Briefwechsel fast nie.

Ich bat Dr. Heeb, mir ein Foto von ihm zu schicken, was er auch tat. Was für eine solide Gestalt, schon in den Jahren, gediegen, mit einem breiten großen Kopf auf breiten Schultern. Er hielt eine Pfeife am Mund, nachdenklich, ein überaus positiver Typus also! Einmal fuhr Stig Fredrikson mit abfotografierten Texten von mir zu ihm in die Schweiz und lobte Dr. Heeb sehr; er gefiel ihm – beeindruckend und ernsthaft.

Eines Tages kam auf unsere Moskauer Adresse anstelle des Briefes eine Benachrichtigung über eine Wertsendung von Heeb. Ich war in Shukowka, bei Rostropowitsch. Alja versuchte die Sendung in Empfang zu nehmen, aber es ging nicht, ich sollte persönlich vorbeikommen, mit dem Pass. Einfach so nach Moskau zu fahren war jedes Mal eine Katastrophe: Immer hatte ich irgendetwas in den Händen, was geheim zu halten war, das Haus würde leer bleiben, so musste ich alles besonders gründlich verstecken. Weil ich aber ununterbrochen arbeitete, fuhr ich nur selten nach Moskau und jeder Tag dort war dicht verplant. Doch diese Angelegenheit ließ sich offensichtlich nicht aufschieben, zumal es keinen Brief mit einer Erläuterung gab, um was es sich handeln könnte. Schließlich fuhr ich los, erreichte das zentrale Telegrafenamt und erhielt ein großes, aber leichtes Paket. Ich brachte es nach Hause, Alja machte es auf – ein Spielzeug für die Kinder, ein Geschenk von Frau Heeb. Was für eine liebenswürdige, gutmütige Art! Nein, diese zwei Welten konnten einander wohl kaum begreifen …

Aber die Tatsache, dass es Dr. Heeb für mich gab, war eine derartige Erleichterung und Stütze, dass ich ihm durch die »illegale« Post im Sommer 1971 schrieb: »Diese anderthalb Jahre, seitdem Sie die Vollmacht für meine Rechte haben, empfinde ich eine große moralische Erleichterung, sogar Ruhe. Ich bin sicher, dass Sie mich entschlossen verteidigen und vor unangenehmen Vorfällen beschützen. Für diese unschätzbare Hilfe danke ich Ihnen. Ihre Tätigkeit halte ich für tadellos und bewunderungswürdig.« Beharrlich bat ich ihn darum, sich bei der Honorierung seiner Leistungen nicht zu beschneiden, »andernfalls würden Sie mir einen Schmerz zufügen«. Und ich machte mir Sorgen: »dass Sie sich nicht allzu sehr überanstrengen angesichts des Ausmaßes meiner Aufträge«. Da begann man in Westeuropa zu murren und ihn zu verdächtigen, was er für eine seltsame Person sei, ob er nicht kommunistische Beziehungen habe, ob er Solschenizyn nicht hinters Licht führe, ob das nicht der KGB war, der ihn Solschenizyn zugespielt habe und dergleichen. (Konnte das sein? So etwas hatte auch das alte Ehepaar Andrejew geäußert …) Im September 1971 schrieb ich ihm in einem durch die sowjetische Post abgeschickten Brief: »Ich bin bereit, öffentlich und mit größtem Nachdruck zu erklären, dass ich Ihre Ehrlichkeit und Ihre vorzüglichen geschäftlichen Fähigkeiten über alles schätze und mir keinen besseren Rechtsanwalt gewünscht hätte.« Nur in einem einzigen Punkt traute ich ihm nicht ganz und fragte eindringlich bei Betha nach: Ob er seine Kanzlei auch gut verschloss? Er möge doch meine wichtigsten Manuskripte weder dort noch zu Hause aufbewahren, sondern ausschließlich in einem Bankschließfach.

Der Rechtsanwalt half ein ums andere Mal auf unersetzliche Weise, bei den Fragen, die damals brennend schienen. Wenn ich mich z.B. gegen die Vorwürfe der Sowjets, dass ich westliche Honorare angenommen hätte, rechtfertigen und erklären musste, dass sie für gesellschaftliche Zwecke in meinem Heimatland bestimmt waren und dass ich die Ausgaben aus den Mitteln des Nobelpreises bestritt, dann tat das Dr. Heeb. Und es half. Wenn ich genötigt wurde, diverse verantwortungslose Biografien über mich, die im Westen erschienen, wie die von Feifer, oder mich gegen die zu erwartende Publikation meiner privaten Briefe (durch Reschetowskaja) zu verwehren, übernahm auch das Dr. Heeb und die führenden Weltzeitungen räumten ihm gerne Platz dafür ein. Oder wenn in den sowjetischen Zeitungen Lügen verbreitet wurden, ich besitze drei Autos und zwei Häuser, widerlegte Dr. Heeb mit seiner soliden Art diesen Unsinn. Gelegentlich ließ gar das bloße Vorhandensein des Rechtsanwalts den KGB oder das Zentralkomitee so manche Maßnahme fallen lassen. So nahm Schores Medwedjew begründetermaßen an, dass ihr Vorhaben, mein Stück *Das Festmahl der Sieger* im Westen zu veröffentlichen, an der Befürchtung scheiterte, der Rechtsanwalt würde kontern: Auf jeden Fall sei klar geworden, dass die Veröffentlichung *nicht von mir* stammte.

Mein Vertrauensvorschub öffnete Dr. Heeb alle Wege zum Handeln. Und das tat er auch. Während er mir mit würdevoller Haltung durch die offizielle sowjetische Post Briefe schickte, gab er auch im »illegalen« Briefwechsel über Betha keine weiteren Informationen, was die reale Lage der Dinge betraf. Kein einziges Mal teilte er etwas mit oder fragte etwas oder wollte sich mit mir in einer wesentlichen Frage beraten. Gab es solche Fragen nicht oder war vielleicht auch so alles klar? Gerade diese seine Zurückhaltung machte auf uns den größten Eindruck – er wird schon seine Sache entschlossen und professionell machen, Bescheid wissen.

Zwar wollte er des Öfteren zu mir nach Moskau kommen (!) und ich musste ihn mühevoll davon abbringen. Das wäre ein Kinderspiel für den KGB gewesen; und wo hätte es da Räume gegeben, in denen wir hätten reden können? Das hätte gar keinen Sinn gehabt.

Was die Gerüchte betrifft, Heeb sei Kommunist gewesen, so kam allmählich Folgendes ans Licht: Ja, vor dem Jahr 1956 war er Kommunist, doch nach der Niederwerfung Ungarns wechselte er aus Protest zu den Sozialisten. Na gratuliere! Hätte ich das früher gewusst, so hätte ich vielleicht meine Zweifel bekommen. Die Erklärung war allerdings nahe liegend. Betha war eher ein Mensch mit sowjetischer als mit westlicher Erfahrung, deswegen klappte unsere Verständigung so leicht und gut. Als Universitätsdozentin in Österreich kam sie kaum in Kontakt mit den Kreisen der Rechtsanwälte. Bethas Bekannte jedoch gehörten – entsprechend ihrer eigenen Herkunft – meistens zu den Kommunisten, daher kam auch diese Empfehlung. Aber diese Kleinigkeit über Heeb teilte sie uns nicht mit, sie hielt es für nicht wesentlich. Die von ihr getroffene Wahl stellte sich zwar als nicht ganz perfekt heraus, zugegeben, doch nicht etwa deswegen, weil Dr. Heeb einmal Kommunist gewesen war, denn dieser sein Kommunismus sollte im Nachhinein keine negative Rolle spielen. Wir selbst waren sogar so weit, uns zu trösten, dass ein aufgewachter westlicher Kommunist ein Mensch mit einer brauchbaren Erfahrung sei, würde er doch nicht so leicht auf die sowjetischen Tricks hereinfallen.

Auf welchem Wege hatte nun der Verlag Bodley Head meinen *August vierzehn* in die Hände bekommen? An dieser Stelle muss ich erzählen, was mir erst im Herbst 1974 bekannt wurde, nachdem ich bereits ein halbes Jahr in Zürich verbracht hatte. Es stellte sich nun Folgendes heraus: Im Frühjahr 1970 bot Dr. Heeb dem Verlag an, Verhandlungen über dessen unrechtmäßige Veröffentlichung der *Krebsstation* zu führen. Ohne über die Würde der Parteien zu streiten, fuhr er selbst nach London. Der Verlag schob nun die Autorität des Lord Bethell vor: Sämtliche Rechte sowohl für die *Krebsstation* als auch für *Der Hirsch und das Lagermädchen* würden bei ihm liegen. So nahm Dr. Heeb Verhandlungen mit Bethell auf ... Gerade zu jener Zeit erreichte ihn passenderweise mein Brief aus der Sowjetunion mit der Mitteilung, dass Ličko keine Vollmacht für die englische Ausgabe gehabt hatte, das sei ein Betrug gewesen. Dazu gab es ohnehin meine Erklärung in der Zeitung, dass ich die Rechte für die *Krebsstation* bei keiner Person anerkenne. Heeb geriet in eine schwierige Lage. Formell hatte er die Möglichkeit, die von Bodley Head veranstaltete Ausgabe für einen Piratendruck zu erklären; doch sie war bereits vergriffen, und die Übersetzung war nicht schlecht ausgefallen. Mir waren aus dieser Veröffentlichung keine Repressalien entstanden. Bei seinem friedfertigen Charakter wollte Heeb außerdem keinen Streit entfachen. Die Verhandlungen zogen sich bis zum Herbst hin, und da erhielt ich den Nobelpreis, man erwartete, dass ich in absehbarer Zeit in den Westen kommen würde (um dann vielleicht selbst diese Sache zu regeln?). Aber aus seiner Vollmacht heraus unterschrieb Dr. Heeb einen Monat vor dem geplanten Termin meiner Ankunft den endgültigen Vertrag, in dem er als mein Rechtsvertreter bedingungslos anerkannt wurde, während er die Handlungen von Bethell und von Bodley Head als *absolut* legitim anerkannte (und ihnen sogar mündlich in meinem Namen Dank aussprach). Außerdem überließ er ihnen auf unbefristete Zeit die Rechte für die zwei genannten Werke. So begannen auch meine künftigen Verlagsangelegenheiten undurchsichtig zu werden. Angesichts derart freundschaftlicher Beziehungen gab er ferner *August vierzehn* ebenfalls an Bodley Head. (Nach westlicher Auffassung bestätigte das Erscheinen des *August vierzehn* bei Bodley Head indirekt, dass die Übergabe der *Krebsstation* seinerzeit autorisiert gewesen sei ...)

Zwischenzeitlich tauschte Dr. Heeb, nun weltberühmt (über ihn schrieben große Zeitungen, er wurde dort abgebildet), sein bescheidenes Büro gegen ein repräsentativeres, und im Januar 1972 fielen dort die erfindungsreiche Olga Carlisle und ihr durchsetzungsfähiger Rechtsanwalt Curto ein; unseren Heeb durchschauten sie schon von weitem. Sie kamen, um ihn *anzuerkennen*, und waren sogar bereit, ihm die Autorenhonorare zu überweisen, wenn er ihren Kostenvoranschlag für die Einnahmen und Ausgaben akzeptieren und ihnen überdies noch eine finanzielle Reserve belassen würde, für den Fall unvorhergesehener Zahlungsforderungen, für die eben der Autor zur Kasse gebeten werden würde. Sollte Heeb die Kalkulation jedoch nicht unterschreiben, würden sie ihn nicht anerkennen und keinen Cent überweisen. Die vorgelegte Kostenaufstellung war lächerlich und fiktiv. Aufgrund der Liebesbeziehung der Familie Carlisle zur Literatur hatte sich der literarische Schwiegersohn Henry Carlisle zum »Agenten« erklärt, mit 15 Prozent Provision für den weltweiten Vertrieb – wohl für die Übergabe des Mikrofilms mit dem Roman an den Verlag? Darüber hinaus sahnte Olga für »die Teilnahme an der Übersetzung von *Der erste Kreis der Hölle*« (den Thomas Whitney kostenlos übersetzt hatte), für die »Mitübersetzung und Lektorierung von *Archipel Gulag*«, für dessen »redaktionelle Begleitung« ab ... Ferner noch: für die Fahrten, selbst von ihrem Landhaus in Connecticut nach New York, irgendwelche Stenotypistinnen, Telefonate, Telegramme, Porto, Taxi, Flugreisen nach Europa, Hotels, Essen im Restaurant. Und dann wiederum der unersetzliche Rechtsanwalt Curto! Unter einem solchen Druck und bei so viel Glaubwürdigkeit fand mein Heeb die vorgeschlagene Abmachung gar *ermutigend* (wie er mir dann in Zürich im Herbst 1974 auseinander setzte: 148 000 Dollar betrugen die Ausgaben und Einnahmen von Carlisle aus dem Autorenhonorar, 50 000 aus derselben Quelle sollten als Reserve für die Verlagsgarantien dienen, 155 000 – dem Autor verbleiben). Und er unterschrieb all das. Ich weiß nicht, ob er dabei den kolonialistischen Autorenvertrag, der mit Harper and Row ausgehandelt war, überhaupt gelesen hat oder nicht. Carlisle und Curto zogen triumphierend von dannen, und ab diesem Zeitpunkt änderten sie ihre Meinung und gestanden uns zu, einen Rechtsanwalt haben zu müssen.

Ebenfalls nachträglich bestätigte er einen von Harper and Row geschlossenen Vertrag über den Verkauf der Weltrechte für die Verfilmung von *Der erste Kreis der Hölle*. Jener hastige und überstürzte Film von Aleksander Ford aus dem Jahre 1973 misslang gründlich und verhinderte für lange Zeit eine Arbeit, die der Sache mehr entsprochen hätte.

Überall nur Profitsucht, Berechnung – kaum vorstellbar, dass all dieses Wühlen hier stattfand, wo dort, in der Sowjetunion, so ein Feuersturm wütete. Während wir im Kampf waren, fiel man uns von hier aus so in den Rücken.

So geriet Heeb unversehens in die Klemme. Er war und blieb ein ehrlicher Rechtsanwalt mit einem lokalen Wirkungskreis, der sich bis dahin ausschließlich mit alltäglichen Angelegenheiten befasst hatte, als dann plötzlich die Belange des weltweiten Literaturgeschäftes auftauchten. Er unternahm keinen Versuch, dezidiert in die vieljährige Misswirtschaft um meine Veröffentlichungen einzugreifen, strebte jedoch danach, der Ärmste, dass die Verleger ihn wenigstens anerkennen sollten (woraufhin die ersten Geldmittel fließen würden, um seine Ausgaben zu decken). Bei dieser Handlungsweise schien allerdings der beste Weg jener der Kapitulation zu sein: die vor seiner Zeit stattgefundenen Gesetzlosigkeiten als gesetzmäßig anzuerkennen. (Wenn man diese aber nicht anerkennen würde, müsste man ja wohl klagen? Und woher das Geld dazu nehmen? Sind einem da nicht die Hände gebunden?) Hinzu kommt: Nie fragte er über einen diesbezüglichen Schritt nach meiner Meinung, holte nie meinen Rat rechtzeitig ein.

***

Im Herbst 1972 versicherte Olga Carlisle gegenüber Betha (sie trafen sich ohne besondere Sympathie füreinander), die Übersetzung des *Archipel Gulag* ins Englische sei »im Unreinen fertig« (nach vier Jahren!). In Wirklichkeit war Whitney schon seit zwei Jahren, am Anfang des dritten Bandes, gestoppt worden und die Carlisles hatten die qualvolle »Überarbeitung« des ersten Bandes nicht zu Ende geführt. Im Gegenzug teilte ihr Betha meine Entscheidung mit, die Übersetzung in andere Fremdsprachen in Gang zu bringen (wobei sie die Carlisles nicht mehr um den russischen Text bat). Bei den Carlisles verblieb lediglich, wie gehabt, die amerikanische Ausgabe des *Archipel*, den Vertrag mit Harper and Row sollte diesmal jedoch Dr. Heeb in meinem Namen abschließen.

Diese Rollenverteilung lehnte Carlisle unverzüglich und mit Empörung ab: In einem solchen Fall kündige man die Zusammenarbeit mit uns auf! Sollten sie zusehen, wie sie die Kontrolle über den Weltvertrieb verloren? Sollte ihnen der *Archipel* etwa nicht so ungeteilt gehören wie zuvor der *Kreis*? Wie empfindlich wurde da ihr Stolz verletzt! In jenem Herbst kam wieder das alte Ehepaar Andrejew nach Moskau und überbrachte uns die deutliche Unzufriedenheit seiner Tochter, wir aber waren gerade dabei, die Qualität der englischen Übersetzung zu prüfen, nach der bitteren Erfahrung mit dem *Kreis*, während Harper and Row in Anlehnung an diesen Leckerbissen beim *Archipel* für sich ähnliche, geradezu knebelnde finanzielle Konditionen forderte. (Über all diese Themen wurde auf Zettel geschrieben, in abgehörten Räumen, dann wurde das Papier verbrannt, dabei sah man aus dem Fenster, ob sich da nicht jemand *dauernd die Beine vertritt*, und in dieser angespannten Atmosphäre musste man Entscheidungen treffen.) Um unserer guten Beziehungen willen überließ ich ihnen auch diesmal außer für die USA die Rechte für sämtliche englischsprachigen Länder, die alten Eltern übermittelten dieses Zugeständnis, aber nein – die Carlisles waren dennoch empört: Unter den Weltrechten würden sie es nicht tun.

Sollte man angesichts dieser Entwicklung der Angelegenheit die Beziehungen nicht besser beenden? Nachdem Dr. Heeb ihnen die erfolgten Geldausgaben bewilligt hatte, waren die früheren Verpflichtungen ja bereits abgegolten.

Und Olga Carlisle brach die Beziehung ab. Zu keinem anderen Zeitpunkt zeigte sich so deutlich ihre vollständige Gleichgültigkeit gegenüber der russischen literarischen Tradition, der sie nicht nur aufgrund ihrer Abstammung, sondern angeblich wegen der geistigen Affinität angehörte, wie sie wiederholt deklariert hatte. Im April 1973, als am Himmel über mir Gewitterwolken aufgezogen waren, erhielt ich durch die »illegale« Postverbindung einen im Februar geschriebenen, impertinenten Brief von ihr. Sie teilte mir als »unumkehrbar beschlossen« mit, dass sie keine Rolle als »Partner« übernehmen könne: Angesichts der »Aufteilung der Verantwortlichkeiten« verlöre sie »die Möglichkeit, die Qualität einer Weltpublikation zu erreichen, wie dies beim *Kreis* der Fall war« (also als man den Roman dem Spott preisgegeben hatte). Überdies stellte sich heraus, dass »das Risiko des Bekanntwerdens unserer früheren und gegenwärtigen Tätigkeit inakzeptabel hoch werde« – für sie etwa? nein, sie selbst opferten sich –, »für Sie und die anderen Freunde, die in die Sache involviert sind«. Wie sollte das nun zusammenpassen: Als Mitarbeiter an einer Übersetzung, die unter Geheimhaltung durchgeführt wird, in allen auswärtigen Angelegenheiten durch meinen Rechtsanwalt geschützt, würden sie entdeckt und vorgeführt, und wenn sie selbst die Weltrechte beim Vertrieb wahrnähmen, dann nicht? So konnte nicht verborgen bleiben, dass der Bruch nur deshalb erfolgte, weil sie die Weltrechte für das Copyright auf *Archipel Gulag* nicht erhalten hatten. Folglich, »mit dem Gefühl der Traurigkeit, aber auch des Stolzes darauf, zum weltweiten Erfolg Ihres Schaffens beigetragen zu haben« (ihnen verdanke ich also den Ruhm), ziehen sie sich gänzlich aus allen Angelegenheiten den hoch geschätzten *Archipel* betreffend zurück, sie können sich nicht mehr an der Übersetzung beteiligen (es gab keine wahrnehmbaren Spuren, dass sie dies in den vergangenen fünf Jahren getan hatten), die Übersetzung in Gestalt »eines ersten Entwurfes« und alle Rechte darauf befänden sich bei Thomas Whitney, an den ich mich auch wenden solle. »Ein erster Entwurf« der Übersetzung – nach fünf Jahren?

Das war eine schwere Zeit für uns, dieser Frühling des Jahres 1973. Zudem schickte uns der KGB eine Warnung (über die Frau von Andrej Sinjawskij, Marija Rosanowa, die mit denen in intensivem Kontakt wegen der Vorbereitung der Ausreise ihrer Familie nach Frankreich stand), dass wenn ich nicht freiwillig die Sowjetunion verlasse, würde man mich einkerkern und ins Kolyma-Gebiet zum Verrecken deportieren. Unlösbare, immer schwerer werdende Bürden, wir spürten den bevorstehenden KGB-Angriff. Und da kam so ein Brief. Wie verletzend, wie peinlich war es, in unserem Untergrund so etwas zu lesen! Das bedeutete nun wohl, dass unsere ganze Hoffnung in diesen fünf Jahren, der *Archipel* sei gerettet, würde übersetzt und käme einer Bombe gleich, zusammengebrochen war. All diese Argumente auf schwachen Beinen, so ein kleinliches Beleidigtsein, und darüber hinaus bindet man uns mit juristischen Schlingen an eine Übersetzung, die innerhalb von fünf Jahren nicht vorwärts gebracht worden war.

Hätten wir damals geahnt, wie treu und gütig Thomas Whitney war und wie sein Anteil an der Arbeit gegenüber jenem der Carlisles tatsächlich aussah, wären wir gar nicht so traurig gewesen – springt einer vom Wagen ab, so hat es das Pferd leichter. Aber so fühlten wir uns an eine unfertige Übersetzung gebunden, ohne dass wir nur eine Seite davon in der Hand hatten und ohne irgendwelche weiteren Aussichten. Uns schien es verboten, mit einer neuen Übersetzung anzufangen.

Meine Antwort fiel leidenschaftlich aus. Ich könnte mir nicht vorstellen, dass sie, nachdem sie fünf Jahre lang mit dem *Archipel* zu tun hatten, der geistigen Substanz des Werkes gegenüber gleichgültig geblieben wären. Dieses Werk sei keine Literaturware, sondern ein Bindeglied in der Geschichte Russlands. Aber ihr Brief verachtete gerade diese geistige Substanz. Die Verlage würden davon nur geringen Profit haben, das nämlich wird meine Bedingung sein: dass das Buch nicht zu den atemberaubenden westlichen Preisen verkauft werden dürfte. Erneut bat ich sie, ihre Entscheidung zu überdenken und die Übersetzung nicht aufzugeben. (Vielleicht würden die alten Eltern ihr ins Gewissen reden?) Wenn jedoch nicht, sähe ich nur eine einzige Möglichkeit (denn niemand würde es auf sich laden, ein fremdes unfertiges Material zu korrigieren, und mir blieb in diesem chaotischen Zustand kein anderer Ausweg): die ganze Übersetzung, die bis zum heutigen Tag vorliege, zu bezahlen und in Anwesenheit von Dr. Heeb dem Feuer zu übergeben. Die Übersetzung ins Englische würden wir also von neuem machen (sämtliche Rechte dafür lägen bei Thomas Whitney).

Ich verlangte nicht mehr die Rückgabe jenes russischen Textes, um den wir einmal gebettelt hatten, sondern verlangte, ihn ebenfalls zu verbrennen!

Mir schmerzte der Hals vor Bitterkeit. Ich hatte das Gefühl, mit einer besonders intensiv erträumten und gehegten Sache Schiffbruch erlitten zu haben.

Mein »illegaler« Brief erreichte Carlisle sehr schnell und sie schickte mir sofort eine erzürnte Antwort: Man habe ausschließlich aus Liebe zu Russland gehandelt, und bei dieser Opferbereitschaft sei man verdächtigt worden, Profit machen zu wollen! In guten alten Zeiten würde sie den Schutz ihres Vaters suchen und er würde mich zum Duell herausfordern, weil die Ehre seiner Tochter verletzt worden sei. Sie habe mir zur Bekanntheit im

Westen verholfen (mir schien wiederum, dass es Iwan Denissowitsch gewesen war …) und gar zum Nobelpreis, bitte sehr! Nun nannte sie auch einen weiteren Grund für den Bruch, und zwar meine Unzufriedenheit mit ihrer Übersetzung von *Der erste Kreis der Hölle*. Doch davon hatte sie in Wirklichkeit drei Jahre zuvor von ihren Eltern erfahren und nicht, wie vorgegeben, erst jetzt durch Betha (alle Mühe galt nur, den eigentlichen Grund zu verdecken, die zerschellte Hoffnung auf die Weltrechte).

Ich schaffte es gerade noch, Dr. Heeb vorzuwarnen, er solle auf gar keinen Fall nach Amerika zu den Carlisles fliegen, wie er vorgehabt hatte, wir sollten uns nicht andienern. Den Brief hatte er rechtzeitig erhalten, begab sich aber dennoch im Juni mit seiner Frau auf diese Reise nach New York, er hatte wohl ein Faible für Reisen und Repräsentanzen.

Er schwächte zwar meine Position, erzielte dabei jedoch überhaupt keine Ergebnisse. Fein und sinnlos verbrachte er die Zeit zu Gast bei den Carlisles. (Nun schreibt sie in ihrem Buch, er habe sie gar nicht nach der englischen Übersetzung des *Archipel Gulag* gefragt – wozu wäre er aber sonst hingeflogen? Und er sagt seinerseits, sie hätten sich geweigert, ihm die Übersetzung zu übergeben, da sie nicht fertig gewesen sei. Richtig, so stellte es sich auch später heraus, sie war nicht fertig.) Er unternahm auch keinen Versuch, Whitney zu treffen (oder man ließ das Treffen nicht stattfinden). So kam er mit leeren Händen nach Europa zurück.

Ende des Sommers 1973 bekam der KGB das Typoskript des *Archipel Gulag* in seine Hände, unsere Stenotypistin Woronjanskaja brachte sich um. In meiner Verzweiflung konnte ich aus der Ferne aber nur das Wenige zur Explosion bringen, was wir in der letzten Zeit untergebracht hatten, und zwar die deutsche und die schwedische Ausgabe. Die einflussreichste Veröffentlichung, in den Vereinigten Staaten, welche die öffentliche Meinung weltweit geprägt hätte, war nun nicht vorhanden. Erst jetzt gaben die Carlisles die Übersetzung an Whitney zurück (sie lag ihm nicht einmal vor, wie sich herausstellte), und er stürzte sich in die Arbeit. Im Oktober kam dann Curto aus Amerika zu Heeb und brachte ihm den ersten Band des *Archipel* in einer Rohfassung Whitneys, an der noch zu feilen war.

So hatte sich also die Übergabe des Mikrofilms zu »treuen Händen« gestaltet. Wie Heuschrecken waren sie gekommen und hatten die Früchte einer vertrauensvollen Freundschaft der älteren Generation vernichtet, geschweige denn das Gedenken an die Gemarterten.

Und plötzlich, wider Erwarten, fand ich mich im Westen vor. Die tatkräftige Dame geriet etwas in Sorge. Die Unterschrift Heebs ließ sie tadellos erscheinen, solange ich im osteuropäischen Käfig saß – und was nun? Sie wartete nicht erst ab, sondern stürmte der gewitterten Gefahr entgegen – sie fuhr nach Europa, um ein Treffen mit mir zu suchen.

In den ersten Wochen nach meiner Ausweisung hatte ich von vielem keine klare Vorstellung, wusste auch vieles nicht im Detail. Meine Familie saß in Moskau. Das Schicksal meines Archivs hing an einem seidenen Faden – würde man überhaupt schaffen, es herauszubringen? Und da, am zweiten Tag nach meiner Ankunft in Zürich, flatterte ein Telegramm aus Washington herein: Olgas wärmste Glückwünsche, sie bete für das Kommen meiner Familie, sie sei sich sicher, dass ich meine Mission selbst im Exil erfüllen werde; sie werde im März ihre Eltern in Genf besuchen und hoffe, mich dann zu sehen, Olga Carlisle.

Ich weiß nicht mehr, wie ich im Haufen der Briefe auf dieses Telegramm stieß und ob es in mein Bewusstsein drang, aber ihm folgte sofort ein Brief aus Genf: Ich bin schon da, bei den Eltern, möchte mich mit Ihnen treffen, kann für einige Stunden nach Zürich kommen, ich bringe Ihnen die Einladung zur Jahrestagung des amerikanischen PEN; wir machen uns Sorgen um Natalja Iwanowna (»Eva«); und dann – ich umarme Sie von ganzem Herzen, auch mein Mann, meine Eltern schicken Ihnen ihre aufrichtigen Grüße. Ein Brief des Vaters lag dabei, der mich eindringlich bat, seine Tochter zu empfangen.

Und was war mit mir? War der Bruch bereits vergessen, der Verrat, die Verzögerung des *Archipel*, wie sie uns die Flügel stutzten? Freilich war seitdem schon ein Jahr vergangen, ein Jahr voller Bedrohung, voller Flammen, das mich mit anderen Dingen in Atem hielt, und ich vergaß meine Demütigung; die Sache mit den Weltrechten entwich in diesem ganzen Wirbelwind aus meinem Gedächtnis. Zwar glaubte ich, hätte es mit der amerikanischen *Archipel*-Ausgabe im Januar 1974 eine Explosion gegeben, in der Auflage von zwei Millionen, dann hätten die Kommunisten davor zurückgeschreckt, mich auszuweisen. Aber jetzt war das nicht mehr wichtig, es blieb trotzdem ein Gefühl des Sieges, wozu diese gegenseitigen Rechnungen, wir waren doch alle Mitarbeiter an einem geheimen Werk, man könnte nun im Frieden alles klären. Warum sollten wir also jetzt nicht gemeinsam der Übersetzung den Anstoß geben? Und ich schrieb ihr zurück: Bitte kommen Sie.

Sie kam, ein spitzes, vortastendes Lächeln; ich hatte mein Herz aber bereits geöffnet. Was vergangen war, war vergangen, ich machte ihr keine Vorwürfe wegen des Briefes vom letzten Jahr. Nur bat ich, sie solle mir die redigierte Fassung des zweiten und des dritten Bandes übergeben. Mit gewundenen Ausdrücken kam sie schließlich damit heraus, sie würde diese Bitte nicht erfüllen. (Hat es diese redigierte Fassung überhaupt je gegeben?) Ich fragte noch, ob ihre Bemühungen und die ihres Mannes zufrieden stellend honoriert worden seien. (Ich hatte es bis dahin noch nicht geschafft, das bei Dr. Heeb in Erfahrung zu bringen, und er hatte mir auch nichts berichtet.) Sie antwortete zögerlich: »Ja-a, sogar etwas mehr.« Na gut, also wären wir doch quitt? (Sie wollte vor allem herausbekommen, wie ich zu ihrer Abmachung mit Heeb stand und ob ich daran rütteln würde. In diesem Vorstoß lag vermutlich der ganze Sinn ihres Kommens. Fünf Wochen waren bereits seit der Aufnahme meiner Gespräche mit dem Rechtsanwalt vergangen und welcher westliche Mensch könnte sich vorstellen, dass ich mich nicht für meine finanzielle Lage interessiert hatte? Doch dieses Thema sollte bis zum November nicht einmal angeschnitten worden sein.) Ansonsten brachte dieses Treffen keine Ergebnisse, nur eine leer geschwätzte Stunde beim Tee, und ich war wie in einer grauen Nebelwolke, ohne einen klaren Gedanken im Kopf. Allerdings hat sie in ihrem Buch diese Begegnung mit giftigen Farben gezeichnet und mit meinen angeblichen Prophezeiungen in befehlendem Ton gefüllt, mich als einen unberechenbaren Psychopathen vorgeführt – eine gute Lektion sowohl für mich als auch vielleicht für die anderen: Man sollte sich niemals mit fragwürdigen Leuten treffen und ihnen eine Gelegenheit zu Verleumdungen bieten. Ich hätte mich mit Olga Carlisle niemals treffen sollen.

In den folgenden Monaten bequemte sich das Ehepaar Carlisle selbstredend zu keinerlei Nacharbeiten der *Archipel*-Übersetzung.

Im Oktober des gleichen Jahres trafen Alja und ich uns in Genf mit den alten Andrejews, das erste Mal nicht unter sowjetischen Augen, es war nicht mehr nötig, schweigend ganze Blätter mit Sätzen zu füllen, man konnte sich in einem Raum aufhalten und über alles reden. Aber aus irgendeinem Grund wollte das Gespräch nicht mehr so recht klappen. Ein trauriges Altsein fast in Armut, eine geringe Rente von der UNO, wo

Wadim Leonidowitsch früher gearbeitet hatte. Sein Status als Sowjetbürger entfremdete ihn von den Emigrationskreisen, hier vertraute man ihm nicht, es wurde einsam um sie. Wie allmächtig waren sie uns zehn Jahre zuvor, im kleinen Zimmer von »Eva«, erschienen, als es gänzlich von ihnen abhing, den Mikrofilm mitzunehmen oder nicht – mein ganzes Schicksal. Und wie hilflos und verlassen waren sie heute. Ihnen jetzt von den Machenschaften ihrer Tochter zu erzählen, diesen auf den Grund zu gehen, hieße nur Salz auf die Wunde zu streuen. Gerade Wadim Leonidowitsch bereitete sich einst umsichtig darauf vor, den russischen *Archipel* selbst zu setzen, kaufte die passenden Schrifttypen, arbeitete an einem kleinen Wörterbuch des Lagerjargons. Auch die alten Andrejews scheuten sich an jenem Abend, das schmerzliche Thema anzurühren. So saßen wir, ohne ein Wort über das Wesentliche fallen zu lassen, nämlich darüber, wie die Zwistigkeiten zwischen ihrer Tochter und mir eigentlich entstanden waren. Mich ergriff Beklommenheit. Es kam der nasskalte Schweizer November und wir schickten ihnen einen Scheck, aus Respekt vor unseren vergangenen Zeiten mit ihnen und ohne besonders darauf zu vertrauen, ihre Tochter könnte ihnen von den Erträgen ihrer nutzlosen Geschäftemacherei in New York etwas überlassen haben.

Nachdem ich schließlich doch die Einzelheiten von Dr. Heeb in Erfahrung gebracht hatte, erklärte ich während eines Treffens mit dem neuen Direktor von Harper, Knowlton (wenn kein Wechsel an der Verlagsspitze stattgefunden hätte, wäre nach all den Vorfällen keine weitere Zusammenarbeit möglich gewesen), meine Verwunderung über Carlisles Handlungen und schlug vor, der Verlag möge selbst aus Curto jene »Reserve« herauspressen, die von diesem aus unbekannten Gründen zurückbehalten wurde. Jetzt beanspruchte Curto auch noch die Hälfte der Summe für die Verwaltung des bei ihm liegenden Geldes. Knowlton unterrichtete Carlisle, ich sei unzufrieden, und sie wurden unruhig.

Der glanzvolle Börsenstern Curto litt unterdessen nicht an Schamgefühlen und bot mir unverfroren seine Hilfe an, die Steuerzahlungen für jene Jahre abzuwickeln, als ich noch in der Sowjetunion gelebt hatte, und erbat sich dafür zunächst ein Honorar und die Reisekosten nach Zürich, dann nur die Reisekosten, dann gar nichts, alles kostenlos. Dabei ergab sich, ich solle auch für all das Steuern zahlen, was die Carlisles ausgegeben hatten, diese Kalkulation blieb mir für alle Zeiten unbegreiflich, und gezahlt habe ich einzig und allein, damit man mich in Ruhe ließ. In Bezug auf die Carlisles war hinfort nur Ignorieren möglich.

Aber als ich im Jahre 1975 eine Reise durch die Vereinigten Staaten machte, konnten sie dieses Ignorieren nicht mehr ertragen; in den letzten Jahren hatten sie sicherlich mit unseren Beziehungen geprahlt – und dann so etwas, man sieht sich nicht einmal. Dass der neue Verlagsdirektor über meine Unzufriedenheit in Bezug auf sie Bescheid wusste, wird sich in ihren Kreisen ebenfalls verbreitet haben. Jetzt schrieb Olga, sie bestehe auf einem Treffen und wolle eine Erklärung. Ihre Briefe erreichten mich auf indirektem Wege. Ja sicher, hatte ich denn gerade bei dieser politisch turbulenten Reise etwa nichts Besseres zu tun als mich in Erklärungen zu ergehen, diese qualvolle Geschichte wieder und wieder zu zermahlen? Euch standen doch alle Wege zur Verfügung, ihr habt davon auf eure Weise Gebrauch gemacht, jetzt reicht's. Ich antwortete nicht. Noch ein Winter verging, und 1976 fuhr ich wieder in die USA. Gleich darauf erhielt Alja in Zürich einen Brief an mich von Wadim Leonidowitsch. Vor drei Jahren hatte Olga das Versprechen herausgefeuert, ihren armen Vater zu schicken, um sich mit mir wegen ihrer Ehre zu duellieren, nun zwang sie ihn dementsprechend, diesen Brief zu schreiben, der ihm nur sehr schwer gelingen wollte und schmerzvoll geschrieben war, was ihn offenkundig Überwindung kostete. Er schreibt, ich zeige mich seiner Tochter gegenüber ungerecht, und darin würde ich mich irren, das tue ihm weh. (Schon wieder eine Lektion: Damals in Genf wollten wir sie schonen und schwiegen, statt alles geradeheraus zu klären.) Kaum zwei Tage lang lag der Brief bei uns, als ein Telefonanruf kam: Wadim Leonidowitsch war gestorben und nun bat seine Witwe, aus welchem Grund auch immer, diesen Brief unverzüglich an sie zurückzuschicken, als ob es ihn nie gegeben hätte. Zwei Stunden später rief auch Olga aus New York in der gleichen Angelegenheit an. Alja schickte ihn zurück.

Offenbar noch 1975, wenn nicht früher, fasste Olga Carlisle den Plan, ihr unbesonnenes Buch zu schreiben, um sich zu rechtfertigen und ihre Eitelkeit zu stillen. Wo waren denn da die zuvor geäußerten Sorgen über »die in die Sache verwickelten Freunde« geblieben? Indem sie sich offenbarte, gab sie zugleich jene preis, die uns beide zusammengebracht hatten. Für den KGB machte es keine besondere Mühe, auf unsere gemeinsamen Moskauer Freunde zu kommen, auf »Eva«, A. Ugrimov, die »Prinzessin«. Sie legte ihnen einen Strick um den Hals, ohne jegliche Rücksichtnahme auf deren Leben!

Deren Leben hin oder her, aber nun sollte die ganze Welt erfahren, wie die empfindsame, begabte und edelmütige Olga Carlisle zusammen mit ihrem Mann sechs (so so!) Jahre ihres Lebens Solschenizyn widmete, um »einen Berg zu bewegen« (sprich: den Roman zu veröffentlichen, hinter dem westliche Verlage her waren), »sich in einen Computer verwandelte«, »Jahre pausenlos durcharbeitete«, »fast ohne eine Entschädigung«, und bei jedem Schritt »eine ganze Menge an Risiko« trug (wo bitte, wobei?), und »eher lasse ich mich einkerkern, als ihn zu verraten« (was für ein Gefängnis drohte ihr im Westen?), ach was, überhaupt: ihr ganzes Leben habe sie diesem Solschenizyn hergegeben, denn für die besagten Jahre habe sie ihre Arbeit »vollständig niedergelegt«, nun könne sie niemals mehr Malerin werden und ihre Karriere als Journalistin sei ebenfalls »verloren«. Unterdessen zahlte ihr Solschenizyn mit Undank zurück und redete nicht einmal mit ihr. (So raffiniert fädelte sie das Ganze ein, dass nun alle verstanden, wie sie ihr »Leben der Gefahr ausgesetzt« habe, als sie den *Archipel* persönlich aus der Sowjetunion herausschmuggelte, und wie sie alle für die nicht honorierte Opferbereitschaft bedauerten!)

Alle Freunde, auch Whitney, versuchten Olga Carlisle dieses Vorhaben auszureden. Im Jahre 1977 hielt sich »Eva« im Westen auf und bat Olga ebenfalls, davon Abstand zu nehmen, und wies sie auf die Bedrohung hin. Doch Olga fauchte nur: »Es steht dir frei, nicht in die Sowjetunion zurückzukehren!« Bereits ab dem Herbst 1977 wurde in den amerikanischen Zeitungen eine heftige Werbekampagne für das Buch gestartet. Carlisle posaunte es überall hinaus, insbesondere in den pseudointellektuellen New Yorker Kreisen, die mir gegenüber missgünstig eingestellt waren; gerade aus dieser Ecke stammte auch Carlisles Wahrnehmung, wie man mich zu zeichnen hatte, nämlich als autoritären Kommandeur, was sie sorgfältig umsetzte. Noch in jenem Frühjahr 1978 strebte sie warum auch immer ein weiteres Treffen mit mir an, wollte sogar nach Vermont reisen, irgendwelche Verhandlungen führen (oder eine zusätzliche Gelegenheit für eine »Beschreibung aus der Nähe« erhalten?). Ich antwortete wiederum nicht.

Endlich kam das Buch heraus. Ganz oben, dort, wo man den Namen des Verfassers erwarten würde, stand mein Name, in großen Buchstaben, unübersehbar. Der Titel war sehr viel versprechend – »Solschenizyn und der Geheime Kreis«![31] Zeitlich fiel der Erscheinungstermin des Carlisle-Buches mit dem des dritten (von ihr geschundenen) Bandes der amerikanischen Auflage des *Archipel* zusammen, sodass einige Rezensenten, unter denen sich gelegentlich auch faule und unbedarfte Personen finden, die beiden Bücher auf denselben Nenner brachten. (Fünf Jahre lang hatte sie dem Werden der amerikanischen *Archipel*-Ausgabe geschadet, jetzt setzte sie dem Buch noch eins drauf, bei seinem Erscheinen.) Das Wesentliche, was den Rezensenten jetzt vorschwebte, war also nicht der Leidensweg der Gulag-Opfer, sondern *was* diese feinsinnige Frau gefühlt und *wie* sie gelitten hatte, wie sie es schaffte, aus einem bescheidenen russischen Autor von Kurzprosa eine wahrlich titanische Gestalt für den Westen zu machen, indem sie mit ihrem Mann sieben (schon sieben also) Jahre ihres Lebens investierte, um derartige Undankbarkeit zu ernten. Das Carlisle-Buch bekam in den USA, wie man zu sagen pflegt, »eine gute Presse«, aber die Rezensenten riefen dennoch auf, dem unausgeglichenen, blindwütigen Autor des *Archipel* seine Paranoia nachzusehen (so wurde auch geschrieben – Paranoia, das lässt die amerikanische Presse zu, das ist ja gar keine Beleidigung, nicht wahr?).

Das Buch enthielt viel Gift in wohl dosierten Portionen, von Seite zu Seite mehr. So mutierte mein Bild allmählich zu einer eitlen, machtgierigen Gestalt, die ihre Entscheidungen unbegründet oft und abrupt änderte (in einer solchen zehnfachen Verzerrung spiegelte sich unser dortiger erbitterter Kampf wider – als »Welt der Intrigen«, »russische Scharaden«). Eine besessene, unbändige, fanatische, argwöhnische Gestalt; so wurden die Züge festgelegt, die von der westlichen Presse standardmäßig in die Welt getragen werden sollten. Olga Carlisle erfand noch weitere Begegnungen mit mir in Moskau, die stattgefundenen füllte sie mit haltlosen Mären, zumal es keine Zeugen gab: Sie schrieb aus *Die Eiche und das Kalb*, das bereits weltweit bekannt war, ab und legte es mir in den Mund, als ob ich es ihr vertraulich erzählt hätte, vor allen anderen. Das Treffen in Zürich wurde schlechthin auf eine Karikatur reduziert, hatte sie es doch nötig, den wahren Gegenstand des Gesprächs zu verdecken, wiederum aus *Die Eiche und das Kalb* übernommen oder einfach so Unsinniges wie – dass meine

»Frau die Archive zusammenpacken« würde. Im Gegenteil, sie mussten aufgeteilt und insgeheim verschickt werden, darauf wäre sie von alleine wohl nie gekommen. Die Geschichte um den *Archipel* wurde so mutwillig verbogen, wie es ihr gerade passte. Bald hätte ich angeblich angeordnet, »alle Angelegenheiten bezüglich des *Archipel* außerhalb der Kompetenzen von Heeb« durchzuführen – schreiender Unsinn, Dr. Heeb hatte *sämtliche* Vollmachten. Bald hätte sie selbst vorgeschlagen, ihm diese Angelegenheiten zu übergeben, wir hätten uns aber geweigert, uns damit zu beschäftigen; oder dass wir »die (von dem Ehepaar Carlisle) redigierte Fassung des *Archipel* nicht sehen wollten« – im Gegenteil, sie wollte uns diese beharrlich nicht aushändigen, weder Heeb in New York noch mir in Zürich.

Wie sah also das Ergebnis aus? Schaffte Olga es nun, hinter den von ihr erfundenen »russischen Scharaden« und »italienischen Opern« die Spuren zu verwischen und zu verbergen? Keineswegs, alles stach erst recht hervor:

– dass alle Übersetzungen von *Der erste Kreis der Hölle* (Ende 1968) schlecht ausfielen (und dergestalt auch bis auf den heutigen Tag geblieben sind);

– dass der einzige im Juni 1968 aus der Sowjetunion herausgeschmuggelte russische Text des *Archipel* bis zum September 1973 in ihren Händen nicht zur Veröffentlichung auf Englisch vorbereitet wurde;

– dass man aufgrund der Weigerung Carlisles, mir die Kopie des *Archipel* zwecks Übersetzung in andere Sprachen auszuhändigen, gezwungen war, in akuter Gefahr die Mikrofilmaufnahmen von dem Text noch einmal aus der Sowjetunion herauszuschmuggeln, um wenigstens die deutsche und die schwedische Auflage rechtzeitig vorzulegen.

Als das Buch von Carlisle erschien, wurde es durch das Echo auf meine Rede in Harvard überrollt, und sie, die Russland-Expertin, stürzte sich auch noch darauf, diese Rede öffentlich anzugreifen. Ihre Bissigkeiten ließ sie von einer Zeitung in die andere wandern, selbst in die *Le monde diplomatique*, na bitte. »Die russischen Massen waren immer antisemitisch«, schrieb die Enkelin des russischen Schriftstellers Leonid Andrejew, »und aus diesem Grund können sie im Falle eines Krieges Solschenizyn als neuen Lenin anerkennen«.[32]

Und dann noch meine Stütze, mein Dr. Heeb! Ihn sollte ich immer besser kennen lernen.

Im Frühjahr 1973 schrieb ich an ihn: »Ich möchte hoffen, dass mein Brief Sie von einer unnötigen Reise abgehalten hat (nach New York, zu den Carlisles), die unsere Position unterminieren würde … Sie werden wie immer die taktisch richtigen Entscheidungen treffen, ich höre nicht auf, Sie zu bewundern …« Dann gab ich zum wiederholten Male meiner Hoffnung Ausdruck, er würde sich doch im kommenden Sommer gönnen, einen Urlaub zu machen. (Diese Möglichkeit aufzugeben, dürfte wohl gar nicht zur Debatte gestanden haben.) Und ich nannte ihn: »Lieber Fritz!«

Weder seine Handlungsweise noch die Kraft seines Engagements ließ sich damals von uns einschätzen. Obwohl Nikita Struve in der »illegalen« Korrespondenz irgendwann anmerkte, wie immer unaufdringlich, der »Jurij« (der Jurist) sei etwas durcheinander und würde es nicht mehr schaffen; und obwohl sogar Betha feststellte, Dr. Heeb sei in den Beziehungen zu den Verlagen und Übersetzern träge und »ein guter Rechtsanwalt, aber kein Organisator«, hielten wir ihn in Moskau nach wie vor für einen Adler und betrachteten stolz sein Foto.

Gewiss war er solide und edelmütig. Nur die Aufgaben, die sich ihm in meinen Angelegenheiten stellten, überforderten ihn bedauerlicherweise und entsprachen nicht seinem bisherigen Profil.

Nachdem der KGB im August 1973 den *Archipel Gulag* an sich gerissen hatte, schrieb ich in einem »illegalen« Brief an Dr. Heeb, inmitten einer Katastrophe: »Mir ist bewusst, dass ich Sie in Verpflichtungen dränge, die außerhalb Ihrer üblichen Obliegenheiten sind, doch möchte ich Sie ersuchen, sämtliche Aufgaben betreffend den *Archipel* selbst in die Hand zu nehmen, ohne einen Vermittler zu bestimmen: Von dieser Veröffentlichung hängen die Schicksale von Hunderten von Menschen ab, darüber hinaus vielleicht auch noch bedeutendere Ereignisse, daher ist es nicht möglich, sie Außenstehenden anzuvertrauen, die in kommerzielle Verlagsgeschäfte involviert sind. Behalten Sie bitte die Angelegenheit bei sich und behandeln Sie die Kostenfrage ganz nach Ihrem Ermessen ... In der angebrochenen schweren Zeit vertraue ich sehr auf Ihre Erfahrung, Standhaftigkeit, Würde und Ihr Durchhaltevermögen.« Mit Bedauern stellte ich des Weiteren fest: »Sie werden von mir durch viele Dinge belastet. Mir ist klar, dass zu dem Zeitpunkt, als Sie sich bereit erklärt haben, meine Interessen zu verteidigen, Sie nicht einschätzen konnten, wie viele Funktionen und Aufgaben auf Sie auf einmal zukommen und Ihre Kraft beanspruchen würden. Nur angesichts der Ausnahmesituation darf ich Sie darum bitten und hoffe, dass Sie all das durchstehen werden« ... Ich setzte auch bei ihm »ein Engagement mit ganzem Herzen für diese Sache« voraus. Ferner schrieb ich: »Alle Ihre Verfügungen und Entscheidungen, die mir bekannt geworden sind, heiße ich gut. Und in Bezug auf jene, von denen ich nichts weiß, habe ich keine Zweifel, ich würde sie ebenfalls gutheißen. Ich bin meinem Schicksal und unserem Vermittler für immer dankbar, der mir geholfen hat, gerade Ihren Beistand für mich zu sichern. Sie sollten sich nicht durch finanzielle Überlegungen bremsen lassen. Vor dem Beginn der Offensive umarme ich Sie fest! Ich vertraue auf Sie!« ...

Ende Dezember 1973 explodierte der *Archipel Gulag* auf Russisch! Aus der ganzen Welt schrieben, riefen und klopften Verlage und Journalisten an, während er für diese zwei Wochen der Weihnachtsferien einen Urlaub in der italienischen Schweiz geplant hatte. Und dorthin fuhr er auch. Über meinem Kopf entbrannte in der Sowjetunion bereits ein Sturm, und er erholte sich und hatte es nicht eilig, zurückzukommen, um dem *Archipel* weltweit den Weg zu ebnen.

Danach thronte er in seinem neuen Büro, inmitten von klingelnden Telefonen und der haufenweise zugestellten Post für mich. Hinter dem riesigen Schreibtisch wirkte er besonders beeindruckend: diese imposanten Züge, die Pfeife, bedächtige Bewegungen, offenbar ein Zeichen, wie bewandert er war. Wir verständigten uns auf Deutsch, was mir nicht ohne Anstrengung möglich war, und er teilte mir stundenlang all diese lieben, aber inhaltsleeren Gratulationen und Terminvorschläge mit. Nur unternahm er keinerlei Anstalten, mich über meine Geschäftslage zu unterrichten: Vier Jahre lang hatte er bereits geschwiegen und schwieg jetzt weiter.

Ich kannte mich in Bezug auf die westlichen Gepflogenheiten nicht aus, wann und ab welchem Zeitpunkt man eine Rechenschaft verlangen darf. Einmal fragte ich ihn danach, doch Dr. Heeb war darauf nicht vorbereitet. Darüber hinaus fielen meine Fragen sowieso ziemlich oberflächlich aus, zumal ich von meiner Ausweisung bis zum späten Herbst mir nicht einmal annähernd vorstellen konnte, was sich hier ohne mich abgespielt hatte. In den ersten Monaten wäre mir gar nicht in den Sinn gekommen, dass bei dem Vorhandensein eines Rechtsanwaltes, der bereits seit fünf Jahren im Westen tätig gewesen war, irgendetwas nicht in Ordnung hätte sein können. Abgesehen davon war mir der Gedanke, er könnte sich im Verlagsgeschäft nicht auskennen, derart fremd, dass ich ihm kein einziges Mal die Frage stellte, ob er einen Vertrag für ein literarisches Werk auszuarbeiten überhaupt imstande sei. Und er bewahrte die vornehme Fassung und redete nicht darüber.

So vergingen in diesem friedvollen und geschäftlich wohl nicht ganz erfolglosen Zustand mehrere Monate. Dann erfuhr ich ganz unerwartet von den Zürcher Tschechen, dass es in der Stadt einen Literaturagent namens Paul Fritz gäbe, der in meinem Namen sämtliche Verträge abschließe.

Ich konnte es nicht glauben, das kam mir einer Verleumdung gleich: Wie würde Dr. Fritz Heeb, der hier, direkt neben mir war, einen solchen Umstand vor mir verheimlichen wollen? Noch mehrere Monate schämte ich mich, ihn selbst danach zu fragen. Erst im Spätherbst (Dr. Heeb fuhr immer wieder in die Südschweiz, um sich zu erholen), in Zusammenhang mit einer dringenden Frage, zu der ich sofort jemanden konsultieren musste, machte man für mich diesen anderen Fritz ausfindig, dazu noch aus derselben Agentur Linder, die 1968 meinen *Ersten Kreis der Hölle* zugrunde gerichtet hatte! Er kam gerne vorbei und erläuterte mir, Dr. Heeb habe ihn im Mai engagiert (d.h. als ich schon hier war, ohne mir eine Silbe davon zu sagen!), ihm jedoch strengstens verboten, sich direkt an mich zu wenden. Warum denn das? Nicht wegen irgendeiner Unaufrichtigkeit seitens Dr. Heeb, sondern lediglich für die Erhaltung der eigenen Autorität. (Mich von diesem Literaturagenten zu befreien, kostete noch eine ganze Menge Geld, damit die von ihm geschlossenen Verträge mich nicht mehr binden sollten.)

Erst im Herbst 1974 kam ich darauf, meine wichtigsten Verleger einzuladen, um sie persönlich kennen zu lernen. Sie kamen und wir hielten Sitzungen in Heebs Arbeitszimmer ab, er saß in seinem monumentalen Sessel hinter dem Schreibtisch und wir in einem Halbkreis davor. Die Gespräche wurden von meinem Freund V. Bankoul übersetzt, der sämtliche Sprachen beherrschte, ich staunte, was ich alles zu hören bekam, und die Verleger staunten, dass ich all das bis dahin nicht gewusst haben sollte.

Aber aus dem Mienenspiel des vollen, rechteckigen Gesichtes von Dr. Heeb zeigte sich, dass auch er das Ausmaß des Ganzen erst jetzt begreifen konnte. Zum ersten Mal offenbarte sich mir ein Bild des Zerfalls, des Durcheinanders in meinen Geschäftsbeziehungen sowie des Grades, in dem mir die Hände gebunden wurden. Noch ohne eine einzige Bewegung in der freien Welt gemacht zu haben, war ich durch allerlei verpflichtet, gebunden, verschnürt und es bot sich daraus kein Ausweg. Überall gähnten irgendwelche Löcher, durch die der noch nicht fest gewordene Beton gesickert war.

Hinzu kam, dass ich weder über Zeit noch Stimmung verfügte, mich diesen Geschichten zu widmen: Ich hatte die Aufgabe, Lenin in Zürich zu begreifen.

Dennoch lief bei mir im Kopf ununterbrochen ein Vergleich zwischen den Menschen in West und Ost ab und ich empfand in Hinblick auf die westliche Welt Befremden und Erstaunen. Was war hier eigentlich los? Die Westler werden doch nicht schlechter sein als die Unsrigen? Natürlich nicht, keineswegs. Aber wenn die menschliche Natur lediglich in Bezug auf die *professionelle* Ebene gefordert wird, die Messlatte von der Ebene von Edelmut und Ehre herabgesenkt ist (selbst diese Begriffe sind fast nur noch wie Luft), dann eröffnen sich so viele Schleichwege für Gerissenheit und Fahrlässigkeit. Was das Gesetz von uns verlangt, ist zu wenig für die Menschlichkeit, in unserem Herzen muss es auch *ein höheres Gesetz* geben. Ich konnte mich an die hiesige Luft der kalten Juristerei überhaupt nicht gewöhnen.

Hitzköpfig wollte ich im gleichen Herbst mit einer öffentlichen Erklärung auftreten, das ganze westliche System des Verlagswesens und Buchhandels würde die Blüte der geistigen Kultur nicht begünstigen. In den vergangenen Jahrhunderten schrieb man für einen kleinen Kreis von exzellenten Kennern, die den ästhetischen Geschmack prägten, und auf diese Weise entstand die hohe Literatur. Heute müssen sich die Verleger nach dem Erfolg bei den Verkaufszahlen richten, was wiederum des Öfteren den niedersten Geschmack begünstigt. Die Verleger machen den Buchhändlern Geschenke, um sie bei Laune zu halten; die Autoren sind ihrerseits von den Verlagshäusern abhängig, der Handel diktiert der Literatur, wo es lang gehen soll. Ich wollte sagen, dass unter solchen Konditionen keine große Literatur gedeihen könne, man braucht gar nicht darauf zu warten, mit dieser Literatur ist es vorbei, auch trotz diverser uneingeschränkter »Freiheiten«. Freiheit bedeutet noch nicht Unabhängigkeit, sie ist noch keine Freiheit des Geistes.

Aber ich hielt mich zurück: Nicht alle Verleger sind so. (Und später sollte ich eine Bestätigung dafür erhalten: nicht alle. Es gibt auch solche, jawohl, die noch nicht aufgehört haben, sich nach einem geistigen Kompass auszurichten.)

Das Aufeinanderprallen dieser zwei Versionen des gegenseitigen Missverständnisses zeigte sich besonders deutlich bei der Geschichte mit den Honorarzahlungen für den *Archipel Gulag*. Von der Sowjetunion aus sandte ich Dr. Heeb die Verfügung, den *Archipel* kostenlos oder für ein minimales Honorar abzugeben, um das Buch preiswerter und für die westlichen Leserkreise unbedingt erschwinglich zu machen.[33] Das allein besagt, dass ich mir damals nicht darüber im Klaren war, dass ich nach den westlichen

Vorstellungen mein eigenes Werk erniedrigte: Würde es zu ermäßigten Preisen verkauft werden, bedeutete das, dass es sich zuvor gar nicht hatte verkaufen lassen und aus diesem Grunde jetzt billig gehandelt wurde. Wie wenig auch immer sich Dr. Heeb im Verlagsgeschäft ausgekannt haben mag, hier erkannte er sofort, dass die kostenlose Weitergabe unmöglich, ja unwürdig wäre. Anstatt der für einen bekannten Autor üblichen 15 Prozent (zu jenem Zeitpunkt hätte man sicherlich auch mehr geboten) verlangte Dr. Heeb lediglich 5 Prozent (das wollen wir unbedingt als eine verdienstvolle Haltung hervorheben). Das war aber schon alles. Die Bücher wurden teilweise preiswerter, ja, doch nur in einem sehr geringen Maße. Als ich kam, musste ich mich an den Kopf fassen: Ich selbst hatte doch sämtliche Gewinne von *Archipel Gulag* für den »Russischen Gesellschaftlichen Fonds« bestimmt, in erster Linie, um politischen Gefangenen Hilfe zu leisten. Jetzt appellierte ich wieder und wieder an die Verleger: Ich habe von euch lediglich 5 Prozent anstelle der 15 Prozent verlangt, spendet doch noch 5 Prozent für den Fonds! Einige waren dazu bereit (ob wegen des Charakters dieses Buches oder um sich weitere Bücher von mir zu sichern, sei dahingestellt), weinten aber fast dabei: Hätte ich doch nur gleich von ihnen diese 15 Prozent genommen! Diese hätten sie nämlich von den Steuern abgeschrieben – und das wär's gewesen, während sich eine *Opfergabe*, zumal an eine ausländische Stiftung abgeführt, nicht steuerlich absetzen ließe und man dieses Geld von dem Eigenkapital des Verlags abtrennen müsse. Von all dem hatte ich nicht die geringste Ahnung, als ich das initiierte! Der Direktor des Schweizer Scherz-Verlages, jener hoch gewachsene Mann, der mich heldenhaft vor dem Zerdrücktwerden am Zürcher Hauptbahnhof bewahrt, von Dr. Heeb wegen seiner Berner Nachbarschaft gleich den Vertrag für alle drei Bände des *Archipel* bekommen hatte und jetzt gänzlich unabhängig war, argumentierte gewissenlos, direkt mir in die Augen, er müsse gerade wegen dieser millionenfachen Auflage zusätzliche und unerwartete Kosten tragen (man habe fremde Buchdruckereien mieten müssen) und könne daher keine Spende für den Fonds erübrigen.

Kam der erste Band des *Archipel* noch überall einigermaßen preiswert in den Handel, zogen die Verleger beim zweiten Band die Preise an (wegen der Inflation sei das notwendig, überall sei das Papier teuerer geworden), und so begann auch ich, zugunsten des Fonds den üblichen Autorenprozentsatz zu verlangen. Der dritte Band wurde überhaupt weit weniger gelesen, denn der Westen, ach, ermüdete von den *russischen Horrorgeschichten*. Die Bilanz meines ganzen wuchtigen Vorhabens war, dass der »Russische Gesellschaftliche Fonds« mehrere Millionen Dollar verlor, und zwar zum Vorteil der westlichen Verlagshäuser. Und das war's.

Hätte ich mir eine solche Entwicklung je vorstellen können, als ich in der Sowjetunion lebte? Wie hätten wir, in unserer dortigen Bedrängnis, uns diese vertrocknete Welt auszumalen vermocht: keine Steuerabschreibung – keine Spende, rentiert sich nicht! Für uns ließ sich eine Spende nicht in ein Verhältnis zum Profit bringen. Wie sollten wir uns also diese andere Welt aneignen, wie sie in unsere Seele aufnehmen?

In der Sowjetunion, dem unverwüstlich harten, dich zerschmetternden Land, erwiesen sich meine sämtlichen Schritte als eine Folge der errungenen Siege. Im Westen jedoch, dem freien und unbekümmerten, brachte mir jeder einzelne Schritt (oder aber auch jede Tatenlosigkeit) eine neue Niederlage. Heißt das vielleicht, dass ich hier, im Westen, überhaupt nichts gemacht habe, was kein Fehler gewesen ist? (In meinem Heimatland wurde ich auf den Flügeln der Unterstützung innerhalb der Gesellschaft selbst getragen, diese Unterstützung fand ich zunächst auch im Westen vor, allerdings wurde sie von der Gleichgültigkeit der Geschäftemacher verdrängt.)

Unter den im Herbst 1974 geschlossenen Bekanntschaften mit den Verlagsleuten fielen mir sofort die klugen und verständigen Verleger des seiner Herkunft nach katholischen Hauses Seuil auf – der edelmütige Paul Flamand und der junge, begabte Claude Durand; sie kamen nach Zürich in Begleitung von Nikita Struve. Der ehrwürdige Flamand, ein Intellektueller mit alter und vielseitiger kultureller Tradition, wie sie gerade bei den Franzosen anzutreffen ist, war ein großer Kenner des Verlagsgeschäftes. Durand, selbst ein Schriftsteller, stellte sich als energiegeladener, scharfsinniger, sogar mathematisch kluger Kopf heraus. Noch während unserer ersten Annäherung ergab sich zwischen uns eine große Offenheit, ihnen blieb meine Lage nicht verborgen, noch mehr wusste darüber Nikita Struve Bescheid (auch von Alja), und er machte dem Verlag Seuil den Vorschlag, sich meiner Angelegenheiten anzunehmen. Die beiden Verleger kamen wieder nach Zürich und erklärten sich bereit, meine Autorenrechte weltweit zu vertreten und die Verträge abzuschließen. Unverzüglich bat ich Dr. Heeb darum, die Kopien sämtlicher (durch die Agentur Linder) abgeschlossenen Verträge an Durand zu übergeben. Dr. Heeb erklärte zunächst, das sei unmöglich und würde viel Zeit in Anspruch nehmen, doch schließlich legte er sie beleidigt alle innerhalb einer Viertelstunde vor. Erst ab jenem Zeitpunkt, im Dezember 1974, schafften es meine guten Engel Flamand und Durand nach und nach, meine im Laufe vieler Jahre durcheinander geratenen Verlagsgeschäfte in Ordnung zu bringen.

Ob Dr. Heeb die Bandbreite meiner Angelegenheiten nicht erfasste oder ihnen nicht rechtzeitig nachkam, soll dahingestellt bleiben, das war gar nicht seine Schuld. Nur warum musste er die Lage der Dinge vor mir verschleiern, warum gab er mir keinen Hinweis, wozu diente diese solide Maske auch vor mir? Offenbar handelte es sich um eine Regel seiner Zunft, keine Schwäche vor dem Auftraggeber zu zeigen. (Nach russischer Art wäre es um ein Vielfaches ehrlicher gewesen, hätte er gleich die Karten offen gelegt.) Allerdings war ihm nach meinen Gesprächen mit den Verlegern im November 1975 klar geworden, wie sein Anteil an der ganzen Entwicklung aussah, und kurz vor dem Neujahr erklärte er mir, mit einigem Zittern in der Stimme, er sähe, ich würde ihn nicht mehr brauchen, er würde auf meine Ablehnung stoßen und daher mein Mandat niederlegen wollen. Da tat er mir Leid: Wir waren es ja, die ihn mit einem Berg von Problemen und Aufträgen beladen hatten, die weder seiner Erfahrung noch seinem Blickfeld entsprachen, aber er selbst zeigte sich kein einziges Mal unehrenhaft. Mit diesem Gefühl ihm gegenüber bat ich ihn, mich weiterhin zu vertreten.

So versah er seine Dienste noch im Verlaufe des ganzen Jahres 1975. Während dieser zwei Jahre in der Schweiz richtete Dr. Heeb wieder unabsichtlich, aber aufgrund seiner selbstsicheren Art und eines unvollständigen Durchblicks in Bezug auf die Gesetze seines eigenen Landes einen noch größeren Schaden an als in den Jahren zuvor. Doch darüber wird später zu berichten sein.

Noch ein Jahr unterwegs

Obwohl es einleuchtend klingt, dass der ganze Erdball eine Einheit sein soll, versetzt doch der erste Blick auf einen anderen Kontinent immer in Erstaunen. Wie wird er sich wohl zeigen? Als Erstes bekam ich Montreal zu sehen, und aus der Luftperspektive schien es mir furchtbar, schlimmer hätte man das gar nicht erfinden können. Diese Begrüßung war nicht besonders viel versprechend. (In den nächsten Tagen, als ich Gelegenheit hatte, durch die Stadt zu streifen, verfestigte sich dieser Eindruck: Da diese monströse, aus grünem Eisen gefertigte Jacques-Cartier-Brücke, die von dem Autoverkehr auf acht Spuren nur so zitterte; unter ihr hindurch wäre ich angekommen, wäre ich mit dem Schiff unterwegs gewesen. Dann hätte ich sogleich den trostlosen Rauch der Brauerei mit den Flaggen auf dem Dach erblickt, die sich hinziehenden Uferstraßen voller Beton und Industrie, die derart unmenschlich wirkten, dass die Reste eines alten Gebäudes auf der Flussinsel – einer Kaserne oder eines Gefängnisses – geradezu als ein Zeichen des Lebens das Auge erfreuten. Tiefer in der Stadt war der schwarze Turm des kanadischen Rundfunkes zu sehen, dahinter ein läppischer Haufen von Wolkenkratzern inmitten eines großen städtischen Raumes und im Zentrum diverse Geschäftsgebäude, hie und da oberhalb der Stadt noch die Autobahnstrecken, richtig widerwärtig. Montreal suchte es den »großen Städten« Amerikas gleichzutun, jedoch auf eine recht unbegabte Weise.)

Wie verabredet, holte mich ein Mitarbeiter des Flughafens, ein Russe, ab; mir war von vornherein wichtig, mich unerkannt bewegen zu können, damit nicht gleich bekannt würde, dass ich auf der Suche nach einem Grundstück in Kanada unterwegs sei. Wir gingen an dem allgemeinen Ausgang für Reisende, an der Menschenmenge vorbei, durch die Passkontrolle und konnten, wie mir schien, unbemerkt das Haus an der St.-Peter-und-Paul-Kirche erreichen. Dorthin hatte mich Nikita Struve empfohlen, an den Bischof der Russischen Orthodoxen Kirche in Amerika, Silvester.

Ihm offenbarte ich das Ziel meiner Reise und bat ihn um Rat und Beistand. In diesem Haus verbrachte ich die Tage vor Ostern.

Unerkannt? Wie konnte ich mir das nur einbilden! Ungefähr drei Tage später erschien in einer Montrealer Zeitung nicht nur ein Bericht über meine Ankunft, sondern auch ein Bild von mir am Flughafen, unzweifelhaft echt. Verflucht, wo kam all das her? Studenten! Es stellte sich heraus, dass einige geschäftstüchtige Studenten, die mich erkannt und mit einem Teleobjektiv aufgenommen hatten, ein paar Tage durch die Zeitungsredaktionen zogen und das Material eindringlich anboten, doch niemand schenkte ihnen Glauben. Ja, faul waren sie nicht, wie denn auch – auf Kosten meiner Ruhe Geld verdienen zu können! Mir war nur schrecklich bitter, dass man mich gerade vor dem Beginn meiner Suche, die geheim zu halten war, auf diese Weise entdeckte. Ein Schriftsteller wurde also verkauft – und von wem? Von Studenten. Was für eine denkwürdige Welt!

Da ich nun entdeckt und von einem ukrainischen Korrespondenten auch ausfindig gemacht worden war, ließ ich eine Osteransprache an die große ukrainische Diaspora in Kanada aufzeichnen.[34] Die freundschaftlichen Bande zwischen Ukrainern und Russen zu stärken, empfand ich immer als meine Aufgabe. Vieles in mir geht auf meinen ukrainischen Großvater Schtscherbak zurück, der gar kein reines Russisch beherrschte, doch was war das für eine wärmende Sprache! Auch meine Großmutter mütterlicherseits war eine Ukrainerin und die ukrainischen Lieder kannte ich schon als Kind. Im Jahr 1938, während des Studiums, machte ich mit Kommilitonen eine große Radtour durch die ganze ländliche Ukraine und die berührende Erinnerung von damals an jene Landschaften ist mir geblieben.

Nicht nur die Studenten, auch gesetztere Leute verrieten, dass ich in Kanada angekommen war, manche, weil sie keine Neuigkeit für sich behalten konnten, andere suchten absichtlich den Kontakt mit der Presse. Gleich in den ersten Tagen wurde in ein paar Zeitungen bereits mein Vorhaben ausgeplaudert, Boden in Kanada zu erwerben und dorthin zu ziehen. In der Umgebung Montreals verfolgten uns die Journalisten auf den Straßen, wir mussten sie mit Tricks abschütteln. Auch eine private Unterredung mit dem Premierminister Trudeau wurde in den Zeitungen breitgetreten.

In dieser mir nicht vertrauten Welt beging ich wieder einen Fehler nach dem anderen. Zudem stellte die Sprache ein Problem dar, denn es war für mich schwierig, gleich vom Deutschen ins Englische umzuschalten, und im Kopf hatte ich andere Sorgen. Dieses Treffen mit Trudeau wäre an sich überflüssig gewesen, aber mir schien, ich sollte die Regierung vorab über meine Pläne unterrichten, damit es nicht noch einmal losginge wie mit der Schweizer Polizei; davon abgesehen wollte ich auf die Unterstützung der Immigrationsbehörde zählen können. Das war dann auch der Fall, doch wäre das auch ohne den Premierminister gegangen, das verlieh der Sache nur eine unnötige Publizität. (Sowohl das Gespräch mit ihm als auch die angeschnittenen Themen machten damals auf mich einen eher unbedeutenden Eindruck und dieses reiche, überaus große Land tat mir irgendwie Leid, wie ein schüchterner Riese im Gedränge von dreisten und flinken Gestalten.)

In Ottawa gibt es viele Grünflächen, hoch oberhalb des Flusses, es gibt auch stille Straßen mit niedrigen Häusern (trotzdem hatte man es geschafft, einige Wolkenkratzer dazwischen zu setzen), im Zentrum sogar mit Anlehnung an die englische Gotik.

Wir suchten intensiv nach einem Grundstück. Drei Tage lang war ich mit Vater Alexander Schmemann unterwegs bei Maklern. Zudem riet mir Bischof Silvester, den jungen Architekten Alexej Winogradow einzuschalten. Seine Eltern waren mit der Zweiten Emigrationswelle ins Land gekommen, in den Zeiten des Zweiten Weltkrieges, er selbst war als Kleinkind in den Lagern für »displaced persons«. Winogradow erwies sich als ein seelisch reiner, ausgeglichener junger Mann mit einer gütigen, tiefen Stimme; seine wunderschöne Frau, Lisa Apraxina, entstammte einer aristokratischen Familie aus der Ersten Emigrationswelle. Alexej wuchs in der englisch-kanadischen Welt auf und kannte sich darin vollkommen aus, war jedoch dank der Anstrengung der Eltern in erstaunlichem Maße ein Russe geblieben, als ob er soeben aus unseren Breiten gekommen wäre. Er willigte gerne ein, mir behilflich zu sein, und wir sahen uns gemeinsam vieles in der Provinz von Ontario an. Jedes Mal gab er sich für den Käufer aus, mir fiel die Rolle seines Begleiters zu. (Fast wie einst in der Sowjetunion, als mich mein Freund, der Schriftsteller Boris Moshajew, auf eine Reise durch das Gebiet von Tambow mitgenommen hatte, wo er mit seinem Journalistenausweis Fragen über das damalige Kolchosleben stellte, während ich umherging und mir ein Bild über den Bauernaufstand gegen die Sowjets in den Jahren 1920/21 verschaffte.) Wir besichtigten Dutzende von angebotenen Objekten, bei manchen zwang ich mich schon beinahe, meine Wahl zu treffen, etwa an einem Ort mit bizarren Felsen auf der Anhöhe über einem See; schon machten wir Entwürfe, wo was gebaut werden sollte, stellenweise hätte man noch eine Straße legen lassen müssen, was für mich wohl kaum in Frage kam. Ich suchte eine abgeschiedene Lage, abseits von viel befahrenen Straßen, das war die erste Voraussetzung, aber wiederum nicht ganz wild, Städte mit Schulen sollte es schon geben. Mir würde es in der Einsamkeit gut gehen, doch für die Kinder brauchte man andere Dinge, und Alja machte sich darüber große Sorgen.

Nachdem wir während einer zermürbenden Fahrt vielerorts Besichtigungen absolviert hatten, wurde immer klarer, dass diesmal nichts Passendes dabei war. Vor allem stellte sich heraus, dass Kanada überhaupt keine Ähnlichkeit mit Russland zeigte: Es ist ein wilder, wenig besiedelter Kontinent, umhüllt vom Atem des Polarmeeres, viel Granit, den man sprengen muss, um Straßen bauen zu können. Und die Wälder? Ich hatte mir großartige, langlebige, feste Bäume vorgestellt, aber in der Provinz von Ontario, wo ich mich ausschließlich niederzulassen plante, bekam ich lediglich dürre Bäumchen zu sehen, wie auf der Karelischen Landenge: Über viele Jahre hinweg hatte man hier den Wald räuberisch ausgebeutet, jeden einigermaßen großen Baum mit Traktoren aus jedem erdenklichen Wald herausgezogen und nur ein paar magere, nackte Stämme belassen. Wachsen auf einem Grundstück besonders gute Baumarten, so ist das im Prospekt separat vermerkt. (Später warf ich aus dem fahrenden Zug einen Blick auf die Steppen Kanadas – eine endlose Steppenlandschaft, dennoch nicht mit der Ukraine zu verwechseln, die in Bezug auf den pittoresken Charakter der Einzelgehöfte die hiesige überragt.) Wenn da wenigstens die Städte wetthalten würden! Aber auch bei den Städten scheint Kanada zurückzuliegen, sie sind offenbar von einer mentalen Trägheit erfasst, hier denkt man mit Rührung an Europa. Dafür unterscheidet sich Kanada, was die riesigen, gut gefütterten, stumpfsinnigen Hippies betrifft, nicht von der restlichen zivilisierten Welt; diese wärmen sich an der Sonne auf den Blumenbeeten, strecken sich an den Werktagen in den Stühlen auf der Straße, schwatzen, rauchen, dösen.

Überhaupt ist für ein Individuum kein Ort auf der ganzen Welt – wie verschiedene Zeitpunkte innerhalb eines Jahres – neutral: Die einen werden sich ihm freundschaftlich öffnen, die anderen dagegen feindselig verhalten. Man muss seinem Herzen Gehör schenken, das Herz hilft dem Menschen, den richtigen Lebensort für ihn zu erraten. (Mir selbst kam beispielsweise seit der Kindheit Mittelasien immer unheimlich vor, und gerade dort sollte ich an Krebs erkranken. Mich zog es immer an den Jenissej und an den Baikalsee, doch nie in den Ural. Niemals hätte ich eine subtropische oder tropische Gegend ertragen können.) Und Kanada zeigte sich mir nicht nur wie ein nordisches Land, sondern wie eine Landschaft, die in tiefen Schlaf eingetaucht war.

Außerdem hätte ich mir noch gewünscht, mich in einer Gegend mit russischer Bevölkerung niederzulassen: So würden wir leichter atmen, so gäbe es für die Kinder eine russische Umgebung. In Ontario gab es jedoch keine solchen Siedlungen. Man machte mich zwar mit jemandem bekannt, der eine Verbindung zu russischen religiösen Sektanten hatte, doch diese wohnten in British Columbia, weit weg von hier. (Zu diesen sollte ich auch nicht finden, zudem sind sie aus dem eigentlichen russischen Element weitgehend herausgefallen und neigen dazu, den kommunistischen Lockrufen auf den Leim zu gehen, sie führen Verhandlungen über die Rückkehr in das Land, das ihnen unter den Zaren so unerträglich vorgekommen ist.) Noch erwog ich die Siedlungen der Altgläubigen in den Vereinigten Staaten, aber auch da hatte ich einige Zweifel.

Jahrzehntelang hatte ich die Hoffnung gehegt, mich von dem unaufhörlichen Lärm und der Enge zu befreien, sei es während meiner Zeit im Straflager, sei es während des Lebens in der Stadt mit ihren Radiolautsprechern, die einem lästig fallen. Was brauchte ein Schriftsteller mit meiner Lebenserfahrung? Nur Abgeschiedenheit und Ruhe. In der Sowjetunion war es mir gänzlich unmöglich, eine solche Abgeschiedenheit zu erreichen, wo ich noch etwas zum Wohnen hätte errichten können, wo es etwas zum Heizen gäbe, wichtiger noch – etwas zum Essen, und am wichtigsten – dass inmitten dieser Abgeschiedenheit der KGB mich nicht hätte erdrosseln können.

Aber selbst jetzt, als ich eine gewaltige Freiheit errungen hatte und das notwendige Geld vorhanden war, konnte ich wieder keine Bleibe finden. Ansprechende Ländereien in Kanada bekamen wir nur in unmittelbarer

Nähe des Flusses Saint-Laurent zu sehen, doch diese waren allesamt unverkäuflich, darauf hatten die Nachfahren der WASP (White Anglo-Saxon Protestants) fest ihre Wurzeln geschlagen. (Der Fluss selbst ist fabelhaft kraftvoll und breitet sich aus wie die stärksten Flüsse Sibiriens, mit einer Luft in seiner Umgebung, die fast der Meeresluft gleicht.)

Mitte Mai, nach etwa zwei Wochen, war ich der Sucherei bereits überdrüssig und konnte ohne Alja keine Entscheidung treffen. Ich bat sie dringend, ohne die Kinder aus Zürich zu mir zu kommen, wartete auf sie, zog mich für eine Weile in ein recht schäbiges Hotel in Pembroke zurück, versuchte zu schreiben, saß tagelang im Gebüsch am Ufer eines Flusses.

Alexej Winogradow holte Alja am Flughafen in Montreal ab. Sie war mit der Überzeugung gekommen, Europa um keinen Preis verlassen zu wollen. In der Tat, welcher normale Mensch würde sich freiwillig von dieser facettenreichen Schönheit, den dicht gedrängten Zeugnissen der Vergangenheit und der Kultur verabschieden? Aber wir hatten doch schon beschlossen, dass wir in Europa nicht bleiben konnten, dort würde man mich nicht in Ruhe arbeiten lassen. Und wenn es nach uns ginge, dann würden wir nur in Frankreich bleiben wollen, doch dort stellte sich das Sprachproblem. So fuhren wir, um uns etwas anzusehen, was annähernd hätte passen können. Aber Alja lehnte alles entschieden ab, insbesondere jenes Plätzchen mit dem felsigen Hügel und dem See: vom Sturm entwurzelte Bäume, keine Straßen, kilometerweit kein Mensch.

Was sollten wir nun machen? Vielleicht unser Glück in Alaska versuchen? Diesen Gedanken einfach zu verwerfen, ohne das Land in Augenschein genommen zu haben, behagte uns nicht.

Von Ottawa aus fuhren Alja und ich mit dem transkanadischen Express zur pazifischen Küste. »Express« ist freilich etwas übertrieben gesagt, der Zug schleppt sich nicht besonders eilig dahin, die Wagen schwanken hin und her, wegen des Zustandes der Gleise, er heißt so nur, weil man zwischen der atlantischen und der pazifischen Küste nicht umzusteigen braucht. Kanadische Eisenbahnen sind in spürbarem Niedergang begriffen, der noch von der sinnlosen Koexistenz und Konkurrenz zweier absterbender Systeme mit parallel gelegten Gleisen beschleunigt wird – der Kanadischen Nationalen und der Kanadischen Pazifischen Eisenbahn (stellenweise liegen ihre Gleise dicht nebeneinander, aber die rollenden Züge bleiben leer). Es verkehrt nur ein Express am Tag, die Bahnhöfe sind öde (oft liegen sie außerhalb der Städte, um diese von den Gleislinien frei zu halten), alle pflegen längst mit Flugzeug oder Bus zu reisen. Man hat jeglichen Respekt vor der Eisenbahn verloren und das geht so weit, dass die meisten Bahnübergänge unbeschrankt sind, die Autofahrer kreuzen sie, ohne die Gleise eines Blickes zu würdigen, während den Diesellokomotiven (Stromleitungen bei der Eisenbahn auf diesem Kontinent zu suchen, wäre fast überall ein sinnloses Unterfangen) nur bleibt, vor jedem Bahnübergang in der Lautstärke einer Büffelherde zu hupen. So ziehen die Hupllaute mit entlang der Strecke. An vielen Stationen gibt es keine Gepäckaufbewahrung, nur vereinzelt gibt es einen noch nicht ausgestorbenen, aber völlig nutzlosen Telegrafen. Dafür steigt aus dem Wagen nicht nur der Schaffner, sondern auch der Portier, ein Schwarzer, um dem Reisenden, auch wenn dieser allein ist, behilflich zu sein. Wenn die Strecke vor dem Ozean zu Ende geht, verlassen den Zug manchmal nur an die zehn Menschen.

Je mehr die Eisenbahn herunterkommt, desto wichtigtuerischer verhalten sich die Bahnbediensteten in den großen Bahnhöfen (allesamt Männer): Sie lassen die Leute, die auf die Reisenden warten, nicht auf den Bahnsteig, kontrollieren, verbieten, machen irgendwelche Ansagen, zwingen die Menschen, sinnlos durch unterirdische Tunnel zu marschieren, wo noch so ein Dienst habender Nichtstuer herumsteht, nur um darauf hinzuweisen, welche Rolltreppe man zu nehmen habe. In der Art und Weise, wie man auf dem amerikanischen Kontinent zuerst überall Eisenbahnschienen legte und sie dann wieder links liegen ließ, zeigt sich das einstige junge, gierige Greifen nach einem Apfel, um ihn anzubeißen und wegzuwerfen und nach einem neuen zu greifen. In dieser hastigen Entwicklung, immer hinter dem Neuen, dem noch Neueren her, hatte selbst das beste Alte das Nachsehen. Aber bei vielem könnte man durchaus neidisch werden und sich Gedanken machen, wie auch bei uns so etwas einzuführen wäre, z.B. Einzelabteile für eine Person, in denen der Mensch auf minimalem Raum mit einem Bett, einem Tischchen, kaltem und warmem Wasser, Strom, einem Spiegel, einer Toilette und einer Klimaanlage versorgt ist. Hat man genügend Lebensmittel mitgenommen, braucht man so ein Abteil drei Tage lang gar nicht verlassen. Oder aber: die Salonräume mit einem Glasdach im oberen Stockwerk des Waggons, von wo aus die Reisenden sowohl die beiden Seiten der Strecke als auch den Himmel mit dem Blick erfassen – ein ununterbrochenes Landschaftsbild (das freilich durch die zwangsweise gesendete Popmusik verdorben wird). Diese Dächer müssen häufig mittels einer besonderen Anlage mit vielen Bürsten gewaschen werden, durch die sich der Zug auf den großen Bahnhöfen hindurchzwängt.

Mir ist die Eisenbahn seit der Kindheit lieb und teuer gewesen, und ihren Niedergang empfinde ich deshalb als den traurigsten Verlust gleich nach dem der Pferde. (Im 19. Jahrhundert gab es noch einige Leute, denen die Eisenbahn als eine unzulässige Zerstörung der Natur vorkam.)

In Prince-Rupert stiegen wir vom Zug auf das Schiff nach Alaska um, das unter der munteren amerikanischen Flagge segelte, und hier gingen wir erstmals durch die amerikanische Zollkontrolle. (Diese verwunderte mich wegen ihrer Strenge in Bezug auf die Rucksäcke der reisenden Studenten: All das akkurat Verpackte wurde aufgewühlt und angefasst; suchte man bei ihnen etwa nach Drogen?) Selbst dieses Schiff, später gefolgt von dem scheinbar abgetrennten Alaska, unterschied sich ganz erheblich von dem schläfrigen Kanada. Die amerikanische Atmosphäre nährte die Hoffnung und uns kam allmählich der Gedanke, ob wir uns nicht doch in den Vereinigten Staaten niederlassen sollten. Der Entschluss dazu wäre nie so leicht gefallen, wenn zuvor der Kontrast zu Kanada nicht so krass gewesen wäre. Bis dahin hatte ich mir die Staaten als ein allzu dicht besiedeltes, politisch allzu hastiges und vorlautes Land ausgemalt. Aber jetzt begannen wir etwas von seiner Breite und Kraft zu spüren.

Für uns, nach einem Jahr schmerzhafter Trennung von Russland, hätte man nichts Besseres ausdenken können, als die Bekanntschaft mit den USA von Alaska aus zu beginnen. Neben Russland selbst dürfte es wohl keinen anderen Ort auf der Erde geben, der mehr vom russischen Charakter besäße, vielleicht nur in Gebieten mit einer dichten russischen Besiedelung. Die Hauptstadt des Staates Alaska, Juneau, präsentierte sich noch wie eine amerikanische Stadt, obwohl uns auch dort ein orthodoxer Priester alles zeigte und uns überall hinfuhr. Aber schon Sitka (das einstige Neu-Archangelsk) mit seinem Bischof Grigorij Afonskij empfing uns ganz auf russische Art.

In Bischof Grigorijs Familie gab es viele Priester, sowohl sein Vater als auch sein Großvater mütterlicherseits; die sowjetische Epoche ereilte ihn in Kiew, mit 16 Jahren geriet er in eine Straßenkontrolle der deutschen

Besatzer und wurde als Ostarbeiter nach Deutschland verschickt. (Bei der Abfertigung blieb der Zug länger stehen und die Mütter der Verhafteten, die davon gehört hatten, darunter Grigorijs Mutter, eilten zu den Gleisen, um wenigstens einen Blick auf ihre abtransportierten Söhne zu werfen und, wenn es glücken sollte, dem einen oder anderen ein Bündel mit Wäsche zuzustecken.) Während seines Arbeitseinsatzes las Grigorij eines Tages auf dem Fetzen einer russischen Zeitung aus Paris, dass sein Onkel Afonskij der Chorleiter der orthodoxen Kathedrale in der Rue Daru war und dort ein Konzert veranstalten sollte. Grigorij schaffte es, eine Verbindung zum Onkel herzustellen, und zu Ende des Krieges wurde er nach Paris geholt. Später absolvierte er die Geistliche Akademie St. Vladimir der Russischen Orthodoxen Kirche in Amerika, die im Staat New York angesiedelt ist. Vor der Priesterweihe hätte er heiraten müssen, doch ging dies nicht in Erfüllung, sodass er zum Hieromönch und bald darauf zum Bischof geweiht wurde. (Als er einmal bei uns in Vermont zu Gast war und über sein Leben und seine Brautsuche erzählte, fragte ihn Alja, ob er es bedauere, niemals geheiratet zu haben. Der Bischof antwortete mit einem milden Lächeln: »Ach nein. Ich bedauere nur, dass ich kinderlos geblieben bin.«)

Anderthalb Jahrhunderte zuvor war der ehemalige Priester aus Irkutsk, Bischof Innokentij von Alaska, freiwillig hierher übersiedelt, um den Glauben der bereits bekehrten, jedoch wenig betreuten Bevölkerung weiter zu festigen. Er segelte zu den einzelnen Inseln, übersetzte das Neue Testament, Gebete und liturgische Gesänge in sechs hiesige Sprachen. So antworten heute sowohl ein Priester von den Aleuten als auch ein Kirchendiener von den Indianern und alle Eingeborenen auf die Frage, wer sie seien – »Russian Orthodox«. Im Museum der Stadt Sitka sind unsere alten russischen Ikonen, sakrale Bücher, Geschirr aus Holz und Porzellan, Münzen, Haushaltsgeräte ausgestellt. Nicht nur das, sondern weitaus mehr gibt es zu sehen, und zwar ein echtes Bischofshaus aus dem Jahre 1842, mit einem altmodischen Wohnzimmer, Arbeitszimmer, und jedes Möbelstück – den Schaukelstuhl, die Stühle mit den geflochtenen Lehnen, das Cembalo, den Sekretär, die Schränke – erkennt man wieder, sei es, weil man so etwas schon irgendwann gesehen hat und die Augen sich jetzt daran erinnern, sei es, weil man die Verwandtschaft fühlt oder über solche Gegenstände irgendwo mal gelesen hat. Man ist wie in einer alten Gouvernementsstadt, fast noch in der Zeit des Dichters Michail Lermontow. Und die Samoware sind überall in Alaska, auch bei den Amerikanern, das am häufigsten anzutreffende Schmuckstück im Haushalt.

Hier, im Nordwesten des amerikanischen Kontinents, verwundern die russische Verwegenheit, Beharrlichkeit, die Errungenschaften bei der Erschließung einer solchen Landschaft (was in der Sowjetunion propagandistisch ausgeschlachtet wurde und wo man nur abwinken konnte). Denn Alaska schloss sich an das Russische Reich nicht von seiner Paradeseite an; um hierher zu kommen, musste man zuvor quer durch das unzugängliche Sibirien. Dennoch gelang es Semjon Deshnew bereits 1648, Tschukotka zu umsegeln, und Vitus Behring erreichte Alaska im Jahre 1741. Noch hatte Katharina II. den russischen Thron nicht bestiegen, als hier Neu-Archangelsk gegründet wurde, und 1784 eröffnete auf Kodiak die erste Schule für die Aleuten (in der gegenwärtig ein orthodoxes geistliches Seminar untergebracht ist). Der gebildete Bauherr und Kaufmann mit Pioniergeist, Alexander Baranow, wirkte hier in der Rolle eines Gouverneurs und bis heute erinnern sich die Indianer daran, dass Baranow sein Wort immer eingehalten hat, im Gegensatz zu den nachgerückten Amerikanern. (Der Urgroßvater des jetzigen Diakons war zugegen, als 1867 die russische Flagge durch die amerikanische ersetzt wurde, und berichtet, dass die Indianer geweint hätten: Die Russen verhielten sich ihnen gegenüber gut, während die brutalen Misshandlungen der Indianer durch die Amerikaner damals bereits allgemein bekannt waren.) Die Russen waren auch weiter in den Süden gegangen, nach Kalifornien, und kamen erst zu einem Halt, als ihnen die spanische Welle aus Mexiko begegnete; die Amerikaner kamen als Dritte hierher. Nach den Zeugnissen, die man hundert Jahre später auswertete, hatte Russland an Amerika nicht Alaska als solches verkauft, sondern lediglich das Recht, das Gebiet Alaskas zu nutzen, und aus diesem Grund erwirbt der amerikanische Staat bis heute Grundstücke bei den Einheimischen. (Dieser Alaska-Verkauf ist wie eine richtige Versuchung in der Geschichte: Was wäre wohl aus den Vereinigten Staaten geworden, wenn die Kommunisten ihre Panzer auf Alaska gehalten hätten? So hätte sich die ganze Weltgeschichte auch ganz anders entwickeln können, wer weiß.) Nach der Revolution von 1917 riss die russische kirchliche Hoheit hier ab, es blieben nur fünf Priester für 120 Gemeinden, aber die Eskimos, die Aleuten und die Indianer pflegten die Orthodoxie 30 Jahre lang, bis die Russische Orthodoxe Kirche Amerikas in ihr Recht eintrat.

Bei Bischof Grigorij lebten wir, als ob wir nach Russland zurückgekehrt wären. Wir besuchten die Gottesdienste in seiner Kirche. Nach der Liturgie umzingelten ihn die aleutischen Kinder (wie man das auch bei uns im Norden sehen würde) und zupften den Bischof am Ärmel: »Bischa-Grischa!« Wir gingen die Baranow-Allee entlang – und riesige Adler, von der Farbe weißer Asche, mit fast schwarzen Flügeln von unten, flogen direkt über den Baumwipfeln und ihr Schatten bewegte sich, als sei ein Flugzeug über uns hinweggeflogen. Ein bisschen unheimlich war das schon – da könnte so ein Riese herabstürzen, Alja an ihrer Pelzkapuze packen und wegtragen …

Es war sehr kalt, obwohl wir dort im Mai waren.

Es gibt Amerikaner, die nach Alaska ziehen, um in dieser noch stillen Abgeschiedenheit ihre Kinder aufwachsen zu lassen, fernab von dem Verfall und Niedergang. Was aber sollten wir tun? Wäre das wohl etwas für mich gewesen? Nein, doch nicht, all das mutete vielleicht allzu sehr wie tiefes 19. Jahrhundert an (obwohl der Supermarkt freilich schon aus dem 20. Jahrhundert war).

Die Tlingit-Indianer nahmen mich in ihren Stamm auf und überreichten mir ein Ehrentäfelchen mit dem Namen »Der, auf den man hört«.

Doch ich hatte bereits viel zu lange geschwiegen. Mir war dabei nicht klar, dass ich durch meine Fahrt nach Kanada die Vereinigten Staaten beleidigte, da man mich dort schon seit einem Jahr erwartete, ich aber nach der Ozean-Überquerung nicht dorthin fuhr, sondern jetzt irgendwie seltsam über Alaska einreiste. So endlos die Welt auch ist und alle Wege offen stehen – wird der eigene Weg doch der einzige sein, eng und rastlos. Majestätisch segelt die allumfassende Zeit dahin, und die eigene ist so kurz, so knapp bemessen.

Alja musste zu den Kindern zurück. Doch wir wollten noch zusammen zu den Altgläubigen fahren, um uns ein Bild davon zu machen, wie sie lebten. In Alaska gab es nur ein Fischerdorf von ihnen, das sehr schwierig zu erreichen war, und eine große Siedlung gibt es im Staat Oregon. Es war jedoch günstiger, zunächst nach San Francisco zu fliegen, um dort wenigstens einen Blick auf die beeindruckenden russischen Archivsammlungen der Hoover Institution zu werfen.

***

Der schlanke Hauptturm der Hoover Institution überragt den verstreuten niedrigen Campus der Universität Stanford, der paradiesisch von Palmen umgeben ist. Um Zeit zu sparen, fahren viele Studenten hier mit dem Rad von einem Gebäude zum anderen. Von oben herab ist der Stundenschlag zu hören, ein trauriger Laut, wie aus dem Jenseits.

Für die Hoover Institution gab es nicht mehr als eine Woche Zeit. Für diese Tage lud uns der stellvertretende Direktor der Einrichtung, Richard Starr (ein Reserveoberst der Marineinfanterie), ein, Gäste in seinem geräumigen kalifornischen Haus mit Wintergarten zu sein. Doch aus Rücksicht auf unsere Bewegungsfreiheit bestanden wir darauf, im Gästehaus der Universität unterzukommen. Die Strafe dafür ereilte uns gleich am ersten Abend, am Samstag. Vor unserem Fenster, etwa 30 Meter entfernt, stand ein großes Podium. Plötzlich, von neun Uhr abends an, kamen scharenweise junge Leute und dann – o Horror! – explodierte wilde Musik und auf dem Podium schaukelte sich eine dichte tanzende Menge. Es war schier unglaublich, wie die Lautsprecher heulten: In unserem Zimmer mussten wir uns in die Ohren schreien, um überhaupt ein Wort zu verstehen, und wenn man das Fenster schloss, wurde die Hitze sofort unerträglich, zumal es in dem Raum keine Belüftungsanlage gab. Die Studenten, weiße und schwarze, tanzten konzentriert, unermüdlich, ohne sich anzusehen, als würden sie alle eine schwere Arbeit verrichten. Diejenigen wiederum, die um das Podium herumstanden, hielten allesamt riesige Pappbecher, Dosen oder Flaschen in der Hand, die sie dann einfach auf die Erde fallen ließen, vor unseren Augen wuchs ein Müllberg, und auch dieser Anblick machte uns einfach fassungslos. Stunde um Stunde dauerte der unerträgliche Heidenlärm an, wie eine Folter, wie hätte man da an Schlaf denken sollen? Aber ungefähr um ein Uhr in der Nacht hörte alles schlagartig auf. Es brach eine Stille an, wie nach einem Artilleriebeschuss. Jetzt mussten wir uns noch einmal wundern: Augenblicklich verließ die Menge das Podium, es blieb nur etwa ein Dutzend Studenten, die genauso konzentriert, schnell und gekonnt den ganzen Müll in große Säcke sammelten, die Fläche auskehrten und Tischchen und Stühle aufstellten. In zehn Minuten war niemand mehr vor unseren Fenstern zu sehen, die Laternen beschienen das saubere Gerüst, in der warmen Nachtluft zirpten die Grillen.

In diesen Tagen an der Hoover Institution schlossen wir Freundschaft mit einem überaus sympathischen Paar aus der Zweiten Emigrationswelle,

Nikolaj Sergejewitsch Paschin (dem Bruder des Schriftstellers Sergej Maximow), Professor für russische Literatur und Sprache an der Universität Stanford, und Jelena Anatoljewna Paschina, die aus Charkow stammte und ausgerechnet an der Hoover Institution arbeitete; sie sicherte mir zu, in Zukunft meine Arbeit nach Kräften zu unterstützen (und diese Unterstützung sollte mir mehr als einmal zugute kommen!).

Unter den Mitarbeitern der Einrichtung fanden sich auch viele andere, die Russisch beherrschten, darunter auch Slawen, wie der Pole Sworakowski (er erläuterte mir sofort den grundsätzlichen Aufbau der Sammlungen und beschwerte sich, dass sich die Direktion den sowjetischen Infiltrationsversuchen gegenüber allzu nachgiebig zeige) oder der freundliche Serbe Drašković.

Für unsere Arbeit stellte man uns einen Sitzungsraum zur Verfügung, mit einem riesigen Tisch, auf den man nun ununterbrochen die von mir bestellten Karteikarten, Verzeichnisse der Sammlungen, Dokumentenboxen, Ordner, Stapel von Erinnerungen, Büchern, Zeitungen auftürmte. Wir lernten auch A. M. Burgina kennen, die in den Revolutionsjahren mit dem Politiker Iraklij Zereteli verheiratet war und nach seinem Tod mit dem Sozialisten Boris Nikolajewskij, von dem eine bekannte umfangreiche Sammlung von Archivalien stammte. Nach seinem Tod wurde sie hier zur Kustodin dieser Sammlung. (Sie konnte mir Einzelheiten über den Verlauf der Februarrevolution im Taurischen Palast in Petrograd berichten; ihr wurde von dem Kommandanten Peretz zusammen mit drei anderen Studentinnen auferlegt, die festgenommenen Minister der Zaren-Regierung im Auge zu behalten und ihnen Tee zu servieren.)

Eine ganze dicht gedrängte Woche lang konnten wir hier mit vier Händen arbeiten. Alja nahm sich der Sammlung von Nikolajewskij an. Ich warf mich hin und her, von einem Verzeichnis zum anderen, stellte einen Plan für künftige Recherchen zusammen, tauchte aber auch in diverseste Erinnerungen ein, in seltene Ausgaben, von denen ich bis dahin nicht einmal gehört hatte.

Sogar für die Besichtigung von San Francisco blieben nur zwei Stunden übrig, wir fuhren einfach durch, ohne auszusteigen. Die Stadt erschien sehr pittoresk auf den Hügeln liegend, mit einer großen Chinatown, dem überwältigenden Blick von der Höhe auf die Bucht und dem überragenden singenden Bogen der langen frei schwebenden Golden-Gate-Brücke.

In der Stadt trafen wir uns mit Ariadna Delianitsch, einer heldenhaften Frau, deren Erinnerung an den Zweiten Weltkrieg noch brannte, die auch nach dem Krieg durch die Lager gegangen war, und zwar durch die britischen. Diese groß gewachsene Frau mit einem willensstarken Gesicht kümmerte sich nun mit Mühe um eine russischsprachige Zeitung für die Westküste Amerikas, doch die Zeitung brach langsam auseinander, die Sprache war im Erlöschen begriffen, von den einstigen Lesern waren viele nicht mehr da.

Das Ehepaar Paschin zeigte uns auch die Ozeanküste südlich der Stadt. Die riesigen Wellen rollten und rollten, unermesslich und ungebrochen, etwa zwei Meter hoch. Lange Zeit blieb dieses Bild ohne Veränderung. Ein herrlicher Strand war menschenleer, denn obwohl hier der 37. Breitengrad ist, war damals im Mai das Wasser eisig.

Nun war es an der Zeit, unsere Weiterreise zu den Altgläubigen anzutreten. Von San Francisco fuhren wir mit dem Zug Richtung Norden, ich glaube, bis Salem, dort mieteten wir ein Auto. Wenn auch an dieser Stelle fast flach, ist hier der Staat Oregon mit einer beträchtlichen Menge kleiner Wäldchen übersät, welche die Felder voneinander abgrenzen. An einem sonnigen Tag, noch bevor wir uns nach der richtigen Siedlung erkundigen wollten, sahen wir hie und da auf den Feldern vollkommen russisch aussehende Frauen und Mädchen arbeiten. Von dieser hellen Bauernkleidung waren unsere sowjetisch geschulten Augen bereits entwöhnt. Sie jäteten das Unkraut in den Erdbeerfeldern (Oregon beliefert ganz Amerika mit Erdbeeren). Ungläubig, mit verwunderter Stimme, fragten wir gleich auf Russisch – und hörten die Antworten in reinster russischer Sprache! Das Herz zersprang fast: Wir waren wieder in Russland, und in was für einem! Hier sollte man sich niederlassen!

Es stellte sich heraus, dass diese Altgläubigen (die zur Diözese von Belaja Kriniza in der Bukowina gehörten) ursprünglich aus Sibirien stammten und während der Revolutionszeit nach Charbin in China übersiedelten. Infolge der Machtergreifung durch Mao Tse-tung wanderten sie nach Brasilien aus. Dort arbeiteten sie sehr hart, bis zum Umfallen auf den Plantagen, dennoch blieben ihre Familien in schlimmer Armut. Dann schafften sie es, allesamt in die Vereinigten Staaten zu kommen, durch die Hilfe Alexandra Tolstajas, der Tochter von Lew Tolstoj.

Man geleitete uns in das Haus von Kirill und Fedosja Kutzew, mit ihren sieben oder acht Kindern (mit altertümlichen Namen wie Hiob, Anisja, Domna ...) und den Eltern Pjotr Fjodorowitsch und Iskiteja Antipowna; auch ihr Bruder Abram Antipowitsch gesellte sich hinzu. Allesamt hatten sie gesunde Körper (Kirill war schon fast ein Recke), ihre Stimmung war strahlend, ihre Namen klangen nach dem unverfälschten Heiligenkalender – so viel Herzlichkeit empfingen wir da, so viel Gastfreundschaft! Aber es war uns nicht gestattet, mit den Erwachsenen in dieser Familie an einem Tisch zu sitzen, diese irrsinnige Trennlinie, die unsere Vorfahren vor 300 Jahren gezogen hatten, blieb immer noch eine Wunde. Wir wurden also an den Kindertisch gesetzt, freilich mit Speisen auf jede nur erdenkliche Weise verwöhnt. Nach uns konnten sich die Erwachsenen der Familie an den Tisch begeben. Wie sollte es aber hier mit den Kindern weitergehen? Das war ein echtes Problem, über das ausgiebig gesprochen wurde. Bei aller Stärke des geistigen Einflusses in den Altgläubigen-Familien führe der Weg unausweichlich in die allgemeine amerikanische Schule, und von überallher wehe der Geist der Schrankenlosigkeit, »alles sei erlaubt«; wie sollten aber die Kinder ansonsten in die amerikanische Realität eintreten können? Doch daheim bemühte man sich, sie in Standhaftigkeit zu erziehen; Fernseher gab es nicht, es wurde Russisch gelesen. Die Nachbarin brachte den Kindern Kirchenslawisch bei. Auch die Kleidung der Kinder war nach russischer Art, selbst genäht. Alja und ich bekamen zwei bunte gestickte Hemden geschenkt. Wir ließen uns alle miteinander fotografieren.

Es kamen einige Nachbarn aus der Siedlung vorbei, unter denen besonders Eugenia Kulikowa durch ihr Schicksal auffiel. Ihr Mann ging jeden Sommer an der Küste Alaskas auf Fischfang, erreichte auch Kamtschatka – und verschwand eines Tages spurlos mitsamt seinem Boot. Die Begleitumstände wurden nie geklärt, ob er bei einem Unfall gesunken war oder aber von den Sowjets gefasst wurde (dafür hätten einige Anzeichen gesprochen). Schon seit fünf Jahren blieb diese energische, junge, willensstarke Frau in der Blüte ihres Lebens, mit drei Kindern, allein, weder Witwe noch richtig verheiratet: Wäre ihr Mann noch am Leben, so würde sie eine Todsünde begehen, wenn sie einen anderen heiraten würde, wenn er aber verunglückt oder gestorben sein sollte, wie könnte man einen Beweis dafür erhalten? Sie wandte sich an den Kongressabgeordneten ihres Staates, die Amerikaner kontaktierten die Sowjets, doch alles blieb ergebnislos. Sie bat mich, ob ich vielleicht an die sowjetische Führung schreiben könnte? (Alja versuchte, durch die »illegale« Post, über Alexander Ginzburg, durch die Verbindungen der Lagerinsassen, herauszubekommen, ob man von einem solchen Häftling irgendwo gehört hatte, doch ebenfalls ohne Ergebnis.) Zu Eugenia hielten wir später einen Briefkontakt aufrecht.

Also konnten wir nicht einmal bei den Altgläubigen über Nacht bleiben? Und hier sollte man sich dann niederlassen? Allerdings hatten wir eine Einladung in das benachbarte Benediktinerkloster Mount Angel in der Nähe von Woodburn: Dort hatte sich ein Mönch, Bruder Ambrose, zum eifrigen Orthodoxen erklärt, gar zum Altgläubigen, pflegte gute Beziehungen zu ihnen, richtete im Kloster einen entsprechenden Gebetsraum ein, woran ihn das Kloster nicht hinderte (die Altgläubigen fragten sich misstrauisch, ob dahinter nicht das Ziel stünde, sich ihrer Seelen zu bemächtigen, doch man kam soweit gut nachbarschaftlich miteinander aus). In diesem Kloster verbrachten wir also zwei oder drei Nächte.

Es waren die Tage vor Christi Himmelfahrt. Noch davor, am Morgen des 11. Juni, fuhren wir in die Kirche der »Priesterlosen« (die hierher aus der Türkei gezogen waren), doch dort begegnete man uns mit erbitterter Härte, nicht einmal betreten durften wir den Kirchenraum, sondern mussten als Zeichen besonderer Zugeständnisse am Eingang stehen bleiben. Und das sollten die Eigenen sein …

Am gleichen Abend fuhren wir dann zum Gottesdienst wieder zu den Leuten von Belaja Kriniza. Der Kirchenraum war überfüllt, die Männer trugen schwarze, die Frauen helle und leuchtende Farben, die Liturgie war lang und streng, doch alle zeigten sich freundlich. Hier verbrachten wir auch den Feiertag.

Wie viel an Lebenszeit jeder von uns hat, weiß nur Gott. Dies spürte ich besonders deutlich gerade in diesen Junitagen des Jahres 1975. Irgendwann während der Lagerhaft in Ekibastus hatte ich einen ganz deutlichen Traum: Ein kalter, heller Tag, der Himmel steht hoch, eine Balkontür, teilweise abgerissen, hängt schief – und in einer klaren Stimme wird mir vernehmlich gesagt, ich werde am 13. Juni 1975 sterben. Ich wachte auf, im Gedächtnis blieb das Gesagte und ich notierte mir dieses Datum (diese Notiz bewahre ich bis heute). Damals schien es mir, 25 Jahre lägen noch vor mir, für die Umstände im Lager war das ein durchaus ermunternder Traum! Aber da blickt man sich um und stellt fest, diese Frist ist schon verstrichen.

Der 13. Juni fiel auf den Freitag nach Christi Himmelfahrt und wir beschlossen, diesen Tag im Kloster zu verbringen, ohne irgendwohin zu fahren.

Noch während der Arbeit an der Hoover Institution erreichte mich ein Telefonanruf von der Ostküste: Die Universität Harvard wollte mich am 12. Juni einladen, die Ehrendoktorwürde in Empfang zu nehmen. Man hatte dies bereits 1974 vorgehabt, als ich noch in Zürich lebte, doch damals lehnte ich ab und flog nicht in die Vereinigten Staaten. Jetzt wiederholte man die Einladung, aber schon wieder verzichtete ich darauf, aus diesem Grund meine Pläne zu ändern und quer über den Kontinent zu fliegen. Überdies näherte sich der bewusste 13. Juni. Ich lehnte erneut ab und man war gekränkt, sodass drei Jahre lang nichts mehr zu hören war, die Zeremonie sollte erst im Jahre 1978 stattfinden.

Inzwischen kam ein weiterer Anruf: Von meiner seltsamen Ankunft im Lande, sozusagen über den Hintereingang, hatte George Meany erfahren, dessen Einladung ich voriges Jahr ebenfalls abgelehnt hatte. Jetzt lud er mich ein, auf dem allamerikanischen Gewerkschaftstag in Washington aufzutreten sowie auf einer großen Versammlung in New York, dies sollte aber erst ab Ende Juni stattfinden und ich konnte die Route mit meinen sonstigen Aufgaben in Einklang zu bringen.

Nun, in diesem Lande würde man mich nicht in Ruhe lassen, hin und her zerren; wie sollte man hier leben? Man griff nach mir, noch bevor es überhaupt ein Zuhause gab oder die Familie nachgekommen war: zu uns! nein, zu uns! Aber wo sonst hätte man dann auftreten sollen und auch wann, wenn nicht gerade jetzt, nach ihrer Niederlage in Vietnam? Jetzt würde das, was ich zu sagen hatte, besonders unpopulär sein, zugleich aber gerade zur rechten Zeit kommen. Ich willigte ein.

Alja musste jedoch ohne weiteren Aufschub zu den Kindern zurückkehren. Dennoch verabredeten wir, dass sie versuchen würde, zu meinen Auftritten wiederzukommen. In Portland (auch hier diese unvermeidlichen Wolkenkratzer!) setzte ich sie ins Flugzeug und machte mich auf die Reise nach Kanada, um noch einmal mit dem Zug zu fahren, diesmal an die Ostküste. Sollte ich mich noch ein letztes Mal nach einem Wohnort in Kanada umsehen?

Manchmal empfangen wir vage Zukunftsvisionen, die sich ab und an als durchaus zutreffend herausstellen. Solche Erfahrungen kenne auch ich;

zunächst scheinen sie unmotiviert zu kommen, dann aber beginnt man, in die gleiche Richtung zu agieren, sodass die Traumbilder und die Ergebnisse einer Handlung ineinander greifen. In Hinblick auf das Vorhaben, mich in Amerika niederzulassen, kam mir eine solche Vision, aber zugleich auch der Wunsch, der Entschluss, nach Russland nicht über Europa zurückzukehren, nicht direkt nach Moskau, das nur in einer geschwächten Form all diese schlimmen, schicksalhaften Jahre mit Russland geteilt hatte, zumal ich kein Moskowiter bin, sondern über den Pazifik und Wladiwostok. Nach Russland zurückzukehren, wie ich auch in die Vereinigten Staaten kam, nicht durch den Haupteingang, und dann lange, lange durch Russland zu fahren, überall einzukehren, Bekanntschaften zu schließen – das wird es auch heißen, *nach Russland zurückzukehren.* (Sollte ich es erleben, sollten außerordentliche Umstände mich nicht anders drängen, werde ich es genau so machen.)

Deswegen gewann für mich die Reise über Vancouver eine etwas andere, wesentlichere Bedeutung. Nachdem ich am Bahnhof mühelos eine Fahrkarte gekauft und den Koffer in ein Schließfach gegeben hatte, ging ich an die zwei Stunden mit einem angenehmen Gefühl in Erwartung der langen komfortablen Eisenbahnfahrt auf der hohen Aussichtsplattform spazieren, zwischen den silbernen Waggons der Kanadischen Pazifischen Eisenbahngesellschaft und dem Hafen, von wo die Schiffe wohl auch nach Wladiwostok ablegten. Ohne den Ozean wäre Vancouver sicherlich wie die übrigen Städte Kanadas gewesen – mit einer gedrängten Gruppe von Wolkenkratzern im Zentrum, den sich drehenden Werbeplakaten, den verstreuten einstöckigen Häusern und der bunten Mischung auf der Straße. Aber der Ozean, die Berge auf der gegenüberliegenden Seite der Meerenge, bläulich, in mehreren Reihen, von taubenfarbenen Nebelstreifen umhüllt, veränderten alles entschieden. Bleierne Regenwolken zogen vorbei (vor ihrem Hintergrund schwebte ein leuchtend weißes Flugzeug), Schiffe legten ab. Ich wanderte sozusagen wie auf dem Rückgrat des eigenen Lebens: Ich fuhr in den Osten, um zu erkennen, ob ich je in den Westen würde segeln können, durch den äußersten Westen – und in unseren Fernen Osten?

Den ganzen nächsten Tag verbrachte ich in meinem Einzelabteil, ohne aufzustehen, nur mit den Augen die Bewegung durch die Breite des Fensters auffangend. Den ganzen Tag zog British Columbia an mir vorbei.

Unvorstellbar schön waren die Rocky Mountains, die bald an den Zug heranrückten, sodass man seinerzeit gezwungen gewesen war, die Gleise mit Gittern vor Steinschlag zu schützen und durch Tunnels zu führen. Stellenweise standen die Felsen so nah, dass neben den Gleisen kein Platz mehr für die Straße war und sie in den Tunnel auf die andere Ebene ausweichen musste. Bald traten sie aber in ein unermessliches Becken des Tals zurück, unter die Sonne, mit Resten von Schnee auf den Gipfeln, und fünf Minuten später tauchten sie schon wieder in ein anderes Tal ab, von niedrig hängenden Wolken umhüllt. Der leuchtend blassgrüne Fluss schmiegte sich bald an den Zugverlauf an, bald entfernte er sich, einmal als kochender Strom mit weißen Wellenkämmen, anderswo ergoss er sich in kleinen Bächen über eine mit Kieseln bedeckte Flussniederung. Hier ragten Wälder empor, die man wirklich so bezeichnen konnte – starke, mächtige, makellose Bäume, mit dichtem Laub, das den Blick versperrte; nur gab es halt keine Birken. Ja, vielleicht wäre es ganz gut, sich in British Columbia niederzulassen. (Noch besser wäre es am Baikalsee, gewiss. Unsere Sucherei zog sich in die Länge, weil wir eben nicht in unserer Heimat waren, bei uns ließe sich alles schneller finden.) Aber irgendwo liegt jener Wendepunkt, bis zu dem man gegen die allgemeinen Regel gehen kann. Mich zerriss von innen der ewige Widerspruch: Sollte ich nun schreiben – oder kämpfen?

So schön war es, einfach im Abteil zu liegen, bis Pembroke in Ontario nicht auszusteigen; dort sollte ich mich wieder mit Alexej Winogradow treffen, um die Suche erneut aufzunehmen. Aber ich beschloss, auch in Winnipeg auszusteigen, dem Zentrum der ukrainischen Diaspora in Kanada. Die Ukrainer unterhalten dort eine Art allukrainische Vereinigung – den Weltkongress Freier Ukrainer, auf dem gelegentlich verschiedene gespaltene Richtungen zusammenkommen und die zwei ukrainischen Kirchen konzelebrieren, eine mit katholischer und eine mit orthodoxer Orientierung (wenngleich die Letztere ihre Bischöfe seit 1918 unkanonisch bestellt). Die Exilrussen aber, die auch unterschiedlichen Kirchen angehören, pflegen sich im Gegenteil gar nicht zu treffen und ihre Kirchen sind zerstritten. Die fast zwei Millionen Menschen zählende Diaspora (eine genaue Zahl lässt sich nicht ermitteln) ist in kleine, voneinander isolierte, autonom existierende Zellen zerstreut, die sich in nichts auflösen werden müssen. So werden Russland nur die Bücher der Denker aus der Ersten Emigrationswelle, die Diskussionen aus der Zwischenkriegszeit und die trüben Ergüsse der Publizistik der Dritten Emigration als Erbe bleiben und auf Russlands Weg Einfluss nehmen.

Wie sah dagegen die Lage der Ukrainer aus? Nach außen hin schien der Zusammenschluss in einem stärkeren Maße als bei den Russen gegeben zu sein, doch vermittelte er dabei den Eindruck einer seltsamen Tatenlosigkeit. Nichts unternahmen sie gegen die Sowjetmacht, selbst ihre Auftritte zeigten kein besonderes Gewicht, und ihre ganzen Bestrebungen gingen dahin, im Westen angenehm zu leben und darauf zu warten, bis die Befreiung vom Himmel auf sie herunterfällt, gleich die doppelte, von den Kommunisten und von den Russen. Und wenn es um einen Kampf gehen sollte, so waren sie bereit, diesen ausschließlich gegen die Moskauer Vorherrschaft zu führen. Ich traf mich mit dem Präsidenten des Allukrainischen Kongresses, Kuschnyr, den leitenden Vertretern der Diözese, noch wurden an einem Abend an die 20 Intellektuelle zum Gespräch eingeladen, und ich konnte diese Stimmung überall spüren und sagte ihnen offen: Es werden viele sein, wenn es um die Aufteilung des Erbes gehen wird, doch das will erst einmal erobert werden. Einer der Anwesenden unterstützte mich indirekt, indem er seinen Landsleuten Folgendes vorwarf: Und wie viele kämpften mit Petljura? Lediglich 30 000 Mann, die anderen versteckten sich in ihren Häusern.

Die ukrainische Frage ist für unsere Zukunft eine der gefährlichsten. Sie könnte uns einen blutigen Schlag gerade zum Zeitpunkt unserer Befreiung versetzen, und die beiden Seiten sind geistig sehr schlecht darauf vorbereitet, dieses Problem zu erfassen. Dessen Last verspüre ich ununterbrochen auf mir, das ist vielfach durch meine Herkunft bedingt. Ich wünsche den Ukrainern von Herzen Glück. Es wäre mein Wunsch, dass wir unsere verfluchten Probleme gemeinsam richtig lösen könnten, nicht in Feindschaft, ich möchte diese bedrohliche Spaltung überwinden helfen. Im Sonderlager von Ekibastus war ich mit Westukrainern befreundet, kannte ihre Unnachgiebigkeit, die dort auf selbstlose Weise zum Ausdruck kam. Damals gab es zwischen uns nicht die geringsten Differenzen, was die Haltung der Sowjetmacht gegenüber betraf. Ich denke, noch viele meiner Mithäftlinge aus jener Zeit werden in der Ukraine zu finden sein, und sie werden unsere künftigen Gespräche erleichtern. Wie es völlig umsonst ist, den Ukrainern zu beweisen zu suchen, dass wir alle unserer Herkunft und unserem Geist nach aus Kiew stammen, so wollen sich auch die Russen keinesfalls vorstellen, dass entlang des Dnjepr wirklich ein anderes Volk lebt. Gerade die Bolschewiken haben sehr viele Kränkungen und Zwistigkeiten gesät: Wie überall haben diese Schlächter nur die Wunden aufgewühlt und gequält, und wenn sie gegangen sein werden, werden sie uns alle in verfaultem Zustand zurücklassen. Es wird eine komplizierte Aufgabe sein, das Gespräch im Rahmen der Vernunft zu halten. Aber alles, was meine Stimme an Gewicht besitzen sollte, werde ich in diese Schale legen. Und auf jeden Fall weiß ich: Wenn es, Gott bewahre, zu einem russisch-ukrainischen Krieg kommen sollte, werde ich nicht in ihn ziehen und werde meine Söhne nicht hergeben.

Mit Winogradow fuhren wir noch ein wenig in Kanada herum, aber es ließ sich wieder kein passendes Grundstück finden. Mir war auch nicht mehr danach, mich in diesem Land niederzulassen. Ich schlug Alexej nun vor, in den Vereinigten Staaten zu suchen, vielleicht in den angrenzenden Gegenden. Welcher Staat lag in der Nachbarschaft? Vermont?

In der Zwischenzeit musste ich bereits nach Washington aufbrechen und überdies noch meine Auftritte vorbereiten. Wir überquerten die amerikanische Grenze in der Nähe der »Tausend Inseln«. Jedes Mal gewann ich bei diesen Grenzübergängen den Eindruck, in eine gepflegte Weite hineinzufahren, die gut zusammengehalten wurde. Ja, es würde wohl Amerika werden. Der Raum war hier überhaupt nicht gedrängt, wie ich einst gedacht hatte, im Gegenteil, die Natur war gesund, die ausgezeichneten Wälder waren nicht gerodet.

Es nahten die Pfingsttage und wir schafften es, rechtzeitig im Kloster von Jordanville anzukommen, wo ich mich auf die bevorstehenden Auftritte vorbereiten wollte, ohne zu bedenken, dass zu Pfingsten, dem hiesigen Fest der Kathedralengründung, von überall her Pilger kamen und alle Unterkünfte überfüllt waren. Das Kloster hinterließ bei mir einen großen Eindruck, hatte es doch in einer solchen Ferne Wurzeln geschlagen, aber den russischen Geist bewahrt, umgeben von der zersetzenden fremden Gegenwart. Einen langen Rückzug musste also die russische Kirche antreten, die sich 1920 auf den Balkan abgesetzt hatte, nur für ein paar schnell vergehende Jahre, wie man damals wähnte. Außer dem Kloster befanden sich hier noch ein Geistliches Seminar und eine Druckerei; selbstredend hingen überall die Bildnisse des Zaren Nikolaus II. Über dem Haupteingang zur Friedhofskirche war eine der Zarenfamilie gewidmete Inschrift zu lesen (man pflegt sie hier für die *Erstmärtyrer* der Russischen Revolution zu halten, ohne die Tausende zu berücksichtigen, die noch *vor* deren Hinrichtung erschossen wurden). Dafür lautete die andere, alle vereinigende Inschrift auf der anderen Seite des Einganges: »Im Gebet und Gedenken an alle Befehlshabenden und alle Ränge der Weißen Russischen Armee, des Russischen Corps, der Russischen Befreiungsarmee und alle, die ihr Leben im Kampf gegen den gottlosen Kommunismus gelassen haben, in Zeiten der Wirren gequält und getötet wurden, deren Namen Dir, o Gott, bekannt sind.« Und bei uns in der Sowjetunion war es nicht möglich, selbst diese Bezeichnungen auszusprechen, ohne dass sie gleich mit Fluch belegt werden mussten. Doch alles wird sich einmal wieder vereinigen, alles irgendwann anerkannt werden.

Die angereisten Russen besetzten alle Hotels im Umkreis von 20 Meilen und Alexej brachte mich an den See Otsego, nördlich von Cooperstown. Erst später fiel mir ein, dass hier die Orte von Fenimore Cooper waren, aus den Kinderbüchern fast auswendig bekannt. Alexej fuhr weg und ich blieb auf meiner Sandbank, in einem kleinen Motelhäuschen, sitzen.

Ich hatte einige zerstreute politische Notizen aus dem vergangenen Jahr bei mir und ein Kurzwellenradio, das mich mit den neuesten Nachrichten versorgte, aber auch sie peitschten mich auf. Die USA versuchten ihre peinigende Niederlage in Indochina zu vertuschen, überdies schwand ihr Einfluss in Indien (gerade rief in jenen Tagen Indira Gandhi ihre Diktatur aus). Der Kommunismus sickerte schon viel versprechend in Afrika ein, jetzt war Angola dran.

Ich war vollkommen davon überzeugt, dass sich der Kommunismus nicht ewig halten würde, zumal er im Inneren ausgehöhlt war, aber nach außen hin schien er übermächtig zu sein, noch dazu zu solchen Vorstößen fähig! Diese Vorstöße konnten jedoch nur gelingen, weil die Herzen der westlichen, im Wohlstand lebenden Menschen schüchtern blieben, gerade wegen des Wohlstandes. Aber mit den Kommunisten ist es nicht viel anders als mit dem Banditenmilieu im Lager und im Gefängnis: Zeigst du Härte, gibst nicht nach – werden sie selbst zurückweichen, vor der Härte haben sie Respekt.

Wer aber sollte hier Härte zeigen? Wie klar sollten da die Gedanken, wie unnachgiebig die inneren Überzeugungen eines künftigen amerikanischen Präsidenten sein? Woher sollte er kommen?

Alles nur Gedanken. Ohne Stille und Einsamkeit hätte ich meine Aufgabe nicht geschafft. Mein Herz umkehren zu lassen und es in diesen überstürzten politischen Kampf zu zerren, bereitete große Mühe. Zuerst musste ich mich noch überwinden, aber nachdem die Richtung eingeschlagen war, nahm es viel weniger Kräfte in Anspruch, sie einzuhalten. So arbeitete ich die Pfingsttage hindurch und hielt die Entwürfe für zwei Reden fest – die eine vornehmlich über die Sowjetunion als Staat, die andere über den Kommunismus als solchen.

Dann holte mich der Kongressmitarbeiter W. A. Fedjaj ab, ein aus Poltawa stammender Emigrant, mit dunklem Teint, hager und energisch, und fuhr mit mir nach Washington. Während vieler Autostunden vernahm ich aus den politischen Gesprächen mit ihm jenes gelb-gallige Köcheln der regierungsnahen Kreise, die Dämpfe der dortigen Intrigen und Berechnungen. Dieser Knoten stellte sich als viel unmenschlicher heraus, verglichen mit dem, was ich mir bislang vorgestellt hatte. Das Land wurde nicht von verständnisvollen Humanisten geführt, nein, sondern von ausgekochten Politikern. Wen von ihnen sollte ich bewegen und zu was?

Wir ließen den in seiner Verschiedenartigkeit bezaubernden Norden des Staates New York hinter uns und erreichten gegen Abend auf gleich aussehenden Straßen Washington. Von den ersten Eindrücken behielt ich zwei: den gewaltigen Mormonentempel (der abseits steht und zu dem nicht alle Zutritt haben) und die ausschließlich aus Schwarzen bestehende Menge im Zentrum der Hauptstadt (die Weißen hätten in die Vororte gewechselt, erläuterte mir Fedjaj).

George Meany brachte mich im Hilton unter, in der so genannten Präsidentensuite, von unmäßiger Größe, keine Räume, eher Hallen, dazu noch mit einem Polizeiposten vor dem Eingang. So leben hier also große Politiker? Die Massen lenken, ohne in Kontakt mit ihnen zu kommen. Während der nächsten drei Tage sollte ich nun eingesperrt sitzen, mit Klimaanlage, und mich weiter auf meine Auftritte vorbereiten. Dabei bestand die besonders knifflige Aufgabe darin, einen fähigen Simultandolmetscher ausfindig zu machen. Alle Übersetzer in Washington, die ein solches Niveau hatten, waren in die sowjetisch-amerikanischen Beziehungen involviert und konnten sich nicht erlauben, diesen Auftrag anzunehmen. Glücklicherweise fand sich jedoch einer, der nur gelegentlich an der UNO tätig war, der begabte und auf russische Art herzliche Harry Coulter. Wir verstanden uns so gut, dass man nun auf eine ganzjährige Tournee mit Reden hätte gehen können. Das vollkommene Vertrauen zu ihm gab mir die Möglichkeit, am Vortag des Auftritts die noch nicht geschriebene Rede mit ihm zu planen, sie in der vorläufigen Fassung zu halten, die Zeit einzuteilen und ihm bei der Übersetzung komplizierter Stellen behilflich zu sein. Allerdings traute er sich nicht, meine erste Rede allein zu übernehmen, sodass man eine Ablöse fand, eine merkwürdige Russin: Sie war keine Sowjetbürgerin, konnte ihre Aufgabe gut meistern, war der Arbeit ergeben, trotz einer gewissen Entrücktheit, doch warnte sie mich gleich am Anfang kühl, sie teile meine politischen Ansichten in keiner Weise und möchte nichts damit zu tun haben (solche Erklärungen waren für russische Emigranten nicht gerade typisch); vielleicht war sie auch noch mit sowjetischen Aufträgen befasst? Nach der ersten Übersetzung verschwand sie.

Kurz vor dem Auftritt kam Alja, wie vereinbart, um mich zu unterstützen, und nahm mir gleich mit einem guten Rat eine Bürde ab. Denn meine Rede brannte bereits in mir, zwar noch nicht in Worte gefasst, aber gedanklich abgeschlossen, und es erschien mir eine Schande, sie abzulesen, allen sowjetischen und einigen westlichen Rednern gleich. Den Gedankengang beizubehalten, die besonders gelungenen Formulierungen nicht zu vergessen – dies erzeugte bei mir allerdings eine Spannung, die den Ton verändern, sie der Ungezwungenheit berauben und daher ihre gesamte Wirkung hätte beeinträchtigen können. Die Rede war im Ganzen nicht niedergeschrieben, ihre Thesen reduzierten sich auf einen Stoß Blätter von der Hälfte eines Schulblocks. Alja riet mir also dazu, mit diesem Stoß hinauszugehen und ihn während des Vortrags in den Händen zu halten, ohne dass mir die Hände gebunden wären, ich aber bei Bedarf jederzeit einen Blick hineinwerfen könnte. Ein simpler Gedanke, eine einfache Lösung, doch plötzlich löste sich die Spannung im Kopf wie ein Band, mir wurde unendlich leicht. Damit hätte man für hundert Reden vorgesorgt. In der Tat, von dem tosenden Seelenzustand her, der mich damals ergriff, wäre ich wohl imstande gewesen, herumzufahren und diese hundert Reden zu halten, nur schränkte ich mich selbst ein.

Bei der Rede waren an die 2000 Zuhörer anwesend, zudem noch verschiedene Ehrengäste, darunter der amerikanische UNO-Vertreter Patrick Moynihan, der Verteidigungsminister Schlesinger, sein ehemaliger Amtskollege Melvin Laird. Zuerst fand ein gemeinsames Essen statt, wie bei den

Amerikanern üblich, das Präsidium saß mit uns und den führenden Gewerkschaftsfunktionären auf dem Podium, mit den Gesichtern zum Saal gewandt, und füllte sich mit Essen ab (eine furchtbare Sitte!). Die ganze Zeit brachte mich in Verlegenheit, dass man mir direkt von diesen Esstischchen her, teilweise ohne mit dem Dessert fertig zu sein, zuhörte. Während der Vorrede von George Meany gab es einen sehr berührenden Augenblick, als zwei ehemalige politische Gefangene das Podium betraten – Alexander Dolgan (mit dem wir über Tenno noch in Moskau bekannt waren) und Simas Kudirka, ein litauischer Flüchtling, den die Amerikaner zunächst an die Sowjets ausgeliefert, dann aber seine Freilassung erwirkt hatten. Wir umarmten uns alle fest und küssten uns vor all diesen Menschen, die man nie geschlagen oder gefoltert hatte und die sich trotz all ihrer Unwissenheit der Solidarität öffneten, was uns Hoffnung gab.

Obwohl ich nach meinen früheren Erfahrungen keine Nervosität verspürte, war ich doch noch nie zuvor vor einem solchen Auditorium aufgetreten; ich hatte das Gefühl, als ob ich von einem Hügel mit internationaler Reichweite sprechen und meine Worte lange in Erinnerung bleiben würden. Ohne die Bürde des Erinnerns hatte ich die Freiheit, die ich für jede Bewegung und jedes Wort brauchte. Der Anfang dürfte ziemlich unerwartet ausgefallen sein: »Proletarier aller Länder, vereinigt euch!« Doch das war nicht so gemeint, als ob sich ein sowjetischer Agitator in der Tür geirrt hätte, sondern da reichten die sowjetischen Lagerinsassen die Hand den Gewerkschaftlern Amerikas, die vielleicht die einzigen in der Welt waren, die uns niemals verraten haben, nicht einmal am Ende der schrecklichen 1940er Jahre, die ununterbrochen an die Sklavenarbeit in den sowjetischen Lagern erinnert und sogar eine Gulag-Karte veröffentlicht haben.

Noch eine Freiheit empfand ich bei dieser Rede[35]: Ich hatte keinerlei Zweifel an ihrer Notwendigkeit und dem richtigen Zeitpunkt; die Kraft des Schlages stimmte ebenso wie seine Richtung. Ich schoss auf die Menschenfresser mit allem, was ich hatte. Die Wut meines ganzen Lebens sammelte sich, und hier strömte es noch heftiger wegen des Unterganges von Vietnam. Ich wage zu denken, dass die Bolschewiken im Verlaufe ihrer damaligen 58 Jahre an der Macht einen solchen Angriff wie meine zwei Reden, die in Washington und die in New York, nicht gekannt haben dürften. (Sie werden sicherlich bedauert haben, dass ich herausgelassen und nicht eingesperrt worden war.)

Obwohl ich ein Jahr später in die Vereinigten Staaten gekommen war, als man mich erwartete, und der Gipfel der Aufmerksamkeit überschritten war, kam ich doch immer noch zur rechten Zeit. Obzwar sich viele von der Schärfe meiner Worte frappiert zeigten und das Fernsehen, das von einem Balkon aus dauernd Aufnahmen machte, die Sendung nicht ausstrahlte. Die irritierte hauptstädtische Zeitung bezeichnete meinte Rede als schwachsinnig, aber die anderen Kommentatoren benutzten den Vergleich mit der Fulton-Rede Churchills (über den »Eisernen Vorhang«), und innerlich, ohne falsche Bescheidenheit, war ich mit dieser Einschätzung einverstanden. Erst zwei, drei Jahre später, als ich diese Zeilen schrieb und die Reden durchblätterte, konnte ich mich darüber wundern, wie stark damals meine Überzeugung gewesen war. Mit dem Wandel, den ich seitdem durchgemacht habe, könnte ich *heute* solche Reden nicht mehr halten: Heute empfinde ich die Vereinigten Staaten nicht mehr als einen geschlossenen, treuen und starken Verbündeten unserer Befreiung. Nein.

Hätte ich bloß damals mehr von der Sache gewusst! Hätte mir jemand das schandhafte Gesetz Nr. 86–90 des amerikanischen Kongresses aus dem Jahre 1959 gezeigt, in dem unter den vom Kommunismus unterdrückten Nationen die Russen nicht genannt sind, in dem als der Unterdrücker der Welt, auch von China, von Tibet, von irgendeinem »Kosakien« und dergleichen – Russland bezeichnet wird! Jeden Juli wird aufgrund jenes Gesetzes die »Woche der versklavten Nationen« begangen – und wir, aus der sowjetischen Tiefe, wie naiv solidarisierten wir uns mit dieser Woche, wie freuten wir uns, dass man uns, die Versklavten, nicht vergessen hatte! Das wäre die beste Gelegenheit gewesen, mich gegen die Heuchelei des besagten Gesetzes zu wenden, aber leider wusste ich davon zum damaligen Zeitpunkt nichts, wie auch noch einige Jahre später nicht.[36]

Allerdings erreichte meine Attacke die Landsleute in der Sowjetunion so gut wie gar nicht: Dem Sender »Stimme Amerikas« war von Henry Kissinger längst verboten worden, mich zu senden, während BBC und Radio Liberty mich zunehmend als angeblichen Anhänger einer autoritären Ordnung mieden, wie man mich seit dem *Brief an die sowjetische Führung* darzustellen versuchte.

Zu unserem Abend hatte Meany arglistig sowohl Leute aus dem Außenministerium als auch aus dem Kongress eingeladen, ferner den Präsidenten Ford selbst. Freilich erschien keiner von ihnen. Der Verfechter der »Entspannungspolitik« Kissinger hatte dem Präsidenten eine scharfe Warnung geschickt, um die Beziehungen zur Sowjetunion nicht zu belasten. Vier Tage vor meinem Auftritt, am 26. Juni 1975, schickte das Außenministerium an das Weiße Haus ein Memorandum, in dem es hieß: »Die sowjetische Administration würde die Teilnahme [am Festessen zu Ehren Solschenizyns] als ein bewusst gesendetes negatives Signal oder als ein Zeichen der Schwäche unserer Administration gegenüber dem inneren antisowjetischen Druck werten … Das Treffen des Präsidenten [mit Solschenizyn] würde nicht nur die sowjetische Regierung beleidigen, sondern auch die Auseinandersetzungen um Solschenizyns Ansichten über die Vereinigten Staaten und deren Verbündete hervorrufen … Wir empfehlen dem Präsidenten, Solschenizyn nicht zu empfangen.«[37]

Bis zu jenem Augenblick hatte weder der Präsident eine Einladung an mich ausgesprochen, noch hatte ich einen besonderen Wunsch verspürt, das Weiße Haus zu betreten, das wurde also nicht diskutiert. Aber die Journalisten interpretierten die Situation nach eigenem Gutdünken und einer von ihnen fing an, den Pressesprecher des Präsidenten mit Fragen zu löchern, weshalb dieser mich nicht empfange. Dem Pressesprecher fielen keine besonders guten Erklärungen ein und so entstand das Gerücht, mir würde ein Besuch im Weißen Haus verwehrt; diese Legende sollte Präsident Ford unerwartet hart treffen. (Man beschuldigte ihn, »Solschenizyn beleidigt zu haben«, obwohl ich hier keine Beleidigung zu entdecken vermag.)

Von Washington konnten wir kaum etwas sehen, machten lediglich einen Spaziergang, mit Rostropowitsch, in der Nähe des Lincoln-Denkmals, besuchten ein Konzert von ihm im Kennedy Center, eine Stunde rannten wir durch die Kongress-Bibliothek, das war's. Alja gelang es, ein kleines, aber feines Museum der Impressionisten kurz zu besichtigen. Dann ließen wir uns verführen, die Makarowa im amerikanischen Ballett zu sehen, doch gerieten wir in zwei hastig aneinander geklebte Teile der Aufführung, die etwas verlorene klassische mit Makarowa und eine naturalistische, besessene Erotik der amerikanischen Truppe. Wir gingen sogar zu Makarowa hinter die Kulissen, aus Solidarität wie zwischen Landsleuten, aber daraus ergab sich nur ein peinlicher Moment für beide Seiten – wir hatten keinen gemeinsamen Nenner.

Außerdem fuhren wir am amerikanischen Unabhängigkeitstag in die Stadt Williamsburg in Virginia, wo man auf pittoreske Weise die Geschichte und das alte Handwerk darstellte, mit einer Parade in den historischen Gewändern des 18. Jahrhunderts, mit Pferdewagen und kleinen Kanonen.

Danach brachte man uns nach New York, ins Hotel Americana, in unvorstellbare Höhe, wo die Luft nur aus der Klimaanlage geblasen wurde und der Blick, der sich aus den nicht zu öffnenden Fenstern bot, absolut diabolisch anmutete – die Straßenschluchten mit Autos wie mit Spinnen gefüllt (ungefähr ein Drittel davon waren gelb, die Taxis, wie man uns erklärte), um uns herum ragten die unmenschlichen Wolkenkratzer empor (mit 20 Meter großen Plakaten der Zigarettenwerbung), von den niedrigeren Dächern, die man zu sehen bekam, stieg ununterbrochen Dampf auf (die Emissionen von den Klimaanlagen). Kaum waren wir angekommen, als ein mächtiges Gewitter über die Stadt losbrach, gewaltig wie in Bulgakows Roman *Der Meister und Margarita*, zwei Mal hintereinander. Sogar Alja, die nicht so leicht zu erschrecken ist, fürchtete sich, ich sagte: »Richtig so! Nach unserem Volksglauben soll das Gutes verheißen. Immerhin ein Zeichen, dass selbst über diese unmenschliche Erfindung die Gnade Gottes herniederkommt!« Aber ich kenne keine Stadt, die furchtbarer wäre als diese.

Im Käfig des Hotelzimmers, wieder von der Polizei bewacht, blieb ich bis zu jener Stunde eingesperrt, in der man mich wieder mit dem Aufzug zu einem neuen Publikum holen würde, zu einem weiteren Empfang, die nächste Rede zu halten. Ohne normale Luft und mit diesem satanischen Blick aus den Fenstern fühlte ich mich richtig wie ein Gefangener, da könnte man mit den Politikern richtig Mitleid bekommen.

Meine New Yorker Rede hielt ich damals, am 9. Juli, mit der gleichen Leidenschaft und Überzeugung wie zuvor in Washington und fühlte, wie ich meinem heimatlichen Drachen die Lanze ins Maul und in die Seiten stieß, wie ich ihn an manchen Stellen durchbohrte. Da reichte ich nach, was den Kommunisten nicht gesagt worden war. (Die Gewerkschaften veröffentlichten jene Reden in einer Auflage von elf Millionen und gerade ab jenem Zeitpunkt begann der KGB, seine bösartige Pseudobiografie von mir zusammenzuzimmern, durch den Tschechen namens Řezáč, mit Hilfe der Abteilungen in Rostow am Don und anderswo.)

Am nächsten Tag begleitete ich Alja zum Flugzeug in die Schweiz, nach Zürich, selbst war ich jedoch mit meinen Auftritten noch nicht fertig, gefangen in immer neuen Schlingen. Am Sonntag trat ich in der politischen Sendung »Presseklub« auf, mit der höchsten Einschaltquote (aber selbst in dieser halben Stunde schaffte man es, wie sich herausstellte, uns mit Werbung für Büstenhalter zu unterbrechen). Ich stellte mich auf eine kämpferische Auseinandersetzung mit den Journalisten ein, doch es verlief wenig interessant.[38] Alle vier Journalisten saßen nebeneinander, mit wichtigen Mienen, aufgeblasen in ihrer Nachdenklichkeit, als sie nun an der Reihe waren, ihre Fragen zu formulieren. Dennoch versuchten sie, mich von dem Gesagten in den Reden abzubringen. Ich hatte das Gefühl, als ob sie in mir eher einen Feind erkennen wollten. Lediglich mein alter Bekannter Hedrick Smith attackierte mich nicht, sondern berichtete unter Betonung meiner Rolle im gesellschaftlichen Bewusstsein der von den Sowjets unterdrückten Länder sowie in Europa von seinen Treffen mit mir in Moskau und in Zürich.

Gleich am nächsten Tag zerrte man mich zu einem weiteren Fernsehinterview, um den Sammelband *Stimmen aus dem Untergrund* vorzustellen. (Wegen meines Namens gelang es, im ganzen Land eine unerwartet hohe Auflage zu verkaufen.) Die Frau, mit der das Interview gemacht werden sollte, Barbara Walters, ein Medienstar, wie sich herausstellte, verspätete sich um 20 Minuten. Hätte es sich nicht um diesen Sammelband gehandelt, wäre ich längst gegangen. Und nachdem sie gekommen war, bewarf sie mich die ganze Zeit mit Fragen zur amerikanischen Politik und zu Kissinger. Ich versuchte, auf den Sammelband umzulenken, sie auf die Politik, und so redeten wir eine halbe Stunde miteinander. Für ihre Sendung waren jedoch nur 15 Minuten vorgesehen. Am nächsten Tag sah ich, dass man ausschließlich das Politische gesendet hatte. Ich griff nach der Feder und schrieb an diese Barbara einen Brief: Ich habe eine wichtige Entscheidung in Bezug auf die amerikanischen Fernsehmedien zu treffen und mein Urteil wird davon abhängen, ob die weiteren 15 Minuten mit den Aufnahmen über den Sammelband gesendet werden oder nicht. Eine Woche später kam es dann.

In den zwei Wochen, die inzwischen vergangen waren, gelang es der zentralen amerikanischen Presse, den Sinn einiger meiner Aussagen genügend zu verunstalten. Gelegentlich begegnete man zwar Feststellungen, dass »es dem Westen immer zugute kommt, wenn man ihn über die Gefahren des Kommunismus und seine Hinterhältigkeit warnt«, und es gab freilich auch ganz nüchterne Reaktionen, doch in den meisten davon stand so etwas wie »Solschenizyn ruft uns zu einem Kreuzzug für die Befreiung seiner Landsleute auf (was ich mit keiner Silbe getan habe!) … In einem Atomkrieg wird auch Russland zugrunde gehen, dessen Befreiung Solschenizyn so glühend anstrebt.« Darin versank regelrecht die vom *Washington Star* vorgebrachte Entgegnung, dass ich keineswegs den Westen zu einem Kreuzzug aufrief, sondern einzig und allein an den Westen appellierte, *damit aufzuhören, den Unterdrückern seine Unterstützung zu gewähren*. Die freie amerikanische Presse ist außerordentlich schwerhörig in Bezug auf all das, was sie nicht hören will. Weiter: »(Er) besitzt ein minuziöses Verständnis der Lebensverhältnisse in der Sowjetunion, hat aber wenig Ahnung vom Westen und seiner Ordnung«, »doch glücklicherweise werden die messianischen utopischen Vorstellungen Solschenizyns von den anderen herausragenden Dissidenten aus der Sowjetunion nicht geteilt«. Mit den Augen auf Kissinger gerichtet stellte die »Stimme Amerikas« ihre Presseübersichten für die sowjetischen Zuhörer so zusammen, dass den feindlichen Reaktionen Vorzug gegeben wurde, selbst wenn es in irgendeiner *Cleveland Press* ausgegraben werden musste, um die Bedeutung und den Sinn meiner Worte für die Wahrnehmung in Russland geradewegs zu ertränken.

In New York schaffte ich noch, zwei Tage, leider nicht mehr, im russischen Bakhmeteff-Archiv an der Columbia University zu verbringen und dort einige bemerkenswerte Erinnerungen von Emigranten zu lesen. Ich traf mich auch mit der Leitung des dortigen »Russischen Zentrums« (wir kamen uns aber nicht näher). In Manhattan, an der Grenze zu Harlem, besuchte ich einen Teilnehmer des Bürgerkrieges, den Schriftsteller Roman Gulj, den damaligen Herausgeber des *Nowyj Shurnal* [Neue Zeitschrift]. Gott, wie bitter ist es, so einsam, verwitwet, sein Leben im Exil zu beenden, in dieser steinigen New Yorker Schlucht!

Auf mich wartete bereits die per Telegraf übermittelte Einladung von 25 Kongressabgeordneten, sie zu treffen (einige Politiker wurden nun unruhig, mich verpasst zu haben). Nein, dieses Land würde einem doch keine Atempause gönnen! Diesmal fuhr ich nach Washington auf meine bevorzugte Weise, nämlich mit dem Zug. Unterwegs arbeitete ich meine – diesmal kurze – Ansprache vor den Senatoren aus, und Coulter und ich beschlossen, dass ich die Rede niederschreiben und er von der schriftlichen Fassung übersetzen sollte.

Am 15. Juli wurden wir im Kongress erwartet. Die Polizei stoppte den Verkehr an der Kreuzung und die zwei Senatoren, die besondere Ansprüche auf meine Person erhoben, der Republikaner Helms (der mich für die Ehrenstaatsbürgerschaft vorgeschlagen hatte) und der Demokrat Jackson (ein glühender Gegner der Sowjetunion), empfingen mich an der Wagentür. Jackson brachte seine Freude zum Ausdruck, als sei es das größte Ereignis in seinem Leben, doch seine Augen blieben irgendwie leer und mir wurde schauderhaft zumute: So etwas kann die Politik aus einem machen! Man geleitete mich durch irgendeinen Korridor, wo man mir von den Balkonen applaudierte, zu einer Rotunde. Dort fand sich ein gemischtes Publikum ein, etwa 30 Senatoren und wohl ebenso viele Kongressabgeordnete und wer sich noch Zutritt verschaffte. Coulter und ich hielten abwechselnd die Rede, in kleinen Abschnitten, aber derart hintereinander, dass der Eindruck entstand, als ob der englische Redefluss ununterbrochen gewesen wäre, und zu uns auf die Tribüne quetschten sich zwei führende Senatoren, um ihre Solidarität mit mir wetteifernd.

Jetzt, im Jahre 1978, blättere ich diese Rede[39] noch einmal durch und wundere mich wieder, wie leicht und ausgewogen sie mir damals zugefallen ist. (Heute hätte ich *diese* Worte an die Amerikaner nicht mehr richten können. Es handelte sich darum, wie sich die Völker trotz der Unterschiede in ihrer Erfahrung verständigen und wie man diese Erfahrung in Worte fassen könne. Meinen Glauben daran hatte ich bereits in meiner Nobelpreisrede geäußert, glaubte daran auch in dieser Senatsrede, doch ein halbes Jahr oder ein Jahr später war es damit endgültig vorbei.) Ich rief sie alle auf, ihr Bewusstsein auf ein Bewusstsein mit Weltniveau, das Bewusstsein der *großen* Menschen, zu heben (die ganze Zeit war mir freilich klar, dass sich dieses Niveau nicht nur bei den heutigen Politikern vermissen lässt, sondern auch dass der amerikanische Wahlmechanismus durch sein angestrengtes Getöse und die mächtige Geldintervention gerade den Großen und den Unabhängigen den Weg nach oben versperrt). Nach meiner Rede, der amerikanischen Gepflogenheit gemäß, stellte sich eine lange Schlange zum Händeschütteln auf. (Darunter befand sich ein Senator aus Italien namens Longo, was gewisse Konsequenzen haben sollte. Als nun zum Schluss die beiden Töchter von Rostropowitsch, Olja und Lena, kamen und ich sie umarmte, machte die Presse Fotos davon und stellte das als Küsse für die Mitarbeiterinnen des Weißen Hauses dar.)

Danach gingen wir ins Arbeitszimmer des Senators Jackson (nicht ohne weiterhin den Ellbogen des Senators Helms zu spüren) – und da kam ein Anruf aus dem Weißen Haus. Der Stab des Präsidenten, mit amerikanischer Geschwindigkeit auf meine vor zehn Minuten gehaltene Rede reagierend, lud mich zu ihm ein, gleich, sofort, ohne Aufschub! Nein, nicht *sofort,* nach dem Zeitungsgeprassel, mir sei das »abgeschlagen gewesen«, danke für die Ehre; ich lehnte ab. Dann wurde Helms zum Hörer bestellt, dem über die republikanische Parteilinie eingeschärft wurde, dies zu erreichen, er bat mich direkt mit dem Hörer in der Hand inständig darum, ich war jedoch nicht zu bewegen. So spielte sich in Wirklichkeit die Geschichte ab, wieso es nicht zu einem Empfang im Weißen Haus kam, und die Verantwortung dafür sollte dem armen Präsidenten Ford zugeschoben werden.

Das Leben in Washington verlief äußerst kurzweilig. Einige Stunden danach wurde mir noch eine Konsequenz meiner Reden und Handlungen präsentiert. Lane Kirkland, Meanys Stellvertreter, bei dem ich diesmal untergekommen war, rief seine Frau an, sie solle sich um ein Abendessen kümmern, denn er werde heute Abend den Vizepräsidenten Nelson Rockfeller empfangen. So sollte es sich auch abspielen. Meany war zugegen, man bestellte Coulter zum Dolmetschen – und da kam der Vizepräsident (seine Wache umzingelte inzwischen das Haus). Ich muss sagen, dass sein Bild eher gegensätzlich zu meinem in der Senatsrede angesprochenen Ideal ausfiel. Er erstaunte mich durch seine Unbedeutsamkeit, Farblosigkeit, die gleich zu Beginn ins Auge fielen, aber noch mehr in jenen drei Stunden deutlich wurden, die er langweilig herumsaß und mehrmals zu seinem Auftrag wiederkehrte – mich zu überreden, mich privat mit Kissinger zu treffen! (Das ist aber fein, ein Vizepräsident als Laufbursche des Außenministers!) Dass ich den Moskauer Drachen angestochen hatte, daran hegte ich keinen Zweifel, nun aber schien es, als ob auch Kissinger erwischt worden wäre, verbat er doch dem Präsidenten ein Treffen mit mir, beeilte sich aber jetzt selbst, Frieden zu schließen, mich irgendwie zurückzuhalten oder einzuwickeln. Nein, ein privates Treffen mit ihm, hinter den Kulissen, brauchte ich nicht. Überhaupt verstand ich immer mehr: Man sollte sich mit undurchsichtigen Leuten gar nicht treffen, damit man ihnen nicht die

Möglichkeit gibt, diesem Treffen später eine falsche Interpretation anzuhängen, das ist eine allgemein gültige Regel. Mit diesem Kapitulanten bei den Vietnam-Ereignissen war mir überdies ein Treffen unerträglich. Auf alles Einreden Rockfellers antwortete ich entschieden mit Nein. (Den Rest des Abends kritisierten Kirkland, seine Frau und Meany den Vizepräsidenten dafür, dass seine Regierung Israel verraten würde – obwohl eigentlich keine Anzeichen dafür zu sehen waren, wie es schien.)

In jenen Tagen schaffte ich es offenbar, eine Art Umkehr, wenn auch keine besonders dauerhafte und tiefe, im amerikanischen Bewusstsein zu erreichen oder seinen weiteren Fall zumindest zu stoppen. In jenen Tagen verließ es seinen durch Vietnam bedingten Tiefpunkt und zeigte die ersten Anzeichen von Mut.

In Washington bekam ich einen Brief von Alja aus Zürich, dem der erste Brief in Jermolajs Leben an mich beilag, in klobigen Großbuchstaben. Ein Gefühl entbrannte in mir, als sei mein Sohn erneut geboren. Von diesen Zeilen an begriff ich ihn als eine Persönlichkeit.

Ohne mich in weitere Auftritte hineinziehen zu lassen, verschwand ich am nächsten Tag aus Washington: Ich hielt meine Reden für absolviert, alles darüber hinaus wäre nur eine Inflation gewesen. Nur noch einige private Besuche galt es zu machen. (Im Hause des Malers Dobushinskij arrangierte man für mich ein Treffen mit einem Regimentskameraden meines Vaters im Ersten Weltkrieg.) Aber es ist nicht so einfach, dem Washingtoner Karussell zu entgehen. Als ich mich auf der Farm der Tolstoj-Stiftung bei New York aufhielt, erfuhr ich aus den Zeitungen, das Weiße Haus hätte erklärt, ich würde gerne vom Präsidenten empfangen werden, sobald ich es wünschte. Endlich verstand man, die Sache auf mich abzuwälzen! Die Spielregeln erfordeten es, sofort den nächsten Schachzug zu machen. Gerade nahte die Konferenz in Helsinki und ich verband die beiden Sachen miteinander: Wie Präsident Ford bereits erklärt habe, nütze ein nur »symbolisches« Treffen niemandem, und ich sei damit einverstanden. Hätte ich ihn davon abbringen können, in Helsinki den Sklavenzustand in Osteuropa anzuerkennen, hätte ich das Treffen mit ihm selbst gesucht. Aber dies sei nicht mehr möglich, denn er werde hinfahren und dort seine Unterschrift leisten. Von der Tolstoj-Farm rief man die *New York Times* an und übermittelte die Erklärung mit meiner Absage.[40] (Noch im August antwortete man vom Weißen Haus auf Anfragen der Wähler dahingehend, der Präsident hoffe, ein Treffen mit mir zu arrangieren. Sauer muss es ihm aufgestoßen haben …)

Bei einem Mittagessen mit der Tochter Lew Tolstojs, Alexandra Ljwowna, redeten wir über die verwickelten russischen Schicksale in diesem Jahrhundert. Nun war ich persönlich hier. Aber *sie* war es, der ich noch in meiner Verbannung die ersten Mikrofilme mit den noch anonymen Texten anvertrauen wollte. Und über sie hatte ich bereits im *Archipel Gulag* geschrieben. Jetzt signierte ich den *August vierzehn* für sie – als ob ich Lew Tolstoj selbst das zurückbringen würde, was ohne ihn nie hätte geboren werden können. Mit uns am Tisch war auch die Tochter des Generals Alexander Samsonow, die mir versicherte, ich hätte ihren Vater so dargestellt, wie er wirklich gewesen war. Für mich war das ein großes Lob.

Meine Aufgaben auf diesem Kontinent waren bald erschöpft. Zum ersten Mal begegnete ich William Odom, einem meiner »Unsichtbaren«, in der Nähe von West Point; jetzt konnte ich fest die Hand jenes Menschen drücken, der die Hälfte meines Archivs, die Hälfte meines Lebens herausgebracht, gerettet hatte. Und ich besuchte die russische Sommerschule in Norwich, Staat Vermont.

***

Was sollte aus meinem neuen Zuhause werden, wo sollte es sein? Mir schien, ich sei schon nach Amerika übersiedelt, wie schön wäre es jetzt, in den eigenen vier Wänden unterzutauchen … Leider hatten die Immobilienhändler aus Vermont Alexej Winogradow bis dahin nichts halbwegs Anständiges angeboten, weder ein passendes Haus, noch ein Grundstück, selbst ohne irgendetwas darauf. Vorläufig konnte er die Fahrten mit mir nicht fortsetzen. Da ich nun keine Bleibe zum Arbeiten hatte, ging die Zeit unnütz vorbei. Die Übersiedelung fand nicht statt, die Pläne waren gescheitert, ich sollte mit dem ganzen Gepäck nach Europa zurückkehren: Es war klar, dass wir noch ein Jahr in Zürich würden verbringen müssen.

In Montreal setzte mich Alexej ins Flugzeug. Die verkürzte Nacht ging schnell vorüber, am 1. August öffnete ich mit Mühe die schweren Augen, und in den Zeitungen, die man unter den Reisenden verteilte, wurde über den Triumph der Helsinki-Konferenz berichtet. (Dankbar war ich Fred Luchsinger dafür, dass er in der *Neuen Zürcher Zeitung* voraussagte, dass aus der breiten Perspektive der Geschichte nicht Kissinger, sondern ich Recht behalten würde.) Dies erschwerte zusätzlich meine Rückkehr nach Europa, die ohnehin schon gezwungenermaßen erfolgte. Ich ging von Bord wie mit fremden Füßen, irgendwie bedrückt, mit dem deutlichen Gefühl, am *falschen* Ort zu leben. Eng war es! Ich war zurückgekehrt nach Europa, doch zugleich auch nicht. Ich konnte mich nicht beruhigen.

So viel Zeit war schon verloren. *Drei Monate* lag meine Arbeit brach!

Alja war nicht zu Hause. Nach ihrer Rückkehr aus Amerika hatte sie sich entschlossen, mit allen vier Söhnen, unserer gesamten Brut, nach Frankreich zu fahren, in das Sommerlager der Russischen Studentischen Christlichen Bewegung bei Grenoble. Solche Lager nach Pfadfinder-Art werden von den Russen überall in der Diaspora mit großer Sorgfalt organisiert, um den Kindern eine heimische Umgebung zu schaffen, unter Aufsicht guter Erzieher, um sie in die russische Gefühlswelt eintauchen zu lassen, ihre Sprache und ihren Glauben zu festigen. Darin lag auch unsere, peinigende Aufgabe: Wie sollten wir unsere eigenen Kinder im Ausland erziehen, dass sie Russen würden? Für die drei Jüngeren waren seit einem Jahr alle, die nicht mit unserem Haus verbunden waren, Ausländer geblieben, bei denen man nicht verstand, was sie redeten. Und im Lager staunten sie nicht schlecht: Alle um sie herum sprachen nun Russisch! (Wie gut oder schlecht auch immer, doch Russisch …) Für Alja war es nicht leicht, im Lager waren alle Kinder älter, die Reise verlief jedoch erfolgreich und wir erinnerten uns noch lange daran.

Während meiner dreimonatigen Abwesenheit hatte sich wieder ein Berg von Post angesammelt. Darin fand sich eine Einladung des Fürsten von Liechtenstein, ihn in seinem Schloss oberhalb der Hauptstadt Vaduz zu besuchen. Derselbe Fürst Franz Josef II., jetzt schon ein Greis, hatte im Jahre 1945 keine Angst, einen russischen Trupp von 600 Mann mit Familien auf dem Rückzug aus Deutschland bei sich aufzunehmen, als all diese großen Staaten russische Soldaten und Flüchtlinge feige an Stalin auslieferten, doch der Fürst dieses winzigen Stückchens Erde gab keinen einzigen her! (Später zogen freiwillig lediglich an die 100 Leute in die sowjetische Gefangenschaft.)

Einmal war ich schon mit Viktor Bankoul zu diesem Schloss gefahren, damals ohne Einladung. Das war im Frühling gewesen, unterwegs nach Italien; wir wollten dem Fürsten im Namen der Russen Dank sagen. Es war morgens. Im Schloss schien es noch keine Aktivitäten zu geben (aber wie soll man von außen erkennen, was in diesem steinernen Rumpf mit engen Fenstern vor sich geht). Vor dem Tor schrieb ich in Deutsch auf einen Zettel: »Eure Hoheit! Mit Erstaunen und Sympathie sehe ich auf diesen kleinen Staat, der seinen bescheidenen und stabilen Platz in unserer chaotischen, verworrenen Welt gefunden hat. Wir Russen vergessen freilich nicht, dass er den Mut gehabt hat, 1945 Soldaten der russischen Armee bei sich aufzunehmen, als der ganze Westen sie kurzsichtig und kleinmütig dem Verderben preisgab.« Wir klopften an, ein Torhüter ließ uns über den Graben, die Brücke und eine gepflasterte Einfahrt zwischen den Steinmauern in ein einstöckiges Gebäude, ebenfalls aus Stein, passieren. Der Sekretär des Fürsten war ein hoher alter Mann mit grauem Haar, gekleidet in Samt. Da eilte bereits der Premierminister herbei, ebenfalls in stilisierter Kleidung, und nahm mein Schreiben entgegen. Knapp einen Monat später waren der Fürst und die Fürstin von Liechtenstein bei den Feierlichkeiten im Kanton Appenzell zugegen, dort machten wir uns miteinander bekannt. Als sie uns die Einladung schickten, war ich bereits unterwegs nach Amerika, für immer, wie ich wähnte. Nachdem ich von dort, in verworrener Stimmung und ohne mich in ein bestimmtes Thema eingearbeitet zu haben, zurückgekehrt war, bot sich also eine gute Gelegenheit, dieser Einladung Folge zu leisten. Ich fuhr wiederum mit Bankoul dorthin.

Heute kann man in Europa noch hie und da Schlösser sehen, die jedoch nicht mehr bewohnt werden. Dort hingegen lebte eine große Familie in drei Generationen, und neben den Privatgemächern, den Kinder mit ihrem Spielzeug gab es Schießscharten, enge steinerne Treppen, ein Museum mit Ritterrüstungen im Keller; das Mittagessen wurde in einem Rittersaal serviert, die Diener trugen Kamisole. Der alte Fürst hielt sich, wie es einem Monarchen geziemt; für uns überraschend war – dass seine Tochter in Washington bei einem amerikanischen Senator in Diensten stand. Am Tisch befand sich ferner jener Premierminister vom Jahre 1945, der die Verhandlungen mit General Holmston-Smyslowskij geführt und seinen Trupp aufgenommen hatte. Es stellte sich überdies heraus, dass auch der General selbst sich gerade in Vaduz aufhielt. Nach einem Ausflug mit dem Fürstenpaar zum höchsten Punkt des Fürstentums, an dem sie ein modernes Haus hatten und mich zum Arbeiten im Winter einluden, fuhren wir weiter zu Smyslowskij. Das also war Boris Alexejewitsch Smyslowskij, der

Sohn desjenigen, von dem in meinem *August vierzehn* die Rede ist und über den ich bereits sehr viel gehört hatte, da ich in Moskau mit seiner ganzen Familie bekannt war. Sofort kam eine herzliche Wärme auf, wir verstanden einander in allem.

Diese gesegneten, fest gefügten Steine Europas! Anders als die gesichtslosen amerikanischen Städtchen entlang einer Straße. Wie viel ist hier im Fluss begriffen! Sollte ich mich vielleicht hier niederlassen, in Liechtensteins Bergen? Ach, wie sollte man nur seinen eigenen, festen Punkt finden?

Ich sehnte mich nach Ruhe, nach Rückkehr zum Arbeiten, ich hatte es satt, mich von der politischen Mühle drehen zu lassen. Wo sollte ich aber jetzt arbeiten? In jenem sommerlichen Monat war Sternenberg nicht frei. In unserem Haus, in der Mansarde, die bei Hitze glühte, war gar nicht daran zu denken, die Stadt dröhnte von überall her, immerzu steckten Passanten ihre Nasen in den winzigen Hof, was für ein Arbeiten wäre das geworden. Davon wurde ich nur noch trauriger.

Dann gab es noch eine Unmenge von Briefen, in allen Sprachen verfasst, von Alja, mit Hilfe von Maria Alexandrowna Bankoul (die an der Universität Zürich russische Literatur unterrichtete und wie ihr Mann alle europäischen Hauptsprachen beherrschte), bereits sortiert und geordnet.

Wie hätte ich mich da in einen historischen Roman zurückziehen können, als auf mich schon seit einem Monat ein Brief wartete (geschrieben vor drei Monaten, nicht per Post geschickt, sondern mit einer Gelegenheit), ein mit Hoffnung erfüllter, umfangreicher Brief, dessen erste Worte lauteten: »Ich wende mich an Sie als einen Landsmann, Schriftsteller, Kämpfer, Menschen und Christen! Es ist meine Pflicht, über die Wahrheit zu berichten und es zu beweisen, solange die Zeugen noch zum Schweigen gezwungen sind.« Wie sollte man da nicht erschaudern? Wie sollte man da tatenlos zusehen? (Und wenn da nur ein solcher Hilferuf gewesen wäre! Wie sollte man ihnen allen nachkommen?)

Das war der herzzerreißende Fall der Ljuba Markisch, einem Opfer der in Teilen bekannt gewordenen schlimmen Praxis der Sowjets, neue Giftstoffe an völlig ahnungslosen Menschen zu testen, beispielsweise an Chemiestudenten oder Laboranten. Sie wurde dabei zur Invalidin. Ihr war dieses Unglück vor sieben Jahren zugestoßen, an der Moskauer Universität, dann emigrierte sie, lebte seither in den Vereinigten Staaten. Leider erreichte mich die Nachricht nicht rechtzeitig, sonst hätte ich über diese Gräueltaten in New York öffentlich berichten können. (Jetzt bekam sie von unserer Stiftung ein Stipendium, um ihr Zeugnis schriftlich niederzulegen. Sie begann zu schreiben, doch fast unmittelbar danach fingen die allgegenwärtigen sowjetischen Agenten an, sowohl sie als auch einen ehemaligen Sowjetbürger, den Chemiker David Asbel, der sich ihrer annahm, zu terrorisieren. Alja versuchte, über Wladimir Maximows Vermittlung, Ljuba vor den Sacharow-Anhörungen in Dänemark einen Auftritt zu verschaffen, doch unfassbar wie es war, wollten die Organisatoren dieser Veranstaltung, der Sacharow-Kreis, sie nicht sprechen lassen. Dann erreichte es Alja mit großem Einsatz, dass Ljuba vor einem Senatsausschuss aussagen konnte. Allerdings wurden die Protokolle dieser Aussage »im Interesse Amerikas« nicht der Öffentlichkeit bekannt gegeben.) Woher sollte man die Kraft nehmen, um in der Bekundung der Wahrheit nicht zu ermüden? So viele ähnliche Fälle, ebenso unaufschiebbar, wie sollten Zeit und Energie zusammenkommen?

Kaum war Alja mit den Kindern zurückgekehrt, als am 25. August bei uns zwei hohe Polizeibeamte in Zivil erschienen. Den einen, schlank, etwas grauhaarig, hager, gut aussehend, kannten wir von Fotos, die ihn in unserer Nähe zeigten, als ich die aus Moskau ankommende Familie am Flughafen abholte. Jetzt stellte sich heraus, dass er auch am Zürcher Hauptbahnhof bei meiner Ankunft aus Deutschland anwesend war. Nun warnte er mich, dass die Exiltschechen in Zürich in hohem Grade von Spitzeln durchsetzt seien und ich nach den Erkenntnissen mehrerer europäischer Polizeibehörden auf der *Liste* der internationalen Linksterroristen stünde. Na danke. Anders hätte es auch nicht sein können, das war mir klar. Oder hätten die Sowjets einfach vor sich hin dösen sollen und all das von mir weiterhin so ertragen?

Ich selbst aber verging in der dröhnenden Stadt, ohne einen festen Arbeitsrhythmus. Unser Schutzengel, Elisabeth Widmer, eilte zur Hilfe und fand für mich ein Refugium, ein Einzelgehöft, Holznacht im Basler Land – ein geräumiges dreistöckiges Landhaus, mit zwölf Zimmern, das einer großen Familie gehörte, doch alle hätten ihr versprochen, in den drei Sommermonaten nicht hierher zu kommen, und tatsächlich wurde ich kein einziges Mal in dieser Zeit gestört. Im Unterschied zu Sternenberg war die Landschaft hier ein vollkommen von kleinen Wäldchen und Hügeln umschlossener, mit Gras bedeckter Abhang. Um einen Blick in die Ferne werfen zu können, musste man einen dieser Hügel erklimmen, und dann öffnete sich eine weite Sicht über die Berge, sogar auf das Aufeinandertreffen der schweizerischen, französischen und deutschen Grenzen. Weder vorbeifahrende Autos gab es hier, noch vorbeiziehende Ausflügler, bis zum Haus des Bauern waren es etwa 400 Meter. Ich geriet in eine echte Abgeschiedenheit, dazu noch in eine bergig-herbstliche, sehr fruchtbare. Alte geschnitzte Fenster, alte Möbel; aus dem nahe liegenden Wäldchen schleppte ich Holz herbei, abends heizte ich den Kachelofen an, der Basler Rundfunk sendete klassische Musik, ich ging immer wieder hin und her über die Veranda, 15 Schritte lang, und zum Schlafen stieg ich nach oben, in das nicht beheizte Schlafzimmer, mit offenen Fenstern. So konnte ich allmählich abschalten, die Ruhe kam, die Umkehr auf ein anderes Thema.

Die Umkehr, ja, doch leicht war es nicht, zur klar geordneten Arbeit zurückzufinden. Ich begann mein bereits angewachsenes »Tagebuch des Romans über das Jahr 1917« zu lesen. Darin begegnete ich jetzt jeder Menge Vorhaben, die fallen gelassen wurden. Einen historischen Roman mit einer derartigen Spannbreite der Ereignisse zu schreiben – dafür gibt es keine fertigen Rezepte. Jetzt schien mir der bereits veröffentlichte *August vierzehn* sehr lückenhaft zu sein. Das Wesentliche, was dort fehlte, bestand in Folgendem: Wie das Revolutionsjahr 1905 Russland aufgeschnitten hatte und wie Russland danach, unter Pjotr Stolypin, dennoch ein blühendes Jahr hatte, bis 1914. Auch hatte ich in meiner Betrachtungsweise der Kriegsereignisse einen Bogen um die Revoluzzer gemacht, doch jetzt waren sie dringend vonnöten! Da meldete sich schmerzhaft der gekittete Übergang zwischen dem *Oktober sechzehn* und dem ausgeklammerten August des Jahres 1915. Aber selbst die Teile über den Oktober 1917 waren leider nicht abgeschlossen, vieles musste überarbeitet werden. Sieben Jahre Arbeit waren schon verflossen; sollte das nun heißen, ich würde es überhaupt nie mehr schaffen? Eine unerfüllbare Aufgabe? Doch nur dadurch blieb ich am Leben. Ich hatte also gedacht, gleich mit dem dritten »Knoten« zu beginnen, mit dem *März siebzehn*, einem mir noch weniger vertrauten Element, und entsprechend dem Tempo, das die Revolution gehabt hatte, wollte ich meine ganze Methodologie und Dynamik des Schreibens ändern.

Beim Hin-und-her-Überlegen, Auf-der-Stelle-Treten entschloss ich mich, zunächst Erzähllinien auszuarbeiten, die mit persönlichen Schicksalen zusammenhingen – diese Linien vielleicht bis zu den weiteren »Knoten« hinzuziehen, dem sechsten, siebenten, achten? So fiel dann auch meine Entscheidung aus. Langsam überwand ich die Krise und wurde dafür sogar mit »Lawinentagen« belohnt, wie ich sie nannte (in der Vergangenheit, in Shukowka bei Rostropowitsch, hatte es zahlreiche solche gegeben). Diese Tage helfen am meisten, die Arbeit zum Abschluss zu bringen: Eines schönen Morgens, aus unbekanntem Grund, beginnen plötzlich Gedanken, Ideen, Erkenntnisse zu wallen, alles viel versprechend, alles gebieterisch, sieh bloß zu, solange sie nicht verschwinden, sie hintereinander aufzuschreiben, du kannst gar nicht am Tisch sitzen bleiben, musst hin und her gehen, und diese Gedanken, Bilder, ganze Szenen, sie rollen und rollen über dich, oh, es nur zu schaffen, wenigstens in groben Zügen, ohne es auszuformulieren, all das zu Papier zu bringen!

Doch gerade in diesen drei Monaten, die ich in Holznacht verbrachte, zerrte die Außenwelt an mir und brachte mich zum Kochen. Jedes Mal, wenn Alja bei meinem Bauern anrief, berichtete sie mir irgendetwas, das mich beunruhigte und Schritte, Entscheidungen, Maßnahmen erforderte.

Bald war das eine Welle von Zeitungsverleudmungen, die irgendwie neuartig daherkamen, sozusagen »freundschaftlich«. Der besagte italienische Senator Longo (mit dem wir vor laufenden Kameras im amerikanischen Kongress einen Händedruck ausgetauscht hatten) veröffentlichte einen großen Bericht über unser angebliches Gespräch, das später 40 Minuten lang und unter vier Augen stattgefunden haben sollte; darin hätte ich ihm meine Ansichten über die Weltlage und die italienische Politik vorgetragen. Bald druckte die westdeutsche *National-Zeitung* ein fingiertes, ganzseitiges »Interview« mit mir, allerdings ohne Angabe, wo und mit wem es stattgefunden haben sollte. Darin tauchten nun ausführliche Fragen und Antworten auf, die insgesamt eine recht aufrichtige Nacherzählung des Inhaltes meiner amerikanischen Reden darstellte. Warum dann so lumpig, in Form eines erfundenen Interviews? Nur um den Wert ihres Blattes zu steigern? Ein ähnliches Interview, ebenfalls »freundschaftlich erfunden«, erschien in der italienischen Zeitschrift *Cultura di Destra*. Piraten! Mit einem Lebenden springt man um, als sei er tot! Das nennt sich Pressefreiheit! Vor solchen Rechten sollte man sich nicht minder hüten als vor den Linken, die Haut wird dir abgezogen. Du hast keine andere Wahl, als ein Dementi zu veröffentlichen (*Anhang 17*).

Aber die Linken schliefen auch nicht. Die edle *Le Monde*, wohl unter der Last dessen zusammenbrechend, wie sie diesen Solschenizyn zuvor gefördert hatte, ließ die sensationelle Nachricht drucken, ich würde nun nach Chile anlässlich des zweijährigen Bestehens des Pinochet-Regimes reisen. Es wäre wirklich interessant zu erfahren, was eigentlich ihr Kalkül dabei war. Eine allem Anschein nach intellektuelle Zeitung, da müsste man doch erkennen, dass sich eine solche Lüge leicht widerlegen ließ, das wäre doch eine Schande, oder? Keineswegs. Das Wichtigste: eine Information hinzuwerfen, ohne sie zu verifizieren, damit man in allen linken Gassen »den reaktionären Schritt Solschenizyns« zerfetzen kann. Ach was, er schickt ein Dementi? Na bitte, das lassen wir drucken, klein und unleserlich. Vielleicht wird es auch gar niemand bemerken, dafür bleibt das andere im Gedächtnis haften. (Und ist auch haften geblieben, viele Jahre lang wurde ich schwarz auf weiß getadelt wegen dieses völlig erfundenen »Besuches bei Pinochet«.)

Nein, sicherlich bleiben Auftritte in der Art meiner amerikanischen nicht ohne Folgen. Sie rufen ganze Wirbel von Solidarität hervor, noch mehr aber – von Hass, die sich dann lange ballen und auch mich wieder tangieren, hineinziehen. Na bitte, versuch bloß in die Politik einzusteigen.

Einmal wollte mich der Verband österreichischer Schriftsteller nach diesen Auftritten bei sich anhören und mit mir bei einem Symposium polemisieren (und der österreichische Bundeskanzler, Bruno Kreisky, wollte selbst mit mir streiten), die Ideale des Sozialismus verteidigen. Alja antwortete, ich könne nicht kommen, ich sei gänzlich in meine Arbeit versunken; dabei rutschte ihr der Satz heraus, auch die Verbindung zu mir sei schwierig (sie meinte freilich, dass man mich in Holznacht telefonisch nicht direkt erreichen konnte). Da erschienen in österreichischen Zeitungen frohlockende Schlagzeilen: »Solschenizyn ist in tiefer Depression, kann niemanden sehen, auch seine Frau nicht«, eine amerikanische Nachrichtenagentur trug das durch die Welt. Alja bekam aus ganz Europa Anrufe: »Depression? Gott, wie furchtbar!« In der KGB-Zentrale dürfte man sich sicherlich gefreut haben. Ich schrieb eine Stellungnahme, Alja übergab sie an die uns wohlgesonnene *Neue Zürcher*. Die Zeitung legte von sich aus noch ironisch nach: »Wie sonderbar – der Schriftsteller empfängt keinen Besuch, liest keine Briefe und – der Gipfel des Sonderbaren! – will nicht zum Kongress des PEN in Wien fahren! Der Schriftsteller konzentriert sich auf seine schriftstellerische Arbeit und braucht dafür Ruhe – das hätte man sogar in PEN-Kreisen einsehen können.«

Ein anderes Mal suchten irgendwelche offiziellen Chinesen, die sich in der Schweiz aufhielten, ein geheimes Treffen mit mir. Na klar, sie bissen zu, für sie war ich ein Hammer gegen die sowjetische Obrigkeit. Aber denen wollte ich kein Diener sein, sollten sie doch bitte selbst in ihren marxistischen Streitigkeiten miteinander fertig werden. Über einen Vermittler ließ ich sagen, dass ich zu diesem Treffen nicht erscheinen würde.

In der Zwischenzeit stand der Erscheinungstermin der deutschen Ausgabe von *Die Eiche und das Kalb* kurz bevor. Als der Zeitpunkt nah genug herangerückt war, startete der ominöse *Stern* einen Angriff. Die französische Ausgabe zu stoppen, das hätten sie nicht mehr geschafft, einige Monate waren schon verstrichen, vielleicht hatten sie das auch gar nicht vorgehabt, aber in Deutschland, auf dem eigenen Spielfeld, wollte der *Stern* freilich nicht unterliegen! Die von ihm vertretene Richtung konnte sich der KGB zwar leicht zu Nutze machen, doch die Zeitschrift wollte dabei als patriotisch gelten. Sie hatte schon juristische Beißereien mit der *Quick* wegen derartiger Beschuldigungen gehabt und war dabei recht siegreich, daher fürchtete man sich in Westdeutschland vor seinen Klagen. Und wegen meiner scharfen Äußerungen hatte er bereits Angriffe gegen *Die Zeit* geritten. Allerdings landete in diesem Fall die Sache nicht vor dem Gericht: Die Herausgeberin der *Zeit*, Marion Gräfin Dönhoff, ließ sich nicht überrollen und antwortete darauf würdevoll und dezidiert, mit Verweis auf die offenkundige Niedertracht und provozierende Haltung der besagten Illustrierten mir gegenüber, wogegen ich mich in der Sowjetunion nicht hätte verteidigen können. Des Weiteren erinnerte sie daran, dass die mich schädigende Veröffentlichung meines Werkes *Ostpreußische Nächte* derselbe *Stern* hatte forcieren wollen. (Aber auch *im Allgemeinen* machte sich diese besondere Dreistigkeit in den westlichen Ländern bemerkbar, mit der man sich im Falle der Beschuldigung einer Zusammenarbeit mit dem KGB des westlichen juristischen Systems bediente: Dadurch konnte man sich leicht als unschuldig ausgeben, in der Regel fehlte es an schriftlichen Beweisen, und gelegentlich gab es auch eine mächtige Unterstützung im Hintergrund, jede Menge Geld, da brauchte man sich keine Sorgen mehr zu machen.) Also zu jenem Zeitpunkt, als im Luchterhand-Verlag *Die Eiche und das Kalb* fertig gesetzt war und die Auflage gedruckt werden sollte, reichten die Rechtsanwälte vom *Stern* am 2. September bei einem Hamburger Gericht die Forderung ein, die Drucklegung per einstweilige Verfügung zu stoppen. Zugleich schickten sie an den Luchterhand-Verlag, an den Verlag Seuil in Paris und an mich in Zürich (während ich bereits in Holznacht saß, um dort *in Ruhe* zu arbeiten) die Mitteilung, uns werde Zeit bis spätestens um 12 Uhr am 5. September gewährt, um dazu Stellung zu nehmen. Um die Strafe abzuwehren, die uns das Hamburger Landgericht auferlegen würde, sollten wir von den folgenden Behauptungen Abstand nehmen: dass der Artikel im *Stern* im Jahre 1971 (über meine Tante und über die Familie Schtscherbak, der damals eine heftige sowjetische Attacke gegen meine so genannte »soziale Herkunft« hervorrief[41]) aufgrund von KGB-Bemühungen publiziert worden sei; dass der Herausgeber des *Stern* die Unwahrheit sagen würde, indem er behauptete, sein Korrespondent hätte die Tante Solschenizyns in Georgijewsk besucht (diese Stadt war für Ausländer gesperrt).

Dieser Brief (mit einfacher Post, nicht per Express abgeschickt) erreichte Luchterhand erst am 4. September, Seuil und meine Zürcher Adresse gar später, ich war gar nicht da, aber das Ultimatum stand eisern fest: Ergebt euch einfach, keine Zeit zum Überlegen und miteinander Reden. Durchschlagskraft! Am 3. September, im Vorgreifen auf das Schreiben, ruft der siegessichere Herausgeber des *Stern*, Nannen, bei Luchterhand an und teilt die gleiche Forderung mit. Draußen steht der frühe September, es ist noch Ferienzeit, der Verleger von Luchterhand ist abwesend, ihn vertritt ein Mitarbeiter, jemand mit schwachen Nerven, der sofort die Position räumt: Luchterhand bestehe auf nichts, könne aber nichts ändern, er habe lediglich eine Lizenz von Seuil und werde blitzartig mit Seuil in Verbindung treten. Nannen erinnert mit festem Nachdruck daran, er habe bereits bei Klagen in Zusammenhang mit Beschuldigungen wegen einer KGB-Verbindung vor Gericht gewonnen. Am nächsten Tag, dem 4. September, wird der Brief selbst bei Luchterhand zugestellt; von der Frist bleiben weniger als 24 Stunden. Der Rechtsanwalt von Luchterhand kennt allerdings jenes Anwaltsbüro in Hamburg, hat mit ihm bereits zu tun gehabt und ist sich daher sicher, durch einen Anruf dort sofort einen Aufschub erwirken zu können. Denkste! Er schickt ein Schreiben per Express, ruft an, jedoch umsonst. Gerade jener verantwortliche Rechtsanwalt, Senft, der das drohende Papier unterzeichnet hat, verabschiedet sich unmittelbar darauf in Urlaub, und ohne ihn war niemand mehr imstande, den Aufschub zu gewähren! Am 5. September nach zwölf Uhr beschließt das Hamburger Gericht angesichts der Dringlichkeit des Antrags: es den Beklagten zu verbieten, wortwörtlich oder sinngemäß zu behaupten, zu verbreiten, den Eindruck zu erwecken oder diesen entstehen zu lassen, insbesondere durch das Buch *Die Eiche und das Kalb*, dass ... (der *Stern*-Artikel über meine Tante durch die Bemühungen des KGB erschienen sei; dass meine Tante nicht von einem *Stern*-Korrespondent besucht wurde). Zwischenzeitlich sollen die Beklagten unverzüglich eine Kaution in Höhe von 100 000 DM hinterlegen, um die Bezahlung der Prozesskosten zu gewährleisten.

Luchterhand fleht nun Seuil an, Luchterhands Rechtsanwalt wiederum Dr. Heeb, mich zu überzeugen, die strittigen Stellen gänzlich zu streichen. Aber keine mildernde Maßnahme hätte hinfort geholfen, selbst eine entschärfte Fassung würde doch »den Eindruck erwecken oder diesen entstehen lassen« von einer Beziehung zum KGB, aber all das wurde ja gerichtlich untersagt, sodass man die Verbreitung des Buches ohnehin vereiteln würde. Nach deutschem Recht liegt die Beweislast bei der Partei, welche die Anschuldigung ausgesprochen hat, und Solschenizyn wird nie beweisen können, der *Stern* sei mit dem KGB in Verbindung gestanden.

Recht hatten sie, das würde ich nicht können. So hatte der *Stern* bessere Möglichkeiten, schuldfrei herauszukommen. All diese Nachrichten erreichten mich in meinem gemütlichen Holznacht, wo ich mich gerade auf das Schreiben meines *Roten Rades* einzustellen begann.

Vielleicht kam hier zum ersten Mal hoch, was ich auch später bemerken konnte: Bei juristischen Auseinandersetzungen hatte ich ein physisches Gefühl der Anstrengung im oberen Teil der Brust, als ob jemand mit den Händen nach mir griffe; aber woher kam es diesmal? Es geschah, weil der Angriff auf die Seele überging. Ein Kampf unter ihrem Niveau, daher für sie erniedrigend. (Die Folgen wirkten lange nach, die Verwüstung im Inneren.) Dieser Kampf im Bereich der Juristerei stellt eine Profanierung des Seelenlebens dar, höhlt sie nur aus. Nach dem Eintritt in die Ära der Juristerei und dem schrittweisen Verdrängen des Gewissens durch das Gesetz hat die Welt ihr geistiges Niveau gesenkt.

Oh, diese juristische Welt, die freie Rechtsverdrehung! Hier brauchte die Sowjetunion keinerlei Schranken zu fürchten: Kein Mensch wäre damals je in der Lage gewesen, KGB-Agenten mit Dokumenten in der Hand zu überführen oder ihnen eine Bestechung durch den KGB nachzuweisen. Ein Gericht, das sich vom Buchstaben des Gesetzes hätte leiten lassen, hätte in diesem Meer den Faden des Geistes hoffnungslos verloren und den Vorzug auch zweifelhaften und zwielichtigen Personen einräumen können. Darüber hinaus kann sich ein Prozess Monate und Jahre in die Länge ziehen, das brächte denen keinen Nachteil. Man ist also gehalten, über solche Schakale im Westen nicht in denselben rücksichtslosen Ausdrücken zu reden, wie ich mich über die mich bedrohende kommunistische Macht auszulassen pflegte.

Glücklicherweise hatten all diese Einzelheiten wie auch die umfangreichen Schreiben der Rechtsanwälte Holznacht nicht erreicht (erst drei Jahre danach machte ich mir von all dem ein Bild), Alja schirmte nach Kräften meine Arbeit ab, doch zwischen Paris, Zürich und Holznacht erhitzten sich die Telefondrähte. Eine blöde Lage – mussten wir wirklich den Rückzug antreten? Wie dämlich – musste ich in Bezug auf die Worte über den KGB hier zurückweichen? Im freien Westen, wo ich im Osten so standhaft geblieben bin. Dort hatte ich mir also eine viel größere »Redefreiheit« erkämpft. Und jetzt, selbst wenn du zerplatzt, hast du dem Rechtsanwalt von Seuil die Vollmacht für die Klage zu unterschreiben. Und deine Arbeit hinzuwerfen und *Die Eiche und das Kalb* mit meinen Sticheleien noch und noch einmal durchzublättern (das ist die Quittung, wenn man seine Erinnerungen allzu früh herausbringt!): Wo sind diese verfluchten Stellen? Wie sollen sie für die deutsche Ausgabe geändert werden, dass insgesamt nichts verändert wird? Das Erscheinen des ganzen Buches zu verschleppen wäre noch törichter.

Zum großen Glück ist Claude Durand von Seuil, der alle meine literarischen Angelegenheiten führte, ein gelassener, sogar verwegener Mann, mit einer Spur der französischen duellierenden Kühnheit von früher. Er versprach, mit nur den minimalsten Veränderungen auszukommen. Dabei schlug er vor, an der gefährlichsten Stelle lediglich den Namen *Stern* auszulassen, dort ein Sternchen für die Anmerkung zu setzen und darin zu schreiben, dass einige Ausdrücke in der Darstellung, die sich auf eine bestimmte westdeutsche Zeitschrift bezögen, derzeit einer gerichtlichen Verfolgung unterlägen, der Autor sich jedoch dazu entschließe, diese hier auszuklammern, um das Buch nicht zu blockieren.

So handelten wir auch (diese Stellen befanden sich im Kapitel »Nobeliana«, im Rahmen des Interviews mit den Amerikanern), Hals über Kopf, und wenn man es sich recht überlegte, fiel das Ganze nicht zugunsten des *Stern* aus: Die Zeitschrift selbst wurde zwar auf ein Sternchen reduziert, doch war bei vielen in Deutschland im Gedächtnis haften geblieben, welche Zeitschrift seinerzeit »Enthüllungen« über meine Tante aus Georgijewsk gedruckt hatte. In dem erwähnten Interview mit den Amerikanern war überdies verankert, dass der *Stern* in der Sowjetunion bestimmte Privilegien genieße und dass man im sowjetischen Schriftstellerverband über die Zeitschrift gesagt habe, »man habe allen Grund, dieser Quelle zu vertrauen«. Darauf folgte eine bösartige Lakuna, sodass sich nicht allzu schwer erraten ließ, wessen Name da fehlte. So war es viel ausdrucksvoller, als wenn wir auf eine Auslassung verzichtet hätten. Durand hielt also den *Stern* zum Besten! Und die Nähe zur »gelben Presse« blieb bestehen.

Selten zieht eine solche Sache so unbeschwert vorbei, Gott hat uns geholfen. Als das hinter uns lag, fragte ich nicht mehr nach den Einzelheiten. Offensichtlich behielt Durand seine Richtung bei, während der *Stern* von sich selbst aus irgendeinem Grund nicht besonders überzeugt war. Jedenfalls wäre für mich die unerträglichste Geschichte gewesen, Holznacht zu verlassen und mich in diese Streiterei begeben zu müssen. Aber das Ganze verging irgendwie dumpf und schmerzlos. Denkt man jedoch noch einmal darüber nach, so kann man sagen: Wie einfach war es, uns zu einem Rückzug zu zwingen!

Diese Unholde in der Sowjetunion schliefen freilich auch nicht und machten weiter – dem einen schlagen sie den Kopf ab, dem anderen zeigen sie erst noch die Zähne. Wie sehr sich der Herausgeber der Samisdat-Zeitschrift *Wetsche* [Die Volksversammlung«] Wladimir Ossipow auch abmühte, loyal gegenüber der sowjetischen Regierung zu sein, diese in Großbuchstaben schrieb, darin die Stütze russischer nationaler Erwartungen erkannt haben wollte, sogar den Hauptangriff der Polemik gegen mich als den vermeintlichen Verräter dieser Hoffnungen richtete, schlug man doch gerade auf ihn hart ein, nicht auf die linksgerichteten Dissidenten oder die jüdische oppositionelle Bewegung, die ebenfalls eine Samisdat-Zeitschrift hatte. Ossipow bekam bei der zweiten Verurteilung, als »Wiederholungstäter«, acht Jahre unter verschärften Haftbedingungen. Zu diesem Zeitpunkt konnte ich nicht schweigen.[42] (Die Erklärung ging aus Holznacht, vom Bauern, per Telefon an Alja in Zürich.)

Dann wurde Igor Schafarjewitsch wegen seiner Tätigkeit im Sacharow-Komitee für Menschenrechte und der Teilnahme an unserem Sammelband das Unterrichten an der Moskauer Universität verboten. Und so etwas sollte einem weltbekannten Mathematiker zustoßen! Neben einem Protest[43] schickte ich persönliche Briefe an mehrere seiner Fachkollegen.

In Oslo gewann der Kandidat Sacharow, den ich noch 1973 für den Friedensnobelpreis vorgeschlagen hatte.[44] Von überall her riefen die Journalisten in Zürich an, bohrten nach: »Was denken Sie darüber gerade zu diesem Zeitpunkt?« Alles, was ich zu diesem Thema früher gesagt hatte, interessierte nicht mehr, das ist eben die westliche Presse, nach zwölf Stunden passt es schon nicht mehr – nur »gerade zu diesem Zeitpunkt«. Alja veröffentlichte meine Antwort.[45]

Ich freute mich für Sacharow, insbesondere weil seine Position in der Sowjetunion verstärkt wurde und sein Eintritt für politisch Verfolgte daher an Gewichtigkeit gewinnen sollte. Auf der anderen Seite war mir klar, dass er nach wie vor die Ursachen für diese Verfolgungen in den Ausreisebeschränkungen sehen würde. Deshalb musste ich immer bedauern, dass dieser große Sohn unseres Volkes, der mit seinem Leben für die Linderung seines hellhörigen Gewissens jahrelang zahlte und zahlte, sich niemals die Aufgabe der nationalen Wiedergeburt zu Herzen nehmen würde.

In jenem Jahr veröffentlichte Sacharow seine Broschüre *Mein Land und die Welt*. Insgesamt blieb er bei denselben Gedanken, die bereits sieben Jahre zuvor in seinen *Gedanken über Fortschritt, friedliche Koexistenz und geistige Freiheit* geäußert worden waren, nur diesmal schwächer dargelegt, mit einer unmotivierten Abfolge von Höhepunkten, allgemein gültigen Feststellungen und Details. Für ihn bot sich damit zwar eine gute Gelegenheit, zu unserer Diskussion Stellung zu nehmen, doch er wich aus: »Heute sehe ich keinen Anlass zu deren Fortsetzung« (dafür hatte er vielleicht zu wenig Argumente), »später hat Solschenizyn seine Position erläutert und präzisiert« – so schrieb er, als ob ich in Bezug auf irgendeinen Punkt einen Rückzug gemacht hätte, statt sein eigenes Zurückweichen einzuräumen. Zuerst eröffnete er diese Auseinandersetzung zwischen uns, mit einem weltweiten Echo, dann zog er sich zurück. Sei's drum? Einige Zeilen weiter stellte er dennoch etwas in Frage: »Man kann nicht unsere Menschen, unsere Jugend aufrufen, sich zu opfern.« Das bedeutete, selbst mein Prinzip »Lebt nicht mit der Lüge« wäre auch ein Aufruf zur Opferbereitschaft. Zu was durfte man dann überhaupt aufrufen, wenn nicht einmal die Führung zur Besinnung? Wenn niemand innerhalb des Landes zu gar nichts aufgerufen werden sollte, sollten wir dann ausschließlich auf die Hilfe aus dem Westen warten müssen?

Im gleichen September bat mich niemand anderer als der Sohn von Pjotr Stolypin um eine resonanzträchtige Unterstützung für eine kleine Gruppe kampfwilliger Emigranten, die unter der Bezeichnung »Konferenz der vom Kommunismus versklavten Völker« in Straßburg zeitgleich mit dem Europäischen Parlament zusammentraf, um mehr Aufmerksamkeit zu erzielen. Ihnen konnte ich die Unterstützung nicht verweigern, denn den Gedanken, dass alle Völker Osteuropas untereinander Frieden schließen und sich gegen den Kommunismus auflehnen sollten, teilte ich vollständig.[46]

So vergingen meine stillen Tage in der Abgeschiedenheit von Holznacht: dauernd die 400 Meter Strecke zum Telefon hinablaufen, entweder Nachrichten empfangen oder Texte übermitteln. Sämtliche Nachrichten reizten mich nur, bis auf eine einzige: Alexej Winogradow hatte ohne mich in Vermont ein großes Grundstück mit einem Haus erworben, das Ganze war nicht übermäßig teuer und bedeutete endlich, dass unsere Übersiedlung eine beschlossene Sache war. (Der Kauf ging an ihn als meinen Bevollmächtigten, ich wäre außerstande gewesen, über den Ozean zur Besichtigung zu fliegen, wie Alexej gebeten haben mochte, auch Alja, die Achse unseres Lebens, konnte keine einzige Stunde entbehren. So wurde der Kauf des zentralen Ortes für unser Leben für die kommenden Jahre in unserer Abwesenheit getätigt! Zu unserem großen Glück hatte Alexej vollkommen ins Schwarze getroffen.)

Bei ihren Besuchen in Holznacht erzählte Alja jedes Mal viel über unsere Söhne. Nach dem Sommerlager hörten sie lieber zu, wenn sie ihnen Bücher für ältere Kinder vorlas. Bei den Märchen Alexander Puschkins hielten sie den Atem an. Als Regentage anbrachen, sah sie, wie Jermolaj und Ignat auf einem ausgeklappten Sofa inmitten von zusammengetragenen Schachteln und diversem Spielzeug hockten. »Was soll das denn werden?« – »Wir fahren zu Papa, ihn zu verteidigen.« – »Gegen wen denn?« – »Gegen die Feinde. Hier ist Essen für ihn, hier die Schreibmaschine, hier die Filzstiefel ...« Sie spielten meine Abreise ...

Der Gedanke an die Kinder brachte Entspannung und gab mir wieder Kräfte. In der Nacht, wenn der Schlaf nicht kommen und ich die aufreizenden Visionen fortjagen wollte, dachte ich an meine Söhne und das war ein gutes Gefühl!

Ich schrieb meinen Appell an Straßburg und meine Stimme war bereits gespalten: Wessen Hybris war für mich bitterer, die des Ostens oder die des Westens? Wessen Ohren schienen fester verschlossen, um keine Ermahnungen zu hören? Zu wem wollte ich mehr vordringen? War das jene kommunistische »Gangräne, welche die Menschheit überschwemmte«? Aber gegen sie hatte ich bereits im vergangenen Sommer ein paar Salven verteilt. Und wer sollte die bittere Wahrheit über die Welt der Juristerei und des Kommerz sagen? Weder die Söhne und Töchter der westlichen Welt, noch diejenigen, die in diese Welt eintraten, pflegten ihr dies zu sagen.

In jenem Herbst klangen irgendwie auch alle Radiomeldungen bitterlich für mich; jeden Tag hörte ich sowohl die »Stimme Amerikas« als auch die BBC und fühlte mich angestochen, mich einzumischen, Stellung zu nehmen. Was aus Amerika kam, zeigte eher, dass dort keine Veränderungen zu verzeichnen waren, immer noch gab man vor den Kommunisten klein bei und räumte die Positionen in der Welt. Nach dem Rücktritt Schlesingers (von dem in meiner Erinnerung sein edles Aussehen und der feste Händedruck blieben) und einem neuen Triumph Kissingers vermochte ich mich nicht mehr zurückzuhalten und machte einen gänzlich politischen Schritt, den ich besser nicht hätte machen sollen – ich schrieb einen Artikel für die *New York Times* (vom 1. Dezember 1975).[47] Das war ein grober Fehler, den ich wegen meines Temperaments beging, eine allzu unmittelbare Reaktion auf amerikanische Angelegenheiten, zudem noch in einem allzu scharfen Ton.

Zu überstürzt dachte ich, meine Reden in Amerika hätten gar nichts bewirkt, und das entfachte den Wunsch, neue Reden zu halten, diesmal in Europa. Als besonders unerträglich empfand ich das Lamentieren der europäischen Öffentlichkeit über die Verurteilung mehrerer spanischer terroristischer Mörder, wie qualvoll-rührend ihre Verwandten von ihnen Abschied nahmen und wie heuchlerisch sich europäische Regierungen dabei zeigten, vor allem die britische – sie erhoben sich, um Menschenrechte und Freiheit dort zu verteidigen, wo ihnen am allerwenigsten Gefahr drohte, während sie in Richtung der Sowjetunion nur aus gebeugter Haltung blickten.

Mein ganz besonders tiefes Mitgefühl galt jedoch Spanien. Mein Herz war mit diesem Land noch von den Universitätsjahren verbunden, als wir uns darum rissen, uns an seinem Bürgerkrieg zu beteiligen, freilich auf der Seite der Republikaner. Flugs nahmen wir in uns all diese Huesca, Teruel und Guadalajara auf, die heimischer schienen als unsere russischen Namen, im jugendlichen Wahnsinn vergaßen wir das bei uns geflossene Blut, in unserem Rostow oder Nowotscherkassk. Mit den Jahren, schon im Gefängnis, kam dann eine andere Sichtweise dieser Ereignisse: Franco hatte einen heldenhaften, titanischen Versuch unternommen, sein Land vor dem Zerfall des Staates zu bewahren. Mit dieser Überzeugung ging die Verwunderung einher: Überall war die Zersetzung in vollem Gange, während er es schaffte, taktisch unbeirrbar Spanien am Zweiten Weltkrieg vorbeizulotsen, ohne sich einzumischen, und das Land über 30 Jahre lang auf der christlichen Seite zu halten, gegen alle Gesetze des historischen Verfalls. Aber jetzt, im 37. Regierungsjahr, lag er im Sterben und starb unter dem vorlauten Pfeifen der europäischen Sozialisten, Radikalen, Liberalen.

Spanien verlor schnell an Stabilität und alle in Europa, die nichts Besseres zu tun hatten, beteiligten sich an der Hetze. Am bösartigsten taten sich freilich die britischen Labouristen hervor. Mein Mitgefühl galt insbesondere dem jungen spanischen König, den man auf den wieder eingeführten wackeligen Thron gesetzt hatte, dessen Hand noch ungeübt am Ruder lag, der sich offenkundig noch nicht im Klaren war, wie viele Zugeständnisse er machen und was er verteidigen musste.

Hin und her über die lange Veranda in Holznacht schreitend (so ließ sich die Aufregung gut über die Schritte ableiten, ich beschloss, mir genau eine solche enge und lange Veranda in Vermont zu bauen), spürte ich, dass es nicht möglich sein würde, mich einfach in das Schreiben des *Roten Rades* zurückzuziehen. Wie laut all die *Le Monde* dieser Welt und die Zeitungen noch weiter links von ihr auch pfeifen mochten, musste ich nach Spanien fahren und mich offen zu den Kräften bekennen, die es noch bewahrten, überdies in der Nachbarschaft des bereits zerbrochenen Portugals.

Dann fühlte ich auch, ich sollte auf jeden Fall nach Großbritannien fahren. Wenn ich jetzt Europa wohl für immer verlassen (und irgendwann später aus Amerika direkt nach Russland zurückkehren) sollte, konnte ich die Lust nicht unterdrücken, in England einiges laut zu sagen, über das Vergangene ebenso wie über das Neue.

Zwar machte sich Enttäuschung in mir breit, denn ich glaubte nicht mehr an die Möglichkeit, jemanden zu überzeugen, eine Erfahrung mit Worten weiterzugeben. Diese Vorstellung hatte noch meiner Nobelpreisrede zugrunde gelegen, mir schien, dass selbst wenn nicht alle Namen genannt wurden, dennoch alles verstanden werden konnte. Jetzt zweifelte ich daran, dass die Literatur imstande war, zur Erkenntnis der Erfahrungen eines anderen beizutragen. Offenbar ist es jeder Nation (wie auch jedem einzelnen Menschen) beschieden, ihren eigenen Weg von Fehlern und Leiden vom Anfang bis zum Ende zu gehen. Doch diesmal wollte ich schon für mich selbst, um mein Temperament zu entladen, meine Anliegen sowohl in England als auch in Spanien aussprechen.

Im Westen warf ich sämtliche taktischen Sorgen über Bord, nahm keine Rücksicht darauf, was manchen vielleicht nicht schmecken würde (ich konnte mir nicht vorstellen, wie schnell sich meine Feinde konsolidieren sollten), ich wollte mich nur nach Herzenslust mitteilen.

***

Erst Ende November kehrte ich aus Holznacht nach Hause zurück. (Der dreijährige Ignat stand ununterbrochen über zwei Stunden am Fenster, um als Erster den Brüdern Bescheid zu geben. Ich setzte mich zu Tisch, und Ignat kam, nahm neben mir Platz und schaute schweigend zu, wie ich aß.) Der Winter schien bereits verloren zu sein, es gab keine Ruhe, keinen Platz, ernsthafte Arbeit wollte nicht gelingen. Nun kam mir deutlich zu Bewusstsein, dass die wenigen noch am Leben gebliebenen Zeugen der Russischen Revolution bald nicht mehr da sein würden. Vielleicht wäre das auch der letzte Moment, sie dazu zu ermuntern, ihre Erinnerungen niederzuschreiben. Und ich wandte mich an sie mit einem Appell.[48] Was für eine Adresse sollte ich da als Empfänger einsetzen? Zürich kam ja nicht in Frage, wir waren im Aufbruch. Uns fiel ein, selbst wenn dies vielleicht ein wenig seltsam wirkte, sie zu bitten, die Erinnerungen an die russischen Emigrantenzeitungen zu schicken, je nachdem, auf welchem Kontinent sie lebten; später sollten diese die Sendungen an uns weiterleiten.

Von Radio Liberty bekam ich massenweise die Texte der Sendung »Um 2.30 nachts«, die ich ansonsten aus der Sowjetunion hätte einschmuggeln lassen müssen, auf Umwegen, über Betha. Nun lagen die

Skripten frei zugänglich auf meinen Regalen, bloß ich selbst hatte keine Zeit, sie zu lesen, alles ein Durcheinander, immer musste man irgendwohin hetzen.

Die KGB-Provokationen hörten freilich nicht auf. Nun bekamen wir die Information, dass in Prag im Samisdat ein Brief eines tschechischen Journalisten in Genf angeblich an seinen Freund in Stockholm kursierte: Dieser wollte mich getroffen haben und ich hätte die Tschechen gewarnt, Dubček sei ein ehrgeiziger Karrierist und ein unfähiger Politiker, man dürfe ihm kein Vertrauen schenken und sollte ihn isolieren!

Aber irgendwo liegt auch die Grenze, hinter der man all diese Fälschungen, Verlockungen, Beißereien nicht mehr wahrnimmt. Ich sammelte gerade meine Kräfte für eine blitzartige Spirale durch Europa, um meinen Abschied von hier zu nehmen. Dazu plante ich, in Italien aufzutreten, so eine Geschwindigkeit war erreicht. Doch die Zeit reichte nicht dazu, die verbliebenen Fristen für alle Angelegenheiten, Vorbereitungen, Erledigungen wurden knapper, mein noch nicht geordnetes Archiv wuchs weiterhin an. Also ließen wir die Italien-Reise fallen.

Frankreich lag jedoch auf dem Weg, welche Route man auch nehmen wollte. Meine Bücher erschienen in diesem Land immer vorab. Zu Neujahr 1976 überredete mich Nikita Struve, noch in Zürich der Zeitschrift *Le Point* ein Interview zu geben.[49]

Um in den Vorteil zu gelangen, eigene Beobachtungen des Landes anzustellen und mir nicht das Land durch Journalisten und Fotografen beobachten zu lassen, bereitete ich die Reise nach Großbritannien vor, ohne sie an die große Glocke zu hängen. Lediglich Janis Sapiets, ein BBC-Mitarbeiter, den ich am ersten Tag nach meiner Ausweisung gesehen hatte, wusste darüber Bescheid. Er war ein lettischer Emigrant und protestantischer Pastor, sein Russisch war tadellos (seine Mutter stammte aus Nowgorod), er zeigte viel Verständnis für die russische Problematik und gehörte zu den wenigen, für die »Kommunismus« und »Russland« unterschiedliche Begriffe darstellten. Er suchte für mich und Alja eine Unterkunft, führte Verhandlungen mit dem bekannten Fernsehkommentator Michael Charlton über ein Interview und erweiterte allmählich den Kreis möglicher Treffen und Handlungen. Wir wollten auch eine Autoreise durch Schottland einplanen, irgendwie empfanden wir schon immer Liebe und Respekt vor dem bloßen Klang dieses Namens – Schottland. Aber schon wieder fehlten uns die Tage dafür, und das bedeutete – für immer.

Beim Umsteigen in Paris half uns Nikita Struve mit dem Gepäck (wir waren natürlich mit dem Zug unterwegs). Den Kanal überquerten wir auf einer Luftkissenfähre, einem stürmischen modernen Ungeheuer; wie im Märchen schien der Augenblick, als es mit Getöse an das Ufer herankroch und seine Seiten herunterfielen. Wir hatten gehofft, den Zug zwischen Paris und London nicht verlassen zu müssen, aber solche Fähren gab es nicht mehr. Das hieß also Umsteigen und Koffer schleppen.

Was das doch bedeutet, dass unser Dickens, auf Russisch, existiert! Von den ersten britischen Gesichtern beim Zoll, dann im Bus, am Bahnhof von Dover, im Zug nach London, bis Charing Cross, wo Sapiets uns abholte, hatten sie alle ihre charakteristischen, ausgeformten Gesichtszüge, jeder auf eigene Art. Uns aber schien, als würden wir sie alle kennen, eben nach Dickens, selbst die bemerkenswertesten Gesichter unter ihnen kamen uns wie eine Erinnerung vor, ja, auch dich haben wir gesehen! Nach ihrem Aussehen konnten wir raten, was für einen Scherz er jetzt machen würde. Wie alte Bekannte sahen wir das verdunkelte, vernachlässigte Bahnhofsgebäude in Dover, den Schaffner im Zug, den Bahnangestellten, der am Ausgang die Fahrkarten kontrollierte, und all die Plätze aus dem Fenster des fahrenden Autos, die Sapiets in rascher Abfolge nannte – Trafalgar Square, Buckingham Palace (nur drehte sich der Kopf ein wenig vom Linksverkehr). Wir versteckten uns in Windsor. Aber auch dort, in einem Hotel mit Themse-Blick (Enten und Schwäne, auf der anderen Seite die Ruderboote von Eton), kam uns alles wieder »vertraut« vor – die Bediensteten, diese rührenden, altertümlich anmutenden schiefen Möbel, ein klobiger Schrank, eine Kommode, bis zu dem hoch oben hängenden Spiegel konnte man kaum hinreichen, immer und überall war es nicht allzu warm, nicht allzu sauber, man bekam in einem Hahn kein gemischtes Wasser aus Warm und Kalt, was nicht verwunderlich war, weil das Warmwasser nicht funktionierte (später sollten wir noch unbeheizte Landhäuser erleben), man bekam das Gefühl, als ob in England ein ewiger Mangel an Kohle und Holz herrschte, als ob sie sich absichtlich so ungemütlich in diesem feuchten Land eingerichtet hätten, aber gerade das rief unser Mitgefühl mit ihnen hervor. Als ob sie bei sich zu Hause viel wehrloser und gutmütiger wären im Vergleich zu ihrem Auftreten auf der Weltbühne und in der Arena der Geschichte.

So gespalten wanderte ich durch Windsor, ging entlang des Flusses spazieren und bereitete mich auf einen neuen Termin vor, neben dem Fernsehauftritt noch auf ein Rundfunkinterview. Überall reisten wir inkognito oder wurden vertraulich empfangen, ob wir die alte Bibliothek von Eton besichtigten (im College waren Ferien), das Denkmal für den Prinzen Albert mit einer würdigen Abschiedsinschrift (aus dem Apostel Paulus): »I have fought the good fight. I have finished my course ...« – ich würde es mir wünschen, am Ende des Lebens auch einen solchen Satz sagen zu dürfen; ob wir das Schloss in Windsor besichtigten, nach Oxford fuhren, um meinen herzensteuren Übersetzer Harry Willets zu treffen oder nach Cambridge zur Tochter von Alexander Gutschkow.

Harry Willets (mit dem wir wegen seiner Abneigung, Briefe zu schreiben, fast nicht bekannt waren) machte einen charmanten Eindruck, er war so seelenwarm, fast schon russisch, und seine Frau stammte aus Russland. Als Übersetzer zeichnete er sich nicht nur durch Begabung aus, sondern auch durch bedingungsloses Verhalten gegenüber seinen Pflichten: Er betrachtete diese Tätigkeit nicht nur als eine Verdienstmöglichkeit, sondern teilte mit dem Autor die Verantwortung, es war für ihn unerträglich, die Übersetzung nicht in der besten Form herauszugeben, und mit den Qualen eines Autors suchte er nach den letztgültigen Worten. Daher ging seine Arbeit nur langsam vonstatten, die Übersetzungsfristen wurden unerträglich lang ausgedehnt, die Verlage zeigten sich irritiert. Dafür aber sprachen die Ergebnisse für sich!

Wir fuhren und wanderten durch England, ich geriet dabei in Zweifel, da ich mit Erstaunen entdeckte, dass ich jenes England, das sich jetzt vor meinen Augen öffnete, wieder erkannte und vielleicht immer gemocht hatte. Das zwang mich, meine zornigen Vorwürfe, harten Worte zu mildern, aber auf der anderen Seite konnte ich nicht von jenem brutalen, aufgeblasenen Großbritannien in der Arena der Geschichte wegsehen. Gerade an *jenes* musste ich meine Rede richten, um das noch nicht Gesagte zum Ausdruck zu bringen, vielleicht würde es auch für *dieses* andere England nützlich sein.

Am ersten Sonntag, den 22. Februar, fuhren wir in ein Landhaus, wo das Interview mit Michael Charlton von der BBC stattfand; dieses Interview sollte ein erhebliches Echo in Großbritannien und sogar in den USA hervorrufen.[50] Der Ausstrahlungstermin lag allerdings eine Woche später, am nächsten Sonntag, sodass wir unser Leben in Windsor unerkannt fortsetzen konnten, ich brachte meine Rundfunkansprache zu Ende, dann fuhren wir genauso still nach London. Hier wickelte ich an einem einzigen Tag sowohl das Gespräch im Radio (ebenfalls mit einem anhaltenden Echo)[51] als auch das Treffen mit der Leitung der osteuropäischen Abteilung der BBC ab, mit überzeugenden Worten, jedoch wenig ergiebig.[52] (Wie hätte man diesen Leuten die ganze Ermüdung der unter den Sowjets lebenden Zuhörer von den Berieselungen und den beruhigenden Worthülsen vermitteln sollen, die ihr Kommentator Anatol Maximowitsch Goldberg in die Welt setzte, der anlässlich jeder hoffnungslosen Verhandlungen ein gutes Ende versprach; die sowjetischen Vetreter benutzten saubere Taschentücher – oh, wenn das nicht ein gutes Omen ist! Und derselbe nicht verebbende Goldberg übernahm außerdem noch die Kommentierung von Büchern, Filmen, Kunstausstellungen – ein einziger Zuckerguss.) Dann gingen wir ins Parlament, saßen dort auf dem Balkon. (Ich erinnere mich an die brandenden theaterreifen Aufschreie des Erstaunens, der Empörung, das gekünstelte Auflachen der Opposition und die vorlaut-verschlafenen Hinterbänkler von der Labour-Partei mit ihrer geringschätzigen Haltung dieser Institution gegenüber; der gebieterische Speaker saß nicht mehr auf einem Wollsack, trug aber immer noch eine Perücke.) Einen Tag später fand ein Interview über *Lenin in Zürich* statt, ebenfalls für das Fernsehen (mit dem exakten, klugen Robert Robinson und gescheiten Fragen).[53] Jetzt hatte ich zur Genüge gesprochen. Lediglich zwei Tage blieben Alja und mir, um durch London zu laufen, für die Galerien, Theater (unvergesslich bleibt *Henry V.* mit Alan Howard im Royal Shakespeare Theatre; dagegen hätte man sich vor Langeweile erwürgen mögen in John Osbornes *Watch It Come Down* im Old Vic.) Auch alle übrigen Fahrten und Begegnungen verliefen halb anonym, ohne Störungen absolvierten wir unser Programm und reisten ab, und erst dann brachten die Zeitungen heraus, wir seien in England gewesen, und das Charlton-Interview wurde ausgestrahlt. (Zwei Monate später zeitigte dieses Interview die Folge, dass der geplante Besuch des BBC-Direktors in Moskau von dem sowjetischen Staatlichen Fernsehkomitee abgesagt wurde: Das Interview mit Solschenizyn habe gezeigt, dass die BBC die Taktik des Kalten Krieges fortsetze.)

Am Tag des hl. Kassian, dem 29. Februar, als wir vom trüben hügeligen Dover ablegten, hatten wir das Gefühl, gute Arbeit geleistet zu haben. Spätere Äußerungen aus England bestätigten das. Die Interviews wurden erneut gesendet, der Text des Rundfunkgespräches in der zweiten Auflage gedruckt, erstmalig in der Geschichte der BBC-Zeitschrift *Listener*. Großbritannien nahm alle meine Frechheiten ausgesprochen wohlwollend auf und erzürnte nicht einmal, als ich ironisch die Einschätzung der künftigen Bedeutung Ugandas über derjenigen Großbritanniens wagte. Man nahm das also auf, hörte sich all das an, jawohl; würde das aber etwas nützen? Der hoffnungslose Mangel der Welt, die jegliche Vorstellung von der hierarchischen Ordnung der Gedanken verbannt hat, besteht darin, dass es niemanden gibt, dessen Worte, dessen Überzeugungskraft im Gedächtnis haften bleiben oder eine Wirkung erzielen können. Alles huscht und huscht vorbei, wirbelt durcheinander in eine neue Vielfalt. Ein Kaleidoskop.

Ich fühlte mich voller Schwung. Nach den Auftritten in Großbritannien begann ich den Tag in Paris wieder energiegeladen. Und weil ich meine bevorstehende Abreise nach Amerika vor Augen hatte, nahm ich immer neue und neue Angebote an, was immer auch hereinkam, sei es vom japanischen Fernsehen[54], der *International Herald Tribune* gemeinsam mit der *New York Times* oder aber der *France Soir*.[55]

Damals schien mir, ich würde in meinen Reden immer etwas anderes sagen, jedes Mal etwas Neues. Vor kurzem, nach der Harvarder Rede, hörte ich mir diese Aufnahmen an und staunte nur: Es war doch *immer wieder dasselbe*! Entschieden das Gleiche wiederholte ich auf verschiedenste Art und Weise, in all den Ländern und vor allen ihren Journalisten. Rede bloß, rede! Die Freiheit ist ja unbegrenzt! Was du vor einem Monat gesagt hast, ist ja bereits vergessen. Die politische Publizistik jagt sich selbst in dieses Karussell hinein. (Allerdings sagte bereits Napoleon: »Nach den Kanonen ist das wirksamste Mittel die Wiederholung.«)

Auch in Paris gab es einen Fernsehauftritt. Die Idee klang sehr gut: Die Zuschauer sehen den Film *Iwan Denissowitsch*, anschließend sollte ich Anrufe aus ganz Frankreich beantworten. Für mich war das völlig ungewohnt und mit viel Verantwortung verbunden, ich bereitete mich intensiv darauf vor und war nervös. Aber den Organisatoren gelang es, alles durcheinander zu bringen: Neben mir saß ein oberflächlicher und desinteressierter Kommentator (ich hatte mir vielmehr vorgestellt, dass ich ohne jedwede

Einmischung in die Kamera reden würde). Er stellte mir von sich aus amorphe, träge, einfallslose Fragen, während die Telefone von ganz dringenden Problemen buchstäblich zerrissen wurden. Dadurch nahm er mir den ganzen Wind aus den Segeln, und als nachher die Telefonfragen an die Reihe kamen, ging die Zeit schon zu Ende.[56] Mit diesem Auftritt blieb ich unzufrieden. Fast ausnahmslos günstig fielen jedoch die Reaktionen in der Presse aus, *Le Monde* hielt ihre Wut auf mich zurück und die sowjetische Regierung übergab der französischen eine formelle Protestnote. Inmitten des publizistischen Galopps konnte ich mich bei einem Interview mit Nikita Struve zu Literaturfragen von der Seele her aussprechen.[57]

Auf Wiedersehen, Paris! Alja eilte zurück zu unseren Kleinen. Ich hingegen sollte mich unbemerkt aus dem Staub machen; der treue, verlässliche, geschickte Viktor Bankoul holte mich zu der Reise nach Spanien ab. Eine möglichst lange Strecke mussten wir inkognito durchfahren, ohne unser Ziel zu verraten. Vor uns lag noch ein großer Teil Frankreichs, hier war ich gerade überall zu sehen, das war schwierig.

Wie viel von Frankreich ich bis dahin auch gesehen haben mochte, hier kamen immer neue und neue Eindrücke, alles ungewohnt für meine Augen, schichtweise türmten sich Jahrhunderte, Könige, Feldherren auf. Die Schlösser – eines nach dem anderen – von Amboise, Cheverny, Chambord. Das Grafengeschlecht von Anjou, die Vorläufer der Plantagenets. Hier das Zimmer von Heinrich II., dort eine Truhe von Heinrich IV., hier wurde geboren und verstarb Karl VIII. Würde es nun wirklich so kommen, dass all diese Schlösser (von denen manche selbst während der Französischen Revolution nicht konfisziert worden waren, da sie die Treuen um sich geschart und sich verteidigen haben können) von den Kommunisten inventarisiert würden, die viele Franzosen schon seit Jahren an die Macht herbeisehnten?

Ein ganz besonderes Gefühl war es, nicht all diese grandiosen Schlösser zu betreten, sondern das bescheidene Privathaus eines großen Menschen, das Haus Leonardo da Vincis in Amboise, in dem er lediglich seine zwei letzten Lebensjahre verbracht hatte, als Franz I. den Greis einlud, sich zur Altersruhe niederzulassen. Man konnte durch diese kleinen Alleen gehen, auf der bemoosten Brücke über dem Bach verharren, vergebens versuchen, seine Gedanken, Stimmungen, Befürchtungen wahrzunehmen, alles, was ihn zu Lebzeiten mit den anderen Menschen gleich machte, diesen Unvergleichlichen. Mit dem Wechsel der Generationen, mit dem Fließen der Jahrhunderte werden sich unzählige Leute finden, die diesen immer einsamen Menschen ihr Mitgefühl entgegenbringen; wir wären jederzeit bereit, sie zu verteidigen, über die vergangenen Zeiten hinweg sie zu unterstützen, nur erhalten sie in ihren bitteren Jahren keinen Schutz von uns, während ihre Zeitgenossen ihnen eher mit Hass, Verfolgung und Verleumdung begegnen.

Man kann jede Menge über die genialen Erfindungen Leonardos hören, doch erst wenn man alle rekonstruierten Modelle gesehen hat, ergibt sich ein wirklich unglaubliches Bild. Hier ist fast ein Auto. Da beinahe ein Panzer, handgetrieben. Hier ein Flügel für den Menschen. Da ein Helikopter, ein Flugzeug ohne Motor, ein Fallschirm, eine Steinschleuder, eine rollende Kanone, fast eine Flak, ein Zähler für die zurückgelegte Strecke, Kugellager, eine Klemmschraube, eine Druckerpresse, eine Wasserturbine, ein Hygrometer, ein Windstärkemesser. Eine Luftkühlung für das Haus in der Hitze! Und all das – an der Wende vom 15. zum 16. Jahrhundert!

In den anderen Räumen hängen die Bilder – Mona Lisa, jenes Selbstbildnis mit dem herunterfließenden Bart, wunderschöne Frauenzimmer, Knaben. Und die Sprüche aus seinen Schriften, die lauten: »Keuschheit in der Jugend – Vernunft im Alter«, »Etwas nicht vorherzusehen, heißt bereits zu jammern«.

Zwischen Biarritz und San Sebastian gerieten wir in eine Sturmfront: Schilder erzitterten, Fernsehmasten fielen, Wegweiser flogen herum, elektrische Leitungen wurden abgerissen, der Wind peitschte Wasserströme durch Uferstraßen, unser Auto wurde angestoßen, Schaumfetzen flogen uns entgegen wie große Insekten, unter dem Leuchtturm explodierten weiße Protuberanzen von Wasserspritzern. All das unter dem schwarzen Himmel spiegelte jene Stimmung wider, mit der ich die Grenze nach Spanien überquerte: Man hätte sich vorstellen können, das Land würde seine letzten Zeiten erreichen. In San Sebastian versammelte sich eine Menschenmenge wegen der Überschwemmung, der Verkehr wurde stellenweise gestoppt, überall Polizei, sodass man den Eindruck hätte gewinnen können, es wäre ein neuer Konflikt im Baskenland ausgebrochen, die Terroristen hätten wieder etwas verbrochen. Als ich nach Spanien hineinfuhr, war ich sehr bewegt: Der »Lieblingskrieg« unserer Jugendzeit verband uns durch die Verantwortung, selbst wenn diese im Laufe der seitdem vergangenen Jahre das geradezu entgegengesetzte Verständnis der Dinge mit sich gebracht hatte. Ich fuhr nicht als Tourist, sondern um zu helfen, wo ich konnte, als ob es meine eigene Heimat wäre.

Jede Menge Beobachtungen flogen mir dabei zu; vielleicht hätte man sie auch durch Lektüre gewinnen können, für mich waren sie jedoch neu. Der Gesamteindruck war: eine Armut, die man in Europa gar nicht erwartet hätte, dazu noch dieser rötliche unfruchtbare Boden Kastiliens. Stellenweise schimmerte etwas Kaukasisches durch: Auf einem unfruchtbaren Berg drängten sich Ziegelsteindächer; hie und da sah man Packesel. Sogar in Burgos gab es dreckige brachliegende Flächen, auf denen Kinder mit dunklen Gesichtszügen spielten. Dieses katholische Zentrum war Francos Zufluchtsort in den bedrohlichsten Zeiten des Bürgerkrieges. Heute, an einem Samstag, waren in den Kirchen kaum Leute, fast nur ältere. In den Cafeterias rauchten vorlaute Mädchen, Burschen grölten Lieder auf den Straßen – sie hatten keine Ahnung von jenem Krieg, und ob ihnen die Erinnerung daran wohl etwas bedeuten würde? An einem großen Bücherstand auf der Straße verkaufte man eifrig Bücher, vor allem Kriminalromane.

Bei dem unfruchtbaren Boden sahen wir Dörfer recht selten und Einzelgehöfte fast überhaupt nicht. Kaum fuhren wir aber nach Valladolid hinein, da standen schon siebenstöckige Häuser in den Straßenschluchten. Am Sonntagmorgen marschierte eine Gruppe junger Leute in schwarzweißen Schals durch die Straße, mit dreisten Trompetenklängen und einem Plakat, um irgendetwas irgendjemandem beweisen zu wollen, was auch immer. In der Kirche waren diesmal auch Kinder, einige Gläubige streckten sich auf dem steinernen Boden im Gebet und bei der Kollekte zeigte man sich bemüht. Im Vorraum standen viele Bettler (das ist eine von vielen Ähnlichkeiten zwischen Spanien und Russland; das bedeutete, man pflegte ihnen auch etwas zu geben). Aber draußen auf der Kirchenwand war zu lesen: »José Antonio Primo de Rivera lebt!«, so häuften sich die politischen Potenziale.

Mit Ehrfurcht tauchten wir in Cervantes' Haus in seine Welt ein. Hier war für mich noch eine Nähe, und was für eine – wegen der Gefangenschaft und Unfreiheit.

Fast unmittelbar darauf folgte Salamanca, aus einem einzigartigen warmen goldenen Stein, noch dazu an einem sonnigen Tag. (Im Unterschied zu den Engländern sind sonntags alle Spanier auf der Straße, was den Russen ebenfalls zu Eigen ist. Und dann noch – die Sonnenblumenkerne!) Bei der Kirche Vera Cruz war zu lesen: »Den Gefallenen für Gott und Spanien!« An der Wand der alten Kathedrale – schon wieder (alles die früheren Orte Francos): »José Antonio Primo de Rivera!«, mit zehn Myrtenkränzen. Dann: »Der König, der Frieden, die Demokratie sind Francos Erbe.« Unnachahmlich erschien das mittelalterliche Avila, wie viel man doch innerhalb einer Stadtmauer hineinzuquetschen vermochte!

Danach zog sich fast bis zum Gebirgspass eine Wüste hin. Vor dem Hintergrund einer nackten Landschaft sprang besonders quälend die Werbung ins Auge, für Autofelgen, durch ganz Spanien, mit einer erhobenen Hand und einem schreienden Mund, aber es hätte einem auch so vorkommen können, als ob es Spanien selbst wäre, das schreien würde, ohne eine Hoffnung mehr zu haben, dass jemand in der Welt es hören würde. Hinter dem Pass kamen uns blühende zartlila Mandelbäume, Zypressen, rundliche Olivenbäume mit dichten Zweigen, Weinberge entgegen und Menschen huschten hin und her auf Eselchen, mit großen Flaschen in den Körben, mit verschnürten Traglasten (echte Sancho Pansas), und heisere kreischende Rede war zu hören.

Das Alcázar von Toledo, die Legende jenes Krieges! Der Oberst Moscardó und sein geopferter Sohn, wie ein Bild aus der *Ilias*! (Die Roten riefen den Oberst in der Festung an: »Wir werden deinen Sohn töten« – »Gebt ihm den Hörer. Es lebe Spanien, mein Sohn!«) Siebzig Tage lang verteidigte man die Festung, es gab weniger als einen Liter Wasser pro Kopf und eine Brotration von 200 Gramm am Tag, sowohl für die Verteidiger als auch für die Frauen, die soeben ihre Kinder zur Welt gebracht hatten, in dunklen Kellern, und dann ununterbrochen Angriffe über Angriffe, Belagerung, Artilleriebeschuss mit dem Ziel der Vernichtung, abgeschossene Türme, eingestürzte Mauern, Tunnelgraben, Sprengungen, kein Stein auf dem anderen, Übergießen der Belagerten mit Feuer, Vorbereitung einer Flutung – all diese Methoden der Republikaner hatten diese Helden durchgehalten (und das Leben von 500 Frauen und Kindern gerettet). »Aus Alcázar wurde ein Symbol für die Freiheit des Vaterlandes.« Selbst in unsere sowjetische Jugendzeit mit dem Herzen für die Republikaner drang dieses Schloss als ein Objekt der Bewunderung ein. Jetzt ging ich durch seine Korridore (alles war wieder hergestellt worden), durch feuchte dunkle Keller, an einem kleinen Altar der Muttergottes vorbei und dachte: Gott! Bei uns hatte es doch auch so einen verzweifelten Kampf der Militärschule in Wladimir gegen die Bolschewiken gegeben, die Junker aus Nowotscherkassk befreiten Rostow von ihnen – doch alles war wie umsonst vergangen. Nein, wir sind es, die unsere Geschichte selbst machen, niemandem kann man dafür die Schuld geben.

Die Touristen aus den europäischen Ländern lieben Spanien, doch Spanien selbst liegt kaum daran, sich ihnen so wie Italien zu präsentieren. Neben den berühmten Denkmälern findet man Trümmerhaufen, zerschlagene Ziegelsteine, bittere Armut. Alle Bauarbeiten werden ohne Kran, mit physischer Kraft ausgeführt. Die Mauern der Dorfhäuser sehen abgebröckelt und ungepflegt aus. Man pflügt mit Hilfe langsamer Maultiere und ein solches wird auch in einen Karren mit großem Radwerk eingespannt. Innerhalb Europas bleibt Spanien am wenigsten von der Konsumgesellschaft erfasst. Direkt an einer Autostraße setzt sich eine Gruppe von Bauern auf die bloße Erde und rastet, ohne sich zu beeilen – wie in Russland, kein Unterschied! Wenn sie sich auch äußerlich ganz und gar nicht ähnlich sind, ist die Nähe zwischen Russen und Spaniern in Bezug auf ihren Charakter dennoch überraschend: Mut, Offenheit, Unorganisiertheit, Gastfreundschaft, die Extreme im Glauben wie im Unglauben. Aus einer seltsamen Anziehung heraus schrieben viele unserer Schriftsteller über Spanien, ohne je das Land gesehen zu haben und auch ohne zu erfahren, dass Guadalquivir, der »geräuschvoll hastet«, heute lediglich ein flaues Flüsschen ist, das in Cordoba selbst ein wenig stinkt, mit einer Menge von verendeten Fischen.

Andalusien ist bereits ein anderes Land: prachtvoll zerstreute Palmen, Myrtenbüsche. In der Stadt mit den winzigen Innenhöfen und Orangenbäumen, Blumen, kleinen Vögeln in Käfigen, die einander über die Köpfe der Passanten zuzwitschern, kann man die ganze Breite der Gasse mit den herausgestellten Ellbogen umfassen. Schmutz und Lebendigkeit herrschen in Sevillas Volksleben auf der anderen Seite des Flusses. Das alte Malaga wird zerstört, um die Schachteln der Wolkenkratzer für die Touristen zu errichten. Sämtliche Alleen und Uferstraßen sind durch Herden von Autos besudelt. Entlang der Wege stehen Agaven und Kakteen, verstaubt wie Unkraut, oder Eukalyptusbäume mit dunkelgrünen Blättern, dann noch Amphoren mit Werbung für Wein. Von einer Stadt zur anderen begegnet man alten Moscheen, Schlössern und Palästen, die am meisten in Cordoba und Granada beeindrucken, Zeugnisse einer Höhe und Verfeinerung der damaligen islamischen Welt, die sich heute wohl kaum irgendwo gehalten haben dürfte. Die Melodie der Mauer, die Erotik der Umgebung. Goldenfarbene Deckenmalereien, leichte verzierte Arkaden, ein Wald von Säulen aus Porphyr, Jade, Marmor in der Moschee von Cordoba, die einst als Gotteshaus friedlich gemeinsam mit den Christen genutzt worden war. Diese arabischen Altertümer vermitteln auf eine ganz deutliche Weise ein Gefühl dafür, wie vergänglich und dem Untergang geweiht wir alle sind.

Acht Tage lang schwebten wir ganz unbemerkt durch Spanien, niemand zeigte Interesse für uns, hier hatte man meinen Namen bis dahin nicht oft gehört. (Merkwürdig war allerdings, dass mich gelegentlich die Soldaten erkannten.) Unerhört schlampig gemachte, stellenweise anekdotenhafte Übersetzungen schlugen mir für Jahre das Tor zur spanischen Welt zu. Aber zum Abschluss unserer Reise war ein Auftritt im spanischen Fernsehen vereinbart und während der ganzen Zeit befand ich mich unterwegs zu diesem Termin. Alles Gesehene bekräftigte in mir nur ein starkes Mitgefühl mit dem Land. Ich dachte unentwegt darüber nach, was ich den Menschen im Wesentlichen zu sagen hätte. Freilich sollte es etwas auf die Geschichte Bezogenes sein: Was das bedeute, Geiseln einer fanatischen Ideologie zu sein, wie wir, die unter den Sowjets lebten, es waren; so sollten die Spanier begreifen, welch ein furchtbares Los sie im Jahre 1939 erwartet hätte. Der herzlose irdische Glaube des Sozialismus verachtete in erster Linie das eigene Land. Wie viel spanisches Blut im Bürgerkrieg auch geflossen sein mag, sie hätten 20-mal mehr opfern müssen, hätten die Roten den Sieg davongetragen. Was sich bei ihnen seit 37 Jahren gehalten hatte, ließe sich nicht als Diktatur bezeichnen. Mit meiner Erfahrung von da drüben könnte ich ihnen einiges erzählen, wie Diktatur, Kommunismus, Verfolgung des Glaubens aussehen können, ich wäre für Spanien ein durchaus nützlicher Zeuge. Dann direkt über den Terror, der Spanien erschütterte: Diese Terroristen seien allerdings keine Helden, sondern Mörder. (Und darüber, welchen Preis die russische gebildete Gesellschaft für ihre Bewunderung des Terrorismus gezahlt hatte.) Heute sei Spanien von einer neuen Fata Morgana ergriffen – wie man am schnellsten, gleich morgen im Lande eine »vollwertige Demokratie« installieren könnte. Doch wäre die spanische

Bildungsgesellschaft besser beraten, sich in Weitsicht zu üben und die Sache genauer zu überlegen, ob sie ihre noch unreife Demokratie auch übermorgen gegen die eigenen Terroristen und die sowjetischen Panzer würde verteidigen können.

Am 19. März kam in unser Hotel in Madrid zusammen mit dem Dolmetscher Gabriel Amiama (der als Kind aus Spanien in die Sowjetunion »gerettet« worden war und genug vom Kommunismus an der eigenen Haut ausprobiert hatte) der erfolgreiche, gut gelaunte José Inigo, einer der hiesigen Medienbosse, leicht wie ein Torero, hager, nicht sehr groß, sehr von sich eingenommen. Kein Problem schien ihm sowohl das Arrangieren meines Auftrittes als auch die Simultanübersetzung zu sein (die sie noch nie gemacht hatten) und er setzte den Zeitpunkt meiner Ankunft im Studio bedenkenlos auf eine Viertelstunde vor Beginn der Sendung. Ich konnte nicht so richtig verstehen, was für eine Sendung das eigentlich sein sollte, aber es sah so aus, dass ich direkt in die Kamera sprechen könnte, eine Übertragung für ganz Spanien, und sagen, was ich wollte. 20 Minuten? Gut. Ein halbe Stunde? Auch gut, und auch darüber hinaus würde gehen. Es gab also gar keine Probleme, sodass ich ihn noch um eine Sehenswürdigkeit bitten konnte: Könnten wir zum Beispiel einen Stierkampf sehen? (Was wäre eine Spanienreise wohl ohne so etwas?) Unterwegs hatten wir ihn nicht sehen können, es war zu früh. Aber hier stellte sich heraus, dass ausgerechnet heute die neue Saison eröffnet wurde, obwohl die Toreros noch unerfahren waren und die Vorstellung eher zweitrangig. Na gut. Der quecksilbrige Inigo eilte davon. Dann tauchte er wieder blitzartig auf, nahm uns mit und fuhr los. Überall erkannte und grüßte man ihn, Polizeibeamte salutierten, er war also wahrlich ein Liebling ganz Spaniens.

Der Stierkampf hatte für mich keinen Zauber, ich konnte dem nichts abgewinnen, das war eher eine *Schlachtung*, genau wie wir als Unbeteiligte uns das immer vorgestellt hatten. Einen gewissen Eindruck machte es, wie die Banderilleros mit den kurzen Lanzen ihr Leben riskieren. Aber furchtbar waren die grobschlächtigen, beschränkten Pikadoren, die sich kaum gefährdeten und dabei den Stier mit großen Lanzen zu Tode stachen, richtige Metzger. Für den Stier, in Freiheit aufgewachsen, war alles bedrohlich, diese ganze Menschenmenge, alle, die ihn aufreizten, stachen und sich hinter Schilden versteckten. Zuerst hatte das Tier noch die Kraft, durch die ganze Arena zu laufen, aber zum letzten, tödlichen Feind, zum Torero, kam es schon mit Schaum auf den Lippen, es hatte viel Blut verloren, der eine Stier kämpfte noch verzweifelt, der andere hoffte nur, dass das Ende bald kommen möge. Wer nicht Spanier ist, wird sich am ehesten auf der Seite des Stieres halten. Natürlich mag der Torero ein risikobereiter, mutiger Kämpfer sein.

Tötet er den Stier auf elegante Weise, wird dem Kadaver ein Ohr oder der Schweif abgehackt und der Torero kann das seiner Herzensdame oder einem Ehrengast übergeben. Mir wurde zugeflüstert, der Torero Garbanfito würde mir sogleich ein Ohr schenken (man wusste, dass ich anwesend war). Mir wurde die Angelegenheit peinlich und ich verzog mich, ohne das abzuwarten.

Am nächsten Morgen brachte man uns über den Universitätscampus (der mir seit 1937 durchaus ein Begriff war; jetzt waren keine Spuren der einstigen Gräben zu sehen) nach Escorial, ins Tal der Gefallenen. Dort sind unter einer feierlichen Kathedrale zahlreiche Opfer des Bürgerkrieges begraben, ohne Unterschied, auf welcher Seite sie gekämpft haben; über ihnen zelebriert man reguläre Gottesdienste. (Als wir dort waren, gab es noch einen besonderen – fünf Monate seit dem Ableben General Francos. Die riesige Kathedrale war voll.)

Diese Gleichheit der beiden Seiten, die Gleichheit der Gefallenen vor Gott beeindruckte mich zutiefst! So sieht der Sieg der christlichen Seite aus! Und bei uns, wo die satanische obsiegt hat, wird die andere 60 Jahre lang verleumdet und mit Füßen getreten; wer würde bei uns auch nur eine Silbe über die Gleichheit, wenigstens die Gleichheit der Toten, hervorzustottern wagen? Ich nahm dieses Detail in meine Fernsehrede auf.

Diese fand am späten Abend statt, kurz vor Mitternacht. Wir kamen früher, als Inigo uns bestellt hatte, doch wurde der Auftritt um 40 Minuten verschoben, wobei auch das nichts nützte: Vielmehr stellte sich heraus, dass niemand auf Simultandolmetschen vorbereitet war, hastig zog man eine Leitung von mir zum Übersetzer, der in einem Kämmerchen versteckt saß, die Vorbeieilenden blieben an dieser Leitung hängen, dauernd riss sie ab, stellenweise konnte der Übersetzer Amiama mich gar nicht mehr hören, in diesen Augenblicken strengte er sein Gedächtnis an und erinnerte sich, worüber wir im Hotel gesprochen hatten, und gab dann etwas Ähnliches wieder, vielleicht aber auch etwas ganz anderes. Das alles war ebenfalls Spanien! Von Inigo erwartete man wiederum ein paar Fragen an mich, er stellte mich jedoch nur vor, fragte ein, zwei Mal dies und jenes, versank in Schweigen, ging zur Seite. Umsonst wartete ich auf irgendeine Enwicklung zur Hauptsache und blieb dann bei gedämpften Lichtern (in einer riesigen Halle mit Zuschauern) vor den Objektiven, sozusagen unter vier Augen mit Spanien selbst! Vierzig Minuten lang konnte ich sagen, was mir auf der Seele lag.[58] Ihrem Charakter nach war diese Sendung am Samstagabend jedoch eine denkbar oberflächliche Unterhaltung, meine Rede passte überhaupt nicht dazu, doch dafür schaltete das gesamte einfache Volk ein. (Die Gebildeten sowie alle Liberalen und Sozialisten versäumten sie aus diesem Grund; man erzählte mir, sie hätten dann begonnen, sich gegenseitig anzurufen, die Fernsehgeräte eingeschaltet und nur geflucht. Ihr Zorn war grenzenlos: *Wen* wagt er zu belehren? Uns Sozialisten? Uns Spanier?) Als ich von den Mikrofonen wegtrat, stand vor mir eine für den nächsten Auftritt spärlich bekleidete Person, die mich sofort aus Dankbarkeit küsste, und es stellte sich heraus, dass sie eine Russin war.

Nachdem diese Geschwindigkeit erreicht war, spürte ich in mir unbegrenzte Kräfte. Es wurde bereits nach Mitternacht, trotzdem gab ich in einem Raum vor Ort mit heiserer Stimme eine Pressekonferenz, viele Journalisten, die mir im Saal zugehört hatten, kamen zusammen, er war voll. Wir hatten ein gutes Gespräch (unter anderem wurde über Vladimir Nabokov gesprochen).[59]

Am Sonntagmorgen verließen Bankoul und ich das Hotel recht früh (in der Hotelliste stand sein Name, nicht meiner), holten wie verabredet Vater und Sohn Lamsdorf ab und fuhren Richtung Saragossa und dann nach Barcelona. Wladimir, der Sohn, war mein bester Übersetzer ins Spanische; der Vater, Grigorij, hatte am spanischen Bürgerkrieg teilgenommen. Er hatte erhebliche Schwierigkeiten gehabt, aus der russischen Emigration in Paris hierher zu den Franco-Anhängern durchzukommen, kein Vergleich damit, wie leicht die Republikaner erreichbar gewesen waren. Er kämpfte gerade in diesem Gebiet, in Aragon, und versprach, mir alles zu zeigen und zu erläutern. Gerade ließen wir Guadalajara hinter uns, jene berühmte Schlucht, wo seinerzeit die Italiener geflohen waren, als uns inmitten seiner fesselnden Erzählung ein Polizeiwagen zu überholen begann und uns bedeutete, stehen zu bleiben. Was war los? Wir hatten doch gar nichts falsch gemacht.

Der Wagen blieb stehen. Aus dem Polizeiwagen sprang ein Sergeant, näherte sich uns jedoch nicht von der Fahrerseite wie zu Verkehrssündern, sondern von der rechten. Er fragte, ob Solschenizyn dabei sei. Doch gleich erkannte er mich nach den gestrigen Ereignissen, ich saß hinten; er stellte sich gerade und erklärte feierlich, Seine Majestät König Juan Carlos bitte mich unverzüglich in seinen Palast.

Lamsdorf übersetzte und wir schwiegen. Es herrschte dröhnendes Schweigen. Wir waren so eingetaucht in diese Reise! Und dann, bei voller Geschwindigkeit, zog mich der König aus den Flammen des Bürgerkrieges in die Zeit von 40 Jahren später heraus – um Danke zu sagen? Oder mir vielleicht Fragen zu stellen, sich bei mir nach etwas zu erkundigen? (Wahrscheinlich wird man noch in der Nacht sämtliche Hotels angerufen haben, doch ich war nirgends eingetragen! Die Polizei machte mich wohl aufgrund des Schweizer Kennzeichens aus.) Ja, die Minute war klangvoll und schien lang. Weder der Sergeant noch unsere russischen Spanier hegten Zweifel daran, dass wir umdrehen würden. Aber ich fühlte eine quälende Unterbrechung des Rhythmus, nicht nur in Bezug auf unsere Reiseroute, bei der fast alle Stunden verplant waren, sondern wegen der Zerstörung des ganzen Vorhabens: Mich mit dem König zu treffen war gar nicht geplant gewesen, gestern hatte ich alles gesagt, was es aus meiner Sicht zu sagen gab, das Volk sah und hörte mich, die linksgerichtete gebildete Gesellschaft kochte vor Wut. Sollte ich zum König fahren, um mich einfach vorzustellen? Ja, gewiss, das war eine Ehre – doch nach dem gestrigen Auftritt würde ein Treffen mit mir dem jungen König gerade in den Augen dieser lumpigen Bildungsschicht Schaden zufügen. Was hätte ich ihm zudem raten können, nachdem ich schon am Abend gesagt hatte, das Wichtigste sei, den Zerfall Spaniens mit aller Anstrengung zu verhindern. Den Rest würde er sich selber denken können. Außerdem würde man den Linken das Spiel erleichtern: Ich wäre dann nicht ein unabhängiger Zeuge aus der osteuropäischen Welt, sondern eine Kreatur des Königs, den sie ja in Frage stellten.

Mir war nun klar, was zu tun war. Ich nahm einen Notizblock und begann auf Russisch langsam zu schreiben und zu diktieren, der junge Lamsdorf schrieb das Gesagte sofort in seinen Notizblock auf Spanisch und wiederholte es, während der Sergeant strammstand und verdutzt zuhörte.

… Ich fühle mich durch die Einladung Eurer Majestät hoch geehrt … Ich habe den Entschluss, in Ihr Land zu kommen, im Herbst letzten Jahres gefasst, als man eine Hetzjagd auf Spanien machte. Ich hoffe, dass mein gestriger Auftritt allen standhaften Spaniern gegen den Drang verantwortungsloser Kräfte helfen wird. … Ein Treffen mit Eurer Majestät zum jetzigen Zeitpunkt würde jedoch den gesellschaftlichen Eindruck des Gestrigen vermindern. … Ich wünsche Ihnen Mut gegen den Vorstoß der linken Kräfte in Spanien und Europa und auch, dass dieser den friedlichen Verlauf Ihrer Reformen nicht stören möge. Gott schütze Spanien!

Der Sergeant nahm unzufrieden das beschriebene Blatt in die Hand, doch er zeigte Unverständnis, wie und warum jemand die Einladung des Königs ablehnen sollte. Er bat uns zu warten und ging zu seinem Wagen, um den Text durchzugeben. Meine Begleiter waren ebenfalls erstaunt. Auch ich zweifelte ein wenig, ob mein Verhalten richtig war. Bei einem persönlichen Treffen hätte ich nämlich dem König aufgrund unserer russischen Erfahrung etwas mitteilen können, unmittelbar und exakter. Aber nein, da gäbe es ein solches Gerede, das alles verzerren würde, die Linken würden brüllen, alles würde schief dargestellt.

Wir saßen und schwiegen. Nach etwa 15 Minuten kehrte der Sergeant mit feierlicher Mine zurück: »Seine Majestät wünscht Ihnen eine glückliche Reise! Niemand wird Sie mehr behelligen.«

Wir fuhren los. Den ganzen Tag ging der Weg durch Aragon, alles noch trockener und unfruchtbarer als in Kastilien – und wie hatte man um diesen nackten Boden gekämpft! Unterwegs aßen wir in einer Taverne zu Mittag, die einfachen Leute, die hier zum Sonntagstisch gekommen waren, erkannten mich, grüßten und brachten ihr Einverständnis mit dem, was ich gesagt hatte, zum Ausdruck, ebenso auch unsere Bedienung namens Rosa-Laura, die absolut madonnenhafte Gesichtszüge hatte. Am Abend waren wir bereits in Katalonien. Am Morgen schafften wir es in Barcelona lediglich, Kolumbus' Schiff zu besichtigen (mir passte das ausgezeichnet, angesichts der bevorstehenden Abreise nach Amerika) – und verließen Spanien, begleitet von Beschimpfungen und Zornesausbrüchen sozialistischer und liberaler Zeitungen.

Wieder in Frankreich. Perpignan. Die Weinbauern streikten und hatten mit schwarzer Farbe sämtliche Straßenschilder beschmiert – ein prachtvoller Beweis der Freiheit! Übrigens war auf einem Verbotsschild zu erkennen: *Partie Communiste = Goulag*. Das sahen wir bereits in Arles.

Was für romanische Altertümer! Hier kam bereits Avignon, der päpstliche Palast aus den Zeiten der Verbannung, neue Bildnisse der Päpste, die allerdings irgendwie kalt, grausam wirkten. Um den Palast quollen Massen von Touristen und bettelnde Hippies standen herum. In Orange sahen wir das erhaltene römische Theater mit seiner nur teilweise intakten, geheimnisvollen Bühne, 36 steilen Steinreihen von Zuschauerplätzen und einer 20 Meter hohen Mauer. Ja, dieses Frankreich wird man nie ganz gesehen haben können ...

In Zürich schlossen wir die verbliebenen Formalitäten für die Ausreise nach Amerika ab (uns schockierte, dass man von uns allen Fingerabdrücke nahm). Ich sollte vorausfahren, mir das erworbene Grundstück endlich ansehen und Alexej den Auftrag zum Beginn der Bauarbeiten erteilen; ich selbst hatte vor, nach Stanford in die Hoover Institution zu fahren und dort zu arbeiten. Die Familie sollte nachkommen, wenn etwas zum Wohnen vorhanden sein würde.

Nun lebten wir bereits seit zwei Jahren in Zürich, das war auch schon keine Kleinigkeit mehr – die Belastungen des Haushalts und des Alltags, des archivierten Briefwechsels, der Bücher. Man musste Entscheidungen treffen, was mitgenommen, was zurückgelassen werden sollte, das ganze häusliche Leben anderswohin zu tragen – diese Aufgabe lag schon wieder auf Aljas Schultern.

Die letzten Sachen gepackt – und am 2. April kam der Augenblick des zweiten, ebenfalls geheim gehaltenen Abfluges, mit der Hoffnung, der Fehlschuss des vorigen Jahres würde sich diesmal nicht wiederholen und ich würde nicht mehr zurückkehren müssen. Von Alja nahm ich für mehrere Monate Abschied, von Europa – für sehr lange Zeit. Europa – so unerschöpflich, so verwurzelt, mit so vielen verschiedenartigen Gesichtern, so von mir geliebt und so der Schwäche preisgegeben!

In New York holte mich Alexej ab und wir fuhren auf direktem Wege nach Vermont, um den erworbenen Platz zu besichtigen. Freilich waren wir beide aufgeregt – ob der Lebensort wohl richtig gewählt worden war? Eigentlich eine unvorstellbare Sache – den Ort für sein Leben, vielleicht für ein langes, vielleicht bis zum Ende, nicht selbst zu wählen, sondern zu kaufen, ohne einen Blick darauf geworfen zu haben. Doch während unserer gemeinsamen Sucherei war Alexej hinreichend klar geworden, welche Art Unterkunft ich suchte, und so konnte er wirklich eine ausgezeichnete Wahl treffen. Es war ein Grundstück an einem einsamen Ort, gänzlich von der Straße abgeschirmt, mit gesundem, frei wachsendem Wald, mit zwei Teichen mit abfließendem Wasser, ein Haus war vorhanden, allerdings war es klein und nur im Sommer bewohnbar, sodass man es umbauen und winterfest machen musste, und es gab noch zwei weitere Häuschen. Ein wenig zu viele Hügel, es mangelte an geraden Flächen und an Waldwiesen. Na was soll's, irgendetwas Russisches musste doch fehlen, oder? Wir zählten auf dem Grundstück fünf Gebirgsbäche – also sollte der Name des Anwesens nun »Fünf Bäche« lauten. Obwohl Alexej mit seinem Architektenberuf erst am Anfang stand, dachte er bereits an die Berufung eines Priesters und hatte ein Studium an der Geistlichen Akademie St. Vladimir im Staat New York aufgenommen. Das überlastete ihn. Außerdem würde der Umbau eine längere Zeit in Anspruch nehmen.

Und was war mit mir? Es war die richtige Zeit, um nach Stanford zu fahren und mich dort in die Bibliothek der Hoover Institution zu setzen.

Immer noch kein Freund des Luftverkehrs, der Illusion einer ans Herz gewachsenen Eisenbahnverbindung nachjagend, verfiel ich auch jetzt auf den Gedanken, mit dem Zug zu fahren, wegen des Zeitraumes, den ich für meine seelische Akklimatisierung brauchte, und weil sich auf diese Weise ein Fenster in ein mir unbekanntes Land öffnete. Leider gelang es schlechter als in Kanada: Einen direkten transkontinentalen Zug gab es nicht, es gab jedoch zwei aufeinander abgestimmte Verbindungen, Boston–Chicago und Chicago–San Francisco, mit einer Unterbrechung von zwei Stunden zum Umsteigen. Das klang gut. Nein, aber die Wirklichkeit war viel schlimmer: Vorbei war die Zeit, als wir die Verspätung russischer Züge verfluchten und uns über die westliche Pünktlichkeit begeisterten. Bereits an meinem Zusteigebahnhof hatte der aus Boston soeben abgefahrene Zug eine halbe Stunde Verspätung. Das gleiche Abteil wie in Kanada, wenn auch nicht so sauber, allerdings mit einer geringfügigen Korrektur: Die Klimaanlage funktionierte diesmal nicht. In unseren alten Zügen gab es so ein Ding nicht und auch zum Teufel damit, man konnte ja die Fenster öffnen. Aber hier, in dem abgeschlossenen Raum ohne Ventilation, war das eine echte stickige Mausefalle. Die Fensterscheibe war schmutzig, draußen zogen die Industriegebiete nahe Erie, Cleveland, vorbei und ich merkte, dass die

Verspätung schon mehr als zwei Stunden betrug und sich weiter vergrößerte. Die ganze Fahrt wurde nervenaufreibend: Was sollte ich jetzt machen? Endlich in Chicago angelangt, fragte ich mich, ob ich hier die nächsten 24 Stunden würde herumhängen müssen? Am Bahnhof zeigte man sich weder erstaunt noch betrübt – was war schon passiert? (Solche Verspätungen kommen schließlich jeden Tag vor, deshalb braucht man doch den Fahrplan nicht zu ändern.) Ich musste keine besonders elegante Kapitulation hinnehmen: vom Bahnhof eine Stunde lang zum Flughafen fahren, mich dort in einer nicht besonders guten Sprache nach den Verbindungen erkundigen und es dabei schaffen, nicht die schlechteste auszuwählen, etwa mit einer Zickzackroute und mehreren Landungen unterwegs.

In Palo Alto fand ich Unterkunft bei Jelena Anatoljewna Paschina. Ihr Mann Nikolaj Sergejewitsch, ein durch seine Bildung herausragender Angehöriger der Zweiten Emigrationswelle (die uns am nächsten war, vereinte sie doch die Kenntnis der sowjetischen Verhältnisse mit dem wahren russischen Herzensgefühl), der noch vor kurzer Zeit den brennenden Wunsch geäußert hatte, mir behilflich zu sein, war erst im Februar verstorben. So reißen unsere Leben in der Fremde ab und dennoch hegt jeder die Hoffnung, ihm werde die Rückkehr nach Russland beschieden sein. Jelena Anatoljewna, eine Frau mit intakter russischer Seele, half mir wie nach einem Gebot ihres heimgegangenen Mannes auf eine traumhafte und stille Weise: Sie brachte aus ihrer Bibliothek alles nach Hause, was ich nur brauchte, Bücher wie ganze Zeitungsjahrgänge. All das gab mir die Möglichkeit, die ersten drei von insgesamt acht Wochen mein Inkognito zu wahren, ansonsten hätte die Leitung der Hoover Institution mich gleich auf Empfänge, Reden, Treffen gezerrt.

Für die nächsten zwei Monate begann für mich ein berauschendes Segeln über die Materialien der Russischen Revolution vom Februar 1917. Mir öffneten sich die Augen, was das eigentlich gewesen war.

Wer hätte es mir in der Sowjetunion je erlaubt, in diese Februar-Ereignisse so unbegrenzt, so tief einzutauchen?

Na, Gott sei Dank, dass ich bis dahin immer noch keine Möglichkeit gehabt hatte, mit dem *März siebzehn* zu beginnen. Mit Sicherheit hätte ich sonst das Ziel verfehlt.

Bei den Fünf Bächen

Obwohl ich mich bereits seit 40 Jahren darauf vorbereitet hatte, über die Russische Revolution zu schreiben – 1976 fasste ich erstmals den Entschluss, ein solches Buch zu verfassen –, erhielt ich an der Hoover Institution Material dazu, in unerwarteter Menge, das ich nun las, ja verschlang. Erst jetzt lernte ich das Ganze richtig kennen und mit jedem Schritt vollzog sich in meinem Inneren eine Wende, die ich nicht erwartet hatte.

Ich weiß noch, wie Professor Kobosew[60] mir des Öfteren und insistierend die Frage stellte: Was genau halten Sie von der Februarrevolution 1917? War sie nützlich für Russland, war sie unumgänglich? War die Oktoberrevolution eine unausweichliche Folge davon? Ich winkte immer ab: erstens, weil mein Ziel war, auf die Oktoberrevolution zuzusteuern, die für alles bestimmend war, und was sollte man sich da viel mit der Februarrevolution, einer Episode unterwegs dorthin, beschäftigen? Zweitens war der unausweichliche und positive Charakter der Februarrevolution sozusagen allgemein akzeptiert. Drittens: Wäre ein Schriftsteller in der Lage, gleich fertige Formulierungen anzubieten, bräuchte er gar keinen Roman zu schreiben. Die Sichtweise öffnet sich von alleine erst während des Schreibens.

In der Tat begann sie sich *von alleine* zu öffnen – bloß zu welchem Zeitpunkt! Mit authentischen Bruchstücken aus den Tagen vor und nach dem Februar 1917, mit den richtigen Meinungen und solchen, die man für die Öffentlichkeit erfunden hatte, mit Slogans, Lügen, dem schnell entfachten Zeitungsgetöse und den von ihm verursachten Brandmalen, mit den fehlenden Verbindungen zwischen den Ereignissen in den Hauptstädten und dem Leben des Landes, mit der Bedeutungslosigkeit, Blindheit oder Ausweglosigkeit führender Köpfe der Revolution – mit all dem war ich jetzt eingedeckt wie mit einem Müllberg, bis über den Kopf, und befreite mich davon durch Ernüchterung und Verzweiflung.

Ohne dieses anwachsende, sich türmende lebendige Material jener Jahre hätte ich keinen Durchblick erlangen können.

Ich war erschüttert. Keineswegs wäre ich bis dahin als ein eifriger Anhänger der Februarrevolution oder ihrer Ideen zu bezeichnen gewesen, doch 40 Jahre lang schleppte ich die allgemeine Vorstellung mit mir, Russland hätte im Februar 1917 die von Generationen ersehnte Freiheit erreicht und wäre folgerichtig aus Freude entflammt und hätte diese Freiheit zärtlich gepflegt, aber leider nur eben acht Monate lang, wegen der bolschewistischen Übeltäter.

Aber jetzt konnte ich entdecken, dass dieser Weg in der russischen Vergangenheit nicht nur kein gutes Ergebnis gezeitigt hatte, das wäre zu wenig, nein, er war abstoßend gewesen, er hatte 1917 in sich die anarchistische Zersetzung des ganzen russischen Organismus herbeigeführt. Wie sollte ich mit so etwas übereinstimmen? (Diese Erkenntnisse machten sich schon früher von überall her bemerkbar, nur im Lichte der Februarrevolution konnten sie zusammenhängend verstanden werden.)

Was tat ich all diese zwei Jahre im Westen, als ich all diese unterstützenden oder protestierenden Telegramme schickte, mit meinen Reden immer noch den gleichen sowjetischen Drachen zu verwunden suchte, die Gründung von *Kontinent* unterstützte, zur Konsolidierung der Kräfte im osteuropäischen Raum – handelte ich aus einer erhöhten politischen Leidenschaft heraus oder rollte ich einfach weiter, von der Triebkraft, die noch aus der sowjetischen Zeit herrührte, angestoßen? Hätte man aber etwas anderes tun können, wenn man in diesem bedrohten, jedoch erstarrten Europa lebte – wie hätte man ruhig dasitzen, wie es nicht wachrütteln sollen, damit es wieder zu Bewusstsein käme?

Aber jetzt schien mir, ich sei in diesem Feuergefecht gegen das kommunistische Regime irgendwie ins Abseits geraten. Zumindest glaubte ich das.

Auf der anderen Seite war zu fragen, ob in meinen letzten bitteren Erkenntnissen über den Westen eine Vorahnung jener neuen Sichtweise der Dinge enthalten war, die ich im Begriff stand, über die Arbeit mit den Materialien zur Februarrevolution zu gewinnen. Auch dies schien stimmig zu sein.

Was wäre aber letztendlich die Schlussfolgerung daraus? Ich hätte doch nicht anders gekonnt, als mich in den harten Kampf gegen das Regime zu stürzen, das uns gewürgt hatte? Als ich meine Stimme frei erheben konnte, gab es für mich keine andere Möglichkeit, als es denen für alles, was sie mit Russland getan hatten, zu vergelten. Wie hätte das vor sich gehen sollen? So vielleicht: Mich nach dem *Iwan Denissowitsch* dem offiziösen Weg zuneigen? Ein klein wenig lügen? Und mich unterdessen mucksmäuschenstill in den Archiven vergraben und die Schichten der vergangenen Ereignisse aufdecken, viele Jahre hindurch Schweigen bewahren und schreiben, schreiben? Einmal aus dem Untergrund aufgetaucht, hätte ich noch einmal in diesen gehen sollen? Aber man hätte das ohnehin nicht zugelassen, ich war schon bemerkt worden.

Was hätte man da außerdem als den »Anfang« bezeichnen müssen? Mein Anfang war nicht *Iwan Denissowitsch*, sondern es waren die Gefängnisse und Lager selbst, es war das Schicksal russischer Kriegsgefangener. Mit *diesem* Anfang hinter mir – wie hätte ich also den Kampf nicht aufnehmen können? Und ihn – mit dem *Archipel Gulag* nicht beenden? Die Gefühle waren stärker.

Diesen Kampf nicht aufzunehmen wäre folglich gar nicht gegangen, in diesem Archipel nicht zu glühen – das war ebenso ganz unmöglich. Nachdem aber dieser Weg schon beschritten war, hätte ich etwa in einem verzweifelten Kampf auf Verbündete verzichten können, sei es die sowjetische wie auch immer gebildete Schicht, später auch die Bildungsschicht des Westens? Aber könnte es sein, dass ich zunächst unbemerkt, dann immer mehr und deutlicher von einem tiefer liegenden russischen Weg abgewichen war? Sogar von meinem eigentlichen Vorhaben als Erzähler über die Revolution, und stattdessen Kräfte und Zeit verschwendete.

Ein echter Knoten – weder Anfang noch Ende, kein richtiger Weg, ich befand mich auf dem falschen. Doch die Vergangenheit ließ sich nicht mehr korrigieren. Mir blieb nur, über meinen gähnenden Abscheu gegenüber dem Februar 1917 hinweg eine richtige Lösung in der Zukunft zu finden.

Die richtige Lösung zu finden bedeutet immer, sich der wesentlichen Arbeit zu verschreiben. Diese wird dann selbst aus dem Kreis herausführen. Sich der Arbeit zu widmen, heißt sowohl für sich selbst als auch für die Leser auf die Suche zu gehen, wie wir aus unserer Vergangenheit unsere Zukunft begreifen können.

Für mich fielen die beiden Ereignisse auf wohltuende Weise zusammen: Die Wende in meinem allgemeinen Verständnis der Dinge vollzog sich zwar nicht ursächlich, jedoch zeitgleich mit der wesentlichen Entscheidung, mich in die amerikanische Einöde zurückzuziehen. Dieser Entschluss konnte frei getroffen werden, ich musste nicht übereilt handeln, wie es nur selten in meinem Leben gelang. Zudem reduzierte die Übersiedlung meine Abhängigkeit von der hektischen Umgebung sowie die Anlässe für meine Auftritte und deren Schärfe, wovon ich mich in der Dichte Europas hätte kaum retten können. Inzwischen hatte ich ja schon genug geredet, wenn das alles zusammengefügt bliebe, wäre mir der Rest nicht wichtig. Jetzt verband sich mit der Übersiedlung nach Amerika die Möglichkeit, nicht mehr zu handeln, sondern zu beobachten. Der Rückzug in die Arbeit bedeutete, meine gesellschaftliche Aktivität eingrenzen zu können, aufzuhören, mich in endlosen Bekundungen zu verausgaben. Je weiter entfernt man von der Schmiede steht, desto weniger Ruß gibt es. Ich musste lernen, auf gar keine Ereignisse zu reagieren. (Alja zweifelte daran und argumentierte, Amerika würde mich im Gegenteil aufsaugen und von einem Interview zum nächsten schleifen.) Aber auch die Tiefe der Zeit erlaubte mir nicht mehr, mit dem Augenblick zu wetteifern. Ich stand kurz davor, von dem Gegenwärtigen Abstand zu nehmen, sollte es fließen wie es wollte, für das Zeitgenössische hatte ich mich ohnehin genug für ein Menschenleben abgemüht. Der Lauf der Dinge war sowieso nicht zu ändern, nur die Ereignisse selbst könnten den heute Lebenden Weisheit geben. Ich bin lediglich eine Brücke, um das Gedächtnis aus der russischen Vergangenheit in die russische Zukunft zu überführen.

Aber einfach so konnte ich mich nicht aus der mich umgebenden Welt stehlen. Kaum ließ ich mich wieder in der Hoover Institution blicken, schon begann man, Schlingen auszuwerfen: Bitte schön, Reden halten. Einmal bei einem Empfang an der Hoover selbst. Na gut, da brachte ich mein Dazugewonnenes ein – aus welchen Gründen westliche Forscher Russland missverstehen würden, worin die systematischen Verzerrungen ihrer Urteile bestünden (ich führte als ein negatives Beispiel das Buch von Richard Pipes über das alte Russland an und gewann auf diese Weise für lange Zeit einen leidenschaftlichen und einflussreichen Feind); wie man die russische Geschichte entstellen würde, ob bewusst oder nicht, indem man darin keine nennenswerten Spuren selbstständiger gesellschaftlicher Aktivität zu erkennen imstande sei, und wie man schließlich die Begriffe »russisch« und »sowjetisch« durcheinander zu bringen pflegte.[61] Ein anderes Mal kam man, um mir die amerikanische Freiheitsmedaille zu überreichen – bitte noch eine Rede.[62] Bei diesem Anlass tastete ich mich aus meiner Perspektive noch halb blind vor, suchte nach den westlichen Verzerrungen der Freiheit (was ich instinktiv in meinen ersten Tagen im Westen gespürt und bei der Verleihung des »Goldenen Klischees« ausgesprochen hatte, wovon auch die Harvard-Rede bald handeln sollte). Diese beiden Ansprachen waren bereits die Weichen meines neuen Weges. Am liebsten wäre es mir jedoch gewesen, gar nicht aufzutreten. (Ganz zu Recht war man in der russischen Emigrantenkolonie von San Francisco gekränkt, wieso ich vor ihnen nicht sprach. Was blieb da zu tun? Wie zerreißt man sich? Immer diese Wahl – entweder zu arbeiten oder »Aufmerksamkeit zu zollen«.)

Für mich war es inzwischen höchste Zeit aufzuhören: Bald würde ein allzu dichtes Aufkommen meiner publizistischen Tätigkeit möglicherweise dazu führen, dass sie an ihrer Überzeugungskraft einbüßen würde. Das Tempo, die Lautstärke überschritten bereits die Grenzen, sie sollten wieder ein natürliches Maß erreichen. Die Prüfung durch den Ruhm, vor der mich sowohl die Dichterin Anna Achmatowa als auch der Schriftsteller Alexander Twardowskij gewarnt hatten, bestand ich nach eigenem Gefühl gut und war jetzt wiederum aus eigenem Antrieb dabei, diesen Ruhm zurückzulassen. Was war das für eine Befreiung der Seele: Zu erreichen, dass man damit aufhörte, über mich zu schreiben, zu reden, mich bei jedem Schritt zu erkennen – sondern einfach in einer normalen menschlichen Haut ein bisschen zu leben. Den ruhmreichen, jedoch unausweichlich nur kurz bemessenen Weg zu tauschen gegen einen stillen, der tiefere Spuren hinterlässt. Zugleich würde das auch ein langes Leben bringen, einen Gewinn auf der Achse der Zeit. Dazu so ein Glück – mich jeden Tag mit meiner eigenen Sprache zu beschäftigen. Nicht nur jene russische Geschichte des 20. Jahrhunderts zu kennen, durch die mich die Zeit gepeitscht hatte. Jetzt schickten mir die Alten, bereits die letzten Zeugen der Revolution, ihre Erinnerungen zu, ich musste sie also sammeln, lesen, mich beeilen, ihnen zu antworten. Und die Literaturentwicklung in meiner Heimat verfolgen, denn ich bin kein Politiker, ich bin Schriftsteller. Und meine Söhne wuchsen auf, zwischen sechs und drei Jahren waren sie alt, ich musste auch für sie Zeit finden, wie das jeder normale Mensch tut.

Unsere Übersiedlung nach Vermont versprach also zum ersten Mal in meinem Leben ein Schritt zum Erreichen einer durchschnittlichen Norm zu werden, Einsicht zu gewinnen, das Tempo zu drosseln.

Aber noch bevor ich es schaffte, mich von der westlichen öffentlichen Meinung abzuwenden, hatte sie mit dem Gleichen in Bezug auf mich begonnen. Als zum Neujahr 1976 die französische Zeitschrift *Le Point* mich zum »Mann des vergangenen Jahres« ausrief, gegen den zunehmenden Wind der Feindseligkeit, was eine ganz bestimmte Geste war, druckte man auf dem Titelblatt, wie mein Gesicht von zwei Dutzend Pinseln immer weiter überstrichen wurde – damals nahm ich dieses Bild nicht ernst genug.

Ich selbst unternahm von meinen ersten Schritten im Westen an freilich alles, damit sich die westlichen Gesellschaftsschichten und Massenmedien von mir abwenden würden: Ich zeigte mich unverhüllt als ein Feind des Sozialismus, ich veröffentlichte den *Brief an die sowjetische Führung* (»Verrat an der Demokratie!«), ich brüllte die Presse an. Noch aus dem Antrieb des Antikommunismus blieb mir einige Zeit die Unterstützung erhalten (aber da kommt die Frage auf, ob in der westlichen Gesellschaft überhaupt ein breiter antikommunistischer Konsensus vorhanden war, was sehr zweifelhaft anmutet). Doch in denselben Monaten, als sich meine innere Wende vollzog, belehrte mich gleich nebenan, im schläfrigen Kanada, immer mit Verspätung, ein führender Fernsehkommentator, ich würde mich erdreisten, mir ein Urteil über die Erfahrungen der Welt zu bilden, ausgehend von einer *beschränkten* Erfahrung, d.h. der von den Sowjets Geknechteten, der aus dem Lager. Ja sicher. Leben und Tod, Unfreiheit und Hunger, Entfaltung der Seele gegen den geknechteten Körper – ach, wie beschränkt das alles doch ist verglichen mit der leuchtenden Welt der politischen Parteilichkeit, mit den gestrigen Börsenkursen, mit dem grenzenlosen Spaß und Entertainment, mit dem Tourismus in exotische Länder.

In den dynamischen Vereinigten Staaten war die Bewegung härter zu spüren. Der einstige Gouverneur Kaliforniens, Ronald Reagan, der Konkurrent von Präsident Ford bei der bevorstehenden Nominierung zur Präsidentschaftskandidatur der Republikanischen Partei, bot noch in jenem Herbst an, wiederum über die Leute an der Hoover Institution, ihn zu treffen. Ich lehnte ab, sowohl wegen meines allgemeinen Rückzuges aus der Politik als auch aus der Überzeugung heraus, es zieme sich nicht für einen

Ausländer, auf die Präsidentenwahlen Einfluss nehmen zu wollen. Dennoch ließ die Reagan-Fraktion der Republikaner auf ihrem Parteitag im Sommer in das Wahlprogramm hineinschreiben: »Solschenizyn ist ein herausragendes Beispiel für Mut und moralische Werte eines Menschen« und die Partei würde sich verpflichten, »bei ihren außenpolitischen Entscheidungen niemals seine Warnungen zu irgnorieren«. Aus der Befürchtung, seine Gewichtigkeit in der Partei einzubüßen, erklärte sich Ford mit diesen Thesen einverstanden (ohnehin wurde er schon länger dafür angegriffen, mich im Weißen Haus nicht empfangen zu haben). Kissinger spie Gift und Galle. Zwei Tage danach bezeichnete mich Kissingers Mitarbeiter Winston Lord im Seminar für angehende Diplomaten als »fast einen Faschisten« und warnte, ich sei eine Bedrohung für den Weltfrieden. Dies kam hoch, gelangte in die Zeitungen, auf die Tribüne des Senats (»Solschenizyn wurde zum Hauptangriffsziel der Befürworter der Entspannung, sowohl im Kreml als auch im siebenten Stock des amerikanischen Außenministeriums«), doch eher wegen der kochenden Wahlkampagne, und die in einem Seminarraum geäußerten Worte Lords über mich sollten bald zu einem Gemeinplatz der amerikanischen Presse werden. Die Umgebung des Kandidaten der Demokratischen Partei Jimmy Carter hielt mich ihrerseits für einen »ein wenig anormalen russischen Mystiker, die es im 19. Jahrhundert gelegentlich gegeben hat«.[63]

In diesem Land wollte ich mich zwar niederlassen, doch diese Angriffe ließen mich kalt: Sie konnten das Wesen jenes Lebensabschnittes, den zu beginnen ich im Begriffe stand, nicht beeinflussen. Aber der nächste Biss des KGB stellte sich für mich als empfindlich heraus. Diese Leute vergaßen mich nicht, egal wie weit ich fortging. Meine Veröffentlichung in *Time* im Jahre 1974 über den gefälschten Briefwechsel mit Orechow trieb ihnen solche Anwandlungen freilich nicht aus – sie hätten ja ihre ausgezeichnete grafologische Abteilung nicht auseinander jagen können. Dass noch irgendeine »Bombe« vorbereitet wurde, darüber hatten wir auch schon früher aus Moskau gehört. Und weil mich der KGB jetzt in der Schweiz wähnte, beschloss man, seine neue Fälschung gerade dort steigen zu lassen. So schrieb mir der Schweizer Journalist Peter Holenstein nach Zürich, man habe ihm ein Dokument von erheblichem Interesse zugestellt und er schicke mir nun eine Kopie davon: Bevor er es veröffentliche, wolle er als gewissenhafter Publizist meine Meinung darüber erfahren. (Im darauf folgenden Briefwechsel teilte er mit, dass man ihm eine ganze Sammlung solcher Elaborate habe andrehen wollen, einen Teil davon über einen »Spitzenfunktionär der DDR«. Für die Veröffentlichung jenes Materials, das ein schiefes Licht auf mich werfen sollte, unter seinem Namen wurde Holenstein ein ansehnlicher Betrag angeboten, er lehnte jedoch ab. Bei ihm kamen »ernsthafte Zweifel auf, was die Echtheit des Zeugnisses betrifft« – und er schickte es mir. Noch später erneuerte ein gewisser »ostdeutscher Professor« dieses Angebot, doch ohne Erfolg.)

Das fragliche Papier wurde mir von Alja per Eilsendung nach Kalifornien übersandt. Es ist verständlich, dass sich alle Feinde wie Hunde auf das stürzten, was ich über mich selbst enthüllt habe. So gab es ihnen keine Ruhe, meine eigene Erzählung, wie man mich zum Denunzianten hatte machen wollen, nicht gehörig auszuschlachten. So hätte man lange herumsuchen können, aber ich hatte ja bereits die Spur gelegt. Da kam nun das erste Ergebnis – ein angeblich von mir verfasster Bericht, und zwar nicht über irgendwelche Kleinigkeiten, sondern gleich über die Vorbereitung eines Lageraufstandes in Ekibastus im Januar 1952. Aber wie sollte die Sowjetmacht es schaffen, die ihr zugetragene Denunziation im Rahmen einer Dienstverpflichtung zu veröffentlichen, damit sie noch wie ein Pfeil gegen mich aussähe? Selbst konnte sie das nicht. Man schob es dem erwähnten Schweizer Journalisten unter, mit der folgenden Begleitgeschichte: Ein alter Geheimdienstmitarbeiter, der alte Lagerdokumentationen durchgestöbert hatte, wäre unter den Tausenden von Denunziationen (warum tat er das eigentlich? Niemand hatte ihm eine solche Anweisung gegeben) auf den Bericht eines ihm nicht bekannten Informanten mit Decknamen »Wjetrow« gestoßen, der 22 Jahre zurücklag, hätte ihn aus der Mappe gezogen (keine Verletzung der Vorschrift?) und ihn – nein, nicht seinen Vorgesetzten, sondern irgendwelchen freien Kreisen überreicht, die einen leichten Zugang zu Ausländern besitzen würden.

Meine Handschrift war ganz anständig gefälscht, und zwar gerade im Vergleich zu jenen Jahren meines Lagerlebens. (Meine erste Frau Natalja Reschetowskaja behielt meine Briefe von der Front und aus der Lagerhaft. Im Jahre 1974, gleich nach meiner Ausweisung, heiratete sie Konstantin Semjonow, einen verantwortlichen Mitarbeiter der sowjetischen Presseagentur APN. Meine Briefe gelangten in die Hände dieser Behörde, die sie im Westen zum Kauf anbot, und eine italienische Hochglanzzeitschrift brachte die Veröffentlichung von Reschetowskaja »Solschenizyns Liebesbriefe«. Aus einem amerikanischen Verlag erhielt ich durch einen Sympathisanten die ganze Sache in Kopie. Na, wie ist es, auf einem Weltbasar deine leichtfertigen jungen Gefühle ausgelegt zu sehen ...) Die Handschrift war zwar gefälscht, keine Frage, doch an der herausragendsten Stelle, in der Unterschrift, unterlief ihnen ein Fehler. Die Sprache fiel ziemlich übertrieben aus, aber das Wichtigste steckte im Stoff des »Berichtes«. Dabei war auch noch von Ukrainern die Rede (also das zusätzliche Ziel, die Ukrainer gegen mich aufzubringen, stand fest), ich hätte mich mit ihnen getroffen, doch wir und die Ukrainer waren am orthodoxen Weihnachtstag, dem 6. Januar 1952, einem arbeitsfreien Sonntag, zwei Wochen vor dem Datum also, das die KGB-Leute einsetzten, in zwei Lagerzonen voneinander separiert worden, dazwischen lag eine riesige Mauer, die dafür errichtet worden war. Wie sollte unser KGB nach 20 Jahren all das noch in Erinnerung behalten, bitte? (Obwohl ich darüber im *Archipel Gulag*, Teil V, Kapitel 11, schrieb, aber aus Faulheit sahen sie offenkundig nicht nach.) Und was für ein Aktenvermerk der Verantwortlichen im Lager soll auf einer Denunziation, in zwei Tagen würde ein Aufstand ausbrechen, gestanden haben? Anstatt eines blitzartigen Präventivschlages, von Verhaftungen – »der Hauptverwaltung der Lager beim Innenministerium der UdSSR mitgeteilt«. Ach, nach Moskau also? Ist das nicht ein bisschen zu weit? Wie konnte man sich bloß so viele professionelle Fehltritte leisten!

Aber mit all diesen und anderen Beobachtungen hielt ich mich erst einmal zurück, da ich annahm, dass darüber eine öffentliche Auseinandersetzung losbrechen würde, und verteilte Kopien dieser Fälschung sofort unter den Nachrichtenagenturen Kaliforniens, zusammen mit einer Erklärung (*Anhang 18*). Beides wurde sogleich in der *Los Angeles Times* abgedruckt.

Dann wartete ich ab. Ich war sicher, man würde darauf pochen, streiten, weitere Fälschungen einbringen.

Nein. Der KGB schwieg, wollte keine Diskussion darüber. Anstelle einer Bombe hatten sie einen Knallfrosch produziert. (Ein Jahr danach ließ man zwar die gleiche Sache noch einmal in irgendeiner sozialistischen Zeitschrift in Hamburg abdrucken, aber auch dort wollte diese Bombe nicht hochgehen.)

Und das sollte nun heißen – sich vom Politischen zurückziehen zu wollen ...

Ich saß zwei Monate lang in der Bibliothek und in den Archivsammlungen der Hoover Institution, hätte jedoch mühelos ein halbes Jahr dort verbringen können. Aber meine Lebensumstände ließen mich nach Vermont eilen, zum Haus, das sich gerade im Bau befand, außerdem dachte ich, ich sei schon fertig und würde mit dem zurechtkommen, was ich mir schon aufgeladen hatte. Die kalifornischen Emigranten schenkten mir zudem noch viele Bücher. Mir ist ein phantastischer alter Mann in Erinnerung geblieben, Nikolaj Rybalko, ein Witwer, der bei seiner Schwester wohnte. In ihrem kleinen Häuschen standen ramponierte Möbel, es herrschte Stille im Warten auf den Tod, ohne Nachkommen, und obwohl er ein Greis war, bewahrte er sein Aussehen eines Don Quichotte, hatte kein graues Haar, und ich weiß noch, wie er beim Licht abendlicher Tischlampen mich mit einer ausholenden Handbewegung einlud, mich nach Belieben an seinen Büchern zu bedienen, alles mitzunehmen, wenn ich es wollte. Von ihm bekam ich einige zusammengebundene rare Zeitungen, vollständig, während ich in Moskau nur einzelne Teile bekommen konnte, darin waren Fotos von Menschen, die ich beschreiben wollte, ohne sie je gesehen zu haben. Jetzt war all das auf einmal wieder zusammen. Ich konnte nur staunen: Einen solch riesigen Band, größer als ein großes liturgisches Buch, hatte man also aus Russland ins Exil mitgenommen? Noch eine Gabe von der Ersten Emigration, noch eine Ermahnung: Schreib! Schreib!

Eine einzige Fahrt gönnte ich mir damals in Kalifornien: Zusammen mit Jelena Anatoljewna Paschina fuhr ich ins Moon Valley, ins Häuschen von Jack London. Er mag zwar kein besonders überwältigender Klassiker der Literatur sein, doch ganze sowjetische Generationen bildeten sich durch sein Werk: In den Jahren 1929 und 1930 hatte man, wohl wegen seiner sozialistischen Sympathien, seine 48 Büchlein als Beilage zu der Zeitschrift *Wsemirnyj sledopyt* [Der weltweite Pfadfinder], der beliebtesten Kinderlektüre, bekommen. So hatte ich als Kind auch eine Gesamtausgabe seiner Werke, unter den wenigen, die ich besaß, und wie ich alle meine Bücher mehrmals durchlas, so auch Jack London. Und die herzlichen Sympathien der Kindheit bleiben für immer bewahrt. Als Erwachsener hatte ich ihn nicht einmal durchgeblättert. Jetzt betrat ich sein vernachlässigtes (vom Staat nicht geschütztes) Haus mit einer Aufregung, als ob ich selbst hier in meiner Kindheit gelebt hätte.

Während der zwei Monate an der Hoover Institution sammelten sich bereits mehrere Kisten von Materialien, Büchern, Briefen. Unsere Rückreise an die Ostküste planten wir mit einem Kleintransporter von Chevrolet, unserem ersten Wagen in Amerika – wir wollten den Kontinent mit den eigenen Rädern erfassen, erspüren. Zum Ende meiner Arbeit kam Alja zu mir, damit wir gemeinsam unterwegs sein konnten.

Es hätte keinen besseren Wagen gegeben, wenn es darum gegangen wäre, durch die Sowjetunion zu fahren: Er würde überall durchkommen, lag hoch auf der Straße, im geschlossenen Wagenkasten gab es Platz zum Übernachten für vier bis sechs Leute. In der Sowjetunion war gerade das Übernachten das Problem, die Straßen waren schlecht, allerdings konnte man überall abfahren und in jedem Wald Station machen. Hier würde man es dagegen für eine Barbarei halten, es ist auch nicht so einfach, eine große Autostraße zu verlassen, selbst am Straßenrand stehen zu bleiben gehört sich nicht, alles, was neben der Straße liegt, wird jemandem gehören, man darf weder im Wagen schlafen noch ein Zelt aufstellen, sofort würde ein Besitzer kommen und einen verjagen. Für die Übernachtung sind eintönige Motels gedacht, Langeweile pur. Um interessante Plätze dieses Kontinents zu sehen, müsste man eine allzu verzwickte Route zusammenstellen und mehr als unsere 3000 Meilen zurücklegen. Wir sahen uns lediglich die westliche Wüste, den Yellowstone Naturpark sowie den Grand Canyon von seinen oberen Schluchten zur Zeit des Sonnenunterganges an (ein Bild wie an den Tagen der Schöpfung, als Gott die Welt schuf und schaffen kann!), danach noch die mächtige und schöne Natur von Ohio; mehr konnte man wohl von den Autobahnen aus kaum sehen. Einige Großstädte haben gar keine Umleitung, man fährt über die oben liegenden Autobahnbrücken direkt durch sie hindurch. Wir fuhren Tag und Nacht, wechselten uns gegenseitig ab, während der andere schlafen konnte (Alja hatte soeben ihren Führerschein gemacht, doch fuhr sie ziemlich mutig, obwohl nachts riesige Lastwagen unterwegs waren und die Straßen meilenweit wegen Reparaturen mit Lichtern verengt wurden). Ich weiß nicht, wie wir am Leben blieben; jedenfalls legten wir die Strecke zwischen Colorado und dem Fluss Hudson in weniger als drei Tagen zurück. (In Kansas holte uns die Polizei ein und kassierte eine Strafe – danach rissen die lokalen Journalisten die betreffende Seite aus dem Protokoll der in Abwesenheit geführten Gerichtsverhandlung und die Presse in ganz Amerika berichtete, selbst die Zeitschrift *Time*, Natalja Solschenizyna habe die Geschwindigkeitsgrenze erheblich überschritten.)

Wir erreichten »Bei den Fünf Bächen« und sahen uns das Grundstück und die Bauarbeiten an. Alja musste sich überzeugen (noch nicht alle Zweifel waren ausgeräumt), dass wir mit den kleinen Kindern hierher ziehen könnten, und dann nach Zürich zurückfliegen, um die Evakuierung vorzubereiten, wobei so, dass niemand vorzeitig unsere Abreise bemerken könnte, dass Journalisten unsere Spur nicht aufnehmen und die Zeitungen das ausposaunen würden. Wir mussten die Bauarbeiten zu Ende führen.

Gerade in diesem Augenblick erreichte mich aus Europa die Einladung der israelischen Knesset! Ich war aber damals nicht fähig, meinen neuen Hafen in Vermont zu verlassen, sämtliche Grundlagen des neuen Lebens und meiner Arbeit, die gerade wieder zu sprudeln begann. Ich schrieb eine Absage (*Anhang 19*). (Den Umschlag gab ich Alexej Winogradow zum Einwerfen, aus Versehen klebte er eine Briefmarke für die amerikanische Inlandpost darauf, sodass meine Antwort nicht per Luftpost, sondern per Schiff nach Israel ging, sie war zwei Monate unterwegs, während man sich dort schon vehement empörte.)

Jetzt stand mir die Prozedur der offiziellen Einreise in die Vereinigten Staaten bevor, nicht als Tourist, sondern zwecks Niederlassung. Dafür hätte ich nach Zürich zurückkehren müssen und von dort wieder hierher fliegen. Aber durch die Liebenswürdigkeit des amerikanischen Konsuls in Zürich wurden alle notwendigen Unterlagen in einem verschlossenen Umschlag an den amerikanischen Konsul in Montreal geschickt und ich brauchte nur eine kurze Autofahrt unternehmen, die Papiere in Montreal in Empfang nehmen, die Grenze an einem vereinbarten Ort, Massena, überqueren und dort mein Anrecht auf eine Green Card registrieren lassen (nach fünf Jahren lässt sich diese Aufenthaltserlaubnis gegen die Staatsangehörigkeit tauschen). Würden wir diese fünf Jahre hier überhaupt erleben? Und wenn ja, würden wir die amerikanische Staatsangehörigkeit annehmen?

Nach diesem Ausflug nach Kanada wurde mein Eindruck nur bekräftigt: Wie viel sauberer, fest gefügter die USA doch sind!

Noch machte ich einen Abstecher nach Buffalo und traf dort einen bemerkenswerten alten Mann, Hauptmann W. F. Klementjew, der mir für meinen Roman seinerzeit noch nach Moskau auf »illegalem« Weg, durch

Nikita Struve, seine eindrucksvollen Kriegserinnerungen geschickt hatte. Er war nicht sehr groß, jedoch sehr breitschultrig, früher sicherlich auch sehr stark. Graues Haar stach im Bart heraus, doch sein Kopf war davon verschont. Was seine Auffassungen, sein Erinnerungsvermögen, seine Augen betraf, so waren sie ohne jedwede Trübung geblieben, nur in der Stimme zeigte sich sein Alter ein wenig. Diesmal erzählte er mir aus seinem Leben und ich überredete ihn, diese Erinnerungen zu Papier zu bringen. Aus einfachem Volk stammend, wurde er Hauptmann der Russischen Kaiserlichen Armee, nach dem Umsturz im Oktober 1917 fuhr er nach Nowotscherkassk, statt in die Weiße Armee wurde er jedoch vom Stab des Generals Alexejew nach Moskau abkommandiert, zu Boris Sawinkow, und gehörte dessen »Union zur Verteidigung der Heimat und der Freiheit« an, zwei Jahre lang saß er in den Moskauer Gefängnissen Taganka und Butyrka, sollte erschossen werden, überlebte aber; dann setzte er sich nach Polen ab, kooperierte dort wieder mit Sawinkow. Viele Jahre arbeitete er in Amerika als Schwerstarbeiter. Und auch 60 Jahre nach der Revolution, bettelarm und krank, bewahrte er seinen unbeugsamen Geist eines Offiziers und lebte nur für Russland.

Wenn sich ab und zu meine Stimmung trübt, brauche ich mich nur an einen jener alten Weißgardisten zu erinnern: Das ist die Standhaftigkeit in allen Zeiten, an der wir uns ein Beispiel nehmen können.

***

Endgültig kam ich nach »Bei den Fünf Bächen« an einem gewittrigen Abend, gerade vor dem Tag der 200-Jahr-Feier der Vereinigten Staaten. Das Land begann sein drittes Jahrhundert. Und ich begann eine ungewisse Periode meines Lebens in Vermont. Am nächsten Tag hörte ich im Radio, wie sie sich selbst beweihräucherten, und wunderte mich erneut.

Bis zum Abschluss der Bauarbeiten musste ich mich auf meinem eigenen Grundstück in einem kleinen Häuschen verstecken, das etwas entfernt von der Baustelle lag. Ich flüchtete vor dem Hämmern und dem Getöse, zudem sollten die Arbeiter ausschließlich Alexej Winogradow als ihren Auftraggeber kennen. Wie wir alle uns die Amerikaner als Champions des Arbeitens ausgemalt hatten, so erwartete ich, dass auch bei mir die Sache mit phantastischer Geschwindigkeit und Sorgfalt vonstatten gehen würde.

Aber aus meinem Häuschen an dem Teich, wo die Bäche zusammenflossen, am unteren Ende des Grundstücks auf den steilen Hügel hinaufsteigend, wunderte ich mich jeden Abend, wie wenig Fortschritt zu sehen war. Das miterworbene Holzhaus war nur im Sommer benutzbar, außerdem nur für eine kleine Familie geeignet, daher sollte es erweitert werden. Separat wurde ein Ziegelsteinhaus errichtet, mit einem geräumigen Keller, damit man dort große Archive aufbewahren könnte, sicher und für längere Zeit. Im gleichen Haus sollten für meine unüberschaubare Arbeit einige große Tische aufgestellt werden, worauf meine in vielen Jahren gesammelten Aufzeichnungen, begleitet von Hunderten und Tausenden von Notizen, sortiert werden sollten, nach Themen, Ereignissen, Handlungsfiguren, später dann nach Kapiteln. Auch für die weiter anwachsende Bibliothek war Platz vorgesehen. Leider hatte Alexej Winogradow nicht die Möglichkeit, mit der Baufirma die Bezahlung aufgrund der erbrachten Leistung zu vereinbaren, wir mussten das Geld zum Fenster hinauswerfen, nach Arbeitsstunden zahlen. Ausgerechnet in jenem Sommer bekam Alexej Winogradow vom Rektor seines Geistlichen Seminars, Vater Alexander Schmemann, noch den Auftrag, dort ein Studentenwohnheim zu errichten. Winogradow musste zwischen den beiden Baustellen hin- und herhetzen. Wir schafften es daher nicht, die Qualität der innerhalb einer Frist geleisteten Arbeit konstant zu kontrollieren, und in der Umgebung verbreitete sich schnell, die Neuen seien Trottel, man könne uns nach Belieben um den Finger wickeln. Der Bauunternehmer kümmerte sich weder um Qualität noch um Abgabefristen, sondern trommelte jeden Tag an die 15 Mann zusammen, mehr als nötig waren, und jeder von denen bekam Stundenlohn, und zwar mehr, als ein Arbeiter in der Sowjetunion in einer Woche verdient hätte. Das war aber keine gemeinschaftliche Gruppe von Handwerkern, wie einst in Russland, wo es als schändlich gegolten hatte, in der Arbeit zurückzubleiben! Freie amerikanische Arbeiter verhielten sich wie die letzten unter unseren letzten Gefangenen bei der Lagerarbeit: Sie verspäteten sich, fingen nicht gleich an, zogen hin und her, setzten sich hin zum Kaffeetrinken (das allerdings mussten unsere Lagerinsassen entbehren), manche pfuschten, und wenn man das Angerichtete verbessern musste, hatten wir noch einmal zu blechen. (Geschweige denn, dass jemand den Müll, den er im Feld fallen ließ, beseitigt hätte, denn das wäre unter seiner Qualifikation gewesen.) Bei all dem war der Bauleiter der Bürokratie ausgeliefert und musste sämtliche Pläne vom Magistrat des Wohnortes bestätigen lassen. Den ganzen Sommer weigerte sich Alexej, die Baugrube für das neue Gebäude ausheben zu lassen, solange die Zeichnungen nicht genehmigt waren. So begannen wir erst im September mit dem Bau des Hauses, und gleich da schlug der erste frühe Frost zu. Nun war man gezwungen, die Baustelle mit Planen zu schützen und Öfen aufzustellen, damit der Beton nicht einfror. Der Bau kam uns deshalb auch ziemlich teuer zu stehen, drei bis vier Mal mehr als wenn wir zwei fertige Häuser erworben hätten – bloß, wo wären solche Häuser zu finden gewesen?

Doch wie viel Geld wegen meiner Unerfahrenheit auch verflossen sein mochte, das künftige geräumige Haus sollte mich in den reichen Arbeitsjahren entlohnen. Selbst während dieses Sommers konnte ich in dem kleinen Häuschen am Teich den ganzen Zyklus über den Premierminister Pjotr Stolypin und seinen Mörder Bogrow abschließen. Für das Ersehnte gibt es eben keinen Preis, der zu hoch wäre.

Dieses kleine Häuschen war aus Brettern, leicht, mit einem breiten Fenster auf den Teich hinaus. Bis zum Teich waren es zwölf Schritte und der Morgen begann mit einem Sprung ins Wasser. Um den Teich herum standen dicht die Bäume, riesige Pappeln, Birken, etwas niedriger Ahorne und auf dem Hügel Tannen und Fichten, ein in sich geschlossenes Oval, das die Außenwelt absperrte, als gäbe es sie überhaupt nicht, nur das Oval des Himmels hatte die gleiche Größe, sodass man nicht einmal eine Gewitterwolke im Ganzen zu sehen bekam, sie gar nicht erwartete, wenn sie kam, und nachts war nur ein Bruchteil an Gestirnen zu sehen. Das ganze Gespräch ließ sich mit den Bäumen, dem Himmel führen, mit den Vögeln (irgendein großer Vogel mit mächtigen Flügeln versteckte sich dort, morgens und abends flog er bedrohlich umher), mit den hochspringenden Forellen, mit dem Waschbären, mit dem Stachelschwein (es gab auch kleine Vipern). Die ganze sichtbare Landschaft setzte sich aus den wechselnden Himmelsfarben, den Wolken, ab und an aus dem unwilligen Schwingen riesiger Bäume zusammen. Die vier im Kreise wachsenden Birken stellten sozusagen eine Laube dar und zwischen ihnen grub ich einen Tisch, ebenfalls auf Birkenbeinen, in den Boden und saß dort den ganzen Tag hindurch. Anderhalb Monate lang, vor der Ankunft meiner Familie, kam niemand zu mir herunter außer Alexej und seinen Assistenten.

Atme! Schreibe!

Und ich tat es, ich schrieb, vollkommen versunken in den Anfang der russischen Geschichte des 20. Jahrhunderts. Eigentlich wäre ich nie in eine solche Klausur gegangen, wenn meine Aufgabe mich nicht dazu gerufen, dorthin gezogen hätte. Das war für mich dann die natürlichste Lebensart – sämtliche Hindernisse zu beseitigen oder zu ignorieren und zu arbeiten.

In diesem Sommer brachte ich bereits eine Menge Erinnerungen der älteren Emigranten mit, welche in die Redaktion der Zeitung *Russkaja shisn* [Russisches Leben] in San Francisco eingegangen waren, eine noch größere wurde mir aus der New Yorker Zeitung *Nowoje russkoje slowo* [Neues Russisches Wort] zugeschickt, es kamen immer mehr Texte – ich brauchte sie nur zu lesen! (Einige Pakete gleichen Inhalts von der Pariser Zeitung *Russkaja mysl* [Russischer Gedanke] befanden sich auf dem Seeweg.)

Von allen diesen älteren Landsleuten, den Zeitgenossen der Russischen Revolution, nahm ich ihre Erinnerungen an wie eine Art Stafette ihres Kampfes. Ihre Erinnerungen waren auch wie eine Begegnung mit jedem von ihnen – in *jenen* Jahren ihres Kampfes.

Die Überraschung bestand darin, dass ich selbst für den Bürgerkrieg keinen Sinn mehr hatte, nicht einmal die Zeit zum Lesen und Beantworten: Nach den erschütternden Entdeckungen in der Hoover Institution gingen meine Gedanken noch weiter in die Schichten der Vergangenheit hinein, dort öffneten sich neue Weiten, die Ideen für das *Rote Rad*. Viele Jahre wäre ich weder darauf gekommen, mich für die Persönlichkeit des Zaren Nikolaus II. zu interessieren, bei meinen irrtümlichen Vorstellungen über die Revolution im Februar 1917, noch für die vorrevolutionären Jahrzehnte. Jetzt war dieses Gebiet nicht mehr zu umgehen. Über Nikolaus II. hatte ich zwar geplant, in einem Essay einen Überblick zu geben, und jetzt gelangte die riesige Gestalt Pjotr Stolypins in den Strom des Erzählens (über ihn wollte ich wiederum schon lange schreiben, wegen seiner Ermordung, doch hatte ich bis dahin nur an eine Episode in einem anderen Kapitel gedacht). Stolypin stand mir vor Augen, brannte im Kopf. Hinter ihm zog sich freilich der Mörder Bogrow, der sollte doch ebenfalls wenigstens ein Kapitel beanspruchen, schien mir. Was aber käme da alles mit hinzu? Die gesamte Lunte des russischen revolutionären Terrorismus, 30 Jahre lang. Wieder ein neues Feld für mich, ganz unerwartet hinzugekommen.

Gott, wie viel Unerforschtes lag noch hinter mir, zurückgelassen, nicht entdeckt, nicht aufbereitet. Woher würde ich die Zeit für all das nehmen?

Wie sollte dieses Hinzugestoßene, die ganze Vorgeschichte in das *Rote Rad* hineingeschoben werden? Der einzige Raum wäre *August vierzehn*, doch die Konstruktion des Werkes würde das gar nicht vertragen.

Noch war mir unklar, wohin damit – nur schreiben, schreiben, die Hände brannten schon!

In jenem Jahr versäumte ich so einiges wegen meines Untertauchens im Februar 1917 und im abgeschiedenen Leben Vermonts, darunter ein paar Angriffe. Im Frühjahr 1976 erschien in Paris ein giftiger Artikel von Boris Suwarin, in Verteidigung Lenins und gegen mich, und zwei Jahre lang, bis zum jetzigen Augenblick, hatte ich nichts davon gewusst. Nun war es wohl zu spät für eine Antwort? So würde man mit diesen Leuten ewig beschäftigt sein.

Unbemerkt, ungelesen ging an mir auch die Broschüre von Dmitrij Panin vorüber. Wie immer von jeglichen praktischen Handlungen im lebendigen Leben abgeschnitten, mit seinen ausufernden Gedanken, nach dem bitteren misslungenen Versuch, den Papst als seinen Verbündeten zu gewinnen, erklärte Panin nun auch meinen *Brief an die sowjetische Führung* für eine erbärmliche Kompromissbereitschaft. Wie – mit denen auch noch *reden*?! Man müsse sie einfach aus Zorn zu Asche werden lassen! Nun war ihm also mein Kampf gegen den Kommunismus nicht genug. Angeblich hätte ich mich mit den »Räten« abgefunden. (Unter den Bolschewiken stellten diese »Räte«, die »Sowjets«, freilich nur eine Dekoration dar, doch das war der einzige damals akzeptable Begriff, um die Notwendigkeit der Selbstverwaltung durch das Volk zum Ausdruck zu bringen.) Panin steuerte auf eine neue Revolution zu (mit wessen Händen denn? mit wessen Blut?) – ich aber verwarf diese Idee, und das war der wichtigste und der richtige Impuls meines *Briefes*.

Zwei benachbarte Häuser, das bereits vorhandene zum Leben und das neugebaute zum Arbeiten, ließen wir durch einen 20 Meter langen Übergang miteinander verbinden, damit man es bei Unwetter oder während des Winters bequemer hätte, um im Hof weniger Schnee räumen zu müssen, um einen Brunnen und einen Heizkessel für die beiden Häuser benutzen zu können. Das war eine Sache: Nach den amerikanischen Gesetzen wäre der Magistrat verpflichtet, sämtliche Zeichnungen fast schon jedem Passanten vorzulegen, der Interesse zeige, eine »offene Gesellschaft« eben … Später wurden Unmengen über diesen Übergang in den Zeitungen geschrieben – das sei ein Tunnel, fast schon ein Bunker.

Was hatten wir in Vermont zur Verfügung, um uns zu schützen? Nur eine menschenleere Landschaft, in der jeder Fremde immerhin auffiel. Der kleine durchsichtige Drahtzaun konnte lediglich aufdringliche Passanten, allenfalls noch Journalisten und wie Kettensägen heulende Schneefahrzeuge abhalten, die hier den ganzen Winter im Einsatz waren. Ohne eine Grenze gibt es kein eigenes Grundstück. Wie hier fast in jedem Haus üblich, schafften auch wir allmählich einen Karabiner, ein Jagdgewehr, ein paar Pistolen an, aber selbst wenn du auf dem abgeschirmten Grundstück einen unbekannten Menschen siehst – wirst du dann schießen? Vielleicht kommt er ja mit guten Absichten zu dir.

Und dann noch: Will der Herr eine Stadt nicht schützen, wird sie weder eine Wache noch eine Mauer retten.

Wer sich nicht in einem dauerhaften Kampf gegen den KGB befand, dem würden all unsere Vorsichtsmaßnahmen im freien Westen lächerlich vorkommen, vielleicht wie eine Paranoia. Aber wer seine Erfahrungen gesammelt hatte, der brauchte nicht vom Ernst der Situation überzeugt zu werden. Jede russische Familie im Westen erinnerte sich an die Entführung der weißrussischen Generäle Kutepow und Miller oder an die Beseitigung von Nicht-Rückkehrern. Jedes Kräfteverhältnis, jede Gefahr pflegten wir in den gewohnten Kategorien zwischen zwei Polen einzuschätzen – der KGB und wir selbst. Der KGB war im Westen nämlich eine frei handelnde Macht (und er unterlag, anders als die CIA, nicht der Kontrolle und Beobachtung durch die westliche Presse).

Bei der Abreise meiner Familie aus der Schweiz standen wir nicht nur vor der Aufgabe, uns von den quälenden Presseleuten wegzustehlen, die ihre Füße gleich in deinen Fußabdruck setzen, sondern auch den KGB auf eine falsche Fährte zu locken, damit sie unsere Abreise nicht merkten und ihre Netze nicht sofort wieder nach uns auswarfen. Unsere Haushälfte in Zürich (mit einer gutmütigen, aber sehr redseligen Nachbarin in der anderen Hälfte) war dicht von fünf anderen Häusern umstellt, jede Bewegung war auszumachen. Wie konnten alle Sachen, Bücher, Kisten, die über den Ozean geschickt werden sollten, wegtransportiert werden und wir selbst am helllichten Tag verschwinden, mit vier Kindern und einem Dutzend Koffern, jedoch so, dass kein Mensch das als unsere Abreise hätte wahrnehmen können? Das uns zugetane Paar in der Nachbarschaft, Gigi und Beata Staehelin, war in unseren Plan eingeweiht und erklärte sich bereit, unsere Post für längere Zeit an sich zu nehmen, damit sie nicht auffallen würde. Außerdem wusste der Stadtpräsident Widmer über unsere Abreise Bescheid, jedoch nur als Privatperson, nicht in seiner amtlichen Funktion.

Alles wurde von unserem geschickten Freund Viktor Bankoul arrangiert, auf ganz bemerkenswerte Weise. Obwohl wir fast die ganzen Möbel in Zürich zurücklassen wollten (nur mein Schreibtisch – aus dem alten St. Peterburg noch, der im Bürgerkrieg nicht verbrannt worden war, der die Belagerung Leningrads überdauert hatte und schon seinen fünften Umzug mit mir mitmachte – sollte über den Ozean gebracht werden), sammelte sich dennoch ein großes Gepäck, 120 schwere Kisten allein mit Büchern und Papieren. Wie sollte man sie fortbringen, sodass die Nachbarn in den Häusern in allernächster Nähe, die Passanten in der kleinen stillen Straße nichts merkten? Eine Transportfirma, die Bankoul gut kannte, stellte einen Transporter, jedoch nicht ihren eigenen Wagen, der sofort allen aufgefallen wäre, sondern den Lastwagen einer hiesigen Möbelfirma, und die nicht näher identifizierbaren Tragkräfte (alle Bankouls Vertraute) verstauten flugs alles darin, auf die Art, wie man gelegentlich Möbel zum Tausch oder zur Reparatur abholen lässt. Ein Möbelwagen kam niemandem verdächtig vor. Jetzt, am Morgen des Abreisetages, wobei nicht allzu früh, sollten sechs Leute mit zwölf schweren Koffern (alle Manuskripte nahmen wir mit uns, ließen sie nicht verschiffen) aus dem Haus herauskommen. Wie sollte das vor sich gehen? Wieder fuhr jemand aus Bankouls Bekanntenkreis am späten Abend vorher am Hinterausgang vor, ein Wagen mit der Aufschrift »Blumen«, was auch nichts Besonderes für Zürich darstellt, und nahm unbemerkt die Koffer entgegen und brachte sie zu Bankouls. Am Morgen des Abreisetages kamen sie wieder mit ihrem Wagen und nahmen die drei kleineren Kinder wie für einen Spaziergang mit, wie sie es öfters taten. Eine Viertelstunde später ging Alja mit ihrer Mutter und dem Ältesten, Dmitrij, hinaus, sie trugen nur wenig in der Hand, setzten sich in den Wagen von Gigi – und fuhren zum Flughafen.[64]

So reiste meine Familie ab, unter den damaligen Umständen, ohne sich von allen zu verabschieden, unsere Freude, den KGB an der Nase herumgeführt zu haben, war groß. Wir stellten uns nicht die Frage: Wenn das nun bekannt wird, wie wird das aus der Sicht der Schweiz aussehen? Bei unseren ständigen Fixpunkten – wir und der KGB – übersahen wir, dass es für uns auch die Schweiz geben sollte, und dabei recht wesentlich, wie sich noch zeigen sollte.

Die Einreise meiner Familie in die Vereinigten Staaten am 30. Juli vollzog sich ebenfalls ganz unbemerkt (man musste sich wundern, dass alle in der Einreisebehörde den Mund hielten, auch hier so etwas Menschliches!). So erreichten wir »Bei den Fünf Bächen« und ließen uns in dem Gebäude neben der Baustelle nieder; wir gaben vor, Verwandte Alexej Winogradows zu sein (der dreijährige Stepan hörte die Gespräche: man würde nach Amerika fahren, jetzt sei man da, und er nannte dieses Gebäude, seine erste Unterkunft, seitdem »Amerika«). Ich fertigte Aufschriften »Privat« an, saß in dem Häuschen am Teich, und so vergingen die 40 weiteren, entscheidenden Tage der Bauarbeiten. Gerade schloss Alexej am 7. September den Ring des Zaunes, richtete das Tor auf – und da explodierte am 8. September die Weltpresse mit der für alle Leser ach so wichtigen Nachricht, Solschenizyn sei mit seiner ganzen Familie nach Amerika übersiedelt! Wir werden nie begreifen, wieso denen so daran liegt, Menschen auszuspionieren. In den Zeitungen wurden Karten abgedruckt, mit Pfeilen – hier, diese Richtung, dann hierher! Diese miese geschwätzige Presse, hat sie wirklich keine anderen Sorgen? (Die Sache flog durch den Magistrat von Zürich auf, das hatten wir nicht vorhergesehen: Dorthin ging die Meldung, dass wir die Wohnung geräumt hatten, und die Beamten informierten sogleich die Journalisten.)

Alle standen unter dem Eindruck unserer plötzlichen Abreise: Es ziemt sich nicht, wenn es um Menschen mit Bekanntheitsgrad geht, dass keine Informationen verfügbar sind, keine Werbung im Voraus – und da gleich ein solcher Sprung. Über 100 Pressefahrzeuge ergossen sich auf das winzige Cavendish, aus Boston, aus New York, man stellte den Einwohnern Fragen, man stand am Tor, huschte hin und her entlang des Zaunes, man suchte sogar einen Hubschrauber, um über das Anwesen zu fliegen und zu fotografieren. Uns fehlte außerdem noch eine Stütze – der 14 Jahre alte, recht umgängliche Dmitrij mit seinem bereits flüssigen Englisch war kurz zuvor nach Massachusetts in eine Privatschule weggefahren. Und dann war noch, zu allem Überfluss, über die Zaunseite, die entlang der

Straße verlief, eine dünne Linie von Stacheldraht gezogen worden, damit ein allzu neugieriger Schaulustiger, der darüber wollte, sich die Hose zerreißen würde. Aber die Journalisten machten daraus einen ganzen Zaun aus Stacheldraht, den ich selbst um mich herum wie im Gefängnis gebaut hätte, um »mir einen neuen Gulag zu schaffen«. Eine Klausur war tatsächlich geplant, doch nicht ein Gefängnis, sondern die Abgeschlossenheit von Frieden und Stille, die man einzig und allein für das Schaffen in dieser wahnsinnigen sich drehenden Welt brauchen würde. Ferner hörten die Journalisten von den Einwohnern, dass es einen Teich gab, und bliesen ihn auf zu einem Swimmingpool, was sofort das Bild jener Lebensweise im Gefängnis, die man uns andichten wollte, in die Mär von einem »bürgerlichen Stil« verkehrte, dem sich die Familie Solschenizyns nun angeblich verschrieben hätte. Ihr Erbärmlichen! Das war doch kein Bericht über uns, das war ein Zeugnis über eure eigenen Untiefen. Wir wurden aus unserer Heimat geworfen, im Herzen herrschte Enge, bei meiner Frau trockneten die Augen nicht, nur in die Arbeit konnten wir uns retten – und das wurde als »bürgerliche Lebensweise« angeprangert.

Man stelle sich vor: Demokratie. Es wird proklamiert, dass sämtliche, was auch immer für Rechte respektiert würden, ebenso der individuelle Geschmack in jeder Eigenart. Wieso dann eine solche Intoleranz, als wir uns zurückziehen wollten?

Noch etwas. Als die Journalisten vor dem automatischen Tor verharrten, das per Knopfdruck zu betätigen war (ein recht verbreiteter Mechanismus), erfand ihre erhitzte Phantasie, wir hätten eine elektronische Alarmanlage und Hochspannung im Drahtzaun; ja natürlich, warum nicht, wenn dieser für sich »einen Gulag zu schaffen« erträumt! Und das wurde durch die ganze Welt getragen, überall stand das über die Alarmanlage. Es kränkte zwar, war aber zugleich ganz nützlich: Was wir selbst nie vollbracht hätten, machten sie für uns, das war das einzige Mal, dass die Journalistenzungen nicht dem KGB, sondern uns halfen. Wir dementierten nicht und so glaubte man jahrelang, man würde gar nicht zu uns durchkommen. (Bei uns wurde in den Frühjahrsfluten in der Tiefe des Waldes der Zaun an vielen Stellen unterspült, wir ließen ihn liegen und jeder hätte nach Lust und Laune darüber springen können.)

In den ersten Wochen schauten bei uns auch russischsprachige Unbekannte vorbei. Sie klemmten an das »unzugängliche« Tor eine Notiz: »Du bärtiger Hundskerl, für wie viel hast du Russland an die Juden verkauft, dein Zaun wird dich nicht vor der Schlinge retten.«

In die Diskussion schaltete sich nun auch noch die Tochter Stalins ein. In die amerikanischen Alltagsverhältnisse versunken, erzog sie ihre eigene Tochter als Amerikanerin und wurde von einer richtigen Wache gegen die sowjetischen Agenten gut abgeschirmt. Nachdem sie die Mär von meinem »elektronischen Zaun mit Stacheldraht« aufgeschnappt hatte, gab sie in einem Interview tiefsinnig von sich: »Ach, wie *russisch* das doch ist!« (Schon im alten Russland so? Nicht eher unter der Staatssicherheit ihres verehrten alten Herrn?) Sowohl die »Stimme Amerikas« als auch die Zeitung *Nowoje russkoje slowo* verbreiteten diese gewichtige Meinung – »wie russisch«.

In der Zwischenzeit kam in der Schweiz der sozialistische *Tagesanzeiger* mit einer Schlagzeile fast auf einer halben Seite heraus: »Die Familie Solschenizyns aus Zürich geflohen«. Die anderen malten Skizzen – »tief in Vermont, hinter den sieben Bergen«. Die Schweiz war gekränkt, das ganze Land. Es ging um das Geheimnis der Abfahrt (ja, in der Tat, es sah grob aus, wir hatten uns das nicht überlegt), aber auch um die Abreise selbst. Im Wohlstand lebende Schweizer empfanden die Sache so: Sie hatten einen Flüchtling aufgenommen und waren gute Gastgeber gewesen, und er schätzte die Gastfreundschaft nicht und haute ab, undankbar und im Geheimen. Zugegeben, unsere Köpfe waren mit ganz anderen Dingen beschäftigt, wir versäumten es, einen selbst ein wenig verspäteten Abschiedsbrief zu schreiben und ihn noch vor der Bombe in der Zeitung zu veröffentlichen. Die einfachen Schweizer zeigten sich immer gut zu mir. Und was das Verbot der Schweizer Polizei betraf, ich dürfe keine politische Silbe in den Mund nehmen, das war ja nicht bekannt; und ich vermochte nicht zu erklären, dass ich nicht nur von dem hastigen Stadtleben, sondern von den hin und her laufenden KGB-Agenten weg wollte. Diese Kränkung wurde von der linken und der gelben Presse ganz schön ausgeschlachtet (diese zwei Richtungen kommen oft zusammen, übrigens auch in Russland vor der Revolution).

Die amerikanische Öffentlichkeit, gastfreundlich und fast kindlich sensationsgierig, schickte sofort eine Lawine von Briefen, Telegrammen, neuen Einladungen, Glückwünschen, die einen Neuling hätte unter sich begraben können. Ich hatte schon zwei derartige Explosionen hinter mir. Als die Lawine aufhörte, ergossen sich weitere Bäche: Einladungen zu Vorträgen, Grußworten, Vorworten; Anweisungen, welche Fragen ich nun öffentlich behandeln, wen ich unverzüglich verteidigen sollte. Slawisten fragten an, welche zusätzliche Information ich hinsichtlich dieser oder jener Stelle in einem meiner Bücher geben könne. Verwandte von Gulag-Opfern fragten, ob ich in der Lagerzeit jemanden gekannt hatte. Krebskranke fragten, welche Methode das war, mit der ich mich davon heilen konnte, wo man den Birkenpilz finden könnte ... Diesen Menschen antwortete ich jederzeit.

Die Schwierigkeiten kamen auch von einer anderen Seite – von der hiesigen Bevölkerung. Eine Einzäunung des Grundstücks war hier nicht üblich und wurde als Brüskierung empfunden. Abgesehen davon war eine der Strecken für die schnelle Fahrt im Schnee durchschnitten. Snelling, der Gouverneur des Bundesstaates, den ich aufsuchte, um ihn kennen zu lernen, gab mir einen guten Rat: bei der alljährlichen Bürgerversammlung aufzutreten und meine Gründe zu erläutern. Es war schon Ende Februar, nach unserem ersten Winter in Vermont; ich fuhr hin und trat dort auf (*Anhang 20*). Da klärte sich die Situation, und es kam zu dauerhaften freundschaftlichen Beziehungen.

***

Während meines Besuches in der Hauptstadt des Bundesstaates Vermont erkundigte ich mich nach der Möglichkeit, meinen eigenen nicht kommerziellen Verlag zu begründen. Kaum hatten Bankoul und ich die Amtsräume verlassen, lief eine Journalistin dorthin, sie schienen verpflichtet zu sein, ihr alle Fragen zu beantworten, und am nächsten Tag rollte durch die ganze Welt diese Nachricht, die für viele offenbar sensationell war – ein eigener Verlag nach der Niederlassung in Vermont. (Bald darauf kamen Anfragen nach den Konditionen, gelegentlich auch Manuskripte.)

Über diese Idee dachte ich gerade in Zusammenhang mit der Ausreise nach Amerika ernsthaft nach. Der Verlag sollte eine Tochterinstitution meiner Stiftung werden, die für Russland notwendigen Bücher herausgeben und kostenlos dorthin schicken. Die Bezeichnung für die erste Reihe enthielt bereits einen solchen Aufruf an mich – »Forschungen zur neuesten Geschichte Russlands«. So viel ist in unserem historischen Gedächtnis zugeschüttet, so viele Zeugnisse wurden mutwillig zerstört – aber gibt es doch noch etwas, irgendetwas, das man dem Vergessen entreißen kann? Ich war davon überzeugt, dass wir bald einen starken Kreis von Autoren um uns scharen könnten, alt wie jung. Zugleich war mir jedoch auch klar, dass wir es alleine nicht schaffen würden – bei uns in Cavendish könnten wir lediglich das Lektorat (wenn es klappen sollte), bestenfalls auch noch den Satz übernehmen, aber auch da würden wir Schwierigkeiten haben, unsere Kräfte würden nicht ausreichen. Wo sollte die Herstellung liegen, wo der Vertrieb? Wer sollte die Korrespondenz führen, die Bücher verschicken? Wie immer bei jedem russischen Unterfangen: Es fehlt an geeigneten Leuten. Man sagt, auf dem amerikanischen Kontinent gäbe es über eine Million russischer Emigranten, niemand habe sie so genau gezählt, aber selbst wenn es nur die Hälfte wäre, trotzdem das Gleiche.

Neben der Übersiedlung nach Amerika war der andere Grund, warum ich einen eigenen Verlag haben wollte, die Fülle meiner Pläne. YMCA-Press schien mir nach wie vor ein etwas diffuses, kaum gelenktes Unternehmen, dort erschienen nämlich Bücher von unterschiedlichstem Niveau und aus diversen Richtungen; man wusste nicht, was morgen noch kommen würde. Mit ihnen kontinuierlich zusammenzuarbeiten war derart aussichtslos, dass ich über denselben Nikita Struve bereits in Verhandlungen mit dem französischen Verlag Seuil getreten war, um meine russische Werkausgabe zu machen. Dann schien es zeitweise, dass Struve doch selbst offiziell die Verlagsleitung übernehmen würde, und ich versprach ihm meine Unterstützung. Ende 1977 schlug Morosows enger Freund B. Ju. Fiz dessen Rücktritt vor, und auch Vater Alexander Schmemann war derselben Meinung. Zum Abschluss lang andauernder Debatten innerhalb ihrer Organisation, der Russischen Studentischen Christlichen Bewegung, war Alja im Frühjahr 1978 in Paris und teilte mit, ich würde ebenfalls seinen Rücktritt befürworten. Morosow erklärte sich bereit unter der Bedingung, dass dieser eher magere Verlag ihm noch sechs Jahre lang ein volles Gehalt zahlen müsste, bis zu seiner Rente, und dass ihm die Stellung eines »literarischen Beirats« erhalten bliebe.[65]

Aber auch da kam nicht Struve zum Zug, der sich noch immer nicht für eine administrative Tätigkeit entscheiden konnte (»Mich belastet mein eigenes Gespaltensein«; vor ihm lagen viele angefangene und nicht zu Ende beschrittene schöpferische Wege), sondern derjenige, der diesen Posten auch anstrebte – ein Emigrant der Dritten Welle, Wladimir Alloy. Ihm bin ich nie begegnet. Aber seine stürmischen Jahre bei YMCA hinterließen bei mir den Eindruck einer fieberhaften Eile, als sei das Tempo das Ziel gewesen.

Jetzt, im Hafen angelangt, wagten Alja und ich die Herausgabe meiner Gesammelten Werke in 20 Bänden. Wo sonst hätten wir je die Zeit gehabt, bei unserem hektischen und konspirativen Lebenswandel, die wie Vögel auseinander fliegenden Samisdat-Fassungen miteinander zu vergleichen? Oder die Fehler in den sowjetischen Ausgaben der Erzählungen gegenüber dem Originaltext festzustellen? Oder aber auch die Fehler westlicher Ausgaben herauszufischen? Nun hatten wir Zeit dafür. Im Ausland schickte man mir ununterbrochen Ergänzungen zum *Archipel*, einiges wollte ich mit aufnehmen, wenngleich irgendwo auch ein Schlussstrich zu ziehen war. Meine Theaterstücke und Drehbücher waren bislang gar nicht gedruckt gewesen, sie warteten jetzt auf die Veröffentlichung, und die tiefe Stille der Fünf Bäche erlaubte uns erstmals, uns zu konzentrieren und mit dem Hetzen aufzuhören.

Gesetzt den Fall, die Druckerei wäre allzu weit entfernt, würde sich die Arbeit endlos hinziehen wegen des mehrmaligen Postwegs der Korrekturen. Also empfahl sich, die Bücher gleich bei uns zu Hause zu setzen. Freilich sah das nach einer Aufgabe für Alja aus, wer hätte das sonst gekonnt? Zumal bei jeder Seite ihr Lektorat vonnöten war. Jetzt gab es ja bestimmte elektronische Möglichkeiten, aber für uns war das noch ein dunkler Wald. Wir begannen uns vorzutasten; eine große Unterstützung war uns Michael Roschak, ein Russe aus den Karpaten, Diakon der Geistlichen Akademie St. Vladimir im Bundesstaat New York, der von dort über einige Erfahrung verfügte. Nach ihm übernahm diese Arbeiten ein ehemaliger Moskauer, Andrej Tregubow, von demselben Seminar; ihn und seine Frau Galina luden wir ein, bei uns in Vermont zu wohnen. Tregubow hatte einen klaren technischen Verstand, er half uns, den »Composer« von IBM auszuwählen, zu kaufen und den Umgang mit ihm zu erlernen. Der Kauf zog sich zwar hin, doch am Ende rettete uns das 20. Jahrhundert, ohne all das hätte ich gar nicht gewusst, wie wir hätten zurechtkommen sollen. Die Gestaltung der Werke stammte ebenfalls von uns, wir machten das mit der ganzen Familie zu Hause, zumal die beiden Tregubows auch noch Künstler waren.

Alja beherrschte das Setzen schon bald in allen Einzelheiten und brachte die Herausgabe der Gesammelten Werken rasch voran, einen Band nach dem anderen. Daraufhin erweiterten sich unsere Pläne dahingehend, einige Bände auch aus der anderen Reihe selbst herzustellen und an YMCA möglicherweise nur das weiterzuleiten, was bereits kurz vor dem Abschluss stand.

Diese andere Reihe, die mich anfangs quälte, war die »Allrussische Bibliothek der Erinnerungen«. Ähnlich wie bei den Erinnerungen der Zeugen der Ersten Revolution, könnten eigentlich auch Erinnerungen aus der Zweiten Emigration kommen, denn diese Leute waren jünger, sie würden über die ersten 25 Jahre der Existenz unter den Sowjets, den Leidensweg des Zweiten Weltkrieges, ihren Weg als Flüchtlinge, die Auslieferungen aus dem Westen durch die Alliierten an die Sowjets, über das europäische Nachkriegsleben berichten können. So schrieb ich in Cavendish eigens einen Appell an den potenziellen Autorenkreis. Doch dann ergab sich plötzlich ein Problem: Welche Adresse sollte als Empfänger genannt werden? Unsere könnte es ja nicht sein, denn wir mussten eventuell auch mit einer Briefbombe von den Sowjets rechnen. (Wie dies seinerzeit bei dem Schriftsteller Solonewitsch in Bulgarien der Fall gewesen war, dessen Frau beim Öffnen der Post getötet worden war.) Fast ein halbes Jahr zerbrachen wir uns den Kopf, bis unsere zu jenem Zeitpunkt hinzugekommene Sekretärin Irina Alexejewna Ilowajskaja eine Abmachung mit dem Bostoner Postinspektor I. M. Peterson traf (das war sein persönliches Entgegenkommen), dass man dort sämtliche Post überprüfen, auspacken und erst dann an uns weiterleiten würde. Damit ließ sich das Projekt in Angriff nehmen und ich veröffentlichte meinen Appell in den Zeitungen im Herbst 1977.[66] So sind die realen Lebensumstände auf unserem Planeten, solange es den KGB gibt. Diese Reihe betreffende Post kam fast zwei Jahre lang; später, als der Zustrom etwas abgeflacht war, konnte sie direkt nach Cavendish zugestellt werden.

Die Materialiensammlung in die Bibliothek einzuordnen sowie den Briefwechsel mit den Autoren zu führen übernahm zunächst Andrej Tregubow.[67] Doch verwunderlich war, dass kaum Erinnerungen aus der Zweiten Emigration kamen. So tief saß ihnen die Angst vor den Bolschewiken in den Knochen, ein Leben lang. Fast alle zitterten in den ersten Nachkriegsjahren, weil »Smersch« (»Tod den Spionen!«) Jagd auf sie machte, weil die Engländer und Amerikaner sie an Stalin auslieferten, und sie verloren ihren Glauben an irgendeine Sicherheit, bis zum Sarg, selbst jenseits des Ozeans. Wieder war es die Erste Emigration, die uns Erinnerungen zuschickte.

Während des Sommers und des Herbstes 1976, als bei uns auf dem Hügel ununterbrochen Hämmer schlugen und Traktoren heulten, arbeitete ich im Haus am Teich ohne Unterlass. Jetzt wurden mir auf eine eindringliche Weise die Konstruktionsmängel meines *Roten Rads* deutlich, und zwar die lückenhafte Erfassung der Ereignisse im Jahr 1914. Immer neue Aspekte zeigten sich, die sich nicht mehr aus der Betrachtung ausklammern ließen. Dazu gehörten die gesamte Tätigkeit Stolypins, seine Ermordung, die Achse des Terrorismus, der blutige Nebel der Revolutionsjahre 1905 bis 1906, aber auch die lange Regierungszeit Nikolaus' II., insbesondere deren bemerkenswerte, von banalen Diskussionen verschonte *erste* Hälfte: Der Monarch schaffte es, einen mächtigen Staat zu übernehmen und ihn in nur elf Jahren in den Abgrund zu stürzen. (Was Stolypin dann im Jahre 1906 retten konnte, schaffte der Monarch in den nächsten elf Jahren auf dieselbe Weise durchzubringen.) Ebenfalls gehörten dazu die philosophischen Grundlagen der Revolutionäre selbst, wahrgenommen in der ganzen Retrospektive, bis zu der tragikomischen Gerichtsverhandlung über Vera Sassulitsch. Wie sollte all das geschickt verpackt und untergebracht werden, alles in den *August vierzehn*. So beschloss ich, zwei Bände daraus zu machen. Das bereits Fertige umzuarbeiten war eine qualvolle Angelegenheit. Das gesamte Vorhaben der »Knoten« verzog sich. Wenn das Buch den Titel *August vierzehn* trägt, aus welchem Grund sollte dieses Material hier hineingepresst werden? Aber ich konnte doch die »Knoten« nicht mit dem Jahr 1878 beginnen! Als letzte Rettung kam die Idee, eine Retrospektive hineinzuzeichnen, »Aus den vorhergehenden Knoten« – vom September 1911 ins Jahr 1899 –, die längste Erweiterung betraf die Gestalt Nikolaus' II., das Kapitel wurde sehr umfangreich.

Doch jetzt fiel mir ins Auge, dass ich bei meinem Ansturm auf die Materialien der Hoover Institution nicht alles mitgenommen hatte, was notwendig war. Nun schlug zu Beginn des Novembers ein früher Winter zu, die Bauarbeiten dauerten immer noch an, ich saß immer noch im Sommerhäuschen, und so passte es gut, mich noch einmal in die Bibliothek zu stürzen. Die Emigranten Alexis Rannit, ein estnischer Dichter und Professor in Yale, und seine Frau Tatjana Oljegowna arrangierten für mich einen abgeschirmten Aufenthalt an dieser Universität in der Ferienwoche anlässlich des Erntedankfestes. In den Raum für Gastprofessoren hatten sie mit ihren nicht mehr so jungen Händen überaus dicke Bände mit den Stenogrammen von der Staatsduma, Lieferungen der Zeitschrift *Rotes Archiv*, Schriften der Narodowolzen, des Revolutionsjahres 1905 zusammengetragen. Eingeschlossen in das Zimmer, verbrachte ich eine ganze Woche voller Entzücken, mit trockener Verpflegung, und auf diese Weise füllte ich alle Lücken, die ich entdeckt hatte. Jetzt musste ich nur noch schreiben, schreiben!

Solange es in dem Häuschen zu kalt dazu war, fuhr ich in demselben Herbst auch noch nach New York, um dort in dem von Magerowskij geleiteten Archiv an der Columbia University zu arbeiten, mit guten Ergebnissen. Durch das Zentrum von New York machte ich an einem späten Abend einen Spaziergang. Was für eine fremde Stadt! Gott sei Dank musste ich nicht dort leben. Jetzt aber schnell zu mir nach Cavendish!

Nur kurz vor Neujahr, bereits im windigen Frost, beendeten die Hämmer der Dachdecker ihre Arbeit an dem Haus für das Archiv. In demselben Haus baute uns Alexej Winogradow mit großer Liebe auch eine Hauskirche. (Die Ikonen auf dem Kaisertor wurden uns später von Nikita Struves Frau Marija Alexandrowna gemalt, einem der Ikonenmalerei von Herzen ergebenen Menschen; sie ist die Tochter des bekannten Priesters Vater Alexander Jeltschaninow. Diese Kirche zu Ehren des hl. Sergij von Radonesh wurde von Bischof Grigorij von Alaska geweiht.)

In mein hohes, geräumiges, kaltes, mit hellen Fenstern ausgestattetes Arbeitszimmer (sogar im Dach gibt es welche) – nicht einmal geträumt hätte ich von so etwas – schleppte ich vier Schreibtische, aus symbolischen Gründen am 31. Dezember, um dort am 1. Januar 1977 meine Arbeit aufzunehmen.

Mit Schmunzeln gedachte ich des russischen Sprichwortes »Dein eigenes Häuschen ist das, was du hast«. Niemals zuvor hatte ich so gelebt, so geträumt! Unter so einem Dach könnte man gleichsam eine Epopöe schreiben!

Da sagte ich mir selbst – ab jetzt nur noch arbeiten, von nichts mehr will ich etwas wissen. Dies sollte mein erstes richtiges Arbeitsjahr im Leben werden.

Aber es kam ein Jahr, in dem mich auch Ablenkungen und Trübsal hin und her zerrten. Trotzdem fiel es überdurchschnittlich erfolgreich aus, sowohl in Bezug auf die Rekordzahl von geschriebenen Seiten als auch deshalb, weil ich eine neue Methodik für den *März 1917* entwickelte. Endlich stand die Revolution vor mir! Seit meinen Jugendjahren hatte ich in mir das Interesse und das Temperament gespürt, gerade über die Revolution zu schreiben, und ich war nun mit all meinen Neigungen dazu bereit. Doch diese Arbeit ging nicht so leicht vonstatten, denn sie war mir zu ungewohnt im Vergleich zu all dem, was ich bislang gemacht hatte. Überwältigt war ich von dem Schwall der Ereignisse im Februar/März 1917, wo allerdings auch viele Entdeckungen auf mich warteten. Der Eintritt in die Februarrevolution stieß mich heftig hin und her – plötzlich taten sich Diskrepanzen zwischen den Quellen auf, ich musste darunter die richtige aufspüren.

Die Zeugnisse krallten sich regelrecht fest, verlangten danach, widergespiegelt zu werden. Historische Dokumente sind ja berauschend, ich hätte sie ausführlich zitieren können, das hätte jedoch den Erzählfluss zerstört und auch die Aussagekraft der Zeugnisse selbst beeinflusst. Hält man eine authentische Mitteilung in der Hand, ein Protokoll oder eine Notiz von einem wichtigen Telegrammaustausch, kann man der Situation nachgehen, wie dieses Zeugnis entstanden sein mag, welche Verhältnisse oder welches Kalkül sich dahinter verbergen; der Absender eines Telegramms – was sind wohl seine Gefühle gewesen, und was fühlte wiederum derjenige, der es empfing, insbesondere in dem Augenblick, als das Band durch seine Finger glitt und er gleich antworten sollte? (Da begannen auch die Stenogramme der damaligen zahlreichen Sitzungen wieder zu atmen.) Sowohl psychologisch als auch in Hinblick auf den Rhythmus der politischen Entwicklung gab diese Methode unvergleichlich mehr her und bot überdies einen reichen Boden für die Erforschung historischer Handlungsfiguren. Mich drängte es außerdem, die oft ganz unerwarteten Folgen der Geschehnisse zu entdecken, wie sie sofort, durch verantwortungslose Zeitungen und mündliches Erzählen, entstellt wurden (und für immer so erstarrten) – die Tatsache selbst, die Aussage des Zeugnisses und manchmal gar sein Datum.

Dadurch wurde eine neue Montagetechnik möglich, entsprechend den Stunden, in denen die Ereignisse stattfanden, manchmal sogar den Minuten, und dazu diente auch die Kürze und gewissermaßen auch die Schnelligkeit einzelner Kapitel. Die Erfassung des Materials in Bezug auf Landschaften und gesellschaftliche Gruppierungen musste freilich umfangreicher ausfallen als ich mir vorgestellt hatte, dafür hatte ich nie so systematisch das historische Material durchforstet, es fehlte sowohl an Zeit als auch an vollständigen Quellen.

Von jetzt an war jeder Augenblick, in dem ich nicht schlief, der Arbeit gewidmet, und nichts lenkte mich mehr von der Februarrevolution ab. Mit einem gewissen Befremden dachte ich daran zurück, wie ich noch vor kurzem Osteuropa zur Konsolidierung der Befreiungsbewegungen, Westeuropa und Amerika zur Selbstverteidigung aufgerufen hatte. Nun sehnte ich mich danach, dass mir nichts widerfahren möge, keinerlei Ereignisse von außen, nichts zum Festhalten in meinem persönlichen Kalender – das ist doch ein Zeichen eines glücklichen Daseins! Einfach so durcharbeiten zu können, drei, vier Jahre lang, dann würde es etwas werden. Bis zu dem Zeitpunkt, wo die Erfahrung des früheren Lebens ausgeschöpft wäre und ich fort müsste, um diese zu erneuern.

Aber wo sollte ich hingehen? Einzig und allein nach Russland. Ob in ein künftiges, das vielleicht erst halbwegs so weit oder ob es ein Russland sein würde, das sich wenigstens etwas günstiger zeigte. Dann könnte ich wieder kleinere Erzählungen schreiben, über die Gegenwart. Erst dann würde ich mich wieder ins gesellschaftliche Leben stürzen wollen, um es so zu beeinflussen, dass der Weg nicht ins Verderben führte, wie einst in jenem Februar 1917. Ein neuer Andrang des Lebens, endlich russische Leser, ohne Übersetzung – das würde eine Wiedergeburt sein, eine neue Jugendzeit trotz des grauen Bartes. (Obwohl mein Verstand keine Möglichkeit sehen konnte, wie so etwas zustandekommen sollte, glaubte ich fest daran und sah deutlich voraus, dass dies noch zu meinen Lebzeiten geschehen würde.)

Was den Westen betraf – wozu brauchte ich eigentlich diese Positionen, auf denen ich verharrte, wo man mir augenscheinlich auch Gehör schenkte? Ein wirklicher Nutzen blieb bei all dem aus, meine Seele strebte nicht danach. Es wurde immer deutlicher, dass der politische Westen, wie derjenige der Zeitungswelt und freilich jener des Kommerz, entweder gar keiner oder aber ein allzu gefährlicher Verbündeter für die künftige Umgestaltung Russlands sein würde.

Mein Sinneswandel wurde im Westen bald wahrgenommen. Rückblickend lässt sich mit Erstaunen feststellen, dass jene vereinte Unterstützung, die mich im Kampf gegen den sowjetischen Drachen seinerzeit so getragen hat, und zwar die der westlichen Massenmedien, der westlichen Gesellschaft und auch einiger Kräfte in der Sowjetunion selbst, diese unvorstellbare und kaum gerechtfertigte Verstärkung für mich, eigentlich aufgrund eines gegenseitigen Missverständnisses zustande gekommen ist. In Wirklichkeit war ich dem allmächtigen westlichen politisch-intellektuellen Establishment genauso wenig genehm wie der sowjetischen Regierung oder der lumpigen sowjetischen so genannten Bildungsschicht.

Hinzu kommt die Frage: Wenn du Angriffe gegen das sowjetische Regime nicht von innen heraus führst, sondern von außen, wer sollte dann dein Verbündeter sein? Diejenigen, die sich auch als Gegner eines starken Russlands zeigen, insbesondere unserer nationalen Wiedergeburt. Und gegen wen führst du dann Klage? Augenscheinlich nur gegen die Sowjetmacht, doch wenn diese Macht wie eine Krake Hals und Körper deiner Heimat umschlungen hält – wie lässt sich da eine Trennungslinie ausmachen? Du kannst doch nicht zusammen mit dieser Krake in den Körper deiner Mutter schneiden. Ein Beispiel: In meinen amerikanischen Reden aus dem Jahre 1975 rief ich auf, die Sowjetunion sollte keine Elektronik und komplizierte Ausrüstung vom Westen erhalten, doch nichts dergleichen sagte ich über die Kornlieferungen. Im Klartext wurde das aber so verstanden, oder waren es andere, die so etwas sagten, diese Idee blieb jedoch im gesellschaftlichen Bewusstsein haften. Der von mir geschätzte Regisseur des Moskauer Künstlertheaters, Oleg Jefremow, kam zusammen mit dem Dramatiker Michail Roschtschin nach New York und fragte: »Wieso ruft Solschenizyn zum Krieg auf und sagt, man solle kein Korn liefern? Und was ist mit den Menschen, die hungern werden?« Himmel, gerade zum Krieg rief ich doch nicht auf, die amerikanische Presse verdrehte den Sinn meiner Aussage, aber eben in einer *solchen* Fassung erreichten meine Worte unsere Landsleute, mach was du willst. Keine Silbe sagte ich über *Korn* – jetzt hast du's. Was dann – wie soll ich da auftreten? Und womit noch rechnen?

Mein ganzes Leben gilt dem künftigen Russland. Aber wenn ich durch mein bedingungsloses Verfluchen des gesamten Regimes Russland vielleicht gar nicht helfe? Sondern nur mich von der Heimat für immer abschneide? Wenn es nur einen leichteren Weg gäbe …

Alles, buchstäblich alles fügte sich derart zusammen, dass es besser für mich war, mein Schweigen möglichst lange zu wahren. Eine positive Lösung würde sich mit der Zeit von alleine ergeben.

***

Solltest du die Aufdringlichkeit der westlichen Massenmedien überwinden, wirst du dich sowieso dem sowjetischen Zugriff nicht entziehen können. Wie ließe sich ein Friedenspakt mit dem Satan schließen? Er würde ihn ja auf alle Fälle nicht einhalten.

Ich mochte mich in Schweigen hüllen, doch unser »Russischer Gesellschaftlicher Fonds« setzte seine Arbeit auf dem Territorium der Sowjetunion fort und rief bei der Obrigkeit wahrlich Wut hervor. Noch nie während der 60 Jahre gab es eine vom Westen hinübergeleitete Unterstützung der Verfolgten in der Sowjetunion, wobei so, dass diese keine Scheu hatten, Hilfe anzunehmen (sie kam ja nicht von »den Imperialisten«!). Sie nahmen sie an, weil ich zu ihnen gehörte und weil das Geld ein ehrliches war, vom *Archipel Gulag*. Was für geheime Wege Alja und alle, die ihr halfen, aufzuspüren hatten, um die Hilfe durch den Eisernen Vorhang zu übermitteln, erstaunte viele Leute. Die Machthaber tobten. Solange man bei einer Geldüberweisung nur 35 Prozent einbehielt, schickten wir viel auf dem offiziellen Wege. (Alexander Ginzburg fand für diesen Dienst fast ein Dutzend mutige Empfänger, die das Geld an die anderen verteilten.) Die andere effiziente Form war folgende: Leute, die aus der Sowjetunion emigrierten, ließen dem Fonds sowjetisches Geld im Lande und bekamen im Westen von uns den Betrag in Dollar nach dem realen Wechselkurs – einen Dollar für drei, später für vier Rubel. Als die Sowjets dann bei Überweisungen aus dem Ausland einen offenen Raub zu betreiben begannen, mit einem Einbehalt von 65 Prozent des Geldes, machte der offizielle Transfer keinen Sinn mehr. Aber da fiel uns ein geheimer Umweg ein. Obwohl die Sowjets einen fiktiven offiziellen Wechselkurs hatten, bei dem ein Rubel bedeutend über dem Dollar lag, was die Ausländer im Land hinnehmen mussten, wurden die Untertanen für jeden Rubeltausch bestraft – nur der Staat durfte harte Währung besitzen. Aber die Sowjetbürger, die ins Ausland gelangten, waren froh, möglichst viele Rubel umzutauschen. Da begann unser unschätzbarer Freund, später auch Mitglied des Stiftungsrates, Viktor Bankoul, ein Schweizer Bürger, mit dem umgekehrten Tausch. Zunächst mit Hilfe seines Freundes, eines in Genf lebenden russischen Armeniers namens Sergej Krikorian, später auch von Zürich aus, kaufte Bankoul nun für Schweizer Franken unsere heimischen sowjetischen Rubel, wobei er ausschließlich abgenützte, ramponierte Banknoten nahm. Diese tauchten relativ selten unter den frisch gedruckten auf, und dies verzögerte die Aktion etwas, weil es sich nicht empfahl, Scheine mit fortlaufenden Seriennummern in die Sowjetunion zu schicken. Die nächste Aufgabe bestand darin, dieses Geld in einem Koffer zu Nikita Struve nach Paris zu schaffen; das übernahm stets Maria Alexandrowna Bankoul. Struve kannte unsere Kontaktleute immer, gelegentlich waren seine ehemaligen Studenten auch im französischen diplomatischen Dienst in Moskau. Diese heldenhaften Helfer sind allesamt von mir in *Die Unsichtbaren* genannt. Ganze Bündel des abgegriffenen sowjetischen Geldes mit verschiedenen Seriennummern, Tausende Rubel, wurden nach Moskau gebracht und über Mittelsleute dem Geschäftsführer des Fonds übergeben – das war Alexander Ginzburg, bis zu seiner Verhaftung Anfang 1977. (Dieses Glied in der Kette, die Mittelsleute, am häufigsten »Eva«, dann Boris Michajlow, waren größter Gefahr ausgesetzt: Ein sowjetischer Untertan, den man in dem Augenblick verhaftete, in dem er von einem Ausländer einen riesigen Geldbetrag annahm und bei sich hatte, würde sich eine harte Strafe einhandeln; und Michajlow hatte fünf Kinder ...)

Bis dahin war der Weg auch schon nicht leicht, doch viele Gefahren lauerten bei der Verteilung der Gelder. Sie trafen unerwartet und in größeren Mengen ein, man musste sie sofort aufteilen und zur Aufbewahrung weitergeben, entweder bei Leuten, die nicht mit einer Durchsuchung zu rechnen hatten, oder auf unverdächtigen Sparbüchern. Geldbündel zu den Aufbewahrungsorten und zurück, zu den Orten der Verteilung, zu bringen, war ebenfalls für alle Beteiligten höchst gefährlich. Der Vorgang verkomplizierte sich noch dadurch, dass man fast ohne schriftliche Fixierung auskommen (jede Liste hätte zum Verhängnis werden können) und im Gedächtnis eine Menge von Namen, Adressen, Familienverhältnissen, Alter der Kinder, deren Nöte behalten musste, darüber hinaus noch die Angaben über die Inhaftierten selbst, die Höhe ihres Strafmaßes, ihren Gesundheitszustand und Inhaftierungsort. In Abwägung all dieser Umstände musste man dann die Hilfe aufteilen und dabei nicht nur den Tränen der

Dankbarkeit begegnen können, sondern auch Attacken von Kränkungen, Klagen, Verdächtigungen (die von KGB-Leuten gesät wurden, durch ihre Agenten unter den Inhaftierten und den inzwischen Freigelassenen). Alle Einzelheiten darüber werden eines Tages von den Menschen, die selbst damit befasst waren, veröffentlicht und auch Zahlen genannt werden, wenn man es geschafft haben sollte, diese Dokumentation zu erhalten.

Um ein solches System ins Leben zu rufen, war ein Mensch mit hervorragenden organisatorischen Fähigkeiten sowie mit außerordentlichen herzlichen und intellektuellen Eigenschaften vonnöten. Das war Alexander Ginzburg. Seine zwei Lagerstrafen äußerten sich in ihm als ewige Verbundenheit mit den Gulag-Opfern; er schloss sie in sein phänomenales Gedächtnis ein. In den ersten drei Jahren der Fonds-Arbeit (unvorstellbar, was für eine Herausforderung! und das sollten die Behörden über sich ergehen lassen?), umzingelt von Bespitzelung, Verboten, Kräfte zehrenden Verfolgungen durch den KGB, von seinem unglückseligen öden Verbannungsort Tarussa aus, schaffte er es, eine in der ganzen Sowjetunion agierende, unabhängige karitative Organisation in Gang zu bringen, die auch bald ihre Abteilungen in der Ukraine (eine besonders aktive), in Litauen, Sibirien und unter den Baptisten bekommen sollte.

Die verblüfften Sowjets hätten es vielleicht auch länger geduldet, hätte Ginzburg nicht einen großen Fehler begangen: Neben seiner Tätigkeit für den Fonds trat er der »Helsinki-Gruppe« der Menschenrechtsbewegung bei. Da war von Anfang an klar, dass die sowjetische Regierung, nachdem sie schon einiges hingenommen hatte, eine solche Gruppe, die sich ja anschickte, zu »prüfen«, wie die Sowjets ihre außenpolitischen Verpflichtungen umsetzten, keineswegs dulden würde. Die Geschäftsführung des Fonds hätte an sich geboten, außerhalb der politischen Auseinandersetzungen zu stehen und keine Deklarationen zu unterzeichnen, die nicht notwendigerweise mit dem Fonds zusammenhingen.

So wurde Ginzburg im Februar 1977 festgenommen, gerade nach einer wichtigen Pressekonferenz über die Tätigkeit des Fonds. Da war es für mich natürlich mit dem erhofften Schweigen, diesem meinerseits erklärten Waffenstillstand auch schon vorbei. Sofort gab ich eine Erklärung anlässlich Ginzburgs Verhaftung ab, wobei freilich nicht in der abgedroschenen Form »Ich bin empört und protestiere entschieden«, sondern ganz scharf gegen die Sowjets.[68]

Anschließend folgte ein ermunterndes Schreiben an diejenigen, die Ginzburgs Stellung übernommen hatten, als Antwort auf ihren Brief: Hier unterstrich ich vornehmlich die ausschließlich mildtätigen Ziele der Arbeit – damit diese Leute nicht gleich nach ihm festgenommen werden würden. Der Brief wurde durch die »illegale« Post geschickt und zuerst im Samisdat veröffentlicht, erst später erschien er auch im Westen.[69]

Verzweifelt begann Alja eine langwierige, anstrengende Kampagne zur Unterstützung Ginzburgs und des Fonds. Ich schickte in dem gleichen »Jahr des Schweigens« ein Telegramm an die Teilnehmer des Sacharow-Forums in Rom, danach war eines an die Mehrheit der Demokratischen Partei im amerikanischen Senat unvermeidlich, dann wurde Mstislaw Rostropowitsch und Galina Wischnewskaja die sowjetische Staatsangehörigkeit aberkannt, wegen mir, da konnte ich mich ebenfalls nicht zurückhalten.[70]

Eine Waffenruhe mit den Sowjets war also undenkbar.

Aber auch das Erreichte, nämlich dass ein Jahr ohne größere Auftritte meinerseits verstrichen war, wurde von der Dritten Emigrationswelle und den westlichen Gebildeten freilich bemerkt und mit Missfallen aufgenommen. Meldete ich mich ununterbrochen zu Wort, sagten sie: »Was treibt ihn an? Er ist vom Ehrgeiz zerfressen.« Zog ich mich zurück, kommentierte man bösartig: »Er wird von Hochmut beherrscht, bildet sich ein, er sei ein Übermensch.« Mischte ich mich jahrelang leidenschaftlich in die Politik ein, quittierte man das mit einer Grimasse: »Das ist doch kein Niveau für einen Schrifsteller, er ist schon am Ende.« Versuchte ich, von politischen Fragen Abstand zu halten, urteilte man: »Er hat alle Prinzipien verraten und seine Mitstreiter in Not verlassen.« Kaum brach aus welchen Beweggründen auch immer die Stalin-Tochter Allilujewa ihr langjähriges, im Alltag versunkenes Schweigen und schickte ein Telegramm an den iranischen Schah, er möge einen sowjetischen Piloten, der sich mit dem Flugzeug abgesetzt hatte, nicht ausliefern, brodelte es in der Emigration und ihre New Yorker Zeitung ließ sogar verlauten: »Allilujewa hat ihre Stimme erhoben, wieso schweigt Solschenizyn?«

Die Ginzburg-Aktion erforderte eine große Anstrengung von Kräften, die wir glaubten gar nicht besessen zu haben, und Erfindungsgeist in einem fremden Land, in dem wir kaum jemanden kannten oder kaum jemandem verbunden waren. All das nahm meine Frau auf sich und bald fanden sich viele, sehr viele eifrige Mithelfer. So etwas hätte ich nicht zustande gebracht, bei mir war die Front allzu groß, in die Tiefe der Geschichte und über weite Räume hinwegreichend. Alja war der Auffassung, diese Festnahme könne man auf gar keinen Fall so geschehen lassen, dann würden alle anderen und der Fonds selbst zugrunde gehen, die Machthaber sollten wissen, dass wir bis zur letzten Patrone kämpfen würden. Sie kam auf die gute Idee, den prominenten Washingtoner Rechtsanwalt Edward Bennett Williams zu ersuchen, diesen Fall eines Sowjetbürgers zu übernehmen (das brachte die Sowjets zweifellos in Verlegenheit). Ich schrieb ihm einen Brief (*Anhang 21*) mit dieser ziemlich ungewöhnlichen Bitte, und Williams willigte ein, aus höheren Beweggründen, und verzichtete auch auf jegliches Honorar. Unser Kopierer fertigte nun viele Hunderte von Kopien an – von den Materialien über den Fonds, über Ginzburg, den Verlauf seiner Untersuchung, die Verfolgungen wegen karitativer Arbeit unter den Häftlingen, und all das wurde von uns an die Mitglieder des amerikanischen Kongresses und diverse Organisationen, insbesondere die christlichen, geschickt.

Was für eine Menge von Briefen, auf Englisch, Französisch, Deutsch, Italienisch, wie viele Anrufe! Diese Arbeit wurde von Irina Alexejewna Ilowajskaja übernommen, hier ist es angebracht, ein Wort über sie zu sagen. Sie entstammt der zweiten Generation der Ersten Emigration, ihre Bildung erhielt sie im russischen Gymnasium in Belgrad noch vor dem Zweiten Weltkrieg. Wir lernten sie noch Anfang 1976 in Zürich kennen, vor der Ausreise nach Amerika, und schon damals überredeten wir sie, uns hier auf verschiedene Weise behilflich zu sein – als Sekretärin, Assistentin, Übersetzerin. Die Witwe eines italienischen Diplomaten ließ ihre Wohnung in Rom und zwei erwachsene Kinder zurück und übersiedelte im Herbst 1976 zu den »Fünf Bächen«. Bald war sie Presse-Sekretärin und musste unaufhörlich Anfragen beantworten, bald das Geschäftliche mit den amerikanischen Behörden auf diversen Ebenen erledigen, bald unsere Korrespondenz mit dem Westen führen (sie spricht sieben Sprachen fließend). Ihrem Herzenswunsch gemäß fand sie noch Zeit, zusätzlich zu den Stunden, die Alja und ich unseren Kindern gaben, sie auch zu unterrichten (bei den Unterschieden zwischen vier, fünf und sieben Jahren musste vieles separat gemacht werden), hing sehr an ihnen, wie auch umgekehrt. Ihr allumfassendes, beharrliches Engagement galt der christlichen Aufklärung.[71]

Als nächsten Schritt im Kampf um Alexander Ginzburg riet man uns auf amerikanische Weise, ein »Verteidigungskomitee« zu gründen. Unersetzlich war dabei die Hilfe von Ljudmila Torn, der in Amerika aufgewachsenen Tochter von Emigranten aus der Zweiten Welle. Zusammen mit der unermüdlichen Patricia Burns gelang es ihr, in diesem Komitee große amerikanische Namen zu versammeln wie die Schriftsteller Arthur Miller, Kurt Vonnegut, Edward Albee, Saul Bellow, bekannte Senatoren und Kongressabgeordnete, herausragende Persönlichkeiten des öffentlichen Lebens, insgesamt 49 Mitglieder. Ljudmila wurde Sekretärin des Komitees. Ein Jahr nach der Verhaftung Ginzburgs, im Februar 1978, machte das Komitee durch eine Pressekonferenz in New York auf sich aufmerksam, eine große Anzeige über das Komitee, mit einem Bild Ginzburgs, erschien in der *Washington Post*. Täglich erwartete man seine Gerichtsverhandlung. Alja fuhr zur Unterstützung nach New York und Washington, dann nach Paris und London, gab Interviews, traf sich mit einflussreichen Leuten, mit Margaret Thatcher. Das Echo war erstaunlicherweise groß und eindrucksvoll. (Die Sowjets hatten schon früher ihre Wertschätzung gegenüber meiner Frau zum Ausdruck gebracht: Im Oktober 1976 wurde ihr die Staatsangehörigkeit durch einen separaten Erlass aberkannt.) Ich gab zudem noch der ABC ein Interview anlässlich des ersten Jahrestages von Ginzburgs Verhaftung, die Fernsehgesellschaft strahlte es jedoch nicht aus. Gleich nach meiner Rede in Harvard, noch am Campus, wo viele Presseleute anwesend waren, gab ich eine Erklärung ab, und es ging ausschließlich um Ginzburg.[72] Eine fortschrittliche Harvard-Studentin erschien mit einem Plakat: »Unterstützt keine Faschisten!« – auch so kannst du verstanden werden, bitte … Aber ganz andere Plakate hielten Komiteemitglieder bei einer Demonstration vor der sowjetischen Vertretung an der UNO in New York. Im Juli, kurz vor dem Gerichtsprozess in Kaluga, gingen die Fotos von Vonnegut, Miller, Albee und den anderen Prominenten mit den Aufrufen für Ginzburg durch die ganzen Vereinigten Staaten.[73]

***

In unserem Innenleben spiegelten sich diese Ereignisse durch eine Überanstrengung Aljas wider. Der Unterricht der Kinder sollte weitergehen, im ersten Jahr wollten wir sie nicht in die amerikanische Schule schicken, sie sollten gut lesen können, ehe sie in den englischsprachigen Ozean eintauchen würden. Der nächste Band der Gesammelten Werke wartete, die Zusammenstellung sowie der Satz. Ebenso die erste Umarbeitung von Erinnerungen, die uns die alten Emigranten zugeschickt hatten, man musste ihnen noch verschiedene Fragen stellen, sie zu weiteren Zeugnissen animieren, doch einige Leute waren bereits gestorben, ohne dass wir es geschafft hatten, ihnen unsere Anerkennung auszusprechen. Für alles musste man mit einem Teil seines Herzens bezahlen. Geschweige denn, dass unsere Archive immer noch nicht ausgepackt waren, die aktuelle Korrespondenz war nicht systematisch sortiert und wir gerieten manchmal in Schwierigkeiten, frühere Schreiben zu finden, um sie zu beantworten oder etwas nachzusehen.

In den gleichen Monaten drohte dem russischen Bakhmeteff-Archiv ein Unglück, sein Kurator L. F. Magerowskij flehte mich an, ihm Hilfe zu leisten.

Die Geschichte dieses Archivs ist folgende. Seit den 1920er Jahren sammelte die russische Emigration in Prag einen reichen Fundus an Erinnerungen und Zeugnissen, denn ein ganzes denkendes Russland befand sich im Exil, ein großer Teil des lebendigen Russlands, ein Schatz für die Geschichte. Aber 1945, nach der Besetzung Prags durch die Sowjets, wurde das Archiv beschlagnahmt und nach Moskau verfrachtet. Seitdem gab es kaum Spuren nach außen hin, es war in »Sonderaufbewahrung«, einzusehen nur aufgrund einer speziellen Erlaubnis, ansonsten war keine Einsichtnahme möglich. Man konnte nur hoffen, dass die Sowjets es nicht vernichten würden, sodass es für unsere Geschichtsschreibung erhalten bliebe, wenn auch für eine zukünftige.[74] Doch nach dem Zweiten Weltkrieg fand die russische Emigration, die sich größtenteils jenseits des Ozeans niedergelassen hatte, wieder die Kraft, erneut ihr Archiv zu sammeln, noch wichtiger: sie fand Menschen, Gedächtnis, Material für weitere Erinnerungsarbeit und bewies dadurch ihre historische Tiefe und ihre Lebensfähigkeit. Die Seele des neuen Archivs wurde Professor Lew Florianowitsch Magerowskij, einst Mitarbeiter am Prager Archiv; zu den Gründern gehörten ferner Boris Bakhmeteff, der letzte Botschafter der Provisorischen Regierung in den Vereinigten Staaten, und der Amerikaner Philip A. Mosley, ein Freund Russlands. Bakhmeteff verfügte über die verbliebenen russischen Geldmittel, es stellte sich jedoch die Frage nach den Räumlichkeiten und dem Status. Zu jener Zeit bekleidete General Eisenhower den Rektorenposten an der Columbia University, ein Jahr vor seiner Wahl zum Präsidenten, und er bot dem Archiv eine Unterkunft an der Universität an. Darüber wurde kein schriftlicher Vertrag gemacht (was mag Bakhmeteff sich bloß gedacht haben?), ein Gentlemen's Agreement, und so begann es, ab dem Jahr 1951. Man wies dem Archiv einen Keller zu, mit Luftzirkulation, aber ohne Fenster, und so – eng, aber gemütlich – sammelte Magerowskij ein Vierteljahrhundert lang Erinnerungen, in großem Umfang, von der Revolutionsbewegung des 19. Jahrhunderts angefangen, mit dem Schwerpunkt auf der Weißen Bewegung, suchte nach Autoren, überredete sie zum Schreiben, solange sie es noch konnten, zum Überlassen ihrer Texte, übernahm dabei persönlich die Verantwortung, sei es, sie streng vertraulich zu behandeln, sei es, sie bei erster Aufforderung zurückzugeben. Er führte einen einsamen Kampf, ohne Mitarbeiter, nur sein Sohn half ihm, der bald dieselbe Universität absolvieren sollte. Es gab daher weder Mittel noch Platz für eine wissenschaftliche Erfassung, Katalogisierung und Annotation der vorhandenen Materialien. Magerowskij, ein hagerer eleganter kleiner Greis, behielt alles in seinem Gedächtnis, konnte alles schnell und ausgezeichnet finden, bei mehreren Unterlagen in einer Schachtel, und war außerdem in der Lage, kommunistisch verdächtigen Personen den Zutritt zu verbieten, was er auch tat. Obgleich bescheiden, stand das Archiv für die Emigration, für ehrliche Wissenschaftler offen. So fand ich es vor im Sommer 1975.

Seit jener Zeit ereignete sich ein schlimmer Vorfall, der ganz dem amerikanischen Geist der Juristerei entsprach: Eisenhower, Bakhmeteff und Mosley waren längst nicht mehr am Leben, es gab keinen schriftlichen Vertrag mit der Columbia University, und was jenes Gentlemen's Agreement betraf – na entschuldigen Sie! Hier werden ausschließlich juristisch beglaubigte Vereinbarungen anerkannt, von denen man sich nicht einmal mehr befreien könnte. Im Mai 1977 wurde der grenzenlos seiner Sache ergebene, überaus kenntnisreiche Magerowskij durch einen Erlass von seinem Posten entfernt (im physischen Sinne am Betreten der Räumlichkeiten gehindert), das Archiv in einen neuen Raum übersiedelt und der Universitätsbibliothek unterstellt. Es war empörend – die amerikanischen Universitätsfunktionäre eigneten sich das russische geistige Eigentum an, ohne mit den Vertretern der Emigration verhandelt zu haben, sie missachteten die Testamente, die Rechte derjenigen, die ihre Materialien dem Archiv überlassen hatten, unabhängig von all den Vermerken über Vertraulichkeit.

Wer hätte nun Magerowskij helfen sollen? Er erhoffte sich Hilfe von dem Schriftsteller Roman Gul, von der Zeitung *Nowoje Russkoje Slowo* [Neues Russisches Wort, herausgegeben von Andrej Sedykh] und von mir. Da er mich im Jahre 1976 zum Vizerektor der Universität und zum Direktor des »Russischen Instituts« geleitet hatte und diese damals lauter Komplimente sagten, schrieb ich jetzt den erhofften Brief. Darauf bekam ich eine kühle abweisende Antwort. Und das war's.

Ja, das ging uns alle an, ein russisches Herzensanliegen, wo aber sollte man die Kräfte für all das hernehmen? Mehr kann auch ein Pferd nicht leisten.

Kaum war ein Jahr seit Ginzburgs Verhaftung vergangen, erfolgte ein zweiter Schlag gegen den Fonds, diesmal von unerwarteter Seite, aus der Schweiz. Noch hatte man sich mit uns wegen der geheimen Abreise nicht versöhnt, als die französische und deutsche Ausgabe von *Lenin in Zürich* herauskam und die linkslastige Presse begann, Lenins Verachtung gegenüber der Schweiz und seine Äußerungen, die ich unmittelbar seinen Texten entnommen hatte, mir persönlich zuzuschreiben, wie etwa »die Republik der Lakaien«. Da ging es hoch her – »wie Solschenizyn aus der Ferne das Land beschimpft, das ihm Gastfreundschaft gewährt hat«. Schade, dass ich seinerzeit Widmers Ratschlag nicht befolgt hatte, einen »Abschiedsbrief« an die Schweizer zu veröffentlichen, aber nun war es schon zu spät ... Jetzt war ich gezwungen, in der *Neuen Zürcher Zeitung* zu dementieren (*Anhang 22*). Ich weiß nicht, ob es viel genutzt hat. Lenin wurde von den Schweizern geduldet, ihm sahen sie seine gesamte subversive Tätigkeit nach. Mir wird nicht einmal das Schreiben darüber verziehen.

In dieser Situation tauchte ein neuer, Aufsehen erregender Anlass auf. Die Honorare für den *Archipel Gulag* wurden aus allen Ländern direkt auf das Konto des Fonds überwiesen, nicht auf mein persönliches, und niemandem fiel eine Unstimmigkeit auf bei der Verbuchung der amerikanischen Zahlungen: Der Verlag Harper and Row überwies zwar ebenfalls auf das Konto des Fonds, doch in der Buchhaltung wurde als Zweck angegeben: »Solschenizyn«, anstelle von »An den Fonds«. Jetzt, ein Jahr später, teilten die amerikanischen Steuerbehörden wie üblich den Schweizer Kollegen mit, was dieser »Solschenizyn« empfangen hatte. (Der *Archipel*, den ich gänzlich dem Fonds überschrieben hatte, brachte vier Mal so viele Honorare ein als alle meine anderen Bücher.) In der Zürcher Steuerbehörde schrie man auf, was dieser Solschenizyn doch hinterzogen hatte! In der Schweiz ist es üblich, dass Staatsleute keinen Einfluss auf die Steuerbehörde haben, das ist die Reinheit der Demokratie. Gerade aus diesem Grund erlangen kleine Beamte eine selbstständige Bedeutung. Als dieses Papier mit der fehlerhaften Angabe aus den Vereinigten Staaten eingelangt war, befand sich der Leiter der Steuerbehörde noch im Urlaub und sein Stellvertreter Isaak Meyer beeilte sich, die Angelegenheit zu forcieren, wobei auf eine sehr nervöse Weise. Normalerweise hätte man erwartet, dass die Behörde anfragen würde, wieso ein bestimmter Geldbetrag nicht versteuert worden sei. Dann würde man abwarten und erst nach Ablauf der Frist Maßnahmen ergreifen. Aber der Beamte leitete diese Maßnahmen ein, ohne Rücksprache mit mir zu halten.

Unverzüglich wurde ich von da an wie ein Krimineller behandelt. Zuerst wurde mein Schweizer Konto beschlagnahmt, dann offenbarte man die astronomische Höhe meiner Steuerschuld samt Strafe – beinahe vier

Millionen Schweizer Franken! Als ich diese Zahl in der zugestellten Benachrichtigung (einer absichtlich schmutzigen Kopie mit einem Haken anstelle der Unterschrift) las, schien mir sogar etwas Lächerliches darin aufzuschimmern, wie uns einst die verkündeten Urteile von 15 und 25 Jahren lachhaft vorgekommen waren, obwohl weder in diesem noch in jenem Fall etwas Lustiges enthalten war.

Da schlug das professionelle Unvermögen Heebs durch, soweit es die Bereitschaft betraf, große Auseinandersetzungen zu führen. Nach meiner Ankunft in der Schweiz hatte ich den Fonds gegründet und ihm sämtliche *Archipel*-Honorare überlassen, von nun an und für immer. Dies wurde auf meine Veranlassung durch Heeb allen betroffenen Verlagen mitgeteilt und so flossen die Honorare Jahr für Jahr direkt an den Fonds, ohne mein Zutun. Aber Heeb kam nicht darauf, mir zu erklären, dass dies noch nicht ausreichend war, dass für eine solche Übergabe der Honorare eine separate, unwiderrufliche Schenkungsurkunde vonnöten sei. Eine einzige Seite, nichts anderes, und dann hätte kein Fehler irgendeiner Buchhaltung uns etwas anhaben können. Aber all das wurde mir später beigebracht, in jenem Augenlick konnte ich dem ohnehin nicht folgen, nur fühlte ich mich niedergeschlagen. Was sollte das? Noch von Moskau aus hatte ich doch erklärt, alle Honorare für *Archipel Gulag* würden politischen Gefangenen zugute kommen, das tat ich auch, das Konto des Fonds war ein separates, in die Überweisungen dorthin war ich nicht involviert, der Fonds entfaltete seine Arbeit, Hunderte Familien erhielten Unterstützung, wo war hier Platz zum Zweifeln, was für Beweise wollte man noch? Nein, ohne die Schenkungsurkunde stellten alle an den Fonds gezahlten Mittel mein Einkommen dar und waren daher steuerlich zu veranlagen.

Das war im Juli 1977. Ein klebriges Gefühl – und ich fragte mich: Wie sollen wir im Westen nun leben? Der Mühlstein des KGB hörte nie auf, suchte unermüdlich, mich zu zermahlen, daran hatte ich mich gewöhnt, aber hier gesellte sich ganz nah zu ihm der Mühlstein des Westens und begann, nicht zum ersten Mal, ihm Amtshilfe zu leisten. Wie sollte ich leben? In allen geschäftlichen, finanziellen, organisatorischen Angelegenheiten im Westen geriet ich immer wieder in Verlegenheit, saß in der Klemme, machte Verluste, sodass ich in manchen Augenblicken fast schon am Verzweifeln war: Ob ich nicht jeden Funken Verstand verloren hatte, egal was ich anpackte, jedes Mal kam alles nur falsch heraus. Wie achtsam ich im Osten zu Recht gewesen war, so blind schien ich mir im Westen. Wie sollte man sich in diesem Netz aus Gesetzen und Regeln richtig bewegen? (Wäre ein westlicher Mensch, der erstmals in die Sowjetunion käme, nicht in gleichem Maße hilflos?)

Unter meinen Papieren fand sich eine Notiz aus jenen Tagen, als diese Sache im Gange war. Jetzt ist die damalige Stimmung bereits verflogen, sie ließe sich kaum wiedergeben, daher zitiere ich nach meinen Aufzeichnungen:

»… Ein Zustand der Erniedrigung und Niedergeschlagenheit, weil, wie es scheint, ich all die Jahre ein Esel und Tölpel war, trotz meiner ganzen vorherigen Erfahrung mit der brutalen sowjetischen Gesellschaft. Wie habe ich bloß früher so sicher leben können, nur im Besitz von Rubeln und Kopeken? Das sind keine Hunderttausende gewesen, es gab andere Gewohnheiten, alles fand Platz in einer kleinen Geldbörse. In der Reihe verschiedenartiger Prüfungen, die mir im Laufe der Jahre geschickt worden sind, ist eine weitere aufgetaucht – durch das westliche Finanzsystem. Ich muss zugeben, diese Prüfung bestehe ich schlecht; ich weiß nicht, wozu sie da ist, aber sie ist schwer für mich. Das wäre an sich nicht wichtig, ob sie schwer ist oder nicht, wenn ich nur die Gedanken und die Seele davon befreien könnte, um zu arbeiten. Erniedrigt, dass du in einer Pfütze versinkst und nicht im tosenden Meer (aber nein, genau so gehört es sich). Ich war doch fest, gelegentlich sogar fröhlich, im Lager, in den Gefängnissen, ließ mich nicht vom Krebs brechen, überstand ein quälendes Familiendrama, ging durch Jahre voller Angst, dass meine Konspiration auffliegen würde – und mir fiel es immer leicht, in Armut zu leben, ich bin an sie gewöhnt, daran angepasst, und bei dem reichlichen Wohlstand irritiert mich, dass niemand etwas schont, sondern dass man alles durchbringt, sinnlos verschwendet, verderben lässt. Aber auf der anderen Seite bedeutet im Wohlstand zu leben die Befreiung von der Notwendigkeit, für eine große Familie Geld verdienen zu müssen, das hat mir die Möglichkeit gegeben, von den verdammten Städten in Stille und Reinheit zu gehen, Raum und Zeit zu finden für die Hauptaufgabe. Wo sollen jetzt die vier Millionen Franken herkommen? Ich frage mich: Und wie hat mein armer Großvater überleben können, was hat er in seinen letzten zwölf Jahren nach der Revolution gefühlt, als man ihm nicht nur das hart Erarbeitete weggenommen hat, sondern selbst den Sinn seines ganzen Lebens?«

Gut, ich stand also vor einer neuen Lebenserfahrung. (Dabei beachte man nur die Regel: Man kann eine kommerzielle Tätigkeit besser von den Steuern absetzen als eine schöpferische. In den USA gab man mir den Ratschlag, zu erklären, meine gegenwärtige Arbeit ziele nicht auf das Schreiben von neuen Büchern, sondern auf das Verkaufen von alten ab – dann wäre das wesentlich vorteilhafter. Ich lehnte ab. Oder man könne »das an eigene Kinder gezahlte Gehalt« absetzen, d.h. unterstützt wird, dass Kinder ihren Eltern nicht unentgeltlich helfen, sondern dafür zu bezahlen sind.) Während ich mich da also mit meinen überaus wichtigen Problemen beschäftigte, verfolgten mich die Schweizer Bürokraten wie einen kleinen Gauner.

Dessen aber nicht genug: Das Papier mit den gegen mich gerichteten Zahlen wurde von irgendjemandem bei der Finanzbehörde kopiert und der Zürcher sozialistischen Zeitung *Der Tagesanzeiger* zugespielt – schaut mal her, was für ein Dieb dieser Solschenizyn doch ist! Einen besseren Fund für die gesamte linke europäische Presse hätte man gar nicht machen können, alle beeilten sich, das abzudrucken, eine Sensation! Und welch ein Jubel für den KGB – das war doch die erste westliche Mine, die nicht von dieser Behörde gegen mich gelegt wurde. (Natürlich unterstützte der KGB die Kampagne tatkräftig, betätigte seine westlichen Tasten.) Erneut wurde in der Schweizer Presse ein Hexentreiben gegen mich veranstaltet, wieder zitierte man jene »Lakaienrepublik« und meine »Flucht«, nun allerdings auch in der weiteren deutschsprachigen, ferner in der dänischen, skandinavischen, französischen, italienischen Presse. Jetzt wurde auch völlig klar, wieso dieser Solschenizyn »die spanischen Faschisten unterstützte« und wieso man dem *Archipel Gulag* keinen Glauben schenken dürfe und wieso Solschenizyn gar keine moralische Autorität sei, und in der Schweiz zog der »Russische Gesellschaftliche Fonds« noch weitere Fragen auf sich: Was für einseitige Zuwendungen, alles für sowjetische Verfolgte? Wieso wurde nichts beispielsweise für Not leidende Schweizer Künstler und Schauspieler gespendet? Die Stumpfsinnigkeit wütete, daran zu glauben, dass es eine Solidarität aller Gefangenen miteinander, die aufopfernde Hilfe für entfernte Landsleute geben kann, lag außerhalb ihres Vorstellungsvermögens.

Diese westliche Hetzjagd erreichte offenbar durch die Deutsche Welle einige Zuhörer in der Sowjetunion – und die armen Unsrigen fassten die Sache so auf, der Fonds sei im Westen verboten und vernichtet worden –

sicher, der Arm des KGB ist ja so lang! Wie hätte man das sonst in der Sowjetunion auslegen können? Wer würde sich einen solchen brutalen, herzlosen Formalismus der westlichen Juristerei ausmalen? So eilten unsere geschlagenen, bedrängten Leute, die sich kaum schleppen konnten, mir auch noch zur Hilfe, mit einer Erklärung, dass der Fonds seine Tätigkeit fortsetze und im vergangenen Jahr 707 Familien Unterstützung habe zukommen lassen.

Das ganze Bild wäre ohne eine zeitliche Koinzidenz unvollständig gewesen: Die besagte Schweizer Untersuchung und die westliche Häme gegen den Fonds erreichten ihren Höhepunkt gerade zum Jahrestag der Verhaftung Ginzburgs. In der Sowjetunion hatte der KGB bereits seit einem Jahr seine Untersuchung über die Tätigkeit des Fonds geführt und manipulierte Zeugen gegen die Stiftung rekrutiert.

Hervorragend, einfach phantastisch mahlten der östliche und der westliche Mühlstein gemeinsam!

***

Dieses brutale Durcheinander dauerte in seiner akuten Phase ein halbes Jahr lang, insgesamt dürfte es sich wohl anderthalb Jahre hingezogen haben. In mein Leben trat jedoch das erste Jahr der Arbeit am *März siebzehn*, eine intensive Suche nach seiner Gestaltung, die schließlich für das ganze Buch bestimmt werden sollte, das zunächst in zwei, dann aber in drei, ja gar in vier Bänden konzipiert wurde. Das Werk wuchs und gedieh.

Nein, eigentlich war ich es, der wuchs und gedieh. Der *März* zog meine ganze Aufmerksamkeit auf sich, beanspruchte mein ganzes Seelenleben.

Bei so überaus breiten Erzählräumen, denen man dort begegnen sollte, könnten die Leser leicht ermüden. Die traditionelle auktoriale Erzählweise eignete sich nicht als die einzige, das textuelle Relief müsste sich verschiedenartig zeigen, mit Wendungen und unerwarteten Verwicklungen.

Lange Zeit überlegte ich mir, wie die Möglichkeiten jeder einzelnen der hier ineinander greifenden Gattungen richtig eingesetzt werden könnten. Die Lösungen ergaben sich dann immer wieder während dieser Suche.

Darstellungen im Format einer Kinoleinwand, wie ich anfangs die ersten Aufruhrbewegungen der Menschenmassen im Februar zeigen wollte, stellten sich als sehr aufwändig heraus und ich dachte schon daran, Abstand davon zu nehmen, obwohl immer wieder Szenen auftauchten, die sich nicht anders wiedergeben ließen, in jeder Bewegung gut sichtbar, etwa die Zerstörung des Hotels »Astoria«, das Zerschlagen der Staatswappen oder die Ermordung des Admirals Nepenin.

Am meisten Zeit nahm die Ausarbeitung von fragmentarischen Kapiteln in Anspruch, mit einem unerschöpflichen Reichtum an konkreten Begebenheiten, sodass ich eine Kette knüpfen konnte, ohne eine bestimmte Figur hervorzuheben, und dabei lernte ich das Gesetz des gedrängten Erzählens anzuwenden.

Nicht minder aussagekräftig waren die Kapitel, die auf Zeitungsberichten fußten, und zwar nicht nur wegen des einmaligen Informationsgehaltes, sondern auch durch die Wiedergabe der Luft der Epoche – wie genau gewisse Sachen von den Zeitgenossen aufgefasst oder missverstanden wurden, wie sie atmeten; die Darstellung berücksichtigte einzelne Stände und Richtungen – die Intelligenzija, Kleinbürger, Bauern; bürgerliche, sozialistische, bolschewistische. Man könnte glatt verzweifeln, wie viele von ihnen derart blind waren, dass sie nicht einmal die Entwicklung des nächsten Tages hätten ahnen können. In den Kapiteln mit der eingehaltenen Chronologie eröffnete sich durch die Verknüpfung oder Gegenüberstellung einzelner Episoden anstelle des Chaotischen nunmehr eine eigene Struktur, eine Melodie, die zwischen den Zeitungsfetzen schwebte.

Noch kam ich, von einem quälend schmutzigen Gefühl beim Lesen der vielen Zeitungen aus den Revolutionstagen bis zum Schluss verfolgt, auf die neue Idee, all die Blüten dieser Lüge, dieser neuentstandenen »Folklore« in eigenen Kapiteln zusammenzufassen – »Die Februar-Mythologie«, »Die Ausdrucksweisen des Februar«. (Diese Stellen fielen besonders markant aus.) Oder ich stellte die durch die Zeitungen verzerrten Bilder neben die Kapitel, die über die tatsächlichen Entwicklungen berichteten.

Darüber hinaus stellte sich die Aufgabe, die Unstimmigkeiten in den Zeugenaussagen zu überwinden (insbesondere in Bezug auf den Zeitpunkt eines Ereignisses); in komplizierteren Fällen uferte meine Untersuchung in ein separates Kapitel aus.

Der Blickwinkel des *Roten Rades* umfasste auf einmal ganz Russland, das zugleich auch in Bewegung begriffen war. Weniger zu schreiben, allgemeiner – wäre nicht ein Bild der Revolution zu geben gewesen, sondern eine Revolution im Umfang einer Buchbesprechung zu zeigen.

***

Was aber war unterdessen aus dem Schweizer Skandal geworden?

Im Westen ist allgemein bekannt, dass jede Verkomplizierung der Lebensumstände nach einem Rechtsanwalt ruft. Aber Heeb kam gar nicht mehr in Frage: Denn in diesen Sumpf war ich nicht ohne sein Mitwirken geraten. Auf Widmers Rat hin beauftragte ich damit den energischen und klugen Erich Gayler, mit dem zusammen Widmer einst in der Schweizer Armee gedient hatte. Wenn ich ihn nur früher kennen gelernt hätte! Ich erteilte ihm das Mandat auch deshalb, weil ich selbst nicht in die Schweiz zu reisen plante, und mir schien zudem, dass nicht allzu viel Aufwand vonnöten sein würde, um die Beweise beizubringen, da die Sache doch glasklar war. Nein! Wirklich nicht! Man hatte sich bereits verbissen, die schmierige Geschichte dauerte schon über ein Jahr an und es gab immer noch kein endgültiges Urteil. Heeb hatte derart keine Vorsorge von Anfang an getroffen, dass ich jetzt gezwungen war, um solche Unannehmlichkeiten in Zukunft zu vermeiden, die Schenkungsurkunde mit dem heutigen Datum ausstellen zu lassen, doch diesmal ging es nicht um die Schenkung allein der Honorare, sondern des ganzen *Archipel Gulag*, d.h. der Autorenrechte. Es blieb für mich, den Schriftsteller, also kein anderer Ausweg, als das Recht aufzugeben, das Schicksal meines eigenen Werkes zu lenken, über die Auflagen zu bestimmen. Ich selbst besitze nun nicht mehr das Recht, über die Drucklegung des *Archipel* zu entscheiden – das kann ausschließlich der »Russische Gesellschaftliche Fonds« tun! Aber auch dieser Ausweg sollte erst für die Hinkunft gelten, ob in Amerika oder wo ich mich niederlassen würde, aber die Schweizer zeigten sich damit in keiner Weise befriedigt, war ich doch in ihren Augen ein »böswilliger Steuerhinterzieher«; die Beibringung von Beweisen, dass die Honorare nicht für mich, sondern für den Fonds bestimmt gewesen waren, erforderte die Hinzuziehung des höchsten Schweizer Experten, des Zürcher Rechtsprofessors Meier-Hayoz.

Die Beweislage musste weiter zurückgehen, in die Zeit noch vor meiner Ausweisung. Obwohl ich noch im Januar 1974 in Moskau, ohne mich dabei um die Schweizer Steuern zu kümmern, öffentlich sämtliche *Archipel*-Honorare den politischen Gefangenen in der Sowjetunion gewidmet hatte, galt das hier als ungenügend. Ja, die damalige Erklärung stellte eben keinen Beweis dar. In jenem Augenblick also, als ich einen für mich tödlichen Kampf gegen den KGB führte, als jede meiner Äußerungen eine Hinrichtung hätte nach sich ziehen können – da hätte ich alle künftigen juristischen Verwicklungen vorhersehen sollen. So gerät man zwischen den Mühlstein des Ostens und den Mühlstein des Westens. Diese geheimen Notizen, die wir durch die »illegale« Post versandten, auf Papierfetzen, in winzigen Buchstaben, in umschreibenden Ausdrücken – diese sollten nun zweifelsfrei meine juristischen Absichten offenbaren. Wir schickten eine Anfrage an Betha in Österreich, sie erstellte Kopien von dieser damaligen Korrespondenz und schickte sie uns nach Amerika, wir sahen uns alles durch, suchten nach irgendetwas Brauchbarem, Überzeugendem. Jetzt musste man den Schweizer überaus versorgten Steuerbeamten unsere damalige Situation in allen Details auseinander setzen, wie gefahrvoll es gewesen war, diese Briefe zu schreiben oder Kopien von ihnen bei sich aufzubewahren, und wie meine Frau die noch nicht abgeschickten Briefe in der Nacht meiner Verhaftung verbrennen musste.

Aber der Rechtsanwalt Gayler erzielte einige Fortschritte hinsichtlich der Beweislage (als Zeugin musste auch Betha geladen werden, die ihren Namen vor der Öffentlichkeit zu schützen suchte), dazu schoss auch die Presse über das Ziel hinaus und im Februar 1978 erkannte die Zürcher Finanzbehörde für Recht, es habe seitens Solschenizyn keine mutwillige Absicht zur Steuerhinterziehung gegeben, sondern es läge vielmehr ein Fehler vor, dessen Ausmaß nun weiterhin zu klären sei. (Dass der ganze Schlamassel auf das Konto eines Schweizer Anwaltes ging, konnte deren Korporation freilich keinesfalls zugeben. So verschleierten sie den Sachverhalt bis zum Ende und selbst die vertrauenswürdige *Neue Zürcher Zeitung* tilgte jeglichen Hinweis in diese Richtung. Gayler machte mich darauf aufmerksam, dass ich meinen früheren Anwalt belangen könnte, was meine juristische Lage entschieden verbessern würde, aber es liegt nicht im russischen Charakter, einen solchen Prozess zu beginnen. Denn Heeb hatte so etwas einfach nur aus Leichtfertigkeit zugelassen.)

Wie eine Schlange lag diese Schweizer Geschichte mir ein ganzes Jahr lang auf dem Herzen. Vor einem bitteren Gefühl der ganzen Schweiz gegenüber retteten mich glücklicherweise einige edelmütige und nüchterne Stimmen, die wieder bewiesen haben, dass man über kein Land insgesamt urteilen darf. Der bekannte Journalist Ulrich Kägi veröffentlichte den Artikel »Vergib ihnen, Gott, denn sie wissen nicht, was sie tun«. (Später veranstaltete er in Zürich eine Pressekonferenz über die Tätigkeit des Fonds.) Mehrere Zeitungen unterstützten mich. Professor Huldrych Koelbing erklärte in der *Basler Zeitung*: »Alexander Solschenizyn hat für die Freiheit unvergleichlich mehr geleistet als wir alle.« Dr. med. Heinz Karrer schrieb an meinen Rechtsanwalt Gayler: »Durch diese Maßnahmen macht sich sowohl Zürich als auch die ganze Schweiz lächerlich. Ein Schweizer zu sein wird beschämend.« Professor Meier-Hajoz verzichtete aufgrund seines Respekts gegenüber dem *Archipel Gulag* großzügig auf das Honorar für seine aufwändige und sorgfältige Expertise.[75]

Hingegen wurde eine Untersuchung in Zusammenhang mit der Entwendung von Informationen aus der Steuerbehörde eingeleitet, und diese dauerte mit Schweizer Behäbigkeit ein halbes Jahr. Die Zeitung *Der Tagesanzeiger* wurde aufgefordert, ihre Quelle bei der Behörde zu offenbaren, doch sie erging sich in hehrer Empörung angesichts einer solchen Anmaßung über die unverrückbare Freiheit der Presse, die über jedes Gericht erhaben sei!

Doch wie man sich auch ärgern mochte, bleibt doch, sich vor der Schweiz zu verneigen: denn nirgendwo in der Welt hätten wir es so leicht gehabt, unsere karitative Stiftung ins Leben zu rufen und den Strom des Geldes in die Heimat zu öffnen. Nein, die Schweiz war eine Wohltat. Unsere Zwischenstation dort zahlte sich wegen des Fonds vollends aus. Der Fonds hatte seine Arbeit für Russland aufgenommen – und er wird sie weiterhin fortsetzen.

***

Mir war längst aufgefallen, dass ich mich in diesen Jahren im Ausland bereits daran gewöhnt hatte, dass man mich nicht unterstützte, sondern mir Wunden zufügte und mich bedrängte. Wenn nicht direkt bis zur Ausweisung, so wenigstens bis zum Erscheinen des *August vierzehn* lebte ich mit einem Gefühl der Leichtigkeit, dass ich außer dem Staat in meiner Umgebung keine Feinde hatte, wie es schien, gab es nur Freunde. Ich musste mich wundern – wieso hat jeder Mensch immer irgendwelche Feinde, Neider, während ich diesen Begriff nicht einmal kenne? Das war ganz einfach – ich wurde wie von einer Welle von der Gesellschaft getragen, und wenn sich ein Feind zeigte (weil ihn mein offenes Bekunden der Wahrheit in die zwielichtige Lage eines obrigkeitshörigen Menschen brachte), so hielt er sich gezwungenermaßen zurück.

Von dem Erscheinen meines *Briefes an die sowjetische Führung* an fiel das von der Gesellschaft selbst auferlegte Verbot, mich zu tadeln oder bei mir nach Fehltritten zu suchen, und plötzlich ertönten ganz viele Stimmen der Entrüstung. Die einen, weil sie überzeugt waren, Solschenizyn habe die *Demokratie verraten*. Was hätte es denn geben können als einen *sofortigen* Übergang zur Demokratie? (Meine Worte waren: eine *Übergangsperiode* der autoritären Macht – damit das gesamte Leben nicht auf einmal zerstört werden würde; aber man hörte ja gar nicht auf meine Argumentation, sondern nur: »Autoritarist«!) Die anderen konnten endlich ihren angesammelten persönlichen Animositäten freien Lauf lassen, und nun musste ich mich wiederum wundern, dass sie kurz zuvor noch als meine Gleichgesinnten herumgelaufen waren. (Natürlich brachten sich in dieses Getöse die sowjetischen »Agenten des Einflusses« ein – den nicht ganz Erschlagenen zu erledigen.) Aus der Welle feindseliger Reaktionen auf den *Brief* entstanden ganze Sammelbände (ich habe sie nicht gelesen), Zeitungsartikel und Repliken der Dritten Emigration, doch überragt wurde das Ganze von feindseligen Gerüchten und niederträchtigem Gerede, in deren Zentrum, das sollte hier festgehalten werden, der überaus fleißige Andrej Sinjawskij stand. Man bekam den Eindruck, als hätte er die Fähigkeit eingebüßt, über alles nur Erdenkliche zu reden, nicht ohne diesen miesen Solschenizyn hineinzuziehen; ich wurde zu seinem Wahn. Aus verschiedenen Ecken erreichte uns das höhnische Gelächter dieses Ästheten. (Was wurde über mich von dem Ehepaar Sinjawskij nicht alles gesagt! Abgesehen von dem »Totalitaristen«, »Theokraten« und »Führer der russischen Faschisten« wurde zuletzt noch behauptet, meine Ausweisung sei ein Spektakel gewesen, gespielt nach einem gemeinsam mit dem KGB entwickelten Szenario; und dass Alexander Ginzburg angeblich den Fonds hätte links liegen lassen und ausreisen wollen, aber ich hätte ihn »zu bleiben und ins Gefängnis zu gehen gezwungen«.)

Die westlichen Pseudointellektuellen waren schon von alleine darauf gekommen, dass man gegen mich einen Kampf führen müsse, und jetzt übernahmen sie persönliche Impulse von den Publizisten der Dritten Emigrationswelle. Nun tummelten sich überall, wohin man den Blick warf, Feinde von mir und meine Freunde waren weit entfernt und nicht zu hören.

Aus der extrem nationalistischen Ecke der Emigration brachte ein Blatt namens *Niwa* [Die Flur] ein gefälschtes Foto heraus: »Solschenizyn an Stalins Sarg« (montiert aus der Aufnahme, wie ich am Sarg des Schriftstellers Alexander Twardowskij stehe), mit dem Kommentar – wirklich ernsthaft, was kann man da sagen? –, wenn Solschenizyn schon im Jahre 1953 an diesen Sarg herangelassen wurde, dann brauche man nicht zu rätseln, dass er seit dieser Zeit ein sowjetischer Agent sei! Der polnische Emigrantenschriftsteller J. Mackiewicz unterbreitete, die Sowjets hätten mir gnädig erlaubt, meine Archive aus dem Land herauszubringen (ich konnte damals allerdings nicht sagen, wer mir in dieser Sache behilflich gewesen war) – und dies bedeute, ich sei ein Verbündeter des Regimes, meine Kritik des Westens schwäche diesen und bringe daher den Sowjets Vorteile. Gerade zu diesem Augenblick schaffte es auch Olga Carlisle rechtzeitig mit ihrem giftigen Buch zu kommen.

Umso mehr machten sich die einst von mir Angegangenen bemerkbar, wie Schores Medwedjew, der wegen meiner scharfen Briefe noch in der Sowjetunion beleidigt war, ebenso wegen meines Eintretens gegen ihn bei der Verteidigung Andrej Sacharows im Jahre 1974. Medwedjews Verhaltensweise und die damals für ihn günstigen Konstellationen im Westen brachten ihn immer wieder so weit, mich zu verklagen. Im Jahre 1974 ließ er davon ab, womöglich nur angesichts des Rummels um meinen Namen, aber auch in Wertschätzung seiner Bezeichnung als »ein alter Freund« von mir, was ihm in Großbritannien zugute kam, doch in seinen Briefen drohte er mir bereits mit einer Klage. Im Juni 1978 war es so weit: Medwedjew schickte an den Verlag Collins, in dem der *Archipel* erscheinen sollte, sowie an meinen Bevollmächtigten Durand in Paris einen Brief, der nach einer gerichtlichen Auseinandersetzung roch. Schores Medwedjew erklärte sich darin zum Verleger und Interessenvertreter M. P. Jakubowitschs, eines bekannten ehemaligen Mitglieds der menschewistischen Fraktion der Russischen Sozialdemokratischen Arbeiterpartei. Jakubowitsch war damals 88 Jahre alt und lebte nach vielen Jahren Lagerhaft völlig rechtlos in einem Invalidenheim bei Karaganda. Dieser unglückliche Mensch trat 1974 gegen den *Archipel Gulag* auf, von selbst oder gezwungenermaßen, und schrieb einen Artikel für die sowjetische Nachrichtenagentur *Nowosti*, danach spielte er sogar in einem eigens gedrehten Fernsehfilm mit. Jenen Artikel habe ich nie gesehen, den Film auch nicht, und mir ist nicht bekannt, ob die Sowjets es wagten, ihn irgendwo vorzuführen, sicherlich nicht bei sich im Lande, wo man den Gulag totzuschweigen pflegte. Man kann davon ausgehen, dass Jakubowitsch mit vielem in meiner Analyse der Sozialisten im *Archipel* nicht einverstanden war, vielleicht auch nicht mit den Gedanken, die in diesem Buch zum Ausdruck kommen, doch ich denke, er hätte nie persönliche Ansprüche geltend machen wollen.

Von Jakubowitsch als Mitangeklagtem bei dem Prozess gegen das »Unionsbüro der Menschewiken« im Jahre 1931 hatte ich von meinem Freund Nikolaj Iwanowitsch Subow in der Verbannung gehört; Subow war mit ihm im Lager gewesen. Kennzeichnend für Jakubowitsch waren ein feuriges Temperament, das nicht zu seinem Alter passte, eine immer noch lodernde politische Leidenschaft und ein dilettantisches Interesse für die Erforschung der russischen Geschichte. Mit Neugierde begegnete ich ihm Ende der 1950er Jahre in Moskau in der Wohnung von ebenfalls ehemaligen Häftlingen. Mehrere Stunden hindurch erzählte er mir aus seinem Leben, vornehmlich über seinen berühmten politischen Prozess. Wie bei allen anderen meiner 227 Zeugen schrieb ich sofort alles nieder – und später wurde dies in meinem Werk wiedergegeben.

Jetzt aber, nachdem der erste Band des *Archipel* in allen Sprachen und in Millionenauflagen Verbreitung fand, nachdem in Rezensionen auch der andere Bruder, Roy Medwedjew, keine Einwände erhob, schrieb nun sein Bruder Schores, es seien schon vier Jahre vergangen, seit Jakubowitsch den Gebrüdern Medwedjew den Auftrag gegeben hätte, ihn und die Wahrheit zu verteidigen, doch die verehrte Familie hätte sich zurückgehalten, weil sie den Effekt meines Buches nicht beeinträchtigen wollte. Aber nun schickte mir Schores einen Entwurf zu, der angeblich für die Verlagshäuser gedacht war, unter der Überschrift »In Sachen Verleumdung, vertraulich«: Jakubowitsch halte meine Beschreibung der Untersuchungen der Jahre 1930–1931 in Zusammenhang mit seinem Prozess für verleumderisch und mutwillig verfälscht. Meine Beschreibung würde außerdem der »wissenschaftlichen« Erforschung im Buch von Roy Medwedjew (dieses Buch war freilich nach dem *Archipel* erschienen) sowie dem eigenen Rehabilitierungsansuchen Jakubowitschs, das im Samisdat kursieren sollte, widersprechen. (Diese Erklärung Jakubowitschs hatte ich nie zu Gesicht bekommen, das parteilastige Buch Roy Medwedjews gar nicht erst in die Hände genommen. Ich hatte lediglich die eigene Erzählung Jakubowitschs schriftlich fixiert, dass man ihn nicht habe brechen können und dass seine Grundüberzeugung sei, er müsse die Sowjetmacht unterstützen. Diese Unterstützung der Bolschewiken legte er mehr als einmal an den Tag und beteiligte sich sogar an deren Machtapparat zur Lebensmittelbeschaffung während des Bürgerkrieges.)

Diesmal lautete die Forderung von Schores, ich solle in den künftigen Ausgaben des *Archipel* jene zwei Seiten, die Jakubowitsch betrafen, ändern, und in der Zwischenzeit, da er, Schores, es für amoralisch halte, »Geld mittels Verleumdungen zu machen«, solle ich ihm zahlen, jedoch nicht jenen riesigen Betrag, den er bekommen würde, wenn »die Sache in die Hände professioneller Juristen übergeben werden würde« und sie »ihre Forderungen frei stellen würden«. Nein, er wollte lediglich den Teil des Welterlöses für den *Archipel* haben, der diesen zwei Seiten im Verhältnis entspräche. Er, Schores, bemühe sich dabei, »eine Lösung ohne Aufregung und Öffentlichkeit herbeizuführen«, sollten wir uns jedoch zieren und die Sache verschleppen wollen, so würde er es publik machen. Er habe in seinem Schließfach die Briefe Jakubowitschs, das einzige existierende Exemplar, und »in denen werden viel breitere Aspekte des *Archipel* und seines Verfassers besprochen als diese einzelne Episode, aber ich verspreche, diese Briefe zu vernichten ..., wenn wir uns ohne sonderliche Verzögerungen einig werden«. (Was für ein Recht räumte er sich ein, so mit dem Willen des armen Greises umzuspringen – nur wegen des Geldes?)

Ich glaube, hier griff zum ersten Mal die juristische Kralle in den Körper des *Archipel*, da werden sich die Gebrüder Medwedjew kaum geniert haben. Aber in ihrem Erpressungsversuch ließ sich ihre Schwäche nicht verbergen – die Angst vor der Öffentlichkeit. Denkbar war dabei auch, dass Jakubowitsch, weit entfernt in Karaganda, gar nichts davon wusste. Mit der Veröffentlichung von irgendeinem Material zu drohen, verfehlte das Ziel, denn die sowjetische Nachrichtenagentur hatte Jakubowitsch schon längst ausgeschlachtet.

Claude Durand antwortete entschieden, im *Archipel* sei kein offizielles Dokument von Jakubowitsch veröffentlicht, sondern seine mündliche Erzählung, und dies sei auch eindeutig im Text festgestellt worden. Er zeigte Schores juristische Schwachstellen auf, verlangte eine Kopie der Vollmacht Jakubowitschs und den Beweis, dass dieser in seinen Handlungen nicht unter dem Druck der Sowjets gestanden habe. In Hinblick auf die Geldforderungen schloss er mit einem imposanten Satz: »Im Westen existiert ein Brauch, wonach die Fragen der Ehre mit Überlegungen dieser Art nicht vermischt werden.«

So zog sich Schores für eine Weile zurück. Zu einer gerichtlichen Auseinandersetzung um den *Archipel* kam es nicht. (Die Gebrüder sollten aber bald wieder eine Gelegenheit erhalten, sich ins Szene zu setzen: Schores verteidigte in den Vereinigten Staaten die sowjetische Praxis der Zwangsbehandlung in der Psychiatrie – und dies von ihm, einem ehemaligen Inhaftierten eines psychiatrischen Gefängnisses! –, während Roy den in Untersuchungshaft sitzenden Alexander Ginzburg mit Dreck bewarf.)

Sein Eintreten für Jakubowitsch begründete Schores u.a. damit, dass er unter die Verleger gegangen sei (und auch Jakubowitsch verlegen würde). Diese Tätigkeit strebten die Gebrüder seit längerem an. Als sich Ende der 1960er Jahre der Samisdat den Weg gebahnt hatte, erklärte Roy Medwedjew plötzlich, er habe einige Jahre zuvor die Zeitschrift *Politisches Tagebuch* veröffentlicht (kein Mensch hat diese Zeitschrift je im Samisdat kursieren sehen, vielleicht wurden im engen Kreis der »überzeugten Kommunisten« ein paar Exemplare gemacht und sofort in den Schutz der Bücherschränke versteckt). Roy bot nun den ihm bekannten westlichen Korrespondenten »ausgewählte Lieferungen aus den letzten Jahren« an. Die Journalisten schluckten den Köder – und der Westen wurde erfolgreich mystifiziert im »wahren kommunistischen Geist«, denn in den Reihen der sowjetischen Dissidenten waren dem Westen die Sozialisten am allernächsten. (Roys Popularität unter den westlichen Journalisten stieg dadurch an, der *Guardian* entdeckte sogar »realistische moralische Vorstellungen Roy Medwedjews« und hielt sie dem hochschwebenden Sammelband *Stimmen aus dem Untergrund* entgegen.)

Etwa im Jahre 1975 kam Roy Medwedjew darauf, tatsächlich eine Samisdat-Zeitschrift, *Das 20. Jahrhundert*, zu verlegen, doch gleich nach der ersten Lieferung bestellte man ihn ins Zentralkomitee der Partei und verbot die Sache. Schade! Aber Schores übernahm, begann die Zeitschrift in London herauszugeben und zu behaupten, sie habe eine weite Verbreitung im Samisdat, was uns niemand von Moskau aus bestätigen konnte.

In der zweiten Lieferung, mit dem Erscheinungsvermerk »London 1977«, war der Artikel des den Brüdern Medwedjew nahe stehenden Kritikers W. Lakschin gedruckt, der sich gegen mich richtete. Der Artikel fiel überlang aus, wie er immer schrieb, 70 Seiten. Die Redaktion bemerkte einleitend, dies sei »ein bemerkenswerter Essay eines der besten Literaturkritiker, des glänzenden Publizisten und Literarhistorikers«. Hoch gegriffen, dennoch machte Lakschin in der damaligen menschenleeren Einöde sicherlich auf sich aufmerksam, wenn er auch im Laufe der Jahre immer durchschnittlicher wurde und sich nach seiner Zeit in der Zeitschrift *Nowyj mir* kaum mehr von einem herkömmlichen Angepassten unterschied und von den Mächtigen favorisiert wurde.

Und dann ein solcher Mut? Bislang obrigkeitshörig, entschied er sich, seinen Artikel direkt im Westen drucken zu lassen?[76]

Von diesem Artikel erwartete ich keine Sympathiebekundungen, die dann auch ausblieben, las ihn jedoch mit Nutzen, sogar mit einem Gefühl der inneren Zufriedenheit. Er gab mir etwas von dem Gleichgewicht: Aus dem Kampf zurückgekehrt, konnte ich mich korrigieren, wo ich im Unrecht war, jemandem einen unzutreffenden Vorwurf machte, etwas missverstand.

Lakschin hatte sicherlich Recht, als er mir vorhielt, mir von der inneren Situation in der Redaktion der erwähnten Zeitschrift nur ein flüchtiges Bild gemacht zu haben. Ich war froh, dass er meine Vorstellungen berichtigte. Ferner war ihm zuzustimmen, dass ich nicht alles zum Ausdruck gebracht hatte, was man über Twardowskij an guten Dingen noch hätte sagen können. Bei meiner Auseinandersetzung mit der Macht befand ich mich in einer Position, die sich nur bedingt für kontemplative Beobachtungen eignete. Meine Einschätzungen fielen in der Tat manchmal fehlerhaft aus. Zu Unrecht machte ich in meiner Hitzigkeit und Verzweiflung Twardowskij den Vorwurf, er habe das einzige nach der Beschlagnahmung noch erhaltene Exemplar von *Der erste Kreis der Hölle* nicht in die Redaktion nehmen wollen: Ja, nach meinen Fehlern hätte er es in der Tat nicht gebraucht, die Zeitschrift durch das Typoskript des bereits konfiszierten Romans noch weiter zu gefährden. Auch war die *Nowyj mir* nicht in der Lage gewesen, durch die Veröffentlichung einzelner Werke eine neue Klasse des Mutes zu etablieren, nur gelegentlich schaffte man es, die Zensur hinters Licht zu führen (was sie auch dauernd versuchten), doch hatte die Entscheidungsmacht nicht in ihren Händen gelegen. Ich ziehe auch meinen Satz zurück, Twardowskij hätte in den Tagen, als auf die Zeitschrift eingeschlagen wurde, die gesamte Redaktion zusammentrommeln müssen – er hatte sicherlich besser verstanden, was zu tun war. In diesen Tagen, als sie gejagt wurden, was wollte ich da eigentlich von ihnen, was für eine Entschlossenheit? Was hätten sie tun sollen, wo sie doch keine unabhängigen Verleger, sondern Staatsdiener waren? Einzig und allein – eine Erklärung über die Lage in den Samisdat geben. Aber weder für Twardowskij noch für die anderen wäre so etwas annehmbar gewesen; das hätte zwar ihren Untergang geschmückt, doch in keiner Weise verhindert. Wie hätte Twardowskij auch in der neuberufenen Redaktion bleiben können, wenn man dorthin einen gewissen A. Owtscharenko beförderte, der Twardowskij als »Kulakendichter« verfluchte? All das musste ich damals auch anerkennen.

Des Weiteren drehte Lakschin immer mehr den Sinn meiner Sätze in *Die Eiche und das Kalb* um; es wäre der Objektivität dienlicher gewesen, die Situation der Zeitschrift von dem sklavischen Druck des sowjetischen literarischen Lebens ausgehend zu erläutern. Lakschin selbst wurde dabei ein offizieller literarischer Posten angeboten, der ihn versorgte und ihm eine Position verschaffte, von der aus er nun furchtlos gegen den gebrandmarkten »Abtrünnigen und Volksfeind« Solschenizyn antreten konnte, und dem Westen dürfte er überhaupt als ein mutiger Dissident erschienen sein.

Seinen Artikel musste er so komponieren, dass seine Gedanken dem Niveau eines freien Lesers entsprachen, er selbst jedoch dabei die Grenzen der sowjetischen Loyalität und seine Mitgliedschaft in der Kommunistischen Partei nicht verletzte. Einiges in seinem Text ließe sich in Hinblick auf diesen Balanceakt abschreiben, wie etwa: »Solschenizyn ist dazu verurteilt, die allgemeinen sozialen Perspektiven ausgesprochen fehlerhaft einzuschätzen, ausschließlich in Bezug auf sich selbst und seine unmittelbaren Umstände« – dies wurde nach meinem *Archipel* geschrieben! Den *Archipel* durfte er nicht nennen, aber das Werk nicht zu nennen ging auch nicht, es stach allzu sehr hervor. Dann musste man dem Buch eine würdige Einschätzung eines Parteimitglieds angedeihen lassen: »… eine von Hass geprägte Übertreibung. Solange die Geschichte keine objektiveren Annalenschreiber gefunden haben wird, wird das voreingenommene Urteil Solschenizyns weiter bestehen.« Jaja, es wird schon bestehen bleiben. (Wahrscheinlich wird in der Gruppe von Roy Medwedjew diese besagte Geschichte gänzlich neu geschrieben.)

Doch in Lakschins Artikel trat sein wirkliches Gesicht zu Tage, und besonders lustig wurde einem dabei nicht zu Mute. Der Kritiker richtete eine seltsame Frage an den Schriftsteller– was war sein Ziel gewesen, bei der Veröffentlichung des *Archipel Gulag*? Das Gedächtnis des Volkes in seinen furchtbaren Tiefen wieder herzustellen – dies sei, so Lakschin, nicht das Ziel der Literatur, und der Kritiker forderte von mir »ein positives politisches Programm«. Nach ihm sei die *Nowyj mir* eine »Keimzelle der sozialistischen Demokratie« gewesen; »wir glaubten an den Sozialismus als an eine edle Idee der Gerechtigkeit«. Das Schlimmste jedoch war: »Jede große Idee kann in der historischen Praxis verzerrt werden … Schuld daran mag die ›schlechte Natur‹ des Menschen sein, die genetische Unreife der Gentilgemeinschaft (darüber hätte sich Marx früher Gedanken machen sollen! – *A. S.*), der unvorbereitete Zustand des moralischen Bewusstseins … oder der schlechte besudelte Boden der vorigen sozialen Traditionen.« Jawohl! Russland ist schuld! »Vielleicht rühren aber alle Nöte und Missgeschicke unseres Landes daher, dass der Sozialismus nach altem, monarchischem Muster aufgefasst worden ist …« Und schon ist der Kommunismus gereinigt – die Monarchisten sind ja an allem schuld.

Diese hochgreifenden Überlegungen Lakschins zeigten, inwieweit zwischen uns eine Verständigung zu erreichen wäre. Doch das schlimmere Problem war, dass er in die Zitate aus meinem Text systematisch Verzerrungen einbrachte, ob durch Kürzungen, ob durch eine wenig gewissenhafte Interpretation.[77] Hier nur ein paar Beispiele. Ich schreibe, dass ich »immer leicht bereit bin, an das Schlechte zu glauben« – ich meine die widrigen Umstände, ungünstige Ergebnisse, Lakschin verdreht den Sinn: Ich würde das Schlechte auf die Menschen beziehen. Ich schreibe, dass die Krebserkrankung bei mir infolge von Kränkung und Unterdrückung entstand, Lakschin verdreht: »als Folge des Kleinmuts«.

Durchweg imitiert Lakschin Exaktheit – er bringt Verweise mit Seitenzahl. Aber wenn sich die Notwendigkeit einer stärkeren Verzerrung ergibt, fehlt »zufällig« dieser Verweis, wie auf die Schilderung meines vertrauensvollen Gespräches mit Twardowskij, nach dem ich mich verabschiedete – und »im Stiefelschaft ein Messer steckte«. Hier tobt Lakschin anklagend: »Eben so, mit dem Messer im Stiefelschaft, redete, wie sich herausstellt, der Autor des *Iwan Denissowitsch* mit seinem Paten … war unaufrichtig ohne einen sichtbaren Grund.« Welcher Leser kann die Stelle einfach so nachschlagen? (Nur wenige in Moskau hatten Gelegenheit, mein Buch in die Finger zu bekommen, und kaum länger als für einen Tag.) Dabei war dieses »Messer« mein Schreiben an das Sekretariat des Schriftstellerverbandes und ich konnte es Twardowskij unmöglich zeigen, sonst hätte er mich vom Kampf abbringen wollen.

Soweit zu Lakschins eigener Aufrichtigkeit in der Auseinandersetzung. Dann fällt es ihm umso leichter zu urteilen (dazu braucht man keine Zitate zu suchen), dass »Solschenizyn sein Auftauchen« am Sarg Twardowskijs »gekonnt inszeniert hat« – und in der Tat gekonnt: Ich ging einfach ins Zentrale Literaturhaus, die Bewachung hätte mich auch nicht hereinlassen können, ich war ja kein Mitglied des Verbandes.

Wenn man das Falschspiel schon anfängt – dann Augen zu und durch. Braucht es Lakschin, meine *Reden an die Amerikaner* in den Dreck zu ziehen, so wiederholt er die miesesten Verleumdungen der sowjetischen Propaganda, ich hätte die Amerikaner aufgerufen, »kein Korn zu verkaufen«, »es soll kein Brot geben, sondern Hunger und Krieg«, »führt er nicht selbst bereits einen Krieg gegen ein Volk von vielen Millionen« – da kommen keine Seitenangaben, weil er lügt, ohne die Augen zu schließen.

»Eines Adligen nicht würdig«, so eignet sich Lakschin bei dieser Gelegenheit den Spruch Twardowskijs an (und Zitate zu fälschen, das ist wohl adlig?). Aber nach etwa 50 Seiten besinnt sich der Kritiker plötzlich, dass er diesen Solschenizyn noch nicht wie es sich gehört verdroschen hat, und wirft dann ein: »naiv großtuerisch … von sich selbst eingenommen und blind … aufgeblasen und lächerlich … ich muss mich zurückhalten, um nicht über ihn zu lachen … hat die Gifte des Stalinismus in sich aufgenommen … vergebliche Selbstergötzung an Hass und Eitelkeit … Intoleranz, unstillbare Arroganz, fanatische Unduldsamkeit (gegenüber dem Kommunismus, im *Archipel – A. S.*) … gierig nach dem flimmernden

Licht der Popularität greifend … lächerlicher Irrsinn … empfand sich als Menschgott … log jahrelang … böser Dämon der Zerstörung … Einsamkeit eines Wolfes … eine Lagerbazille … Lagerwolf …«

Dieser Artikel dürfte kaum die Zierde der ausgewählten Schriften Lakschins darstellen.

Nun wurde ich selbst etwas nachdenklicher: Wie sicher hatte ich doch fünf Jahre zuvor Urteile über die zweifelsfrei erwiesenen Vorzüge des Samisdat gegenüber der von den Sowjets unterjochten Literatur abgegeben! Die *Chronik der laufenden Ereignisse* schien mir damals fast schon bedeutender als die Errungenschaften der Zeitschrift *Nowyj mir*. Aber jetzt, *in der Freiheit*, erschien ein halbes Dutzend von Zeitschriften in russischer Sprache und offenbar hinderte sie niemand daran, ein hohes Niveau zu erreichen, niemand wollte sie unterdücken – aber wieso gediehen sie denn nicht? Keine unter diesen hochmütigen Zeitschriften könnte in die Nähe des kulturellen und ästhetischen Niveaus der einstigen *Nowyj mir* kommen, wie bedrängt und zersplittert durch die Last der Zensur die Letztere auch gewesen sein mag. Keine von diesen Neuen erlangte je die besonnene, würdevolle, tief gehende Ebene der Betrachtung, wie es die in ihren Ketten liegende *Nowyj mir* immer wieder schaffte. Vieles von dem nationalen und volkstümlichen Empfinden brach in *Nowyj mir* trotz allem durch – danach würde man in den Zeitschriften der Dritten Emigrationswelle vergebens suchen, dort blieb man meilenweit von den tatsächlichen russischen Problemen entfernt, auch dies war sicherlich noch die bessere Variante. Wie ich in meinen letzten sowjetischen Jahren die Bedeutung des Samisdat überbewertete, so irrte ich mich auch in Bezug auf die Dissidentenbewegung: Ich neigte übermäßig dazu, sie als den Hauptstrom der russischen gesellschaftlichen und geistigen Tätigkeit aufzufassen, doch sie stellte sich als ein oberflächliches Rinnsal heraus, das abseits führte und von dem verborgenen Leben des Landes abgesondert war. Durch ihre Verbindungen im Westen leiteten die Dissidenten vornehmlich solche Informationen weiter, die ihr eigenes Mileu widerspiegelten und nicht das des gesamten Volkes. In jenen Jahren, inmitten des Kampfes gegen die Sowjetmacht, als man glaubte, es gäbe keinen anderen Feind außer dem kommunistischen Regime, schienen wir alle Bestandteile eines einzigen Stromes zu sein. Das rührte jedoch nur von dem diffusen historischen Bewusstsein jenes Augenblickes her. Ich überschätzte meine eigene Nähe zu dieser demokratischen Bewegung; teilweise war das bedingt durch das Erbe der vorrevolutionären Ideologie der »Befreiung«, von der ich selbst damals noch nicht ganz frei war. Überdies zeigten sich die Dissidenten als mutige, opferbereite und uneigennützige Menschen. So bewunderte ich sie auch aus der Tiefe meiner Seele, insbesondere natürlich diejenigen, die im Jahre 1968 auf dem Roten Platz in Moskau gegen die Okkupation der Tschechoslowakei protestierten.

In Wirklichkeit aber wurden wir aus unterschiedlichen Quellen gespeist, strebten unterschiedliche Ziele an, nur fiel unsere Tätigkeit zeitlich und räumlich zusammen. Meine Linie ließ sich erheblich weiter zurückverfolgen und mein Kampf gegen die Kommunisten sollte in der Zukunft nicht aufhören mit solchen Späßen wie: »Ihr sollt eure eigene Verfassung erfüllen!« (Wir wollen selbstredend anerkennen, dass alle Dissidenten, auch diejenigen unter ihnen, die gar nicht den Kommunismus als solchen abzuschaffen suchten, seine Autorität dennoch ganz schön ramponierten.)

Unser Scheideweg deutete sich nach dem Erscheinen des Sammelbandes *Stimmen aus dem Untergrund* und Sinjawskijs Essay »Rossija-suka« (»Russland – Hundsmutter«) an. Sie hielten den 20. Parteitag der KPdSU für ihren Wegweiser, sie waren kaum empfänglich für die Nöte des russischen Dorfes, noch weniger für die Verfolgungen des orthodoxen Glaubens. Im Verlaufe einiger weniger Jahre nahm die Dissidentenbewegung rapide ab und mit der Möglichkeit zur Ausreise zeigte sich, dass sie von den existenziellen Problemen der Nation nicht erfasst war und sich wie Schaum auflöste. Ihre Existenz scheiterte an der Überwindung der Versuchung, ins Ausland zu gehen. Einer ihrer Ideologen, Walerij Chalidse, erklärte bei seiner Emigration dementsprechend, er sei »einfach müde geworden«, für Menschenrechte einzutreten. (Später, bereits jenseits des Ozeans, sammelte er genug Kraft, um die Menschenrechte weltweit zu verteidigen.) Ein anderer Theoretiker, Andrej Amalrik, begründete das so: »Das Emigrieren ist ein taktischer Schritt im Kampf um die Veränderung des Landes«; »die politische Emigration ging immer der Revolution voraus«. Einige erfanden noch den Slogan: »Jetzt ein Patriot zu sein, bedeutet zu emigrieren.« Vielen Dissidenten brauchte man nur mit Gefängnis zu drohen oder ihnen eine privilegierte Arbeit zu entziehen (physische, schwere Arbeit durfte jeder behalten), schon verzogen sie sich ins »Exil«. Die anderen taten das Gleiche überhaupt ohne vorherige Drohungen. Der Westen pflegte sie alle als *Verbannte* zu bezeichnen.

Bereits in den ersten Briefen dieser Dritten Emigrationswelle, die sich wie eine Flut über mich in Zürich ergoss, ließ sich eine Kurzatmigkeit spüren, ganz anders als die ausdauernde Erste und Zweite Welle. In Moskau fühlte ich keinerlei Antipathie gegenüber den Leuten, die wegfahren wollten, im Gegenteil, aus Hass gegenüber dem kommunistischen Regime empfand ich wie viele andere die Flucht des Schriftstellers Anatolij Kusnezow und die des Kritikers Arkadij Belinkow fast schon wie eine Heldentat. (Obwohl schon damals Belinkows Taktlosigkeit ins Auge stach, wie er in seinen Empfehlungen, übertragen von den ausländischen Sendern, dazu aufrief, die Mitgliedsausweise des Schriftstellerverbandes hinzuschmeißen. Nikita Struve schrieb mir nach Moskau, wie er von einer Begegnung mit Belinkow erstaunt war, als dieser ihn zu überzeugen versuchte, dass Russland ein derart sklavisches Land gewesen sei, dass selbst Puschkin die Freiheit verachtet hätte. »Die neuen Emigranten empfinden keinerlei Mitleid mit Russland«, schrieb Struve schweren Herzens.) Daher sagte ich mir gleich im Westen – entschuldigt bitte, nein, ich bin keiner von euch, ich bin kein Emigrant und schon gar nicht aus der Dritten Welle. Für diese Welle legte ich separate Briefmappen an. Die Härte ihrer Attacken gegen mich ließ sich da noch gar nicht erahnen, als ich mich eher instinktiv dazu entschloss. Verletzend fand ich im März des gleichen Jahres 1974 den mit XY unterzeichneten Artikel im *Boten der Russischen Christlichen Bewegung* (der Verfasser war Boris Schragin, wie ich später erfuhr), in dem dieser orthodox orientierten Zeitschrift vorgeschlagen wurde, sich von der Orthodoxie loszusagen, weil diese »das Vertrauen der Intelligenzija nicht verdient« hätte. Ich musste gleich darauf antworten[78], da ich hier die ganze Wurzel der mir fremden Überheblichkeit spürte.

Tiefen Respekt empfand ich gegenüber der Ersten Welle, insbesondere natürlich gegenüber der *Weißen* Emigration, die nicht geflohen war, um sich zu retten, sondern einen Kampf um ein besseres Los Russlands geführt und den Rückzug angetreten hatte. Ungezwungen und leicht fühlte ich mich bei Kontakten mit der Zweiten Welle – das war meine Generation, Brüder und Schwestern meiner ehemaligen Mithäftlinge, unglückliche, unter den Sowjets geschundene Menschen, die durch Zufall in die Freiheit entkamen, lange Zeit bevor das sowjetische Regime niederging, erst nach einem Vierteljahrhundert der Sklaverei, und dann ihr ganzes Leben auf den kargen Wegen des Exils litten. Im gleichen Maße war ich gleichgültig in Bezug auf das Gros der Dritten Welle, die nicht vor dem Tod flüchteten, nicht vor einer Lagerstrafe, sondern wegen einer komfortableren und attraktiven Lebensweise von dannen zogen (obwohl die Mehrheit von ihnen im Hintergrund die privilegierten, mit Lebensmitteln versorgten Hauptstädte, eine Hochschulbildung und überdurchschnittlich gute Arbeit gehabt hatte). Man könnte vielleicht sagen, sie nahmen das natürliche Recht eines jeden Menschen in Anspruch, von dort wegzufahren, wo man nicht leben möchte, doch der Witz liegt eben darin, dass nicht alle Menschen in der Sowjetunion, wahrlich nicht alle, eine solche Wahl gehabt hätten. Na gut, was soll's auch. Man könnte dazu nur anmerken, dass sie für ihre Ausreise den Namen des Staates Israel benutzten, oft jedoch gar nicht dorthin fuhren. Es gab einen Anlass, wo ich mich dazu äußerte.[79] In ihrem Strom schwommen zwar auch einige Menschen, die Lagerhaft und psychiatrische Gefängnisse kennen gelernt hatten, doch das waren einige wenige, allen bekannte Fälle. Auf der anderen Seite schwamm hierbei auch eine beträchtliche Anzahl solcher Leute mit, die aktiv im sowjetischen Lügenapparat mitgearbeitet hatten (und die Lüge dehnte sich ja breit, auf sowjetische Zeitungen, auf Massenlieder, auf die Filmbranche aus), in Freundschaft mit diesem Apparat lebten – wie sollte man nun diese Emigration eigentlich bezeichnen? Eine *schreibende*. Ihr Hauptmerkmal äußerte sich jedoch so: Vom Westen her, aus der Freiheit, drehten sie sich sofort um – und wollten dieses von ihnen verlassene, unglückselige, nutzlose Land verurteilen und belehren, von hier aus die russische Entwicklung beeinflussen.

Der Westen empfing die Dritte Welle ganz anders als die beiden vorherigen, die wie eine ärgerliche reaktionäre Masse, die aus unerfindlichen Gründen nicht die hehren Ideale des Sozialismus mit den Übrigen teilen wollte, aufgenommen worden war. Ja, die beiden vorigen Emigrationswellen wurden unwillig aufgenommen, unfreundlich; hoch gebildete Menschen unter ihnen waren gezwungen, als Schwerstarbeiter ihr Brot zu verdienen, als Taxifahrer, als Kellner, bestenfalls konnten sie ein winziges Geschäft betreiben. Die Dritte Emigration wurde vom Westen begrüßt, materiell unterstützt und mit Lobpreisungen beinahe überhäuft (»Sie gaben ihr Leben für eine würdige Haltung«), in ihrer Ausreise (die man von der Sowjetunion aus als eine Rettungsflucht ansah) entdeckte der Westen »den Ausdruck der russischen Würde«. Diese Leute, die oft eine recht fragwürdige, von kommunistischen ideologischen Elementen durchsetzte Bildung erhalten hatten, wurden ehrenvoll zu Universitätsprofessoren berufen, man gewährte ihnen Zugang zu den herausragendsten Stellen des westlichen Zeitungswesens, von überall her wurden sie durch Stiftungen unterstützt. Umso freier griffen sie nach den Stellen bei den russischsprachigen Emigrationspresseorganen und beim Rundfunk und verdrängten die dort noch übrig gebliebenen älteren Landsleute. Bis zum heutigen Tage halten die Spannungen und die Abneigung zwischen den Neuankömmlingen und ihren Vorgängern unvermindert an.

Aber gerade an diesem Punkt hätte man sich Augen reiben und fragen sollen: Will das etwa die Regel sein, wie sich im Leben einer Emigration das Aufeinanderprallen und der Hass äußern? Im Falle der Ersten Welle, mit all den zahllosen Flüchtlingen, von Großfürsten, Metropoliten, Generälen über die Menge der konstitutionellen Demokraten und Intelligenzler bis hin zu Politikern wie Alexander Kerenskij, Wladimir Burzew und den sozialrevolutionären Terroristen, gab es da Beleidigungen und gegenseitige Anschuldigungen in auch nur annähernd vergleichbarem Maße? Diesen Leuten war es gewiss viel schlimmer ergangen, nach der katastrophalen Niederlage, mitschuldig an den gemachten Fehlern, ihre Diskussionen verliefen in einer überhitzten Atmosphäre, dennoch waren sie in der Lage, einen anständigen Ton der Diskussion einzuhalten, während sich die schreibende Dritte Emigration mitunter leistete, sich einen Ton wie auf dem Marktplatz anzueignen. Dabei ging es uns vornehmlich nicht um die Aufteilung der von uns begangenen Fehler, sondern wir stritten uns über die Zukunft Russlands.[80]

Abseits stand der unversöhnliche Wladimir Bukowskij: Er kämpfte ohne Rücksicht auf Verluste und wurde tatsächlich ausgewiesen (im Austausch gegen den Anführer der chilenischen Kommunisten). In ihm war ich geneigt, einen echten nationalen Helden zu sehen: Sein Anliegen erschöpfte sich nämlich nicht im »Recht auf die Ausreise«, sondern galt den grundlegenden Existenzfragen des Landes. Furchtlos, waghalsig, klug, jung – aus solchen Kämpfern werden sich die künftigen politischen Kader Russlands rekrutieren; vielleicht würde er der künftige Premierminister werden – wenn er überleben sollte. In einigen Augenblicken schien es, er würde von denen zu Tode gequält werden. Plötzlich war er schon in der Schweiz! Wir nahmen sofort Kontakt zu ihm auf. Dann, vor seiner Reise in die Vereinigten Staaten, schrieb er, er möchte uns wieder sehen, und ich lud ihn nach Vermont ein, er blieb anderthalb Tage bei uns. Ja, das ist ein Mann der Ehre, mit einer ungestillten Kampflust, echter Tapferkeit, er besitzt ein scharfes politisches Denken, ist auch bei seinen Auftritten schlagfertig. Er fühlt und hilft mit, wenn es um einzelne, durch Repressalien in Not geratene Menschen geht. Aber ob er die ganze Tiefe des russischen Schmerzes, unserer Erniedrigung, unserer Verkümmerung, die Sehnsucht nach einer seelischen Gesundung des Volkes wirklich wahrnehmen würde, konnte ich bei ihm nicht erkennen. Dabei ist er in der Dritten Welle einer der Besten und Klügsten.

Auf wen sollen wir dann überhaupt unsere Hoffnungen setzen? Werden diese Generationen kommen? Wann wird Russland imstande sein, diese Menschen zu gebären und emporzubringen? Welche Führer erwarten uns nach dem Fall des Kommunismus?

Alle historischen Dimensionen dehnen sich im Vergleich mit meinem ewigen ungeduldigen Voraneilen.

Es wäre auch durchaus vorstellbar gewesen, hier im Westen wegen all dem zu verzweifeln, wenn da nicht meine Arbeit gewesen wäre. Es waren Berge von Arbeit – für lange und lange Jahre. Man muss sein eigenes Soll erfüllen und erst dann Forderungen an die Geschichte stellen.

***

Unsere Söhne wuchsen unterdessen heran. In der warmen Jahreshälfte wohnte ich unten, im Häuschen am Teich, und frühmorgens gingen sie hintereinander den steilen Pfad hinunter, durch den majestätischen, tempelartigen Wald zu mir, zum gemeinsamen Gebet. Wir knieten auf den Tannennadeln nieder, sie sprachen mir kurze Gebete und auch ein besonderes, das ich selbst geschrieben hatte, nach: »Hilf uns, o Herr, in Gesundheit, Kraft und hellem Verstand jenen Tag erleben, an dem Du uns eröffnest, in unser heimatliches Russland zurückzukehren, uns zu bemühen und unser Leben seiner Genesung und Blüte zu widmen.« Ein paar Schritte hinter uns stand ein Stein, der sehr einem Pferd ähnelte, das auf seinen Hufen sitzt – ein verzaubertes geflügeltes Pferd, wie ich den Jungen erzählte und was sie mir glaubten: Nachts würde das Pferd atmen, und wenn Russland eines Tages aufwachte, würde das Pferd sich aufrichten, mit vollen Zügen atmen und uns auf sich über den Norden hinweg tragen, direkt nach Russland ... (Beim Schlafengehen baten sie mich: Papa, gehe in der Nacht hin, sieh nach, ob das Pferd atmet.)

Mehrmals am Tag lief einer von ihnen zu mir herüber, brachte von der Mama einige gesetzte Seiten mit Korrekturvorschlägen. Nach einiger Zeit erschien wieder ein anderer, um die Ergebnisse mitzunehmen.

Mit den beiden älteren Jungen begann ich mit dem Mathematikunterricht. Ich blätterte die neuesten sowjetischen Lehrbücher durch, war allerdings nicht besonders begeistert, sie waren nicht sensibel genug angelegt, um der Vorstellungskraft der Kinder gerecht zu werden. So lehrte ich unsere Söhne nach denselben Lehrbüchern, die ich selbst einst in der Schule hatte, Alja hatte sie aus Russland mitgenommen. Wir hatten eine richtige Tafel, die an der Wand des Häuschens angebracht war, Kreide, Aufgabenhefte, Klausuren – wie es sich gehört. Ich hätte nie gedacht, dass mir noch einmal zufallen würde, Mathematik zu unterrichten, wenn auch wirklich schon das letzte Mal im Leben. Doch es war ein süßes Gefühl. Wunderschön – diese traditionellen Aufgaben, die auf die Entwicklung der logischen Fragen abzielten, gefolgt von der kristallklaren »Geometrie« Kisseljows.

Gleich nach dem Unterricht gingen wir baden. In dem Teich, der stellenweise sehr tief war, brachte ich ihnen das Schwimmen bei; das durchfließende Gebirgswasser war sehr kalt. Die Älteren brannten darauf, »bis zum Wasserfall« schwimmen zu dürfen – einem kleinen Staudamm etwa 20 Meter entfernt. Allerdings gab es oberhalb des einen Baches tatsächlich einen echten Wasserfall, der sich aus einer Höhe von 15 Metern herabstürzte, die Jungen gingen dorthin, um ihn ehrfurchtsvoll zu bestaunen. Auch die Erwachsenen zeigten sich von ihm beeindruckt.

Schon das zweite Jahr verging in der Abgeschiedenheit Vermonts, eine ideale Atmosphäre, um zu arbeiten, so könnte es einem vorkommen. Ja, das tat ich vertieft, doch über viele Seiten legte sich der Schatten äußerer Störungen und Ärgernisse. Im Winter des Jahres 1978 flatterte plötzlich die Einladung herein, eine Rede bei den Abschlussfeierlichkeiten an der Harvard University zu halten. Natürlich hätte ich ablehnen können, wie ich es einmal schon im Jahre 1975 getan hatte, von Hunderten anderen Einladungen ganz zu schweigen. Doch es handelte sich diesmal um einen wirklich bemerkenswerten Ort und meine Rede würde wohl laut genug in ganz Amerika erklingen. Nachdem ich seit zwei Jahren keine Auftritte dieser Art hatte, ging mein Temparament mit mir durch. So nahm ich die Einladung an.

Als ich mich nun im Frühjahr vorzubereiten begann, stellte ich fest, dass ich neben einer stilistischen Abneigung zu ewigen Wiederholungen überhaupt nicht mehr dazu fähig war, die gleichen Dinge im gleichen Ton zu sagen. Viele Jahre in der Sowjetunion und bereits vier Jahre im Westen griff ich den Kommunismus an, schlug auf ihn ein, hackte nach ihm, doch hatte ich während dieser Zeit auch gefährliche, Besorgnis erregende Tendenzen des Westens gesehen und wollte *hier* eben darüber reden. All meine Beobachtungen westlicher Schwächen sollten zusammenfasst werden.

Die Rede wurde von mir ausnahmsweise schriftlich vorbereitet, sie ins Englische zu übersetzen fiel Irina Ilowajskaja zu. Da sie den Westen gut kannte, war sie ausgesprochen beunruhigt und beschwor mich, einige Gedanken und Ausdrücke zu entschärfen, was ich allerdings ablehnte. Danach übersetzte sie und beim Abtippen des Textes sagte sie immer wieder zu Alja mit Tränen in den Augen: »Das werden sie ihm nie verzeihen!«

Mein Auftritt wurde beizeiten angekündigt und wie man später erklärte, erwartete man von mir vornehmlich Dankesbezeugungen eines Flüchtlings an den großen atlantischen Staat der Freiheit, das Besingen seiner Macht und jener Tugenden, die in der Sowjetunion fehlten. Vor allem war man auf eine antikommunistische Rede eingestellt. Am Vorabend wurde mir die Ehre zuteil, bei dem Festessen mit dem Präsidenten von Botswana, Sir Seretse Khama, einem ermüdet wirkenden, violett-schwarzen Mann, und dem Ex-Präsidenten von Israel, Ephraim Katzir (Katschalskij), der einem gutmütigen, wenngleich nachdenklichen Ukrainer vom Dorf sehr ähnelte, zusammenzusitzen. Der nervös bewegliche Richard Pipes, ausgesprochen einflussreich in Harvard und beinahe der Lenker der gesamten hiesigen Russland-Forschung, kam, um sich vorzustellen und herauszufinden, ob es stimme, dass meine Rede zur Lage in Kambodscha Stellung nehmen werde. (Das wäre allerdings ein Thema gewesen, das zu behandeln höchst wünschenswert gewesen wäre.)

Am nächsten Tag nahmen alle Platz unter freiem Himmel, zunächst die Absolventen nach ihren Fächern, dann die Gäste, viele standen im Kreis, insgesamt waren es wohl an die 20 000 Menschen, wie es hieß. Der Rektor der Universität gratulierte den Absolventen, anschließend wurde uns die Ehrendoktorwürde verliehen – den Präsidenten von Botswana und Israel, mir und dem dänischen Anthropologen Erik Erikson (ein bemerkenswertes Gesicht). Zu meinem Erstaunen wurde ich mit Ovationen im Stehen begrüßt; offenbar hielt mein Mythos hier noch an. Danach fanden auf dem Universitätshof die Manöver der Harvard-Absolventen statt, vorne ging ein Greis, Absolvent des Jahres 1893, wir als Ehrengäste wurden von den Begrüßungen der Studenten begleitet, dann nahmen alle wieder Platz. Bald war ich auch mit meiner Rede an der Reihe, und da begann es ziemlich kräftig zu regnen. Über uns im Präsidium wurde ein Schirmdach gespannt, aber die ganze Versammlung, die unter den Regen kam, blieb sitzen, manche machten ihre Regenschirme auf, andere hatten keine und ich wunderte mich während meiner Rede, wie sie trotzdem einfach sitzen blieben. Die Ansprache dauerte wegen des Übersetzens eine Stunde, doppelt so lange, und die Lautsprecher übertrugen sie in jede Ecke des Universitätshofes.

Ferner wunderte ich mich darüber – was ich überhaupt nicht erwartet hatte –, wie oft und nachhaltig man mir applaudierte, insbesondere als ich von der Notwendigkeit sprach, vom Materialismus Abstand zu nehmen. Das freute mich natürlich. Gelegentlich pfiff man, auch, wie sich herausstellte, ein Zeichen des Beipflichtens, aber es kam noch so ein »s-s-s«-Laut, wie man bei uns jemandem bedeutet stillzuhalten, hier war das ein Zeichen der Missbilligung. (Später erfuhr ich, dass auf diesem Campus während des Vietnam-Krieges die heftigsten Proteste stattgefunden hatten.)

Nach Beendigung der Rede erbat sich die Universität den Text[81] und ließ ihn sofort vervielfältigen, in über 2000 Exemplaren. So begann eine Orgie des Zitierens von aus dem Zusammenhang gerissener Stellen, in den Vereinigten Staaten und weltweit. Zwölf Länder schickten über 5000 Anfragen wegen des Textes nach Harvard. (Wieder der gleiche Effekt – was man anderenorts einfach nicht vernommen hatte, wurde jetzt, aus Amerika, in der ganzen Welt so gehört, als ob ich das erste Mal darüber gesprochen hätte.) Die unermüdlichen Fernsehstationen, die das Ganze aufgenommen hatten, strahlten am gleichen Abend meine Rede und eine Diskussion dazu aus. Von all dem konnten Alja und ich uns nur merken, dass die »Stimme Amerikas« die ganze Rede im Originalton in die Sowjetunion übertrug.

In den nächsten anderthalb Tagen vollzog sich für uns gewissermaßen ein Ausflug in die Vergangenheit. Am Abend gab es im universitären Speiseraum ein Essen, veranstaltet vom Verlag Harper, zu dem sich der greise Cass Canfield schleppte, um mich zu besehen, derjenige, der sich einst launenhaft über meinen *Ersten Kreis der Hölle* ausgelassen und erniedrigende, sklavische Vertragskonditionen diktiert hatte. Man sollte alte Kränkungen nicht aufwärmen, aber es war mir unangenehm, ihn zu sehen. Am nächsten Tag fuhren wir nach Connecticut ins Haus von Thomas Whitney, sein Freund Harrison Salisbury war auch dabei, wie einst, die Eingeweihten, die allerdings meine Seite eingenommen hatten, nicht die der Carlisles. Abends trafen weitere Gäste ein, Arthur Miller und sein Kreis aus der New Yorker Elite.

Am nächsten Tag reisten wir ab, kehrten nach Hause zurück und zwei Monate lang brachten die aufgeregten amerikanischen Zeitungen Reaktionen auf das Gesagte, außerdem erreichten mich viele Briefe von Amerikanern. Sie wurden von Irina Ilowajskaja gelesen und referiert, einige der Zeitungsartikel las ich selbst durch und musste mich dabei nur wundern, wie wenig die Kritik im Verhältnis zum Inhalt meiner Worte stand.

Die Rede trug den Titel »Die zerbrochene Welt« und ich begann sie mit der Feststellung, dass die Menschheit sich aus diversen geschlossenen Welten mit ihrer jeweiligen Eigenart zusammensetze, aus einzelnen unabhängigen Kulturen, die weit voneinander entfernt und miteinander kaum bekannt seien.[82] Man solle mit dieser blinden Arroganz aufhören – all jene Welten lediglich aufgrund ihrer Entwicklung in Richtung der westlichen Muster zu beurteilen. Derartige Maßstäbe entstanden nur aus dem Unverständnis der Wesensart dieser vielfältigen Welten. Zugleich sollte man nüchtern sein eigenes System betrachten.

Die westliche Gesellschaft gründe sich vornehmlich auf das *juristische* Prinzip, das vielfach niedriger stünde als die wahren moralischen Grundsätze; überdies zeige das juristisch geprägte Denken die Tendenz zum Versteinern. Moralische Imperative seien aus der Politik generell, aus dem gesellschaftlichen Leben zumeist verbannt. Der Freiheitsbegriff sei zu beliebiger Zügellosigkeit pervertiert, d.h. in Richtung des Bösen (auch dessen »Freiheit« dürfe ja nicht eingeschränkt werden!). Das Bewusstsein der Verantwortung eines Menschen vor Gott und vor dem Sozium sei verwelkt.

Die »Menschenrechte« seien derart überbetont, dass dadurch die Rechte der Gesellschaft unterdrückt werden und sie die Gesellschaft selbst zerstören. Besonders eigenmächtig sei die Presse, die von niemandem gewählt werde, die jedoch mehr Macht an sich gezogen habe als die Legislative, Exekutive oder die Justiz. Innerhalb dieser *freien* Presse dominiere allerdings nicht die wahre Meinungsfreiheit, sondern das Diktat der politischen Mode, das unerwarteterweise zu einem einseitigen Meinungsbild führe (diese Stelle war für die Leute besonders aufreizend). Das gesamte gesellschaftliche System begünstige nicht die Beförderung herausragender Persönlichkeiten an die Spitze der Macht. Die vorherrschende Ideologie, das Ansammeln materieller Güter, dieser so hoch geschätzte Wohlstand sei wichtiger als alles andere, bedinge die Erschlaffung des menschlichen Charakters im Westen, den massenhaften Niedergang der Tapferkeit, des Willens, sich zu verteidigen, wie sich dies während des Vietnam-Krieges oder in der Ratlosigkeit angesichts des Terrorismus gezeigt habe. Die Wurzeln eines solchen Zustandes der Gesellschaft gehen zurück auf die Zeit der Aufklärung, zum rationalistischen Humanismus, zu der Vorstellung, der Mensch sei das Zentrum von allem, was existiere, und es gäbe gar keine höhere Macht über ihm. Diese Grundlagen des irreligiösen Humanismus seien der heutigen westlichen Weltanschauung und dem Kommunismus gemeinsam und daher sympathisiere die westliche Intelligenzija so nachhaltig und überzeugt mit dem Kommunismus.

Zum Schluss sagte ich noch: Die moralische Armut des 20. Jahrhunderts bestehe darin, dass den politisch-sozialen Umwandlungen zu viel Kraft gewidmet wurde, während das Eine und Ewige verloren gegangen sei. Wir alle haben gar keine andere Möglichkeit als die Skala unserer moralischen Werte zu revidieren, auf eine neue Höhe der Betrachtung emporzuklimmen. »Niemand auf der Erde hat einen anderen Ausweg als nach oben«, so endete ich.

In der gesamten Rede kam kein einziges Mal das Wort »Entspannung« vor (man erwartete am meisten, dass ich sie wieder angreifen würde), nicht einmal ein Aufruf zur Überwindung des Kommunismus, nur ganz am Rande schwebte: »Der nächste Krieg könnte die westliche Zivilisation endgültig begraben« …

Was genau hörte die erlesenste Bildungsschicht und die Presse aus dieser Rede heraus und wie antworteten sie darauf?

Es nahm mich gar nicht wunder, dass die Zeitungen mich beschimpften (denn ich hatte ja gerade die Presse scharf angegriffen), nein, sondern ich war höchst erstaunt darüber, dass alles Wesentliche *vollständig* ausgeklammert wurde (eine bewunderungswürdige Eigenschaft der Massenmedien) und dass etwas erfunden wurde, was in dieser Rede gar nicht stand. Man schoss und schoss sich auf den Ort ein, an dem man mich erwartete, an dem ich mich jedoch gar nicht befand. Die Zeitungen fingen wie besessen an zu lärmen, als hätte ich von Entspannung und Krieg gesprochen (war das vielleicht eine vorsorglich vorbereitete Antwort auf die Reden in Washington und New York vor drei Jahren?). »Er konzentriert sich auf einen Kreuzzug gegen den Kommunismus ... Er macht uns Vorwürfe, dass wir den Osten nicht befreien ... Die schlimmte Schwäche von uns Amerikanern ist die, dass wir so viele Emigranten aus Osteuropa mit ihrem Vergeltungswahn aufnehmen und sie unterstützen ... Sein Aufruf zur ›Tapferkeit‹ könnte uns zu einem zweiten Vietnam oder zum Dritten Weltkrieg führen ... Ein Autokrat mit Nostalgie nach den Zarenzeiten ... Nicht fähig, uns einen Rat bezüglich unserer Politik zu geben« (über die Politik hinauszublicken sind sie unfähig).

In den ersten darauf folgenden Tagen kochte die Presse: »Befürworter des Kalten Krieges ... Fanatiker ... Orthodoxer Mystiker ... Harter Dogmatiker ... Politischer Romantiker ... Konservativer Radikaler ... Reaktionäre Rede ... Besessenheit ... Verlust des Gleichgewichts ... Warf dem Westen den Handschuh hin ... Verfehlte das Ziel ... Eine Äußerung des gespaltenen Verstandes« (ein Wortspiel mit dem Titel der Rede).

Danach stellte man die »Konsequenzen« in Aussicht: »Wenn es Ihnen hier nicht gefällt – verschwinden Sie!« (wiederholt in mehreren Zeitungen anzutreffen). »Wenn das Leben in den Vereinigten Staaten so widerlich und korrupt ist – wieso hat er sich hier niedergelassen? Mister Solschenizyn, wenn Sie gehen, passen Sie auf, dass die Tür Ihnen nicht in den Rücken knallt. Ihnen gefällt hier nichts – unsererseits wird es nicht unhöflich erscheinen, Sie darauf hinzuweisen, dass Sie hier nicht unbedingt bleiben müssen. Mögen Sie uns – oder verlassen Sie uns! Schickt ihm doch die Abflugzeiten nach Osten zu.« Besonders ärgerlich war der Umstand, dass ich als »unser Land« immer noch die Sowjetunion und nicht die Vereinigten Staaten bezeichnete. »Ich ertrage nicht, wenn ein Gast mir eine Vorlesung über unsere Unzulänglichkeiten hält. Der KGB hat ihn hinausgeschmissen und er wirft uns vor, wir hätten zu viel Freiheit (das ist in der Tat komisch – *A. S.*), und selbst lebt er im luxuriösen Asketismus. Amerika hat seine Heimat vor den Hitler-Horden gerettet« (das ist so eine Frage, wer wen gerettet hat).

Vor dem Auftritt in Harvard hatte ich naiverweise geglaubt, dass ich mich in einer Gesellschaft befand, in der erlaubt war, zu sagen, was ich denke, ohne diese Gesellschaft zu beweihräuchern. Aber ich lernte nun, dass auch die Demokratie Schmeicheleien erwartete. Solange ich also dazu aufrief, in der Sowjetunion »nicht mit der Lüge zu leben« – bitte schön, sobald ich aber aufrief, in den Vereinigten Staaten »nicht mit der Lüge zu leben« – gehen Sie doch zum Teufel!

Ein eigenständiger, wenngleich heftiger Vorwurf war der, dass ich dieselbe westliche Presse angriff, die mich in meinem Kampf gerettet hatte. Ja, das sieht ziemlich undankbar aus. Aber als ich in meinen Kampf ging, war ich bereit zu sterben. Ich zielte nicht darauf ab, von denen gerettet zu werden. Damals schrieb ich in *Die Eiche und das Kalb*: »Die Glut der westlichen Sympathien erreichte eine unvorhergesehene Temperatur.« Jetzt bedauerten sie, mir geholfen zu haben. Hätten mich die Kommunisten 1974 nach Sibirien verbannt, hätte ihnen der Westen das leicht nachgesehen, insbesondere nachdem mein *Brief an die sowjetische Führung* bekannt geworden wäre. Kissinger und Papst Paul VI. begriffen noch im Herbst 1973, dass man mich eigentlich nicht verteidigen sollte.

Fast zur gleichen Zeit mit meinem Auftritt in Harvard hielt Präsident Carter an der Militärakademie in Annapolis eine Rede und lobte in verschiedener Hinsicht die Vereinigten Staaten. »Carter hat den amerikanischen Weg fast in neutestamentlichen Ausdrücken beschrieben, und Solschenizyn wütete …« Einige Tage später trat die First Lady im Nationalen Presseklub auf und antwortete mir, fast schon an der Grenze des guten Geschmacks: Keineswegs gäbe es einen geistigen Niedergang in Amerika, sondern eine allseitige Blüte. Eine breite Welle der positiven Bekundungen über die Vereinigten Staaten rollte durch das Land: »Er begreift den amerikanischen Geist nicht … Wir sind unverantwortlich? Aber bei uns steht an erster Stelle eben die Freiheit und dann die Verantwortung – gerade deswegen, weil wir ein freies Volk sind …«

Die großen Zeitungen druckten nicht die gesamte Rede ab, obwohl kein Copyright zu beachten war, sondern lediglich Fetzen davon, die sie für ihre

Attacken benutzten. »Ein sehr voreingenommener Blick auf die westliche Welt ... In der Freiheit erkennt er gar keinen Sinn, in der Demokratie – nur bedingt ... Er begreift nicht, dass in unserer Schwäche eine große Stärke liegt, selbst in der Naivität und Uneinigkeit unserer Regierung. Das ist für einen traditionalistischen Russen auch nicht zu begreifen.« Diese Note war vielfach hörbar – zu russisch, unverbesserlich russisch, mit russischer Erfahrung, was soll der schon verstehen können. »Eine Stimme aus der Vergangenheit. Ein Slawophiler aus dem 19. Jahrhundert ... Er hat Sehnsucht nach dem geknechteten zaristischen Russland ... Er verachtet unsere Presse ... Alle haben stillschweigend darauf gewartet, dass er nach drei Jahren in Amerika unsere Überlegenheit anerkennen muss. Er hätte wenigstens einmal die Gesellschaft begrüßen können, in der allen die Freiheit so zugänglich ist. Haben wir etwa nicht seine Bücher veröffentlicht? Ist das alleine denn kein Grund, dankbar zu sein? Viele Amerikaner werden zusammenzucken, wenn sie die Behauptung über ›das Recht auf Nicht-Wissen‹ hören (ich sprach allerdings von dem »verloren gegangenen Recht der Menschen, *nicht zu wissen*, ihre gottgeschenkte Seele nicht voll zu stopfen mit Gerüchten, leerem Gerede, müßigem Blödsinn« – *A. S.*) oder dass kommerzielle Interessen das geistige Leben erwürgen ... Im Vergleich zu dieser Rede erscheinen Spenglers Behauptungen in *Der Untergang des Abendlandes* geradezu bedenkenlos optimistisch ... Der Titan mag uns nicht ... Sehr vage gesagt – ›Wiedergeburt des geistigen Lebens‹ ... bei der Dummheit dieser Konzeption zu verweilen, wäre lächerlich. Harvard hat keinen guten Redner gefunden. Ich danke Gott dafür, dass ich Amerikaner bin.«

Harrison Salisbury, der mich am ersten Tag im Fernsehen damit verteidigt hatte, ein ländlicher Philosoph könne aus seiner Abgeschiedenheit hervorragend das Gesamtbild erfassen, wunderte sich jetzt auch: »Will Solschenizyn etwa die Opposition sowohl für die Vereinigten Staaten als auch für die Sowjetunion sein? Das wäre eine unvorstellbare Last für die Schultern eines Einzigen.«

Aber selbst in dem ersten einstimmigen Chor der Rügen klang die Einschätzung der Rede nicht als einer politischen Äußerung an, sondern einer religiösen, und sie wurde in Zusammenhang mit biblischen Propheten und amerikanischen Puritanern genannt: »Wie aus einem Eimer hat er uns mit Androhungen des Letzten Gerichtes übergossen ... Er ist unser Jesaja ...

Jeremias ... Savonarola ... Er hat die Tradition der apokalyptischen Prophezeiung wiederbelebt und damit die Herzen vieler Amerikaner tief berührt ... Seit langem haben wir keinen solchen Puritaner mehr gehört. Der berühmte Mather, der Präsident von Harvard, würde als ein moralischer Schwächling im Vergleich mit Solschenizyns Forderungen erscheinen ... Der direkte Nachfahre der Tradition der Predigt in New England. Der Ort, an dem er aufgetreten ist, war der geeignetste dafür, weil in New England Aufrufe dieser Art seit 300 Jahren ertönten ... Kritik, die einer älteren, strengeren und pessimistischeren Tradition entstammt als die Aufklärung ... Er hat die Erfahrung der Zuhörer überfordert. Niemand war auf die Aufnahme solcher Ideen vorbereitet ... Er hat das Land mit einem Erdbeben von der Stärke neun erschüttert, die bittere Wahrheit ...«

Bald darauf konnte man auch schon die Einschätzung der Zeitungsreaktionen sehen: »Eine schmerzliche Reaktion ... Eine Lawine der Missverständnisse ... Die Rede verwirrte und empörte mehr als sie aufklärte ... Ein Intellekt mit großer Wirkung, stach Solschenizyn in ein Wespennest. Kaum jemals hat die private Rede einer Privatperson so viele verärgerte Erwiderungen hervorgerufen und kaum je haben so viele Antworten derart über ihr Ziel hinausgeschossen ... Eine Bande von Journalisten will Solschenizyn gezielt verunglimpfen. Er griff die Medien für ihre Arroganz, Heuchelei, Betrügerei an, sie werden ihm das nie verzeihen ... Solschenizyn muss sich im Klaren darüber sein, wie wenig der Maßstab seiner Weltsicht dem der demokratischen und liberalen Gesellschaft entspricht ... Die Liberalen erröten beim Wort ›böse‹. Und Solschenizyn hat das Gesicht des Bösen erblickt.«

Je öfter die durchsiebten und von den Redaktionen gekürzten Stimmen der Leser und die Artikel nachdenklicher Journalisten in den Zeitungskolumnen Platz fanden, je breiter sich die Presse in der Provinz in die Diskussion einschaltete, desto stärker veränderte sich der Ton: »Solschenizyns Aufschrei in Harvard ist beängstigend. Am einfachsten wäre es, vorzugeben, all das sei Unsinn und wir würden die Dinge besser verstehen. Doch seine Worte könnten die Wahrheit sein und der sie aussprach ein Prophet, selbst wenn er weder in seinem eigenen noch in seinem Gastland geachtet wird ... Es gibt kein besseres Geschenk an uns, das ein zu uns gekommener Ausländer hätte darbringen können. Wenn er das, was wir waren und was wir werden könnten, nicht lieben würde, hätte er uns nicht davor gewarnt, was aus uns geworden ist. … Uns fehlt es an unseren eigenen Solschenizyns … Man könnte sich wünschen, er würde seinem Gastland mehr Dankbarkeit aussprechen. Aber darin liegt vielleicht noch ein größerer Ausdruck des Mutes – jenes Salz, das unser Land mehr braucht als jenen Zucker, nach dem es strebt … Er hat uns das Gefühl der Hoffnung gegeben … Was für eine Erleichterung war das, dies zu hören! Wir danken ihm, dass er genug Mut besaß, mit unserer Jugend über Moral zu sprechen … Weise Worte … Die Kraft seiner Überzeugung ist imponierend. Er will sich für die Gastfreundschaft bedanken auf dem aufrichtigsten Wege, indem er sein wertvollstes Hab und Gut schenkt – seine Gedanken … Künstler haben gegenüber den anderen die Verpflichtung, ihre Erkenntnisse kompromisslos zu äußern … Wenn wir uns wegen seiner Aufrichtigkeit an einem geografischen Punkt entzücken, müssen wir sie an dem anderen Punkt ebenfalls respektieren! Er hat einmal an die sowjetische Führung geschrieben, jetzt zeigte er uns einen vergleichbaren ›Brief an die amerikanische Führung‹. Bravo! Gerechte Worte zur passenden Zeit vor einer geeigneten Hörerschaft … Gerechtfertigte Worte und eine bösartige Reaktion der Presse … Welcher Schreiberling im Pferdestall des Weißen Hauses schrieb für Rosalina Carter ihre Antwort an Solschenizyn? Erbärmliche Erwiderungen … Man sollte von ihm lernen und sich nicht ärgern … Das Leben des Geistes ist überall auf der Welt in Gefahr. Man sollte die Harvard-Rede nicht als Attacke gegen uns lesen, sondern als einen Aufruf an die gesamte Familie der Menschen …«

Endlich schaffte es auch eine Harvard-Absolventin, Wanda Urbanska, in eine Zeitung durchzukommen: »Er stieß viele unserer Vorstellungen über uns selbst und über die Welt um, die uns Harvard so sorgfältig anerzogen hatte. Wieso erlaubt sich ein Zeitungskritiker, in unserem Namen zu antworten? Solschenizyn forderte uns heraus, rüttelte uns wach, und er wird bei uns bleiben.«

Jetzt konnte man wiederum viele Bekenntnisse lesen, die ein ganz anderes Amerika widerspiegelten als jene arroganten Schichten von Washington oder New York: »Im Grunde wissen wir, dass er Recht hat … Wir sind schlechter als das, was er sagt, wenn wir unsere Laster nicht direkt betrachten können und sie zu kurieren versuchen … Dieselbe Schwäche, deren er uns bezichtigt, hindert uns daran, ein Arzneimittel dagegen einzunehmen … Wir kämpfen ums Geld und begreifen die wahren Werte des

Lebens nicht … Wir verlieren die geistige Treue gegenüber der Freiheit … An die Stelle einer diktatorischen Regierung haben wir die Autorität von Gruppen mit besonderen Interessen gesetzt. Viele Amerikaner teilen mit Solschenizyn das Fehlen der Begeisterung über die Demokratie. Auf unsere Banknoten schreiben wir: ›In God we trust‹ – entweder müssen wir das beweisen oder die Aufschrift entfernen … Wir sind eine geistig kranke und oberflächliche Gesellschaft. Sie (die Zeitungen – *A. S.*) verstehen ihn nicht, weil er die Wurzel der Probleme anpackt. Ihn zu missachten ist ein Fehler … Es gibt kein Land mit gesundem Verstand, das unsere Kriminalität und Drogen, Pornografie, Sex als Mittelpunkt der Gespräche, Entertainment der Kinder annehmen wollte. Wir erinnern an Sodom und Gomorrha. Die Freiheit, die sich selbst überlassen bleibt, kann das Chaos hervorrufen. Alles, was er gesagt hat, ist wahr, von unserer Feigheit bis zu der unerträglichen Musik … Eine Gesellschaft, die es erlaubt, dass sich die Technologie im ethischen und moralischen Vakuum entwickeln darf, ähnelt einem unglückseligen Patienten, dessen Leben durch künstliche Nieren und Lungen erhalten wird … Seine brillante und mutige Rede schnitt wie ein Schwert durch das weiche Amerika! Das amerikanische Volk wird Solschenizyn unterstützen … Die *Washington Post* mag über Solschenizyns russischen Akzent Witze machen, aber sie kann seine universale Bedeutung nicht beiseite schieben … Seien wir dankbar, solange noch Zeit ist … Seine Rede sollte in Amerikas Herzen eingebrannt sein. Doch sie wurde nicht gedruckt, sondern getötet … Der plumpe Stil der freien Presse beweist, dass Solschenizyn Recht hat. Journalisten sind hochgestellte Räuber … Kann die Presse pluralistisch sein, wenn sie in den Händen einer kleinen Anzahl von Geschäftsleuten ist?«

Langsam entfaltete sich vor mir das andere Amerika, das verwurzelte, bodenständige, gesunde, wie ich es auch geahnt hatte, als ich meine Rede schrieb, und es war jenes Amerika, an das ich mich eigentlich wenden wollte. Nun gab es einen Hoffnungsschimmer, dass ich mit diesem Amerika eine Einheit finden, es durch meine Erfahrung warnen, sogar zur Umkehr bewegen könnte. Aber wie viele Jahre würde man dafür brauchen? Und wie viel Kraft?

Wie sollte ich die Leute dazu aufrufen, den Kommunismus als ihren Todfeind zu betrachten, und dabei verhindern, dass sich dieser Kampf gegen Russland richten würde? Dazu noch in einer Situation, in der unsere wandlungsfähigen Polemiker aus der Dritten Emigration Russland mit verschleiernden Lügen überziehen, mit einer überraschenden Wendung: Das nationale Russland sei eine größere Gefahr für den Westen verglichen mit dem jetzigen gutmütigen kommunistischen Regime, das man durch kluge Verhandlungen stützen und auf diese Weise im Zaum halten müsse.

Fast zeitgleich mit der Einladung nach Harvard kam eine solche an die Militärakademie in Westpoint: Der General bot mir an, über 5000 Mann zu versammeln und ich könnte das Thema selbst bestimmen. Das wäre ein wesentlicher Ort gewesen, um Amerika zu einer Rückkehr zu bewegen! Westpoint ist die Tribüne der amerikanischen Präsidenten. Dazu noch ein mitfühlendes Auditorium, anders als die reflektierenden Zuhörer von Harvard. Was wäre wichtiger? Westpoint wäre ein entscheidender Ort – dieselben Absolventen könnten Feldherren während eines Weltkrieges sein und die Administration der Kriegsgebiete bestimmen. Wo sonst wenn nicht hier hätte man sich beeilen müssen, den amerikanischen Hass gegen Russland abzuwenden? Ihnen hätte man erzählen sollen über den Verrat der Alliierten während des Ersten und des Zweiten Weltkrieges, in erster Linie wären sie es gewesen, denen der ganze Unterschied zwischen Russland und der Sowjetunion hätte beigebracht werden sollen. Auch gegen die Kommunisten wäre das ein erstklassiger Schlag gewesen. Ich war schon im Begriff hinzufahren, Alja überredete mich jedoch, es sein zu lassen, und damit hatte sie Recht: Wie hätte man das in unserer Heimat aufgefasst? Wenn man mir dort anlässlich der Reden vor den Gewerkschaften unterstellte, ich hätte dazu aufgerufen, Russland mit einer Hungersnot zu erwürgen, so hätte die Rede vor der Militärakademie wie eine echte Verbrüderung mit den »amerikanischen Imperialisten« ausgesehen. Da wäre etwas herausgekommen, was gar nicht beabsichtigt war. Ich musste absagen.

Dafür, wie gesagt, rief die Harvard-Rede ein größeres Echo hervor, als ich mir hatte vorstellen können.[83]

***

Dicht folgte Einladung auf Einladung und ich hatte freie Hand, blitzartig zwischen der einen und der anderen Konferenz hin- und herzuflitzen, zwischen den Symposien, Universitäten, Fernsehanstalten – und die ganze Zeit zu reden. In dieser Eile hätte man sich leicht verlieren können. Die eine politische Aktivität würde ein ganzes Dutzend nach sich ziehen. Wäre ich im Frühjahr 1974 in die Vereinigten Staaten gekommen, als man mich rief und sich um mich riss, hätte ich fast sicher die Ehrenbürgerschaft bekommen, und was wäre sie jetzt für eine Last, nachdem ich mich hier niedergelassen hatte! Da hättest du nicht einfach so Absagen erteilen können, sondern bitte schön – nimm teil, nimm Stellung, gib kund. Mehr Ehre bedeutet mehr Sorgen. Und so kannst du frei leben, auf Distanz, bist nicht verpflichtet, mit diesem Land zusammenzuwachsen.

Hinzu kam noch die Sprache. Die Wiederherstellung und Vertiefung meiner Englischkenntnisse hätte einen großen Zeitraum in Anspruch nehmen müssen, und um diese Zeit tat es mir schmerzlich Leid, denn es lagen Zigtausende von ungelesenen Seiten über die Geschichte der Revolution brach, so viele Erinnerungen der greisen Zeitzeugen warteten, ich musste ununterbrochen schreiben. Es machte gar keinen Sinn, der russischen Aufgabe diese Zeit zu stehlen, und davon abgesehen hätten die Texte meiner Auftritte ohnehin in russischer Sprache präzisiert werden müssen.

Ach, was für Texte! Selbst jene Landschaft in Vermont, all diese Waldsplitter, selbst die Wetterveränderung, selbst das Spiel zwischen Sonne, Himmel und Wolken nahm ich nicht mit der gleichen Schärfe und Konkretheit wahr wie einst in Russland. Als ob auch das in einer Fremdsprache gesagt würde; irgendetwas stand zwischen uns.

Nicht umsonst lautet das Sprichwort: »In einem fremden Land ist selbst der Frühling nicht schön.«

Zu Hause, daran glaube ich, wird all das wieder kommen. Bis dahin lebe ich, schreibe ich.

Noch als wir in Zürich waren, schenkte mir eine alte Emigrantin ein gut gemachtes großes Farbfoto von einem Bild von Wassilij Polenow: ein kleines russisches Flüsschen mit vielen Krümmungen, an der Anlegestelle ein einsames leeres Boot ohne Ruder, das andere Ufer liegt im verwilderten Gras, mit einer Sandbank, dahinter kaum sichtbar eine mit Streu bedeckte Bauernhütte – und nirgendwo ist ein Mensch zu sehen, niemand, der lebt. Trauer, Trübseligkeit – und die süße Verbundenheit mit der Heimat. Dieses Bild steht immer auf meinem Schreibtisch, ich kann mich daran nicht satt sehen.

Ein anderer Emigrant schickte mir aus Schweden schon nach Vermont, zusammen mit einer Kopie der Expertise, eine große eingerahmte Skizze von Isaak Lewitans Bild »Feldwege«: Ein verlassener Feldweg, kaum breiter als ein Pfad, führt durch ein Tor über eine tief liegende, mit Gras bewachsene Landschaft, an einem trüben Tag. Und wieder – kein Mensch da! Ja, auch das ist Russland!

Noch jemand schickte mir eine Postkarte: An einem sonnigen Morgen ein kleines Wäldchen, über einem nicht sichtbaren Bach liegen lange Bretter mit einem Geländer auf der einen Seite, sie laden einen laut ein – gehe über uns hinüber, hierher, auf die Wiese. Auch hier – keine menschliche Gestalt zu sehen, doch vielleicht wirst du einer begegnen, wenn du weitergehst? Und wie viele solche wunderschönen Plätze gibt es in Russland, wo ich niemals gewesen bin und niemals sein werde? Eine süße Sehnsucht. (Auch diese Postkarte stellte ich auf den Tisch in meinem Arbeitszimmer.)

Durch den Qualm hindurch

Jetzt hätte ich, wie es schien, in Vermont sitzen und an den »Knoten« arbeiten können.

Aber nein, eine Feuerpause war ohnehin undenkbar, würde ich schweigen, würden sie trotzdem weitermachen. Meine amerikanischen Reden des Jahres 1975 gingen ihnen offenbar ganz schön nahe. Wenn sie mich schon seinerzeit nicht umgebracht hatten, so mussten sie mich wenigstens ordentlich im Dreck baden, damit es so richtig kleben bliebe.

Bis dahin verkauften die sowjetischen Stellen in der ganzen Welt (jedoch nicht in der Sowjetunion selbst) und in vielen Sprachen das Buch über mich von meiner ersten Frau Natalja Reschetowskaja. Es war ziemlich grob zusammengezimmert, man dürfte damit kaum etwas erreicht haben. Jetzt fertigte man ein weiteres an, eine offizielle sowjetische Ausgabe[84], also war man dazu entschlossen, damit in der Sowjetunion offen gegen mich vorzugehen. Ich hätte selbst lange keine Gelegenheit gehabt, dieses Buch zu lesen und darauf zu antworten, doch der auf dem Titelblatt als Verfasser angezeigte Řezáč stürzte los und schickte es mir per Post mit einer triumphierenden Widmung. Als ich es in die Hände bekam, war ich wie gebrannt – sofort antworten! Wenn diese Lektüre schon für die Landsleute bestimmt sein sollte, dann ohne Aufschub! – antworten!

Vom Zeitpunkt des Erscheinens des *Archipel Gulag* an rechnete ich mit stürmischen Attacken und Versuchen, die darin festgehaltenen Tatsachen umzustoßen. Aber es war erstaunlich, dass sie in den vergangenen fünf Jahren keine nennenswerten Widerlegungen hervorgebracht hatten, bis auf recht schäbige Broschüren der Nachrichtenagentur »Nowosti«, die kostenlos in den westlichen Hauptstädten verteilt wurden. Der aus vielen Millionen bestehende, gut gefütterte, abgerichtete, geübte stalinistisch-breshnewsche Propaganda-Apparat stand vor dem *Archipel* vollkommen paralysiert, vermochte weder etwas zu korrigieren noch darüber zu streiten. Er hätte über Tausende von Schreiberlingen verfügen können, Zeit hatte er weit mehr als ich während meiner alleinigen Arbeit an diesem Werk, und trotzdem blieb eine Antwort darauf immer noch aus.

Weil es eben nichts zu antworten gab.

Zwar hatte man irgendwo meinen ehemaligen Mithäftling und ehemaligen Freund Witkewitsch hervorgeholt, für ein paar Interviews, zuerst für eine amerikanische Zeitung, dann aus irgendeinem Grund für einen finnischen Radiosender, dann für wen auch immer. Dieses loyale, in die Partei wieder aufgenommene Mitglied bestätigte alles, was seine Herren brauchten: »In den Lagern war es gar nicht so schlecht«, »in dem Buch ist alles verzerrt und in pervertierter Form dargestellt«.

Jetzt aber erfuhren wir aus Řezáčs Buch, mit einem Umfang von 215 Seiten, dass die Leute in der KGB-Zentrale Lubjanka gerecht, gütig, sogar feinfühlig seien, »anständige Menschen mit guten Manieren«. Außerdem: »Wie hätte man Folter an vielen Tausenden oder gar das Verschwinden von Zigtausenden von Menschen verheimlichen können? Nein, das ist unmöglich. Es gibt keinen Sicherheitsdienst und es wird keinen geben, der allen den Mund stopfen könnte.«

Leider behielten die Kommunisten Recht, als sie immer wieder beteuerten, dass es für sie nichts Unmögliches gäbe.

Über ein durchschnittliches Lager wo auch immer erfahren wir von Řezáč: »Fast keine Bewachung. Das Regime ist sehr liberal, niemand gibt den anderen irgendwelche Anweisungen«, ja sogar »empfinden die Insassen den echten Zustand der Seligkeit ... Während der Gefangenentransporte bekommt man recht anständiges Essen ... Sowjetische Lager waren zu keinem Zeitpunkt Vernichtungslager«, gelegentlich ist schon vorgekommen, dass den Arbeiterbrigaden – Brote mit schwarzem Kaviar serviert wurden (S. 125)!

Neben diesem erhellenden sozialistisch-realistischen Essay wollte nun das Autorenkollektiv (ich vermute, dass dies die mir persönlich gewidmete KGB-Sonderabteilung gewesen ist) auch den offenen Streit bezüglich des *Archipel* mit mir wagen. Denn die ganze Sonderabteilung verbrachte fünf Jahre mit dem Studium dieser drei Bände, es wäre also zu erwarten, dass etwas dabei herauskommt. Bitte sehr.

Ich schreibe: »Die Strafkompanien wurden zum Zement des Sieges bei Stalingrad.« Aber: »Vielleicht ist dem Hauptmann der Roten Armee Solschenizyn unbekannt, dass die Strafkompanien nur mit leichten Waffen bestückt waren und keineswegs mit Maschinenpistolen?« (Da habt ihr also geplaudert: Das bedeutet doch, dass die Strafkompanien in die chancenlose Schlachtung geschickt wurden.) Ja, vielleicht ist mir auch unbekannt, dass unter Stalingrad auch die Armee des Generals Tschujkow und mächtige Panzerverbände kämpften?

Des Rätsels Lösung wäre leicht, würde man nur lesen können. Im ganzen Juni und Juli 1942 rollte der südliche Teil unserer Front wieder eilends davon, wie im Jahre 1941. Nach dem Fall von Rostow am Don wurden aufgrund des Stalin-Befehls Nr. 227 vom 27. Juli Strafkompanien geschaffen und rasch mit geflohenen Soldaten aufgefüllt. Die Angst, dorthin zu geraten, obsiegte über die Panik an der Front. Auf diese Weise wurden sie zum Zement des Sieges.

Dann schreibt man: »Im Jahre 1918 hat es überhaupt kein ›Volkskommisariat für Innere Angelegenheiten‹ (NKWD) gegeben, dieses wurde erst am 10. Juli 1934 gegründet, und ein ›Bote des NKWD‹ hätte 1918 nicht erscheinen können. Und darin *spiegelt sich der ganze Solschenizyn wider*, er beschäftigt sich mit dem Erfinden von Dingen.«

Nein, darin spiegelt sich die ganze KGB-Arbeitsgruppe wider. Ach du liebes Bisschen, was für eine Schande, die Geschichte der eigenen Behörde nicht zu kennen, die Zitzen, die dich ernähren. Dieses NKWD existierte ab dem November 1917, alles war fabelhaft, sein Kommissar war Grigorij Iwanowitsch Petrowskij. (Seht doch sorgfältiger in euren Bibliotheken nach, dann findet ihr den dazugehörenden »Boten«.) Nur gefiel diese Zweiteilung Felix Edmundowitsch Dsershinskij überhaupt nicht und er drückte den Nachbar mit seiner »Außerordentlichen Kommission« (Tscheka) nieder: Ab dem 16. März 1919 wurde Dsershinskij obendrein noch Volkskommissar für Innere Angelegenheiten. Später hat er dieses Kommissariat zur Gänze geschluckt. Im Übrigen steht darüber im *Archipel* geschrieben (Teil III, Kap. 1), man braucht es nur zu lesen.

Ein weiterer Kritikpunkt: Wieso berichtet Solschenizyn über Folter mit Todesfolge nach Erzählungen anderer? Das heißt, man fragt, wieso diejenigen, die zu Tode gefoltert wurden, nun keine Erinnerungen schreiben. Aber bitte, es gibt auch solche – fast schon im Jenseits gewesen, konnte Alexander Dolgan in Amerika schließlich seine Erinnerungen veröffentlichen. Auch Bücher von anderen, die nur knapp entkommen waren, sind jetzt erschienen.

Diese Entgegnungen waren alles, was die Sowjetmacht zum Widerlegen des *Archipel* zusammengekratzt hatte.

Man wählte vielmehr einen anderen Weg, freilich einen leichteren – gegen den Autor des Buches: Wenn man es schafft, ihn im Dreck zu ertränken, dann wird der *Archipel* von alleine verrotten.

Ihre Mittel waren in Bezug auf mein Leben bereits allesamt ausprobiert – Unterstellungen über meine feindliche soziale Herkunft, nationale Herkunft, über meine angebliche Kriegsgefangenschaft, dass ich meine ganze Batterie dem Feind übergeben hätte und dass ich Kollaborateur oder bei der Gestapo beschäftigt gewesen sei. Danach fiel ihnen nichts mehr ein, was mich mehr entehren könnte, als dass ich angeblich bei *ihnen selbst* als Spitzel gedient hätte. Diese offenkundigen Verbrecher haben nun das Bewusstsein erlangt, dass mit ihrem Regime zu kollaborieren in den Augen der Menschen doch eine große Schande darstellt.

In einer Auseinandersetzung mit einem Künstler besitzt dieser in Giftgruben geborene Apparat einen Vorteil: Der Künstler ist seiner Natur nach ein über alle Grenzen hinweg offener, einsehbarer Mensch.

Im *Archipel Gulag*, wie auch in anderen Werken, habe ich mich selbst nicht geschont, alle Stationen, durch die meine Seele reumütig gegangen ist, habe ich zu Papier gebracht. Selbst über meine Empfindungen als Offizier (was gemeinhin für einen normalen Zustand gehalten wird), selbst über meine hypothetischen Überlegungen, was man mit uns in unserer Jugendzeit alles hätte anstellen können, habe ich geschrieben. In diesem Zusammenhang hatte ich keine Skrupel, die Geschichte zu erzählen, wie man mich als Lagerinformanten hat anwerben wollen und mir ein Pseudonym verlieh, das ich kein einziges Mal benutzt und niemals eine Information weitergeleitet habe. Ich würde es für unehrlich halten, darüber zu schweigen, umgekehrt erscheint mir interessant, darüber zu schreiben, insbesondere in Hinblick auf viele mir bekannte Versuche dieser Art im Lager wie auch draußen. Vielleicht zeitigen zwei Drittel keine Wirkung, doch ihre Rolle besteht in der hypnotischen Beeinflussung der Masse. In allen meinen Büchern setzte ich mir das Ziel zu zeigen, was alles aus dem Menschen gemacht werden kann. Zu zeigen, dass der Verlauf jener Trennlinie zwischen gut und böse im Herzen der Menschen sich ständig verändert. Beim Pfeifen und Heulen, das meine Ausweisung aus der Sowjetunion begleitete, sagte ich darüber am 2. Februar 1974 offen:

Das Zentralkomitee, der KGB, unsere Zeitungsverlage besitzen nicht das Niveau, um begreifen zu können, dass ich in diesem Buch das Verborgene erzählt habe, das viel schlimmer ist als all das Schlechte, was deren Speichellecker über mich erfinden könnten. Darin liegt die Aussage des Buches – das ist kein Pamphlet, sondern ein Aufruf zur Reue.

Das Niveau der Erwähnten blieb wie gehabt, wozu sollten sie auch etwas anderes brauchen; nicht einmal eine einfache Vorsicht kam hinzu, was man tun könnte, ohne gleich aufzufliegen (wie es bei dem fingierten »Briefwechsel« mit Orechow oder meiner angeblichen Denunziation aus dem Jahre 1952 der Fall war).

Es sollte sich freilich herausstellen, dass solche Misserfolge den Betreffenden nicht den Wind aus den Segeln nahmen. Jetzt befasste sich das Kollektiv von Staatsdienern und Schreiberlingen mit einer neuen Aufgabe – meiner bedingungslosen und endgültigen Vernichtung. Wissenschaftlich lässt sich diese Aufgabe so formulieren: Dieser Alexander Solschenizyn muss von den Vorfahren bis hin zu den Nachfahren gänzlich unterwandert und ausgetauscht werden. Wie man Mosaiksteinchen überklebt, so müssen bei mir sämtliche Elemente ersetzt werden, um so statt meiner Person einen künstlichen toten Drachen aus zusammengesetzten Schuppen ausstellen zu können. Man klebte um, ohne sich zu schonen. Mein Großvater, mein Vater, meine Onkel, meine Mutter – alle ausgetauscht, danach die Tage meiner Jugend, alle Situationen, alle Motive meiner Handlungen, Details des Alltags, damit es nachgewiesen wäre, dass ich mein Leben gar nicht gelebt habe. Der Sinn und das Wesen meiner Bücher sind auch pervertiert, deswegen wurde die Suppe überhaupt gekocht, meinetwegen allein hätten sie das Ganze gar nicht angefangen.

Schließlich erscheinen die Früchte ihrer Untersuchung in Buchform; als Verfasser ist jener Řezáč genannt (ein Ausländer, das macht einen guten Eindruck), blitzschnell im Verlag »Progress« veröffentlicht (von der Abgabe des Textes in den Satz bis zur Druckerlaubnis vergingen nur zehn Tage), die Auflagenhöhe ist nicht angegeben, vielleicht stand sie gar nicht fest, abhängig von der Frage, ob das Buch in der Sowjetunion vertrieben werden sollte (denn das würde bedeuten, dass man den Lesern den Namen eines

Verdammten fester ins Gedächtnis schrauben würde). Zuerst wurde beschlossen, das Buch über Sonderpunkte in den Hauptstädten zu verteilen, diese Leser sind ja bereits verdorben, meinen Namen kennen sie sowieso. Was aber ist mit dem Westen? Sollte man die Emigranten dort damit beglücken, in Form einer kostenlosen Zugabe zu irgendetwas? Oder sollte man es riskieren, den Text in andere Sprachen übersetzen zu lassen? Würde Solschenizyn die in Frage kommenden Verlage vielleicht gerichtlich belangen?

Nein, ich würde sie nicht verklagen, dies nur zur Beruhigung. Die Wahrheit braucht es nicht, auf der juristischen Waage gegen Dreck aufgewogen zu werden. Wer würde außerdem mit dem sowjetischen Drachen gerichtlich streiten wollen? (Auch uns hat er doch in die Lager ohne ein Gericht verschickt.) Zeugen meines Lebens – die nicht gefunden, nicht herausgezogen wurden oder die bereits angegangen, aber nicht gebrochen wurden – gibt es Hunderte, wie auch mein Leben ein echtes Leben ist, welche Steinchen man auch immer vertauschen würde. Aber all diese Zeugen waren unter dem fest verschlossenen sowjetischen Deckel und ich konnte sie ja nicht durch Benennung der Hinrichtung preisgeben.

Wenn die Zeit kommt, ohne Angst zu reden, dann werden viele nicht mehr unter den Lebenden weilen.

Das ist übrigens der eigentliche Grund, warum die Verleumdung so erfolgreich ausfällt, wenn sie von einem totalitären Staat geführt wird: In einer offenen Gesellschaft könnte jede Verleumdung Widerlegungen, Entgegnungen, widersprechende Erinnerungen, Veröffentlichung von Zeugnissen, Archiven, Briefen hervorrufen. Unter dem kommunistischen Gewölbe ist so etwas schlicht unmöglich: Es gibt keinen Raum für Entgegnungen und selbst eine kleine Zuckung in die Richtung, dem Verleumdeten zu helfen, würde den Verteidiger ebenfalls in tödliche Gefahr bringen.

Ich bin dabei nicht der Erste. Alle Feinde des Bolschewismus bis auf einen Einzigen sind von dieser Gift speienden Macht noch bei ihrer Entstehung verleumdet worden. Jeder Verurteilte in der Sowjetunion, der einigermaßen einen Bekanntheitsgrad besaß, wurde gleichfalls verleumdet, bis hin zu den Dissidenten Igor Ogurzow und Alexander Ginzburg in diesen Tagen. In vielen Fällen arbeiten wir immer noch daran, die Opfer davon zu reinigen.

Sollte ich jetzt darauf antworten? Wer auch immer gegen mich in diesen Jahren schrieb – ich antwortete niemandem und machte meine Arbeit weiter. Die gleiche Nachrichtenagentur verteilte kostenlos schon zwei Sammelbände mit Verleumdungen gegen mich – mir war es nicht wert, dazu Stellung zu nehmen. Aber jetzt stellte ich mir Millionen meiner Landsleute vor: In der Sowjetunion konnte man weder den *Archipel Gulag* noch *Die Eiche und das Kalb* auftreiben – also würde nur dieses Elaborat des Verlages »Progress« bleiben? Mit meinem Ableben würde vieles nicht mehr greifbar sein, und so würde dieser Dreck noch mehr haften bleiben. Denn wer hatte diese Verleumdung freigesetzt? Die stärkste Macht in der gegenwärtigen Welt.

Während des Kampfes weißt du nie, wohin dich die Feinde zerren werden. Vor elf Jahren hatte ich diese Skizzen des Kampfes in der Literatur daheim zu Weihnachten begonnen. Da hätte ich mir nicht vorstellen können, dass sie mich elf Jahre später auf einem anderen Kontinent dazu zwingen würden, die Seiten jenes bewussten Elaborats auf meine überaus weit zurückliegende Kindheit und auf mein früheres Leben zu übertragen, das gänzlich von den Feinden zerpflückt war.

Dir geht es dabei wie auf einer stinkenden, rauchenden Brandstätte, durch die du schreitest, immer weiter und weiter, und deine Kleidung, Haut, Haare stinken immer mehr und mehr, und lange winkst du ab, das sei eine lästige Kleinigkeit, bedeutungslos. Aber irgendwann begreifst du plötzlich, dass du dich davon abwaschen wirst müssen, abreiben, unbedingt, sonst wird all das sich in dich hineinfressen, bis zu deinem Tod an dir kleben bleiben und danach auf deinen Kindern und Enkelkindern.

Sicher, eine Redewendung besagt, was es gab, ist wie Harz, was es nicht gab, das ist wie Wasser. So könnte ich hoffen, es würde von allein abfallen, nicht kleben bleiben. Aber manche werden gewiss ein anderes Sprichwort zitieren, selbst wenn es um diesen »Progress« geht: Kein Rauch ohne Feuer. Denn wie viele Jahre muss man im Mörser mit den Tschekisten zerstoßen werden, bis man Bescheid weiß: Bei denen wird der Rauch auf chemische Weise erzeugt, ohne Feuer.

***

Wer ist eigentlich dieser Řezáč? Das ist ein Tscheche und teilweise sogar ein Dissident. Angeblich war er 1967 bei der aufständischen Tagung des Tschechoslowakischen Schriftstellerverbandes anwesend, im Jahre 1968 strömte er mit den freiheitsliebenden Tschechen in die Emigration (ob er da schon einen Auftrag vom KGB hatte oder ihn später erhielt, sei dahingestellt), zusammen mit ihnen empörte er sich sieben Jahre lang über die Okkupation durch die Sowjets. Dann verschwand er im Jahre 1975 eines Nachts aus der Schweiz und trat einen Tag später im tschechoslowakischen Rundfunk auf mit Beschimpfungen gegen die besagte Emigration, ihre Aktivisten und sämtliche Aspekte ihres Daseins. Ein Windbeutel. Eigentlich dürfte das Gesagte für verständige Leute schon ausreichen, um sich das Bild jenes Verfassers vorzustellen.

Sein Buch setzt ein mit »tiefer Dankbarkeit gegenüber dem Sowjetischen Schriftstellerverband, dem Sowjetischen Journalistenverband, der Nachrichtenagentur Nowosti, Intourist, Sowtourist und allen Sowjetbürgern, die eine außerordentliche Gastfreundschaft gezeigt haben«, furchtlos diesen ausländischen Bürger empfingen und ihm gerne Interviews gaben, von einer Stenotypistin aufgezeichnet oder auf Tonband aufgenommen. Bitte lassen Sie uns ihm doch nicht den Vorwurf machen, er würde bei seiner Aufzählung undankbar den KGB weggelassen haben: Der KGB ist in jeder von diesen Behörden genügend vertreten und außerdem haben mit ihm Rentner aus dieser Organisation Gespräche geführt, sogar »in Verletzung ihrer Amtspflichten«, und auch einige »Vertreter der sowjetischen Justiz«.[85]

Sein Buch schreibt dieser schneidende Lügner nicht wie ein außenstehender gelehrter Biograf; nein, der Verlag »Progress« erklärt gleich vorneweg, der Autor habe »dem engen Kreis von Solschenizyns Freunden angehört, überdies war er Solschenizyns Mitarbeiter. Nachdem er den Schriftsteller gut genug kennen lernte ...«, fertigte er eine Menge von Heften mit der Überschrift »Gespräche mit Solschenizyn« an (dies findet sich in einer Anmerkung bei ihm), und daraus zitiert er dann nach Belieben.

Na bitte, du kannst dich an die KGB-Griffe gewöhnen wie du willst, gegen Überraschungen bist du dennoch nicht gefeit! Wer glaubt denn, dass ein Mensch eine Bekanntschaft erfinden könnte, die es nicht gegeben hat? Wie sollte man sich vorstellen, dass dieser Lügner mit mir nie auch nur ein einziges Wort gewechselt hat, wenn er im Buch immer wieder einstreut, wie er sich in Gesprächen mit mir erging, bald »neben mir am Tisch saß«, bald »packte« ich ihn »unsanft am Knopf«, bald wollte er mir einen Kühlschrank verkaufen; »während eines unserer Treffen sagte mir Solschenizyn«; »in den ersten Tagen unserer Bekanntschaft war ich einfach entzückt«. Dabei war dieser Autor niemals mit mir bekannt, hat niemals meine Hand gedrückt, ist niemals meinem Blick begegnet, geschweige denn ist er ein enger Mitarbeiter oder ein Freund gewesen. Ob er mich je von weitem in der Menge gesehen hat, ist ebenfalls fraglich. (Ich kann mir nämlich gut vorstellen, dass er seine Auftraggeber geschmiert haben könnte, indem er aus Zürich berichtete, die Aufgabe sei erfüllt, er habe mich kennen gelernt.)

Was aber auf jeden Fall zutrifft, ist die Tatsache, dass er es nachdrücklich anstrebte, mich kennen zu lernen, die bewusste Frau Holub legte für ihn immer wieder ein Wort ein – er sei ein beachtenswerter tschechischer Dichter und träume davon, meine *Ostpreußischen Nächte* zu übersetzen. Zwar sei sein Russisch nicht besonders, aber wir werden für ihn eine wortgetreue Rohübersetzung anfertigen. – Gut, soll er es versuchen. – Aber dafür muss er Sie treffen und kennen lernen, es tut ihm so Leid, dass er unser gemeinsames Treffen versäumt hat. – Nein, ich habe zu tun. – Nach einiger Zeit: Er ist gerade dabei, zu übersetzen. Aber er muss Sie kennen lernen! – Nicht jetzt. – Ich lehnte ab, habe ihn nie zu sehen bekommen. Plötzlich insistierte man immer öfter und öfter und eines Tages kam Frau Holub mit großen Augen: »Verschwunden. Seine Frau ist verzweifelt, man sucht im Zürcher See nach der Leiche.« Einen Tag darauf sprudelte die ganze tschechische Emigrantenkolonie hoch – er trat im Prager Rundfunk auf! (Es war ihm also in Hinblick auf seinen Abreisetermin so brenzlig geworden, mich kennen zu lernen.)

Aber was für eine Schwierigkeit sollte es für jemanden, der derart dichterisch kombinieren kann, sein, das, was er braucht, einfach zu erfinden? Mein Äußeres? Dazu gibt es jede Menge Bilder. Was ich ihm gesagt haben soll? Das kann er aus meinen Büchern herausziehen. In vielen Fällen klebt er richtige Brocken hinein, ein wenig umgestaltet, mal aus *Die Eiche und das Kalb*, mal aus dem *Brief an die sowjetische Führung* oder aus den *Stimmen aus dem Untergrund*. Wohin ich gefahren bin, kann man anhand der Zeitungsberichte feststellen. Außerdem: »In Amerika suchte Solschenizyn Organisationen auf, die auf die eine oder andere Weise der CIA unterstehen.« (Aber gewiss. Im Einzelnen sind das: der Senat, die Kongressbibliothek, das Zentrum der Gewerkschaften, die Columbia University, das russische orthodoxe Kloster und die Farm von Alexandra Tolstaja). Was tue ich aber, wenn ich in Zürich sitze und mit ihm freundschaftlichen Umgang pflege? Aber hier, entschuldigen Sie, vermochte unser Autor keine einzige Beschreibung zu liefern – weder die Familie, noch ein Zimmer, noch ein Möbelstück, nichts ließ sich irgendwo zusammenkratzen. Lediglich wie in einem billigen Kriminalroman: zusammengezogene Vorhänge im Auto und zwei Tschechen als Leibwache (beides eine Lüge), ich fahre »jeden Morgen auf die Datscha«, deren Lage »selbst vor seiner Frau verheimlicht wurde«. (Nur erschienen unsere Bilder mit ihr in der Presse, wie wir dort waren, und der vierte Anhang zu *Die Eiche und das Kalb*, veröffentlicht im Jahre 1975, trägt den Vermerk: »Sternenberg«.)

Mein Mitarbeiter aus der Zürcher Zeit übernimmt nur eines nicht – von mir in Zürich zu berichten.

Dafür kann er über mein restliches Leben eine Lawine von Dingen erzählen. Allerdings müssen Sie ihn schon entschuldigen, dass er nicht der Reihe nach erzählen möchte: »Irgendwie verspüre ich keine Lust, die Biografie eines solch niederträchtigen Menschen wie Solschenizyn zu schreiben. In leichter Abwandlung der literarischen Form … habe ich auf die Beibehaltung der chronologischen Abfolge verzichtet.«

Sicher, das wird man durchaus verstehen. So ist es doch unvergleichlich einfacher! Denn die Achse der Zeiten ist ein Stiel, den du nicht einfach schlucken kannst, der sich weder verdecken noch biegen oder kürzen lässt. Immer will man diese exakten Fixpunkte – aber wozu? All diese genauen Daten, genauen Orte; so hätte der Autor ganz unnütze Szenen beschreiben müssen, z.B. wie dieser Solschenizyn aus der Nachschubkolonne auf eigenes Verlangen an die Frontlinie kam; oder wie er im Sterben auf der Krebsstation lag, verbannt und verlassen.

So wählt dieser Herr folgendes Verfahren: dichterisches Chaos. Episoden zu zerstückeln und auf verschiedene Teile des Buches zu verteilen, sodass man glaubt, es seien viele, und keiner sich die Mühe machen würde, sie wieder zusammenzusetzen und miteinander zu vergleichen. Die gleichen Beschwörungen an verschiedenen Stellen zu wiederholen, damit sie besser wirken. Die Freiheit von jeglicher Chronologie und Systematik bildet den Grundstein seiner Konstruktion. Unseren Lesern möchten wir jedoch die Sache nicht so kompliziert machen und stellen deshalb das Wesentliche zusammen, was der Autor über mich so hat herausfinden können:

1. Der Großvater war ein Angst einflößender Tyrann der Gegend, der auf mysteriöse Weise verschwand.
2. Der Vater war ein Weißgardist, den die Rotarmisten hinrichteten.
3. Der Onkel war ein Bandit.
4. Solschenizyn hat seit seiner Kindheit epileptische Anfälle.
5. Ebenfalls seit seiner Kindheit ist er ein Antisemit.
6. Wiederum seit seiner Kindheit ist er pathologisch von Ehrgeiz zerfressen.
7. Er ist ein Feigling. »Der feigste Mensch, den man je gekannt hat.«
8. Ein Dieb.
9. Ein Wüstling.
10. Ins Gefängnis ist er absichtlich gekommen: Am Ende des Krieges hat er hinterlistig seine eigene Verhaftung arrangiert.
11. Er bemühte sich, seine Freunde und Bekannten ebenfalls ins Gefängnis zu bringen. (Doch der KGB in seiner Güte und Weisheit hat niemanden von ihnen belangt.)
12. Heuchlerisch sucht er nach Abgeschiedenheit, wobei er die schriftstellerische Tätigkeit als Grund dafür angibt.
13. Durch ein widerliches Manöver verführte er den ehrwürdigen KGB dazu, sein Archiv zu beschlagnahmen.
14. Durch einen abscheulichen Trick entzog er sich der Reise zur Entgegennahme des Nobelpreises.
15. Durch ein hinterhältiges Manöver zwang er den KGB, den versteckten *Archipel Gulag* ausfindig zu machen und sich auf diese Weise aus der Sowjetunion ausweisen zu lassen.
16. »In allem, was Solschenizyn sagt und schreibt, zeigen sich untrügliche Zeichen einer Geisteserkrankung. Er ist lediglich für einen Psychiater interessant.« (Die letztere Diagnose wäre sehr viel versprechend gewesen, jedoch nur *bevor* ich aus der Sowjetunion ausgewiesen wurde.)

Das wäre zunächst das Wichtigste. Nun zur Beweismethode. Diese erinnert stark an ein vorrevolutionäres humoristisches Bühnenstück mit Namen »Wampuka«. Dort wurde eine endlose stolze Prozession von Kriegern gezeigt: Es gab nur sechs davon, sie schritten erhaben über die Bühne und schlossen sich dann hinter der Kulisse, gebückt und für die Zuschauer sichtbar, schnell an den Letzten in der Prozession wieder an.

Nicht anders auch bei unserem Autor. Alle Zeugen des Lebens von Solschenizyn zu sammeln, wäre unüberschaubar, man müsste sich anstrengen, so viele unnütze Namen, und wenn man anfängt, sie auszufragen, ob sie dann auch das Erwartete erzählen? Wenn sie überhaupt mit so einem reden möchten ... Sicherheitshalber sollte man sich auf ein paar Namen beschränken. Hier entdeckt der Forscher eine Eigenschaft dieses unglaublich bösartigen Solschenizyn: Sein ganzes Leben wurde er nur von Schulfreunden begleitet, und zwar ausschließlich von diesen: Kirill Simonjan, Koka Witkewitsch, Alexander Kagan sowie seiner Frau Natascha Reschetowskaja. Außerhalb dieses Kreises hatte Solschenizyn keine Kommilitonen, keine Professoren, niemand kämpfte mit ihm in ein und derselben Einheit, kein Offizier oder Soldat kannte ihn. Er war keinem Mithäftling, Lehrer und Schüler an den Orten, an denen er unterrichtete, bekannt, auch niemandem aus dem Milieu seiner literarischen Jahre, vielleicht nur mit Ausnahme von Lew Kopelew, der seinen Zorn auf Solschenizyn so hörbar durch Moskau donnert, es wäre eine Sünde, ihn hier nicht anzuführen. Dafür werden diese Schulfreunde jetzt durch das ganze Buch marschieren müssen. Sie sind alle genauestens überprüft, von allen ist im Voraus bekannt, dass sie einverstanden sind, mitmachen werden (Witkewitsch folgt der Parteilinie, Simonjan hat eine eigene Broschüre gegen Solschenizyn verfasst, Reschetowskaja gar ein Buch und jetzt dankt ihr unser Autor für die liebenswürdige Erlaubnis, seine neue Erzählung auf jenes Buch gründen zu können).

Aber einen Menschen zu verleumden nur von der Kindheit an und nur bis zu seinem Tode, reicht andererseits auch nicht aus. Seit dem Triumph der marxistischen Weltanschauung in unserem Land beginnt die Technik der Verleumdung immer mit den Eltern und Urahnen. Diesem Rezept folgt auch unser Autor. An die Linie mütterlicherseits lässt sich kaum etwas anhängen, denn der Name ist ein anderer, und aus diesem Grunde klammert er meinen Großvater Sachar Fjodorowitsch Schtscherbak, den Vater meiner Mutter, einen wirklich wohlhabenden Menschen, aus. Er war freilich ein ehemaliger Hirte aus Tauris, der durch billige Pachtgrundstücke in der nordkaukasischen Steppe Kapital schlug. In der Tat kannten ihn viele Leute am Kuban, und zwar als einen großzügigen und guten Menschen (nach der Revolution gaben seine früheren Arbeiter ihm zu essen, und zwar zwölf Jahre lang). Das ganze Hab und Gut meines Großvaters Schtscherbak – über 2000 Hektar Land und 20 000 Schafe – wird von unserem Forscher dem Großvater väterlicherseits zugeschrieben. Doch dieser, Semjon Jefimowitsch Solschenizyn, war ein einfacher Bauer des Dorfes Sablinskoje, wo niemand je von derartigen Reichtümern gehört hatte. Ihm werden überdies noch 50 Saisonarbeiter untergeschoben (davon gab es keinen einzigen, der Großvater kam mit seinen vier Söhnen selbst zurecht). Er sei »ein Großgrundbesitzer, der sich alles leisten konnte«, gewesen. Was denn genau – alles? Folgendes: den jüngsten Sohn ins Gymnasium schicken, dann an die Universität. Immer noch diese angestaubte Legende, dass in Russland nur Kinder reicher Eltern hätten studieren können, viele Tausende aus ganz bescheidenen Verhältnissen waren damals Studenten, zahlreiche unter ihnen wurden durch staatliche Stipendien unterstützt. Was könnten wir noch über ihn zusammenlügen? Immerhin, der Großvater väterlicherseits, der gibt einen ganz schönen Flecken ab. Aber was kann man zusammenlügen über einen alten Bauern, der sein Dorf nie verlassen hatte? Da erfindet das Kollektiv der KGB-Autoren: »Nach der Oktoberrevolution hielt er sich lange Zeit versteckt und verschwand dann spurlos.«

Was lügst du über den Toten! Semjon Solschenizyn starb, wie er lebte – in seinem eigenen Haus, zu Beginn des Jahres 1919. In dieses Dorf ist unser Autor nicht gefahren (der Weg dorthin ist ziemlich unbequem), hat keine Erkundigungen angestellt: Binnen weniger als einem Jahr suchte der Tod die Familie Solschenizyn vier Mal auf (ein Unglück kommt selten allein). Es begann mit dem Tod meines Vaters am 15. Juni 1918, und rasch hintereinander waren sein Bruder Wassilij, die Schwester Anastasija und ihr alter Vater heimgegangen.

Mit der Familie Solschenizyn hat sich der Schreiberling derart wenig beschäftigt, dass ihm weder die Namen meiner Onkel noch meiner Tanten bekannt geworden sind, auch ihre Zahl nicht. Aber über irgendeinen Bruder meines Vaters – »leider gelang es mir nicht, sein Geburtsdatum oder seinen Namen festzustellen« – schreibt er: »Er war ein Bandit. Er ging auf die Durchfahrtsstraße, um Reisende und ihr Gepäck auszurauben. Niemand weiß, wie er endete.« Allerdings mit einer Einschränkung: »Das ist eine nicht bestätigte Vermutung.«

Meine Güte, eine unbestätigte Vermutung in einem solchen wissenschaftlichen Werk! Das ist kein besonderes Schmuckstück. Zwei am Leben gebliebene Brüder Solschenizyns, Konstantin und Ilja, waren dort nach wie vor Bauern, bis zum Auftauchen der Banditen der Kollektivierung. Der eine hatte Glück und starb kurz davor, aber seine ganze Familie und der andere Bruder wurden nach Sibirien verbannt.

Dennoch hat das Geschmiere dieses Schreiberlings getroffen, wobei so effektiv, unglaublich: Alexander Solschenizyn entstammt einem Geschlecht von Räubern! Daraus wird eine tiefe Wunde: »Solschenizyn kann nicht wie andere junge Menschen stolz auf seine Verwandtschaft sein … Seine Angst nimmt ein gigantisches Ausmaß an.«

Zu glauben, ich müsste es verheimlichen, wäre mein Onkel ein Bandit! Nicht den reichen Großvater, nicht, dass der Vater ein Offizier war – sondern den Banditen! Ein kindliches Lallen derjenigen, die keine Ahnung haben, dass Banditen, die so genannten »Expropriatoren«, vor der Revolution sehr beliebte Mitglieder der bolschewistischen Partei waren und sich nach der Revolution massenweise der »Außerordentlichen Kommission« anschlossen. Banditen waren neckische Helden der Sowjetliteratur in den Jahren ihrer Blüte. Und die Kriminellen sind in den Augen der Sowjetmacht immer die ihr »sozial Nahen« geblieben.

Aber die Schwärze wird erst richtig schwarz sein, wenn sie über den Vater geschmiert wurde. Der Vater ist der Wichtigste. Was ließe sich über ihn zusammenlügen? Die Chronologie wäre jetzt hinderlich geworden, ohne sie kann man aber eine Kleinigkeit verschieben: dass mein Vater nicht sechs Monate vor meiner Geburt gestorben sei, sondern drei Monate danach (ein Datum fehlt freilich), dies sei »zuverlässig bekannt«. Durch diese Verschiebung fällt sein Tod auf den Höhepunkt des Bürgerkrieges, den März 1919. Der Zeitpunkt des Todes souffliert die Todesursache: Er muss ein wilder Weißgardist gewesen sein und durch das rote Schwert sterben. Dennoch hätte das KGB-Schreiblabor nicht eine solch gekonnte Landung gemacht, wenn ihm Kirill Simonjan nicht zur Hilfe geeilt wäre. Zuerst in seiner Broschüre, dann in langen vertraulichen Gesprächen mit dem tschechischen Schriftsteller öffnete er seine Seele: »Taissija Sacharowna (meine Mutter – *A. S.*) hat ihm (Simonjan – *A. S.*) anvertraut, dass Isaj Semjonowitsch Solschenizyn während des Bürgerkrieges zur Hinrichtung verurteilt wurde.«

Ach, so ist das: Nicht einmal im ehrlichen Kampf gefallen, sondern hingerichtet. Und noch bemerkenswerter: Nicht dem eigenen Sohn hat die

Mutter das gesagt, sondern einem fremden Jungen, damit dieser es an die neuen Generationen weiterreicht.

Ach, Kirill, Kirill! Wie konnte sich deine Zunge nur regen, um meine verstorbene Mutter, meinen verstorbenen Vater so zu schänden? Warum? Nur aus der Gewissheit, dass dein Leben sich niemals mehr mit ihrem kreuzen würde?

Ergriffen gehe ich 50 Jahre zurück, in jene Epoche, gegen Ende der Neuen Ökonomischen Politik, zu Beginn des Ersten Fünfjahresplans, die niemand kennt, der nicht die Ströme ihrer grausamen Luft eingeatmet hat. Noch dieses schreibt der KGB-Handlanger: Über dem Schreibtisch des Jungen hing das Bild des Vaters, eines zaristischen Offiziers, und der Junge vergötterte ihn. Würde ein solches Porträt da hängen, dann nur bis zum ersten Besucher der Wohnung, und dann wäre die Wohnung verwüstet, die Mutter vielleicht verhaftet. Zaristisch oder nicht – das Wort »Offizier« allein war eine Konzentration des puren Hasses, man durfte es öffentlich gar nicht aussprechen, das an sich war schon konterrevolutionär. Kurz davor hatte man Zigtausende Offiziere vernichtet, ohne Unterschied, sie wurden auf Schleppkähne gejagt und versenkt. Von meinem Vater behielt meine Mutter nur Fotos als Student (und auch da bohrte man nach – was für eine Uniform hat er da an?). Seine drei Orden aus dem Ersten Weltkrieg lagen bei uns in der Erde vergraben. Denn Russland lag damals in Besinnungslosigkeit. Ach, was sage ich – »Russland«! Selbst das Wort »Russland« ohne die Attribute »altes, zaristisches, verfluchtes« auszusprechen, galt als konterrevolutionär, man hat uns dieses Wort erst im Jahr 1934 zurückgegeben.

Nur konnte ich als Kind Geheimnisse wahren. Als ich vier Jahre alt war, sah ich bereits die Tschekisten, wie sie in ihren spitzen Budjonowka-Mützen während des Gottesdienstes in den Altarraum schritten. Mit sechs wusste ich ganz genau, dass mein Großvater und die ganze Familie Verfolgte sind, dass sie von einem Ort zum anderen wechseln, jede Nacht Durchsuchung und Festnahme erwarten. Mit neun marschierte ich in die Schule mit dem Wissen, dass man mich dort einem Verhör unterziehen oder unterdrücken könnte. Mit zehn oder elf, beim allgemeinen Spotten, rissen die Pioniere das Kreuzchen von meinem Hals. Mit zwölf wurde ich in Versammlungen gequält, warum ich nicht den Pionieren beitrete. Vor meinen Augen führten die Tschekisten meinen Großvater Schtscherbak fort, in den Tod. Ich – ich konnte Geheimnisse wahren. Ich wusste von den vergrabenen Orden meines Vaters. Meine Mutter hätte keine Veranlassung gehabt, mir seine wahre Todesursache zu verheimlichen, gar bis zu meinem 23. Lebensjahr, als ich in die Armee ging, aber dieses Geheimnis – einem Mitschüler zu erzählen.

Das Kennzeichnendste an all diesen Lügen ist jedoch nicht die Bereitwilligkeit dieses tschechischen Wendehalses, nicht die Irrgänge Simonjans, sondern die grenzenlose Arroganz unserer Sieger, unserer Okkupanten, die Arroganz von ZK–Tscheka–KGB. Sooft sind sie mit Feuer und Schwert durch Russland gegangen, so dicht haben sie alle staatlichen Archive verschlossen und so gründlich alle privaten vernichtet, dass sie sich einbilden können, im gesamten russischen Raum würde kein einziger Fetzen Papier übrig geblieben sein, der ihnen nicht genehm wäre. Was alles hat man auf den Namen Solschenizyn hin überprüft – da wird sicherlich nichts da sein. Aber gerade bei mir, durch die Mühen der verstorbenen Tante Marussja, ist einiges übrig geblieben! Möchten Sie, meine Herren von Tscheka oder auch ZK, das sehen? Bitte sehr – die Geburtsurkunde, ausgestellt von dem Geistlichen Konsistorium in Stawropol (fliegt dorthin, tilgt den Eintrag, reißt das Blatt heraus!), meines Vaters, mit Bestätigung des Bauernstandes der Solschenizyns, sowohl von Semjon Jefimowitsch als auch seiner Frau Pelageja Pankratjewna. Noch etwas? Bitte sehr – ein herkömmliches Zeugnis, bestätigt durch die Geistlichkeit der Himmelfahrtskathedrale der Stadt Georgijewsk, Diözese von Wladikawkas, Terek-Gebiet, über den Tod meines Vaters infolge einer Wunde am 15. Juni 1918 und seine Bestattung auf dem städtischen Friedhof am 16. Juni? Wie Sie selbst wissen, meine Herren, haben Ihre Revolutionstribunale, bei der Erschießung am Rande einer offenen Grube, keine Priester, Diakone und Psalmenvorleser rufen lassen.

Nach seiner unglücklichen und dummen Verletzung während der Jagd lag mein Vater sieben Tage lang im Sterben im normalen städtischen Krankenhaus von Georgijewsk, und sein Tod kam durch die Leichtfertigkeit und das Unvermögen des Arztes, die langsame Blutvergiftung unter Kontrolle zu bringen; der Vater hatte sich in die Brust nicht nur Schrot, sondern auch den Ladepfropf geschossen. Begraben wurde er im Zentrum der Stadt (viele Jahre lang bewahrten wir ein Foto auf, wie sein Sarg aus der Kirche hinausgetragen wurde) und ich erinnere mich gut, wie ich sein Grab besuchte und wo es sich befand, gegenüber der Kirche, bis ich zwölf Jahre alt wurde und dieser Platz von den Traktoren platt gewalzt wurde, für ein Stadion. Als ich endlich nach allen Lagern im Jahre 1956 wieder nach Georgijewsk kam, erzählten mir die Verwandten wieder von jenem unglücklichen Schuss und übergaben mir die Zeugnisse.

Für mich ist diese Geschichte kein Grund, stolz zu sein, eher ein wenig peinlich. Einmal unternahm ich es, sein Leben zu beschreiben: ein Student, ziemlich linksgerichtet, wie alle damals, meldete er sich jedoch freiwillig zum Krieg, wurde mit dem Georg-Kreuz dafür ausgezeichnet, dass er Munitionskisten vor dem Feuer rettete, war dann allerdings Vorsitzender des Soldaten-Komitees seiner Batterie, doch blieb er an der Front bis zum Februar 1918, als Lenin und Trotzki bereits jene Front und jene Soldaten verraten und ein Viertel Russlands an den Feind übergeben hatten. Ich versuchte angestrengt zu begreifen, mit welchen Vorstellungen mein Vater in den Nordkaukasus zurückgekehrt war; wo waren seine Sympathien im angehenden Bürgerkrieg gewesen? An wessen Seite hätte er gekämpft, wenn er gekämpft hätte? Was wäre dann, mit der Zeit, aus ihm geworden? Wie sollte ich das heute noch entdecken? Aus eigener Erfahrung weiß ich, wie naiv, wie verzerrt unser Verständnis der Dinge sein kann, in meiner Jugend schenkte auch ich meine Sympathien diesem drakonischen Leninismus, und nach meiner jetzigen Weltsicht wäre ich sicherlich sehr stolz darauf, wenn mein Vater gegen die Eroberer gekämpft hätte, in der Weißen Garde oder noch besser bei den aufständischen Bauern, die vier Jahre lang das Reich der Komintern auf seiner ganzen Breite erschütterten und den Machthabern keine Möglichkeit gaben, ihre Weltrevolution über Budapest, Warschau und Berlin anzuzünden. Wäre mein Vater in diesem Kampf gefallen, dann wäre das seine Heldentat und sein Ruf an mich gewesen. Aber so ist er nach einem Jagdunfall gestorben, noch bevor sich die Fronten des Bürgerkrieges herauskristallisierten.

Die schändliche Feder wird später noch einmal meine verstorbene Mutter berühren: »Für kurze Zeit aufgrund der Bitte der im Sterben liegenden Mutter aus der Militäreinheit zurückgekehrt, zog er es vor, die Nacht bei der Geliebten zu verbringen. Die Mutter starb, ohne ihren Sohn gesehen zu haben.«

Aber eine solche Bitte hat es nicht gegeben, Herr Lügner. (Außerdem wäre das aus der Sicht der sowjetischen Front kein Grund gewesen.) Von ihrem Tod am 17. Januar 1944 in Georgijewsk erfuhr ich zunächst gar nicht, der Brief meiner Tante erreichte mich mit großer Verspätung. Ich trage eine schwere Schuld vor meiner Mutter, ja, aber in Bezug darauf, dass ich die Offiziersbescheinigung, die nur auf eine Person ausgestellt werden durfte, nicht für sie habe ausstellen lassen, sondern für meine geliebte junge Frau, Natascha Reschetowskaja, und dadurch bekam eben sie während ihrer Evakuierung in Kasachstan Privilegien durch die Militärbehörde und nicht meine kranke Mutter in Georgijewsk. Aus diesem Grunde wurde sie nicht als Mutter eines Offiziers geführt, sondern als einfache Zivilperson. So stand meinen beiden Tanten nichts zur Verfügung, worauf sie die Verstorbene zum Friedhof hätten bringen können, das Schaufeln des Grabes im steinigen, frostigen Boden konnte nicht bezahlt werden, sie wurde abgeseilt in das frische Grab ihres zwei Wochen zuvor verstorbenen Bruders, und in demselben Grab wurden offensichtlich noch mehrere im Spital verstorbene Rotarmisten bestattet.

Meine Heimfahrt »für kurze Zeit« fand zwei Monate danach statt, im März 1944, und die »Nacht verbrachte« ich nicht bei einer Geliebten, sondern an einem wirklich etwas seltsamen Ort, und zwar in dem unzugänglichen Sanatorium für die höchsten Staatsfunktionäre in Barwicha. Wie es zu dieser verwunderlichen Geschichte gekommen ist? Darüber gleich, ein paar Seiten weiter unten.

Schließlich schwappt die Erzählung von den Eltern auf mich über, auf meine Kindheit, speziell auf eine Narbe aus diesen Jahren. Diese Narbe ist gut sichtbar, an der Stirn; der Einfall, die Narbe auszuschlachten, dürfte bei den professionellen Detektiven des KGB entstanden sein, während sie im Dienst Fotos von mir ansahen. Was für ein phantastisches Orientierungsmerkmal für die Beschattung, die Identifizierung – oder vielleicht wäre noch irgendein krimineller Vorfall daran anzuhängen? Nein, viel besser: Diese Schramme könnte bei einem entsprechenden Dreh den Schlüssel zum ganzen Leben des Verbrechers liefern. So bekam sie nach einheitlichem Willen die Bedeutung einer Ouvertüre, sowohl in der Broschüre Simonjans als auch in Reschetowskajas Buch, und von dort wanderte sie nun in die Darstellung unseres Dichters, der ohnehin zur Hälfte aus Reschetowskajas Buch schöpft. Zeichnete sie doch einige Bausteine, auf denen er sein Lügengebäude errichtete.

Es war eigentlich nicht meine Absicht, zu dem Buch meiner ersten Frau Stellung zu nehmen, der gegenüber ich in Schuld stehe. Aber jetzt, da sie sich in eine allzu ernste Reihe von Dingen hat hineinflechten lassen, muss doch einiges dazu gesagt werden. Die Aufgabe, die vor ihr stand, ein »lebendiges Zeugnis« über mich abzulegen, wurde in ihrem Buch auf etwas seltsame Weise verstanden: Meistens handelt es sich um Situationen, von denen Reschetowskaja niemals Zeugin gewesen ist. Sie unternimmt es, die Zelle im Lubjanka-Gefängnis, den Alltag in der Lagerabteilung für Forschungszwecke, das Lagerleben insgesamt zu beschreiben, Schuchows Prototyp (»Iwan Denissowitsch«) will sie in einem Koch der Batterie entdeckt haben (was gar nicht zutrifft). Sie schildert drei Jahre meines Lebens in der Verbannung so, als ob sie daran irgendwie beteiligt gewesen wäre, als ob sie nicht diejenige war, die mich gerade dort verlassen hat, als das Krebsgeschwür mich in meiner endlosen Vereinsamung würgte. Sogar die Geschichte meiner Krankheit liefert sie und über den Augenblick, in dem ich dem Tod am nächsten war, im Dezember 1953, schreibt sie: »Sein Zustand ist einigermaßen gut.« Umgekehrt ist die Zeit nach 1964, die letzten sechs Jahre unseres gemeinsamen, intensiv-quälenden, zerreißenden Lebens vor der Scheidung, ausgeklammert, hier bricht die Darstellung ab.

Mir fällt es schwer zu glauben, dass all das von einem Menschen geschrieben sein soll, der mir nahe gestanden hat. Sie erwähnt den Tod meiner Mutter so von weitem, indifferent, als ob sie mit diesem Schicksal in keinerlei Beziehung zu bringen wäre. Sie hat nie den inneren Faden meines Lebens erkannt, weder die Leidenschaft zur Suche nach der historischen Wahrheit noch meine Liebe zu Russland, all das wird in ihren Augen durch ein einziges Motiv verdeckt – »oben sein zu wollen«! (Doch am leichtesten wäre es für mich gewesen, oben zu bleiben und bei den staatlichen Schreiberlingen mitzuwirken, nachdem Chruschtschow mich emporgehoben hatte.) Sie zitiert meine Bücher in einer schäbigen Weise und setzt diese Zitate als Mittel gegen mich ein.

Was mich persönlich betrifft, so mag sie das über mich schreiben oder noch etwas Schlimmeres, das ist ihre Sache. Aber in irgendeinem dunklen Moment machte sie nicht halt vor dem Massengrab all unserer Landsleute, aus dem kein Schmerzenslaut mehr nach oben dringen wird. Sie hat den *Archipel Gulag* öffentlich als eine Sammlung von Lagerfolklore, der von mir ausgeschmückten Erzählungen unbekannter Leute, die ich mutwillig aneinander gereiht hätte, bezeichnet. (Gerade in jenen Jahren, als ich diese Zeugnisse zusammentrug, widerte meine Arbeit sie an, sie stieß sie weg, sie kannte niemanden von den Lagerinsassen, mit denen ich sprach, und war bei keinem Gespräch darüber anwesend.)

Umso leichter fällt es ihr, die rührende Unterstützung durch den KGB, der die Ehre von Unschuldigen verteidigte, auszumalen.

Also, woher kommt diese Schramme an meiner Stirn? Oh, das muss ein erschütterndes Geheimnis gewesen sein! Denn es stellt sich heraus, dass Natascha Reschetowskaja, die mit diesem unheimlichen Menschen 25 Jahre lang verheiratet war, unterbrochen von einer anderen Ehe, und mit ihm insgesamt 15 Jahre verbracht hat, es kein einziges Mal (zu delikat? zu schüchtern?) gewagt habe, den Ehemann zu fragen, woher diese Schramme komme. (Freilich hat sie darüber bei den ersten Plaudereien während unserer Studienjahre erfahren. Ob sie selbst das geschrieben oder man ihre Feder geführt hat – man hätte sich doch überlegen sollen, was da steht: Was ist denn das für eine Ehe, wenn du dich schämst, den Mann nach einer Narbe an seiner Stirn zu fragen?)

Dem weiteren Szenario nach hörte das Narben-Geheimnis nie auf, Natascha zu quälen. In ihrem Buch erzählt sie, dass sie sich viele Jahre später, bereits nach der Scheidung, entschlossen hat, den gemeinsamen Freund unserer Jugend, Kirill Simonjan, danach zu fragen. Kirill aber – der wusste darüber Bescheid. Kirill ist überdies noch Arzt, aber nicht bloß Chirurg, nein, sondern ein universeller Professor der Medizin, der sich sowohl hier profund auskennt, als auch in allen anderen Sachen rund herum, insbesondere in Psychologie, Pathopsychologie, Freud'scher Psychoanalyse und in allem, was man dabei so gebrauchen könnte. Deswegen offenbart er dem tschechischen Forscher mit Leichtigkeit des Rätsels Lösung: Solschenizyn sei in der Kindheit zu sensibel gewesen, konnte nicht ertragen, wenn jemand eine höhere Note bekam als er, wobei solche Fälle gar nicht vorgekommen seien, er wurde sofort bleich wie Kreide und konnte auch in Ohnmacht fallen. Eines Tages fing der Lehrer Berschadskij an, Solschenizyn zurechtzuweisen, und daraufhin passierte es tatsächlich, dass Solschenizyn ohnmächtig geworden sei und sich von der Ecke des Tisches eine Schnittwunde an der Stirn zuzog.

Was für ein hervorragender Start für seinen übermäßigen Ehrgeiz das ganze Leben hindurch. So etwas können einem also die Folgen einer Narbe in der Kindheit bescheren!

Sicherlich hätten die Folgen so ausfallen können, aber nur unter der Bedingung, dass alle Tentakeln des KGB dienstlich miteinander kooperieren. Aber leider war das wieder nicht der Fall. Drei Jahre nach Reschetowskajas Buch erschien nämlich das eigene Werk von Dr. Kirill Simonjan (vielleicht von einer anderen Propaganda-Abteilung beaufsichtigt, womöglich nicht von der Tscheka, sondern dem ZK) – und da erzählte derselbe Doktor über dieselbe Narbe eine ganz andere Geschichte: »Nach dem Streit mit Alexander Kagan beschimpfte Solschenizyn ihn als Jidden. Dieser schlug zu. Solschenizyn stürzte und schlug mit der Stirn an die

Türklinke.« (A-a-chtung! Jetzt wird der Monarcho-Faschist hervorkommen.)

Offenbar sind sie von alleine auf den Widerspruch gekommen. Da Reschetowskajas Buch durch die kommunistischen Handlungsreisenden in der ganzen Welt gepuscht wurde, ließ man Simonjans Essay nicht über Dänemarks entlegene Grenzen hinweg. Ein dienstliches Vergehen, vielleicht wurde sogar jemand dafür bestraft. Doch ehrlich, gerade Kirill Simonjan sollte man nicht dafür tadeln. Denn über diesen Vorfall hat er in Wirklichkeit nichts Bestimmtes gewusst. Er ereignete sich am 9. September 1930 in der Klasse 5a, gleich zu Beginn des neuen Schuljahres, und Kirill kam in diesen Tagen aus einer anderen Schule hinzu, war ein schüchterner Neuer, außerdem noch in der Klasse 5b, er hat also selbst weder etwas sehen noch hören können. Also wäre er durchaus in der Lage, für das ZK oder die Tscheka auch noch eine dritte oder vierte Version zu liefern. Die einzige Frage ist, welche Version am nützlichsten wäre. Am nützlichsten war nun, die beiden auseinander klaffenden Erzählungen zu verbinden, und niemand hätte das besser gekonnt als Dr. Simonjan.

Der Diagnostiker und Gelehrte Dr. Simonjan bietet dem tschechischen Gast jetzt eine professorale Erklärung an: Zuerst wurde Solschenizyn bleich von gekränktem Ehrgeiz (»Es war zum Fürchten, das mitanzusehen«), erst dann schrie er seinen antisemitischen Ausruf heraus. Dann stieß ihn Kagan – und er schlug mit der Stirn gegen die Tischkante. (Wenn einen jemand stößt, kann man sich doch nur das Genick verletzen, oder?)

Kein Problem, der tschechische Autor hat doch die Möglichkeit, nach Rostow am Don zu fahren und Alexander Kagan mit Hilfe des KGB ausfindig zu machen. Nach seinem Verhör steht fest: Alles stimmt! Sogar neue interessante Details tauchen bei diesem Interview auf: Einige Tage vor der beschriebenen Episode ritzen sich vier treue Freunde – Kagan, Solschenizyn, Simonjan und Witkewitsch – mit einem alten Skalpell am Finger, vermischen ihr Blut und schwören sich ewige Brüderschaft. Und nun muss Berschadskij den Kagan wegen dieses Antisemiten Solschenizyn für immer aus der Schule ausschließen. (Die Schule soll dabei den Namen von Malewitsch getragen haben. Aber eine solche Schule hat es nie gegeben. Unser Autor könnte sich einbilden, sie sei so nach dem Maler benannt gewesen, doch dieser Malewitsch war der bereits wegen politischer Unzuverlässigkeit entlassene Schuldirektor, die Schule hieß dagegen nach dem Parteihund Grigorij Sinowjew, verlor aber später diesen Beinamen.)

Iwan Iwanytsch Van der Fliet,
Lebt mit der Tante Worontzows,
Von denen war einer Bandit
In der Vereinigung Slepzows.

Den Eid von vier Jungen hat es deswegen weder an jenen Tagen noch in demselben Jahr oder wann auch immer geben können, aufgrund der einfachen Unstimmigkeit, dass Witkewitsch damals in Dagestan zur Schule ging und Simonjan niemals bei Spielen der Jungen mitmachte.

Eine Vereinigung, gewiss,
Bloß sie stand nicht unter Slepzow …

Bewaffnet mit hölzernen Schwertern, spielten wir gemeinsam mit vielen Jungen Räuber in den verlassenen Lagerräumen, von denen es genügend in den Höfen der Rostower Häuser gab, und unter diesen Jungen war tatsächlich Kagan. Er schlug damals vor, ein Boot am Don zu klauen und nach Amerika zu fliehen.

Am 9. September brachte er in die Schule ein finnisches Messer ohne die Hülle mit (hier lässt also das »alte Skalpell« grüßen), und wir beide, und nur wir, fingen an, damit zu hantieren, einer wollte es dem anderen abnehmen, und dabei traf er mich aus Versehen mit der Spitze an der Stelle zwischen der Handfläche und dem Anfang des Fingers. Ich denke, er hatte den Nerv getroffen, ich fühlte einen entsetzlichen Schmerz, der mir ganz unbekannt war, im Kopf läutete es, vor den Augen wurde es dunkel und die Welt segelte plötzlich irgendwohin fort (das war diese Blässe, derer ich überführt worden bin). Später sagte man mir, ich hätte mich mit dem Gesicht nach unten hinlegen sollen, aber damals schleppte ich mich, um mir das Gesicht mit kaltem Wasser zu waschen, und wachte dann in einer großen Blutlache auf, ohne zu verstehen, was mit mir los war. Ich war wie ein Stock umgefallen und erwischte dabei die scharfe Kante einer steinernen Stufe vor der Tür. Es blutete nicht nur, sondern das Stirnbein war eingedrückt. Der erschrockene Kagan und die anderen sagten dem Lehrer nichts, nahmen mich unter die Arme, wuschen die Wunde mit fließendem Wasser und führten mich dann in die Ambulanz, die ein Wohnviertel entfernt lag. Dort nähte man die Wunde, ohne Desinfektion, ganz grob (die sowjetische kostenlose medizinische Hilfe), einen Tag später begann es zu eitern, das Fieber stieg über 40 Grad und ich war 40 Tage lang krank.

Was hat es aber mit dem antisemitischen Ausruf und Berschadskijs Tadel auf sich? Das ereignete sich anderthalb Jahre später, der Spruch kam von einem anderen Jungen, Valentin Nikolskij, und galt wiederum einem ganz anderen Jungen, Dmitrij Schtitelman, sie schlugen sich und beschimpften sich gegenseitig, der jüdische Junge trug seines mit der »Russenfratze« dazu bei. Ich saß etwas abseits und tadelte keinen von beiden, nach dem Motto, reden ist frei. Dies wurde mir dann jedoch als Antisemitismus ausgelegt und man griff mich in der Klassenversammlung an. Insbesondere trat dabei ein recht eloquenter Junge, Michael Luxemburg, hervor, der künftige große Fachmann für die Geschichte der Kommunistischen Partei Frankreichs. Alexander Kagan hatte mit dieser Sache gar nichts zu schaffen. Aber Alexander Solomonowitsch Berschadskij redete wirklich mit mir und aufgrund seiner Befugnisse (als stellvertretender Schulleiter, nicht Klassenlehrer, wie unser Autor meint) ließ er verständnisvoll die Sache nicht weiter eskalieren.

Und wie war das mit dem Ausschluss Kagans aus der Schule, meinetwegen? Das war *zwei Jahre später*, im September 1932, als derselbe Berschadskij uns alle drei verwies – Kagan, mich und noch einen Gen, und zwar wegen systematischen Boykottierens der Mathematik-Doppelstunden, wo wir uns davonstahlen, um stattdessen Fußball zu spielen. Obendrein klaute ich das Klassenbuch, in dem ich ein Dutzend Mal verwarnt wurde, und versteckte es hinter einem alten Schrank. Nachdem unser Autor sich unbeirrbar bemüht, mir jegliche menschliche Regung abzusprechen, lügt er auch an dieser Stelle, ich sei gar nicht Fußball spielen gegangen, sondern in der Klasse geblieben.

Wenn ich dabei an unsere damaligen Spiele zurückdenke! Sie fanden innerhalb der Mauer der noch nicht zu Ende zerstörten Kirche zu Ehren der Muttergottes von Kasan statt, an dem Platz, der an die Wand des Seitenaltars anschloss, und der Ball sprang bald von einem kleinen vergitterten Fenster, bald von den Steinen der Priestergräber ab. Und das war ich, derjenige, der erst zwei Jahre zuvor mit der Mutter in die letzte noch nicht geschlossene Kathedrale gegangen war, all das kann sich in der leichten Brust eines Jungen vereinen – »Out! Corner! Penalty!« – der Wind der Verwüstung pfiff über Russlands Breiten und niemand wusste, ob es jemals wieder auferstehen würde.

Auf Furcht erregende Weise erklärte Alexander Solomonowitsch unseren Ausschluss (gerade in jenen Tagen erschien der erste Erlass über das Recht, von der Schule zu verweisen, davor war es nicht möglich gewesen, hier hat unser Autor wieder seine chronologische Aufgabe nicht gemacht). Kagan, Gen und ich liefen drei Tage totunglücklich umher, ließen daheim kein Wort darüber verlauten, gingen zum Schulgebäude und saßen auf den Steinen, bis eine »öffentliche Initiative« der Mädchen eine Petition aufsetzte, die Klasse würde »sich für uns verbürgen«, und Berschadskij sich überreden ließ.

> Die einzige Wahrheit sich fand,
> Und alles steht in Reih' und Glied:
> Der Woronzow, das war Iwan,
> Verheiratet mit Van der Fliet.

All das, schreibt unser Autor, hätte ich Kagan 30 Jahre später »heimgezahlt«, als ich diesen Namen, der so selten ist wie Müller, einem Denunzianten in *Der erste Kreise der Hölle* verliehen hätte.

Je mehr wir uns der literarischen Tätigkeit dieses drei Mal verfluchten Solschenizyn nähern, desto dringender müssen uns seine Beweggründe, Quellen der falschen Inspiration (»der brennende Ehrgeiz«) und Mechanismen der Themenwahl (»irgendetwas, das zu jenem Zeitpunkt am meisten in Mode ist«) eröffnet werden, nicht zuletzt auch – die Mitstreiter, die seine ersten Schritte begleitet haben. Da stellt sich aber heraus, dass diese wieder die gleichen sind, erstens Kirill Simonjan, dann Koka Witkewitsch und Alexander Kagan, obwohl er schon an einer anderen Schule ist, egal, und wir später an verschiedenen Hochschulen studieren, auch egal, alles ist für diesen Wampuka-Aufmarsch von Kriegern zu gebrauchen. Über viele Jahre hindurch treffen sie sich alle ausschließlich auf den schmutzigen Stufen der eisernen Durchgangstreppe im dicht bevölkerten Hof Simonjans – und ausschließlich dorthin trägt Solschenizyn seine ersten Arbeiten, um ihre Beurteilung einzuholen, und gerade hier hat er ihr ernsthaftes verdientes Urteil entgegenzunehmen, das ihn von den verderblichen literarischen Ambitionen vielleicht noch hätte retten können. Als er bereits die ersten Kapitel über die Niederlage des Generals Samsonow konzipiert (diese Versammlung besteht aus Leuten, die 19 bis 20 Jahre alt sind, sie sind Studenten, sollen aber immer noch auf der Treppe im Hof herumsitzen), »haben sie völlig unabhängig voneinander und geradeheraus zu ihm gesagt: ›Lass das sein, Alexander! Vergebliche Zeitverschwendung. Irgendwie chaotisch. Dein Talent reicht nicht aus.‹«

Das war gerade der Augenblick, in dem der Schriftsteller geboren wurde, der zum Verräter wurde (zuerst Verräter der Freunde, dann der Heimat, dann der ganzen Menschheit). »Dies trifft Solschenizyn tödlich. Er schmiedet Pläne, um sich an den Freunden zu rächen«, was dann zu seinem Hauptbeweggrund für sein restliches Leben werden sollte. »Von dem Zeitpunkt an, als Kirill sein endgültiges Urteil über die literarischen Fähigkeiten Solschenizyns gefällt hat, empfand Alexander ihm gegenüber ohnmächtigen Hass und fast eine tierische Angst. Angst! Er fing an, sich vor dem offenen und durchdringenden Blick Kirill Simonjans richtig zu fürchten ... Wie konnte er sich vor dem weisen Blick der südlich dunklen und leuchtenden Augen von Kirill Semjonowitsch Simonjan verstecken? Sie werden ihn immer an seine Nichtigkeit erinnern.« – »Solschenizyn hatte eine unüberwindliche Angst vor der Kraft der Ironie und der Schärfe des Verstandes dieses bekannten Chirurgen und hochintelligenten Menschen.« – »Wahrscheinlich wird Solschenizyn noch heute bereit sein, die Hälfte seines Nobelpreises zu opfern, nur um eine positive Meinung des Kirill Semjonowitsch zu hören, der sich auf die Literatur versteht. Aber auch in seinen reifen Jahren hat Professor Simonjan seine Einstellung nicht geändert: Solschenizyn ist kein Künstler und wird auch nie einer.« – »Als Künstler hat er nichts zu sagen«, und aus diesem Grund schmiss er sich »auf jenen stinkenden Haufen, den der *Archipel Gulag* eben darstellt«.

Nun neigt unser Herr Lügner dazu, immer mehr und mehr an Professor Simonjan abzugeben, den er den Lesern sehr ausführlich vorstellen möchte: »Die träumerische Tiefe seiner dunklen Augen erlangt mit den Jahren Lebensweisheit. Er ist Armenier, aber allen Witzen über armenische Schlauheit zum Trotz ist er aufrichtig, verheimlicht nichts und erkämpft den Sieg. Für ihn ist der Einsatz nicht nur seine wissenschaftliche Karriere, sondern in erster Linie er selbst. Im Unterschied zu Solschenizyn ist er eine *Persönlichkeit.*«

Allmählich, Schritt für Schritt, angefangen ab dem Herbst 1975 (als die Aufgabe anstand, dieses Buch zusammenzuzimmern), erörtert Professor

Simonjan seinem gescheiten Zuhörer alle wesentlichen Ereignisse in Solschenizyns Leben und was dieser überhaupt darstellt. »Nach der maßgeblichen Meinung Professor Simonjans sind Blässe und Ohnmacht ein anerzogener Reflex, den Solschenizyn ohne besondere Anstrengung erzeugen kann … Ich betrachte Solschenizyn mit den Augen eines Arztes. Sein Schicksal wurde durch seinen genetischen Code bestimmt. Solschenizyn hat einen Minderwertigkeitskomplex, der sich in Aggressivität äußert, die ihrerseits Größenwahn und Ehrgeiz hervorruft.« (Wir sollten ihm die Unvollständigkeit dieses Freud'schen ABC hier nicht zum Vorwurf machen. Aber die Diagnose meiner Geisteserkrankung, siehe oben, Punkt 16, geht auch auf Simonjan zurück, ein Glück, dass er nicht am Serbskij-Institut für Psychiatrie arbeitet, das ist beruhigend.)

Dann ist es an der Zeit zu erfahren, wie ich mich während des Krieges verhalten habe, und das kann sicherlich Professor Simonjan wieder am besten erklären, den »der Beruf des Chirurgen folgerichtig zur Sanitätsabteilung geführt hat. Insbesondere zu Beginn des Krieges war das kein ungefährliches Leben. Kirill Semjonowitsch musste gelegentlich das Skalpell weglegen und das Maschinengewehr in die Hand nehmen, um den Feind zu töten, statt den Verwundeten medizinische Hilfe zu leisten.«

Dieses Bild trifft auf das Jahr 1941 vollends zu. Aber eine kleine Korrektur: Im ersten Jahr war Kirill nicht an der Front. Auch im zweiten Jahr war er dort nicht. Und im dritten auch nicht. Das ganze Jahr 1941 studierte er in Rostow an der Medizinischen Hochschule. Nach deren Absolvierung gelangte er nach Mittelasien, lebte dort im Jahre 1942 und teilweise auch 1943. Erst im Jahr 1943 kam er an irgendein Spital, worüber er seinem Zuhörer erzählt, dass er und Lydia Jesherez dort irgendwelche unklug-unvorsichtigen Briefe von mir bekommen hätten. Was ist denn das für ein Spital an der Front, an dem sich die Zivilperson Lydia dauernd aufhält, eine Doktorandin für Literatur aus Moskau? Ah ja, natürlich – das ist das Regierungssanatorium Barwicha, unweit von Moskau. Dort war Dr. Jesherez, Lydias Vater, Chefarzt. Er war derjenige, der seinen mutmaßlichen künftigen Schwiegersohn Kirill aus der mittelasiatischen Evakuierung zu sich geholt hatte. Hier diente Kirill bis zum Herbst 1944, als er tatsächlich an die Front musste. Aus diesem Grund erscheint die Erfahrung Simonjans ein wenig zu kurz, um militärische Stellungnahmen abzugeben.

Na gut, dann wird unser Autor diese Aufgabe selbst übernehmen müssen. Jemand erzählte ihm all das gemäß den Statuten und er beschreibt meine Aufgaben so: »Die Aufklärungsabteilung der Artillerie gehörte zur Reserve des Oberkommandos. Das bedeutet, dass nur der Generalstab und der Oberste Befehlshaber (so nah befand sich in dieser Zeit Solschenizyn an Stalin!) befugt waren, Entscheidungen über Zeit und Ort ihres Einsatzes zu treffen. Sie war außerordentlich geheim. Würde der Feind davon erfahren ... (dann folgt eine Liste von furchtbaren Sachen) ... Der Kommandeur einer Schallmessbatterie ist *verpflichtet*, bei der kleinsten Gefährdung der vordersten Linie den Rückzug anzutreten: Man darf die außerordentlich teure Technik nicht in Gefahr bringen.«

Ich weiß nicht, wie das auf Tschechisch heißt, aber im Russischen sagt man dazu: Liest die Bibel wie ein Wels. Zur Reserve des Oberkommandos gehört die gesamte Artillerie. Sie ist zahlreich über alle Fronten verteilt, praktisch wird sie befehligt von Armeen und Korps. Unsere Schallmessbatterien unterstehen dem Regiment mit der schweren Artillerie und teilen mit ihm Erfolge und Niederlagen, Beschüsse, Bombenangriffe, Bewegungen durch Minenfelder, Flussüberquerungen; bei Brückenköpfen sind sie immer vorne, wegen ihrer Beweglichkeit ohne Kanonen. Freilich unterscheiden sie sich in jedem Fall von der Infanterie. Aber so einen idiotischen Befehl, bei der kleinsten Gefährdung der vordersten Linie den Rückzug anzutreten, hat es nie gegeben, im Gegenteil saßen wir ziemlich fest an unseren Orten, nur die Verwundeten wurden fortgebracht. Unsere Technik, die Schallaufnahmestation aus dem Jahre 1936, war den Deutschen bestens bekannt, 1941 hatten sie stapelweise solche Geräte erobert, brauchten sie jedoch weder nachzubauen noch einzusetzen, weil sie selbst gleichwertige Dinge besaßen. Solche Schallmessbatterien gab es nicht eine einzige und nicht unter dem persönlichen Befehl Stalins, sondern über 150, sodass eine auf alle zehn Kilometer Front zur Verfügung stand, und würde sie erobert werden, würde das dem Feind keineswegs etwas von unserer Strategie offenbaren.

Das ist also die Kenntnis der Materie, das Niveau der Wahrnehmung, auf dem dieses KGB-Elaborat beruht.

Nichtsdestotrotz verfügt der eifrige Autor bereits über sämtliche Informationen für seine Schlussfolgerungen: Ende 1942 wird Solschenizyn zum Kommandeur einer Schallmessbatterie (S. 61), im Jahre 1943 »fühlte er sich noch in der Ausbildung in seiner gewohnten Rolle«, »im Jahre 1943 war es für Solschenizyn lohnender, ein treuer und fügsamer Offizier der Roten Armee zu sein. Zu keinem Zeitpunkt war sein Leben unmittelbar bedroht.« »In den Jahren 1943–1944 gefällt es Solschenizyn in der Armee« (S. 65). »Weit von unmittelbaren Gefahren entfernt, von vier (!) gefügigen Adjutanten umgeben (und das bei nur 60 Mann in der Batterie), lebt Solschenizyn wie ein echter Enkel eines reichen Grundbesitzers.« Außerdem: »Er nahm kein einziges Mal an einer Kampfhandlung teil« (S. 72). Na, und wenn er dabei irgendwelche Auszeichnungen bekommen hat, spielt das hier ja keine Rolle.

Gott, wie langweilig. Was müssen sie für ein erbärmliches Gedächtnis haben. Wie undurchdringlich, unzugänglich diese Schafsköpfe doch sind! Als das Gerücht über meine angebliche Kriegsgefangenschaft und die Gestapo zum ersten Mal die Runde machte, meldete sich bei der Sitzung des Komitees für Leninpreise ein Literaturkenner, der Generalsekretär des Komsomol, mit diesem Käse – und da stand Twardowskij auf, in seiner ganzen eindrucksvollen Größe, und las lauthals die Stelle aus meiner Rehabilitierungsurkunde vor (Das Oberste Gericht der Sowjetunion, Nr. 4n – 083/57 vom 6. Februar 1957):

> Aus der Stellungnahme der Kampfleitung geht hervor, dass sich Solschenizyn vom Jahre 1942 bis zum Tag der Verhaftung, d.h. bis zum Februar 1945, an den Fronten des Großen Vaterländischen Krieges befand, tapfer die Heimat verteidigte, wiederholt persönlichen Mut zeigte und den ihm unterstellten Personalbestand motivierte. Solschenizyns Abteilung war die beste in Bezug auf Disziplin und Kampfbereitschaft in der Einheit.

Man hat sich das angehört – und alles verdrängt! Und immer wieder das Gleiche gebracht, jetzt von einer anderen Seite her. (Man könnte es natürlich auch so verändern – das eigene Oberste Gericht auseinander jagen.)

Nun zu unserem Schreihelden – ob er nicht zu viel an Chronologie verrät? Was könnte diese uns alles verraten? Also im Jahre 1944 gefällt es Solschenizyn in der Armee gut, vollkommene Sicherheit, nicht einmal kämpfen muss er. Dann kommt die Offensive auf Ostpreußen, »und während einer Attacke wird seine Batterie eingekesselt«. Wann war denn das? Interessant, was das hier für eine Bedeutung haben soll.

Doch ich möchte trotzdem nachhelfen: Das war in der Nacht vom 26. auf den 27. Januar zwischen den Dörfern Schwenkitten und Dittrichsdorf. Aber woher kennt unser Spitzbube diese Episode und sogar den

Namen Schwenkitten? Aber natürlich aus dem *Archipel Gulag* (Teil I, Kap. 6), nur Dittrichsdorf kennt er nicht, weil ich es dort nicht genannt habe.

Das Ergebnis: »Hauptmann Solschenizyn lässt die Menschen, die teure Technik zurück und rettet sich durch Flucht. Er ist von dem Gefühl der Panik und tierischer Angst ergriffen. Er darf nicht sterben! Er – nicht … Solschenizyn flüchtet an einen gefahrlosen Ort. Dabei besteht das Risiko, erschossen zu werden. Aber er hat Glück. Es gibt einen treuen Sergeanten, Ilja Solomin. Er wird Menschen und Technik aus dem Kessel herausbringen und Solschenizyn wird ungestraft davonkommen.«

Ach-ach … riecht es hier nicht nach einer Erschießung gleich mehrerer? Flüchtet der Kommandeur der Batterie, dann müssen doch noch zwei Kampfoffiziere bleiben, oder? Manchmal noch ein dritter, der Tontechniker, dann noch der Oberfeldwebel – wo sind sie alle, womöglich ebenfalls abgehauen, wenn schon der Stellvertretende Zugführer die gesamte Batterie herausbringt?

Woher hat unser Windbeutel all das? Es bleibt nur zu sagen, dass dies reine Eingebung sein muss, eine Vision in jener Nacht, geschickt dem damals zehnjährigen Jungen in Prag. Interessant, wie dies nun Freud und Dr. Simonjan erklären würden?

***

Jene Nacht ist unvergesslich, lebendig steht sie immer noch vor mir. Mehrmals zog es mich, sie zu beschreiben: zunächst im Lager, in vierfüßigen Trochäen, als Fortsetzung der *Ostpreußischen Nächte*, und einiges hatte ich schon, aber diese Zeilen behielt ich nicht und sie verschwanden aus meinem Gedächtnis. Später begann ich in der Verbannung wieder damit, dann schon in Prosa, doch andere Themen drängten sich vor, die wichtiger waren, und so kam es nicht mehr dazu. Das besondere Gefühl, das sich bei mir gegenüber Ostpreußen einstellte, brachte ich dann im *August vierzehn* unter. So blieb jene Nacht nur in den Schleusen meiner Erinnerungen zurück.

Den warmen trüben Abend, an dem wir zu unserem Gefechtsstand unterwegs waren, löste die Nacht mit hellem Mondschein ab. Dittrichsdorf stand vollkommen menschenleer, weder die Bewohner noch unsere Soldaten waren da. Das Herrenhaus kam uns wie ein Palast vor, während des ganzen Vormarsches in Ostpreußen hatten wir dergleichen noch nicht gesehen. Jetzt flutete das Mondlicht über die Säulen und die breite Treppe des Hauses, auch die Säle im Inneren, solange wir nicht die Kerzen anzündeten und die von Akkumulatoren gespeisten Glühbirnen einschalteten. Freilich machten wir auch hier die zentrale Schallaufnahmestation arbeitsfähig und gingen dann mit Verwunderung durch diese Säle. Während des zweiwöchigen Vormarsches hatten sich unsere Kumpel mit der überreichen Fülle Ostpreußens bereits gestillt, niemand wollte mehr Trophäen sammeln, überdies kam keine rechte Lust dazu auf, denn Unruhe lag in der Luft. Nach unserem Durchbruch Richtung Ostsee löste sich der Landstrich mit den abgeschnittenen deutschen Truppen zunächst auf und eine gefahrvolle Stille kehrte ein. (Aufgrund der Sorglosigkeit beim blitzschnellen Vordringen wurde unsere 68. Geschützbrigade in der Nacht vom 26. auf den 27. Januar in ein Vakuum hineingeschleudert; wir hatten keinerlei Nachrichten über die konkrete Situation, waren ohne Deckung durch die Infanterie und gerieten ausgerechnet in die Richtung des Durchbruchkampfes der eingekreisten deutschen Verbände.) Die Infanterie war also nicht zu finden, die Hauptkampflinie des Gegners niemandem von uns bekannt und sie verriet sich weder durch Licht noch Geräusche. Dennoch wurde mir der Befehl erteilt, gerade an dieser Linie bis 23 Uhr Schallmessposten zu entfalten, zum ersten Mal während des ganzen Krieges mit der Ausrichtung nach Osten, ansonsten ging es immer gen Westen. Die Leitungen wurden nun wie üblich fächerartig gelegt, dabei stellte sich die Frage, wo der Vorwarner zu platzieren war. Direkt vor uns Richtung Osten lag ein großer verschneiter See. Leutnant Owsjannikow, der Führer des Linienzuges, nahm einen MP-Schützen mit und ging nachsehen, was in einem separat stehenden Häuschen am anderen Ufer vor sich ging. Obwohl der Mond nach wie vor klar schien und nur gelegentlich durch vorüberziehende Wolken verhüllt wurde (das war ein traumhafter Widerschein auf den Säulen!), gab es nicht genug Licht, um auf Entfernung zu sehen, und allmählich lösten sich die Silhouetten der Weggehenden auf.

In der Zwischenzeit fanden sich in unserem Palast unerwartet große Vorräte an Lebensmitteln in den Kellerräumen, die für unsere sowjetischen Vorstellungen grenzenlos schienen. Am meisten gab es Dosen mit allem möglichen Eingemachten. Wenn man die Dose in Wasser erhitzte, konnte man den Gummiring abnehmen und auf dem Teller fast zischende Frikadellen auftürmen, als seien sie soeben gebraten worden. Man erhitzte die Dosen, aß, ging wie mondsüchtig durch die ungewöhnlichen Räume, an den inkrustierten Tischen verschlangen graue Uniformen ausländische Köstlichkeiten, denn wer weiß, was in einer halben Stunde kommen würde? (Diese Eindrücke verarbeitete ich teilweise auch in *Das Festmahl der Sieger*, obwohl dort eigentlich eine andere Nacht beschrieben wurde, und zwar jene im Divisionsstab, wo man tatsächlich auf dem Spiegel das Abendessen eingenommen hatte.)

Owsjannikow und seine MP-Begleitung kehrten lange Zeit nicht zurück. Dann bekamen wir sie zu sehen, zunächst wie einen Punkt, dann wie eine merkwürdig erweiterte Gruppe, recht seltsam. Es stellte sich heraus, dass vier französische Gefangene dabei waren, die Owsjannikow soeben befreit hatte; die bläuliche Farbe ihrer Uniformen fiel selbst im Mondschein deutlich auf. Sie bewegten sich so langsam und gedrungen, weil sie auf den Schultern unseren Schmakow trugen – einen eifrigen Soldaten, der bei Orjol eine Quetschung überlebt hatte, um jetzt den Tod zu finden, bei einem einsamen Häuschen in Ostpreußen. Dort waren Deutsche, die uns einen Schusswechsel lieferten und die Flucht ergriffen, aber die Franzosen beteuerten, dass der Feind hier überall sei, und sie konnten gar nicht glauben, dass sie nun freigekommen waren. Diese Franzosen waren für alle die ersten, die man überhaupt gesehen hatte, einer von ihnen zeichnete sich durch eine aristokratische Kopfhaltung und Redeweise aus. Was bedeutete wohl diese Nacht in ihrem Leben? Eine gespenstische, in Mondlicht getauchte Befreiung aus der Gefangenschaft, hoffentlich würde man sie nicht gleich erschießen. Immer wieder spielte der Mond mit den Säulen, bis ihn die Wolken zum Glück ganz einhüllten. Unser Toter wurde bereits in den Wagenkasten gelegt.

Mit dieser Begräbnisprozession im Mondlicht auf der Eisfläche des Sees begannen alle Ereignisse jener Nacht: Eine große Gruppe überfiel lautlos unseren linken Schallmessposten – Jermolajew, Jantschenko wurden die Schädel mit Schaufeln zertrümmert. Owsjannikow wollte ihnen zu Hilfe eilen, doch es war schon zu spät, eine ganze Kolonne kam hinterher. Hie und da entfachten Flecken lautloser Brände, die zangenartig von rechts und links kamen, niemand begab sich jedoch nach Dittrichsdorf. Plötzlich jagte von hinten der Oberfeldwebel Kornjew auf einem Pferd herbei: Man versuchte ihn im Wald lautlos zu erwischen, doch er kam durch. Solange die Verbindung stand, die von Schwenkitten, aus zwei Kilometer Entfernung, gelegt worden war, erstattete ich Bericht über die Vorfälle, allerdings wurde den Meldungen weder im Stab der Artillerieeinheit noch im Stab der Aufklärungsdivision Bedeutung beigemessen, denn ohne Schießerei und Geheule der Technik sei eine Offensive undenkbar, wir hätten uns nur etwas eingebildet. Bald brach die Verbindung ganz ab. Es war offenkundig, dass keine Schallmessungen würden durchgeführt werden können, und ich übernahm den Rückzug der Batterie auf meine Verantwortung.

Von unserer Position aus führten zwei Wege nach Schwenkitten, die einen Kilometer voneinander entfernt waren. Einer lag nördlicher, der andere südlicher, und beide führten durch den Wald. Der nördliche schien zunächst der gefährlichere, dort wurde der Oberfeldwebel angegriffen, deswegen ließ ich die Schallmessstation samt Empfängern und den anderen wertvollen Sachen auf großen Schlitten, von deutschen Lastpferden gezogen, auf dem südlichen Weg abfahren, unter dem Kommando des anderen Leutnants namens Botnew. (Dort befand sich auch Solomin, der den Oberbefehl hatte.) Sie sollten einen Melder zu mir schicken, mit der Mitteilung, dass alles in Sicherheit gebracht worden sei. In der Zwischenzeit bauten wir alles andere ab und verluden es auf zwei Lastwagen.

Lange blieben die Nachrichten über unseren Schlitten aus, dann erreichten sie uns auf dem nördlichen Weg: Der Schlitten sei in Schwenkitten angekommen, unterwegs brach er einmal auseinander, im Wald, musste geflickt werden. In Schwenkitten war die Lage bei unseren zwei Batterien mit ihren acht 152-Millimeter-Geschützen angespannt. Wir zogen uns wiederum zusammen und fuhren los, mit Marschsicherung von allen Seiten, auf dem nördlichen Weg, der stärker bewaldet und nicht so verschneit war. Die Wagen blieben trotzdem stecken und die Jungs mussten sie herausziehen, wie wir es seit den Zeiten in den Sümpfen der Nordwestlichen Front gewohnt waren. Daraus ergaben sich Verzögerungen. Owsjannikow führte die Kolonne an, ich schloss sie mit zwei Soldaten ab, etwa 300 Schritte von ihm entfernt, wir mussten langsam gehen und immer wieder stehen bleiben, als ob wir in einer milden Nacht, umhüllt im Schleier von Himmel und Feld, einen Spaziergang machen würden – doch jeden Augenblick hätte jemand von jeder Seite herausspringen und uns mit Schüssen durchlöchern können. Aber für immer im Gedächtnis geblieben ist die wichtigste Wahrnehmung in dieser Nacht: Du weilst auf

Erden, du bist gar nicht mit ihr verbunden, dein Körper ist leicht und dir nur für einige Zeit geliehen, du wanderst durch lichte, gespenstische Orte, wohin dich der Zufall gewirbelt hat, und jede Minute bist du bereit, von da fortzufliegen.

Unser Weg bis Schwenkitten verlief ohne Störungen, nur auf der letzten Wiese vor der Siedlung blieb das Gefährt mit der Küche hoffnungslos stecken, es war nichts mehr zu machen. Wir ließen es zurück und gingen weiter. Jetzt sprach ich mit meinem Aufklärungsstab am Telefon und man verbot mir, Dittrichsdorf zu verlassen. Aber auch in Schwenkitten konnten wir in diesem Zustand nicht verharren und ich schickte die ganze Schallmesstechnik, die Wagen und fast alle Leute zum Divisionsstab anderthalb Kilometer westlich, über den Fluss Passarge hinweg und blieb selbst mit drei anderen zurück, um den stecken gebliebenen Wagen herauszuholen. Bei den Batterien bat ich, mir einen Traktor zu geben, doch sie durften ihn wegen der Kampfvorschrift nicht von den Geschützen ziehen lassen. Da rief sie von seinem Beobachtungspunkt ihr verwegener Divisionskommandeur, Major Bojew: »Ich werde eingekreist« – und sogleich brach die Verbindung ab. (Er wurde dort getötet.) Umso weniger gab es eine Chance, einen Traktor zu bekommen. In der Zeit kam der Kommissar unserer Division, Paschkin, um herauszufinden, warum ich den Rückzug angetreten hatte. Er begriff sofort die Lage, nahm unter seiner Verantwortung den Traktor und wir setzten uns in Bewegung, etwa 400 Meter nach vorne, in Sichtweite unserer Kanonen, um diesen verfluchten Wagen zu holen. Kaum an dieser Stelle angelangt, drehte der Traktorfahrer um und wollte den Wagen einhängen, als aus dem weißen Nebel, ohne dass die Richtung erkennbar war, auf die Metallverkleidung des Traktors Geschosse prasselten. Der Traktorfahrer gab in demselben Augenblick Gas und fuhr mit voller Kraft davon, zurück zu den Kanonen. Wir konnten noch nicht begreifen, was er machte und was zu tun war, als von der Wiese links von uns, von dem südlichen Weg her, wo sich also Deutsche versammelt hatten, ein lautes »Hurra!« ertönte und sich Dutzende in Tarnhemden aus dem Schnee erhoben, während Handgranaten auf die Kanonen flogen und diese daran hinderten, auch nur einen Schuss abzugeben. (Sieben Kanonen wurden zerstört, nur eine einzige konnte von unserem noch fahrtüchtigen Traktor weggeschafft werden.) Der Weg nach Schwenkitten war uns abgeschnitten und unser kleiner Haufen lief durch den jungfräulichen

Schnee den steilen Abstieg hinunter, über Gruben, Zäune, fast schon mit Purzelbäumen, und Deutsche schossen hinter uns her von oben, aber aus irgendeinem Grund ausschließlich mit Leuchtkugeln, anscheinend hatten sie keine große Auswahl mehr, und uns half es, dass wir die feuerroten Striche bereits von Anfang an sehen konnten. (Der Kommissar hatte eine Pelzjacke an, die störte ihn, er zog sie aus und seine Ordonnanz Salijew fing sie auf und schleppte sie die ganze Strecke mit.) Ohne Wege, im Umkreis von etwa zwei Kilometern, zogen wir und versanken immer wieder im Schnee (in meiner Feldtasche lag diese bewusste »Resolution Nr. 1«), doch es war das gleiche Gefühl wie vorhin: Dein Körper ist nur geliehen, ist nur zeitweise da, ist gar nicht so bedingungslos notwendig, und die Gefühle sind alle geschärft, aber es ist nicht die Angst, sondern jene außergewöhnliche Schärfe, die aufkommt, wenn du die Gefahr schluckst und in deinen Gedanken verschiedenste Bilder deines vergangenen Lebens vorüberjagen. Wir schafften es jedoch, über die Passarge hinüberzukommen.

Wegen der Rettung der Batterie und der Technik wurde ich zusammen mit mehreren anderen Offizieren der 68. Geschützbrigade in den darauf kommenden Tagen für den Rotbanner-Orden vorgeschlagen. Sie erhielten ihn auch, während ich wegen des aus Moskau eingetroffenen Haftbefehls von der Liste gestrichen wurde.

***

Doch kehren wir zu unserem Kriminalroman zurück. Noch einmal: Im Jahre 1944 war Solschenizyn voll mit seinem Dasein in der Armee zufrieden, auch wegen der absoluten Sicherheit, die er dabei hatte. Jetzt, am 27. Januar 1945, »erteilte die Einkesselungsgeschichte Solschenizyn eine Lektion. Solschenizyn entdeckte eine für ihn erschütternde Tatsache: Auch er könnte sterben … Er könnte getötet werden.« Dieser wirklich erschütternde Gedanke wird bis dahin einem Menschen im Krieg natürlich nicht in den Sinn gekommen sein. »Solschenizyn konnte so etwas nicht zulassen. Auf gar keinen Fall! Besonders jetzt, wo bis zum Ende des Krieges, das sah jeder, nur ein paar Wochen waren. Zu so einer Zeit will man nicht sterben … Aber Solschenizyn ist ein virtuoser Intrigant. Deswegen entstand in seinem Kopf wohl der perfekteste und niederträchtigste Plan, den man je erdacht hatte, der Plan zur Errettung des eigenen Lebens.«

Was ist denn das für ein Plan? *Sich selbst verhaften zu lassen.* So setzt ihn Professor Simonjan unserem Forscher nun auseinander: »Das war für Solschenizyn der beste Ausweg aus der entstandenen Situation.« Statt sein Leben in diesen letzten furchtbaren Kriegswochen aufs Spiel zu setzen, wählte er folgenden Weg der Errettung: seinen Kopf in den Rachen des Sicherheitsapparates zu stecken. Wann wurde dieser hinterlistige Plan denn erfunden? Offenbar an demselben 27. Januar, jedenfalls nicht später als dem 29. Januar, denn bereits am 30. Januar wurde er realisiert: Im fernen Moskau unterschrieb der Stellvertretende Generalstaatsanwalt der Russischen Sowjetischen Föderativen Sozialistischen Republik, Generalmajor Wawilow, entsprechend Solschenizyns Vorhaben den Haftbefehl.

Wie viele Leute sitzen in dieser KGB-Sonderabteilung, dazu noch die Beobachtenden, die Prüfenden, denen dieses Geschmiere vor dem Erscheinen vorgelegt wurde – und keiner merkt die chronologische Falle: Alles soll ausgedacht und über Moskau in nur drei Tagen umgesetzt worden sein.

Aber auf welche Weise schaffte Solschenizyn denn diesen Kopfstand? Ganz einfach: Er begann Briefe zu schreiben, in denen er seinen Hass auf Stalin und den sowjetischen Staat offen zum Ausdruck brachte, damit die Zensur das lesen und ihn ergreifen lassen konnte. »Zwar wusste er, dass für derartige antisowjetische Propaganda jeden ein Militärtribunal und die Erschießung erwartete.« Aber auch die Erschießung ist eine Rettung vor dem möglichen Tod an der Front.

Und dann noch diese ganze Prozedur in drei Tagen ... Wäre es denn nicht effizienter gewesen, sich einfach in die nächste Abteilung der militärischen Henkerbehörde »Smersch« (»Tod den Spionen!«) zu bemühen und sich als Feind zu erklären? Vielleicht kam Solschenizyn nicht auf eine solch simple Lösung. Ja ... aber aus der Darstellung desselben Forschers, und zwar außerhalb der Schwenkitten-Episode, geht hervor, dass Solschenizyn seine selbstmörderischen Briefe viel früher zu schreiben begonnen hat, vielleicht im Jahre 1944, vielleicht aber schon im Jahre 1943. Ja, genau, eben zu jener Zeit, als er »mit seinem Dasein in der Armee und der absoluten Sicherheit« so zufrieden war, dass die Idee vom eigenen Tod keinen Platz in seinem Schädel fand.

Auf diese Erklärung wird unser Herr Lügner überdies noch von Dr. Simonjan hingewiesen. Simonjan hat den *Archipel Gulag* zu Ende gelesen und dadurch die letzte Gewissheit erlangt, was Solschenizyn, diesen irrsinnigen Verräter, pathologischen Feigling, den Neffen eines furchtlosen Banditen, die ganze Zeit geführt hat – das beneidenswerte Beispiel der Gruppe um den älteren Bruder Lenins, Alexander Uljanow, denen es durch einen unvorsichtigen Brief gelungen war, sich hängen zu lassen.

***

Kirill! Kirill! Was hast du getan? Wie konntest du – mit *denen* gemeinsame Sache machen? Was hat dich zwingen können, einem bereitwilligen Tschekistenhandlanger all das zu diktieren? Kagan brauchtest du nicht erwähnen, er war ein Außenstehender, nach der siebten Klasse habe ich ihn nicht wieder gesehen. Was er da gesagt haben mag, ist unbekannt, aber selbst nach diesem Berichterstatter ließ er nichts dergleichen verlauten, wie du es getan hast.

Wir waren doch – Freunde, Kirill! In jener feindseligen Zeit lebte ich in Rostow am Don wie in einem fremden Land. Wie teuer war es für mich, deiner weichen, zarten, mitfühlenden Seele zu begegnen. Meine Mutter liebte dich, und deine Mutter liebte mich, so fühlte ich es damals. Soweit ich mich erinnern kann, lag sie immer im Bett, mit schlimmen Ödemen. Euer Leben war von einem schrecklichen Geheimnis umhüllt: Dein Vater, ein reicher Kaufmann, war auf der Flucht vor den sowjetischen Geheimdienstlern gezwungen gewesen, euch zurückzulassen und sich über die persische Grenze abzusetzen. Jetzt kann dieser dahergelaufene Lügner herumtragen, dies hätte keine Gefahr für euch bedeutet, dich an nichts gehindert – aber du weißt doch, was jeder weiß, der von den sowjetischen Verhältnissen eine Ahnung hat, dass du dies zähneknirschend verheimlichen musstest, ganze 40 Jahre lang. (Und als man mich im Lubjanka-Gefängnis in den Verhören über dich ausfragte, verbarg ich dieses Geheimnis ganz tief in mir.)

Es stimmt, euer Hof in der Dmitrijewskaja-Straße war furchtbar, bettelarm, mit diesen Eisengalerien der Stockwerke und einer Eisentreppe – nur wozu diese Erfindung, wir hätten uns auf diesen Stufen gegenseitig unsere Romane und Gedichte vorgelesen? Kein einziges Mal. Wir lasen in dem traumhaften Stadtpark in der Nähe bei euch, noch öfter in der Wohnung von Lydia Jesherez, das war der einzige komfortable Platz für uns, gerade dort entflammten wir drei für die Literatur, nichts anderes, und deine Vision von der Schriftstellerei war stärker und überzeugter als unsere. Was mir von deinem Zimmer (ihr hattet doch keine eigene Wohnung, du lebtest mit deiner Mutter und Schwester in einem Zimmer) besonders im Gedächtnis haften blieb, sind die spiritistischen Sitzungen, die du und Koka arrangiert habt. An diesen zwei, drei Abenden war deine Mutter nicht da, deine Schwester musste draußen warten, du erklärtest, wir sollten unbedingt das Fenster öffnen, schweigend sitzen und ganz fest daran glauben, das Licht müsste angeschaltet bleiben, denn sonst würden wir den Buchstabenkreis nicht lesen können. Wir legten die Finger leicht auf eine umgedrehte Untertasse, Koka war anfangs besonders besorgt, dass die anderen sie nicht verschieben sollten, aber das Verhalten der Untertasse übertraf unsere kühnsten Phantasien: Einige der angerufenen Ausländer konnten das russische Alphabet nicht meistern (uns war gar nicht in den Sinn gekommen, ihnen auch lateinische Buchstaben zur Verfügung zu stellen), einige der Russen wählten die Buchstaben falsch (danach wussten wir, dass diese in ihrem Leben nicht besonders gebildet gewesen waren), der Feldherr Suworow jagte die Untertasse mit der Geschwindigkeit seiner Kavallerie, der Parteigeist Sinowjew jammerte und rechtfertigte sich: »Ich und Lenin waren Freunde«, und irgendjemand antwortete auf unsere Frage: »Wird es denn Krieg geben?« ganz entschieden: »1940«, und auf die Frage »Wer wird siegen« blieb der Zeiger drei Mal bei »S« stehen, einmal bei »R«, SSSR, die Sowjetunion, stehen.

Auch wenn diese Sitzungen nicht gelungen wären, gerade mit dir pflegten wir nie über das Mystische zu lachen. Gerade mir erzähltest du deine schrecklichen Träume, fast immer wieder das Gleiche: Eine merkwürdige und gebieterische Gestalt saß dir im Sessel gegenüber, die Hände, deren Haut gelblich vom Alter sind, liegen auf den Sessellehnen, das Gesicht immer verdunkelt. Er weihte dich in die Dichtung ein, sprach wiederholt von deiner glänzenden Zukunft als Dichter und manchmal erachtete er dich für würdig, dir einige Zeilen aus deinen zu schreibenden Werken zu offenbaren – und du warst wegen ihrer Vollkommenheit im Traum von Glück und Zittern ergriffen, und wenn du erwacht warst, konntest du dich nicht an sie erinnern, bestenfalls nur irgendeinen Fetzen behalten, wie in spöttischen Märchen erzählt wird, den du aufschriebst:

> Liebe stärker ist als Gift
> Höllenqualen sind in ihr.

Mit dir und mit Jeska Resnikow (wieso hast du den schneidigen KGB-Forscher eigentlich nicht auf ihn gehetzt?) zusammen gaben wir in der Schule eine literarische Zeitschrift heraus. Mit dir und Lydia schrieben wir »den Roman dreier Verrückter«: Jeder schrieb der Reihe nach ein Kapitel, es gab keine Absprachen in Bezug auf das Schicksal der Helden, der nächste Autor musste sich einiges einfallen lassen, um weiterzukommen. Zur Jugendzeit hatte jeder von uns schon einiges vorzuweisen, Hefte über Hefte, dann begannen wir, unsere Schriften an die Berühmtheiten zu schicken, die uns jedoch nicht zu antworten pflegten, und als der Literaturwissenschaftler Leonid Timofejew ein vernichtendes Urteil sowohl über deine als auch meine Gedichte zurückschickte, war das für uns eine ganz schön schwere Niederlage, erinnerst du dich? (Du warst jedoch der Meinung, er habe dir deshalb so streng geantwortet, weil er größere Errungenschaften von dir erwarten würde.) Darüber hinaus gingen wir schüchtern zum Dichter unseres Gebiets, Kaz, ob er uns vielleicht bei der Veröffentlichung helfen würde, und Lewin aus der Zeitung *Molot* [Der Hammer] ermunterte uns sehr. Noch hast du mich in einen literarischen Zirkel beim Haus der Mediziner gelockt, irgendein grober Parteimann aus dem *Molot* feilte dort an unserem literarischen Geschmack, und trotzdem kam es uns, den Leuten im Zirkel, damals so vor, als ob Musen in jenem winzigen blauen Raum schweben würden. Die gleiche Leidenschaft zog uns nach Moskau, zur Aufnahmeprüfung für den Fernstudiengang der Literarischen Fakultät am Institut der Philologie, Literatur und Künste. Dort im Studentenheim stießen wir drei mit Koka zusammen auf mein Stalin-Stipendium an.

Und in der früheren Zeit, noch davor? Welches Stück, das an der Schule gespielt wurde (Tschechow, Rostand, Lawrenjow), wurde ohne unsere Beteiligung aufgeführt? Selbst bei den entlegenen dramaturgischen Zirkeln waren wir dabei, in irgendeinem Karl-Marx-Leseraum, um dort *Die Quadratur des Kreises* von Walentin Katajew zu inszenieren. Welche Vorlesestunde im Literaturunterricht verlief ohne von uns übernommene Rollen? Haben wir nur eine einzige Vorstellung am Dramatischen Theater versäumt oder gar in dem luxuriösen Klub mit der Abkürzung WSASOTR (ich glaube, die »Allunionsassoziation der Arbeiter der Sowjets und des Handels«), wenn es ermäßigte Eintrittskarten gab? Überdies spieltest du noch Klavier, und nicht schlecht, ich sehe dich immer noch mit Noten in der Hand in der Musikbibliothek (du hattest teilweise Gebärden wie ein

Mädchen, wir nannten dich »Kirilla«, aber nicht zum Spott, nur liebevoll, wir schirmten dich ab). Du alleine warst es, der mich in die Welt der Musik eingeführt hat, und dafür bin ich dir ewig dankbar. Opern gab es in Rostow nur selten, die Karten waren teuer, doch an jedem Sommerabend spielte im Stadtpark das Symphonieorchester, du hast mich daran gewöhnt und mir so viel erklärt, jede Menge haben wir uns dort angehört! Am späten Nachmittag, in Erwartung des Konzerts, saßen wir mit Büchern irgendwo auf der Bank, gelegentlich in der Nähe des dortigen Restaurants, von wo eine billige Musik zu uns herüberklang, die uns zu unserer Verärgerung dennoch aufwühlte, vor allem aber der Duft von unerreichbaren Speisen, wir waren immer hungrig und lenkten uns durch unsere Lektüre ab, es sei denn, das war Knut Hamsuns *Hunger*. Zusammen mit dir und Koka standen wir die ganze Nacht in der Schlange, um uns Fahrräder zu kaufen, das war wie ein Wunder! Zusammen lernten wir auch Rad fahren, nur hast du mit uns keine Ausflüge gemacht. Erinnerst du dich, wie du dir das Universitätslehrbuch für Chemie, das von Tschitschibabin, gekauft und unsere Chemielehrerin dauernd zum Erröten gebracht hast? Aber was Mathematik betrifft, hast du immer von mir abgeschrieben. Und dann die Kurse für englische Sprache: Du hast mich dorthin gebracht. Als wir schon an verschiedenen Hochschulen waren, trafen wir uns bei dem Latein-Zirkel von Iwan Wassiljewitsch Kotljarow – denn Latein konnten wir beide einfach nicht sein lassen. Als bei der Aufnahmeprüfung an die Theaterschule der Regisseur Sawadskij den Verdacht schöpfte, meine Stimme könnte nicht in Ordnung sein, stellte er mir die Aufgabe: »Dort, weit, weit von hier, geht Ihr Freund. Rufen Sie ihn, so laut Sie können«. Ohne zu überlegen, ohne nachzudenken, rief ich laut: »Kiri-ill!« (Und meine Stimme war weg.)

Als deine Mutter starb, nach der Bestattung am nächsten Tag, an jenem furchtbaren Tag, ging ich mit dir, damit du nicht alleine zu Hause bleiben musstest (deine Schwester war zu jemandem gegangen), vom Morgen bis zum Sonnenuntergang in die Steppe. Es war ein herrliches Wetter, wie es im Süden im April nur zwei, drei Tage lang anhält, nicht mehr, wenn die Sonne noch nicht glühend heiß ist. Das Gras war größtenteils noch aus dem vorigen Jahr, es schlug uns um die Füße, aber das erste neue kam schon hervor, grünlich, der Himmel war blau, voll singender Lerchen. Den ganzen Tag gingen wir querfeldein, ohne Wege, redeten über alles Mögliche, unsere Seelen waren eins, und wir fühlten, dass die Heimgegangene mit uns war. Gegen Abend warst du schon guter Dinge, warst auf die Erde zurückgekehrt.

In Bezug auf die Politik warst du viel klüger als ich oder Koka, dich haben diese Viren der Weltrevolution nicht erfasst und der Marxismus klebte an dir auch nicht lange und nicht allzu fest. Du warst der einzige von uns, der ein deutliches Bild von dem Massenterror des Jahres 1937 hatte, du versuchtest es mir zu erklären, ich war jedoch nicht besonders aufnahmefähig. Als der Krieg ausbrach, kam ich zu dir, um mich zu verabschieden, zur medizinischen Stelle des Postamtes, an der du beschäftigt warst. Ich konnte es nicht erwarten, den Leninismus zu verteidigen, sonst könnte er zusammenbrechen, und du, ein kluger Kopf, sagtest mir, dass der Zorn des Volkes wie eine Gewitterwolke über uns hinge, die Bergvölker des Kaukasus würden sich demnächst auflehnen, und so ist es auch gekommen!

Wir trennten uns für zweieinhalb Jahre. Im März 1944 kam ich zu Fuß aus Odinzowo zum unnahbaren Schloss in Barwicha, die Wache ließ mich durch, und du und Lydia nahmt mich in Empfang und führtet mich, nur ein Oberleutnant, nichts Bewegendes, in jenes Appartement aus drei Zimmern, das unmittelbar davor der Kommandeur meiner Front, Marschall Rokossowskij, bewohnt hatte. Beim Mittagessen fiel es mir schwer, mich zu beherrschen, damit mir nach zwei normalen kein unflätiges Wort herausrutschte, wie man an der Front so zu reden gewohnt war. Danach hatten wir ein Gespräch, 24 Stunden lang, und wir waren uns in allen Fragen einig. Der dämliche Schnurrbart, Stalin, war schon lange für keinen von uns eine Respektsperson mehr. Unsere gemeinsamen literarischen Pläne für die Zeit nach dem Krieg sprudelten …

Dann trennten wir uns, und dann … Ich entschließe mich dazu, mich an all das jetzt zu erinnern, weil du – du bist nicht mehr in der Gewalt *derer*. Auf Erden werden wir uns nie wieder sehen.

Diese letzten Seiten, Kirill, habe ich nicht jetzt geschrieben, als das widerliche KGB-Buch mich erreichte, ich schrieb sie vor fünf Monaten, im April, kurz vor deinem 60. Lebensjahr. Gerade in jenen Tagen dachte ich an dich und gerade da brachte man mir einen Brief, der mich wie ein Blitz getroffen hat: Du warst nicht mehr am Leben, mein lieber Kirill! Und das nicht mehr im metaphorischen Sinne … Du bist in diesem Winter gestorben, ohne deinen 60. Geburtstag gefeiert zu haben (und ohne dieses KGB-Geschmiere erlebt zu haben – du hast doch sicher auf sein Erscheinen gewartet).

In jenen Tagen habe ich all das nun geschrieben. Ich war von deinem Tod ergriffen: Was ist das doch für ein kurzer und unsteter Spaziergang, dieses Leben hier! In Trauer schrieb ich alles auf, woran ich mich erinnern konnte, und nicht alles hat auf diesen Seiten Platz gefunden. Ich wusste, dass du eine Broschüre gegen mich veröffentlicht hast, ich habe sie damals nicht gelesen, was hätte dort auch an bösartigen Dingen alles stehen sollen? Die Bilder kamen und kamen von innen heraus und ich schrieb sie nieder. Ich habe einen mir nahe stehenden Menschen verloren. Es war keine Gelegenheit, uns wieder zu versöhnen. Ich bin so traurig deinetwegen!

Statt dich zu umarmen, halte ich nun in meinen Händen dieses gelbliche, stinkende Buch, jetzt wird mir klar, was in dieser nicht gelesenen Broschüre vorzufinden gewesen wäre, und ich möchte dich etwas fragen. Nicht von mir aus, denn ich vergebe dir. Von vielen Feuern warst du in deinem unglücklichen, durcheinander geratenen Leben, ohne Familie, gepeinigt. Nein, ich frage dich im Namen meiner Mutter: Sie liebte dich; wozu hast du sie postum so verleumdet?

Wenn du ihr nur selbst antworten könntest … Aber wer weiß …

Und was ich dir jetzt schreibe, das siehst du, hätte ich vielleicht gar nicht sagen brauchen.

Was hast du bloß getan, Kirill? Mit diesem erfundenen Zeug hast du doch nicht mich eingewickelt, sondern die untergegangene Wahrheit unserer Heimat, die 60 Jahre hindurch von den Feinden der Menschheit zerhackt, verbrannt, zerstampft, versenkt wurde. Über unsere Kräfte hinaus versuchen wir nun, sie vom Meeresboden zurückzuholen – und du hilfst sie erneut zuzuschmieren. Hast geholfen. Wegen der Einöde der russischen Geschichte, die wir aus der Verdammnis bergen, war ich nun gezwungen, wegen dir und diesen satanischen Gestalten, jedes kleinste Stück meiner Vergangenheit wieder herzustellen, ohne es zu wollen, eine langwierige Angelegenheit, mit fraglichem Nutzen.

Ja, Kirill, deine Briefe ließen sich mit meinen und denen von Koka gar nicht vergleichen, wir nahmen gar keine Rücksichten mehr. Zwar schrieben wir nicht direkt »Stalin« und »Wladimir Lenin«, doch in jedem Brief tauchten »Der Pate« und »Wowka« auf. Was wir uns da schrieben, hatte mit militärischen Dingen nichts zu tun, das beschönigt Koka jetzt nur, damit es nach sowjetischen Vorstellungen anständiger aussieht. Er selbst gab mir 1941 diese tolle Idee, die sich für uns als unglückselig herausstellen sollte: Die Militärzensur würde nur auf militärische Themen achten, über allgemein philosophische Fragen könnten wir uns nach Belieben auslassen. (Später, im Gefängnis, wunderten sich viele, was bloß in uns gefahren sei, dass wir in den Briefen so kopflos waren. Ich wunderte mich selbst ebenfalls, nur eben hinterher. Hinzu kommt noch der folgende Fall vom Winter 1944: Fedja Botnew, ein Leutnant aus meiner Batterie, bekam unerwartet einen Brief von einer Frau aus der Zensur. Sie schrieb ihm, sie hätte sein Foto aus einem Brief von ihm herausgenommen und behalten, sie möchte ihm schreiben und ihn kennen lernen. Botnew bat mich, ihm freizugeben, fuhr dorthin, kehrte zurück und erzählte: Da saß ein Dutzend Mädchen, die sich furchtbar langweilten, Gespräche über Liebe und Bräutigame führten, die Briefe würden nur gezwungenermaßen geprüft, meistens seien das Postkarten und kleine »Dreiecke«, damit man schneller eine höhere Zahl von durchgesehenen Sendungen erreichte. Nach dieser Erzählung glaubte ich noch stärker daran, dass man der Zensur keine ernsthafte Bedeutung beizumessen brauchte.) Als Koka und ich uns dann Neujahr 1944 in einer Erdhütte in die Arme liefen, schrieben wir unsere gemeinsame »Resolution Nr. 1« herunter und beschlossen sie damit, dass zu unseren *Aufgaben* »die Bestimmung des Zeitpunktes für den Übergang zu Handlungen und die Durchführung eines entschiedenen Schlages gegen den reaktionären ideologischen Überbau der Nachkriegsära« gehöre. »Die Erfüllung dieser Aufgaben ist ohne eine entsprechende Organisation nicht denkbar.« Jeder von uns verpflichtete sich, von da an diese Resolution in seiner Feldtasche mit sich zu tragen. So wurden wir damit auch festgenommen.

Für die Untersuchung blieb nicht viel zu tun: Die Fotokopien sämtlicher Briefe aus vielen Jahren lagen auf dem Tisch und sprachen ihre allzu klare Sprache. Unser Schicksal war schon vor der Verhaftung längst beschlossen. Nach der Schilderung im Buch des Herrn Wendehals soll Witkewitsch sich gewundert haben: »Ich habe niemandem über die Resolution Nr. 1 erzählt« – na ich doch auch nicht, sie wurde einfach in unseren Taschen gefunden. Jetzt versucht er noch anzugeben, er hätte eine härtere Strafe bekommen, was aber anders lag: Er bekam zehn Jahre, nach einem Standardspruch des Tribunals, doch er wurde nicht wegen der Bildung einer Organisation verklagt und so blieben ihm die Sonderlager erspart wie auch die Verbannung, er kam wegen guter Führung noch vor der Vollendung von neun Jahren wieder als freier Mann heraus. Mir bescherte jedoch der Punkt »Organisation« über meine acht Jahre hinaus noch die unbegrenzte Verbannung, und hätte es nicht eine Veränderung im Leben des Staates gegeben, wäre ich auch nach elf Jahren nicht freigekommen, sondern bis heute dort geblieben.

Aber auch deine Briefe auf dem Tisch der Untersuchungsbeamten, Kirill, sahen etwas fragwürdig aus, den damaligen Umständen entsprechend verlangten sie nach einer Deutung. Wenn ich schrieb: »Nach dem Krieg werden wir nach Moskau fahren und die aktive Arbeit aufnehmen«, antwortetest du: »Nein, du Walross, besser schirmen wir uns in einem kleinen Kreis ab und werden von innen heraus arbeiten.« Bei dem Verhör presste man mich – wie ist das zu verstehen? Wenn jemand schon so schreibt, was findet dann bei den Treffen und Gesprächen statt?

Überdies lasteten auf mir die beschlagnahmten »Kriegstagebücher«, die aufgezeichneten Fronterzählungen und freimütigen Aussprachen, ich musste um jeden Preis meine Regimentskameraden vor deren Zugriff schützen.

Nach ein paar Jahren im Lager und jeder Menge Erfahrungsaustausch begriff ich, dass die beste Sache seinerzeit für mich gewesen wäre, den Untersuchungsrichter schlicht und ergreifend zum Teufel zu schicken: Was ihr euch gekrallt habt, sollt ihr behalten, und was ihr da nicht versteht, soll euch der Waldgeist erläutern. Aber nach meiner damaligen Einstellung schien es mir so: Das Einzige, was wirklich am lebensbedrohlichsten war, war die soziale Herkunft. Während der ersten zehn oder 15 Jahre der Sowjetmacht lieferte sie die alleinige Begründung für die Vernichtung eines beliebigen Menschen wie ganzer Menschenmassen. (Bis heute sind direkte Anordnungen dieser Art aus den Werken Lenins oder anderer nicht herausgenommen worden.) Wir drei hatten in dieser Hinsicht etwas zu befürchten: ich wegen meines reichen Großvaters, du wegen deines reichen Vaters (der noch am Leben war, obendrein noch im Ausland – na bitte, wie klang das damals?), Natascha wegen ihres Vaters, eines Kosakenoffiziers, der zusammen mit der Weißen Garde das Land verlassen hatte. Falls eine weitere Untersuchung wegen des Fehlens von Erklärungen angeordnet worden wäre, hätte die Gefahr bestanden, dass man auf diese Spuren stoßen würde. So beschloss ich, sie auf einen falschen Weg zu locken und alles glaubwürdig zu erklären. Vielleicht war das ein Fehler, doch ganz töricht war das nicht, davon bin ich bis heute überzeugt. – Ja, ich gestehe, wir waren alle etwas unzufrieden. (In der Sprache der Sicherheitsbehörde wird dies von dem Ermittler so formuliert: »niederträchtige antisowjetische Insinuationen«.) – »*Worin* besteht diese Unzufriedenheit genau? *Woher* kommt sie?« – »Sie kommt von der Einführung der Studiengebühren im Jahre 1940 und der niedrigen Höhe der Stipendien.« Und das wär's gewesen! Ich verheimlichte unsere brennenden politischen Diskussionen und ließ das Ganze als eine Angelegenheit des Bauches erscheinen. Im Unterschied zu meiner Korrespondenz mit Koka blieben deine Briefe, aus denen man ebenfalls gefährliche Dinge hätte herauslesen können, ohne Konsequenz. Bei den Ermittlungen kam nichts Wesentliches zu Tage, woran man sich hätte festklammern können.

Was soll man da sagen – meine Partie war gar nicht so schlecht gespielt, wenn keiner von euch ins Gefängnis gebracht, ja nicht einmal verhört wurde. In unserer Sache wurde keine weitere auswärtige Person belangt, was überaus selten bei den Millionen von Fällen im Gulag vorkam. Die Zeit war, wie du weißt, gnadenlos. (Drei Jahre später konnte Reschetowskaja sogar an einer geheimen Einrichtung arbeiten.) Als ich davon erfuhr, freute ich mich riesig – ich hatte jenen Ermittler, den Hauptmann Jesepow, also doch überlistet! (Jetzt ist er ein ehrwürdiger Rentner, wie der ausländische Biograf uns informiert.)

Auf diese Weise wurdest du verschont. (Wäre das je möglich gewesen, sag doch, wenn während meiner Verhöre nur ein Schatten deiner Äußerungen gesichtet worden wäre, von den Foltern des Jahres 1937, von den kaukasischen Bergbewohnern? Auch schon wegen viel geringerer Sachen war man schlimm dran.) Sieben Jahre lang wurdest du nicht angerührt. Dann bist du selbst, Kirill, um das Jahr 1952 in Moskau in irgendeine andere Sache hineingeraten (ich weiß nicht, was das war, aber vielleicht werden wir das eines Tages erfahren). Im April 1952 legte mir im Lager in Ekibastus der Ermittler ein Papier von einer Moskauer Bezirksabteilung der Sicherheitsbehörde vor, in Zusammenhang mit dem eingeleiteten Verfahren gegen Kirill Simonjan werde ein Verhör mit mir angeordnet, und zwar in Bezug darauf, was mir über seine antisowjetische Einstellung bekannt sei und ob ich meine Aussagen aus dem Jahre 1945 bestätige. Erst dann konnte ich sie in meinem Panzer eines erfahrenen Lagerinsassen getrost dorthin schicken, wohin sie alle gehören. Ich gab zu Protokoll, welche Aussage auch immer von 1945 sei eine aus mir herausgepresste Lüge, und dich kannte ich nur als einen über jeden Zweifel erhabenen sowjetischen Patrioten.

An dieser Stelle beginnt eine Mär von irgendeinem Heft, »bestehend aus 52 durchnummerierten Seiten, beschrieben mit unnachahmlich kleinen Buchstaben«, angeblich meine Handschrift, angeblich dir damals von der Staatssicherheit vorgelegt. Ich weiß, was dabei von denen zusammengebraut und was von dir hinzugefügt wurde. Aber was für ein Wunder: Nach dem Kennenlernen dieser dicht beschriebenen Seiten mit den vernichtenden Beschuldigungen gegen dich lässt, wie du schreibst, dich der Ermittler, empört über die niederträchtige Denunziation, einfach weiterziehen – und wann bitte? Ach, 1952, im letzten stalinistischen Jahr, sicher! (Vielleicht ist die Seitenzahl des Heftes 52 von dort heruntergesprungen?)

Kirill, mein Lieber! Du konntest natürlich auf keinen Fall wissen, dass in jenen Monaten in den Lagern von Ekibastus die Erde unter den Füßen brannte, dass Tausende von einem Ort auf andere verteilt wurden, dass soeben ein Aufstand ausgebrochen war und dass keiner von uns sich mit so etwas wie dem Schreiben von Heften, »bestehend aus 52 durchnummerierten Seiten«, hätte beschäftigen können, dass ich in den gleichen Monaten soeben eine Krebsoperation hinter mir hatte. Angenommen, du wärest nicht von alleine darauf gekommen, dass man einem bei der Staatssicherheit nicht erlaubt, solche Hefte zu verfassen, wie einem beliebt, sondern jeder Satz von dem Ermittler aufgeschrieben und von demselben verdreht werden muss. Angenommen, du hättest nie davon gehört, dass Handschriften gefälscht werden können. Aber dir war bestens bekannt, dass selbst ein Fetzen Papier einen genügenden Grund bot, um einen ins Gefängnis zu werfen – und du hast dich gar nicht gewundert, dass man dich angesichts der 52 dicht beschriebenen Seiten einfach laufen ließ? Waren dort wirklich so viele Seiten? Denn diese Leute würden sich kaum über drei Seiten hinaus anstrengen wollen. Oder hatten sie nur von weitem auf einen Stapel Papier hingedeutet? Dir damit vor der Nase herumgewedelt? Das wäre nicht neu, eine ziemlich bekannte Masche.

Kirill, hat dir etwa dein Herz, deine Seele nicht gesagt, dass eine solche Denunziation durch deinen Freund aus der Schulzeit einfach unmöglich gewesen wäre? Die Erhabenheit der Seele sollte uns sowohl vor den falschen Menschen, die sich durch ihre Augen verraten, als auch vor derartigen dreckigen Fälschungen der Tschekisten bewahren.

Im Jahre 1952 hing dein Schicksal offenbar am seidenen Faden, das sieht man. Nachdem die Tschekisten von mir null Material gegen dich bekommen hatten (das authentische Protokoll meines Verhörs zeigte man dir natürlich nicht, oder?), wollten sie dich mit einem Bluff kaufen – und du hast den vergifteten Haken leicht geschluckt und ihn für immer in deine Brust aufgenommen, gar bis zu deinem Tode.

Das heißt nur, deiner Seele fehlte es damals an Höhe. Wie es dir auch später daran fehlte, um dem Charme dieses Schuftes zu entsagen.

Als ich im Jahre 1956 zurückkam, erfuhr ich von Lydia, du hättest eine offene Rechnung mit mir – wie wagte ich es, als ich dabei war, unterzugehen, dich, der du am Ufer standest, mit ein paar Tropfen zu besprenkeln. Ich dachte damals, es gehe um das Jahr 1945. Da war ich ebenfalls verärgert über dich: Denn ich war doch wirklich am Untergehen, am Sterben.

Meine Schuld war das – das alles hätte bei einem Wiedersehen geklärt werden können. Aber wir trafen uns nicht.

Anderthalb Jahre darauf kam dein 40. Geburtstag und Natascha und ich schickten dir ein herzliches Telegramm (und zwar aus Rjasan, nicht aus irgendwelchen untergeschobenen Städten, wie du es mit diesem Schreiberling erfindest. Übrigens: War das deine oder seine Idee, zu sagen, dass der reale Moskauer Berschader aus *Der erste Kreis der Hölle*, der Verwalter in meinem Lager, mit unserem guten Lehrer Berschadskij übereinstimme?). Du hast uns damals nicht geantwortet.

Die Jahre flossen vorbei, die Herzen konnten sich noch öffnen, und so hast du mir in einem Frühling, ich glaube, das war im Jahre 1968, einen Versöhnungsbrief geschrieben – wir sollten uns treffen, Frieden schließen. Ich habe dir gleich geantwortet, mit Freude. Schnell wurden wir uns einig, wann ich zu dir kommen sollte. Ich kam. Ich klingelte – du warst nicht da, niemand machte auf. Na gut. Ich ging und setzte mich vor dem Eingang auf eine Bank, um dich nicht zu verpassen. Eine Stunde verging, du warst nicht vorbeigekommen. Ich ging nochmals hinauf – wieder das Gleiche. Ich wartete noch eine halbe Stunde – du erschienst nicht. Ich schrieb dir einen Zettel – komm zu mir zu Weihnachten, an jedem Tag, der dir passt, mit der Skizze, wie ich erreichbar bin. Nochmals ging ich nach oben, klingelte – keine Antwort. Dann öffnete ich den Schlitz für den Posteinwurf an der Tür, um meinen Zettel hineinzuwerfen – und sehe deine Beine in Pyjamahosen. Du bist dort gestanden und hast den Atem angehalten. Ich ließ den Schlitz zuklappen, rief dich nicht beim Namen. Wenn es dir so leichter sein sollte … Wenn es dir …

Und so war es dann. Ohne dass wir uns ausgesprochen, versöhnt hätten, ohne uns an das Alte zu erinnern …

Danach hast du mein Aus-Ehrgeiz-in-Ohnmacht-Fallen erfunden, die Broschüre geschrieben. Die Gespräche mit dem KGB-Schreiberling geführt. Auf das Vorabexemplar seiner Lügengeschichte gewartet.

Möge die Erde dir leicht sein! Um das Leben, das du gelebt hast, wird man dich nicht beneiden können.[86]

***

Voran, voran, meine Geschichte! Der KGB-Schreiberling hält selbst die Umstände meiner Verhaftung für nicht glaubwürdig (obwohl dort zehn Zeugen anwesend waren). Dann teilt er mit, ich hätte »das Tribunal für mich vereinnahmen können« (es gab bei mir kein Tribunal, ich wurde durch eine Sonderkommission abgeurteilt). Jetzt kommt die wichtige Frage: Wie habe ich mich im Lager betragen? Aber hierbei handelt es sich um ganze acht Jahre und eine Menge verstreuter Orte, alles liegt 30 Jahre zurück, wie soll er darüber berichten können? Zum Vorteil des KGB habe ich selbst im *Archipel Gulag* vor ihnen ausgebreitet, wie sie mich versuchten, als Lagerdenunzianten anzuwerben. Was hätte passender sein können! Schon ist der Erzählstoff da. Behauptet Solschenizyn, er habe keine Berichte geschrieben? Aber für den KGB ist es ein Leichtes, eine Widerlegung zu beschaffen, man braucht nur an alle operativen Leiter und Archiv-Mitarbeiter jener Orte, wo ich in Gefangenschaft gewesen bin, einen Pfiff zu geben und alle Berichte aus den betreffenden Jahren durchzugehen, bis solche unter meinem Decknamen Wetrow auftauchen – dann kann man sie überhaupt als ein separates Buch veröffentlichen (womit auch das Elaborat des tschechischen Biografen gar nicht notwendig gewesen wäre). Zu viel Aufwand? – Na ja, aber der Autor des *Archipel Gulag* ist ein besonderer Freund, da würde sich das lohnen.

Aber leider, leider – keinen einzigen Wetrow-Bericht hat man ausfindig machen können. Es gibt niemanden, der Schaden davongetragen hätte. Doch man könnte dann indirekte Indizien anführen, gedankliche Konstruktionen.

Ein Beispiel: Da lebt Solschenizyn in dem Lager, in dem man ihn anzuwerben versucht hat, erst wenige Monate – und wird in das System der privilegierten Forschungslager für Fachleute überstellt. Wenn das kein Beweis ist! Wie soll man sonst erklären, dass Solschenizyn, mit seinem Universitätsdiplom eines Mathematikers, zu den Fachleuten gezählt wird? Völlig unglaubwürdig. Daraufhin schließt der Schreiberling: »Solschenizyn wurde in das Institut von Marfino als ein geheimer Denunziant eingeschleust, das ist eine unwiderlegbare Tatsache.« (Dabei vergisst er zu erwähnen, dass sich in der gleichen Forschungsstätte aus irgendeinem Grund auch noch Witkewitsch einfindet.)

Hervorragend! Im kleinen Marfino wird sich die drei Jahre lang andauernde Tätigkeit von Solschenizyn als Spitzel doch leicht entlarven lassen. Hier werden sich Dutzende von Zeugen zur Vefügung halten, so viele wurden durch Solschenizyn geschädigt, und alles gebildete Leute, sie leben in Moskau, und, wie unser Autor schreibt, er habe auch mit Lew Kopelew geredet, der dort ebenfalls war – wieso hat er ihn nicht danach gefragt? Überdies ist Marfino das zentrale Sondergefängnis des KGB, sämtliche Archive werden zum Greifen nah sein, lasst uns doch alle Berichte herbeischaffen, diese sowjetische Dienstbarkeit unter die Strahlen der sowjetischen roten Sonne zerren!

Aber auch hier hat sich aus irgendeinem geheimnisvollen Grund nichts finden lassen. Dafür taucht ein neues Rätsel auf: Solschenizyn wird aus der privilegierten Forschungsstätte in ein Sonderstraflager verschickt. Ach ja, vollkommen klar – das ist eine besondere Auszeichnung für seine Spitzeldienste gewesen, zugleich eine neue verantwortungsvolle Aufgabe – die Sträflinge mit seinen Tentakeln einzuwickeln.

Aber hier würden doch neue Zeugen vonnöten sein, woher soll man diese nehmen? Vielleicht Dr. Simonjan in dieses Lager nach Ekibastus stecken? Nein, dadurch würden die anderen Teile der Erzählung hinken. Heureka! Weg mit diesem Witkewitsch, er wird dorthin auf Reisen geschickt. Zwar war gerade Witkewitsch derjenige, der am Institut in Marfino bleiben durfte (was der Schreiberling ja verschweigt, sonst könnte man ja auch denken, er wäre der gesuchte Spitzel gewesen); zwar wurde Witkewitsch niemals in ein Sonderstraflager geschickt, weil sein Strafmaß nach Artikel 58 § 10 ohne den entsprechenden nächsten Straflagerparagraf 11 ausgefallen war, aber jetzt ist das alles unwichtig, wir werden ihn trotzdem dorthin schicken, eine kleine Unannehmlichkeit, die er über sich ergehen lassen muss. Denn wer sonst wird uns erzählen können, was dies für ein Sonderlager war, wenn nicht Witkewitsch? Nur er alleine! (Quelle: »Stenogramm des Gesprächs mit N. D. Witkewitsch im Privatarchiv von Řezáč«.) Außerdem wird Witkewitsch uns noch einmal bestätigen, dass alles, was in *Archipel Gulag* beschrieben ist, lediglich Lagerfolklore sei.

Doch in jenem Lager wird Solschenizyn ja auf der Krankenstation liegen, also brauchen wir sowieso einen Arzt. Wo sollen wir einen Doktor finden, wenn Simonjan nicht in Frage kommt? Einen Ausweg gibt es immer – man braucht nur die Bücher Solschenizyns durchzublättern. Im *Archipel* wird ein Doktor namens Nikolaj Iwanowitsch Subow erwähnt, ausgezeichnet. Dass er niemals im Lager in Ekibastus einsaß? Kein Problem, dann wird er dort eben sitzen müssen. Er ist ja gerade 83 Jahre alt, absolut taub, wohnt an einem absolut vergessenen Ort – er wird es nicht schaffen, irgendetwas zu dementieren.

Der eiserne Ring um Solschenizyn schließt sich. Er soll dabei in Ekibastus nicht im Steinbruch arbeiten. Nein, er soll der Bibliothekar von Ekibastus gewesen sein.

An dieser Stelle überkommt es mich: Na gut, man kann hier und da gelegentlich überziehen, aber dass man dauernd mit dem Hintern aus einer Pfütze in die andere umgesetzt wird – das geht wirklich zu weit! Herr Minister der Staatssicherheit! Wofür zahlen Sie eigentlich dieser vertrottelten Abteilung Gehälter? Das Autorenkollektiv hätte doch nach einem bewährten Rezept verfahren sollen: Damit es glaubwürdig wirkt, sollte man wenigstens ab und an einige Fetzen der Wahrheit hinzufügen. Was zimmert ihr denn da wie Wahnsinnige eine Vogelscheuche immer nur aus Erlogenem zusammen?[87]

Und dann kommt der Schreiberling noch damit: »Die wichtigste Tatsache, die von allen bestätigt wird, denen Solschenizyn im Lager begegnete (etwa: Simonjan, Witkewitsch, Kagan, Subow? – *A. S.*), mit Ausnahme Dmitrij Panins, der diese Tatsache übersah, ist, dass Solschenizyn einen

Tag vor dem Lageraufstand verschwunden ist: Er wurde plötzlich in das Lagerkrankenhaus verlegt.«

Diese verfluchte Chronologie, wie sie einem doch ein Bein stellen kann. – Unvergessliche Tage waren das. In Ekibastus hat die Wache am 22. Januar 1952 (nach dem vorrevolutionären Kalender – am 9. Januar, dem Tag des »Blutsonntag« in St. Petersburg 1905) auf die unbewaffnete Menge im Lager geschossen und wehrlose Menschen misshandelt. Am 23. Januar begann der Streik in jenen Baracken, in denen es Opfer gegeben hatte. Am 24., 25. und 26. Januar erklärte das gesamte Lager den Hungerstreik. Am 27. Januar wähnte man schon den Sieg, die Lageradministration erklärte, dass die Forderungen der Streikenden erfüllt würden. Am 28. Januar begann man die Forderungen einzusammeln und es fand ein Treffen der Brigadiere statt, an dem ich eine Rede hielt. Am 29. Januar ging ich ins Krankenhaus, um mich wegen der Krebsgeschwulst operieren zu lassen. Diese Operation wurde am 12. Februar durchgeführt. Dmitrij Panin hat deswegen meine vermeintliche Abwesenheit vor dem Aufstand nicht »gemerkt«, weil wir beide diese ganze Zeit einschließlich des Hungerstreikes zusammen in einer Baracke verbracht haben, wo er noch am 26. Januar mutig die Aufständischen aufrief, sich nicht zu ergeben.

Dann endlich die Krönung aller Durchblicke: Vielleicht hat Solschenizyn überhaupt keinen Krebs gehabt? Na ja, nach der Theorie des Professors Simonjan könnte es so ausgesehen haben: Der Krebs war lediglich ein »anerzogener Reflex, den Solschenizyn ohne besondere Anstrengung hervorzurufen« schaffte. Leider hat er die Möglichkeit dieses Gedankenblitzes gar nicht auszuschlachten vermocht.

Die *lebenslängliche* Verbannung, die durch den 20. Parteitag der KPdSU beendet worden war, passt unserem Autor ebenfalls nicht so gut in den Kram und er klammert sie aus. Wer sich aber nun hätte einbilden wollen, dass mit dem Ende der Verbannung die ewigen Intrigen dieses doppelzüngigen Solschenizyn aufhörten, der läge falsch. Im Gegenteil, da fingen sie erst richtig an. Der Schreiberling benennt diesmal keine Zeugen, doch jedem sowjetischen Kind wird bekannt sein, dass man aus unseren Lagern so viele eigene Manuskripte mitnehmen darf, wie es einem beliebt, nicht wahr? Was noch? »Gleich nach seiner Befreiung begann er damit, verschlagene politische und anderweitige Intrigen zu schmieden, antisowjetische Auftritte vorzubereiten.« Sollten wir das so verstehen, dass sich dieser Solschenizyn nach der Rückkehr aus der Verbannung in das sprudelnde Leben der Moskauer Kreise stürzen würde? O nein, er machte etwas besonders Listiges: »Alexander Issajewitsch ließ sich nicht in einer Großstadt nieder, sondern in einem schäbigen Winkel des Wladimir-Gebiets ... Wie das? Wäre gerade *er* etwa einverstanden gewesen, weit entfernt von großen Verlagen und Zeitschriftenredaktionen zu leben? Will er die Lichter der Großstadt nicht sehen, die vielen Menschen, Straßen, Geschäfte, Straßenbahnen?« (An dieser Stelle klingt es wirklich echt, das kann er sich in der Tat überhaupt nicht vorstellen.)

Aber die Rätsel wollen einfach nicht aufhören. Dieser satanisch hinterhältige Solschenizyn erfindet nun das Bild, er würde das Leben eines im Untergrund tätigen Schriftstellers führen, obwohl dazu gar kein Anlass gegeben ist. Denn »fast alles, was Solschenizyn damals geschrieben hat, wurde auch veröffentlicht« (zwar erheblich später, und zwar im Westen, das ist aber egal). Was für eine Gefahr hätte Solschenizyn ereilen sollen für die Werke, die er aus dem Gedächtnis niederschrieb oder neu verfasste? Darunter waren ja nur solche Sachen wie *Das Festmahl der Sieger*, Gedichte aus der Lagerzeit, *Ostpreußische Nächte*, *Die Panzer kennen die Wahrheit* (ein Drehbuch über den Lageraufstand). »Solschenizyns Version über die Beweggründe seiner Tätigkeit im Untergrund ist einfach unverständlich.«

Wir hätten diesem Solschenizyn trotzdem alle seine Widerlichkeiten verzeihen können. Doch der Schuft fing an, dem KGB diverse Köder auszuwerfen, damit diese ehrenhafte Behörde zubeißen würde.

Er begann damit, einen Koffer mit einem Teil seiner Verleumdungen bei einem gewissen Teusch abzustellen. Und es musste sich ja so ereignen, dass »die KGB-Mitarbeiter aus einem anderen Anlass einen Durchsuchungsbefehl für Teuschs Wohnung erhielten. Allerdings suchte niemand dabei nach Schriften Solschenizyns. Erst beim Weggehen bemerkte ein KGB-Offizier am Eingang (in Wirklichkeit: in Teuschs einzigem Zimmer – *A. S.*) *plötzlich* ein kleines Köfferchen« (in Wirklichkeit: einen Koffer mit den Maßen 1 Meter x 0,75 Meter, umgefähr 20 Kilo schwer – *A. S.*). Das war also jener Gifthaken, den der vertrauensselige KGB schluckte, wodurch er zum Opfer aller kommenden literarischen Skandale wurde. Selbst heute, nach so vielen Jahren, empören sich die KGB-Leute: Na gut, wir haben deinen Koffer beschlagnahmt, du hättest doch im Guten um die Rückgabe bitten können, dich entschuldigen, wenn du willst, bei uns im

KGB oder auch bei der Staatsanwaltschaft, ach, einfach bei den Parteiorganen. Aber nein – denn »er wusste, dass ihm nichts passieren wird«. Denn »gerade so hat Solschenizyn sich das ausgedacht: Der KGB würde seine Manuskripte finden und er hätte, ohne eine Strafe dafür zu bekommen, den Anlass, einen Skandal zu provozieren.« Deswegen schrieb Solschenizyn seinen Brief an den Schriftstellerverband (der unangenehme Konsequenzen in der Heimat unseres Schreiberlings hatte, denn er selbst geriet bei der Tagung des Tschechoslowakischen Schriftstellerverbandes in dieses kochende Wasser).

Einen Augenblick brauche ich, um wieder Luft zu holen. In *Die Eiche und das Kalb* habe ich beschrieben, wie ich in meinem Versteck versuchen musste, die Manuskripte vor dem zerschmetternden Schlag des KGB zu retten, zu manövrieren, nach neuen Aufbewahrungsorten zu suchen, wo ich das Angefangene zu Ende schreiben konnte. Als mir wegen dieser Sorgen der Kopf brannte, hätte ich mir da je vorstellen können, dass ich 13 Jahre später den Bericht des KGB-Goliath selbst zu lesen bekomme, was die andere Seite gedacht hatte, wie sie bedauerte, mich seinerzeit nicht zur Strecke gebracht zu haben? Damals wäre es ein lautloses Knirschen gewesen: Wer hätte im Jahre 1965 die Beschlagnahmung meines Archivs bemerkt? Hätte sich der Westen noch lange an das Verschwinden des Verfassers einer »politischen, Chruschtschow-hörigen« Erzählung, des *Ein Tag im Leben des Iwan Denissowitsch* erinnert?

Dazu kommt noch die Geschichte mit dem Nobelpreis. Alle wissen, wie man den bekommt: Man soll möglichst laut protestieren! Lauter! Und noch lauter! »Er konnte ohne jegliches Risiko protestieren. Der Ausschluss aus dem Schriftstellerverband? Das ist doch kein Problem. In der Sowjetunion lebte Solschenizyn wie Gott in Frankreich.« (So steht es da wirklich geschrieben). Einfach eine grenzenlose Sicherheit.

Na, dann wird er sicherlich auch den Nobelpreis bekommen.

Hast du ihn bekommen, dann gehe zum Teufel damit, hau wenigstens ab! Aber nein, »Solschenizyn bediente sich eines Tricks, *der sich zwar nicht ahnden lässt, doch einer der widerlichsten in seinem ganzen Leben war*: Er hat überhaupt keinen Antrag auf den Ausreisepass oder das Visum gestellt« (wortwörtlich so, nur die Kursive stammen von mir – *A. S.*). Durch diesen Trick traf ich das ohnehin verwundete Herz des KGB noch mehr.

Doch für diesen Solschenizyn war es damit immer noch nicht genug: Jetzt entschließt er sich, den *Archipel Gulag* zu veröffentlichen. »Umsonst würde man hierbei auf die Zensur, die Bürokratie, Beschränkungen hinweisen wollen« – er hat es geschafft, das Buch herauszubringen. Aber was für eine neuerliche widerliche Aktion ging damit einher? Solschenizyn hat erreicht, dass der KGB selbst zum Beginn der Drucklegung beiträgt! Aber auf welche Weise soll der Köder diesmal ausgeworfen worden sein? Auf eine ganz offenkundige: Der KGB *habe einen anonymen Hinweis auf den Aufbewahrungsort des* Archipel Gulag – *von Solschenizyn selbst erhalten*!!

Die Leser könnten natürlich fragen, ob dies nicht eine seltsame Lösung wäre, das Werk drucken zu lassen, indem man es dem KGB überantwortet. Und ob Solschenizyn damit nicht gegen sich selbst dem KGB in die Hand spielen würde.

Aber dieser Solschenizyn, der wusste ja, dass die sowjetische Regierung ihn aufgrund ihrer grenzenlosen Gutmütigkeit für ein solches leicht unterhaltsames Buch weder ins Gefängnis werfen noch töten lassen würde. (In der Sowjetunion werden diejenigen ins Gefängnis geworfen, die dieses Buch lediglich lesen.)

***

Sie haben alles getan, was sie vermochten. Durch einen Erlass wurden *Ein Tag im Leben des Iwan Denissowitsch* und *Matrjonas Hof* in der ganzen Sowjetunion verbrannt. Voller Zorn verbrannten sie meine Kleidung im Gefängnis von Lefortowo, nach der Ausweisung. Sie spiehen mir ein widerliches Buch hinterher, zur Verdammnis.

Und wie sie in die Wohnung Woronjanskajas, die den *Archipel Gulag* abgetippt hatte, wie Diebe in eine Höhle hineingekrochen sind, um sie zu erwürgen – so ist auch in ihre Paläste, ihre Prachtvillen, ihre Parteikomitees der tote, des Lebens beraubte *Archipel Gulag* eingetreten, ohne Handschuhe, in seiner Sträftlingsmontur.

Und da rannten sie in Panik hin und her.

Ja, wie man sagt, vor Gefängnis und Armut kann man sich nicht schützen.

Zahlen sollst du für die Wahrheit, aber auch für die Lüge.

Gut, dass es mir vergönnt ist, selbst auf diese Lüge zu antworten. Wie viele Opfer von all diesen Tscheka und KGB waren es, die zu ihren Lebzeiten und danach hoffnungslos verleumdet wurden? Und wie viele haben nicht die Möglichkeit erhalten, sich je davon zu befreien – wird es noch jemand für sie tun können?

Anhang

Anhang 1:
Interview mit dem Korrespondenten von Associated Press Frank Crépeau

Zürich, am 18. Februar 1974

FRANK CRÉPEAU: Wie fühlen Sie sich im Exil?
ALEXANDER SOLSCHENIZYN: Der Mensch ist vermutlich in vieler Hinsicht wie eine Pflanze: Wenn man ihn seiner Umgebung entreißt und weit hinausschleudert, werden Hunderte von Wurzeln und nährenden Äderchen verletzt. Jeden Tag und jede Minute fühlt man, dass etwas fehlt, etwas Ungewöhnliches da ist, man ist nicht man selbst. Aber ich glaube nicht, dass es hoffnungslos ist. Sogar alte Bäume pflanzt man um und sie wachsen an einem neuen Ort weiter.
F.C.: Wie hat man Sie im Westen empfangen?
A.S.: Außergewöhnlich warm und freundlich, sogar enthusiastisch – sowohl die Bevölkerung als auch die Regierungen. In Deutschland sind sogar Schulgruppen gekommen, um mich zu begrüßen, und in Zürich grüßen mich viele Passanten. Diese Aufmerksamkeit verblüfft mich, ich habe noch nie etwas Ähnliches erlebt. Allerdings hat das auch eine ermüdende Seite: Das aufdringliche Bespitzeln durch Foto- und Fernsehreporter, die jeden Schritt und jede Bewegung von mir festhalten. Das ist der andere Pol der unablässigen, aber versteckten Bespitzelung, der ich in meiner Heimat ständig ausgesetzt war. Auch sehr unangenehm.
F.C.: Wann erwarten Sie die Anreise Ihrer Familie?
A.S.: Wenn man den Beteuerungen der Mitglieder der Sowjetregierung glauben soll, wird man meine Familie ohne Hindernisse herauslassen. Aber ohne meine Mitwirkung wird es für meine Frau und ihre Mutter, mit vier Kindern, nicht leicht sein, die über viele Jahre hindurch gewachsenen Lebensverhältnisse aufzugeben, sich reisefertig zu machen, den Zeitpunkt zu finden, wenn keines der Kinder krank ist.
F.C. Wie wird an dem neuen Ort Ihre literarische Arbeit vorangehen?
A.S.: Unter all den wechselnden und schwierigen Umständen habe ich meine literarische Arbeit stets weitergeführt, ohne sie auch nur für eine Woche zu unterbrechen. Auch wenn es bitter ist und wehtut, die literarische Arbeit hier anzufangen – ich werde sie auch hier weiterführen. Aber ihre *Ausrichtung* wird davon abhängen, ob die Sowjetregierung mein Literaturarchiv ungehindert hinauslassen wird – der fast fertige 2. Knoten des *Oktober sechzehn*, der angefangene 3. Knoten und umfangreiche Abschnitte von Unterlagen und Dokumenten, Zeugenberichte, Fotos, Illustrationen und viele seltene Bücher mit meinen Anmerkungen. Dieses Archiv habe ich seit dem Jahr 1956 gesammelt und sehr viel Mühe investiert. Sollte die Sowjetregierung auch nur einen Teil davon beschlagnahmen, wird sie einen Mord an geistigen Werten be-

gehen. In diesem Fall muss ich offensichtlich das wichtigste Vorhaben meines Lebens aufgeben – den historischen Roman über die Zeit der Revolution. Ich bin nicht mehr in der Lage, das Sammeln eines solchen Archivs zu wiederholen. Aber dann werde ich die Jahre und die Kraft, die mir noch verbleiben, auf die sowjetische Gegenwart richten, wofür ich keine Archive brauche.
F.C.: In welchem Land haben Sie vor, sich niederzulassen?
A.S.: Die Schweiz hat mich sehr herzlich empfangen und ich habe gastfreundliche Einladungen aus den skandinavischen und einigen anderen Ländern erhalten. Ich bin allen, die mich einladen, zutiefst dankbar. Meine Entscheidung wird davon abhängen, wo ich in kurzer Zeit ein ausreichend geräumiges Zuhause mit Grund finden kann, das bequem zum Arbeiten und zum Leben ist. Ich lebte alle 55 Jahre meines Lebens ohne Eigenheim, beengt und ohne die Möglichkeit, Familienleben und Arbeit zu vereinbaren. In den kommenden Jahren würde ich zumindest das gerne regeln.
F.C.: Was denken Sie, sind Sie auf lange Zeit dazu verurteilt, fern von Ihrer Heimat zu leben?
A.S.: Ich bin ein geborener Optimist und empfinde mein Exil nicht als etwas Endgültiges. Ich habe eine Vorahnung, dass ich in einigen Jahren nach Russland zurückkehren werde. Ich kann nicht voraussagen, *was* passieren wird und welche Bedingungen sich ändern werden, aber die Menschen können schließlich auch nichts voraussagen und dennoch gibt es in unserem Leben immer wieder Wunder. In den letzten Jahren meines Lebens in Russland war ich bereits beinahe meiner Heimat beraubt: Der Druck und die Bespitzelung seitens des KGB, der Widerstand der Regierung auf allen Ebenen haben mir keine Möglichkeit gegeben, die Schauplätze meines Romans zu besuchen oder Zeugen zu befragen. Aber ich habe es schon einmal gesagt und wiederhole es heute: Ich weiß, dass mein Recht auf den russischen Boden keineswegs geringer ist als das von jenen, die sich die Freiheit herausgenommen haben, mich physisch zu verstoßen.

Anhang 2:
Die Rede des Senators Helms im Senat der Vereinigten Staaten von Amerika

Washington, den 18. Februar 1974

Herr Vorsitzender, am 12. Februar wurde der berühmte russische Schriftsteller, eine herausragende Person des intellektuellen Lebens, Alexander Solschenizyn von sieben Agenten der sowjetischen Polizei gewaltsam verhaftet, aus seiner Wohnung weggeführt und zum Verhör gebracht. Seiner Familie wurde zuerst gar nicht gesagt, wohin man ihn bringt und wessen man ihn beschuldigt. Aber die ganze Welt wusste, dass Solschenizyn diese Konfrontation angestrebt und sie sogar begrüßt hat, ungeachtet der Gefahr sowohl für seine Familie als auch für seine Gleichgesinnten.

Diese Angelegenheit ist eine Angelegenheit der Freiheit – der Freiheit zu denken, zu schreiben und zu publizieren. Sie ist auch die Verfechtung des Rechts, mit der totalitären Ideologie nicht einverstanden zu sein, und die Verfechtung des Rechts der

Bewegungsfreiheit für jene, die sich in den Fängen des Totalitarismus befinden. Alle diese Rechte bilden die Grundsteine einer freien Gesellschaft.

Trotz des Fehlens dieser Rechte in der Sowjetunion und sogar trotz der aggressiven Kampagne gegen ihn wollte Solschenizyn seine Heimat nie verlassen. Er wollte seine herausragende Begabung dafür verwenden, die Lage seiner Mitbürger zu verbessern. Er sprach wie ein Prophet aus dem Alten Testament, als er das Böse, das er in einer kranken Gesellschaft sah, entlarvte. Die literarische Form, die seine Prophezeiungen angenommen hatten, berührte Millionen von Menschen auf der ganzen Welt und brachte ihm den Nobelpreis ein. Aber in seinen geheimen Verstecken bewahrte er das vernichtendste aller seiner Werke, das von den zahlreichen Stimmen des Leids inspiriert ist, denen er in Gefängnissen und Gefangenentransporten gelauscht und die er seinem Gedächtnis fest eingeprägt hatte. Es waren erstickte Stimmen – die Stimmen aus den Gräbern. So seltsam es klingen mag, es waren diese Stimmen der Sterbenden und Gestorbenen, die Solschenizyn zwangen, am Leben zu bleiben. Um ihr schmutziges Geheimnis zu verbergen, wandten seine Peiniger ausgerechnet jene Methoden an, die er in ihrem politischen System erkannt und beleuchtet hatte. Mithilfe von Verhören und Foltern verschafften sie sich ein Exemplar des *Archipel Gulag*, woraufhin Solschenizyn ein anderes Geheimexemplar von diesem Buch im Westen veröffentlichte. Darauf rückten die Feinde Schritt für Schritt immer näher heran und zogen ihre Unheil verkündende Schlinge immer fester zu.

Propheten werden in ihrem eigenen Vaterland nicht geschätzt. Jedoch war dieser Prophet allzu bekannt, als dass man ihn hätte zwingen können, in der Finsternis zu verschwinden, so wie unzählige Opfer vor ihm. Solschenizyn selbst meinte in seiner nicht vorgetragenen Nobelpreisvorlesung, dass ein einziges Wort der Wahrheit mehr als die ganze Welt wiegen könne. So wogen dort seine Bücher mehr als das gesamte System. Man entzog Solschenizyn seine sowjetische Staatsbürgerschaft, setzte ihn in ein Flugzeug und schickte ihn nach Westdeutschland.

Solschenizyn wollte nicht in Westdeutschland frei sein. Er wollte in Russland frei sein. Das Brot des Verbannten ist immer bitter. Für ihn ist die Freiheit der Millionen von Menschen, die unter der Sowjetmacht leben, wichtiger als seine persönliche Freiheit. Seine Verbannung ist nur ein weiterer Schritt in der langen Kampagne der Einschüchterung und der Drohungen der Sowjetregierung, die geführt wird, weil er zum lebenden Symbol des Andersdenkens in der Sowjetunion geworden ist, zu einem mutigen Zeugen der wahren sowjetischen Geschichte und der Folgen der kommunistischen Ideologien.

Doch seine Worte sind nicht nur für das Gewissen der Völker Russlands von Bedeutung, sie sind genauso wichtig für das Gewissen der ganzen Welt und insbesondere für das Gewissen der Vereinigten Staaten von Amerika als dem Anführer der nicht kommunistischen Nationen. Man hat ihm seine Staatsbürgerschaft genommen, aber er wurde zum Weltbürger. Er ist die Verkörperung der bebenden Hoffnung für all jene, die eine Milderung der strengen Positionen in einer geteilten Welt sowie eine Lockerung der Beschränkungen des schöpferischen Denkens und der schöpferischen Tätigkeit und den Anbruch einer Zeit des Friedens und der Freiheit für uns und unsere Kinder verlangen.

Aus diesem Grunde, Herr Vorsitzender, möchte ich dem Senat morgen eine gemeinsame Resolution vorlegen, welche den Präsidenten dazu ermächtigen und verpflichten soll, in einem Manifest bekannt zu geben, dass Alexander Solschenizyn zum Ehrenbürger der Vereinigten Staaten von Amerika ernannt wird.

Herr Vorsitzender, hier ist der Text der gemeinsamen Resolution, die ich morgen vorlegen werde:

»Gemeinsame Resolution

Beschluss des Senats und des Repräsentantenhauses, die im Kongress vereinigt sind, dass der Präsident hiermit ermächtigt und verpflichtet ist, in einem Manifest bekannt zu geben, dass Alexander I. Solschenizyn zum Ehrenbürger der Vereinigten Staaten von Amerika ernannt wird.«

Das ist eine sehr einfache Resolution, die nicht durch unnötige Rhetorik geschmückt ist und eine sehr große Ehrenbezeugung vorschlägt. Meines Erachtens ist das die größte Ehre, die unsere Republik erweisen kann. So eine Ehre darf man nicht leichtsinnig oder aufgrund eines vergänglichen Augenblicks erweisen. Gleichzeitig werden Solschenizyn damit keinerlei Verpflichtungen auferlegt und auch nicht seine Lage in Bezug auf seine Heimat verändert. Juristisch gesehen ist er ein Mensch ohne Staatsbürgerschaft. Er sucht diese Ehre nicht, genauso wenig wie er den Nobelpreis gesucht hatte. Er braucht sie weder anzunehmen noch abzulehnen. Doch die Vereinigten Staaten halten auf diese Weise in den Weltannalen feierlich fest, dass sie ihn für seinen Beitrag für die Freiheit der Menschheit geehrt haben.

Es ist dringend notwendig, diese Geste bald zu machen. Solschenizyn ist bereits im Westen, aber seine Familie noch nicht. Seine Freunde sind unter der Macht des totalitären Regimes. Millionen von Menschen verfolgen die Handlungen der Vereinigten Staaten. Solschenizyn selbst deckte »den Geist Münchens« auf, der das Verhältnis der Vereinigten Staaten und der Sowjetunion prägen könnte, sowie unsere unmoralische Politik, die ihre Augen angesichts der Repressionen verschließt, solange man noch über Waren, Handel und Abrüstung verhandeln kann.

Er sagte: »Der Geist Münchens gehört keineswegs der Vergangenheit an, er war keine kurze Episode. Ich möchte sogar sagen, dass der Geist Münchens im 20. Jahrhundert die Oberhand gewinnt. Die eingeschüchterte zivilisierte Welt hatte der plötzlichen Rückkehr der zähnefletschenden Barbarei nichts anderes entgegenzusetzen, als Zugeständnisse und Lächeln.«

Die Propheten des Altertums haben die Menschen immer dazu gebracht, sich unbequem zu fühlen, denn das war ihre Pflicht. Solschenizyn sagt uns, dass die Lüge der einzige Schutz der Gewalt sei und dass jene, die mit den Gewalttätern Abmachungen treffen, ebenfalls Lügner seien. Seine schroffen Ansichten und seine Geradlinigkeit fordern uns heraus, Stellung zu beziehen. Im Moment können wir das nur machen, indem wir ihm eine große Ehrenbezeugung erweisen in Anerkennung seines Zeugnisses der Wahrheit.

Herr Vorsitzender, ich möchte noch einige ergänzende Bemerkungen hinsichtlich der Vorgeschichte dieser Initiative machen. In der Vergangenheit hat man solche Entscheidungen schon getroffen, wenn die Bürger anderer Länder neben uns für eine gemeinsame Freiheit kämpften. Diese Ehre wurde La Fayette und Winston Churchill erwiesen. Der Nobelpreisträger Solschenizyn diente und opferte sich der Freiheit um den Preis großer Gefahr.

Als diese Ehre LaFayette erwiesen wurde, kam das natürlich nicht durch die Entscheidung des Kongresses zustande, denn der Kongress existierte damals noch nicht. Diese Entscheidung wurde in der Zeit der Konföderation in den legislativen Kammern von Virginia und Maryland getroffen.

Sir Winston Churchill bekam die Ehrenstaatsbürgerschaft durch ein Manifest des Präsidenten Kennedy infolge eines Kongressbeschlusses im Jahre 1963. Als diese Akte zur Abstimmung vorgelegt wurde, stellte der Bericht des Rechtskomitees die Rechtsfolgen, oder eher das Fehlen von diesen vor. Der Text meiner Resolution stimmt mit der Resolution bezüglich Churchill überein, also kann man dafür auch dasselbe in Erwägung ziehen.

Aus dem Bericht wird klar, dass in diesem Fall keinerlei Rechtsverpflichtungen einer Staatsbürgerschaft sowie keine steuerlichen Erschwernisse entstehen. Es ist eine reine Ehrenbezeugung.

Herr Vorsitzender, auch wenn diese Resolution Solschenizyn zu keinem echten Bürger der Vereinigten Staaten macht, ist klar, dass es eine große Ehre für uns wäre, wenn er sich dafür entscheiden würde, in unserem Land zu leben. Als Ehrenbürger ist er jedoch nicht verpflichtet, hier zu leben und nimmt auch keine Verpflichtungen in diesem Sinne auf sich. Wenn er das möchte, und nur dann, werde ich einen eigenen Beschluss vorlegen, der ihm das Recht auf einen unbefristeten Aufenthalt geben würde. Das würde ihm ermöglichen, ein ständiger Bürger der USA zu werden.

Morgen wird diese gemeinsame Resolution dem Senat vorgelegt und ich bitte meine Kollegen nachdrücklich, ihre Namen der Liste beizufügen.

Herr Vorsitzender, ich bitte Sie um Ihre Zustimmung, dass am Ende meiner Rede Solschenizyns Text »Lebt nicht mit der Lüge« gedruckt wird, der am 18. Februar 1974 in der *Washington Post* veröffentlicht wurde.

Anhang 3:
Senator Helms an A. Solschenizyn

1. März 1974

Lieber Herr Solschenizyn,

heute hatte ich das Vergnügen, mit Ihrem Anwalt Dr. Fritz Heeb zu sprechen. Ich bedaure, dass ich nicht persönlich mit Ihnen sprechen durfte, um Sie in meinem Namen und im Namen meiner Freunde im Senat der Vereinigten Staaten in der freien Welt zu begrüßen. Ich gratuliere Ihnen zu Ihrem neuen Abschnitt in Ihrem Kampf für die Wahrheit und die Freiheit in Ihrem Heimatland und auf der ganzen Welt.

Die Ideen von Wahrheit, Freiheit und Gerechtigkeit sind untrennbar. Die Menschenrechte haben in allen Ländern und auf allen Kontinenten die gleiche Gültigkeit. Ich denke jetzt an Sie als an einen Menschen, der in unseren Reihen steht, doch ich hoffe, dass Sie Ihr reiches schöpferisches Leben fortsetzen werden und irgendwann auch in Ihre Heimat zurückkehren können – jedoch in eine freie Heimat.

Am 19. Februar dieses Jahres habe ich im Senat der Vereinigten Staaten eine Resolution vorgelegt, die den Präsidenten verpflichten soll, Sie zum Ehrenbürger der Vereinigten Staaten von Amerika zu erklären. Das ist unsere höchste Ehrenbezeugung; in der Geschichte unseres Landes wurden auf diese Weise nur zwei verdiente ausländische Bürger ausgezeichnet. Auf diese Weise wollen wir Ihnen unsere volle Unterstützung bei Ihrem Kampf für die Menschenrechte auf dieser Welt kundtun. Es ist eine reine Ehrengeste, die Sie zu nichts verpflichtet und keine Vorentscheidungen über Ihren Status mit sich bringt. Zu diesem Zeitpunkt haben sich bereits 24 Senatoren bereit gezeigt, mich zu unterstützen, und ich hoffe, dass auch andere sich ihnen bald anschließen werden.

Herr Solschenizyn, wir freuen uns sehr, Sie hier bei uns im Westen zu sehen. Sie sind ein Weltbürger. Ich weiß, dass Sie sich bald in jedem Land dieser Welt, wo Millionen von Menschen Ihre großartigen Werke gelesen haben und Sie nicht nur als einen großen Schriftsteller, sondern als ein Symbol der Freiheit sehen, wie zu Hause fühlen werden.

Sie würden uns eine große Ehre erweisen, wenn Sie unser Land besuchen und sich mit den Senatoren, die meine Resolution unterstützen, treffen würden. Zu diesem Zwecke lade ich Sie zunächst in meinen Bundesstaat, nach North Carolina, ein, wo Sie sich einige Tage lang in einer Privatvilla in den Bergen erholen könnten. Danach könnten Sie nach Washington fahren, um die Senatoren zu treffen. Innerhalb der Vereinigten Staaten leben etwa zwei Millionen Ihrer Landsleute. Auf diese Weise sind wir das größte russische Land außerhalb Russlands und daher sollten gerade Sie uns besuchen.

Ich warte auf Ihre baldige Antwort und hoffe, Sie persönlich zu treffen. Ich wünsche Ihnen viel Glück und Erfolg in diesem neuen Lebensabschnitt.

Möge Gott Sie beschützen!

Herzlich Ihr
Jesse Helms

Anhang 4:
A. Solschenizyn an Senator Helms

5. März 1974

Sehr geehrter Herr Helms!

Ihre Handlungen sowie Ihr Vorschlag an den Senat und die Vertreterkammer der Vereinigten Staaten, mir die Ehrenstaatsbürgerschaft zu verleihen, wobei Sie in Ihrer Argumentation nicht versäumten zu erwähnen, dass mein Schicksal kein Privatschicksal ist, sondern für alle Ewigkeit mit den Schicksalen meiner Heimat verbunden bleibt, haben mich tief gerührt.

Selbstverständlich ist es eine große Ehre und eine erhebliche Unterstützung für mich in meiner Situation der Verbannung aus dem Heimatland, in dem von mir nicht freiwillig gewählten Kampf, jenseits der Grenzen der Literatur, für die Rechte des Menschen, für seine innere Würde und für das nüchterne Erkennen der Gefahren, die uns alle bedrohen.

In Ihrer Senatsrede vom 19. Februar (und noch einmal in Ihrem Brief an mich vom 1. März) nennen Sie mich einen »Weltbürger«. Das ist ein umso verpflichtenderer Titel, als meine Lebenserfahrung mir noch nicht die Möglichkeit gab, die Aufgaben und Nöte der ganzen Welt aufzunehmen. Aber eines ist wahr, nämlich dass die heutige Lage der Welt, in der alles eng verbunden ist, zum Entstehen eines solchen Bewusstseins und solcher Verpflichtungen führen muss – was sich offensichtlich im 20. und im 21. Jahrhundert noch verstärken wird.

Nur kann ich leider Ihre freundliche Einladung zu einem Besuch der Vereinigten Staaten und Ihres Haus sowie zu einem Treffen mit den Vertretern der amerikanischen Öffentlichkeit in absehbarer Zeit nicht annehmen – denn ausgerechnet jetzt, in der ungewohnten neuen Umgebung, muss ich mich mit besonderem Fleiß und Aufmerksamkeit auf meine literarische Haupttätigkeit konzentrieren: auf mein wichtigstes literarisches Vorhaben, für das selbst ein ganzes Leben nicht genug sein kann; und daher sind mir zurzeit keine Reisen und keine energische öffentliche Tätigkeit möglich.

Mit Dankbarkeit und guten Wünschen

aufrichtig Ihr
A. Solschenizyn

Anhang 5: George Meany an A. Solschenizyn

25. Februar 1974

Lieber Herr Solschenizyn!

Gemeinsam mit allen frei denkenden Menschen dieser Welt verfolgte die amerikanische Gewerkschaftsbewegung mit großer Anteilnahme und Begeisterung Ihren mutigen Kampf für die geistige und menschliche Freiheit – ein Kampf, der unter den Bedingungen der schrecklichen Ungleichheit der Kräfte geführt wurde.

Wir sind uns voll bewusst, dass die Kräfte, welche Ihre ausdrucksstarke Stimme des Widerspruchs zum Verstummen bringen wollten, schon immer in der Geschichte gegen die Bemühungen der einfachen Menschen gerichtet waren. Entgegen diesen Kräften versuchten die Menschen unabhängige Gewerkschaften zu organisieren und zu erhalten, die ihren Bedürfnissen entsprechen sollten und nicht den Direktiven des Staates. Wir waren Zeugen Ihrer leidvollen Erlebnisse, die genau von diesen Kräften gekommen sind, und daran erinnern uns deutlich die Worte aus Ihrem Vortrag anlässlich des Nobelpreises:

»Es gibt überhaupt keine inneren Angelegenheiten mehr auf unserer kleinen Erde. Und die Rettung der Menschheit besteht nur darin, dass alle alles zu ihrer Sache machen.«

Genau in diesem Sinne handelnd, bewies die American Federation of Labor die Existenz von Zwangsarbeitslagern in der Sowjetunion und veröffentlichte eine Karte über die Dichte des Gulags: das Thema Ihres neuesten Werkes. Außerdem, und zwar auf Initiative der amerikanischen Gewerkschaft, gründete der Wirtschafts- und Sozialrat der Vereinigten Nationen ein besonderes Komitee zu Fragen der Zwangsarbeit, deren Berichte das Ausmaß und den Schrecken dieses fürchterlichen Systems zur Herabwürdigung des Menschen bestätigten.

Da es wirklich keine inneren Angelegenheiten mehr auf unserer überbevölkerten Erde gibt, möchte ich Sie im Namen der amerikanischen Gewerkschaftsbewegung herzlich einladen, als Gast in die Vereinigten Staaten zu kommen.

Wir sind bereit, die Reise für Sie so zu gestalten, dass Sie in unserem vielfältigen Land viel reisen können, und wir sind auch bereit, für Sie Treffen und Vorlesungen zu organisieren, sodass Sie Ihrem Bedürfnis entsprechend die Möglichkeit haben, mit dem amerikanischen Volk frei zu kommunizieren.

Ich bin überzeugt, dass ich den innigen Wunsch unserer Mitglieder und des amerikanischen Volkes überhaupt ausdrücke, indem ich der Hoffnung Ausdruck verleihe, dass Sie eine Möglichkeit finden, unsere Einladung wahrzunehmen.

George Meany, Präsident der
American Federation of Labor –
Congress of Industrial Organisation (AFL–CIO)

Anhang 6:
A. Solschenizyn an George Meany

5. März 1974

Lieber Herr George Meany!

Erlauben Sie mir in erster Linie Ihnen meinen tiefen Respekt auszudrücken. Wie ich viele Jahre in der Sowjetunion gesehen und gehört habe, sind Sie immer als eine sehr weit blickende, sachliche und standhafte Persönlichkeit des politischen Lebens aufgefallen. Mit umso größerer Dankbarkeit las ich Ihren Namen unter der Einladung, die mir von der American Federation of Labor geschickt wurde, um die Vereinigten Staaten für Diskussionen und Vorlesungen zu besuchen.

Folgendes ist ein Zeichen, wie groß die Entfernung und die Unwissenheit in der Welt sind: Ich beschäftigte mich so viele Jahre mit den Problemen der sowjetischen Zwangsarbeitslager – und hatte keine Ahnung von der edlen Unterstützung unserer Leidenden seitens der American Federation of Labor und von Ihrer Ausgabe einer Gulag-Karte (ich habe versucht, selbst eine solche anzufertigen!).

Wie freue ich mich, dass Sie den zweifellosen Standpunkt mit mir teilen, dass es in unserer eng verbundenen Welt nirgends mehr »innere Angelegenheiten« gibt, sofern sie nicht von geringem Maßstab und geringer Bedeutung sind. Aber wie viel Aufmerksamkeit, Geduld und Gründlichkeit sind von uns gefordert, damit wir fehlerlos den Sinn dessen verstehen, was noch gestern als fremde »innere Angelegenheiten« erschien.

Genau in dieser Hinsicht hat Ihre Einladung einen tiefen Sinn. Allerdings sind meine individuellen Möglichkeiten leider begrenzt, wie ich gerade erfahre: Gewaltsam von der Heimat losgerissen, bin ich gezwungen, nun große geistige und physische Anstrengungen zu unternehmen, um am neuen Ort meine Arbeit auf dem früheren Niveau und im früheren Tempo wieder zu erreichen. Und ich habe auf keinen Fall das Recht, meine literarische Tätigkeit für politische oder sogar publizistische Tätigkeit fallen zu lassen, denn ich halte die künstlerische Erforschung der Dinge für beweiskräftiger als die publizistische. Wenn ich mich manchmal publizistisch äußere, dann nur im äußersten Fall und nur zu lebenswichtigen Fragen über meine Heimat. Deren nicht ausgeleuchtete Geschichte zwingt mich, mein wichtiges literarisches Vorhaben nicht fallen zu lassen.

Das ist der Grund, warum ich, obwohl mit großer Dankbarkeit, gezwungen bin, Ihre freundliche Einladung für die nächste absehbare Zeit abzulehnen.

Mit den besten Wünschen,

aufrichtig
Ihr A. Solschenizyn

Anhang 7:
Senator Helms an A. Solschenizyn

15. März 1974

Lieber Herr Solschenizyn,

Ihr großartiger Brief vom 5. März wurde von Ihren zahlreichen Freunden im Senat der USA sehr warm aufgenommen. Er stellt tatsächlich ein Zeugnis des neuen Verständnisses und der Verantwortung dar, die nun zutage treten und die Sie erwähnt haben. Dadurch, dass Sie Geschichte in den Kategorien des menschlichen Leids schreiben, zwingen Sie viele Menschen, die unbedachte Politik der Anführer unserer Welt mit neuen Augen zu sehen.

Deswegen habe ich Sie als »Weltbürger« bezeichnet. Bis jetzt haben Sie der Lage in Ihrer Heimat Beachtung geschenkt. Aber ein mangelndes Verständnis der geistigen und menschlichen Dimension ist ein symmetrisches Problem in unseren beiden Ländern. Die politischen Führer des Ostens und des Westens handeln Hand in Hand, um die Meilensteine der westlichen Zivilisation und der ursprünglichen Nationaltraditionen umzustürzen. Deswegen ist es angebracht, dass Sie die Hand ausstrecken und sich mit jenen von uns zusammenschließen, die sich bemühen, die grundlegenden Traditionen wiederzubeleben, die uns bis heute stützen.

Seit ich Ihnen das letzte Mal geschrieben habe, wurde uns Ihr Brief vom September an die sowjetische Führung auf Englisch zugänglich. Von Menschen mit einer oberflächlichen Denkweise wurde er oft wegen Mangels an Realismus kritisiert. Doch ich verstehe, dass Sie ihn im Kontext eines Versuchs geschrieben haben, die sowjetische Führung davon zu überzeugen, dass für sie keine Gefahr besteht, wenn sie ihren eisernen Griff der Macht lockert. Außerdem handeln Sie weise, indem Sie in Ihren althergebrachten Traditionen einen friedlichen Übergang zur Freiheit suchen und diese Freiheit auf den befreienden Erfahrungen des Christentums aufbauen.

Obwohl es eine Übertreibung wäre, diese zwei Erfahrungen zu vergleichen, möchte ich dennoch sagen, dass ich selbst aus einer Kulturtradition stamme, die durch die Feuerprobe von Leid, Tod und Entbehrungen gegangen ist und daher über das Mitgefühl verfügt, das notwendig ist, um die qualvolle Geschichte Russlands zu verstehen. Ich meine damit die Menschen aus dem Süden, die vor etwa hundert Jahren die Vernichtung ihrer blühenden Jugend in einem der blutigsten Kriege, die es je gegeben hat, erlebt haben. Doch die Verbindung von Menschen, die dieselbe Not, deren Spuren erst jetzt langsam verschwinden, erlebt haben, hat eine geistige Einheit zustande gebracht, die unsere Landsleute aus den anderen Regionen bis heute in Erstaunen versetzt.

Ich erwähne das alles, weil ich Sie nicht nur aus Gründen der Höflichkeit eingeladen habe, nach North Carolina zu kommen. Ich habe gehofft, dass Sie sich, wenn Sie meine Landsleute kennen gelernt haben, der Einheit der Ziele mit ihnen bewusst werden. Denn der Süden bleibt auch heute noch der Stimmung und dem Charakter nach ein Agrarland, wo die Verbindung zur Familie und die historische Vererbung von einer Generation zur nächsten sehr stark sind. Aber das Wichtigste ist: die Leute aus den Südstaaten bleiben Christen, welche die unbesonnene Entartung der heutigen Zivilisation als eine Beleidigung auffassen. Gerade in diesen Traditionen sollte man die moralischen Ressourcen für das geistige Erwachen suchen, das uns alle retten kann.

Es kann keinen Frieden auf dieser Welt geben, solange die führenden Prinzipien von meinem und von Ihrem Land nicht zu ihren ursprünglichen Traditionen zurückkehren. Erst dann kann man abrüsten und die ganze Aufmerksamkeit der Entwicklung des nationalen Erbes unserer Länder widmen. Keine internationale Abmachung kann Sicherheit gewährleisten, wenn sie nicht auf Anerkennung der Rechte und Verantwortung der Menschheit aufgebaut ist. Daher denke ich, dass die Anführer meines Landes einen großen Fehler machen, indem sie technische Abmachungen mit der Sowjetunion ohne eine grundsätzliche Abmachung über die Menschenrechte treffen.

Ihr Lebenswerk hat die Aufmerksamkeit des Westens auf diese Probleme gelenkt. Sie sind ein lebendes Symbol geworden und allein Ihr Name erregt die Aufmerksamkeit aller, die eine führende Position anstreben. Ich freue mich, Ihnen mitteilen zu können, dass die 188. Resolution des Senates der USA schon von 37 Senatoren unterstützt wurde; und die Anzahl der Unterstützenden wächst ständig. Wenn es mehr als 50 (die Hälfte) sein werden, wird es Zeit zu handeln, obwohl es auch dann Menschen geben wird, die sich unserem gemeinsamen Standpunkt widersetzen werden. Aber die Bedeutung dieser Aktion liegt nicht nur darin, dass sie Ihren großen Verdiensten eine Ehrenbezeugung erweist, sondern auch darin, dass auf diese Weise eine große Koalition entsteht, die verschiedene politische Tendenzen vereinigt.

... Ich bedaure, dass Sie nicht kommen können, aber ich habe Verständnis für die Gründe, die Sie zu bleiben zwingen. Ich spreche meine Einladung erneut aus, uns zu besuchen, wenn die Zeit es Ihnen erlauben wird.

Jesse Helms

Anhang 8:
A. Solschenizyn an Senator Helms

22. März 1974

Sehr geehrter Herr Helms!

Mit großem Interesse habe ich Ihren Brief gelesen. Er hat mich an das nicht vereinfachte, inhomogene Amerika mit seiner Vielzahl an Traditionen und Tendenzen erinnert, die wir aus der Ferne, wegen der Schwäche des menschlichen Seh- und Hörsinns, oft außer Acht lassen, indem wir Ihr Land nur mithilfe von primitiven Formulierungen, die möglicherweise bloß von einigen Ihren und unseren Journalisten übernommen wurden, wahrnehmen. Und ich bin tief betrübt, dass die Knappheit an Zeit und Kraft mich noch lange daran hindern wird, mir die Schwierigkeiten, den Umfang und den tatsächlichen Zustand Ihrer Probleme vorzustellen.

Aber genau so schwierig ist es auch für die Amerikaner, das Wesen der Probleme unseres Landes und jener Zukunftswege, die sich vor uns ausbreiten, zu begreifen. Als Beispiel dafür könnte man gleich jenes Programm anführen, das ich in meinem *Brief an die sowjetische Führung* vorgebracht habe und von dem Sie erwähnen, dass es bei Ihnen falsch verstanden wurde. Ja, das ist erstaunlich: Es scheint, der *Brief* ist in Ihrem Land noch gar nicht gedruckt worden, wurde aber bereits oberflächlich und falsch interpretiert. Dieses Programm geht davon aus, dass ganze Nationen, genauso wie der einzelne Mensch, nur dann das höchste geistige Ergebnis erreichen können, wenn sie ihre Konzentration auf die *innere* Entwicklung lenken, im äußerlichen Bereich aber freiwillige Einschränkungen hinnehmen. Dieses Programm schlägt meiner Nation daher vor, auf alle äußeren Eroberungen, auf die Gewalt gegenüber den benachbarten Nationen, auf alle weltpolitischen Ansprüche und auf jeden weltpolitischen Wettbewerb, insbesondere den Rüstungswettlauf zu verzichten, und es übertrifft in seinem Maßstab und seiner entschlossenen Ablehnung bei weitem das, wovon man heute als der gemäßigten beiderseitigen »Entspannung der Lage« träumt – und dieses Programm wird von den Kommentierenden voreingenommen als »Nationalismus« ausgelegt – das heißt, als das unversöhnliche Gegenteil davon!

Solche Grobheit der heutigen täglichen Presse, solche journalistische Überstürztheit, dem, was Jahrzehnte gereift ist, ein flüchtiges Urteil zu geben, erschwert uns und euch umso mehr das gegenseitige ehrliche Verständnis aus der Ferne und von den unterschiedlichen Umständen her.

Der heutige Zustand und die Entwicklungstendenzen unserer beiden Länder erscheinen mir ziemlich beunruhigend. Es ist aus der Ferne schlecht zu sehen, aber auf jeden Fall steht mein Land, bei all seiner äußeren physischen Stärke, vor dem Dilemma entweder einer physischen und (früher noch) einer geistigen Katastrophe, oder aber einer moralischen, unblutigen und gewaltlosen Umgestaltung. Meine Gleichgesinnten in meiner Heimat, von der ich zeitweilig, aber nur fiktiv, entfernt wurde, und ich kamen zu der Überzeugung, dass es nicht die physische Erschütterung der Macht sein kann, die den Weg in die humane Zukunft frei macht. Die Menschheit hat schon eine ganze Ära der siegreichen physischen Revolutionen erlebt und nähert sich dennoch dem Untergang und dem Chaos. Und wenn uns und euch noch Revolutionen bevorstehen, die nicht töten, sondern retten sollen, dann sollen es *moralische Revolutionen* sein, und das wird ein neues Phänomen, das noch keiner von uns in deutlicher und klarer Ausformung vorhersehen kann. Aber wir werden hoffen, dass die Menschheit diese Ausformung finden wird, die feiner und höher als die grobe Frühere sein soll, und dass sie sich diese für das Heil und nicht für neues Blut zu Nutze machen wird.

Mit allerbesten Wünschen,
A. Solschenizyn

Anhang 9:
Senator Henry M. Jackson an A. Solschenizyn

22. Februar 1974

Lieber Alexander Issajewitsch,

ich kann mir Ihre Gedanken und Sorgen nach all dem, was Sie in diesen Tagen erleben mussten, gut vorstellen: zuerst lange Jahre der Schmähungen – die Festnahme, die Androhungen der Verurteilung »wegen Verrats«, das grausame Spiel, Ihre Ausweisung vor Ihnen zu verheimlichen, und dann die Einmischung der Presse in Ihr Privatleben im Westen. Ich weiß, wie furchtbar für Sie die Verbannung aus Ihrer Heimat sein muss, aber erlauben Sie mir dennoch, Sie willkommen zu heißen in dieser Welt, die trotz all ihrer Fehler eine freie Welt bleibt. Sie können hier Ihre literarische Arbeit fortführen, Ihre Gedanken und Ihre Kunst zum Ausdruck bringen, ohne von der Maschinerie der Repression ununterbrochen verfolgt zu werden. Für einen Künstler ist der Entzug des Heimatbodens eine furchtbare Strafe, doch manche der größten Werke der Literatur wurden von Schriftstellern geschrieben, die im Ausland lebten: Ovid, Dante, Mickiewicz, Turgenjew, Mann und Bunin, um nur die größten zu nennen. Wir alle denken, dass Sie stark genug sind, um dieser letzten Prüfung nach all jenen Prüfungen, die Sie so lebhaft in Ihren Büchern geschildert haben, standzuhalten. Ich hoffe sehr, dass Sie und Ihre Familie diese Prüfung mit minimalen Erschwernissen und wenig Kummer überstehen werden.

Ich bin sicher, Sie spüren bereits, dass hinter der westlichen Transparenz und dem negativen Aspekt ihrer journalistischen Ausprägungen eine wahre Aufregung steht, die durch die Bewunderung Ihrer Tapferkeit hervorgerufen wurde. Sie müssen das in den schlichten Sympathiebezeugungen seitens der fremden Menschen gemerkt haben. Verlieren Sie nicht den Mut angesichts des aggressiven Wettbewerbs der westlichen Massenmedien – das ist eine mitunter unangenehme Nebenerscheinung unserer Freiheit. Wir verwechseln oft das Wesen und die Form und Ihre Errungenschaft besteht darin, dass Sie uns dazu bringen, diesen gewaltigen Unterschied zu verstehen. Ihre Treue zur Freiheit hatte ihre Wirkung nicht nur auf das Beste, das es in Ihrer Heimat gibt, sie zwang auch die edelmütigen Bewegungen für die Menschenrechte lebhafter zutage zu treten – und sie sind das Beste, was man im Westen finden kann. Wir sind Ihnen alle zu Dank verpflichtet.

Wenn Sie im Laufe Ihrer Reisen nach Washington kommen, wäre es eine Freude und eine große Ehre für mich, Sie in meinem Haus zu begrüßen. Meine Kinder sind annähernd so alt wie Ihr ältester Sohn, und ich bete von ganzem Herzen dafür, dass Ihre Familie so bald wie möglich wieder bei Ihnen ist. Mein Haus ist nicht groß, doch es befindet sich in einem friedlichen und ruhigen Bezirk, und wir würden alles tun, um Ihren Aufenthalt bei uns so angenehm wie möglich zu gestalten.

Wenn es irgendetwas gibt, wobei ich Ihnen helfen oder Sie im weiteren Sinne in der Angelegenheit der individuellen Freiheit, die bei Ihnen mit so viel Beredsamkeit dargelegt ist, unterstützen kann, so sagen Sie bitte, was ich tun kann, und ich werde mir alle Mühe geben.

Mit allerbesten Wünschen,
Henry M. Jackson

Anhang 10:
A. Solschenizyn an Senator Jackson

7. April 1974

Lieber Herr Henry Jackson!

Auf erstaunliche und sonderbare Weise habe ich Ihren freundschaftlichen Brief vom 22. Februar erst gestern, am 6. April (!) bekommen, und das auch noch ohne jeden Poststempel. Ich konnte nicht in Erfahrung bringen, auf welchem Wege er gebracht worden ist und wo er aufgehalten wurde. Vor einigen Tagen habe ich Ihnen eine Kopie meiner Antwort an zwei Unterkommissionen der Vertreterkammer geschickt und ich glaube, aus meinem Begleitschreiben ist Ihnen klar geworden, dass ich seinerzeit nicht auf eine Antwort verzichtet, sondern nur Ihren Brief nicht bekommen habe.

Sie machen mir Hoffnung, dass die Schriftsteller auch in der Verbannung nicht umgekommen sind und ihre Arbeit nicht unterbrochen haben, und für diese Worte danke ich Ihnen besonders. Ich bin selbst auch überzeugt davon.

Ich kann noch mit Dankbarkeit wiederholen, dass die gewaltige Unterstützung im September des vergangenen Jahres, die von der Freiheitsliebe der Vereinigten Staaten unserer Freiheitsliebe gewährt wurde (und in dieser Bewegung spielten Sie eine sehr bedeutende Rolle), viele von uns gerettet und sogar den Lauf der Dinge in unserem Land verändert hat. Und es wird weiterhin immer wichtiger werden, das gegenseitige Verständnis und das Mitgefühl zwischen den gesellschaftlichen Kräften unserer beiden Länder, die sich als so einflussreich (was für sie selbst keineswegs leicht ist) für die Schicksale der ganzen Welt erwiesen haben, zu bewahren und zu vertiefen. Hier werden weitsichtige Fehler nicht zu vermeiden sein: Von weitem ist es so schwierig, für Sie bei uns und für uns bei Ihnen, das Wesen der Probleme und die Wege der Entwicklung zu erkennen. Aber wir müssen mit aller Kraft die Verzerrung der Urteile, der Ansichten und Absichten, die zwischen uns aus Unachtsamkeit, Übereiltheit oder aus böser Absicht aufkommen kann, beseitigen. Auch diese Frage habe ich in dem Dokument, das ich Ihnen am 3. April geschickt habe, zum Teil berührt.

Leider kann ich Ihrer freundlichen Einladung nicht Folge leisten, da ich momentan nicht die Möglichkeit habe, weite Reisen zu machen. Aber Ihre Gastfreundschaft hat mich sehr gerührt.

Mit tiefem Verständnis für Ihre unveränderliche Prinzipienfestigkeit, mit der Sie Ihre täglichen Entscheidungen treffen,

drücke ich Ihre Hand mit besten Wünschen

A. Solschenizyn

Anhang 11:
An die schweizerische Nachrichtenagentur

8. April 1974

In den zwei Monaten, seit ich im Westen bin, werde ich von einer Lawine von Briefen aus allen Ländern Europas, aus den Vereinigten Staaten, aus Japan und Australien überschüttet, und diese Lawine ist noch stärker geworden, seit meine Familie hier angekommen ist. Es sind Telegramme, Briefe, Pakete und Geschenke von einzelnen Menschen, von Ehepaaren, von ganzen Schulklassen und Studentengruppen, von Universitätslektoren und von den Universitäten selbst, nicht zu sprechen von Briefen, Angeboten und Einladungen zahlreicher öffentlicher internationaler und nationaler Organisationen. Doch selbst wenn ich meine literarische Tätigkeit und alle anderen Beschäftigungen einstellen würde, bräuchte ich ein halbes Jahr, um meinen Korrespondenten zu antworten. Deswegen antworte ich auf die für mich einzige mögliche Weise: über die Druckpresse.

Ich danke herzlich allen, die mir geschrieben haben, und bitte um Verständnis und Entschuldigung für die physische Unmöglichkeit, jedem zu antworten. Diese große Freundschaftlichkeit, Zustimmung und Unterstützung, die umso mehr in meiner näheren Umgebung in Zürich von der ganzen Stadt, von den angrenzenden Bezirken und von den Kindern aus der Schule in der Nachbarschaft zu spüren sind, haben mich und meine Familie sehr bewegt und berührt.

Ich weiß nicht, ob es Verbannte vor mir gegeben hat, die von solcher Wärme und solchem Mitgefühl umgeben waren, als sei man gar nicht in der Fremde, sondern in seinem eigenen Land. Vielleicht kommt hier bereits die anbrechende lebendige Einheit der Menschheit zum Vorschein. Ich würde gerne meine Aufgabe richtig verstehen und meinen unzähligen neuen Freunden mit meinem literarischen Werk danken.

A. Solschenizyn

Anhang 12:
Der Staatssicherheitsdienst gibt keine Ruhe

Publikation in der Zeitschrift *Time* vom 27. Mai 1974

Im Jahre 1972 begann der KGB einen Briefwechsel mit Wassilij Orechow, dem Leiter der »Russischen Nationalen Vereinigung« und Redakteur der Zeitschrift *Die Wache* (Brüssel) – und zwar einen Briefwechsel in meinem Namen, das heißt, man erfand Briefe an ihn und fälschte meine Handschrift. Zuerst waren es harmlose Bitten, Dokumente und Erinnerungen an den Ersten Weltkrieg zu schicken, dann wurde er eingeladen, entweder selbst zu kommen oder einen Vertreter »für die Verbindung« nach Prag zu entsenden. Zuerst wurden diese falschen Briefe von Prag mit der Absenderadresse des bekannten Schriftstellers und Psychiaters Josef Nesvadba weggeschickt, dann tauchte auf den Kuverts ein Strohmann Otakar Horský auf, wobei seine »private« Adresse die der Behörde war (Prag, Straße Revoluční 1, wo sich tschechoslowakische Fluggesellschaften und Tourismusbüros befinden) und seine Telefonnummer zu jenem Bezirk gehörte (Pod kaštany und Majakovského-Straße), wo die sowjetische Botschaft und die tschechische Staatssicherheit sind. Ich weiß nicht, wie weit diese Provokation gegangen wäre, wenn man mich nicht ausgewiesen hätte. Vermutlich wollte man in Prag jenen russischen Emigranten, der dorthin gekommen wäre, verhaften und dann für das Strafgericht meine »Verbindungen« mit den Emigrantenorganisationen um ihn herum zurechtstricken. (Verbindungen mit dem Ausland sind das liebste Steckenpferd der sowjetischen Propaganda.)

Gerade deshalb, weil dieser Fall auf der grafischen Fälschung meiner Briefe konstruiert ist, und dieses Verfahren auch in Zukunft wiederholt werden kann, bitte ich *Time*, die Leser davon in Kenntnis zu setzen und Fotoillustrationen beizufügen.

Die Fälschung des KGB (links) und meine Originalunterschrift

Selbstverständlich verfügte der KGB über viele Proben meiner Handschrift und meiner Unterschriften, über alle unter der Zensur stehenden Briefe sowie über meine ständige Adresse, die man auch genau wiedergegeben hat.

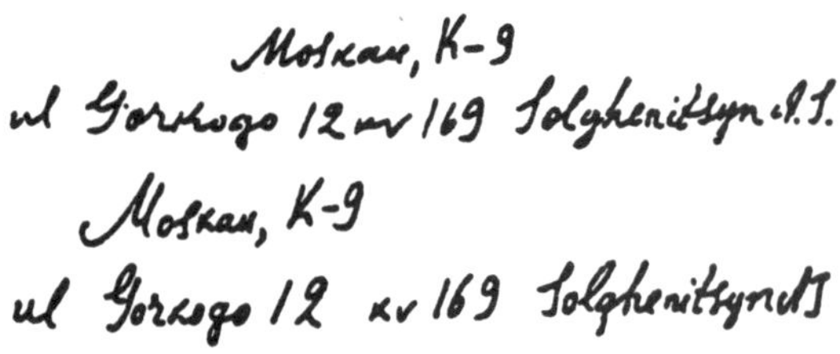

Fälschung (oben) und Originalhandschrift (unten)

Die Handschrift ist ihren Experten an sich nicht besonders gut gelungen, aber es ist darin etwas eingefangen, es gibt eine Ähnlichkeit, die täuschen kann.

Es ist interessant, dass die KGB-Gauner nicht nur meine Handschrift nachgemacht haben – sie haben aus verschiedenen anderen Briefen von mir, die durch ihre Zensur gegangen sind, einzelne Ausdrücke, Phrasen und Syntagmen von mir übernommen und in ihre Fälschungen eingefügt.

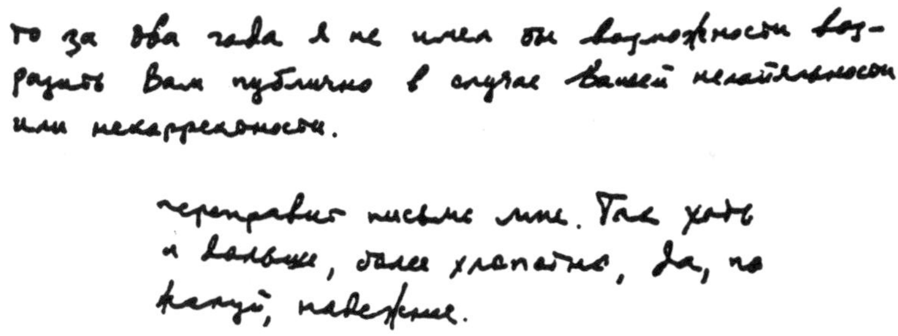

Fälschung (oben) und Originalhandschrift (unten)

Man kann erwarten, dass dieses Verfahren auch schon in anderen Fällen gegen mich verwendet wurde und im Lauf der jetzigen Kampagne, die meine Vergangenheit fälschen und mich in Misskredit bringen will, von der Sowjetpropaganda noch weiter angewendet werden wird.

Obwohl man nach meiner Ausweisung verkündete, dass ich überhaupt *aufgehört habe zu existieren*, hatte der Staatssicherheitsdienst in seinen Handlungen gegen mich und gegen meine Freunde keineswegs nachgelassen. Machtlos, mich selbst zu vernichten, haben sie am Tag meiner Ausweisung einen Hexensabbat mit einer rituellen Verbrennung meiner Kleidung, in der ich verhaftet wurde, veranstaltet (man hat mich in den KGB-Sachen ausgewiesen). Am nächsten Tag wurde durch das Amt für den Schutz der Staatsgeheimnisse in der Presse der Befehl erlassen, in allen Bibliotheken die wenigen übrig gebliebenen Werke von mir und selbst die Zeitschriften *Nowyj mir* [Neue Welt], wo meine Erzählungen gedruckt worden waren, zur Gänze zu verbrennen. Ab dem Tag der Ausweisung fing man mit Hausdurchsuchungen bei meinen Bekannten an – in Rjasan (bei Natalija Radugina, unter Beteiligung von 14 KGB-Leuten!) und in anderen Städten, wo man meine Samisdat-Werke oder irgendetwas mit meiner Handschrift zu finden hoffte, und das alles wurde beschlagnahmt. Bei Neonilla Snesarjowa (Moskau) inszenierte man statt einer Durchsuchung einen »Raubüberfall« (die Lieblingsmaskerade des KGB), beschlagnahmte alles, was mit mir zu tun hatte, und hinterließ darüber eine höhnische Notiz. Es wurde eine systematische Abrechnung mit all jenen Personen in Gang gesetzt, die man einer Freundschaft oder auch nur einer Bekanntschaft mit mir verdächtigte (der jüngste Fall ist jener von Professor Jefim Etkind, der an einem Tag aus seiner Hochschule relegiert, aus dem Schriftstellerverband ausgeschlossen und seines Professorentitels enthoben wurde).

Sogar in Zürich rufen mich die Provokateure des KGB (Sowjetbürger, die es auch nicht verbergen) an und besuchen mich unvorangemeldet. Jene Drohungen gegen die Unversehrtheit meiner Kinder, die mir im vergangenen Jahr in der Sowjetunion als anonyme Briefe der mythischen sowjetischen »Gangster« zugeführt wurden und im letzten Winter als solche von »sowjetischen Patrioten«, wiederholen nun auch diese Besucher, jedoch als »teilnahmsvolle Warnung« vor den westlichen Gangstern. Meine Lebenserfahrung hat mich ausreichend gelehrt, dass alle, vergangene und zukünftige, »Gangster« meines Lebens von derselben Behörde kommen.

Anhang 13:
An die Zeitungsredaktionen von *Nascha strana* (Unser Land) und *Jerusalem Post*

30. August 1974

Damit der *Archipel Gulag* ungehindert im weitesten Leserkreis gelesen werden kann und damit es keine Schwierigkeiten gibt, das Buch zu erwerben, habe ich für alle Verlage festgesetzt, dass der Verkaufspreis des Buches nicht den üblichen Preis für das Buch eines solchen Umfangs betragen, sondern zwei, drei oder sogar vier Mal billiger sein soll. Alle Autorenhonorare werden für gesellschaftliche Zwecke gestiftet.

Diese Bedingungen wurden von der Mehrzahl der Verlage erfüllt. Dem Verlag Harper and Row gelang es sogar, den Preis unter 2 Dollar festzusetzen. Doch in manchen Ländern wollen die Buchzwischenhändler diese Absicht zunichte machen und sich an dem ungewöhnlich niedrigen Preis bereichern – die Differenz in ihre eigene Tasche stecken. Jetzt schreibt man mir aus Israel, dass Ihre Buchhändler zwei Bände der russischen Ausgabe des *Archipel* für 25 Dollar verkaufen (während der leistungsschwache Verlag YMCA-Press es ihnen für 5–6 Dollar pro Band verkaufte)!

Ich möchte öffentlich erklären, dass eine derart gewissenlose Spekulation mit diesem Buch das Andenken von Toten entweiht, sie ist ein Versuch, sich an ihrem Blut und Leid zu bereichern. Ich fordere die israelischen Leser auf, diese Buchhändler einer moralischen Verurteilung zu unterziehen und sie mit öffentlichen Methoden dazu zu bringen, von dieser beschämenden Bereicherung abzusehen.

A. Solschenizyn

Anhang 14:
An den Chefredakteur der Zeitschrift *Der Spiegel*

6. November 1974

Herr Augstein!

In Ihrer privaten erregten Antwort (vom 1. November 1974) auf das öffentliche Dementi meines Anwaltes (vom 29. Oktober 1974) *ersetzen* Sie die unverschämten Formulierungen Ihrer Zeitschrift (vom 28. Oktober 1974) durch andere, welche sich besser zur Verteidigung eignen.

Die »Erwägungen« eines möglichen Tribunals auf der Grundlage des Materials über die 50-jährigen Verbrechen im Gulag haben internationalen Charakter und begannen mit dem »Moskauer Appell« vom 13. Februar 1974. Sie können viel zur Aufklärung des westlichen Bewusstseins beitragen. Aber Ihre Zeitschrift schreibt nicht über *Erwägungen*, sondern unterstellt mir lügnerisch,

1. dass ich die Errichtung eines solchen Tribunals *plane*, das aus »leidenschaftlichen Gegnern des Regimes« bestehen solle, und dass dies »ursprünglich« meine Idee sei;

2. dass dieses Tribunal *gegen mein Heimatland* gerichtet wäre (der Analogieschluss wäre also, dass Nürnberg einen Prozess gegen Deutschland darstellen würde, nicht wahr?);

3. dass meine Frau mir das alles ausgeredet hätte;

4. dass ich »mich nicht nur mit Bücherschreiben zufrieden geben will« und dass ich »überlegen würde, wie ich direkt Politik machen könnte«.

Ich schlage Ihnen vor, dass Sie Ihre Verleumdung öffentlich zurückziehen und diesen Brief abdrucken. Das wäre vernünftiger für Sie, als die vier oben genannten Punkte vor Gericht zu verteidigen.

A. Solschenizyn

Anhang 15: Antwort auf die Fragen der Zeitung *Corriere della Sera* (Korrespondent: Guido Tonella)

21. Februar 1975

Es geht um die vom KGB vorbereitete Veröffentlichung mit der Verwendung meiner persönlichen Briefe, die man von meiner Ex-Frau erhalten hat. Die Publizierenden haben die Möglichkeit, eine beliebige tendenziöse Zusammenstellung zu schaffen; unerwünschte Briefe verbergen und andere montieren, diese Methode haben sie in Bezug auf mich schon angewandt.

Bis heute habe ich gemeint, dass nach dem allgemein menschlichen Gesetz keine Privatbriefe eines Menschen ohne seine Zustimmung publiziert werden können, solange er noch lebt. Wenn das italienische Gesetz eine Publikation dieser gemeinen Art zulässt, wie das aus der Entscheidung des Richters Herrn De Falco deutlich wurde, dann ruft ein solches Gesetz nichts als Verachtung hervor und ich halte es nicht für möglich, daran zu appellieren.

A. Solschenizyn

Anhang 16: Brief an Vladimir Nabokov

16. Mai 1972

Hoch geschätzter Vladimir Vladimirowitsch!

Ich übersende Ihnen eine Kopie meines Briefes an die Schwedische Akademie in der Hoffnung, dass er nicht ohne Wirkung bleibe. Ich sehe es schon seit langem als Ungerechtigkeit an, dass Ihnen bis heute nicht der Nobelpreis zuerkannt worden ist. (Diese Kopie sende ich Ihnen allerdings lediglich zu Ihrer persönlichen Information. Wegen der Besonderheit meiner und Ihrer Situation könnte eine Veröffentlichung dieser Briefe der Angelegenheit nur schaden.)

Ich benutze die Gelegenheit, um meine Bewunderung für die Größe und die Feinheit Ihres, selbst nach den Maßstäben der russischen Literatur, unvergleichlichen Talents auszudrücken, wie auch meine tiefe Betrübnis, ja sogar Verstimmtheit darüber, dass Sie dieses großartige Talent nicht in den Dienst unseres bitteren, unglücklichen Schicksals, unserer düsteren, verworrenen Geschichte gestellt haben. Doch vielleicht entdecken Sie ja noch in sich eine Neigung dazu, und Kraft, und Zeit? Von ganzem

Herzen möchte ich Ihnen das wünschen. Verzeihen Sie, aber mit Ihrem Überwechseln in die englische Literatur haben Sie eine sprachliche Großtat vollbracht, und doch war das nicht der beschwerlichste unter den möglichen Wegen, die in den 30er Jahren vor Ihnen lagen.

Unlängst war ich in Leningrad und betrat das originelle Vestibül Ihres lieben Hauses an der Bolschaja Morskaja 47, wobei ich freilich hauptsächlich der folgenschweren Semstwo-Versammlung vom 8. November 1904 in der Wohnung Ihres Vaters gedachte.

Ich wünsche Ihnen noch ein langes Schaffensleben!

A. Solschenizyn

Anhang 17:
Presseerklärung

30. September 1975

In den letzten Monaten haben einige verantwortungslose Presseorgane im Westen grobe Fälschungen bezüglich meiner Person fabriziert.

Die *Nationalzeitung* (BRD) und die Zeitschrift *Cultura di Destra* (Italien) druckten »Interviews«, die ich nicht gegeben habe und von denen nicht bekannt ist, woher, von wann und von wem sie stammen. Die Zeitschrift *Gente* gibt ausführlich ein Gespräch wieder, das ich niemals geführt habe. Die Zeitung *Le Monde* verbreitete eine gefälschte sensationelle Nachricht über mich. Alle diese bösartigen Fälschungen sind von Anfang bis zum Ende Erfindungen.

Doch ihr Zusammentreffen in Zeit und Zielrichtung gibt Anlass, hinter ihnen eine gemeinsame lenkende Hand zu vermuten.

Ich warne die Leser der internationalen Presse vor einem möglichen neuerlichen Missbrauch meines Namens.

A. Solschenizyn

Anhang 18:
Die sowjetische Propaganda hat keine Antwort auf den *Archipel*

Stanford, Kalifornien, den 18. Mai 1976

Während der ganzen 14 Jahre seit dem Erscheinen meiner Publikationen konnten mir der ganze talentlose Propagandaapparat der UdSSR und alle seine dienstfertigen Historiker nicht mit irgendwelchen Argumenten oder Fakten antworten. Denn sie haben ja keine Gedanken und keine Fakten, sondern immer nur die Lüge. Nun hat der KGB nach seiner Gaunermanier eine auf das Jahr 1952 datierte Fälschung verfertigt, nach der ich damals den Tschekisten Informationen über die aufständische Bewegung im Lager zugetragen haben soll. Diese Fälschung begannen sie nun unter ausländischen Korrespondenten auszustreuen, von denen einer mir eine solche Fotokopie übersandt hat.

Obwohl dem KGB schon einmal die Fälschung meiner Handschrift nachgewiesen werden konnte, und zwar bezüglich meiner nie geführten Korrespondenz mit dem Emigranten W. Orechow (die Zeitschrift *Time* brachte im Mai 1974 eine Zeile meiner wirklichen Handschrift mit der geschickt nachgemachten, und ich besitze selbst ganze vom KGB gefälschte Briefe über mehrere Seiten), beschreiten sie jetzt erneut denselben Weg, ohne die Peinlichkeit zu fürchten. Zu diesem Zweck benutzten sie mit Unterstützung meiner ehemaligen Frau eine Sammlung meiner Briefe an sie aus der Lagerzeit (mit diesen Briefen handelte der KGB sogar heimlich im Westen, Kopien liegen mir vor), und so gut sie konnten ahmten sie fleißig meine Handschrift aus jener Zeit nach. Doch da sie dabei auf ihrem eigenen Niveau blieben, auf das sie sich von den Menschen zu den Affen herabbegeben haben, vermochten sie es nicht, auch meine mir eigene Ausdrucksweise nachzuahmen. Und das bemerkt jeder Mensch, der den *Iwan Denissowitsch* oder den *Kreis* gelesen hat oder den *Archipel* neben ihr jämmerliches Geschmiere legt. Die Verfasser der Fälschungen verrechneten sich auch bei den Realien des Lagerlebens. Der dritte Band des *Archipel* gibt den flammenden Geist der Zeit des Aufstandes von Ekibastus wieder, auf den es der KGB nun gewagt hat, seine Fälschung zu beziehen. Die Zeit wird kommen, da auch meine damaligen ukrainischen Lagergenossen werden frei sprechen können, und sie werden diese Mär verlachen und über unsere echte Freundschaft erzählen. Die Lüge des KGB ist absichtlich so beschaffen, um Zwietracht in das gemeinsame Denken Osteuropas zu bringen, denn nichts fürchten die Kommunisten mehr als eine Vereinigung unserer Kräfte.

Im Laufe von 60 Jahren ist es den kommunistischen Machthabern in unserem Land zur Leidenschaft geworden, alle, die sie bekämpften, als Agenten der Ochranka oder der Siguranza oder der Gestapo oder des polnischen, französischen, englischen, japanischen oder amerikanischen Geheimdienstes zu verunglimpfen. Unter diesen einen Narrenhut brachten sie einfach alles. Aber nie zuvor hat die Regierung unseres Landes eine derart lachhafte Schwachheit, eine derartige Haltlosigkeit offenbart, einen ihrer Feinde der Kollaboration mit ihr selbst zu bezichtigen! Mit dem sowjetischen System und seiner blutbefleckten Tscheka-Staatssicherheit! Welch ein Zeugnis des geistigen Niedergangs – bei all der sowjetischen Kriegs- und Polizeimacht.

A. Solschenizyn

Anhang 19:
An das Parlamentarische Komitee der israelischen Knesset

An das Knessetmitglied Geula Cohen

18. Juni 1976

Sehr geehrte Damen und Herren!

Mit Dankbarkeit nehme ich Ihre Einladung entgegen.

Die Sichtweise, nach der es unmöglich ist, ohne eine religiöse Grundlage eine Gesellschaft mit hohen Werten zu schaffen, vereint immer größere Personengruppen in unserer bedrohten Welt und nähert, im Angesicht der deutlicher sich abzeichnenden allgemeinen Heimsuchungen, die Ideale verschiedener Nationen aneinander an. An diesen Heimsuchungen sind in vieler Hinsicht die falschen Philosophenlehren schuld, die in den letzten 300 bis 400 Jahren die Menschheit geführt haben. Ihren bitteren Früchten kann nun niemand von uns entgehen. In dem Maße, in dem es noch an den Menschen liegt, einen Ausweg zu finden, liegt dieser in einer kritischen Wertung der eigenen Vergangenheit und in freiwilligen, gemeinsamen, freundschaftlichen Bewegungen der Zukunft.

So habe ich auch die Bedeutung Ihrer Einladung aufgefasst, und vielleicht könnte ihr Vollzug auf irgendeine Weise in diesem Sinne dienlich sein.

Jedoch erreicht mich Ihre Einladung in weiter Ferne auf der anderen Seite der Erde bei Archivnachforschungen über die unseligen Revolutionen in meinem Land, zu denen die Zeitgenossen keine umfassenden Erklärungen abzugeben vermocht haben. Ich sehe meine langjährige und schon lange vernachlässigte Schuldigkeit darin, diese Erklärungen zu suchen, und deshalb kann ich mich leider auf längere Sicht keinesfalls von dieser Arbeit losreißen.

Hochachtungsvoll
A. Solschenizyn

Anhang 20:
Ansprache vor der Stadtversammlung der Einwohner von Cavendish

28. Februar 1977

Bürger von Cavendish! Liebe Nachbarn! Ich bin hierher gekommen, um mich mit Ihnen bekannt zu machen und Ihnen meinen Gruß zu entbieten. Ich bin schon fast 60 Jahre alt, doch in meinem ganzen Leben habe ich nicht nur noch nie ein eigenes Haus besessen, sondern ich hatte nicht einmal einen bestimmten festen Ort, um dort zu leben. Ohne die sowjetischen Bedingungen zu kennen, können Sie sich dies nicht einmal vorstellen ... Ich hatte nicht die Möglichkeit dort zu leben, wo es für meine Arbeit notwendig gewesen wäre, und manchmal verhinderte man auch, dass ich mit meiner Familie zusammen leben konnte. Am Ende ertrugen mich die sowjetischen Machthaber überhaupt nicht mehr und wiesen mich aus dem Land aus.

Doch Gott hat es jedem Menschen bestimmt, in dem Land und innerhalb des Volkes zu leben, wo er geboren ist. So wie ein alter Baum bei einer Verpflanzung leidet und manchmal an seinem neuen Standort eingeht, weil er nicht anwächst, so kann auch der Mensch mitunter die Verbannung nicht ertragen und wird förmlich krank davon. Ich möchte hoffen, dass niemand von Ihnen ein solch bitteres Los wird tragen müssen – gegen den eigenen Willen in einem fremden Land zu leben. Im Ausland erscheint einem alles anders, nicht zu einem gehörig. Der Mensch verspürt eine beständige Trauer unter diesen Bedingungen, wenn die anderen ganz normal leben und ihn als Fremdling ansehen.

Doch nun hat es sich gefügt, dass ich mein erstes eigenes Haus und meinen ersten dauerhaften Wohnsitz hier bei Ihnen in Cavendish, in Vermont nehmen konnte. Ich mag große Städte mit ihrem Trubel und ihrer Lebensweise überhaupt nicht. Die Lebensordnung hier gefällt mir, Ihre einfache Ordnung, die dem Leben unserer russischen Bauern ähnelt, nur dass diese natürlich weitaus ärmlicher leben als Sie. Mir gefällt Ihr Landstrich und besonders gefällt mir Ihr Klima mit dem langen schneereichen Winter, ganz so wie in Russland.

Mir gefällt Vermont, doch würde ich mir wünschen, dass mein Aufenthalt hier für Sie nicht unangenehm sei. Ich habe in Zeitungen gelesen, dass manche von Ihnen unzufrieden oder sogar gekränkt darüber sind, dass ich mein Grundstück mit einem Zaun umfriedet habe. Das würde ich jetzt gern erklären. Mein Leben besteht in Arbeit, und diese Arbeit erfordert es, dass sie nicht unterbrochen wird, denn sonst leidet das Ergebnis stark. Ich bin aus der Schweiz zu Ihnen übergesiedelt, wo ich nach meiner Ausweisung aus der Sowjetunion zunächst gelebt hatte. Dort lebte ich an einem Ort, der leicht für jeden erreichbar war. Und so kamen zu mir ununterbrochen Hunderte von Menschen, die mir völlig unbekannt waren, Menschen verschiedener Nationalitäten aus verschiedenen Ländern. Sie fragten dabei niemals nach meiner Zustimmung oder Einladung, sondern entschieden einfach selbst, dass es für sie wünschenswert sei, sich mit mir zu treffen und sich mit mir zu unterhalten. Ganz davon zu schweigen, dass mich häufig Korrespondenten besuchen, ebenfalls uneingeladen. Sie gehen davon aus, dass mein Leben Allgemeingut sei und dass sie das Recht und die Pflicht haben, in der Presse jede Nebensächlichkeit aus meinem Leben zu berichten oder wieder und wieder neue Fotografien von mir anzufertigen. Doch obendrein besuchen mich manchmal sowjetische Agenten, also von den feindlichen sowjetischen Machthabern entsandte Menschen mit feindseligen Absichten. Es waren auch schon welche hier bei mir in Cavendish, sie haben mir auch schon per Post Briefe geschickt oder haben sogar Zettel unter der Tür durchgeschoben, auf denen sie damit drohen, mich und meine Familie zu töten. Ich weiß natürlich, dass mein Zaun nichts gegen die sowjetischen Agenten bringt (vor denen kann man sich mit so einem Zaun nicht schützen), sondern nur gegen die Korrespondenten und die Müßiggänger, die nichts zu tun haben. Vor ihnen bietet mir dieser Zaun den notwendigen Schutz und Ruhe für die Arbeit. Manche der Besucher haben indirekt auch schon meine Nachbarn gestört, und so können Sie sich ein Urteil darüber bilden, was es bedeuten würde, sich mit allen, die es wünschen, zu treffen. Ich möchte mich bei denjenigen unter meinen Nachbarn, die diese ungebetenen Besucher belästigt oder gestört haben, entschuldigen. Noch mehr möchte ich die Schneemobilfahrer und die Jäger um Entschuldigung bitten, denen mein Zaun nun notgedrungen ein Hindernis auf ihren gewohnten Wegen ist. Ich hoffe, dass Sie mich nun verstehen: Das ist eine notwendige Bedingung für meine Arbeit und das heißt auch – für mein Leben. Ich konnte nicht anders handeln.

Anlässlich unseres heutigen Treffens würde ich gern noch zwei Worte sagen: Ich möchte Sie bitten, niemals dieser Fehldeutung zu erliegen, dieser Verwechslung der Wörter »russisch« und »sowjetisch«. Man sagt Ihnen, dass russische Panzer in Prag eingerückt sind und dass russische Raketen aufgestellt sind, die die Vereinigten Staaten bedrohen. Aber eigentlich sind das sowjetische Panzer, die in Prag eingerückt sind, und sowjetische Raketen bedrohen die Vereinigten Staaten. Die Wörter »russisch« und »sowjetisch« stehen zueinander wie ein Mensch und seine Krankheit zueinander stehen. Wir nennen ja einen Menschen, der krebskrank ist, nicht »Krebs«, und einen Menschen, der die Pest hat, nennen wir nicht »Pest«. Wir wissen, dass eine Krankheit keine Schuld, sondern eine schwere Prüfung ist. Das kommunistische System ist eine Krankheit, eine Infektion, die sich schon seit vielen Jahren auf der Erde ausbreitet ... Mein Volk, das russische, leidet schon seit 60 Jahren daran und träumt davon, sie zu heilen. Und irgendwann wird der Tag kommen, an dem es von dieser Krankheit geheilt sein wird. Und an diesem Tag werde ich Ihnen für Ihre liebenswürdige Nachbarschaft und für Ihre Freundschaft danken – und in meine Heimat zurückkehren!

Anhang 21:
Brief an Edward Bennett Williams

Cavendish, den 26. Februar 1977

Lieber Herr Doktor Williams!

Ich wende mich an Sie mit der Bitte, die Verteidigung in der Sache Alexander Iljitsch Ginzburg, geb. 1936 in der UdSSR, zu übernehmen.

Alexander Ginzburg ist seit 1974 Hauptgeschäftsführer des von mir gegründeten und von der Schweizer Regierung anerkannten Russischen Gesellschaftlichen Fonds. Er ermöglichte Hilfe für viele hundert Gefangene in Lagern und Gefängnissen und ihre geplagten Familien. Unter den Bedingungen ständigen Gegendrucks seitens der Machthaber war diese Arbeit sehr schwierig und erforderte von Alexander Ginzburg höhere menschliche Qualitäten.

Im Jahre 1976 wirkte er bei der Arbeit der Helsinki-Gruppe mit.

Im Jahre 1977 wurde Ginzburg verhaftet.

Da ihn die sowjetischen Machthaber nicht direkt wegen seiner Werke der Barmherzigkeit verurteilen können, werden sie zweifellos zu einer erlogenen Beschuldigung greifen. Diese Annahme beruht nicht nur auf meinen Kenntnissen des sowjetischen Polizei- und Justizsystems, sondern vor allem auf der Handlungsweise der Behörden. Bei einer Durchsuchung im Januar 1977 ließen KGB-Offiziere in Ginzburgs Wohnung ausländische Währung auftauchen, die sie selbst mitgebracht hatten. Ich kann Ihnen zuverlässig versichern, dass er keinerlei Valutageschäfte getätigt hatte. In der sowjetischen Presse wurde Ginzburg diverser krimineller Vergehen beschuldigt, die zwar blanker Nonsens waren, doch lehrt die sowjetische Praxis, dass solche Beschuldigungen von den Zeitungsseiten stets in den Gerichtssaal überspringen.

Ich denke, dass Sie trotz Ihrer enormen Erfahrung und internationalen Bekanntheit bei der Bearbeitung der Angelegenheit Ginzburgs noch neue Erkenntnisse gewinnen werden.

Wenn Sie die Liebenswürdigkeit haben sollten, den Fall zu übernehmen, so verpflichte ich mich dazu, Sie umgehend und ausführlich über alle Fakten zur Lage Alexander Ginzburgs zu informieren.

Hochachtungsvoll
A. Solschenizyn

Anhang 22:
Brief an die *Neue Zürcher Zeitung*

4. August 1977

Gestatten Sie mir, mich durch Ihre geschätzte Zeitung mit der folgenden Mitteilung an die Schweizer Öffentlichkeit zu wenden:

Ich wurde auf einen Artikel aufmerksam, der in der Züricher Zeitung *Blick* veröffentlicht wurde. Anlass für diesen Artikel war offenbar das Erscheinen der deutschen Übersetzung meines Buches *Lenin in Zürich*, doch gibt der Artikel in ganz missbräuchlicher, unfundierter und verantwortungsloser Weise von Lenin über die Schweiz geäußerte Meinungen und Urteile als solche des Autors wieder.

Im Buch werden diese Ansichten klar und eindeutig als *seine* Gedanken angeführt; sie entstammen seinen Werken und werden wörtlich zitiert. Es handelt sich um Ansichten eines Menschen, der die Schweiz auseinander reißen und umstürzen wollte. Ich habe in dem Buch meine Quellen angeführt, sodass es nur wenig ernsthafter Aufmerksamkeit und Umsicht bedurft hätte, nachzuprüfen und festzustellen, dass Zitate verwendet wurden.

Was meine eigene Wahrnehmung der Schweiz betrifft, so wäre es nahe liegender gewesen, sie in der Beschreibung der schweizerischen Hauptfigur im Buch, Fritz Platten, zu suchen.

Alexander Solschenizyn

Anhang 23:
Notiz der Presseagentur Nowosti über die Herausgabe des Manuskripts von N. Reschetowskaja *Im Streit mit der Zeit* [»Lieber Alexander. Mein Leben mit Solschenizyn«]

Geheim
17. April 1974

An das Zentralkomitee der Kommunistischen Partei der Sowjetunion

Die Presseagentur Nowosti schlägt vor, das Manuskript N. Reschetowskajas *Im Streit mit der Zeit* (bis zu 15 Druckbögen) bei einem ausländischen Verlag auf kommerzieller Basis herauszugeben.

Das in der Form von Memoiren verfasste Buch der ehemaligen Ehefrau Solschenizyns enthält Briefe, Tagebücher, Äußerungen ehemaliger Freunde und andere Dokumente, die belegen, dass im *Archipel Gulag* Lagerlegenden und Mutmaßungen verwendet wurden. Außerdem werden eine Reihe Beispiele unlauteren und unmoralischen Verhaltens Solschenizyns angeführt. In dem Manuskript N. Reschetowskajas lässt sich die Entwicklung der Ansichten Solschenizyns vom Trotzkismus zum Monarchismus nachverfolgen.

In den Jahren 1973 bis 1974 wurden über die Presseagentur Nowosti Interviews mit N. Reschetowskaja verbreitet. Sie wurden in *New York Times* (USA), *Figaro* (Frankreich) und anderen Organen veröffentlicht. In ihren Interviews sprach Reschetowskaja von ihrer Absicht, ihre Erinnerungen zu veröffentlichen, um die verschiedenen Versionen der bourgeoisen Presse über die Biografie Solschenizyns und seine Beziehung zu N. Reschetowskaja zu entlarven.

Die großen bourgeoisen Verlage »New York Times«, »Presse de la Cité« (Frankreich) und andere haben sich mit der Bitte um die Veröffentlichungsrechte an den Erinnerungen N. Reschetowskajas an die Presseagentur Nowosti gewandt.

Das Manuskript mit den Erinnerungen N. Reschetowskajas wurde vom Verlag der Presseagentur Nowosti gemeinsam mit dem KGB beim Ministerrat der UdSSR zur Drucklegung vorbereitet.

Es ist denkbar, dass das Erscheinen der Erinnerungen N. Reschetowskajas im Westen als eine Gegenmaßnahme gegen die antisowjetischen Umtriebe um Solschenizyn dienen kann.

Wir bitten um Zustimmung.

Anlage: Das genannte Manuskript auf 288 Seiten (nicht geheim).

Der Vorsitzende der Direktion
der Presseagentur Nowosti
I. Udalzow

Entscheidung: Zuzustimmen. M. Suslow.

ZChSD [Zentrum zur Verwahrung zeitgenössischer Dokumente]. F.4. Verzeichnis 22, Akte 1774. Blatt 1. Original.

Anhang 24

Geheim
Exemplar Nr. 2
5. Juli 1977
Nr. 1432-Z ZK der KPdSU

Herausgabe eines Buches über Solschenizyn in russischer Sprache

Am 17. Januar 1977 erstattete das Komitee für Staatssicherheit Bericht (Nr. 87-Z) über die Bemühungen zur Veröffentlichung des Buches des tschechoslowakischen Journalisten T. Řezáč mit dem Titel *Spirale des Verrats,* in dem die Person und das Pasquill Solschenizyns diskreditiert werden.

Im Juni dieses Jahres erschien eine gekürzte Variante des genannten Buches in italienischer Sprache in Mailand beim Verlag Teti & Co. Einige der Kürzungen im Buch waren zum Zweck der Adaptierung des Materials für den ausländischen Leser vorgenommen worden. Maßnahmen zur Promotion des Buches bei Verlagen anderer Länder sind eingeleitet worden.

Das Komitee für Staatssicherheit sieht es als der weiteren Diskreditierung Solschenizyns zweckdienlich an, für die sowjetische Öffentlichkeit eine vollständige Variante des Buches von T. Řezáč in russischer Sprache zum beschränkten Gebrauch herauszugeben, nach Maßgabe der Möglichkeiten des Staatlichen Komitees beim Ministerrat der UdSSR für Angelegenheiten des Verlagswesens, des Buchdrucks und des Buchhandels. Dies ist mit dem genannten Komitee (Genosse I. I. Tschchikwischwili) abgesprochen.

Ein Resolutionsentwurf für das ZK der KPdSU liegt bei. Wir bitten um Prüfung.
Der Vorsitzende des Komitees für Staatssicherheit

Andropow.

Geheim
Exemplar Nr. 2

An den Innenminister
der Tschechoslowakischen Sozialistischen Republik
den Genossen Jaromír Obzina, Prag
10. August 1978

Sehr geehrter Genosse Obzina!

In der UdSSR erschien das Buch des tschechoslowakischen Journalisten Tomáš Řezáč mit dem Titel *Die Spirale des Verrats Solschenizyns*, von dem eine gekürzte Variante zuvor in Italien durch den Verlag »Teti« publiziert wurde.

Das Buch entstand unter Verwendung umfangreichen Faktenmaterials, hat einen klar publizistischen Charakter, zeigt aus der Sicht des proletarischen Internationalismus auf, dass Solschenizyns Hass auf den Sozialismus seine Wurzeln in seinem Klassendenken hat, deckt den aktiven Einsatz reaktionärer Kreise solcher Abtrünniger im Westen für die ideologische Attacken gegen die Länder der sozialistischen Gemeinschaft auf.

Das Erscheinen dieser Ausgabe ist das Ergebnis gewissenhafter Arbeit des Autors und der beständigen Zusammenarbeit der Zehnten Abteilung des Außenministeriums der ČSSR mit der Fünften Abteilung des KGB der UdSSR.

Mit dem Ausdruck tiefer Befriedigung über den erfolgreichen Abschluss dieser Maßnahme erscheint es dem Komitee für Staatssicherheit der UdSSR angebracht, den Leiter der Zehnten Abteilung des Außenministeriums der ČSSR, Generalmajor V. Stárek, und einen Mitarbeiter des tschechoslowakischen Nachrichtendienstes mit der Medaille »Mitarbeiter der Staatssicherheit ehrenhalber« sowie jene fünf operativen Mitarbeiter des Innenministeriums der ČSSR, die am aktivsten an der genannten Maßnahme mitgewirkt haben, mit wertvollen Geschenken auszuzeichnen – sofern von Ihrer Seite keine Einwände dagegen bestehen.

Im Falle Ihrer Zustimmung zu unserem Vorschlag bitten wir um Mitteilung der Familiennamen der Mitarbeiter der Staatssicherheitsorgane der ČSSR.

Mit kommunistischem Gruß und den besten Wünschen
Der Vorsitzende des Komitees für Staatssicherheit der UdSSR

Andropow.

Anmerkungen

1 Zwölf Jahre lang habe ich dieses Buch nicht gesehen, erst jetzt blätterte ich darin. Insgesamt ergab sich bei mir das Gleiche: In den Wochen vor meiner Ausweisung hatte ich die ganze Kampagne gegen mich nicht zur Kenntnis genommen, nicht in den Zeitungen nachgesehen, welche Namen dort auftauchten und wie man mich gründlich, für Jahrzehnte, mit Dreck bewarf. (Anmerkung aus dem Jahr 1986)

2 Alexander Solschenizyn, Publizistika [Publizistik]. In drei Bänden. Jaroslawl, Werchne-Wolshskoe izdat., 1995–1997. Bd. 2, S. 73–74. Weitere Verweise auf diese Ausgabe erfolgen mit Nennung des Bandes und der Seite.

3 Publizistika, Bd. 1, S. 148–186.

4 Alexander Solschenizyn, Bodalsja telenok s dubom [Die Eiche und das Kalb], Moskau, Verlag »Soglasie«, 1996, S. 503.

5 Im Jahre 1984 erklärte Lech Walesa in *Reader's Digest*, würde man der polnischen (damals noch kommunistischen) Regierung ein vernünftiges Programm vorschlagen, würde sie die Forderungen des Volkes akzeptieren. Und was ist an meinem *Brief* anders? Oder soll das Russen nicht erlaubt sein, was bei Polen durchgeht? (Anmerkung aus dem Jahr 1986)

6 Andrej Sacharow, O pisme Alexandra Solschenizyna »Voshdjam Sowetskogo Sojusa« [Über den Brief Alexander Solschenizyns »An die sowjetische Führung«]. New York, Chronika, 1974; Znamja, 1990, Nr. 2, S. 14–21 u.a.

7 Sacharow i kritika »Pisma voshdjam« [Sacharow und die Kritik des »Briefes an die Führer«]. In: Kontinent, Paris 1975, Nr. 2; Publizistika, Bd. 1, S. 215–222.

8 Publizistika, Bd. 2, S. 78–80.

9 Ebd., Bd. 2, S. 85–87.

10 Ebd., Bd. 2, S. 88–116.

11 Ebd., Bd. 1, S. 195–198.

12 Ebd., Bd. 1, S. 199–214.

13 Ebd., Bd. 2, S. 123–124.

14 Im Jahre 1991 kam ein Brief von ihr: Sie wurde lange gequält und verfolgt, doch es gelang ihr, am Leben zu bleiben. (Anmerkung aus dem Jahr 1993)

15 Publizistika, Bd. 2, S. 39–40.

16 Ebd., Bd. 2, S. 125–127.

17 Ebd., Bd. 2, S. 128–129.

18 Dwe press-konferenzii: K sborniku »Is-pod glyb« [Zwei Pressekonferenzen zum Sammelband *Stimmen aus dem Untergrund*]. Paris, YMCA-Press, 1975; vgl. auch: Publizistika, Bd. 2, S. 130–166.

19 Publizistika, Bd. 1, S. 223–224.
20 Ebd., Bd. 2, S. 202–203.
21 Ebd., S. 211–233.
22 Nach seiner Verfügung wurden ihm seine *Archipel*-Druckfahnen in den Sarg gelegt. (Anmerkung aus dem Jahr 1986)
23 Publizistika, Bd. 2, S. 261–281.
24 Ebd., Bd. 1, S. 225–228.
25 Bodalsja telenok s dubom [Die Eiche und das Kalb] (wie in Anmerkung 4), S. 201–207.
26 Nicolas Bethell, The Last Secret: Forcible Repatriation to Russia 1944-47. London: Deutsch, 1974.
27 Pismo Generalnomu direktoru BBC [Brief an den Generaldirektor der BBC]. In: Publizistika, Bd. 2, S. 366.
28 Olga Carlisle, Solzhenitsyn and the Secret Circle. New York: Holt, Rinehart and Winston, 1978.
29 Newidimki [Die Unsichtbaren], Teil 9. In: Bodalsja telenok s dubom [Die Eiche und das Kalb] (wie in Anmerkung 4), S. 498–501.
30 Jetzt hat Herr Dr. Herbert Fleissner, der Verleger des LangenMüller-Verlages, mir diese operettenhafte Geschichte bestätigt, überdies noch mit weiteren Details. Noch im Dezember 1970 ließ Madame Kálmán durch ihre Sekretärin Frau Zander den Verlag davon in Kenntnis setzen, dass sie Anfang Januar 1971 nach Moskau reisen werde und dort vorhabe, dank ihrer guten Bekanntschaft mit Mstislaw Rostropowitsch, unter höchster Geheimhaltung, auf Rostropowitschs Datscha bei Moskau Solschenizyn zu treffen, der ansonsten für keine anderen Besucher zugänglich sei. Dr. Fleissner bat sie über Frau Zander hoffnungsvoll, von Solschenizyn die Erlaubnis für die Drucklegung der deutschen Übersetzung eines neuen Buches zu erhalten, das man von ihm erwartete. Und zu Dr. Heeb fuhr Madame Kálmán nicht einmal, sondern gar zwei Mal, denn er habe das Manuskript nicht gleich übergeben wollen. (So wird also die Glaubwürdigkeit erhöht. Und wenn dieser es dann einem anderen Verlag übergeben würde? Hier heizte die Madame das Konkurrenzgefühl an.)
Nachdem die russische Originalausgabe mit meinem Copyright plötzlich bei YMCA-Press erschienen war, bat mich Dr. Fleissner offen (der Autor versteckte sich ja gar nicht), und zwar in eingeschriebenen Luftpostbriefen (solche können ja nicht anders als zugestellt werden) »vom 13. Juli, 8. September, 12. Oktober 1971 und vom 23. März 1972«, um die Erlaubnis für die deutsche Ausgabe bei LangenMüller. »Da diese Briefe weder zurückkamen noch negativ beantwortet wurden, durften wir aufgrund des Berichts von Frau Vera Kálmán davon ausgehen, dass der Autor stillschweigend mit unserer Übersetzung einverstanden war.« Was blieb Herbert Fleissner mit seinem Vertrauen in die Sache noch zu tun? Sofort eine Honorarüberweisung an den Autor zu veranlassen, durch die Agentur »Meshdunarodnaja kniga« (»Internationales Buch«), wobei »die sowjetische Außenhandelsabteilung in Köln uns für diese Zahlung ihre Unterstützung zusagte«, sodass »nun die begründete Aussicht besteht, dass

ein Honorarbetrag transferiert werden kann«. (Später, im Januar 1972, als der Zeitvorsprung für den Verlag bereits verloren war, erstattete die »Meshdunarodnaja kniga« die Honorarzahlung zurück, mit dem Hinweis, »dass das Manuskript illegal ins Ausland gelangt sei«. (Anmerkung aus dem Jahr 2003)

31 Sie gab sich Mühe wie nie zuvor, ließ das Buch auch auf Französisch erscheinen, mit einem Foto von mir über den gesamten Umschlag, ein guter Kaufgrund. (Anmerkung aus dem Jahr 1982)

32 Ab dem Jahre 1989 wurde ich in der Sowjetunion wieder »legal«, meine Bücher waren zwar noch nicht gedruckt, mein Name durfte jedoch genannt werden. Und wer bitte rannte als eine der Ersten auf die russische Szene, um mit der Boa zu wedeln und »von den Geheimnissen zu erzählen«? Ja sicher. Dieselbe Olga Carlisle, deren Buch vor meinen Werken erschien. Dieses ihr Buch, vielleicht auch revidiert, mag sein, ich habe es nicht nachgeprüft, wurde nun in der Zeitschrift *Woprossy literatury* (»Probleme der Literatur«) in Fortsetzungsfolgen abgedruckt und vereinzelt streute sie noch Interviews und sonstige Äußerungen. Man konnte beispielsweise Folgendes lesen (in *Stoliza* [Die Hauptstadt], 1991, Nr. 27): »Der Veröffentlichung [des Carlisle-Buches in den USA] folgte eine gerichtliche Auseinandersetzung, die eine stattliche Geldforderung nach sich zog« – vorstellbar schien also, ich hätte eine Klage *gegen ihr Buch* eingereicht und die Ärmste um einen ansehnlichen Betrag erleichtert … In Wirklichkeit aber verklagte sie mich wegen *Die Eiche und das Kalb* um Schadenersatz in Höhe von zwei Millionen Dollar, doch die Klage wurde abgewiesen. So kann man die vertrauensvollen Leser mit Lügen abfüllen, die dann für lange Zeit haften bleiben. (Anmerkung aus dem Jahr 1993)

33 Newidimki [Die Unsichtbaren], Teil 12. In: Bodalsja telenok s dubom [Die Eiche und das Kalb] (wie in Anmerkung 4), S. 552.

34 Publizistika, Bd. 2, S. 282–283.

35 Ebd., Bd. 1, S. 229–255.

36 Noch heute versucht der Kongress Russischer Amerikaner wenigstens durch einen einzelnen unter den Kongressabgeordneten eine Revision dieses Gesetzes zu erreichen, man bittet mich ebenfalls um Hilfe, doch alles bleibt ergebnislos. (Anmerkung aus dem Jahr 1986)

37 Rowland Evans und Robert Novak, in: Washington Post vom 2. September 1976, S. A15.

38 Ein Fernsehinterview mit NBC. In: Publizistika, Bd. 2, S. 284–291.

39 Publizistika, Bd. 1, S. 280–283.

40 Ebd., Bd. 2, S. 292.

41 Nobeliana. Anhänge. In: Bodalsja teljonok s dubom [Die Eiche und das Kalb] (wie in Anmerkung 4), S. 294–296, 644–648.

42 Publizistika, Bd. 2, S. 306.

43 Ebd., S. 310.

44 Mir i nasilije. [Frieden und Gewalt]. In: Publizistika, Bd. 1, S. 145–147.

45 Ebd., Bd. 2, S. 309.

46 Ebd., S. 307–308.
47 Schlesinger und Kissinger. In: Publizistika, Bd. 2, S. 311–314.
48 Obraschtschenije k russkim emigrantam, starschim Revoljuzii [Aufruf an die russischen Emigranten, die älter als die Revolution sind]. In: Publizistika, Bd. 2, S. 315–317.
49 Publizistika, Bd. 2, S. 318–329.
50 Ebd., Bd. 2, S. 330–345.
51 Ebd., Bd. 1, S. 284–297.
52 Ebd., Bd. 2, S. 354–365.
53 Ebd., Bd. 2, S. 346–353.
54 Ebd., Bd. 2, S. 367–382.
55 Ebd., Bd. 2, S. 408–416.
56 Ebd., Bd. 2, S. 383–407.
57 Ebd., Bd. 2, S. 417–448.
58 Ebd., Bd. 2, S. 449–459.
59 Ebd., Bd. 2, S. 460–468.
60 Newidimki [Die Unsichtbaren], Teil 2. In: Bodalsja telenok s dubom [Die Eiche und das Kalb] (wie in Anmerkung 4), S. 416–419.
61 Publizistika, Bd. 1, S. 298–304.
62 Ebd., S. 305–308.
63 Rowland Evans und Robert Novak, in: Washington Post vom 2. September 1976, S. A15.
64 Vielleicht ein ganz überflüssiges Spiel, würde man fragen? Aber im Sommer 1990 erzählte in der Redaktion der Zeitschrift *Nowyj mir* [Neue Welt] der Generalmajor des KGB Oleg Kalugin, nachdem er mit seiner Behörde gebrochen hatte, dass einer der damaligen Leiter des Geheimdienstes, Krjutschkow – den er nun namentlich nannte –, meine Beseitigung in der Schweiz vorbereitet und dafür persönlich die Verantwortung getragen hatte, aber das Vorhaben misslang »wegen des plötzlichen Verschwindens des Objektes«, unserer unbemerkten Abreise nach Amerika! (Anmerkung aus dem Jahr 1990)
65 Morosow unterrichtete weiterhin am Russischen Theologischen Institut, sodass ihn sein Rücktritt von der Verlagsleitung bei YMCA nicht gleichsam von jeder schöpferischen Tätigkeit abgeschnitten hätte. Allem Anschein nach brach die Folge seiner langjährigen Krankheit durch, im November desselben Jahres beging er Selbstmord. Dies rief andauernde Unruhe unter den Mitgliedern der Christlichen Bewegung hervor, Streit, Attacken gegen Struve (mit dem Ziel, seine Rechte bei YMCA einzuschränken), die Verneinung der (früher allgemein bekannten) Geisteserkrankung von Morosow, die Bewegung ließ die Auflage ihrer Zeitschrift mit den Nachrufen auf Morosow beschlagnahmen, also es fand eine typische Emigrantengeschichte statt, wenn das Gefühl der Heimat, einer Perspektive sowie der Sinn der Arbeit verloren gegangen ist.
Überdies bekam ich einen empörten Brief von einer Gruppe innerhalb der Bewegung. Sie konnten nicht einsehen, dass Morosow die Verlagsarbeit gar nicht gelenkt, sondern vielmehr blockiert hatte, sodass ich schon bereute, mich in diese

YMCA-Sache überhaupt eingemischt zu haben, als ich damals in Aussicht stellte, unter Morosow dort nicht mehr publizieren zu wollen. (Anmerkung aus dem Jahr 1979)

66 Publizistika, Bd. 2, S. 471–473.

67 Er absolvierte das Geistliche Seminar, wurde zum Priester geweiht, Vater Andrej also, und bekam eine Gemeinde der Amerikanischen Autokephalen Kirche in unserer Nähe, etwa 20 Meilen entfernt, die für lange Jahre zu unserer Kirche wurde, unsere Kinder wuchsen unter seinem Schutz auf. Auch seine Frau Galina half uns bei den Druckarbeiten, bevor sie ihr erstes Kind bekam und die Tregubows wegzogen. (Anmerkung aus dem Jahr 1993)

68 Publizistika, Bd. 2, S. 469.

69 Ebd., Bd. 2, S. 470.

70 Ebd., Bd. 2, S. 478, 479, 480.

71 Nach zweieinhalb Jahren bei uns in Vermont ging I. A. Ilowajskaja nach Paris, wo sie als Nachfolgerin der Fürstin Sinaida Schachowskaja die Herausgabe der Zeitung »Russkaja mysl« [Der Russische Gedanke] übernahm. Von Geburt und aufgrund ihrer Erziehung orthodox, fand sie sich jedoch im Katholizismus wieder. Mitte der 1980er Jahre gründete sie den christlichen Sender »Blagowest« [Gebetsläuten], der in russischer Sprache aus Europa in die Sowjetunion sendete, und Mitte der 1990er Jahre den »Christlichen Kirchlich-Gesellschaftlichen Radiokanal« in Moskau. (Anmerkung aus dem Jahr 1997)

72 Publizistika, Bd. 2, S. 481.

73 Nach 17 Monaten Untersuchungshaft wurde Ginzburg zu acht Jahren Sonderlager verurteilt (das war bereits seine dritte Verurteilung). Dann wurde er im Frühjahr 1978, nach nur etwas über zwei Jahren Haft, plötzlich freigelassen! Ein Sieg war uns so unvorstellbar erschienen – doch wir hatten ihn herausgerissen, unglaublich! Wie man erzählte, soll das amerikanische Außenministerium bei der Auswahl der Kandidaten, die man gegen die in Amerika verhafteten sowjetischen Spione umtauschen könnte, das Ausmaß der Kampagne berücksichtigt haben. (Anmerkung aus dem Jahr 1982)

74 Es ist erhalten (ob vollständig, sei dahingestellt)! Jetzt wird gelesen – wenn jemand sich den Zugang erkämpft hat (bei uns sind doch *sämtliche* Archive unter Verschluss). (Anmerkung aus dem Jahr 1996)

75 Die Untersuchung drohte sich noch auf ein ganzes weiteres Jahr auszudehnen, aber Gayler bestand auf einer Entscheidung des Gerichts und die Sache wurde nun nach 19 Monaten mit der Feststellung meiner gänzlichen Unschuld abgeschlossen. (Anmerkung aus dem Jahr 1982)

76 Der ehemalige Redaktionssekretär der Zeitschrift *Nowyj mir* B. G. Sachs, der in den Westen emigrierte, berichtete mir in seinem Brief vom 30. Juli 1984 die Geschichte dieser Publikation nach »Lakschins eigenen Worten«. Bald nach der Veröffentlichung von *Die Eiche und das Kalb* wurde er zwei Mal zum Sekretär des Schriftstellerverbandes Wertschenko zitiert, der ihm dieses Buch langfristig zur Verfügung stellte und von ihm verlangte, eine für den Westen bestimmte Erwiderung zu schreiben, denn »wir können nicht nur in der kommunistischen Pres-

se veröffentlichen lassen, sondern auch in der bürgerlichen«. Auch Twardowskijs Witwe Valentina holte sich, wie Sachs berichtete, zunächst das Einverständnis des ZK, ehe sie ihren Artikel gegen dasselbe Buch in der italienischen *Unità* publizierte. (Anmerkung aus dem Jahr 1986)

77 Im Jahre 1994 wurde dieser Artikel in Lakschins Buch *Berega kultury* [Die Ufer der Kultur] wieder abgedruckt. Dabei wurde der ursprüngliche Text von 1977 verändert, ein verächtlicher Abschnitt über die Redaktionsmitarbeiterin A. Z. Berser (»sie hatte große Ambitionen«, »sie empfand keinen Abscheu gegenüber einem doppelten Spiel«) war verschwunden, wie auch ein Teil seiner großzügigen Beschimpfungen von mir. (Anmerkung aus dem Jahr 1996)

78 Publizistika, Bd. 2, S. 75.

79 Ebd., Bd. 2, S. 99–101.

80 So glaubte ich jedenfalls. Aber einige aus der Dritten Welle verhehlten es nicht und veröffentlichen sogar jetzt noch, dass ihr Kampf auf den Zeitungsfeldern Europas und Amerikas sowie beim Rundfunk gar nicht um Ideen geführt wurde, sondern um die wenigen gut dotierten Stellen. Darum stritt man also, indem man sich vor den »Chefs« mit genehmen Auffassungen profilierte und die Konkurrenten in den Dreck zog. (Anmerkung aus dem Jahr 1982)

81 Publizistika, Bd. 1, S. 309–328.

82 Diesen Gedanken formulierte ich selbstständig. Erst 1984 las ich Spengler, erst 1986 Nikolaj Danilewskij, der seine meisterhafte Analyse mit einer Analogie zwischen der botanischen Welt und der Menschheit durch die Panslawismus-Idee im Niveau herabgesetzt hatte, als ob Russland ohne diesen Panslawismus gar keinen Anspruch auf eine eigene Zivilisation gehabt hätte. (Anmerkung aus dem Jahr 1986)

83 Jahr für Jahr erschienen Artikel mit Reaktionen darauf: »Dadurch wurde das gesellschaftliche Bewusstsein stärker aufgerüttelt als durch die berühmten Reden Franklin Roosevelts und Winston Churchills … Seine allgemeine Analyse westlicher Vorstellungen lässt sich gar nicht so leicht widerlegen … Die Aufklärung brachte einen unbegründeten Optimismus in Bezug auf die menschliche Natur zum Ausdruck … Solschenizyns Rede ist … ein überaus wichtiges religiöses Zeugnis unserer Zeit … Er hat in einer rein pluralistischen Weise argumentiert, ohne die Symbolik der Orthodoxie heranzuziehen … Zwischen Solschenizyn und seinen Kritikern gibt es einen Unterschied auf höherer Ebene, einen subtileren als die meisten dieser Kritiker denken.« Zu Recht stellte man jetzt fest: »Er kritisiert nicht den Westen, sondern fragt, ob es einen Ausweg aus der gegenwärtigen Situation gibt.« Freilich bestand Richard Pipes nach wie vor darauf, dass meine Kritik »chaotisch«, »in der Art eines Pogroms« sei, dass sie gänzlich in der »russischen intellektuellen Tradition« verankert und sogar aus Konstantin Pobedonoszew abgeschrieben sei (Pobedonoszew habe ich nie im Leben gelesen); das russische Leben, so Pipes, sei bekanntlich »debil«, der Gulag sei das Ergebnis der slawophilen Ideologie, die Amerikaner seien ein tugendhafteres, großzügigeres und arbeitsameres Volk als die Russen. Aber andere Stimmen hielten dann meine Äußerungen gar nicht mehr für »unverbesserlich russisch«, sondern zählten sie

sogar zur »Tradition der besten westlichen Geister« und suchten mir westliche Vorläufer, etwa Swift und Burke. Dies seien überhaupt »die zentralen Ideen des christlichen Abendlandes« und es gäbe sogar »in der Harvard-Rede mehr Ideen von anderen als seine eigenen«. Ihnen leuchtet es freilich nicht ein, und ich beeile mich nicht, es zuzugeben: Keinen einzigen von diesen Leuten habe ich gelesen, wann hätte ich denn in meinem Leben Zeit für diese Lektüre gehabt? Ich bin lediglich nach meiner Intuition und meiner Lebenserfahrung gegangen. (Anmerkung aus dem Jahr 1982)

84 Tomáš Řezáč, Spiral ismeny Solschenizyna [Die Spirale des Verrats von Solschenizyn]. Moskau, Verlag »Progress«, 1978.

85 Von dem damaligen KGB-Major in Rostow am Don, Boris Iwanow, wissen wir jetzt unmittelbar (vgl. die Zeitung »Sowerschenno sekretno« [»Streng geheim«], 1992, Nr. 4; Bodalsja teljonok s dubom [Die Eiche und das Kalb], Anhang 46, S. 675–684), dass Řezáč in Rostow in der Gesellschaft des Leiters »meiner« Sonderabteilung des KGB sowie des Majors der tschechoslowakischen Sicherheitsdienstes Václav Šilea eingetroffen war. Dort wurde Řezáč »mit durch den Leiter der Sonderabteilung ausgewählten Materialien bekannt gemacht, die ihm tendenziös, einseitig vorgestellt wurden. Ein solches Szenario wurde jedes Mal angewandt, denn es gab eine diesbezügliche strenge Verordnung des Zentrums. Als Ergebnis ... erschien das Buch von Tomáš Řezáč ...«
Nach seinem Tod erreichte mich eine eigenhändige Notiz von Boris Iwanow (sie konnte an der entsprechenden Stelle in *Die Eiche und da Kalb* nicht mehr berücksichtigt werden). Darin hat er die Teilnehmer der Gruppe festgehalten, die mich im Jahre 1971 umzubringen versuchte. Der Gruppenleiter war der aus Moskau angereiste Wjatscheslaw Sergejewitsch Rogatschow, getarnt als Korrespondent der Nachrichtenagentur Nowosti. Die Ausführung oblag »Oberstleutnant Gostew, sein Name war, glaube ich, Viktor. Nach der Operation wurde er als Resident der Abwehr nach Bulgarien geschickt.« Dahin führt also nach dem missglückten Attentat auf mich die Spur der inzwischen perfektionierten Mordwaffe, »des bulgarischen Regenschirmes«, mit der man später den bulgarischen Emigranten Georgi Markow in London getötet hat! In Bulgarien »entfaltete Gostew seine Tätigkeit unter den Sowjetbürgern und Ausländern in Zlatni pjasazi, seine Residenz befand sich in der Stadt Varna«. Außerdem gehörte dieser Gruppe noch Wladimir Gussew an, Rogatschows Assistent. (Anmerkung aus dem Jahr 1994)

86 Zwölf Jahre, nachdem ich diese Zeilen geschrieben hatte, erreichten mich im Winter 1990/91 in Vermont Briefe des mir persönlich unbekannten Moskauer Psychiaters D. A. Tschernjachowskij. Er schrieb, dass er »gemäß dem Willen von Kirill Semjonowitsch Simonjan«, den er aufgrund gemeinsamer Arbeit kannte, Folgendes einigen Personen anvertraut hatte und jetzt mir mitteilen möchte. Es handelte sich um ein Gespräch kurz vor Simonjans Tod im Herbst 1977.
»Kirill Semjonowitsch erklärte, er wolle mich über ›einige schändliche Tatsachen in seinem Leben‹ in Kenntnis setzen. ›Betrachten Sie das als die Beichte eines Menschen, der bald sterben wird‹, sagte er, ›und sich wünscht, dass seine Buße

am Ende seinen Freund erreicht, den er verraten hat ... Erzählen Sie ihm alles, worüber ich jetzt sprechen werde. Mit allen Details, mit den Tränen, die Sie sehen, mit den Herzschmerzen, die Sie sich vorstellen können.‹ Während des Gesprächs musste Kirill Semjonowitsch öfters ein Herzmittel einnehmen. ›Nach meinem Tod machen Sie kein Geheimnis aus dem, was ich sage. Sie werden nicht lange warten müssen ...‹ Über diese Freundschaft [mit mir – A. S.] sprach Kirill Semjonowitsch ergriffen, er war der Auffassung, dass sie sein Leben in vieler Hinsicht beeinflusst hatten ..., er behauptete, dass seine eigenen literarischen Fähigkeiten kaum geringer als die Solschenizyns gewesen wären. Später sah er sich als ein nicht realisiertes literarisches Talent und hielt es für eine offenkundige Ungerechtigkeit, was dann auch ›eine verhängnisvolle Rolle‹ spielen sollte ... Es gab aber noch etwas anderes. Seit der Kindheit zeigten sich bei Kirill Semjonowitsch gewisse psychobiologische Eigenschaften, die mit seinen sexuellen Präferenzen zusammenhingen. Nachdem er bereits Arzt war, erlebte er in dieser Beziehung einige Schwierigkeiten, die seine Karriere gefährdeten. [Das könnte diese Sache im Jahre 1952 gewesen sein – A. S.] Als Kirill Semjonowitsch Besuch von ›höflichen Leuten‹ bekam [das dürfte sich wiederum in den Jahren 1975–1976 erreignet haben – A. S.], erschauderte er im ersten Augenblick, war dann aber erleichtert, als ihm klar wurde, dass obwohl diese Typen sein Leben im Handumdrehen zerstören könnten und aus einem Medizinprofessor ›Scheiße machen, die niemand gebrauchen kann‹, wollten sie etwas anderes – ›wieder den Solschenizyn‹. Sie zeigten sich sehr informiert, erzählten irgendwelche Dinge, die glaubwürdig klangen. Völlig unerwartet für sich selbst spürte Kirill Semjonowitsch Auftrieb und Dankbarkeit, ›jawohl, Dankbarkeit für das geschenkte Leben eines Arztes‹. Die Seiten ›der gefälschten Denunziation‹ unter dem (mir seinerzeit von denen verliehenen) Decknamen Wetrow nahm er bereitwillig als authentisch an, obwohl selbst ihm damals ›zwei, drei Details aufgestoßen waren, die zu Solschenizyn gar nicht passten‹. Er schrieb ›irgendein Geschmiere für die Verbreitung im Ausland‹. Daran arbeitete er in einer seltsamen Aufregung, ›im Rausch‹. Er erzählte, wie ihn Řezáč in seiner Dienststelle im Krankenhaus aufgesucht hatte – ›Dreck, KGB-Widerling, Scheiße. Ich spielte mit ihm schmachvolle Spiele‹ –, exakt so hat sich Kirill Semjonowitsch ausgedrückt. Danach ›verging der Rausch, ich wachte auf – da konnte ich mich nur erhängen‹. Das Gespräch mit Kirill Semjonowitsch dauerte lange. Seine Beichte war aufrichtig, ergreifend ... Kirill Semjonowitsch sagte, Sie müssen über seine ›Achilles-Ferse‹ Bescheid gewusst haben: ›Hätte er gewollt, hätte er diese Schwachstelle nur einmal aufgreifen brauchen, ein zweites Mal wäre es nicht mehr nötig gewesen‹, sagte er. Als Psychiater muss ich bemerken, dass er während des Gespräches bedrückt wirkte, jedoch war das nicht eine Depression, die zu einer mutwilligen Selbstbezichtigung führen könnte ... Am 18. November 1977 verstarb Kirill Semjonowitsch eines plötzlichen Todes.« (Anmerkung aus dem Jahr 1993)

87 Mein Appell an den Minister für Staatssicherheit war, wie es scheint, ganz umsonst: Gerade Andropow zeigte sich ganz zufrieden mit dem Buch von Řezáč und

äußerte sofort nach seiner Veröffentlichung den Wunsch, den tschechischen Sicherheitsleuten, die den Autor unterstützt hatten, Auszeichnungen zu verleihen, wie selbstverständlich auch den sowjetischen Kollegen vom KGB (*Anhang 24*). (Anmerkung aus dem Jahr 1995)

Register